KB212685

잔인한 도시

잔인한 도시

이청준

열림원

차 례

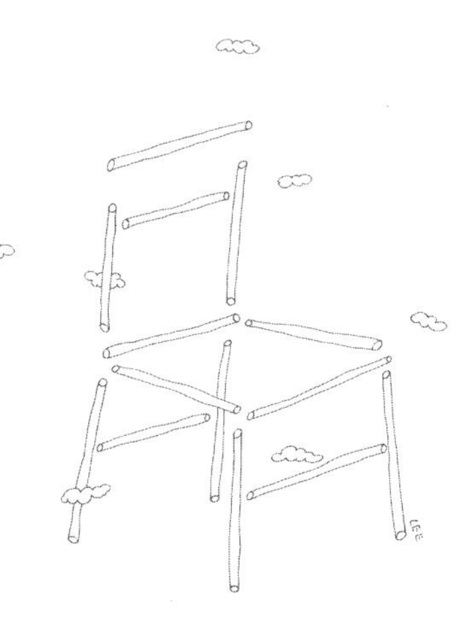

병신과 머저리

시대의 패배자인 형과 동생이
원고지와 화폭 위에
저마다 그려내는 아픈 상처의 흔적들.

"나의 아픔은 어디에서 온 것일까?"

6·25 전쟁의 참화가 형과 아우에게 남긴 것

작가 이청준이 작품 활동을 본격적으로 시작할 무렵인 1966년에 발표된 이 소설은 전쟁 직후의 젊은 세대들이 느끼는 아픔을 그리고 있기 때문에 전후소설로 분류됩니다. 그러나 전쟁의 참상과 이후에 겪게 되는 현실적인 문제를 주로 다루던 당시의 전후소설들과는 달리 이 소설은 전쟁 이후에 느끼는 정신적 고통과 아픔, 그리고 그것에 어떻게 대응하며 살아가야 할 것인가를 더욱 치밀하게 그리고 있어서 심리소설 또는 관념소설로 불리기도 합니다.

이 소설에는 의사인 형과 화가인 동생이 등장합니다. 두 사람은 모두 마음속에 상처와 아픔을 지닌 채 살아가고 있고 그것을 어떻게든 표출하며, 극복하려고 애쓰고 있습니다. 전쟁 중에 낙오되어 동료를 죽이고 간신히 살아 돌아왔던 형은 자신의 고통스러웠던 경험을 소설 쓰기를 통해서 드러내고 그 상처를 극복하기 위해 노력합니다. 그러나 동생은 화폭 앞에 앉아 있지만 도무지 그림이 그려지지 않아 무력감과 패배감에 젖게 됩니다. 이처럼 작가는 자신의 고통과 상처에 직면해서 적극적으로 대응하며 극복해가는 형의 모습과 고통의 근원이 어디인지도 모른 채 삶에 소극적이고 무력하게 대응하는 동생의 모습을 대비해서 보여주고 있습니다.

이 두 사람은 어쩌면 자신의 상처를 묻어버린 채 그냥 현실에 안주하면서 살아갈 수도 있었을 것입니다. 그러나 그들은 내면의 아픔에 귀 기울이며 끊임없이 삶의 방식과 태도를 고민하면서 살아가고 있습니다. 바로 이 부분이 오늘날 우리에게 중요한 시사점을 주고 있는 게 아닐까요? 자신의 상처를 반복해서 면밀하게 파고들어 가며 스스로 짊어져야 할 삶에 대해 책임을 지려고 노력하는 자세는 자기 자신을 잊어버리고 적당히 외부 현실에 맞추어 살아가려는 오늘날 현대인의 삶의 태도를 반성하게 합니다.

병신과 머저리

화폭은 이 며칠 동안 조금도 메워지지 못한 채 넓게 나를 압도하고 있었다. 학생들이 돌아가버린 화실은 조용해져 있었다. 나는 새 담배에 불을 붙였다.

형이 소설을 쓴다는 기이한 일은, 달포[1] 전 그의 칼끝이 열 살배기 소녀의 육신으로부터 그 영혼을 후벼내버린 사건과 깊이 관계가 되고 있는 듯했다. 그러나 그 수술의 실패가 꼭 형의 실수라고만은 할 수 없었다. 피해자 쪽이 그렇게 이해했고, 근 십 년 동안 구경만 해오면서도 그 쪽 일에 전혀 무지하지만은 않은 나의 생각이 그랬다. 형 자신도 그것은 시인했다. 소녀는 수술을 받지 않았어도 잠시 후에는 비슷한 길을 갔을

1) 달포 한 달 이상이 되는 동안.

것이고, 수술은 처음부터 성공의 가능성이 절반도 못 됐던 경우였다. 무엇보다 그런 사건은 형에게서뿐 아니라 수술 중엔 어느 병원에서나 일어날 수 있는 종류의 것이었다. 그러나 어쨌든 그 일이 형에게는 하나의 사건이었다. 그 일이 있은 후로 형은 차츰 병원 일에 등한해지기 시작했다. 처음에는 가끔씩 밤에 시내로 가서 취해 돌아오는 일이 생기더니 나중에는 아주 병원 문을 닫고 들어앉아버렸다. 그러고는 아주머니까지 곁에 오지 못하게 하고 진종일 방에만 들어박혀 있다가, 밤이 되면 시내로 가서 호흡이 다 답답해지도록 취해 돌아오곤 하였다.

방에 들어박혀 있는 낮 동안 형은 소설을 쓴다는 것이었다. 처음에 나는 형의 그 소설이란 것에 대해서 별난 관심을 갖지 않았었다. 다만 열 살배기 소녀의 사망이 형에게 그만한 사건일 수 있을까, 그렇다면 형은 그 사건을 어떤 식으로 받아들였기에 소설까지 쓴다는 법석을 부리는 것인가 하는 정도였다. 그러다가 어느 날 밤 우연히 그 몇 장을 들추어 보다 나는 깜짝 놀랐다. 놀랐다고 하는 것은 그것이 소설이기 때문이거나 의사라는 형의 직업 때문이 아니었다. 언어 예술로서의 소설이라는 것은 나 따위 화실이나 내고 있는 졸때기[2] 미술 학도가 알 턱이 없다. 그것은 나를 크게 실망시키지도 않는다. 그러니까 내가 지금 형의 소설에 대해 말하고 있는 것은 문학적 관심과는 거리가 먼 것일 수밖에 없다. 형의 소설이 문학 작품으로는 이야깃거리가 못 된다는 것이 아니라 나는 그것에 대해서 잘 알고 있질 못하다는 말이다. 내가 놀란 것은 형이 그 소설에서 그토록 오래 입을 다물고 있던 십 년 전의 패잔(敗殘)[3]

2) 졸때기 지위가 변변하지 못하거나 규모가 크지 못하여 자질구레한 사람을 속되게 이르는 말.
3) 패잔(敗殘) 전투에서 지고 살아남음.

과 탈출에 관한 이야기를 쓰고 있었기 때문이다.

형은 자신의 말대로 외과 의사로서 째고 자르고 따내고 꿰매며 이 십 년 동안을 조용하게 살아온 사람이었다. 생(生)에 대한 회의도, 직업에 대한 염증도, 그리고 지나가버린 시간에 대한 기억도 없는 사람처럼 끊임없이, 그리고 부지런히 환자들을 돌보아왔다. 어찌 보면 아무리 많은 환자들이 자기의 칼끝에서 재생의 기쁨을 얻어 돌아가도 형으로서는 만족할 수 없는, 그래서 아직도 훨씬 더 많은 생명을 구해내도록 무슨 계시라도 받은 사람처럼 자기의 칼끝으로 몰려드는 생명들을 기다렸다. 그런 형의 솜씨는 또한 신중하고 정확해서 적어도 그 소녀의 사건이 있기 전까지는 단 한 번의 실수도 없었다. 그 밖에 형에 대해서 내가 확실하게 알고 있는 것은 거의 아무것도 없는 셈이었다. 다만 지금 아주머니에 관해서는 좀더 이야기를 할 수 있을 것 같다. 아주머니에게는 미안한 말이지만, 결혼 전 형은 귓속과 눈길이 다 깊지 못하고 입술이 얇은 그 여자를 사이에 두고 그 여자의 다른 남자와 길고 힘든 싸움을 벌였었다. 그런데 어떻게 된 셈인지 내가 별반 승점(勝點)을 주지도 않았고, 질긴 신념도 없으리라 여겼던 형이 마침내는 그 여자와 결혼을 하게 되었다. 결혼을 하고 나서도 녹록지[4] 않은 아주머니와 깊이 가라앉은 형의 성격 사이에는 별반 말썽을 일으킨 일이 없었다. 풍파가 조금 있었다면 그것은 성격 탓이 아니라 어느 편의 결함인지 모르나 그들 사이에는 아직 아이를 갖지 못하고 있는 것이 언제나 원인이었다. 그것은 그러나 누구에게나 당연한 일로 여겨지는 그런 것이었다. 어떻든 형이 그렇게 지낼 수

4) 녹록하다(碌碌—) 만만하고 호락호락하다.

있는 것은 형의 인내와 모든 인간성에 대한 긍정적인 사고의 덕이 아닌가 생각되기도 했으나, 그것 역시 자신 있게 말할 수 있는 것은 아니었다. 형에 대해 알고 있는 것은 그것뿐이었다. 그러고는 확실하지 못한 대신 형에게는 내가 언제나 궁금하게 여겨온 일이 한 가지 더 있었다. 그것은 형이 6·25 사변 때 강계(江界) 근방에서 패잔병으로 낙오된 적이 있었다는 사실과 나중에는 거기서 같이 낙오되었던 동료를(몇이었는지는 정확지 않지만) 죽이고 그때는 이미 38선 부근에서 격전을 벌이고 있는 우군 진지까지 무려 천 리 가까운 길을 탈출해 나온 일에 대해서였다. 그러나 형은 그때 낙오의 경위가 어떠했으며, 어떤 동료를, 그리고 왜 어떻게 죽이고 탈출해왔는지, 또는 그 천릿길의 탈출 경위가 어떠했었는지에 대해서는 한 번도 이야기를 털어놓은 일이 없었다. 어느 땐가 딱 한 번, 형은 술걸레가 되어 돌아와서 자기가 그 천릿길을 살아 도망쳐 나올 수 있었던 것은 그 동료를 죽였기 때문이라고 한 적이 있었을 뿐이다. 이상한 이야기였다. 나는 그 말을 이해할 수도 없었으려니와, 다음부터는 형이 그런 자기의 말까지도 전혀 모른 체해버렸기 때문에 나는 그런 일이 있었던 것이 사실이었는지조차도 확언할 수 없는 형편이 되고 말았다.

그런데 그런 형이 요즘 쓰고 있는 소설에서 바로 그 이야기를 시작하고 있는 것이다. 그리고 나의 화폭이 갑자기 고통스러운 넓이로 변하면서 손을 긴장시켜버린 것도 분명 그 형의 이야기를 읽기 시작하면서부터였다. 더욱 요즘 형은 내가 가장 궁금하게 여기는 대목에서 이야기를 딱 멈춘 채 앞으로 나아가질 않고 있었다. 문제는 형이 이야기를 멈추고 있는 동안 나는 나의 일을 할 수가 없는 사정이었다. 이야기의 결말을 생각하는 동안 화폭은 며칠이고 선(線) 하나 더해지지 못하고 고통스러운 넓이로 나를 괴롭히고 있는 것이다. 이야기의 끝이 맺어질 때까지 나는 정말로 아무것도 할 수가 없는 것이다.

창으로 흘러든 어둠이 화실을 채우고 네모반듯한 나의 화폭만을 희게 남겨두었을 때 나는 그만 자리에서 일어섰다.

그때 그림자처럼 혜인이 문에 들어서 있는 것을 알았다. 나는 불을 켰다. 그녀는 꽤 오래 그러고 서서 기다렸던 듯 움직이지 않은 어깨가 피곤해 보였다. 불을 켜자 그녀는 불빛을 피해 머리를 좀 숙여서 그늘을 만들었다.

"나가실래요?"

나는 다시 불을 껐다.

왜 왔을까. 이 여자에게는 아직도 정리되지 않은 감정이 남아 있었던가. 그녀가 별반 이유도 없이 나의 화실을 나오지 않게 되었을 때 나는 얼마나 황급히 나의 감정을 정리해버렸던가.

혜인은 형 친구의 소개로 나의 화실에 나오게 된 학사 아마추어였다.

학생들이 유난히 일찍 화실을 비워주던 날, 내가 석고상 앞에 혼자 서 있는 그녀의 뒤로 가서 귀밑에다 콧김을 뿜었을 때 그녀는 내게 입술을 주고 나서, 그것은 내가 그림을 그리는 사람이기 때문이라고 했다. 그리고 어느 날 그녀는 이제 화실을 나오지 않겠으며 나로부터도 아주 떠나가는 것이라고 했다. 이유는 단지 내가 그림을 그리는 사람이기 때문이라면서, 그 꽃잎같이 고운 입술을 작게 다물어버렸었다. 나는 혜인에게 아무것도 주장하지 못했다. 아무것도 주장할 수 없으며, 떠나보내는 슬픔을 견디는 것이 더 쉽고 홀가분하리라는 것을 알고 있는 자신에 화가 났지만, 결국 나는 그녀의 말대로 그림을 그리는 사람 이상이 될 수는 없었다.

"청첩장 드리러 왔어요."

다방에서 마주 앉아 혜인은 흰 사각 봉투를 꺼내놓으며 말했다.

나는 실없이 웃었다.

혜인은 그 후로도 한 번 화실을 찾아온 일이 있었다. 그때 혜인을 다방으로 안내하고 마주 앉아서 아무렇지도 않은 자신을 발견하고 나는 그녀가 정말로 나로부터 떠나가버린 것을 알았다. 혜인 역시 그런 나에게 아무렇지도 않게 자기는 어떤 개업 의사와 쉬 결혼을 하리라고 했었다. 그것은 화실을 그만두기 전부터 작정한 일이었노라고.

"모렌데 오시겠어요?"

아예 혼자인 것처럼 멀거니 앉아 있는 나에게 혜인이 사각 봉투를 만지작거리며 물었다. 목소리가 까마득하게 멀었다.

그날 밤, 아주머니에게 그런 말을 했을 때 아주머니는 갑자기 반색을 하는 목소리로 말했었다.

"도련님, 그럼 그 아가씨 결혼식엘 가보실래요?"

아주머니도 물론 혜인을 알고 있었다. 아주머니는 아마 실수한 배우에게 박수를 치며 좋아할 여자임이 틀림없을 것이다. 나는 그런 박수를 받은 배우처럼 난처했다. 그때 나는 뭐라고 했던가. 인부(人夫)를 한 사람 사서 보내리라고, 아마 그 사람으로도 혜인의 결혼에 대한 내 축원의 뜻을 충분히 전할 수 있을 것이라고. 질투가 아니었다. 사실 지금도 나는 혜인과의 화실 시절과 청첩장을 만지작거리고 있는 지금 그녀의 이야기와 또 그녀의 결혼, 모든 것에 관심이 가지 않았다.

"화가 나지 않은 게 이상하군요."

나는 하품처럼 대답했다.

"그러고 보니 도련님은 성질이 퍽 칙칙한[5] 데가 있으시더군요."

그날 밤, 아주머니는 그렇게 말했었다. 아주머니는 다른 사람의 일을 이야기하기 좋아했다. 그렇다고 그녀의 관심이 다른 사람에게 머무르고 있는 것은 아니었다.

"아주머닌 처녀 시절 형님과는 약간 밑진다는 생각으로 결혼을 하셨을 줄 아는데, 형에게 무슨 그럴 만한 꼬임수라도 있었습니까?"

나는 혜인의 일과 형의 일에 관심을 반반 해서 물었다.

"어딘지 좀 악착같은 데가 있었지요. 단순하다는 이야기가 될지도 모르겠네요. 머리가 복잡한 사람은 한 가지 일에 악착같을 수가 없거든요. 여자는 복잡한 것은 싫어해요. 말하자면 좀 마음을 놓고 의지할 수 있으리라는 생각이 들었더란 말이지요. 나이 든 여자는 화려한 꿈은 꾸지 않는 법이니까 당연한 생각 아네요?"

형에 대해서 아주머니는 완전히 정확하지는 못했다. 그러나 그런 생각이 여자의 일반 통념이라는 그녀의 비약을 탓하고 싶지는 않았었다.

"전 또 일이 있습니다."

나는 갑자기 형의 소설이 생각나서 훌쩍 커피를 마시고 일어섰다. 나의 화폭이 고통스러운 넓이로 눈앞을 지나갔다.

혜인은 말없이 따라 일어섰다.

5) 칙칙하다 빛깔이 곱거나 산뜻하지 못하고 거무스름하고 흐리다. 우울한 느낌을 주다.

"아무 말씀도 해주시지 않는군요."

문 앞에서 혜인은 나의 말을 한마디라도 듣지 않고는 돌아가지 않겠다는 듯이 발길을 딱 멈추어 섰다.

"그 아가씬 잊으세요. 여자가 그런 덴 오히려 표독한 편이니까요."

그날 밤 꼭 한 번 근심스러운 얼굴로 말하던 아주머니의 단정은 결코 혜인에게 적용될 수 있는 것은 아닌 것 같았다. 그렇지 않다면 혜인은 여자가 좋아한다는 연극을 하고 있을 것이었다.

나는 돌아서버렸다.

예상대로 집에는 형이 돌아와 있지 않았다.

— 진창[6]에 앉은 듯 취해 있겠지.

나는 저녁을 끝마친 대로 곧장 형의 방으로 가서 서랍을 뒤졌다. 소설은 언제나 같은 곳에 있었다. 형은 아주머니나 나를 경계하는 것 같지 않았다.

"형님을 갑자기 문호[7]로 아시는군요."

아주머니는 관심이 없었다. 소리를 귀로 흘리며 나는 성급하게 원고 뭉치의 뒤쪽을 펼쳤다. 그러나 이야기는 전날 그대로 한 장도 더 나아가지 못하고 있었다. 휴지통에 파지를 내놓은 것이나 하루 종일 책상에 매달려 있었다는 아주머니의 말을 들으면 형은 무척 애를 쓰기는 했던가 보았다. 망설이는 것이었다. 이야기의 결말에 대해서, 아니 하나의 살인에 대해서 형은 무던히도 망설이고 있었다. 답답하도록 넓은 화폭 앞에 초조히 앉아 있기만 하다가 집으로 돌아와버리곤 하는 나를 형이 일부

6) 진창 땅이 흙탕물로 범벅이 되어 질퍽질퍽하게 된 곳.

7) 문호(文豪) 문학적 가치가 매우 높은 작품을 써서 널리 알려진 문인.

러 골리고 있는 것 같기도 했다.

나는 다시 서랍을 정리해두고 나의 방으로 돌아왔다. 일찌감치 자리를 깔고 누웠으나 눈이 감기지 않았다. 눈을 감으면 곧 잠이 들던 편리한 습관은 고등학교 때까지뿐이었다. 나대로 소설의 결말을 얻어보려고 몇 밤을 새웠던 상념[8]이 뇌수로 번져나왔다.

소설의 서두는 이미지가 선명한 하나의 서장(序章)으로 시작되고 있었다. 그것은 형의 소년 시절의 회상이었다. 〈나〉(얼마나 형이 객관화되고 있는진 모르지만 이것은 그 소설 속의 주인공이다. 이하 〈 〉 표는 소설문의 직접 인용)는 어렸을 때 노루 사냥을 따라간 일이 있었다. 그 즈음 〈나〉의 고향 마을에는 가을부터 이듬해 초봄까지 꼭꼭 사냥꾼이 찾아들었다. 그리고 가을에는 멧돼지를, 겨울과 봄으로는 노루 사냥을 했다. 겨울이면 특히 마을 사람 가운데 날품[9] 몰이꾼을 몇 사람씩 데리고 산으로 들어갔다. 솥단지를 산으로 메고 가서 사냥한 것을 끓여 먹었다. 겨울철 할 일이 없는 마을 사람들은 몰이꾼을 자원했고, 사냥꾼이 뜸해지면 그들은 사냥꾼이 마을로 들어오기를 기다리는 식이었다.

눈이 산들을 하얗게 덮은 어느 겨울날, 방학을 맞아 고향 마을로 돌아와 있던 〈내〉가 그 몰이꾼들에 끼어 함께 사냥을 따라나선 일이 있었다. 그날은 이상하게도 한낮이 기울 때까지 아무것도 걸리는 것이 없었다. 〈나〉는 다른 어른 한 사람과 함께 어느 능선 부근 바위틈에서 언 밥으로 시장기를 쫓고 있었다. 그때 능선 너머에서 갑자기 한 발의 총소리가 울려왔다. 그 총소리에 대해서 형은 이렇게 쓰고 있었다.

8) 상념(想念) 마음속에 떠오르는 여러 생각.
9) 날품 (일정한 직장이 없이) 일이 생기면 하루의 품삯을 받는 노동.

〈나는 총소리를 듣자 목구멍으로 넘어가던 것이 갑자기 멈춰버린 것 같았다. 싸늘한 음향—분명한 살의와 비정[10]이 담긴 그 음향이 넓은 설원을 메아리쳐 올 때, 나는 부질없는 호기심에 끌려 사냥을 따라나선 일을 후회하기 시작했다.〉

그러나 총알은 노루를 맞히지 못했다. 상처를 입은 노루는 설원에 피를 뿌리며 도망쳤다. 사냥꾼과 몰이꾼은 눈 위에 방울방울 번진 핏자국을 따라 노루를 쫓았다. 핏자국을 따라가면 어디엔가 노루가 피를 쏟고 쓰러져 있으리라는 것이었다. 〈나〉는 흰 눈을 선연하게 물들이고 있는 핏빛에 가슴을 섬뜩거리며 마지못해 일행을 쫓고 있었다. 총소리를 처음 들었을 때와 같은 후회가 가슴에서 끝없이 피어올랐다. 〈나〉는 차라리 노루가 쓰러져 있는 것을 보기 전에 산을 내려가버리고 싶었다. 그러나 〈나〉는 망설이기만 할 뿐 가슴을 두근거리며 해가 저물 때까지도 일행에서 벗어나지 못하고 있었다. 핏자국은 끝나지 않았고, 〈나〉는 어스름이 내릴 때에야 비로소 일행에서 떨어져 집으로 되돌아갔다. 그리고 〈나〉는 곧 열이 심하게 앓아 누웠기 때문에, 다음 날 그들이 산을 3개나 더 넘어가서 결국 그 노루를 찾아냈다는 이야기는 자리에서 소문으로 듣게 되었다. 그러나 〈나〉는 그것만으로도 몇 번이고 끔찍스러운 몸서리를 치곤 했다.

서장은 대략 그런 이야기였다. 물론 내가 처음에 이 서장을 읽은 것은 아니었다. 어느 중간을 읽다가 문득 긴장하여 처음부터 이야기를 다시 읽게 된 것이었지만, 여기에서도 나는 그 총소리하며 노루의 핏자국이

10) 비정(非情) 인정이 없이 몹시 쌀쌀하고 냉정함.

나 눈빛 같은 것들이 묘한 조화 속에 긴장기 어린 분위기를 이루고 있음을 느꼈다. 사실 여기서도 암시하고 있듯이 형의 소설은 전반에 걸쳐서 무거운 긴장과 비정기가 흐르고 있었다.

형의 내력에 대한 관심도 문제였지만, 형의 소설이 나를 더욱 초조하게 하는 것은 그것이 이상하게 나의 그림과 관계가 되고 있는 것 같은 생각 때문이었다. 그것은 어쩌면 사실일 수도 있었다. 혜인과 헤어지고 나서 나는 갑자기 사람의 얼굴이 그리고 싶어졌다. 사실 내가 모든 사물에 앞서 사람의 얼굴을 한번 그리고 싶다는 생각은 막연하게나마 퍽 오래 지녀온 갈망이었다. 그러니까 혜인과 헤어지게 된 것이 그 모든 동기라고 할 수는 없지만, 어쨌든 그 무렵 그런 충동이 새로워진 것은 사실이었다.

나의 그림에 대해서는 더 이야기하고 싶지 않다. 그것은 견딜 수 없이 괴로운 일이다. 그리고 나는 내가 그것에 대해 생각하고 화필과 물감을 통해 의미를 부여하고자 하는 것의 10분의 1도 설명할 수 없을 것이다. 다만 나는 인간의 근원에 대해 생각을 좀더 깊게 하지 않으면 안 된다는 느낌이 절실했던 점만은 지금도 고백할 수 있을 것이다. 하여 에덴으로부터 그 이후로는 아벨이라든지 카인, 또 그 인간들이 지니고 의미하는 속성들을 즉흥적으로 생각해보곤 하였다. 그러나 어느 것도 전부를 긍정할 수는 없었다. 단세포 동물처럼 아무 사고도 찾아볼 수 없는 에덴의 두 인간과 창세기적 아벨의 선 개념, 또 신으로부터 영원한 악으로 단죄받은 카인의 질투—그것은 참으로 인간의 향상 의지로서 신을 두렵게 했을는지도 모른다—그 이후로 나타난 수많은 분화, 선과 악의 무한정한 배합 비율……. 그러나 감격으로 나의 화필이 떨리게 하는 얼굴은 없었다. 나는 실상 그 많은 얼굴들 사이를 방황하고 있었는지 모른다. 하지만 안타까운 것은 혜인 이후 나는 벌써 어떤 얼굴을 강하게 예감하고 있다는 사실이었다. 아직은 내가 그것과 만날 수 없었을 뿐이었다. 둥그스름한, 그러나 튀어나갈 듯이 긴장한 선으로 얼굴의 외곽선을 떠놓고(그것은 나에게 있어 참 이상한 방법이었다) 나는 며칠 동안 고심만 하고 있었다.

그러던 어느 날, 그 소설이라는 것이 시작되기 바로 전날이었을 것이다. 형이 불쑥 나의 화실에 나타났다. 그는 낮부터 취해 있었다. 숫제 나의 일은 제쳐놓고 학생들에게 매달려 있는 나에게 형이 시비조로 말했다.

"흠! 선생님이 그리는 사람은 외롭구나. 교합[11] 작용이 이루어지는 기관은 하나도 용납하지 않았으니……."

얼굴의 윤곽만 떠놓은 나의 화폭을 완성된 것에서처럼 형은 무엇을 찾아내려는 듯 요리조리 뜯어보고 있었다. 나는 물끄러미 그 형을 바라보았다.

"그건 아직 시작인걸요."

"뭐, 보기에 따라서는 다 된 그림일 수도 있는걸……. 하나님의 가장 진실한 아들일지도 몰라. 보지 않고 듣지 않고 오직 하나님의 마음만으로 살아가는. 하지만, 눈과 입과 코…… 귀를 주면…… 달라질 테지— 한데, 선생님은 어느 편이지?"

형은 그림과 나를 번갈아 쳐다보았다. 그 눈이 무엇을 열심히 찾고 있

11) 교합(交合) 뜻이 서로 맞는 것.

었다. 그러나 그것은 이미 밖에서 찾을 것이 아무것도 없는 줄을 알고 있는 눈이었다. 나는 어리둥절해 있기만 했다.

"흥, 나를 무시하는군. 사람의 안팎은 합리적 논리로만 설명될 수 있는 것이 아니라는 걸 예술가도 이 의사에게 동의해줄 테지. 그렇다면 내 얘기도 조금은 맞는 데가 있을지 몰라. 어때, 말해볼까?"

형은 도시[12] 종잡을 수 없는 말을 했다. 무엇인가 열심이라는, 열심히 말하고 싶어한다는 것만은 알 수 있었다.

"그 새로 탄생할 인간의 눈은, 그리고 입은 좀더 독이 흐르는 쪽이어야 할 것 같은데……. 희망은—이건 순전히 나의 생각이지만, 선(線)이 긴장을 하고 있다는 것이야."

이상하게도 형은 나의 그림에 대해 이야기하고 있었다.

그날 저녁, 모처럼 술을 사겠다는 형을 따라 화실을 나와 화신 근처를 지날 때였다. 우산을 써도 좋고 안 써도 좋을 만큼씩 비가 내리고 있었다. 부지런한 사람은 우산을 썼지만 우리는 물론 쓰지 않고 걸었다.

ㅈ은행 신축 공사장 앞에는 늘 거지 아이 하나가 꿇어 엎드려 있었다. 열 살쯤 나 보이는 그 소녀 거지는 머리를 어깨 아래로 박고 두 팔을 앞으로 내밀어 손을 벌리고 있었다. 그 손에는 언제나 흑갈색 동전이 두세 닢 놓여 있었다. 그런데 우리가 그 앞을 지날 때였다. 앞서 걷던 형의 구둣발이 소녀의 그 내어민 손을 무심한 듯 밟고 지나가는 것이 아닌가. 놀란 것은 거지 아이보다 내 쪽이었다. 형의 발걸음은 유연했다. 발바닥이 손을 깔아뭉개는 감촉을 느끼지 못한 것 같았다. 더욱 이상한 것은

12) 도시(都是) 아무리 해도.

그때 깜짝 놀라 머리를 들었던 소녀가 벌써 저만큼 멀어져가고 있는 형의 뒤를 노려볼 뿐 소리도 지르지 않은 것이었다. 나는 소녀의 손을 내려다보았다. 아무렇지도 않았다. 소녀는 다시 자세를 잡았다. 나는 울컥 화가 치밀어 올랐으나, 그것을 꾹 참아 넘기며 앞서가는 형을 조용히 뒤따랐다. 분명 형은 스스로에게 무엇인가를 확인하고 싶은 것 같은, 그리고 화실에서 지껄이던 말들이 결코 우연한 이야기들이 아니었던 것 같은 생각이 들었다. 그것은 그 며칠 전에 형이 저지른 실수 그것 때문일 거라고 나는 혼자 추리를 해보았다. 하지만 그것은 형의 실수만은 아니었다. 그러나 중요한 것은 형의 칼끝이 그 소녀의 몸에 닿은 후에 소녀의 숨이 끊어진 것이었다.

건널목에 이르러 신호등에 막히자 형은 비로소 나를 돌아다보았다. 형의 눈빛이 무엇인가 나에게 묻고 있는 것 같았다. 절대로 대답을 할 수 없으리라고 믿는 그런 것을 자랑스럽게 묻고 있는 눈빛이었다.

"아까 형님은 부러 그러신 것 같았어요."

형이 자주 드나들었던 듯한 어떤 홀로 들어가서 자리를 정해 앉자 나는 극도로 관심을 아끼는 목소리로 말했다.

"뭘?"

형은 시치미를 뗐다.

"아까 그 아이의 손을 밟은 거 말입니다."

나는 오히려 귀찮아하는 목소리로 말했다. 형은 잠시 당황하는 얼굴을 했다. 아무 생각도 없이 그저 그렇게 해야 한다는 생각 때문에 당황해 보이는.

"하지만 별수 없더군요, 형님도. 발이 말을 잘 듣지 않았던 모양이죠.

아이가 별로 아파해하지 않은 것 같았어요. 형님은 나 때문에 뒤를 돌아보지 못해서 모르실 테지만."

형은 그 다음 날부터 소설을 쓰기 시작했고, 그러자 나는 그림에 손을 댈 수 없게 되어버린 것이다.

형의 이야기의 본 줄거리는 대강 다음과 같은 것이었다. 그것은 6·25 사변 전의 국군 부대 진중에서부터 시작되었다.

진중 생활에서 형은 두 사람에 대해 이야기의 초점을 맞추고 있었다. 한 사람은 오관모라고 하는 이등중사(당시 계급)였는데, 그는 언제나 대검(帶劍)을 한 손에 들고 영내를 돌아다니는 습관이 있었다. 키가 작고 입술이 푸르며 화가 나면 눈이 세모로 이그러지는 독 오른 배암 같은 인상의 사내였다. 그는 부대에 신병이 들어오기만 하면 다짜고짜 세모눈을 해가지고 대검을 코밑에다 꼬나대며 〈내게 배를 내미는 놈은 한칼에 갈라놓는다〉고 부술 듯이 위협을 하여 기를 꺾어놓는 것이었다. 그리고 그날 밤으로 가엾은 신병들은 관모가 낮에 배를 내밀지 말라던 말의 뜻을 괴상한 방법으로 이해하게 되곤 하였다. 관모에게 배를 내미는 사람이 몇이나 되었는진 알 수가 없지만, 관모가 그 신병들의 〈배를 갈라놓는〉 일은 한 번도 없었다. 그러던 어느 날, 관모네 중대에 또 한 사람의 신병이 왔다. 그가 바로 형의 이야기에서 초점이 맞추어지고 있는 다른 한 사람인데, 그는 김일병이라고만 불리고 있었다. 얼굴의 선이 여자처럼 곱고 살이 두꺼운 편이었는데, 〈콧대가 좀 고집스럽게 높았다〉는 점을 제외하면 김일병은 관모가 세모눈을 지을 필요도 없을 만큼 유순한 얼굴을 하고 있었다. 그런데 어떻게 된 셈인지 바로 다음 날부터 관모는 꼬리 밟힌 독사처럼 약이 바짝 올라서 김일병을 두들겨 패기 시작했다.

〈나〉는 김일병의 코가 제값을 하나 보다고 생각했으나 그런 장난스런 생각은 잠깐뿐이었다.

〈내가 뒷산에서 의무대의 들것 조립에 쓸 통나무를 베어 들고 관모네 중대의 변소 뒤를 돌아오고 있을 때였다. 관모가 김일병을 엎드려놓고 빗자루를 거꾸로 쥐고 서투른 백정 개 잡듯 정신없이 매질을 하고 있었다. 관모는 나를 보자 빗자루를 버리고 대뜸 나에게서 통나무를 낚아갔다. 미처 어찌할 사이도 없이 관모의 세찬 숨소리와 함께 김일병의 엉덩이 살을 파고드는 통나무의 둔중한 타격음이 산골을 울려 퍼졌다. 그러나 김일병은 무서울 정도로 가지런한 자세로 관모의 매를 맞고 있었다. 김일병이 관모의 매질에 한 번도 굴복한 일이 없다는 소문이 있었고, 그것이 더욱 관모를 약오르게 한다고도 했지만, 나는 당장 눈앞에 엎드려 있는 김일병의 조용한 자세를 믿을 수가 없었다. 김일병의 자세는 절대로 흐트러지지 않았다. 관모는 괴상한 울음소리 같은 것을 입에 물며 땀을 뻘뻘 흘리고 있었다. 끔찍스러운 광경이었다. 그것은 마치 김일병이 그만 굴복해주기를 관모가 애원하고 있는 형국이었다. 그러다 나는 마침내 이상한 것을 보았다. 내가 관모와 김일병 사이로 끼어들어 내내 그 기이한 싸움의 구경꾼이 되어버린 동기는 아마 내가 그것을 보게 된 데서부터였으리라. 언제까지나 자세를 허물어뜨리지 않을 것 같던 김일병이 마침내는 천천히 머리를 들어 나를 올려다보았는데, 그때 나는 갑자기 호흡이 멈추어버린 것처럼 긴장이 되고 말았다.〉

그때 〈내〉가 김일병에게서 보았던 것은 김일병의 눈빛이었다. 허리 아래에서 타격이 있을 때마다 김일병의 눈에서는 〈파란 불꽃 같은 것이 지나갔다〉는 것이다.

여기서 형은 그 눈빛에 관해 상당히 길게 설명하고 있었다. 그러고도 미심했던지 형은 원고지를 두 장이나 여분으로 남기고 지나갔다. 그 눈빛에 관해 좀더 설득력 있게 이야기를 바꾸어보려는 것이었는지도 모른다. 어떻든지 형은 그 순간에 적어도 그 파란 눈빛의 환각에 빠졌을 만큼 강렬한 경험을 견디고 있었던 게 사실인 것 같았다. 형의 소설적 상상력은 절대로 그런 것을 상정해낼 수 있을 정도는 아니기 때문이다.

〈그러나 김일병은 그 눈을 무섭게 까뒤집으며 으으으 하는 신음과 함께 아랫몸을 옆으로 비틀었다. 관모가 울상이 되어 김일병에게 달려들어 그 꿈틀거리는 육신을 타고 앉아 미친 듯이 하체를 굴려댔다.〉

〈나〉는 다음에도 여러 번 그 기이한 싸움을 구경했다. 그때마다 〈나〉는 김일병의 〈파란 빛〉이 지나가는 눈을 지키면서 속으로 관모의 매질에 힘을 주고 있었다. 그런 때 〈나〉는 그 눈빛을 보면서 이상한 흥분과 초조감에 몸을 떨면서 더 세게 더 세게 하고 관모의 매질을 재촉했다.

〈이상한 일이었다. 나는 왜 그렇게 초조하고 흥분했었는지, 또 나는 누구를 편들고 있었는지, 그런 것을 하나도 모른 채, 그리고 그 기이한 싸움은 끝이 나지 않은 채 6·25 사변이 터지고 말았다.〉

이야기는 거기서 한 단이 끝났다. 그러나 아직 이야기의 초점은 드러나지 않고 있었다. 이야기의 초점이란 형이 패잔 때 죽였노라고 했던, 그를 죽였기 때문에 그 먼 탈출에 성공할 수 있었노라던 일에 대한 것 말이다. 하지만 나중까지 가보면 형은 이야기를 위해서 사건을 상당히 생략하고 전체의 초점을 향해 이야기를 치밀하게 집중시켜가고 있음을 알 수 있었다.

다음에서 형은 곧 그 패잔에 관해서 이야기하기 시작했다. 이야기의 무대를 강계의 어느 산골 동굴로 옮겨갔다.

동굴 바깥은 〈지금〉 눈이 내리고 있고 〈나〉는 굴 어귀에 드러누워 머리를 반쯤 밖으로 내놓고 눈을 맞고 있다. 그 안쪽에 오관모 이등중사가 아직 차림이 멀쩡한 군복으로 앉아 있고, 굴의 가장 안쪽 벽 아래에는 김일병이 가랑잎에 싸여 누워 있다. 그들은 패잔병이다. 동굴 안에는 무거운 긴장이 흐르고 있다. 〈나〉는 그러고 엎드려서 한창 눈에 덮이고 있는 골짜기를 내려다보면서도 신경은 줄곧 관모에게 가 있고, 관모 역시 입가에 허연 침이 몰리도록 억새대를 씹어 뱉곤 했으나, 낮게 뜬 눈은 〈나〉의 등에 고정되어 있다. 그런 긴장을 형은 〈지금 눈이, 첫눈이 내리고 있기 때문〉이라고만 간단히 말하고 지나갔다. 그런 간단한 비약이 나를 훨씬 긴장시켰다. 김일병은 오른팔이 하나 잘려(이것은 꽤 나중에 밝혀지고 있지만, 이야기를 쉽게 하기 위해 먼저 밝혀두는 것이 좋을 것 같다) 다른 두 사람을 잊어버린 듯 의식이 깊이 숨어버린 눈을 하고 있다.

〈어느 곳인지도 모른다. 강계 북쪽, 하루나 이틀 뒤면 우리는 압록강 물을 볼 수 있으리라 하였다. 그러나 그날 새벽 우리는 갑자기 전쟁 개입설이 돌던 중공군의 기습을 받았다. 별로 전투다운 전투를 겪어보지도 못하고 여기까지 밀려온 우리는 처음으로 같은 장소에서 꼬박 하루 동안을 총소리와 포성 속에 지냈다. 어느 쪽이나 촌보[13]의 양보도 없이 버티었다. 다음 날 새벽 부상병을 나르던 내가 오른쪽 팔이 겨드랑 부근에서 동강 나간 김일병을 발견하고 바위 밑으로 끌고 가 응급 지혈을 하고 있을 때였다. 별안간 총소리가 남으로 이동하기 시작했다. 아직 정신

13) 촌보(寸步) 몇 발자국의 걸음.

을 돌리지 못한 김일병 때문이기도 했지만, 총소리는 미처 내가 어떻게 할 사이도 없이 갑자기 남쪽으로 내려가버렸고, 중공군이 이내 수런수런 산을 누비고 지나갔다. 금방 날이 밝았다. 그러나 그때는 이미 골짜기가 중공군의 훨씬 후방이 되어 있었다. 나는 바위 밑에서 옴지락도 못하고 한나절을 보냈다. 포성이 남쪽으로 남쪽으로 사라져가고 중공군도 뜸해졌다. 그날 해가 질 무렵에야 김일병은 정신을 조금 돌렸다. 다음 날은 뜸뜸하던 포성마저 사라지고 중공군도 발길이 딱 끊어졌다. 전쟁이 늘 그렇듯이, 대충만 훑고 지나가면 뒤에 남은 것은 제풀에 소멸해버리거나 이미 전쟁과는 상관없을 만큼 힘을 잃어버리게 마련. 중공군은 골짜기를 버리고 갔다. 혹시 부상당한 적의 패잔병 따위가 남아 있는 것을 눈치 채었다 해도 그들은 그냥 그렇게 지나가버렸을 것이다. 골짜기는 이제 정적과 가을 햇볕으로 가득할 뿐이었다. 하지만 나는 불안했다. 싸움터에서 흩어진 건빵 봉지와 깡통 몇 개를 모아 가지고 김일병을 부축하며 좀더 깊고 안전한 곳으로 은신처를 찾아 나섰다. 김일병의 상처는 경과가 좋은 편이었지만, 포성마저 사라져버린 지금 국군을 찾아 떠나기는 불가능한 일이었다 ― 포성이 곧 되돌아오겠지 ― 안전한 곳에서 기다려보자.

골짜기를 타고 올라와서 잣나무 숲을 빠져나오니 산정까지 이어진 초원이 나섰다. 거기서 관목을 타고 올라오다 나는 동굴을 하나 발견했다. 내가 그 동굴 앞에서 김일병을 부축한 채 안을 기웃거리고 있을 때였다.

"어떤 놈들이 주인 허락도 없이 남의 집을 기웃거리고 있어!"

소스라쳐 돌아보니 건너편 숲 속에서 우리 쪽에다 총을 겨눈 채 웃고 있는 사람이 있었다. 관모였다.

"고기가 먹고 싶던 참이라 마침 방아쇠 당길 뻔했다."

관모는 총을 거둬 쥐고 훌쩍 뛰어 건너왔다. 그러고는 내가 부축하고 있는 김일병의 팔을 들춰보더니,

"이런! 넌 별로 쓸모가 없겠군."

심드렁하게 혀를 찼다. 그러곤 나의 어깨를 툭 쳤다.

"하지만 고맙지 뭐냐. 적정[14]을 살피러 가래놓고 다급해지니까 저희들만 싹 꽁무니를 빼버린 줄 알았더니 너희들이 날 기다려줬으니."

거기까지 이야기한 다음 소설은 다시 눈이 오고 있는 동굴로 돌아왔다.

오관모는 질겅질겅 씹고 있던 억새를 뱉어버리고 구석에 세워둔 카빈총을 짊어지고 동굴을 나갔다. 그는 〈장소〉와 인적을 탐색하러 간 것이었다. 관모는 〈이〉 골짜기에서 총소리를 내도 좋은가를 미리 탐색할 만큼은 지략이 있었다. 이제 동굴에는 나와 김일병뿐이었다.

〈우리는 우선 전투 지역에 흩어진 식량거리를 한데 모아놓고 동굴로 날랐다. 많은 것은 아니었으나 우리는 그것을 하루분이나 이틀분씩만 가볍게 날라 올렸기 때문에 며칠을 두고 산을 내려다니지 않으면 안 되었다. 그것은 우리가 아직도 군인이라는 유일한 행동이기도 했다. 김일병을 남겨놓고 둘이는 매일 한 차례씩 산을 내려갔다. 그러나 사실을 말하자면 그런 모든 행동의 결정은 관모가 내렸고, 그런 중에 관모는 김일병을 제외한 둘이만의 시간을 가지려는 눈치를 여러 번 보였다. 동굴에서의 관모는 언제나 이야기의 주변만 돌고 있는 것 같았다. 그래서 그에

14) 적정(敵情) 적의 형편과 실정.

게는 틀림없이 따로 하고 싶어하는 이야기가 있는 듯한 눈치가 느껴지곤 했었다. 그러나 막상 둘이 되었을 때도 관모는 어떤 이야기의 주변만 맴돌 뿐 좀체 말을 꺼내지 않았다.

그러던 어느 날, 그날도 둘이서 산 아래 것들을 마지막으로 메어오던 날이었다.

산을 앞장서 오르던 관모가 발을 멈추고 돌아보며 불쑥 물었다.

"포성은 인제 안 오려나 보지?"

"겨울을 나면서 천천히 기다려야지."

나는 숨을 몰아쉬며 무심결에 대답했다. 그때 관모가 조금 웃었다.

"요걸로 얼마나 지낼까?"

관모는 자기 어깨에 멘 쌀자루를 툭툭 쳐 보였다. 그러는 관모의 표정이 변했다.

"입을 줄이는 수밖에 없지."

말하고 나서 관모는 획 몸을 돌려 다시 산을 오르기 시작했다. 나는 얼핏 그의 말뜻을 알아들을 수가 없었다. 대꾸를 못하고 아직 그 말을 씹으며 뒤를 따르고 있으니까 관모가 다시 발을 멈추고 돌아섰다.

"다 내게 맡기고 너 같은 참새 가슴은 구경만 하면 돼. 위생병은 그런 일에는 적당치 않으니까. 한데…… 언제가 좋을까?"

그는 찬찬히 나의 얼굴을 들여다보았다. 그리고 이미 모든 것을 결정해놓았던 듯 별로 생각해보지도 않고 잘라 말했다.

"첫눈이 오는 날이 좋겠어. 그사이에 포성이 오면 또 생각을 달리해도 될 테니까."

그러고는 금방 눈이 떨어지기라도 할 것처럼 하늘을 쳐다보는 것이었다.

그날 밤 관모는 또 나에게로 왔다. 그러나 나는 다른 어느 때보다 역겨워 그를 호되게 쫓았다. 사실로 그것은 역겹고 불쾌한 일이었다.

우리가 이 동굴로 온 첫날 밤, 막 잠이 든 뒤였다. 동굴의 어둠 속에서 나는 몸이 거북해서 다시 눈을 떴다. 정신이 들고 보니 엉덩이 아래를 뭉툭한 것이 뿌듯이 치받고 있었다. 귀밑에서 후끈거리는 숨결을 의식하자 나는 울컥 기분이 역해져서 몸을 비틀었다. 그러나 놈은 가슴으로 나의 등을 굳게 싸고 있었다.

"가만있어……."

관모가 귀밑에서 황급히, 그러나 낮게 속삭였다. 나는 견딜 수가 없었다. 구렁이처럼 감겨드는 놈을 매섭게 밀쳐버리고 바닥에 등을 꽉 붙이고 누웠다. 그는 한동안 숨을 죽이고 있더니 할 수 없었는지 가랑잎을 부스럭거리며 안쪽으로 굴러갔다. 나는 눈을 감았다. 그리고 희한하게도 관모가 김일병에게서 낮에 말했던 〈쓸모〉를 찾아낸 소리를 듣고 있었다.

아마 그것은 김일병이 관모에게 뒤를 맡긴 최초의 일이었을 것이다.

다음 날, 김일병의 표정은 별로 달라지지 않고 있었다. 오히려 얼마쯤 차분해진 쪽이었다. 그사이 김일병에게서 의식하지 못했던 그 눈빛까지 되살아난 것 같았다. 포성의 이야기, 곧 포성이 되돌아오게 될 거라는 이야기를 해주었을 때 김일병은 잠깐 그런 눈을 했었다. 관모는 김일병을 별로 괴롭히지 않았다. 김일병의 상처는 더 나빠지지는 않았으나 결코 위생병 옆에서는 좋아질 수도 없을 만큼 큰 것이었다. 그렇게 며칠을 지나던 어느 날 밤 관모가 다시 나에게로 와서 더운 입김을 뿜어댔다. 김일병에게서는 냄새가 난다고 했다. 나는 관모를 다시 김일병에게로 쫓아버렸다. 그러나 그 며칠 뒤부터 관모는 절대로 다시 김일병에게로는 가지 않았다. 그러다가 그 첫눈에 관한 이야기를 시작했다. 사실 김일병의 상처에서는 견딜 수 없을 만큼 냄새가 났다. 그날 밤도 관모는 김일병에게 가지 않았다. 관모는 밤마다 나의 귀밑에서 더운 입김만 뿜다가 떨어져가곤 했다. 내가 할 수 있는 것은 등을 바닥에서 떼지 않는 것뿐이었다. 초겨울로 접어들었는데도 눈은 무척 더디었다. 이제 김일병에게서는 아무리 포성의 이야기를 해도 그 기이한 눈빛이 나타나지 않았고, 나중에는 하루 한 번씩 내가 소독약을 발라주는 것조차 거절하고 있었다. 건빵 가루로 쑤어준 미음을 받아먹던 것도 이미 사흘 전의 일, 포성에 대한 희망은 까마득한 채 드디어 첫눈이 내리게 된 것이다.〉

여기서 그 첫눈에 관한 비약은 완전히 해명이 된 셈이었다.

〈어둠이 차오르기 시작한 골짜기 아래서 가물가물 관모가 올라오고 있었다. 관모는 조금 오르고는 한참씩 멈춰 서서 동굴을 쳐다보곤 했다. 긴장 때문에 사지가 마비되어 오는 것 같았다. 나는 후닥닥 김일병 쪽으로 가서 그의 눈을 들여다보았다. 그 눈동자는 천장의 어느 한 점에 고정되어 있었으나 시신경은 이미 작용을 멈춰버린 것 같았다. 그 눈은 시신경의 활동보다 먼저 그의 안이 텅 비어버린 것을 말해주고 있을 뿐이었다. 가끔씩 눈꺼풀이 내려와서 그 눈알을 씻고 올라가는 것이 그가 아직 살아 있다는 유일한 증거였다.

"눈이 오고 있다, 김일병."

나는 부드러운 목소리로 아무렇지 않게 말하고 나서 다시 그 김일병의 눈을 들여다보았다. 그 눈에는 아무런 표정도 스치지 않았다.

"김일병, 눈이 오고 있어."

나는 좀더 큰 소리로 말했으나 김일병의 표정이 여전히 변하지 않는 것을 보고는 문득 손을 놀려 김일병의 상처에 처맨 천을 풀었다. 말라붙은 피고름에 헝겊이 빳빳하게 엉겨 있었다. 그것을 풀어내자 나는 흠칫 놀라 숨을 들이쉬었다. 상처 벽이 흙 벼랑처럼 무너져가고 있었다. 나는 다시 김일병의 눈을 보았다. 아, 그런데 김일병은 나의 말을 알아들은 것일까. 아니면 아까 분위기가 말해준 모든 것을 이미 알아차리고 자신의 가장 깊은 곳으로 잠겨 들어가 마지막 생명의 소리에 귀를 기울이고 있었던 것일까. 뜻밖에도 그의 눈에 맑은 액체가 가득 차올라 있었다. 그리고 그것을 밀어내지 않으려는 듯이 눈꺼풀이 오래 동작을 그치고 있었다. 그 눈물을 되삼켜버린 듯 그의 눈이 다시 건조해졌다. 눈동자가 뜻 없이 천장의 한 점을 응시하고 있었다.

그때 나는 김일병이 죽어도 좋다고 생각했다.〉

이야기는 거기까지였다. 그러니까 형이 죽였다고 한 것은 아마도 김일병이었을 터이지만, 그것이 누구의 행위일는지는 아직도 그리 확실하지가 않았다. 확실치 않은 것은 관모에 대해서도 마찬가지였지만, 어쨌든 거기에서 형이 천릿길을 탈출할 힘을 얻을 수 있었다면 그것은 가해자가 누구냐인가는 문제가 아니었다. 형은 이미 살인을 저지른 것이었다. 그리고 형은 지금 그 이야기를 함으로써 관념 속에서 살인을 되풀이하려는 참이었다. 그러나 그는 망설이고 있었다. 그것은 마치 소설의 서장으로 씌인 눈과 사냥의 이야기에서, 그리고 관모와 김일병의 눈빛 사이에서 아무것도 하지 못하고 초조하게 망설이고 있는 〈나〉를 연상케

했다. 수술에 실패한 소녀에 관해서만 생각지 않는다면, 형은 지금 무슨 이유로 그때의 살인의 이야기를 하고 있는지, 그리고 그 살인의 기억을 되새기고 있는지도 알 수가 없었다. 더욱 그 살인의 기억 속에 이야기의 결말을 망설이고 있는지 형의 심사를 알 수가 없었다.

매일 저녁 나는 그 형의 소설을 뒤져보고 어서 끝이 나기를 기다렸지만, 관모는 항상 아직 골짜기 아래서 가물거리고 있었고, 김일병은 김일병대로 형의 결정을 기다리고만 있었다.

무엇보다 나는 형이 그러고 있는 동안 화실에서 나의 일을 할 수가 없었다.

다음 날 내가 아침을 먹고 집을 나설 때까지 형은 얼굴을 내밀지 않았다. 나는 낮 동안은 될수록 형의 소설을 생각지 않고 나의 작업에만 전념해보리라 마음을 다지고 일찍 화실로 나갔다. 그러나 나는 화가(畵架)[15] 앞에 앉을 마음의 준비가 없이는 아무것도 되지 않는다는 것을 알고 있었다. 나는 유리창 앞으로 가서 담배를 피워 물었다. 화실로 학생들이 나오는 시간은 오후부터였다. 현기증이 나도록 넓은 화폭 앞에서 나는 결국 형의 소설만을 생각했다. 그 이야기 가운데의 누가 나의 화폭에서 재생되기라도 할 듯 그것의 결말을 보지 않고는, 형이 김일병을 죽이기 전에는, 나의 일을 할 수가 없었다. 결말은 명백히 유추될 수 있었다. 형은 언젠가 자기가 동료를 죽였다고 말했지만, 형의 약한 신경은 관모의 행위에 대한 방관을 자기의 살인 행위로 받아들인 것인지도 모

15) 화가(畵架) 그림을 그릴 때 화판을 받치는 삼각의 틀. 이젤.

를 일이었다. 그렇다면 형은 가엾은 사람이었다. 그리고 미웠다. 언제나 망설이기만 할 뿐 한 번도 스스로 행동하지 못하고 남의 행동의 결과나 주워 모아다 자기 고민거리로 삼는 기막힌 인텔리였다. 자기 실수만이 아닌 소녀의 사건을 자기 것으로 고민함으로써 역설적으로 양심을 확인하려 하였다. 그리고 자신을 확인하고 새로운 삶의 힘을 얻으려는 것이었다.

그러나 요즘 형은 그 관념 속의 행위마저도 마지막을 몹시 주저하고 있었다. 악질인 체했을 뿐 지극히 비루하고[16] 겁 많은 사람이었다. 영악하고 노회한[17] 그의 양심이 그것을 용납지 않는 모양이었다.

나는 화실 학생들의 등 뒤에서 그들의 화폭만을 기웃거리다 어스름 전에 집으로 돌아오고 말았다. 역시 형은 나가고 없었다. 나는 우선 형의 방으로 가서 원고부터 살폈다. 어제나 마찬가지였다. 원고를 다시 집어넣어 두고 방을 나왔다. 몸을 씻고 저녁을 먹고 아주머니와 몇 마디 싱거운 소리를 주고받는 동안 나는 줄곧 화가 나서 견딜 수가 없었다. "도대체 형이란 자는……"으로부터 시작해서 생각해낼 수 있는 욕설은 모조리 쏟아놓고 싶었다. 그러나 그것은 꼭 형을 두고 하는 생각만은 아니었다. 그저 욕을 하고 싶다는 것, 욕할 생각이라도 하고 있지 않으면 한순간도 견뎌 배길 수 없을 듯한 노여움 같은 것이 속에서 부글거렸다. 아주머니가 오랜만에 바람 좀 쐬고 오겠다고 집을 나간 다음, 나는 다시 형의 방으로 가서 쓰다 둔 소설과 원고지를 들고 나의 방으로 갔다. 기다릴 수가 없었다. 나는 화풀이라도 하는 마음으로 표범 토끼 잡듯 김일

16) 비루하다(鄙陋—) 행동이나 성질 따위가 품위가 없고 천하다.
17) 노회하다(老獪—) 남을 속이는 재주가 매우 능숙하다.

병을 잡았다. 김일병의 살해범이 누구인지 확실치도 않은 것을 〈나〉로 만들어버렸다. 그러니까 〈내〉(여기서는 형이라고 해야 좋겠다)가 관모가 오기 전에 김일병을 끌고 동굴을 나와서 쏘아버리는 것으로 소설을 끝내버렸다. 형은 다음에 탈출 이야기를 이을 것인지 모르지만 그것은 아무래도 좋았다. 관모의 말처럼 망설이고 두려워하기만 하는 형(〈나〉)의 참새 가슴이 벌떡거리는 것을 그리다 나는 새벽녘에야 조금 눈을 붙였다.

다음 날, 나는 화폭에 약간 손을 댔다. 그러고 나서 한동안 묘한 흥분기 속에서 헤어나지를 못했다. 혜인의 결혼식을 무의식 중에나마 의식하고 있었던 때문이었는지 모른다. 실상 나는 혜인의 결혼식을 가보는 게 옳을는지 모른다는 생각이 들기도 했지만, 오랜만에 제법 손이 풀리는 것 같아서 그것을 금방 잊어버리고 있었다. 그런데 점심을 먹고 들어와서 막 아이들을 기다리고 있는 참에 뜻밖에 그때쯤 식장에 서 있을 혜인에게서 속달이 왔다. 하루가 지난 뒤에 뜯어보든지 아주 잊어버려지기를 바라면서 봉투를 서랍 속에 던져넣어버렸다. 그러고는 아직 좀 이른 시간이었지만 아이들을 기다렸다. 그것들이 옆에 있어주는 것이 좋을 것 같았다. 그러나 그때 문을 벌컥 열고 들어선 것은 눈이 벌겋게 충혈된 형이었다. 사실 나는 어젯밤 형의 이야기에 손을 대놓고 형이 아주 모른 체하리라고는 생각지 않았다. 그러나 나는 모처럼 화폭에 손을 댈 수 있었고, 막연하게나마 혜인의 결혼이 머리에 젖어 있어서 미처 형이 그렇게 나타나리라고는 생각을 못하고 있던 참이었다.

형은 문에 기대어 서서 문을 잘못 들어선 사람처럼 방 안을 한 번 휘둘러보고 나서야 천천히 나의 곁으로 다가왔다.

"혜인인가…… 그 아가씨 결혼식엔 안 가니?"

형은 물끄러미 나의 화폭을 바라보면서 말했다. 예사스런 목소리와는 다르게 화폭에 가 닿은 식지[18]가 파르르 떨리고 있었다. 혜인은 원래 형 친구의 소개로 나의 화실을 나왔던 터이니 형도 그건 알고 있을 것이었다. 그렇다면 형은 혜인에 대해서, 그리고 그 여자의 남자에 대해서도 알 만한 것은 알고 있을 터였다. 하지만 그게 내게 무슨 상관이란 말인가.

"형님의 관심은 그런 데 있는 게 아닐 텐데요."

나는 도사리는[19] 소리를 했다.

"아가씨를 뺏긴 것 외에는 넌 썩 현명한 편이다."

형이 웃었다. 그러자 나는 갑자기 초조해졌다.

"제게 감사하러 오신 것 같지는 않군요."

"그럼. 더구나 그런 오해를 하고 있을까 봐서."

하면서 형은 손가락으로 화폭을 꾹 눌러서 구멍을 내버렸다. 나는 반사적으로 자리에서 일어섰다. 형이 한 손으로 구멍을 넓히면서 다른 한 손으론 내게 그냥 앉으라는 시늉을 했다.

"좀 똑똑한 아우를 두고 싶을 뿐이야. 화를 내지 말았으면 해. 난 너의 기분 나쁜 쌍통을 상대하기에는 지금 너무 기분이 좋아 있어. 다만 이 그림은 틀렸어. 난 잘 모르지만. 틀림없이 넌 뭔가 잘못 알고 있으니까. 곧 알게 될 거야. 늦었을지 모르지만 난 이제 결혼식엘 가봐야겠어. 신랑도 아는 처지라 말이다."

18) 식지(食指) 집게손가락.
19) 도사리다 일이나 말의 뒤끝을 조심하여 감추다.

그리고 형은 나가버렸다. 어깨가 퍽 자신 있게 흔들리고 있었다. 나는 한동안 형이 사라진 문을 멍하니 바라보고 있었다. 눈을 돌렸을 때 폭풍에 시달린 돛 폭처럼 나의 화폭은 흉하게 너덜거리고 있었다. 나는 갑자기 생각이 난 듯 서랍에서 혜인의 편지를 꺼내어 잠시 손가락 사이에서 부피감을 느껴보다가 봉투를 뜯었다.

인제 갑니다. 새삼스럽다구요? 하지만 그젯밤 선생님은 제가 이제 정말로 떠나간다는 인사말을 하게 해주지도 않으셨지요. 그건 선생님께서 너무 연극기를 싫어하기 때문이라시겠죠. 저를 위해 축복해주시라고는 하지 않겠어요. 다만 안녕히 계시라고 분명한 목소리로 말을 했어야 했고, 그걸 못했기 때문에 다시 이런 연극을 하는 거예요.

결혼식을 하루 앞둔 신부의 편지라고 겁내실 필요는 없어요. 어떤 일도 선생님은 책임을 지려고 하지 않으셨고, 저는 선생님에게 책임을 지워보려는 모든 노력에서 한 번도 이긴 적이 없으니까요. 결국 선생님은 책임을 질 수 있는 일이 아무것도 없음을 알았어요. 혹은 처음부터 책임을 지지 않도록 하는 일이 이미 책임 있는 행위라고 생각하고 계실지 모르겠어요. 감정의 문제까지도 수식을 풀고 해답을 얻어내는 그런 방법이 사용될 수 있으리라고 생각하시는지 모르지만, 그것도 결국 선생님은 아무것도 책임질 능력이 없다는 증거지요. 왜냐하면 선생님의 해답은 언제나 모든 것이 자신의 안으로 돌아가는 것뿐이었으니까요.

선생님을 언제나 그렇게 만든 것은 선생님이 지니고 계신 이상한 환부(患部)였을 것입니다. 내일 저와 식을 올릴 분은 선생님의 형님 되시는 분을 6·25 전쟁의 전상자라고 하더군요. 처음에 저는 그 말을 알아들을 수가 없었지만 요즘의 병원 일과 소설을 쓰신다는 일, 술(놀라시겠지만 그분은 선생님의 형님과 친구랍니다)에 관한 모든 이야기를 듣고는 어느 정도 납득이 갔어요. 그렇지만 정말로 저는 선생님에 대해서는 알 수가 없었어요. 6·25의 전상이 자취를 감췄다고 생각하면 오해라고, 선생님의 형님은 아직도 그 상처를 앓고 있다고 하시는 그분의 말을 듣고 저는 선생님을 생각했어요. 그렇다면 이유를 알 수 없는 환부를 지닌, 어쩌면 처음부터 환부다운 환부가 없는 선생님은 도대체 무슨 환자일까고요. 게다가 그 증상은 더 심한 것 같았어요. 그 환부가 어디에 위치해 있는지, 그것이 무슨 병인지조차 알 수 없다는 점에서 선생님의 증상은 더욱더 무겁고 위험해 보였지요. 선생님의 형님은 그 에너지가 어디에 근원했건 자기를 주장해왔고, 자기의 여자를 위해 뭔가 싸워왔어요.

몇 번의 입맞춤과 손길을 허락한 대가로 말씀드리는 것은 아닙니다. 제가 치료를 해드릴 수 있었으면 하고 생각했었지만, 그것은 결국 선생님 자신의 힘으로밖에 치유될 수 없는 것이라는 것을 알게 되었습니다. 그렇게 되시기를 빌 뿐입니다.

그리고 이제 저는 어떻든 행복해지고 싶으며, 그러기 위해선 누구보다 먼저 자신이 자신을 용서해야 하리라는 조그만 소망 속에 이 글을 끝맺겠어요.

영영 열리지 않을 문의 성주(城主)에게

혜인 올림

"도련님, 오늘은 이 집에 무슨 못 불 바람이 불었나 보죠?"

가까스로 아이들을 돌보고 집으로 돌아오자, 아주머니는 전에 없이 웃는 얼굴이었다.

"바람이라뇨?"

나는 말하면서 힐끗 형의 방을 들여다보았다. 형은 역시 부재중이었다.

"도련님 얼굴이 다른 날과 달라요."

그것은 정말일는지 모른다. 아주머니 자신의 표정이 다른 날과는 다르기 때문이다.

"무슨 일이 있었나요?"

"형님이 내일부터 병원 일을 시작하시겠대요."

아주머니는 어서 누구에게라도 그 말을 하려고 기다리고 있었던 듯 더 이상 참지 못하고 웃음의 비밀을 털어놓았다.

나는 형의 방으로 뛰어 들어가서 서랍을 열고 원고 뭉치를 꺼냈다. 잠시 나의 뇌수는 어떤 감정의 유발도 유보하고 있었다. 소설의 끝 부분을 펼쳤다. 그러고는 거기 선 채로 나의 시선은 원고지를 쫓기 시작했다. 나의 감정은 다시 한 번 진공 속으로 빠져 들어갔다. 등을 보이고 쫓기던 사람이 갑자기 돌아섰을 때처럼 나는 긴장했다. 형의 소설은 끝이 달라져 있었다. 형은 내가 쓴 부분을 잘라내고 자신이 다시 끝을 맺어놓고 있었다. 형의 경험이 이 소설 속에서 얼마만큼 사실성을 유지하고 있는진 알 수 없다. 혹은 적어도 이 끝 부분만은 형의 완전한 픽션인지도 모른다. 형은 나의 추리를 완전히 거부해버리고 있었다.

〈나〉는 관모가 나타날 때까지 동굴을 들락날락하고만 있다. 드디어 관모가 동굴까지 올라왔다. 그 얼굴이 어둠 속에서 땀에 번들거렸다. 그는 대뜸 〈동강 나간 팔 핑계를 하고 드러누워 처먹고만 있을 테냐〉며,

〈오늘은 네놈도 같이 겨울 준비를 해야겠다〉고 김일병을 일으켜 끌고 동굴을 나간다. 〈내〉가 불현듯 관모의 팔을 붙잡는다. 관모가 독살스러운 눈으로 〈나〉를 쏘아본다. 〈나〉는 아무 말도 못하고 고개를 떨어뜨린다. 〈넌 구경이나 하고 있어……〉 타이르듯 낮게 말하고 관모가 김일병을 앞세우고 산을 내려간다. 말끝에서 나는 '이 참새 가슴아' 하고 말하고 싶어하는 관모의 소리를 들은 듯싶었다. 뜻밖의 기동으로 침착하게 발길을 내려 걷고 있는 김일병은 단 한 번 길을 내려가면서 〈나〉를 돌아본다. 그러나 그 눈에는 아무것도 찾아볼 수가 없다. 둘은 눈길에 검은 발자국을 내며 골짜기로 내려갔다. 그리고 그들이 골짜기의 잣나무 숲으로 아물아물 숨어들어가버릴 때까지 〈나〉는 거기에 못박힌 듯 붙어서 있기만 했다. 어느덧 눈은 그치고 눈 위를 스쳐온 바람이 관목 사이로 기분 나쁜 소리를 내며 빠져나갔다. 드문드문 뚫린 구름장 사이로는 바쁜 별들이 서쪽으로 서쪽으로 흐르고 있었다. 조금 뒤에 골짜기에서는 한 발의 총소리가 적막을 깼다. 그 소리는 골짜기를 한 바퀴 돌고 난 다음 남쪽 산등성이로 긴 꼬리를 끌며 사라져갔다. 〈나〉는 비로소 잠에서 깨어난 듯 깜짝 놀란다.

〈그 총소리는 나의 가슴속 깊이 어느 구석엔가 숨어서 그 전쟁터의 수많은 총소리에도 지워지지 않고 남아 있었던 선명한 기억 속의 것이었다. 어린 시절, 노루 사냥을 갔을 때에 설원에 메아리치던 그 비정과 살의를 담은 싸늘한 음향이었다.〉

그러자 〈나〉의 눈앞에는 그 설원에 끝없이 번져가는 핏자국이 떠올랐다. 그때 또 한 발의 총소리가 메아리쳐 올랐다. 〈나〉는 몸을 부르르 떨고 나서 동굴 구석에 남은 한 자루의 총을 걸어 메고 그 〈핏자국〉을 따라 산을 내려갔다. 〈오늘은 그 노루를 보고 말겠다. 피를 토하고 쓰러진 노루를〉, 〈날더러는 구경만 하라고? 그렇지. 잔치는 언제나 너희들뿐이었지〉 이런 말들이 〈내〉가 그 〈핏자국〉을 따라가는 동안에 수없이 되풀이되고 있었다.

〈그 핏자국은 끝날 것 같지 않았다. 끝없이 눈 위로 계속되었다. 나는 뛰었다. 그 핏자국은 관모들이 눈을 헤치고 간 발자국이었다는 것을 안 것은 내가 가시나무에 이마를 할퀴고 정신을 다시 차렸을 때였다. 이마에 섬뜩한 촉감을 느끼고 발을 멈추어 섰을 때 나의 뒤에서는 가시나무가 배를 움켜쥐며 웃고 있는 것처럼 커다란 키를 흔들고 있었다. 나는 잣나무 숲 속으로 들어서 있었다. 이마에 손을 대어보니 미끄럽고 검은 것이 묻어났다. 손가락을 뿌리고 다시 발자국을 따라 몸을 움직이려 했을 때였다.

"어딜 가는 거야!"

송곳 같은 소리가 귀에 와 들어박혔다. 나는 흠칫 놀라 발을 멈추고 주위를 둘러보았다. 발자국이 사라진 쪽과는 반대편 언덕 아래서 관모가 총을 내 쪽으로 받쳐들고 서 있었다. 어둠 속에 허연 이를 드러내놓고 있었다. 웃고 있는 것 같았다. 내가 발을 멈추자 그는 총을 내리고 나에게로 다가왔다.

"너 같은 참새 가슴은 보지 않은 게 좋아. 모른 체하고 있으래지 않았나."

관모는 쓰다듬어줄 듯이 갑자기 목소리가 낮아졌다.

—하지만 나는 오늘 밤, 노루를 보고 말겠다. 피를 토하고 쓰러진 노루를.

나는 관모를 무시하고 천천히 몸을 돌렸다.

"가지 마라!"

이상하게 가라앉은 목소리가 나를 쫓아왔다. 노리쇠가 한번 후퇴했다. 전진하는 금속성이 뒤로부터 나의 뇌수를 쪼았다. 뇌수가 아팠다. 나는 등 뒤로 독사 눈깔처럼 까맣게 나를 노리고 있을 총구를 의식했다.

—또 뒤를 주고 섰구나, 뒤를.

"포성이 다시 올 희망은 없다. 먹을 게 없어지면 우리가 찾아가야 한다. 난 아직 네가 필요하다. 그것은 너도 마찬가지다."

"……."

"돌아서라."

—그렇지, 돌아서야지. 이렇게 뒤를 주고서야 어디.

나는 돌아섰다.

관모는 그제야 안심한 듯 내게 향했던 총을 내리고 나에게로 걸어왔다. 어깨라도 짚어줄 것 같은 태도였다. 그 순간. 나의 총이 다급한 금속성을 퉁기고 몸은 납작 땅바닥 위로 엎드렸다. 관모의 몸도 따라 땅 위로 낮아지고 거의 동시에 두 발의 총소리가 또 한 번 골짜기의 정적을 깼다. 모든 것이 거의 한순간에 일어난 일이었다.

총소리가 사라지자 골짜기에는 다시 무거운 고요가 차올랐다. 나는 머리를 조금 들고 관모 쪽을 응시했다. 흰 눈 위에 관모는 검게 늘어진 채 미동도 없었다. 나는 엎드린 채 몸을 움직여보았다. 이상한 데가 없었다. 당황한 관모의 총알은 조준이 되지 않았을 것이었다.

다시 관모 쪽을 살폈다. 가슴께서부터 눈 위로 검은 반점이 스멀스멀 번져 나오고 있었다. 나는 거기에서 눈을 떼지 않은 채 상체부터 조금씩 몸을 일으켰다. 그러고는 총을 비껴 쥐고 조심조심 관모 쪽으로 다가갔다. 가슴께에서 쏟아진 피가 빠른 속도로 눈을 물들이고 있었다. 금세 나의 발을 핥고 들 기세였다. 나무들은 높고 산골엔 소름 끼치는 고요가 짓누르고 있었다. 이상스런 외로움이 뼛속으로 배어들었다. 그때 갑자기 관모가 몸을 꿈틀했다. 그러고는 계속해서 조금씩 꿈틀거렸다. 그것은 모래성에서 모래가 조금씩 흘러내리는 것처럼 작고 신경에 닿아오는 것이었다. 나는 겁이 나기 시작했다. 어느새 핏자국이 눈을 타고 나의 발등을 덮었다. 나는 한참 동안 두려운 눈으로 관모의 움직임을 지켜보고 있었다. 입으로 짠 것이 흘러들었다. 손으로 이마를 짚었다. 생채기에서 볼로 미끈한 것이 흐르고 있었다.

관모의 움직임은 더 커가는 것 같았다. 금방 팔을 짚고 일어나 앉을 것 같은 생각이 들었다. 짠 것이 계속해서 입으로 흘러들어왔다. 나는 천천히 총대를 받쳐들고 관모를 겨누었다.

탕!

총소리는 산골의 고요를 멀리까지 쫓아버리듯 골짜기를 샅샅이 훑고 나서 등성이 너머로 사라졌다. 그 소리의 여운을 타고 웬 그리움 같은 것이 가슴으로 젖어들었다. 문득 수면에 어리는 그림자처럼 희미한 얼굴이 떠올랐다. 그것은 웃고 있는 것 같았다. 그리고 좀더 확실해지기만 하면 나는 그 얼굴을 알아볼 수도 있을 것 같았다. 오래전부터 나와 익숙했던, 어쩌면 어머니의 뱃속에도 있기 이전부터 이미 알고 있었던 것 같은 그리운 얼굴이었다. 그러나 생각이 나지 않았다. 안타까웠다. 생각이 나기 전에 그 수면 위의 그림자처럼 희미하던 얼굴은 점점 사라져갔다. 나는 눈을 감았다. 그리고 계속해서 방아쇠를 당겼다. 총소리가 다시 산골을 메웠다. 짠 것이 자꾸만 입으로 흘러들어왔다.

탄환이 다하고 총소리가 멎었다.

피투성이의 얼굴이 웃고 있었다. 그것은 나의 얼굴이었다.〉

선 채로 소설을 다 읽고 나서 나는 비로소 싸늘하게 식은 저녁상과 싸늘하게 기다리고 있는 아주머니를 의식했다.

몸을 씻은 다음 상 앞에 앉아서도 나는 아직 아주머니에게 눈을 주지 않고 있었다. 나의 추리는 완전히 빗나갔다. 그러나 그런 건 괘념할[20] 필요가 없었다. 소설의 마지막에서 형은 퍽 서두른 흔적이 보였지만 결코 지워지지 않는 연필로 그린 듯한 강한 선(線)으로 〈얼굴〉을 이야기하고 있었다. 형이 낮에 나의 그림을 찢은 이유가 거기 있었다. 내일부터 병원 일을 시작하겠다던 말을 알 수 있을 것 같았다. 그리고 동료를 죽였기 때문에 천릿길의 탈출에 성공할 수 있었다던 수수께끼의 해답도 거기 있었다.

나는 상을 물리고 나서 담배를 피워 물고 마루로 걸터앉았다.

"형님은 소설 다 끝맺어놨지요?"

아주머니가 곁에 와 앉았다.

"네, 읽어보셨어요?"

"아니요, 그저 그런 것 같아서요."

여자들의 직감은 타고난 것이었다. 지극히 촉각에 예민한 곤충처럼 모든 것을 피부로 느끼고 알아냈다.

20) 괘념하다(掛念—) 마음에 걸려 걱정하다.

"이상한 일이군요. 알 수가 없어요…… 형님은."

나는 아주머니의 말을 알 수 있었다.

"모르시는 대로 괜찮을 거예요."

"도련님도 마찬가지예요."

"제게도 모르실 데가 있나요?"

"요즘, 통 술을 잡수시지 않는 것, 그 아가씨에 대한 복수예요?"

아주머니는 복잡한 이야기를 싫어했다. 이야기를 따라가기가 힘들어지면 언제나 나의 꼬리를 끌어 잡아당겨 뒷걸음질을 시켜서 맥을 못 추게 해오곤 했다.

"그 아가씨 오늘 결혼해버렸어요."

11시가 조금 지났을 때에 대문이 열리고 형이 들어오는 소리가 났다. 나는 천장을 쳐다보고 누워서 형의 거동 하나하나를 귀로 좇고 있었다. 형은 몹시 취한 모양이었다. 화난 짐승처럼 숨을 식식거리며 아주머니의 말에는 대꾸도 하지 않고 방으로 들어갔다. 조금 뒤에 형은 다시 문을 열고 나왔다. 그러고는 무슨 종이를 북북 찢어댔다. 성냥을 그어 거기 붙이는 소리가 나고는 잠시 조용해졌다. 다시 노래 같은 소리를 내다가는 뭐라고 중얼중얼 혼잣말을 하기도 했다. 아주머니가 곁에 서서 형을 내려다보고 있을 것이었다. 형 쪽에서 미리 바라지도 않았지만 아주머니는 술 취한 형을 도와준 일이 없었다.

붉은 화광이 창문에 비쳤다.

—무엇을 태우고 있을까.

종이 찢는 소리가 이따금씩 들렸다. 나는 벌떡 일어나 문을 열고 밖으로 나갔다. 아주머니가 먼저 나를 보았다. 아무 표정도 없었다. 형은 댓

돌을 타고 앉아서 그 원고 뭉치를 한 장 한 장 뜯어내어 불에다 던져 넣고 있었다. 한참 만에야 형은 천천히 고개를 돌려 나를 쳐다보았다. 그 얼굴이 비죽비죽 웃고 있었다. 형은 다시 불붙고 있는 원고지 쪽으로 얼굴을 돌려버렸다.

"병신 새끼!"

형은 나에겐지, 형 아닌 다른 사람에게라기에는 너무나 탈진한 목소리로 중얼거렸다. 그러나 그것은 나에게 한 말이었다. 다음 순간 형은 다시 나를 똑바로 쳐다보았다.

"너의 그 귀여운 아가씨는 정말 널 싫어했니?"

—형님은 6·25 전상자랍니다.

하려다 나는 아직도 형이 하고 싶은 말이 있으리라 생각하고 순순히 머리를 끄덕였다.

"병신 새끼……."

이번에는 형이 손으로는 연신 원고지를 찢어 불에 넣으면서도 눈길만은 내 쪽을 향해 분명하게 말했다.

"그래 도망간 아가씨의 얼굴을 그리고 싶어졌군!"

나는 아직도 더 참을 수 있다고 생각했다. 아주머니는 여전히 형과 나의 얼굴을 무표정하게 번갈아 보고만 있었다.

"다 소용없는 짓이야…… 오해였어."

형은 다시 중얼거리는 투였다. 나는, 지금 형에게 원고를 불태우는 이유를 이야기시키려는 것은 소용없는 일일 것 같았다. 방으로 들어가려고 했다.

"거기 있어!"

형이 벌떡 몸을 일으키는 체하며 호령을 했다.

"기껏해야 김일병이나 죽인 주제에…… 임마, 넌 이걸 모두 읽고 있었지…… 불쌍한 김일병을…… 그 아가씨가 널 싫어한 건 너무 당연했어."

순서는 뒤범벅이었지만 무엇을 이야기하려는 것인지는 분명했다. 나는 형을 쏘아보았으나, 그때 형도 나를 마주 쏘아보았기 때문에 시선을 흘리고 말았다. 형은 눈으로 나를 쏘아본 채 손으로는 계속 원고를 뜯어 불에 넣고 있었다.

"임마, 넌 머저리 병신이다. 알았어?"

형이 또 소리를 꽥 질렀다. 그리고 그것은 지극히 당연한 말이었다는 듯이 머리를 두어 번 끄덕이고 나서는,

"그런데 말이야……."

갑자기 장난스럽게 손짓을 했다. 형은 손에서 원고 뭉치를 떨어뜨리고 나의 귀를 잡아끌었다. 술 냄새가 호흡을 타고 내장까지 스며드는 것 같았다. 형은 아주머니까지도 들어서는 안 될 이야기나 된 것처럼 귀에다 입을 대고 가만히 속삭여왔다.

"넌 내가 소설을 불태우는 이유를 묻지 않는군……."

너무나 정색을 한 목소리여서 형의 얼굴을 보려고 했으나 형의 손이 귀를 놓아주지 않았다.

"그런데 너도 읽었겠지만, 거 내가 죽인 관모 놈 있지 않아. 오늘 밤 나 그놈을 만났단 말야."

그러고는 잠시 말을 끊고 나를 찬찬히 살펴보고 있었다. 그 눈은 술에 젖어 있었지만, 생각이 멀리 있는 것처럼 보이는 것은 결코 술 때문만이 아닌 것 같았다. 그러자 형은 이제 안심이라는 듯 큰 소리로,

"그래 이건 쓸데없는 게 되어버렸지…… 이 머저리 새끼야!"
하고는 나의 귀를 쭉 밀어버렸다.

다시 원고지를 집어 사그라드는 불집에 집어넣었다.

"한데 이상하거든……. 새끼가 날 잘 알아보질 못한단 말이야…… 일부러 그런 것 같지도 않았는데……?"

불을 보면서 형은 계속 중얼거렸다.

"내가 이제 놈을 아주 죽여 없앴으니 내일부턴…… 일을 하리라고 생각하고 자리를 일어서서 홀을 나오려는데…… 그렇지, 바로 문에서 두 걸음쯤 남았을 때였어. 여어, 너 살아 있었구나 하고 누가 등을 탁 치지 않나 말야."

형은 나를 의식하고 이야기하는 것 같기도 하고 혼자 중얼거리는 것 같기도 했다.

"놀라 돌아보니 아 그게 관모 놈이 아니냔 말야. 한데 놈이 그래놓고는 또 영 시치밀 떼지 않아. 이거 미안하게 됐다구…… 두려워서 비실비실 물러나면서…… 내가 그사이 무서워진 걸까…… 하긴 놈은 내가 무섭기도 하겠지. 어쨌든 나는 유유히 문까지 걸어 나왔어. 그러나…… 문을 나서서는 도망을 쳤지……. 놈이 살아 있는데 이런 게 이제 무슨 소용이냔 말야."

형은 나머지 원고 뭉치를 마저 불집에 집어넣고 나서 힐끗 나를 보았다.

"이 참새 가슴 같은 것, 뭘 듣고 있어. 썩 네 굴로 꺼져!"

소리를 꽥 지르는 통에 나는 방으로 쫓겨 들어오고 말았다.

비로소 몸 전체가 까지는 듯한 아픔이 전해 왔다. 그것은 아마 형의 아픔이었을 것이다. 형은 그 아픔 속에서 이를 물고 살아왔다. 그는 그 아픔이 오는 곳을 알고 있는 것이다. 그리하여 그것은 견딜 수 있었고, 그것을 견디는 힘은 오히려 형을 살아 있게 했고 자기를 주장할 수 있게 했다. 그러던 형의 내부는 검고 무거운 것에 부딪혀 지금 산산조각이 나고 있었다.

그렇다고 해도 이제 형은 곧 일을 시작하게 될 것이다. 형은 자기를 솔직하게 시인할 용기를 가지고, 마지막에는 관모의 출현이 착각이든 아니든, 사실로서 오는 것에 보다 순종하여, 관념을 파괴해버릴 수 있는 힘이 있었다. 무엇보다도 형은 그 아픈 곳을 알고 있었으니까. 어쨌든 형을 지금까지 지켜온 그 아픈 관념의 성은 무너지고 말았지만, 그만한 용기는 계속해서 형에게 메스를 휘두르게 할 것이다. 그것은 무서운 창조력일 수도 있었다.

그러나—.

나는 멍하니 드러누워 생각을 모으려고 애를 썼다.

나의 아픔은 어디서 온 것일까. 혜인의 말처럼 형은 6·25의 전상자이지만, 아픔만이 있고 그 아픔이 오는 곳이 없는 나의 환부는 어디인가. 혜인은 아픔이 오는 곳이 없으면 아픔도 없어야 할 것처럼 말했지만, 그렇다면 지금 나는 엄살을 부리고 있다는 것인가.

나의 일은, 그 나의 화폭은 깨어진 거울처럼 산산조각이 나 있었다. 그것을 다시 시작하기 위하여 나는 지금까지보다 더 많은 시간을 망설이며 허비해야 할는지 모른다.

어쩌면 그것은 나의 힘으로는 영영 찾아내지 못하고 말 얼굴일지도 몰랐다. 나의 아픔 가운데에는 형에게서처럼 명료한 얼굴이 없었다.

생각해볼거리

1 형이 병원 문을 닫고 나서 소설 쓰기를 시작한 이유는 무엇일까요?

형이 소설을 쓰게 된 표면적인 이유는 수술을 하다가 소녀가 죽은 일 때문입니다. 그러나 그가 쓰기 시작한 소설의 내용을 들여다보면 보다 실질적인 이유를 발견할 수 있습니다. 그는 바로 십 년 전 전쟁 중에 패잔병으로 낙오되었다가 탈출하면서 동료를 죽였던 경험이 있었는데, 그때의 일을 그는 소설 속에 그대로 그리고 있었던 것입니다. 따라서 우연히 수술 도중 환자가 죽은 일로 인해 오래전의 죄책감과 정신적 상처가 드러나게 되었고 그것을 극복하고 해결하기 위한 방식의 하나로 소설을 쓰기 시작한 것입니다.

2 형의 소설 쓰기와 동생의 그림 그리기는 각자에게 어떤 의미를 지니는 것일까요?

형은 소설을 쓰다가 중요한 결말 지점에서 멈추고, 동생은 그 이후로 그림을 그릴 수가 없습니다. 이는 곧 소설 쓰기와 그림 그리기가 단순한 창작물로서의 의미를 넘어서, 그들의 내면적 갈등을 드러내고 그것을 해결하기 위한 수단으로서의 역할을 하고 있다는 것을 알 수 있습니다.

3 이 소설의 주인공인 형과 동생은 각각 어떤 공통점과 차이점을 갖고 있는지 토론해봅시다.

이 두 사람의 공통점은 다른 사람에게 쉽게 마음의 문을 열지 않는 내향적인 성격의 소유자라는 점입니다. 그리고 각자 내면에 상처를 가지고 있지요. 그러나 형은 자신의 상처가 어디에서 비롯한 것인지를 잘 알고 있고, 그것을 치유하기 위해 적극적으로 노력하고 있습니다. 결국 소설 쓰기를 통해 그 상처를 어느 정도 극복하고 현실로 되돌아옵니다. 한편 동생은 자신의 상처의 원인이 무엇인지조차 잘 알지 못합니다. 그래서 형보다 내면적 갈등이 더 복잡하게 나타나고 있습니다. 화실에서 화폭에 손을 대지 못하고 있는 장면을 통해 드러나지요. 그리고 대인 관계에 있어서도 소극적으로 반응하며 현실 적응이 어려워 자신의 상처를 잘 극복하지 못하고 있습니다.

4 다음은 이 소설에 등장하는 인물들입니다. 각각의 인물이 어떤 성격의 소유자인지, 그 근거가 될 만한 사건이나 행동을 찾아봅시다.

등장인물	성격 상상하기	근거가 될 만한 사건이나 행동
나(화가)	—우유부단하고 무기력한 인물 —행동보다는 생각을 많이 하는 내향적인 성격	—혜인과 헤어지는 장면 —형의 소설을 몰래 훔쳐 읽음 —형의 소설 때문에 그림을 그리지 못함
형(소설 속의 나)	—인간의 잔인함을 혐오하는 성격 —공격적인 성격 —적극적이고 행동하는 성격	—병원 문을 닫고 소설을 쓰는 행위 —거지 아이의 손을 밟음 —노루 사냥 장면
김일병	—고집이 세고 소심한 성격	—오관모에게 가혹한 매질을 당하면서도 절대로 굴복하지 않음
오관모	—잔인하고 공격적인 성격	—신병들에게 가혹하게 구는 행위 —낙오되어 부상당한 김일병을 죽이겠다는 말

5 형의 소설에 내가 덧붙인 결말과 다시 고쳐 쓴 형의 결말이 어떻게 다른지, 그리고 그것이 의미하는 것이 무엇인지 생각해봅시다.

동생은 오관모가 오기 전에 김일병을 쏘아 죽이는 것으로 결말을 맺고 있고, 형은 김일병을 성적으로 학대하고 부하들을 괴롭혀왔던 오관모를 쏘아 죽이는 것으로 결말을 맺고 있습니다. 동생은 어차피 오관모가 죽일 예정이었던 김일병을 형이 대신 죽이는 것으로 현실과 타협하고 소극적으로 대응하는 것으로 결말을 지은 것이고, 형은 현실과 타협하기보다는 보다 적극적으로 현실에 저항하는 모습을 보여주고 있다고 할 수 있지요.

6 형이 병원 문을 다시 열게 된 이유는 무엇일까요?

형이 병원 일을 다시 시작할 수 있게 된 것은 소설 쓰기를 마친 것과 시간적으로 거의 일치합니다. 즉 형은 소설 쓰기를 통해 내면적 갈등을 해결한 것이지요. 특히 오관모가 실제로 살아 있음을 확인한 뒤에도 형이 병원 문을 다시 열겠다는 것은 비록 현실 속에서는 불만과 상처를 안고 살아가더라도 소설을 통해 간접적으로 상처를 치유함으로써 다시 건강하고 적극적인 상태의 현실로 되돌아오게 되었다는 것을 암시하고 있습니다.

7 이 소설의 제목이 「병신과 머저리」인 이유는 무엇이라고 생각합니까?

여기에 등장하는 두 사람 모두 현실에 쉽게 적응하지 못하고, 내면의 상처 때문에 괴로워하고 있는 인물들입니다. 과거의 기억 때문에 혹은 삶에 대한 허무감 때문에 그들은 자신의 고통을 쉽게 치유하지 못합니다. 특히 동생의 경우는 자신의 상처가 무엇인지도 알 수 없는 무기력감에 빠져 있는데, 이러한 상황을 비유적으로 표현한 것이라고 볼 수 있습니다.

8 **다음은 장용학의 「요한시집」의 줄거리입니다. 「병신과 머저리」와 이 소설의 주인공이 전쟁의 체험을 어떻게 받아들이는지 그 공통점과 차이점을 써봅시다.**

주인공 나(동호)는 전쟁 때 유엔군의 포로가 되어 거제도 포로수용소에 갇힌다. 그런데 수용소 안에서는 오히려 전선보다 더 지독한 좌우 이념 싸움이 계속된다. 수용소에서 나는 포로로 잡혀온 누혜를 만난다. 누혜는 한때 인민군 최고 훈장까지 받을 만큼 투철한 공산주의 신봉자였으나, 이제는 그 신념을 접은 채 하늘만 쳐다보며 날기를 갈망한다. 누구로부터 가혹한 린치를 당하고 살해 위협을 받으면서 지독한 자기 모멸감에 사로잡힌 누혜는 어느 날 유서를 남겨놓고 철조망에 목을 매어 자살하고 만다.

뒷날 수용소에서 석방된 나는 남녘으로 피난온 누혜의 어머니를 찾아간다. 그런데 나는 거기서 수용소에서 본 것과 다를 바 없는 현실을 다시 만난다. 누혜의 늙은 어머니는 중풍에 걸린 채 굶주림 속에서 고양이가 잡아다 주는 쥐로 생명을 부지하고 있었던 것이다. 누혜의 노모에게서 빼앗은 쥐를 고양이 앞에 내동댕이친 나는 노모를 부둥켜안고 울부짖는다. 잠시 뒤 나는 아들 누혜를 부르며 서서히 죽어가는 노모의 모습을 지켜본다.

두 소설은 모두 전쟁의 아픔과 그로 인한 상처로 괴로워하는 주인공이 등장하고 있습니다. 게다가 주인공 모두 전쟁의 소용돌이의 핵심에 놓여 있는 군인들이었지요. 이 두 소설은 모두 전쟁 이후 고통스러운 삶을 살고 있는 사람들을 그리고 있는 대표적인 전후소설입니다. 다만, 「병신과 머저리」에서는 주인공 형이 전쟁의 참상을 주로 오관모와 김일병이라는 인물을 통해 강조하고 있고, 「요한시집」은 군부대 전체의 악랄한 상황과 피난지에서 느끼는 우울함까지 더하여 강조하고 있다는 점이 약간 다릅니다. 또한 형이 이후에 자신의 상처를 소설이라는 글쓰기를 통해 간접적으로 치유해가고 있으나, 누혜는 끝없는 절망 속에서 헤어나오지 못하는 모습을 보여주고 있다는 점도 다르다고 볼 수 있겠지요.

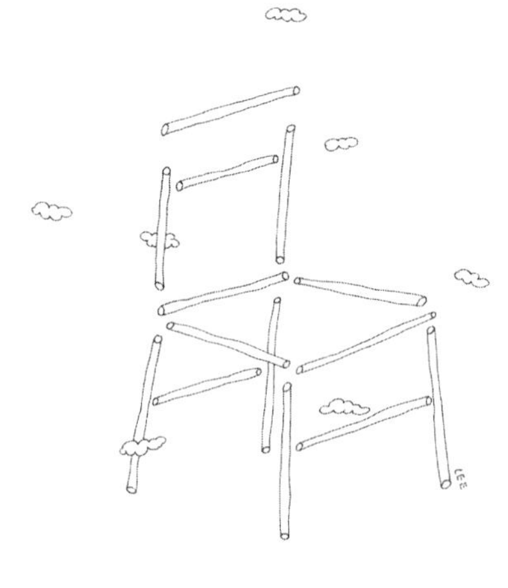

매잡이

세상으로부터 버림받은 '매잡이'와
무명소설가의 자아를 찾아가는
처절한 여정.

감상의 길잡이

"너도 매잡이가 되고 싶은 게로구나"

자살한 작가의 유작 소설을 따라가는 기이한 여정

이제는 사라져버린 오랜 풍속 중의 하나인 '매를 데리고 다니며 사냥하던 풍속'과 관련된 이야기를 다룬 소설입니다. 곽서방이라고 하는 매잡이가, 당시 대부분의 매잡이들이 시류에 맞춰 그 일을 그만둔 뒤에도, 꿋꿋이 자신의 일을 고집하다가 결국 외로이 세상을 떠난다는 줄거리입니다.

작가는 이처럼 세상에서 잊혀져가는 장인들의 삶을 다룬 작품들을 여러 편 써왔습니다. 「줄」「과녁」「서편제」 등이 그렇습니다. 작가는 왜 이처럼 사회 현실과 주위 사람들로부터 인정받지 못하면서도 자신의 일에 평생을 걸고 살아가는 사람들을 주인공으로 한 작품을 많이 썼을까요? 사라져가는 장인의 예술 정신과 전통에 대한 안타까운 마음도 있었겠지만, 어찌 보면 소설가라는 자신의 직업과 무관하지 않다는 생각에서였다고 볼 수도 있을 것입니다(실제로 이청준의 작품 중에는 소설가나 글을 쓰는 사람이 주인공으로 등장하는 작품이 매우 많습니다). 왜냐하면 이 소설 「매잡이」에는 곽서방의 삶 못지않게 민태준의 삶 역시 중요하게 다루어지고 있기 때문입니다. 민태준은 소설가라고 자칭하면서도 평생 소설을 쓰지 못하다가 결국 단 한 편의 소설(이 소설의 제목 역시 「매잡이」이지요)만을 남겨두고 자살로 생을 마감합니다. 평생 소설다운 소설 한 편을 쓰는 것이 민태준에게는 생의 가장 커다란 숙제였던 셈이지요. 곽서방이 자신의 삶에서 기어코 놓치지 않으려고 하는 그 어떤 것과 민태준의 그것을 연결짓다 보면, 진정한 의미의 소설가란 어떤 사람이어야 하는가에 대한 작가의 고민을 엿볼 수 있을 것입니다. 사람들은 소설을 한낱 시간을 보내기 위한 소일거리 정도로 생각하거나, 소설이라는 것 자체를 이제는 한물간 시대의 산물로 보기도 합니다. 소설을 하찮게 생각하거나 소설 쓰기 자체를 가볍게 생각하는 사람들에게 작가는 무엇인가 하고 싶은 말이 많았을 것입니다. 게다가 이청준은 평생 동안 소설을 쓰면서도 소설을 진지하고 깊이 있게 다루는 것으로 유명한 작가이기도 하지요. 그러한 작가의 생각이 이 소설 속에 많이 녹아들어가 있습니다.

그런데 이 소설은 형식상 매우 복잡한 구성으로 이루어져 있습니다. 「매잡이」라는 같은 제목의 소설이 무려 세 편이나 등장합니다. 따라서 읽다가 좀 혼란스러운 면이 없지 않을 것입니다. 그러나 곽서방의 삶의 모습과 민태준의 행동을 유심히 따라가다 보면 오히려 더욱 흥미롭고 긴장감 있게 읽을 수 있을 것입니다.

매잡이

지난봄 갑자기 세상을 등지고 만 민태준 형은, 그가 이승에 있었다는 흔적으로 단 한 가지 유물만을 남겨놓고 갔었다. 아는 이는 다 알고 있는 일이지만 그것은 별로 값지지도 않은 몇 권의 대학노트로 되어 있는 비망록[1]이었다. 우리는 그가 원래 시골집에 논 섬지기나 땅을 가지고 있었고, 처신에도 별로 궁기[2]를 띠지 않았기 때문에 설마 옷가지 정도는 정리할 게 좀 남아 있으리라 생각했지만 사실은 그게 아니었던 것이다. 하지만 민형의 임종 순간이 노트 몇 권밖에 남길 수 없을 만큼 비참한 것은 물론 아니었다. 나이 서른넷이 되도록 결혼 살림도 내보지 못한 민형은 모든 것을 미리 알고 주변을 말끔히 정리한 다음 스스로의 임종을 맞았으리라는, 어쩌면 그 임종은 민형 자신에 의해 훨씬 오래전부터

1) 비망록(備忘錄) 잊었을 때를 대비해 기록해두는 책자.
2) 궁기(窮氣) 가난하거나 딱한 기색.

미리 계획되고 준비된 것인지 모른다는 주위의 추측이 유력했던 것이다. 하고 보면 그의 유품인 비망록은 그가 간 뒤에도 세상에 남겨두고 싶은 유일한 소지물이었음이 틀림없었을 거라고들 했다.

한데 그가 죽은 뒤로 친구들을 가장 놀라게 한 것은 바로 그 초라한 유품 비망 노트였다. 이것도 웬만한 친구들 사이에는 잘 알려진 일이지만, 민형은 소설을 한 편도 쓰지 않은 소설가로 통하고 있었다. 소설을 쓰다가 그럴 만한 사정이 있어 작품 활동을 중단했다든가, 무슨 문예 잡지의 추천 같은 것을 받았다든가 하는 일도 없는데 이상하게 우리는 그를 소설가로 불러왔던 것이다. 그리고 그 자신도 우리가 그렇게 불러주는 것을 전혀 불쾌해하지 않고 오히려 당연한 것처럼 여겼었다. 이유가 있기는 했다. 민형은 언제나 소설에 대해서 열심히 생각하고 있었고 또 우리와 소설에 대해 많은 이야기를 했다. 그러나 가장 중요한 것은 그가 소설을 쓰려고 언제나 마음을 벼르고 있었다는 것이다. 그야 그는 소설을 벼르기만 했지 실제로 그것을 쓰고 있는 것 같지는 않았다. 하지만 언젠가는 필경 소설을 써내고 정말 소설가가 되고 말 것처럼 그는 소설에 대해 열심이었다. 우선 자기를 소설가라고 불러주는 일을 아무렇지도 않게 여겨온 것부터가 그런 증거였다. 이것은 민형에게 썩 중요한 일면이기도 하지만, 그는 한 번 어떤 식으로 자기를 규정하고 나면 그것을 아주 사실로 받아들여놓고 다시는 의심조차 해보지 않으려는 엉뚱한 구석이 있었다. 민형이 자기를 소설가로 믿어버린 것은 그의 그런 엉뚱한 성미 탓이 아닌가도 생각되었다.

하여튼 민형은 그렇게 우리들의 기대를 받으면서 소설을 열심히 생각하고 이야기하고 그리고 쓰려고 늘 때를 벼르고 있었다. 하지만 그것만으로는 우리도 물론 그를 정말 소설가라고 하지는 않았을 것이다. 실제로 작품을 내놓지 않은 민형에게 그런 말은 참을 수 없는 비웃음으로 들릴 수 있으리라는 점을 우리는 알고 있는 터였으니 말이다. 한데 우리가 그를 그냥 소설가로 마음 편히 부를 수 있었던 가장 좋은 구실은 그가 일년에 몇 번씩이고 어디론가 취재 여행을 하고 돌아온다는 점이었다. 실제로 작품을 쓰고 있는 우리들도 취재 여행은 그렇게 간단히 나다니질 못하고 있는 터에 민형은 만사를 제쳐두고 자주 그런 일을 찾아다니곤 하였다. 별로 하는 일도 없이 하숙방에서만 지내던 민형이 며칠 집을 비우고 없으면 그때는 영락없이 취재 여행 중이었다. 그러나 여행을 갔다 와서도 민형은 그리 자세한 이야기를 하지 않았다.

"창원군 ×마을에 재미있는 이야기가 있다기에 가봤더니 차비 손해 봤다는 생각은 안 들더구먼."

그 정도로 말꼬리를 감추고는 그저 비실비실 웃을 뿐이었다. 나중에 알고 보니 그 여행 때문에 사실은 민형의 시골집 땅뙈기가 다 날아갔다는 소문이었다. 하지만 민형은 그 숱한 취재 여행의 어느 것 다음에도 정말 작품을 내놓지는 않았다. 소설을 쓰고 있는 눈치도 없었다. 그러다 그는 죽어버린 것이다. 그가 죽은 것도 병 때문이 아니었다.

그 무렵 민형은 결핵으로 조금씩 각혈을 하고 있기는 했었다. 그러나 우리는 그에게 별로 낙망[3]할 필요는 없다고 수없이 위로를 했고, 또 사실 각혈 정도의 결핵이라면 요즘의 의학이 충분한 구제의 가능성을 가지고 있었다. 한데도 그는 스스로 목숨을 끊어버린 것이다. 아마 그 경

3) 낙망(落望) 바라던 일을 이루지 못하여 맥이 빠지고 마음이 상함. 낙심.

우에도 자기는 이제 정말 난치의 병에 붙들려버린 것이며 머지않아 자신은 흉한 시체가 되리라고 단정하고, 그가 단정한 것이면 무엇이나 재빨리 그 상태가 되어버리고 싶어하는 그의 성미대로, 민형은 곧장 목숨을 끊어버린 것이라 생각되었다. 그러니까 모든 죽음이 그렇듯이 그의 죽음에 대한 좀더 중요한 부분은 전혀 알려진 바가 없는 셈이었다. 그런 가운데도 민형이 죽은 뒤에 그가 남긴 조그마한 비망록이 친구들을 놀라게 했다는 것은 거기에다 그가 취재 여행에서 수집해놓은 소재들이 참으로 진기하고 귀중한 것들뿐이기 때문이었다. 전에는 소문으로밖에 별로 내용에 관해서 알려진 바가 없었던 몇 권의 비망록은, 그런 수많은 소재들에 관한 현지 답사, 문헌 조사, 상상 그리고 의문점들로 가득 차 있어서 취재 메모라기보다는 차라리 연구 노트 같은 것이었다. 그것은 대개는 산간 벽지에 파묻혀 있거나 이미 사라져 없어진 민속, 설화, 명인거장 같은 것들에 관한 것이어서 지극히 얻기가 힘든 자료들일 뿐 아니라, 그것을 취재하는 태도도 족히 그 방면에 일가를 이룬 전문가의 면모를 엿보이게 하는 데가 있는 것이었다.

서커스 줄광대라든가 남해 고도의 어떤 늙은 나전공(螺鈿工)[4], 또는 전라북도 어떤 정자(亭子)에 사는 여자 궁사(女子弓師) 들의 이야기 같은 것들은 자료를 읽어나가는 것만으로도 금방 어떤 작품의 윤곽이 잡히는 것이었다.

그러나 안타깝게도 민형은 그 어느 하나도 작품으로 다듬어내지를 못하고 만 것이다. 마치 그는 작가가 되는 것이 도저히 불가능하다는

4) 나전공(螺鈿工) 광채가 나는 작은 자개 조각을 여러 가지 모양으로 박아 붙여서 꾸미는 공예 일을 하는 사람.

내심의 깊은 절망을 달래기 위해 그의 일은 작품의 자료를 수집하는 것만으로 만족하려고 애를 쓰고 있었던 것처럼 그 자료만 수집하고 다녔던 것이다. 적어도 민형을 알고 있는 우리 친구들은 그렇게 생각하고 있었다.

그러나 사실은 그렇지 않았다. 민형은 한 편의 소설도 쓰지 않은 소설가는 아니었다. 그에게는 꼭 한 편, 그것도 우수한(내 생각으로는) 작품이 있는 것이다.

이제 나는 여기서 사실을 고백해야 할 것 같다.

실상 앞에 말한 모든 이야기는 지금 내가 말하려는 고백을 전제하면서 지금까지 주변에서 생각되고 있었던 사실들을 그대로 적었을 뿐인 것이다. 그리고 이것은 나 자신으로서는 그런 것들에 좀더 많은 것을 알고 있다는 말이 되겠다. 그것은 사실이다. 그리고 그렇다는 것을 나는 바로 오늘 아침에 알게 된 것이다.

아마 이 글을 읽는 사람은 「매잡이」라는 이 이야기의 제목이 눈에 익은 것을 먼저 알 것이고, 좀더 주의 깊게 생각했다면 나의 이름으로 발표된 소설 중에 이미 그런 제목이 하나 있었음을 기억해냈을 것이다. 그리고 왜 같은 제목으로 또 이야기를 시작하는가 의심했을 것이다. 그러니까 「매잡이」라는 제목의 글은 이것으로 두 번째가 되는 것이다. 한데 한꺼번에 고백을 하자면 이 「매잡이」라는 제목의 글이 이번으로 세 번째가 된다는 것을 말하지 않을 수가 없다. 앞서 말한 대로 벌써 발표한 「매잡이」와 지금 이 글을 합한 두 편은 물론 나의 것이다. 거기에 또 한 편이 있다는 말이다. 그래서 모두 세 편이라는 것이다. 그렇다면 그 다른 하나는 누구의 것인가 —그것이 바로 작고한 민태준 형의 것이다. 그것을 나는 오늘 아침에 비로소 나의 책상에서 찾아내게 된 것이다. 그것은 물론 아직 세상에 발표된 것은 아니다. 민형이 소설을 한 편도 쓰지 않은 소설가가 아니라는 것을 안 것도 오늘 아침이었고 그 때문에 나는 다시 이 세 번째 「매잡이」라는 제목의 글을 쓰게 된 것이니까.

하지만 이 세 편의 소설은 사실 거의 같거나 비슷비슷한 것들이다.

이제 나는 민형의 그 기이한 소설이 어떻게 나에게로 들어오게 되었는가 하는 경위를 밝혀야겠다. 민형의 죽음이나, 어째서 두 편의 같은 소설이 생겨났고, 거기다 또 내가 비슷한 소설을 하나 더 쓰려고 하는가는 거기에서 대강 이유가 밝혀질 수 있으리라 믿는다. 그러자면 먼저 제일 첫 번의 나의 「매잡이」가 씌어지게 된 경위부터 이야기를 시작해야 할 것 같다.

지난봄, 어느 날 나는 잠깐 나를 보고 싶다는 엽서를 받고 민형을 찾은 일이 있었다. 물론 그전에도 나는 자주 민형을 만났고, 그가 결핵에 대해 가지고 있는 지나친 절망감을 덜어주려고 애를 써왔기 때문에 그 날의 엽서는 나에게 퍽 이상한 느낌이 들게 하고 있었다. 그러나 나는 나를 맞는 그의 첫마디에서 약간 안심을 할 수 있었다. 그의 얼굴이 전보다 훨씬 창백해진 듯했지만 그는 그런 것은 별로 의식하고 있지 않은 사람처럼 퍽 차분하고 사무적이었다.

"잘 와주었어. 좀 상의할 일이 있어서. 자네 작업에 도움이 될 것 같은 일인데."

어둡거나 초조한 빛이 조금도 없는 태도였다.

"무슨 횡재라도 할 땡순가?"

그가 단도직입으로 용건부터 꺼냈으므로, 나는 여느 사람을 만난 것처럼 그 즈음 민형의 건강을 묻지도 않고 바로 그 일이라는 것에 관심을 보였다. 그러자 그는 오히려 너무 중요한 일을 서둘러서 안됐다 싶은 듯 다리를 꼬고 앉으며 차분한 소리를 했다.

"저, 내가 아마 여행 다닌 얘기를 제대로 들려준 일이 없지?"

"왜?"

오히려 여유를 갖지 못한 것은 내 쪽이었다. 나는 별로 생각을 하지 못하고 그렇게 반문했다.

"왜라니?"

"그것은 터부[5]였으니까. 자네가 여행 이야길 들려주지 않는다는 것은 이제 우리에겐 너무도 당연한 것으로 되어 있거든."

나는 엉겁결에 내뱉은 '왜'에 대해 변명하고 있었지만, 말해진 것은 또 그것대로 사실이기도 하였다. 민형이 비로소 조금 허탈스럽게 웃었다. 그러고는 아까부터 베개 부근에 펼쳐져 있던 노트를 끌어당겨 내 앞으로 밀어놓았다.

"아마 자넨 요즘 소설을 너무 많이 써버려서 이야기 밑천이 동이 나고 말았을 테지."

나는 그의 말에 귀를 세우며 눈으로는 그 노트를 쫓고 있었다. 그것은 민형이 아직 한 번도 보여준 일이 없는 여행 비망록이었다. 메모지를 다시 정리하여 적은 듯한 노트는 마치 중학생 수학 공책처럼 가로세로 깨알 같은 글씨가 빼곡히 들어차 있었다. 말하자면 그것은 민형이 자신의

5) 터부(taboo) 신앙이나 관습 등으로 꺼리어 금하거나 피하는 것. 금기.

한계에서 완성해놓은 작품이라는 생각이 드는 그런 것이었다.

그러나 잠시 후에 나는 비망 노트를 내려놓고 민형을 건너다보았다. 갑자기 기분 나쁜 연상이 떠올랐기 때문이었다. 이 친구는 도대체 어쩔 심산인가. 사실 나는 작품의 소재에 빈곤을 느낄 때 그것이 무진장히 쌓여 있을 민형의 취재 노트를 그려본 일이 여러 번 있었다. 그리고 그때마다 나는 영원히 한 편의 소설도 쓰지 못하고 말 민형을 상상했다. 그런 생각에 젖다 보면 나는 마지막까지 잔인해지고 마는 것이었다. 민형으로부터 테마와 소재들을 얻어내고, 그리고 그렇게 하는 데 민형이 즐거움을 가져줄 수 있다면……. 그러나 물론 그런 망상이 오래가지는 않았다.

"소재 중에서 꼭 하나 소개해주고 싶은 게 있어."

나의 어렴풋한, 그리고 두려운 예감은 맞아들어갔다. 민형은 나에게 말하고 나서 나의 속셈을 환히 들여다보고 있는 것처럼 덧붙여왔다.

"하지만 소개뿐이야. 내가 알아본 것을 다 얘기해주면 소재를 파는 꼴이 되고 말 테니까."

그리고 그는 그 소재를 꼭 나에게 한번 다루어보게 하고 싶다면서 아마도 내가 거기에 대해 조금만 조사를 해보면 가만히 둬도 쓰지 않고는 배겨나지 못하리라는 지레 장담을 덧붙여 보이기까지 하였다. 그리고 …… 그러면서 그는 나에게 그 비망록 중의 한 대목을 가리켰다.

하지만 나는 그날 민형의 집을 나오면서도 내가 끝내는 전라북도 어느 산골 촌락으로 여행을 떠나게 되리라는 사실 이외에는 모든 것이 아직 불확실한 상태였다. 그가 소개해준 소재라는 것은 결국 그 지방 어느 마을에 살고 있다는 '매잡이'에 관한 것이었는데, 사실 나는 그의 기대와 달리 썩 호감이 가는 데가 없었다. 거기다 민형은 처음 다짐대로 자신의 답사 과정이나 내용에 대해서는 전연 이야기를 하지 않았으므로 나는 심사가 더욱 막연할 뿐이었다. 나는 그가 건네준 여행 차편과 취재 요령 따위가 적힌 메모지를 아무렇게나 주머니에 쑤셔넣고 돌아오면서도 그것으로 소설을 쓰게 되리라는 생각은 들지 않았다. 그리고 왜 구태여 그가 나를 택해 꼭 그곳으로 가라고 하는지, 또 어떻게 민형이 나에 관해 그토록 모든 것을 확신해버리는질 알 수가 없었다. 그러나 하여튼 가지 않을 순 없었다. 이상하게도 그의 권유는 나에게 어쩔 수 없는 부채처럼 나를 강제해왔고, 더욱이 내가 이야기에 반신반의하는 얼굴을 보고 민형이 미리 마련한 여행 비용을 꺼내놓았을 때는 더 시들한 대답만 하고 있을 수가 없었다. 한사코 사양하고 싶은 그 여행 비용마저 결국엔 주머니 속에 그대로 넣고 나오게 만든 민형의 고집이었으니까.

"내겐 이제 돈 같은 건 필요 없어. 아마 없게 될 거야."

그는 부득부득 돈을 떠맡기면서 아주 여유만만하게 웃었다. 나는 이제 거의 바닥이 났을 법한 그의 시골집 형편과 병세를 생각했으나 그는 정말 이제 돈이 필요 없는 사람 같은 얼굴을 했다.

결국 나는 다음 날로 곧 길을 나섰다. 민형이 될 수 있으면 빨리 다녀오기를 원하기도 했지만, 어차피 다녀와야 할 형세이고 보면 하루라도 일찍 길을 나서는 편이 나을 듯싶었기 때문이었다. 하지만 아직도 그 산골 마을에 무슨 기대를 가질 수는 없었다. 다만 한 가지 궁금한 일이 있기는 했다.

민태준—이라는 인물. 도대체 이 친구가 흐느적거리며 돌아다닌 행적이 어떤 것인지. 이번 기회에 그것을 좀 알아보고 싶었다. 그가 찾아간 마을에서, 그가 만나온 사람들에게서, 그가 무엇을 어떻게 조사하고 돌아다녔으며 그 사람들의 눈에 비친 민형이 어떤 인물이었는가를 알아보고 싶었다. 그것은 썩 재미있는 일일 듯했다. 왜냐하면 정말로 민형의 취재 여행이 우리에게는 완전히 안개 속이었고, 어떤 것은 정말 금기에 속하고 있었기 때문이다. 그러니까 그 여행은 결국 민형이 처음에 기대했던 것과는 달리 오히려 민형 자신의 행적이 일차적 관심사가 되고 만 셈이었다.

그리고 그래 나는 결국 민형이 소개하고 싶다던 '매잡이'에 관해서는 거의 아무것도 생각하는 것이 없이 바로 이튿날로 그 전라도의 산골 마을을 터덜터덜 혼자 찾아들게 된 것이다…….

그러나 마을로 들어간 바로 그날부터 나는 갑자기 긴장을 하지 않을 수 없었다. 그리고 나는 민형이 어쩌면 모든 것을 미리 알고 나를 때맞춰 그곳으로 보낸 것 같은 생각까지 들었다. 마을에는 '매잡이'의 사건이 나를 기다리고 있었던 것이다. 매잡이—.

내가 「매잡이」라는 제목으로 최초의 소설을 쓰게 된 경위는 그 동기가 대략 그런 식으로 발단한 일이었다.

마을은 사방이 산으로 둘러싸인 진짜 산골이었다. 동남북 세 방향이 재를 넘게 되어 있고, 다만 서쪽 한 곳만이 계곡을 타고 마을로 들어가게 되어 있었다. 내가 마을을 찾아 들어간 것은 동쪽의 새머리재를 넘어서였다. 재를 올라설 때까지도 나는 마을이 도대체 어느 골짜기에 숨어 있는지를 짐작할 수 없었고, 더욱이 마을 남쪽으로 솟은 봉우리가 북쪽 재 너머로 겹쳐 보였으므로 나는 아직 몇 개의 산을 더 넘어야 하느니라 싶었다. 한데 고개를 올라서 보니 마을은 바로 발아래였다. 마을이라기엔 좀 뭣한 데가 있을 만큼 40호 가량의 초가집들이 산비탈을 타고 버섯처럼 돋아나 있는 작은 산촌이었다. 그나마 서쪽으로 뻗어나간 분지형의 평지는 논을 일구느라 집을 짓지 않고 있었다. 그러나 그것이 민형이 말한 마을임엔 틀림이 없었다. 버스에서 내려 걸은 시간이 비슷했고, 또 그가 메모해준 마을의 지세가 걸맞은 데가 많았다.

나는 고개 위에 벌렁 드러누워 담배를 한 대 피워 물었다. 아마 폐가 나쁜 민형도 이곳을 왔을 때는 이 고개에서 숨을 가라앉혔으리라 생각하면서 나는 잠시 묘한 감회에 젖고 있었다. 그러다 나는 문득 한 집을 찾기 시작했다. 며칠 밤을 지낼 잠자리를 얻을 수 있을 것 같지가 않아 보여서였다. 며칠이라고 한 건 민형의 말이지만 적어도 오늘만은 이 마을에서 밤을 지내야 할 형편인 것이 분명했다. 민형이 미리 일러준 집이 있기는 했다. 그러나 그 버섯 같은 집들 사이에는 도대체 사랑채고 뭐고 따로 방을 내고 있을 형편이 되어 보이질 않았다.

—민형이 반 병중에 며칠을 묵은 마을에서 설마.

나는 결국 설마에 맡겨버리고 속 좋게 담배 연기만 뿜어올리고 있었다. 고개에서는 긴 봄 해가 이제 빛이 엷어지고 있었지만 마을엔 벌써 산 그림자가 드리워진 지 오래였다. 그러고 누워 있으려니 나는 자신의 행색이 새삼 우스워졌다. 꼭 민형의 장난에 속아넘어간 것 같기만 했다. 저 조그만 마을에서 매잡이고 뭐고 이야깃거리가 있을 게 뭐냐. 어차피 내가 관심을 가지고 있었던 것은 이 마을의 매잡이가 아니라 민형의 기이한 행적이 아니더냐…….

저녁 연기가 걷히고 나서 마을이 방금 밤의 정적 속으로 가라앉기 시작할 무렵에야 나는 고개에서 내려와 마을로 들어갔다. 밤눈에 보아 그런지, 아니면 도회의 고층 건물에 익어온 눈으로 모처럼 초가 마을을, 그것도 멀찍이 고개 위에서나 보고 내려와 그런지, 아까는 그렇게 초라하고 납작해 보이던 집들이 마을로 들어서 보니 제법 처마들이 키를 넘고 마당들도 꽤 널찍널찍했다. 나는 길목에서 한두 사람을 마주쳤으나 말을 건네볼 생각도 없이 한참 동안 골목길을 오르락내리락하고 있었다. 그러다가 아주 저녁 기운이 살에 배어들기 시작할 즈음에야 골목을 내려오는 사내 하나를 붙잡고 민형이 일러준 소년의 이름을 대었다.

"중식이네가 자는 방이 어디지요?"

사내는 낯선 목소리에도 알아볼 만한 사람으로 여겼던지,

"누군가?"

퍽이나 친근한 목소리로 물으며 다가와서는 어둠 속으로 이윽히 나를 들여다보았다. 그러고는 잘 생각이 나지 않는 듯, 그러나 우선 말대꾸를 고쳐 해야겠다고 생각한 듯 갑자기 정중한 태도로 말해왔다.

"어이쿠, 이거 실례했습니다. 난 아는 사람인가고……."

그러고는,

"그놈들 자는 데…… 일루 오십시오."

앞장을 서서 내려오던 길을 내처 걸어 내려가더니 집들이 끝나는 데까지 와서야 걸음을 멈추었다.

"저 밭 건너에 집이 한 채 있지요? 바로 그 집입니다."

호롱불에 창호지 창문만 희미하게 드러나 보이는 집을 가리켰다.

"고맙습니다. 예까지 일부러."

"아닙니다. 저……."

사내는 그러나 잠시 무슨 말을 입속에서 망설이고 있는 듯하다가는 그것을 금방 잊어버린 듯,

"그럼 어서 가보십시오."

하고는 길을 되돌아가버렸다. 나는 돌아서서 그 불빛을 표적으로 밭둑 길을 더듬더듬 걸어 건너갔다. 가까이 가서 보니 호롱불이 내비치고 있는 창호지 문은 정말 민형의 말대로 조그만 별채의 것이었고, 그 곁에는 불도 켜지 않은 본채가 벌써 시커멓게 잠이 들어 있었다. 사랑방으로 쓰인다는 그 별채의 방문 앞으로 갔으나 안에서는 아무 기척도 없었다. 나는 잠시 기색을 살피다가 가만가만 몇 번 방문을 두드렸다. 그래도 안에서는 대답이 없었다 — 불은 켜 있는데. 다시 귀를 문에 대고 동정을 살폈다. 마루가 없이 바로 문지방으로 올라서는 방이었으므로 거기서 나는 바로 창문 하나를 사이에 두고 서 있었다. 가만히 들어보니 안에선 가는 숨소리가 새어나오고 있었다. 누군가 잠을 자고 있는 모양이었다. 안되었지만 할 수 없이 문을 당겨보았다. 문은 쉽게 열렸다. 갓 열 살쯤 됐을까 말까한 소년이 시커먼 배를 내놓고 모로 잠이 들어 있었다. 민형이 일러준 소년은 아닌 성싶었다. 중식은 오히려 성년티가 나는 아이라고 했다.

"얘, 얘."

불의의 틈입자처럼 나는 가슴을 두근거리며 가만가만 소년을 불렀다. 그래도 소년은 끄떡이 없었다. 다시 어떻게도 할 수 없게 된 나는 에라 모르겠다 신을 벗고 방으로 들어섰다. 그러고는 냅다 소년을 흔들어 깨웠다. 소년은 응응 볼멘소리[6]를 하며 일어날 듯 몸을 뒤채더니 손을 떼자마자 이내 반대쪽으로 몸을 꼬며 다시 식식 숨소리를 높여버렸다. 할

수 없이 소년을 버려두고 담배를 피워 물었다. 언제쯤 오게 될는지 모르지만 그냥 중식을 기다리는 수밖에 없었다. 불을 켜놓고 놈이 자는 걸 보면 중식이란 놈이 필경 오긴 올 모양이었다. 하지만 그러고 한참 앉아 있자니 다시 짜증이 났다. 중식이란 놈은 영 소식이 없었다. 밤이 깊어지니 이제는 녀석이 아주 나타나지 않을지 모른다는 생각마저 들었다. 밤은 풀벌레 소리조차 들리지 않았다. 나는 생각 끝에 소년을 다시 흔들었다. 이번엔 녀석이 깨어날 때까지 계속해서 흔들어댔다. 그제야 소년은 몇 차례 짜증스런 앙탈 끝에 겨우 눈을 떴다. 눈을 뜨고도 놈은 아직 나의 형체가 흐려 보인 듯 한참이나 눈알만 멀뚱거리고 있었다. 그러다간 이윽고 어어 하고 이상한 감탄사 같은 소리를 하며 부스럭부스럭 몸을 일으켜 앉았다.

"누구요—?"

'요' 소리를 빼며 묻고 나더니 소년은 비로소 나의 윤곽이 완전히 들어온 듯 다소 경계의 빛을 띠기 시작했다.

"나 중식일 찾아온 사람인데 중식인 어디 갔니?"

나는 소년을 안심시키기 위해 재빨리 말했다.

"중식이요?"

소년은 뭐가 잘 생각이 나지 않은 듯 다시 한참 멀뚱거리더니 겨우 짐작이 지펴오는 듯, 그러나 나의 물음은 아랑곳도 하지 않은 채 새삼 주위를 두리번거리며,

"어이…… 아직도 안 왔어? 또 밤을 새우는게비."

6) 볼멘소리 불만스럽거나 성이 나서 퉁명스럽게 하는 말소리.

하고는 늘어지게 하품을 했다. 나에 대한 경계를 풀어버린 모양이었다. 그래서 나는 겨우 중식의 행방을 짐작했다. 소년의 말론 중식이 어디론가 가서 자주 밤을 새우고 돌아오는가 보았다. 그러나 녀석은 이제 더 이상 도움이 될 것 같지 않았다.

중식이 지금 어떤 집 헛간청에 들어박혀 있으리라는 것만을 알아내는 데도 퍽 애를 먹었다. 소년은 늘 나의 질문을 잊어먹었고, 또 경계심을 풀어버리고 나서는 잠 기근[7]에 오래 시달린 사람처럼 자꾸 잠으로 빨려 들어가려고 했으므로 나는 재빨리 말을 쏘아대어 겨우겨우 그 행방을 알아낼 수 있었다. 우선 중식 소년을 만나고 볼 일이었다. 녀석에게선 그가 헛간으로 가서 밤을 새우는 연유까지는 알아낼 가망이 없었다. 그래서 나는 녀석에게 그 중식이 있는 곳을 좀 같이 가보자고 했다. 처음엔 달래고 나중에는 마구 녀석을 윽박질렀다. 그렇게 할 수밖에 도리가 없었다. 그러자 마지못해 자리를 일어선 소년은 그럴 테면 차라리 저 혼자 밤길을 갔다 오겠다고 했다. 그리고 어떻게 알아보았는지 문을 나선 소년이 이렇게 투덜거리는 소리가 들렸다.

"서울 사람은 오기만 하면 그 새끼만 찾아……."

나는 그 말을 듣고 나서야 겨우 서울의 민형을 생각했다. 사실 나는 그사이 난처한 처지 때문에 바로 이 방이 민형이 며칠 묵었다는, 그리고 내가 바로 그곳에 지금 와 있다는 것이, 깊고 깊은 산골이라는 점에서는 인연일 수도 있다는 사실을 까맣게 잊어버리고 있었다. 나는 비로소 방구석 어디에 아직 민형의 흔적이 남아 있기라도 한 듯 눈을 두리번거렸

7) 기근(饑饉) 흉년으로 식량이 모자라서 굶주리는 상태를 뜻하나 여기서는 필요한 어떤 것이 크게 부족한 현상을 비유하여 이르는 말.

다. 그러다 방바닥에 벌렁 드러누워 민형을 생각했다. 아까 마을로 들어와서부터 지금까지 보아온 것, 이 버섯 떼 같은 초가 마을의 풍경이라든가, 밤길, 그리고 이 방의 불빛을 가리켜주고 간 사내라든가 방금 문을 나간 소년…… 들을 차례로 생각하면서 민형의 표정 속 어느 구석에 그런 것들의 흔적이 스며 있었던가를 곰곰이 생각해보았다. 그리고 그러다 나는 어느 순간 의외의 기척 소리에 흠칫 자리에서 일어나 앉고 말았다. 방 안을 두루 살펴보았다. 어디선가 딱 한 번 캑 하는 기침 소리 같은 것이 들려온 것 같았다. 소리는 크지 않았으나 그것은 분명 방 안에서 난 소리였다. 그러나 아무것도 보이는 것이 없었다. 나는 다시 방바닥에 누웠다. 그리고 한참 아까 하던 생각을 계속하고 있는데, 나의 시선 속에서 무엇인가 어슴푸레 움직거리는 것이 있었다. 그것은 천장의 어둠 속 검은 그림자 같은 것이었다. 나는 벌떡 일어나 그 그림자를 가까이 쳐다보았다. 매—나무토막을 못질해놓은 벽에 매가 한 마리 머리를 박고 앉아 있었다. 놈은 잠을 자다가 나의 기척에 깨어난 듯 눈을 굴리었으나 몸은 까딱도 하지 않았다. 내가 가까이 가자 놈은 목을 좀 빼어내더니 이내 천장에 어른거리는 자기 그림자가 이상스러울 뿐인 듯 나를 피하려고 하진 않았다.

그때 밖에서 소년이 돌아오는 기척이 났으므로 나는 까닭도 없이 화닥닥 다시 자리로 돌아와 앉았다. 발자국 소리가 두 사람이었다. 소리가 문 앞에 이르러 잠시 머뭇거리는 듯하더니 곧 문이 열렸다. 눈에 잠이 더덕더덕 낀 아까 그 소년의 뒤로 몸이 훨씬 마르고 입을 굳게 다문 17, 8세 가량의 소년 하나가 나를 넘겨다보다가 다짜고짜 꾸벅 절을 했다.

"미안해! 중식이지?"

나는 일어서서 소년을 맞았으나 그는 남의 집에라도 온 것처럼 두릿두릿하고[8] 있었다.

"들어와, 널 찾아온 거야."

나는 조금 시장기가 낀 소리로 말하며 소년을 손짓했다. 그러자 소년은 먼저 들어와 설 구석부터 살피면서 조심조심 방으로 들어왔다. 행동에 비해 눈알이 분주히 움직이는 것이 소년은 퍽 영민해[9] 보이는 데가 있었다. 그리고 무슨 일인지 수척한 얼굴 어느 구석엔가는 슬픈 그림자마저 어려 있었다. 소년은 내가 자리를 가리킬 때까지 그러고 서 있기만 했다. 나는 주인이 되고 소년은 굳이 손님 행세만 하려고 하는 형세였다.

"얼마 전에 여기 왔다 간 민태준이란 사람 알지?"

나는 똑바로 소년을 쳐다보며 내 소개를 하려고 했다. 그러자 소년의 눈빛이 갑자기 놀라움에 젖는 듯하더니 이내 낑 하고 이상한 소리를 내며 힘을 주어 몸을 한 번 비틀었다. 그러고는 그를 데려온 소년을 보았다. 그러자 꼬마가 대신 말을 했다.

"버버리라요."

전혀 뜻밖이었다. 민형이 그런 내색을 보인 적도 없었고 나로선 그걸 예상할 이유도 없었으니까. 시원시원하지 못했던 소년의 거동도 그제야 짐작이 갔다. 버버리— 그것은 '벙어리'의 전라도 사투리. 나중에 알고 보니 중식은 그저 호적상의 이름이었을 뿐 마을에서는 그냥 '버버리'로 이름을 대신해 불러오고 있었다.

나는 다시 한 번 어떤 절망 비슷한 답답증을 느끼며 소년의 기색을 살

8) 두릿두릿하다 눈을 크게 뜨고 어리둥절하여 이리저리 휘둘러보다.
9) 영민하다(英敏—) 뛰어나게 현명하고 민첩하다.

폈다. 소년도 나의 표정에 무슨 충격을 받은 듯 안절부절못하며 말을 하고 싶어하는 눈치였다.

그때부터 나는 꼬마 소년의 도움을 얻어가며 답답한 대화를 계속해 나갔다. 다행스럽게도 소년은 여느 벙어리와는 달리 귀가 조금 뚫린 듯했다. 거기다 나의 입모습과 몸짓을 빠짐없이 살펴서 대부분의 말들을 알아듣고 있었다.

그러나 그가 말할 차례가 되면 눈짓 손짓을 아무리 되풀이해도 내 쪽에서는 그걸 쉬 알아듣지 못했다. 그러면 그가 꼬마를 시켜 다시 나에게 말을 전하게 했다. 내가 이곳을 다녀간 민태준의 친구라는 설명을 다시 듣고 소년은 꼬마를 재촉하여 그럼 민형의 소식을 잘 아느냐고 물었다. 꼬마 소년이 자기의 말을 제대로 전한 걸 보고 그는 나에게 고개를 끄덕이며 대답을 기다렸다. 그래서 우선 민형이 잘 있다고 안부를 전하고 나서, 나는 민형에게서 그의 소개를 받고 찾아왔으며, 원래는 민형이 이 마을에서 조사해 간 '매잡이'에 관해서 알고 싶지만, 사실은 민형이 이 마을에 와서 어떻게 지내고 갔는지도 이야기해주면 좋겠다고 여러 번 끊어서 사정을 말했다. 소년이 나의 말을 하나도 빼놓지 않고 알아들으려는 듯 눈을 가늘게 뜨고 있는 얼굴이 무척도 진지해 보였다. 가끔은 고개를 크게 주억거리며 나름대로 감동을 나타내기도 했다. 그러다 드디어는 몹시 슬픈 표정으로 낑낑거렸다.

매잡이—그 매잡이가 지금 죽어가고 있다는 것이었다.

그 말을 듣고부터 나는 새로운 긴장을 느끼면서 다음 이야기를 잇대어 재촉했다. 재촉을 하다 나는 답답하여 이번에는 바로 꼬마 소년에게 이야기를 시켰다.

곽서방이라는 그 쉰 살짜리 홀아비 매잡이가 지금 어떤 집 헛간에서 언제 숨이 넘어갈지 모르는 지경이라고 했다. 그것은 옛날 자기가 밥을 얻어먹고 있던 집 헛간인데, 왜 거기에 그가 누워 있는지는 본인 외에는 아무도 모른다고 했다. 그는 벌써 일주일도 넘게 거기에 버티고 누워서 밥 한 숟갈 입에 넣지 않고 바싹바싹 말라가고 있다는 것이었다. 사내는 또 그곳에 들어가 누운 뒤로 한마디도 말을 하지 않기 때문에 그가 왜 거기서 그렇게 죽으려고 하는 것인지(그가 죽으려는 것임에는 틀림이 없고 마을에서도 모두 그렇게 생각한다는 것이다) 아무도 아는 사람이 없다고 했다. 처음에는 마을 사람들이 미음 같은 것을 쑤어가지고 가서 사내를 달래보기도 했지만, 사내는 영 말을 하지 않기 때문에 요즈음엔 아주 죽기만을 기다리고 있는 형편이라고. 더욱이 밤이 되면 그 근처에는 사람의 그림자조차 얼씬하지 않아서 무섭기 한이 없는데, 다만 한 사람 중식 소년만이 그곳을 자주 가 사내를 지켜주기도 하고 어떤 때는 아주 거기서 밤을 함께 새우기까지 한다고.

소년의 이야기는 거기까지밖에 들을 수 없었다. 눈에 주렁주렁 매달린 잠이 소년의 입을 더 놀릴 수 없게 했기 때문이었다. 소년이 이야기를 하는 동안 듣고 있던 중식도 피곤한 표정으로 기다리고 있었다. 실상은 나도 시장기가 목구멍까지 차올랐다. 궁금증을 누르고 내가 중식 소년에게 이젠 자라고 손짓을 하니까 그는 갑자기 더 이야기가 하고 싶어진 듯 눈을 빛냈으나, 이내 호롱불을 끄려고 하다가는 다시 몸을 일으켜 천장에서 매를 잡아 내렸다. 그 매에게서 딸랑딸랑 방울 소리가 났다. 매의 어디에다 방울을 달아놓은 모양이었다.

소년은 매의 발에 맨 줄을 손에 감아쥔 다음 불을 끄고 누워서 배 위에다 매가 앉은 손을 얹었다. 그러고는 눈을 감는 모양이었다. 나는 윗도리만 벗고 그냥 자리에 누웠으나 시장기와 피로에도 불구하고 곧 잠이 오질 않았다. 일단 이야기를 거기까지 듣다 중단하고 나니까 그간의 의문점들이 한꺼번에 몰려들기 시작했다. 도대체 매잡이란 그 사내는 어떤 사람인가. 무슨 연유로 그런 짓을 하고 있는 것일까. 그리고 잠자리에서까지 배에다 매를 얹고 자는 이 소년은—아무도 가지 않는 그 사내의 반죽음 곁에서 밤을 같이 새우는 이 소년은 아마 그 연유를, 아니 그 연유뿐만 아니라 예상할 수도 없는 많은 것을 알고 있을지 모른다. 그런데 소년은 무엇 때문에 그 사내를 그토록 가까이하게 된 것인가. 그리고 그보다 더욱 이상한 것은 민태준이란 사내였다. 그는 도대체 이러한 모든 사태를 알고 있었기나 한 듯 제때에 나를 이곳으로 보낸 것이다. 그렇다면 이미 그는 이 모든 것을 알고 있었단 말인가…….

소년도 쉽사리 잠이 들지 못하는 모양이었다. 숨소리가 아직 고르게 잦아들지 못하고 몇 번씩이나 몸을 움직거렸다. 그때마다 배 위에 얹은 매가 어둠 속에서 잠이 깨어 눈을 뒤룩거리는[10] 게 보였다. 소년이 잠이 든다 해도 아마 매란 놈은 편한 잠을 잘 수가 없을 것 같았다. 숨결에 소년의 배가 부풀었다 꺼지고 하는 데 따라 녀석도 같이 오르내리며 불안한 자세를 고쳐잡곤 했다. 그때마다 매에게서는 달랑달랑 방울 소리가 났다. 그런데도 매란 놈은 거기서 자리를 내려앉지 못하고 있었다. 아마 소년이 매에게 잠을 재우지 않기 위해 일부러 그러는 것 같았다. 그리고 나중에 안 일이지만 그것은 사실이었다.

10) 뒤룩거리다 뚜렷한 눈망울이 열기 있게 움직이다.

나는 좀처럼 잠을 이룰 수가 없었다. 그러나 이미 어떤 혼란한 꿈속에 빠져 있는 기분이었다. 그 혼란스런 꿈속에서 나는 어쩌면 애초의 예상과는 달리 훨씬 긴 시간을 머물러야 할지도 모른다는 생각이 들었다.

다음 날 아침, 나는 소년보다 먼저 일어나 녀석을 기다렸다. 밖에서는 안채 식구들이 벌써 마당까지 나와 집안일을 하고 있었다. 매는 아직도 소년의 배 위에 얹은 팔목에 앉아 공간을 오르내리며 불안한 자세를 고쳐앉곤 했다. 발목에 매인 명주실을 소년이 아직 손가락에 감아쥔 채였다. 놈은 밤새 깊은 잠을 자지 못했을 것 같았다.

이윽고 소년이 눈을 떴다. 그러고는 깜짝 놀라 일어나더니 나에게 조금 겸연쩍은 웃음을 웃어 보이고는 문을 박차고 밖으로 뛰어나갔다. 나는 무슨 영문인가 싶어 소년의 거동을 문틈으로 지켜보았다. 소년은 중년쯤 되어 보이는 마당의 남자에게 손짓으로 열심히 무슨 말인가를 하고 나더니 그 남자와 함께 다시 방문 앞으로 왔다. 그 남자는 소년의 아버지였다. 그는 나에게 누추한 곳을 찾아주어 감사하다고 정중한 인사를 건네고 나선 대뜸 민형의 안부를 물었다. 역시 민형도 자기 집에서 묵고 갔다며 그때는 참 신세를 많이 졌노라고 새삼 송구해하였다[11]. 나는 민형이 취재 여행에 그의 가산을 거의 다 털어 바친 일을 생각하고 소년의 아버지가 하는 말뜻을 곧 알아들을 수 있었다. 그런저런 이야기를 하던 중 소년이 옆에서 나를 기다리고 있다가 팔을 끌어당겼다.

"저 녀석이 그 매잽이 위인에게 선생님과 같이 가고 싶다는군요. 아

11) 송구하다(悚懼—) 두려워서 마음이 거북스럽다.

마 가보시면 아시겠지만 불가사의입니다. 선생님이라면 혹 무슨 소릴 할지 모르겠습니다만."

소년의 아버지 말을 듣고 나서야 나는 녀석의 뜻을 알아차렸다. 나는 곧 소년을 따라나섰다.

매잡이 사내는 마을 위쪽 어떤 집의 사랑채 헛간에 누워 있었다. 지푸라기에 싸여 눈만 빼끔히 뜨고 있는 사내는 벌써 반송장이 되어 있었다. 부근에는 소년이 사내의 입술에 흘려 넣어주려는 듯한 물그릇이 하나 뒹굴고 있을 뿐 음식은 이제 권해보는 것조차 단념해버린 듯했다. 소년을 따라 내가 헛간으로 들어갔을 때도 사내의 얼굴은 조금도 움직이질 않았다. 소년이 그 유리알처럼 움직이지 않는 눈앞에서 낑낑 소리와 함께 분주한 손짓발짓으로 한참 무슨 이야기를 해보였다. 소년의 뜻을 짐작하는 데 조금 익숙해진 나는 그것이 나를 소개하는 말인 것을 알았다. 소년은 내가 서울에서 온 사람이라는 것, 전에 다녀간 민선생의 친구이며 그의 안부를 전하러 왔다는 것을 어렵지 않게 이야기했다. 그러자 사내의 그 눈망울이 조금—정말 아주 조금 움직이는 것 같았다. 그러나 그것뿐이었다. 사내의 눈은 이내 아무것도 보고 있지 않은 것처럼 동자가 아득해져버렸다. 보다 못해 내가 소년에게 뭘 좀 가져다 먹여보지 않겠느냐고 부질없는 소리를 했더니, 소년은 아주 힘없이 고개를 젓고는 대신 어디선가 물을 한 사발 가져왔다. 그러고는 숟가락으로 조금씩 사내의 입술에 물방울을 흘려 넣었다.

사내는 그 물을 뱉어버릴 힘마저 없는 듯 소년을 내버려두고 있었다. 그러나 그가 입을 열려고 하질 않았기 때문에 물은 그의 입에서 거품이 되어 대부분 다시 볼로 흘러내려버렸다.

소년의 집으로 돌아와 아침밥을 먹고 나서 나는 다시 그의 방으로 돌아가 잠시 누워 쉬고 있었다. 어젯밤 그 잠보 소년은 어디론가 제집을 찾아가고 없었다. 중식은 천장에 앉혀둔 매를 끌어내려서 발톱과 부리를 조사하고 있었다.

"뭘 먹이지?"

나는 드러누운 채 소년을 쳐다보며 물었다. 소년은 나를 보며 머리를 저었다. 아무것도 먹이지 않는다는 뜻이었다.

"아무것도 먹이지 않으면 어떻게 살아?"

소년은 대답 대신 나를 보고 이상한 웃음을 지었다. 그 웃음은 내가 소년에게서 처음 본 것이었다. 그것은 물론 무슨 즐거움을 나타내는 웃음이 아니었다. 소년이 내게 무슨 말인가를 하고 있는 것이었다. 누구나 사람들은 흔히 상대방에게 무슨 어려운 말을 할 때 대개 그런 웃음을 웃는다. 벙어리라도 그것은 마찬가지일 터였다. 그러나 소년은 당장 그 웃음의 뜻을 고백하지 않았다. 그는 캐묻는 나를 모른 척 매만 자꾸 만지작거리고 있었다. 매의 한쪽 발목엔 조그만 방울이 2개 매달려 있어서 놈이 몸을 움직일 때마다 달랑달랑 소리를 냈다. 꼬리에는 기다란 다른 깃털을 하나 끼워 묶어 '鷹主 ×里 郭乭 · 번개쇠'라는 서툰 붓글씨가 씌어 있었다.

매주 곽돌(郭乭)은 매를 부리는 임자이며 번개쇠는 매의 이름이라고 소년이 설명했다.

"그럼 이 매는 네 것이 아닌가 보군?"

이 말에 소년은 잠시 표정을 흐렸다. 그러고는 마지못한 듯 그것이 지금 굶어 누워 있는 사내의 것이며, 그 사람의 이름이 곽돌이라고 했다.

그러고 나서 소년은 금방 말을 돌려 매에 관한 이야기를 시작했다.

번개쇠에게는 벌써 3일 동안 아무것도 먹이지를 않았으며, 그만 한 시간 잠도 제대로 재우지 않았다는 것이었다. 사냥을 나서기 전에는 으레 매를 그렇게 굶기는 거라면서 소년은 또 의미 있게 나를 쳐다보고 웃었다. 그것도 나중에 안 일이지만, 매에게 잠을 재우지 않는 것은 매를 사납게 하기 위해서라는 것이다. 잠을 재우지 않으면 매는 성질이 아주 사나워져서 사냥을 잘한다는 것이었다. 그리고 사냥 전에 놈을 굶기는 것은 매란 놈이 배가 고플 때가 아니면 꿩이나 토끼 같은 것을 잘 쫓으려 하지 않기 때문이라 했다. 공중에 띄운 매는 배가 부르면 꿩을 보고도 쫓지 않고 하늘 높이 떠올라 어디론가 다른 곳으로 가버리기 쉽다고. 그리고 꿩을 잡았을 때도 배가 아주 고파 있어야 잡은 꿩을 오래 뜯어먹고 있지, 처음부터 배가 불러 있으면 눈알이나 빼먹고 곧 날아가버린다는 것이다. 그렇게 날아가버린 매는 배가 고파지면 다시 마을로 인가를 찾아 들어오지만, 그때는 옛 주인을 찾는 게 아니라 아무 마을에나 들어가 잡히기 때문에 그 매를 돌려받자면 꽤나 사례를 치러야 한다는 것이었다. 그러나 어쨌든 나는 소년이 사흘씩이나 매를 굶기고 있는 것은 좀 심하다는 생각이 들었다.

"그럼 요즘도 사냥을 하고 있니?"

나의 물음에 소년은 머리를 저었다. 자기는 늘 사냥 준비만 하지 실제로 사냥을 하지는 않는다고 했다. 사냥은 몇 사람이 함께 가야 하는데 같이 갈 사람도 없고, 또 산에는 꿩이 흔하지도 않다고 했다. 그러면서 그는 또 나를 보며 웃었다. 그제야 나는 그 웃음의 뜻을 알 수 있었다. 녀석은 나와 함께 사냥을 가고 싶은 것이다. 녀석이 아마 전날의 민형과의 경험을 생각하고 나에게도 같은 것을 기대한 모양이었다.

그렇게 되어 나는 그날 소년과 함께 매를 가지고 철도 맞지 않은 사냥을 나섰다. 소년은 매잡이가 되고 나는 몰이꾼이 되었다. 소년은 발목에 맨 끈을 손가락에 감고, 매를 팔목에 앉히고는 산마루로 올라갔다. 거기서 소년은 골짜기를 살피고 나는 산고랑을 헤매며 꿩을 몰았다. 만약 꿩이 날면 소년이 산마루에서 매를 띄우고 그 매가 하늘을 맴돌다가 꿩을 발견하면 쏜살같이 뻗쳐 내려가 꿩을 잡아채는 것이랬다. 그때 나는 급히 매의 강하[12] 지점으로 달려가 매가 배를 채우기 전에 놈으로부터 꿩을 빼앗아내기로 되어 있었다. 그러나 이날 우리는 종일 허탕만 쳤다. 수없이 산고개를 넘었지만 나는 꿩을 한 마리도 날려 올리지 못했다. 소년은 매를 띄울 일이 없었다. 매도 마찬가지였다. 꿩을 잡으면 빼앗기기는 해도 맛있는 내장이나 가슴께 살을 몇 점 얻어먹고 더 힘을 낸다는데, 그놈은 그 살점 하나도 얻어먹지 못하고 결국 산그늘이 내릴 무렵 소년의 팔목에 앉은 채 집으로 돌아오고 만 것이다.

그러나 그날의 일이 나에게는 전혀 허탕이 아니었다. 민형이 알아보라고 하던 것에 관해서 실제로 그 질서를 조금 알게 된 것도 수확이지만 그보다도 돌아오는 길에서, 그리고 기운이 진해 바윗돌에 걸터앉아 쉬면서 소년은 이날 사냥에 허탕을 치고 만 일이 민망했던지 제풀에 자기의 매에 관한 이야기를 늘어놓기 시작한 것이다. 그리고 그것은 참으로 나에겐 중요한 이야기였다. 그때까지도 나는 이 마을에서의 민형의 행적과 실제로 눈앞에서 기이한 죽음을 기다리고 있는 매잡이 사내, 둘을

12) 강하(降下) 위에서 아래로 내려옴.

한꺼번에 좇느라 어느 쪽에도 확실한 관심을 집중시키지 못하고 있던 참이었다. 그런데 소년의 이야기는 혼란스럽고 어정쩡한 나의 주의를 우선 한동안 매잡이 사내에게로 고정시켜버렸다. 그리고 그것이 나의 첫 번째 「매잡이」라는 작품을 낳게 했고, 그럼으로써 오히려 민형의 행적에만 호기심을 갖다 만 것보다는 민형의 취재 행각 이상의 매잡이의 삶에 대한 인식, 또는 나를 보낸 민형의 의도 같은 것을 훨씬 더 명백하게 이해할 수 있게 해준 것이다.

그날 밤 집으로 돌아오자, 나는 잠시 그 헛간의 매잡이 사내를 들러보고 그가 아직도 아침과 별 차이가 없음을 알고 나서는 소년에게 다시 이야기를 계속시켰다. 소년은 이제 매잡이 사내에 대하여 자신이 직접 보고 겪은 것 이외에도 그에 대해 들은 일까지 자세히 이야기했다. 뿐더러 나도 이제는 그의 시늉 말에 이해가 퍽 빨라지고 있었다.

그럼 이제 여기서부터는 나의 그 첫 번째 「매잡이」라는 작품에서 이야기를 직접 빌려오는 것이 좋겠다. 그 작품을 읽고 아직도 줄거리를 기억하고 있는 독자는 이런 중복이 짜증나고 지루하겠지만, 매잡이 사내의 이야기는 그쪽에 비교적 간결하게 정리되어 있으므로 결국 같은 이야기를 달리하는 것보다 그간의 경위를 정직하게 밝히고 그 일부를 인용하는 것도 나쁘지 않을 테니 말이다.

매잡이 곽서방은 결국 버버리 한 놈을 데리고 마을을 나섰다. 놈과 둘이서 번개쇠를 부리는 수밖엔 도리가 없었다. 이제 마을 사람들은 할 일이 없어도 몰이꾼 노릇은 나서려질 않았다. 박달나무 방망이를 하나라도 더 깎아다 장터에서 조 됫박 값을 만들거나, 아니면 차라리 뜨뜻한 아랫목에서 화투판을 벌이는 편이 낫다고들 생각했다. 하지만 예전 사람들은 몰이꾼 놀이를 무슨 삯일로 생각했나. 그저 재미만으로 즐거이 몰이꾼을 청해 나서곤 했었다. 종일 풀토끼 한 마리 잡지 못해도 좋았다. 하루 종일 산을 타서 몸이 피곤하고 먹을 것은 없어도, 그래도 그들은 얼굴이 붉어져 웃는 낯으로 또 틈 봐서 사냥을 나오자 다짐하며 집으로들 돌아갔다. 꿩이라도 잡히면 물론 더 좋았다. 그런 날은 아예 동네 잔치가 벌어졌다. 적은 안주 구실밖에 못했지만 그걸 구실로 자주 술판을 벌였다. 혹시 마을에 혼사나 다른 잔치가 있으면 그 꿩을 그 집으로 보냈다. 그러면 그 집에서도 떡시루 아니면 술말로 답례를 해오는 것이 예사였다. 한데 요즘은 매로 잡은 꿩이 장거리에서 돈으로 팔리는 판국이었다. 안주 핑계하고 술을 마시지도 않았고, 아예 값을 저쪽 처분에 맡기고 잔칫집에 꿩을 보내는 일도 없으니 그 답례가 있을 리도 없었다. 하긴 그런 사람들이 되려 터무니없는 쪽일는진 모른다—하지만 그렇게 터무니없는 짓들에 정신을 빼앗기고 살았어도 그 사람들은 걱정들이 적었는데…… 요즘은 가로 재고 모로 재고 해서 그런 일엔 정신 팔 겨를이 없는 양 아득바득대어도 그 사람들 사는 요령에는 어림이 없었다. 그런저런 생각 속에 들길을 건너 바야흐로 산길로 접어들어가던 곽서방은 문득 그를 뒤따르고 있는 버버리 녀석을 이윽히 돌아다보았다. 왈칵 고마운 생각에 가슴이 새삼 후끈해왔다. 말은 못해도 녀석은 속이 꽤나 깊었다. 이제 나이 오십—장가를 가지 못했다고 마을에서들은 조무래기들까지 곽서방 곽서방 하고 아이 이름 부르듯 함부로 그를 얼러대는 터였다. 어른들이 그를 온전한 사람으로 대접하지 않으니 아이들도 그렇게 여길 수밖에 없었다. 녀석들은 곽서방을 마치 갓 스무 살이나 먹은 떠꺼머리총각쯤으로나 아는 형편이었다. 거기다 집이 있나, 다른 사람처럼 무슨 일재주가 있어 밥걱정이 없나. 하는 짓이란 언제나 팔뚝 위에 굶주리고 잠 못 잔 번개쉰가 뭔가를 얹고 다니며, 잠자리는 남의 사랑채 신세에다 재수가 좋아야 겨우 밥이나 굶지 않고 지내는 동네 떠돌이. 그러고는 되지도 않는 꿩 사냥이랍시고 산이란 산은 모조리 다 헤매고 다니는 위인. 그도 옛날엔 매 한 마리로 가는 곳마다 공술을 대접받는 한량 축이었다지만, 이젠 그가 매 때문에 공술이나 밥을 대접받는 일은 꿈도 꿀 수 없는 일이고, 더욱이 그의 한량 시대라는 걸 구경조차 해본 일이 없는 아이들에게 곽서방은 참으로 기이한 거지—헐 수 할 수 없는 마을의 천덕구니[13]였다.

한데 버버리 놈은 달랐다. 애초부터 말을 못하는 녀석이 남들처럼 짓까불고[14] 곽서방을 괴롭힐 일은 없었지만, 버버리는 그래서라기보다 이상하게 곽서방의 사냥을 즐겨 따라나섰고, 자기 집 사랑채 방에서 잠도 곧잘 함께 자주곤 했다. 그리고 곽서방이 매를 다루는 법—이를테면 비둘기로 매를 잡아서 사람과 친하여 달아나지 못하게 훈련시키고, 또 사냥에 대비하여 잠을 재우지 않거나 밥을 굶기는 일 따위를 예사로 보지 않고 꼭꼭 흉내를 내고 들었다. 그리고 이제는 빠짐없이 곽서방의 사냥길을 따라다니는 단 하나의 친구였다.

골짜기를 하나 지나 마을이 보이지 않는 산으로 접어들자 곽서방은 자기 팔목에 얹어온 번개쇠를 버버리에게 건네주었다. 이제부터는 버버리가 매잡이가 되고, 곽서방 자신은 꿩몰이가 되어야 했다. 버버리는 번

13) 천덕구니 천더기(賤-). 천대만 받는 사람이나 물건.
14) 짓까불다 함부로 마구 굴다.

개쇠를 받아가지고 곧장 능선을 타고 봉우리 쪽으로 혼자 올라가기 시작했다. 이제부터 녀석은 봉우리 봉우리만 쫓아다니며 산을 두루 살펴야 하고, 곽서방은 그 봉우리 아래의 산고랑 중에서 볕이 드는 곳을 모조리 쏘다니며 숨어 깃들인 꿩을 날려 올려야 할 참이었다. 일인즉 곽서방 쪽이 훨씬 고되게 마련이었다. 산을 헤매는 것은 고사하고 혹시 꿩이라도 찾아내어 날려 올리면 버버리 놈은 산 정수리에서 꿩을 보고 번개쇠만 띄우면 되었다. 번개쇠가 꿩을 덮치는 곳으로 재빨리 쫓아가 배를 채우기 전에 꿩을 빼앗아내야 하는 것도 곽서방 쪽—마땅히 일이 바뀌어야 할 이치였다. 아무리 산길에 발바닥이 굳었다 해도 이제 곽서방은 조금만 뛰면 숨이 헉헉거렸다. 그가 매잡이가 되고 나이가 아직 팔팔한 버버리 녀석이 꿩몰이가 되어야 했다. 그러나 그럴 수가 없었다. 녀석은 벙어리—몰이를 할 때 꿩 모는 소리를 지르지도 못했고, 꿩이 날아올라도 산꼭대기의 곽서방을 향해 '꿩이 떴다'고 외쳐줄 수도 없었다. 그러니 꿩몰이 하나마나가 되는 때가 많았다. 할 수 없이 곽서방이 꿩몰이꾼이 되었다. 그도 아직은 다행한 일이었다. 버버리 녀석이라도 없으면 혼자서 꿩 쫓다 매 몰다 두 몫을 뛰어야 했을 일 아닌가. 그것은 어쨌든 오늘은 꿩이라도 한 마리 찾아냈으면 좋겠다 싶었다. 자기가 고되게 뛰어다닌 덕으로 요즘엔 전보다 발이 더 빨라진 것 같기도 했다. 그는 능선으로 멀어져가는 버버리 놈을 쳐다보며 잎담배 한 대를 꺼내 말아 물었다. 소년이 나무숲 속으로 사라졌다가 한참 뒤에 멀리 산정 가까이에서 모습을 나타냈다. 그러고는 손을 두어 번 저어 보인 다음에 아주 정수리로 올라섰다. 곽서방은 이윽고 피워 물었던 담배를 비벼 끄고 몸을 일으켰다. 그러고는 양지쪽을 골라 냅다 거기서부터 꿩도 없는 숲 속으로 내닫기 시작했다. 후어! 후어! 소리를 지르며 골짜기를 내닫는 곽서방은 정말 나이가 믿어지지 않을 만큼 발이 빨랐다. 돌을 던지고 소리를 지르며 양지쪽 골짜기 하나를 다 훑고 나서 이제는 산비탈 부근을 모로 뒤졌다. 후어! 후어! 산 하나를 다 헤매고 났을 때 소년은 그 산봉우리에서 사라졌다. 그리고 조금 뒤에는 또 골짜기를 하나 건너 다음 산봉우리로 올라섰다. 소년이 거기서 손을 뱅뱅 맴돌렸다. 곽서방도 거기 따라 다음 골짜기로 들어섰다. 바짓자락이 가시나무에 걸려 찢어지고 몇 번 자갈밭에서 발을 잘못 디디고 넘어졌다. 찧은 손바닥에는 피가 말라붙어 있었다. 그러나 여직 골짜기에서는 비둘기 새끼 한 마리 날아오르질 않았다. 후어! 후어! 곽서방의 외침 소리가 메아리 되어 산을 기어오를 뿐 꿩꿩꿩 장끼가 날아오르는 소리는 먼 꿈속에서나 들었던 것처럼 기억마저 희미했다. 차츰 곽서방의 발길이 무디어지고 외침 소리도 자꾸만 목구멍 속으로 기어 들어가고 있었다.

네 번째 봉우리에서 소년은 이제 다음 봉우리로 옮겨가지를 않고 곽서방을 기다리고 있었다. 아까부터 밀려들던 구름장들이 이젠 해를 많이 가리어버리기도 했지만, 때도 웬만큼은 기운 것 같았다. 곽서방도 이제는 아주 지쳐 늘어져서 엉금엉금 기다시피 하여 봉우리로 올라갔다. 거기에서 곽서방은 소년의 꽁무니에 찬 점심을 나누어 먹었다. 그러고는 잠시 바람을 피해 휴식을 취했다. 번개쇠 놈에게 감기기가 조금 있는 것 같았다. 오후에는 햇빛이 나지 않아 그만 하산을 해버릴까 하다가 그래도 조금만 더 뒤져보기로 했다.

소년은 여전히 매잡이가 되고 곽서방이 골짜기를 훑었다. 그러나 결과는 오전과 마찬가지였다. 해가 서산을 기웃거리고 산그늘이 골짜기를 메우기 시작할 때쯤 해서 곽서방은 거의 녹초가 되었다. "후어 후어" 소리가 자꾸만 목구멍 속으로 기어 들어가다가 이제는 아주 중얼거림으로 변해가고 있었다. 한데 그때 뜻밖에도 장끼 한 마리가 푸드등 산을 날아올랐다. 꿩꿩꿩꿩…… 오랜만에 들어보는 장끼 소리가 산골짜기를 가득 채웠다. 곽서방은 갑자기 기운이 솟구쳤다. "떴다! 꿩 떴다아." 그는 목청을 돋워 외치며 산봉우리를 쳐다보았다. 기다렸다는 듯이 산꼭대기에서 번개쇠가 떠올랐다. 놈은 바람을 탄 연처럼 떠올라 골짜기 위의 하늘을 맴돌더니 이윽고 살처럼 골짜기로 내리박혔다. 곽서방은 놈이 내리꽂힌 지점을 향해 내닫기 시작했다. 어디서 솟아난 힘인지 그는 무섭게 내달렸다. 발이 거의 땅에 닿고 있지 않은 듯했다.

그러나 곽서방은 이내 자갈밭으로 곤두박질을 치고 말았다. 그리고 달려오던 기세와 비례해서 오랫동안 꼼짝을 하지 않고 늘어져 있었다. 산 정수리에서 동정을 살피고 있던 소년에겐 아무리 기다려도 곽서방의 신호가 들려오지를 않았다. 그는 번개쇠가 내리박힌 근방으로 내려가 볼까 생각하며 눈어림을 하고 있었다. 그때 어찌된 일인지 번개쇠 놈이 느닷없이 다시 하늘로 솟아오르고 있었다. 그리고 그 매는 드높이 하늘을 날아오르다간 이윽고 한쪽으로 방향을 잡기 시작하더니 이내 먼 곳으로 산을 넘어가버렸다. 그렇다면—소년은 급히 산을 내려 뛰기 시작했다. 매란 놈은 꿩의 내장과 부드럽고 기름진 곳을 다 파먹고 배가 불러 떠올라버린 것이다. 그동안 곽서방은 무엇을 하고 있었는가. 필시 무슨 변이 생긴 게 분명했다.

산을 내려오다 소년은 자갈밭에 늘어져 누운 곽서방을 발견했다. 그러나 그때 곽서방은 자세를 바꿔 하늘을 쳐다보고 있었다. 그는 그러고 누워서 매가 날아가는 것을 보고 있었던 듯 놈이 사라진 쪽으로 눈을 고정시키고 있었다. 그리고 그는 소년을 보자 지금껏 가장 편한 자세로 휴식을 취하고 있었던 사람처럼 부시시 몸을 털고 일어났다.

집으로 돌아오는 길에 곽서방은 생각하였다. 아마 서영감은 되레 시원해할지도 모르지. 한사코 매잡이 노릇일랑 그만두고 이젠 다른 일을 해서 밥을 마련하라는 서영감이었다. 그러기만 한다면 우선 자기 집 사랑채에 잠자리도 주고 세 때 끼니도 함께 나누도록 하겠다는 것이다. 까닭 없이 곽서방의 매잡이 노릇을 못 봐하는 영감이었다.

"자넨 요순 세상의 한량이로군."

하며 곽서방을 비웃거나,

"지금이 어느 때라고……. 그러고 밥을 먹고 살겠다는 겐가."

하고 까놓고 싫은 소리를 하기도 했다. 하지만 그 서영감인즉은 옛날 매잡이들의 단골 주인이었다. 마을의 매잡이는 늘상 그 서영감이 부렸고, 다른 마을로 들어간 매를 찾아올 때 그 매값을 치러주는 것도 언제나 서영감이었다. 그래서 서영감네 사랑채는 늘 매잡이의 차지였고, 또 서영감은 그 만년 손을 싫다 않고 일년 내내 매잡이를 사랑채에 묵게 했다가 겨울 한철 매를 부리곤 했다. 그런 정이 미더워 그랬는지 곽서방은 아직도 서영감에게 가끔 떼를 쓰다시피 하여 겨우겨우 연명을 해오는 터였다. 그러나 이젠 서영감도 달랐다. 오히려 마을의 누구보다 매잡이 곽서방을 더 귀찮아했고 싫은 소리를 많이 했다. 그래서 대부분 곽서방은 버버리 신세를 질 수밖에 없었고, 이번 경우만 해도 매를 길들인 곳은 바로 버버리네 방이었다. 한데도 서영감은 그것도 못 보겠다는 듯 곽서방에게 자꾸 딴 짓으로 밥 먹을 생각을 하라고 만나기만 하면 성화였다.

—번개쇠가 떠버린 것을 들으면 영감은 아마 춤이라도 출지 모르지. 그리고 놈을 아주 잊어버리라고 할 테지.

하지만 그날 밤부터 곽서방은 다시 새 걱정에 싸이기 시작했다. 장날이 이틀밖에 남아 있지 않았다. 날아간 매의 소식이 장으로 올 것이다. 매는 배가 고프면 다시 인가로 찾아 내려오게 마련이었다. 너무 멀리 날아가지만 않았다면 녀석의 기별은 시치미[15] 꽁지에 적힌 주소로 매주에게 정확하게 전해질 것이었다.

그런데 문제가 있었다. 번개쇠의 기별이 오면 곽서방으로서는 매를 찾으러 갈 수도 안 갈 수도 없는 처지였다. 번개쇠를 찾자면 우선 매값으로 쌀말 값은 마련을 해야 했다. 매를 찾아올 때는 으레 그러게 되어 있었다. 하지만 지금 곽서방이 가지고 있는 것이라곤 아무것도 없었다. 관례대로라면 한 가지 희망은 있었다. 그리고 그렇게만 되어준다면 오히려 곽서방 쪽에서 바라는 바였다. 매를 찾을 때 매주가 매값을 치를 수 없으면 매가 들어간 마을로 가서 2, 3일 매를 놀아주면 되었다. 그때 매잡이는 매를 가지고 산 정수리를 다니며 꿩이 떠오르면 그걸 보고 매를 띄우는 것뿐 꿩몰이는 마을에서 나서주었다. 그러고도 매잡이는 술과 밥과 잠자리를 얻으며 마을의 손님 노릇을 하였다. 그러나 그것은 어떤 마을에라도 매 한 마리만 가지고 들어가면 밥걱정 잠자리 걱정을 하지 않던 시절의 이야기—요즘엔 어떤 마을에도 매를 부리는 사람이 없었고, 매잡이가 그런 곳엘 들어갔다간 우스운 구경거리나 되지 않으면

15) 시치미 매의 임자를 밝히기 위해 주소를 적어 매 꽁지 위의 털 속에 매어두는 네모진 뿔.

다행이었다. 전혀 기대할 수가 없는 일이었다. 두 가지 중에 어느 쪽도 곽서방은 별수를 낼 재주가 없을 것 같았다. 매값 대신 번개쇠로 며칠을 놀아주겠다는 것은 저쪽에서 천부당만부당해 할 일일 테고 그렇다고 어떻게 돈을 마련할 재주도 없었다. 그도 저도 아니게 그냥 매나 받아가지고 돌아오는 것은 더욱 도리가 아니었다. 매값을 치르기 위해 매주가 마을로 팔려가는 한이 있더라도 매를 그냥 받아오는 것만은 용서되지 않는 습관이었다. 그렇게 되어 내려오는 풍습이었다. 게다가 매의 기별을 받고도 모른 체하고 있을 수는 더욱 없는 일— 매값을 치르지 않고 매를 받아오는 일이 곽서방 스스로 용서할 수 없는 금기라면, 매의 기별을 듣고도 모른 체하는 것은 마을이 용서하지 않을 패륜[16]이었다.

곽서방은 마침내 한쪽으로 생각을 정했다. 장날로 번개쇠의 기별이 들어올 것은 거의 확실한 일이었다. 그렇다면 어떻게 하든지 매값을 마련해보는 수를 내야 했다. 그는 서영감에게 사정을 이야기해보기로 했다. 마을에서 그런 사정을 이야기할 수 있는 사람은 아직도 역시 서영감뿐이었다. 그래도 그 영감은 전날 자신을 부려준 일이 있고 타관 매잡이가 마을로 들어왔을 때는 잠을 재워주기도 했던 사람이니까. 그리고 무엇보다 곽서방이 서영감을 애걸의 상대로 먼저 생각하게 된 것은 그가 곽서방의 매잡이 일에 제일 간섭이 심했기 때문이었다. 다른 사람들은 벌써 곽서방을 절반이나 넋이 나간 위인으로 여기는 데 비해 서영감은 그래도 그러는 곽서방을 한사코 나무라 들기라도 하였다. 영감에겐 오히려 사정을 이야기해볼 만한 틈이 있었다.

16) 패륜(悖倫) 사람으로서 마땅히 지켜야 할 도리에 어긋남.

그래 곽서방은 그날 밤으로 서영감을 찾아갔다. 그러나 서영감은 짐작하고 간 대로였다. 곽서방의 이야기를 듣고서야 비로소 그의 매가 위인을 떠나버린 것을 안 서영감은, 그것 참 매란 놈이 곽서방 사람 될 기회를 주느라고 그리된 것이라며 자신의 일처럼 다행스러워하기부터 했다.

"이제 딱 마음을 잡고 딴 일을 손대보지 그래. 우리 집에도 자네 할 일이 많으이. 그간 자넨 그 매라는 놈에게 너무 미쳐 있었어. 한데 그 매 귀신이 제풀에 자넬 떠나주지 않았나."

"모래 장터로 번개쇠의 기별이 올 텐디요."

곽서방은 그러나 고집스럽게 말했다.

"글쎄, 내 생각 같에선 요즘 어느 넋 나간 녀석이 그런 걸 찾아주겠다고 건드럭건드럭 장터로 매를 가지고 나올 턱도 없지만, 또 오면 어때. 모른 체해버리든지, 자네 병 여윈 셈치고 그 사람더러 아주 가져다 매를 모시라지."

"하지만 그런 짓을……."

"글쎄 그건 저쪽 시절 생각이구……. 하여튼 나는 매값을 낼 수 없으니 그런 줄 알게. 그리고 절대루 장날 기별을 보내올 놈도 없을 게구. 만약 그런 놈이 있다면 진짜 후리배지."

곽서방은 할 수 없이 서영감 앞을 물러나왔다.

"매 소리를 하겠거든 다시 내 집에 발을 들여놓지 말게. 인간이 불쌍해서 그쯤 알아듣게 살 궁리를 해보라고 했으면 귀가 좀 뚫릴 법도 한데 원 사람하곤……."

그런 소리를 뒤로 남기고 버버리네 아랫방으로 돌아온 곽서방은 밥도 굶은 채 생각에만 잠겨 있었다. 밤이 늦어서야 버버리 소년이 부엌을 뒤져다 준 식은 밥덩이를 조금 목구멍으로 넘기고 나서, 곽서방은 거의 뜬 눈으로 밤을 새웠다.

—에이 번개쇠 놈, 아무리 생각이 없는 날짐승이기로서니…….

그러나 다음 날 오후 늦게 곽서방은 또다시 서영감을 찾아갔다. 그의 짐작대로 장날을 하루 앞두고 번개쇠의 기별이 마을로 들어온 것이다. 30리 바깥 천관리(天冠里) 마을로 대낮에 매가 들어왔다고 천관리를 지나 들어온 마을 사람이 기별을 가지고 왔다. 그리고 매주는 내일 장으로 매를 가지러 나오라더라는 것이었다.

"큰 병일세그려. 그래 자네 요즘 매를 부려서 꿩을 한 마리나 잡은 일이 있나, 마을에서 누가 몰이를 나서주길 하나. 대관절 그건 찾아다 뭘 하겠다는 겐가, 이 갑갑한 사람아."

영감은 이제 화를 내지도 못하고 답답해 못 견디겠다는 듯 곽서방을 건너다보았다.

"사냥을 못하더라두요, 기별이 왔는디 모른 체하고 있을 수가 없어서……."

"그래, 자네가 지금 도리를 찾을 땐가."

"……."

곽서방은 대답을 하지 않았다. 그러나 그의 침묵은 영감의 말에 승복한 증거는 아니었다. 오히려 바위처럼 버티고 앉아 있는 모양이 서영감이 무슨 말을 하든 기어코 매값만은 받아가야겠다는 결심을 다짐하고 있는 것 같았다.

"내 매값 몇 푼이 아까워서가 아니야. 매를 찾아오면 또 자네 꼬락서니가 못 보겠다는 말일세."

"저도 사냥이 문제가 아니어요. 이제 사냥은 되지도 않구요."

"그럼 자넨 지금 정말로 그 매주의 도리라는 것 때문에 이러는 것인가?"

서영감의 목소리가 갑자기 은근해졌다.

"하여튼 번개쇠를 찾아야겠어요."

"그럼 약속해주겠나?"

영감은 무슨 생각이 들었는지 자꾸 목소리가 낮아졌다. 곽서방은 영문을 몰라 처음으로 영감을 정시했다.

"매를 찾기만 하면 사냥 따윈 다시 나서지 않는다고……."

"……."

곽서방은 또다시 입을 다물어버렸다.

"매는 찾아오되 매병은 가져오지 말라는 말일세. 실상은 나도 전혀 자네 심정을 모르는 바는 아니지. 왜 나도 전에는 자네들을 부리지 않았나. 하지만 지금은 생각이 달라. 내가 미쳤다고 뭐 얻어먹은 것 없이 자네 하는 일을 못마땅해하겠나. 세상이 그래서는 안 되겠기에, 더구나 자넨 근본이 선량한 줄을 내가 아는 터라 좀 사람다운 대접을 받게 되라고 이러는 것일세. 나도 실상 어떤 때는 뭐가 옳은지 그른지를 모르게 될 때가 많어. 하지만 어쨌든 자네가 지금 이런 곤욕을 당하는 것은 그 매라는 놈 때문이 아닌가 말일세."

결국 그날 영감은 하고 싶은 말을 실컷 다 하고 나서 쌀 한 말 값을 내놓았다. 그 돈으로 매를 찾아오더라도 절대로 다시 사냥을 나서지 않는다는 조건에서라고 몇 번씩 다짐한 끝이었다. 그러나 곽서방은 돈을 움켜쥐고 나오면서 끝내 거기 대한 약속의 말을 남기지 않았다. 시류[17]를 좇아 사는 사람들은 그 시류에 맞춰 세상사를 잘 요리해갈 수 있을 뿐 아니라, 자기가 얼마나 그 시류에 민감하고 영리하게 적응하는가를 자랑스럽게 이야기하며 스스로 만족한다—곽서방은 영감의 집을 나오면서 어렴풋이나마 그 비슷한 생각을 느끼고 있었다. 자기 말마따나 서영감도 전에는 자신이 매잡이를 부리고 사냥을 즐겨온 장본인이 아니던가. 그런데 이제는 그러던 그가 그 짓을 누구보다 못 봐했다. 하지만 곽서방은 실상 그 이전부터 벌써 그것을 느끼고 있었는지도 모른다. 영감이 그렇게 곽서방을 걱정해주고 충고를 해주는데도 곽서방이 한 번도 그것을 고맙게 생각해본 일이 없는 것은 바로 그 때문이 아니었을지.

곽서방은 서영감에게서 받은 매값을 꼬깃꼬깃 접어 허리춤에 넣고 다음 날 아침 일찌감치부터 장터를 나와 돌아다니고 있었다. 매를 찾으러 나오기는 했어도 어디서 어느 때 누구와 만나자는 약속이 없었으므로 무작정 사람들 사이를 어슬렁거리고 다녔다. 비단점 앞으로 가서 점포 안을 기웃거리기도 하고 대장간 앞에서 벌건 숯불을 보면서 쌀쌀한 봄추위를 달래기도 했다. 그러다가 아는 사람을 보면 혹시 어디서 자기를 찾는 매를 보지 못했느냐고 묻기도 했고 사람들 사이에 혹시 매를 안은 사람이 끼이지 않았나 눈을 부지런히 두리번거리기도 했다. 소란스럽기는 했지만 어디서 매방울 소리가 들려오지 않나 귀를 기울여보기도 했고 좋아하는 소주 가게 앞에서는 허리춤의 매값을 한참씩 만지작거리다 자리를 비켜가기도 했다.

17) 시류(時流) 그 시대의 풍조나 유행.

곽서방이 번개쇠를 만난 것은 오정이 지나서였다. 어떤 소주 가게 앞을 지나려는데, 그 안에 얼굴이 벌겋게 취해 앉아 있는 얼굴이 얼핏 눈에 들어왔다. 전에 다른 마을에서 매잡이를 하다 지금은 어디로 가버렸는지 종적조차 알 수가 없던 얼굴이었다. 반가운 김에 곽서방이 안으로 들어갔더니 그가 무릎 위에 매를 올려놓고 있었다.

"이 사람 올 줄 알았네. 한데 좀 일찍 오지 않구 이제야?"

"흥, 이런 데 박혀 있으니 어떻게 찾아내겠나. 장바닥을 벌써 열 바퀴는 돌았을 거구만. 한데 어떻게 자네가 내 번개쇠를?"

두 사람은 사실 썩 허물이 없어온 사이였다. 한쪽은 이제 매잡이 노릇을 아주 그만두었고 또 한쪽은 그 매 때문에 속을 썩이고 있지만, 그 순간 두 사람은 그래도 옛날 한창 사냥이 성하던 때나 된 것처럼, 매를 찾아 전해주는 거드름이 완연했고 곽서방도 제법 귀한 것을 찾아낸 기쁨을 이기지 못하는 기색이었다.

"요놈의 매가 사람을 알아보고 찾아들었지 않나. 오늘은 매값을 톡톡히 받아가야겠어. 마침 끼니도 쪼들리던 참이고……."

곽서방은 씩 웃었다. 그리고 허리춤에 꽁꽁 접어 넣은 매값을 생각했다.

"이 사람, 좀 앉기나 해. 우선 몸을 좀 녹여야지. 왜 아들놈만 찾아 도망갈 생각을 하나 보지?"

그러자 곽서방은 곁으로 걸상을 끌어 잡아당겨 앉으며 번개쇠를 안아 올렸다.

"요놈의 철부지 자식, 내 속을 몰라보구……."

번개쇠의 눈이 깨끗지가 않았다. 꼬리도 좀 늘어져 있었다.

"감기가 걸려 있었어. 놈이 춥고 배고프고 눈곱이 끼어가지고 왔더구만."

그날도 조금 감기기가 있던 놈이었다. 곽서방은 번개쇠를 무릎 위에 앉히고 사기 컵에다 소주를 따랐다.

"자네가 요즘도 매를 부리고 있는 줄 알고 난 깜짝 놀랐네. 꿩이 잡히나? 요즘 매가 잡을 꿩이 있나 말일세. 그리고 아직 몰이꾼도 있구?"

그러나 곽서방은 대답 대신 술잔만 말없이 들이켜고 있었다.

"알 만하지. 오죽했으면 내가 마을을 떠났을까. 신통치도 않은 품팔이꾼으로. 어쨌든 자넨 매잡이로 아직 굶어죽진 않은 걸 보니 부럽구만."

"죽지 않은 것만 대순가?"

술이 몇 순배[18] 더 돌았다.

"한데 자네 매값은 많이 준비해왔나?"

"이 사람, 그 걱정 때문에 술을 못 마시나?"

곽서방은 당장이라도 매값을 치를 기세로 허리춤을 뒤지는 시늉을 했다.

"정말?"

친구의 눈이 번쩍했다.

"쌀 한 말 값 해왔구만. 아무래도 매를 놀아주라고는 하지 않을 것 같아서."

그러자 이번에는 친구가 정말 술맛을 잃은 얼굴을 했다. 그는 표정이 이상하게 일그러지더니 갑자기 결심을 한 듯 술잔을 홀짝 비워버리고

18) 순배(巡杯) 술잔을 차례로 돌림.

자리를 일어섰다.

"이제 그만 가보지."

"왜 그래, 벌써?"

곽서방은 영문을 몰라 아직 엉거주춤한 채였다.

"매 주인을 찾아줬으니 이젠 가봐야지 않아. 술에 몸두 녹혔구."

"하지만…… 그러고 매값은……?"

"매값? 그냥 가지고 가. 가지고 가서 꾸어온 사람에게 돌려주게. 보나마나지. 매잡이에게 그런 돈이 어디서 나와? 그만 돈을 꾸어온 것만도 용허네."

그러면서 술값까지 자기가 치르고 있었다.

"아니 이 사람이? 자네 정 이러긴가. 자네가 이러면 내 도리가……."

"도리고 뭐고가 있나. 아무 소리 말구 매나 안구 돌아가게. 내게도 두 사람 술값쯤은 있으니께."

결국 그러고 두 사람은 주막을 나왔다. 그리고 친구는 그길로 곧 천관 마을을 향해 발길을 서두르려 하였다. 그러나 곽서방은 아직도 뭔가 아쉬운 것이 옷깃을 꽉 붙잡고 놓아주질 않는 기분이었다.

"그럼 내 자네 마을로 가서 며칠 이놈을 부려주기라도 해야 할 텐디……."

"하하하…… 자넨 그래서 부럽단 말야. 속 편한 세상을 혼자 다 살고 있거든."

그래도 곽서방은 속이 뚫리지를 않았다.

"그냥 매만 받아갈 수가 있나."

"내 말을 해주지. 매가 들어오니까 천상 누가 매를 돌려주러 나올 사람이 있어야지. 마을에서들은 그냥 다시 산으로 날려보내버리라는 게야. 자넨 날 거꾸로 도리가 없는 사람으로 여기는지 모르지만, 그래도 사람을 찾게 저를 훈련시켜놓은 그 인간들을 찾아 내려온 매를 차마 다시 산으로 쫓아보낼 수가 없어 이렇게 어정어정 청승맞게 장터까지 놈을 안고 자네를 찾아나온 거란 말일세. 알겠나? 그래도 매를 돌려받은 게 그토록 고마운가?"
하더니 그는 멍해 있는 곽서방을 찬찬히 들여다보며 이번엔 더욱 정색을 하고 물었다.

"헌데…… 마을로 가서 자넨 여전히 사냥질을 할 참인가?"

"……."

그 말엔 곽서방도 대답을 하지 않았다. 그의 표정 역시 마치 마을의 서영감 앞에서처럼 아무 의사도 내비치지 않았다. 곽서방의 그런 얼굴을 한참 쳐다보던 친구가,

"그럼 난 가네."
하고 발길을 옮기기 시작했을 때도 곽서방은 여전히 그 멍한 표정으로 멀뚱멀뚱 그를 바라보고만 있었다.

그날 오후—마을로 돌아오는 곽서방의 심사는 어느 때보다도 허전하기 그지없었다. 그는 다리에 힘이 하나도 없이 흐느적흐느적 넘어질 듯 길을 걷고 있었다. 차라리 매값이 적다고 투정이라도 잔뜩 들었다면 마음이 후련할 것 같았다. 마음이 꺼림칙하다 못해 화가 치밀어올랐다. 영리한 서영감도 그것까지는 미처 예상을 하지 못했을 것이었다. 애초부터 매값 대신 마을로 들어가 매를 부려줄 수 있으리라고는 기대를 하지 않았다. 하지만 녀석이 매를 안겨주고는 사례를 한 푼도 받지 않고

도망치듯 자리를 비켜버리리라고는 상상조차 못했던 일이었다. 한데다 오히려 제 편에서 술값까지 치르고 가는 녀석의 언사[19]는 분명 그를 몹시도 동정하는 눈치였다. 그래 가령 형편이 그토록 궁색하다 치자—그렇다고 매를 그냥 돌려받아서야 얼굴이 서는 일인가. 그는 오는 길에 다시 주막을 한 곳 들러 술을 마시기 시작했다. 아무래도 매값을 다시 마을로 가지고 돌아갈 수는 없었다. 낯선 영감들이 몇 술자리를 펴고 앉아 있다가 곽서방이 매를 가지고 주막을 들어서는 것을 보고는,

"어허 매잡이로군?"

자기들끼리 알은체들을 했다. 신기한 사람을 보게 되었다는 눈들이었다. 곽서방은 본체만체 자리를 따로 잡고 앉아 술을 청했다. 그러자 영감들은 이내 자기들의 이야기로 다시 관심이 돌아가버렸다.

곽서방이 주막을 나온 것은 허리춤에 접어 넣었던 매값이 다 떨어지고 난 다음이었다. 그러나 그는 워낙에 호주[20]인데다 이미 밑자리를 깐 술이 되어 새삼 더 걸음걸이가 흐트러지진 않았다. 애초에 술값을 정확히 따지지도 않았고 주모가 갖다주는 대로 그저 안주 접시만 자주 비워냈기 때문에 제 주량에 비해선 아직도 크게 술기가 과하지 않은 때문이었다. 무엇보다 그 쌀 한 말 값이라는 것이 대단한 술값은 아니었으니까. 그러나 이제 그의 기분은 아까처럼 꽉 막혀 있지를 않았다. 그는 매잡이로 산을 탈 때 가끔 부르던 노래를 흥얼거리기 시작했다. 그리고 천천히 산길을 오르다 보니 비로소 조금씩 다리가 떨려오기 시작했다. 해가 저녁나절 양지를 비추고 있어서 그는 이른 봄 날씨에도 등골에서 뽀

19) 언사(言辭) 말씨.
20) 호주(豪酒) 술을 많이 마심. 또는 그런 사람.

속뽀속 땀기까지 솟았다. 그러자 곽서방은 문득 어디서 다리를 잠시 쉬어야겠다고 생각했다. 부지런히 마을을 찾아 들어가야 할 이유가 없었다. 마을도 집이 있고 가족이 있는 사람의 마을. 곽서방에게는 매잡이를 불러주는 곳이 제 마을이었고 제집이었다. 그런데 이제는 그를 불러주는 마을이나 집이 없었다. 물론 기다릴 가족도 없었다. 지금 그가 드나드는 곳이 제 마을이 되어버린 것은 그가 바로 그 마을에서 영 주인 없는 매잡이 신세가 되어버렸기 때문이었다. 피곤한 다리를 서둘러 갈 이유가 없었다. 그는 바람이 막힌 양지를 골라 다리를 편하게 내려뻗고 누웠다. 그리고 언제나의 버릇대로 번개쇠를 팔목에 앉혀 배 위에 얹고는 이내 깊은 잠 속으로 빠져들어갔다.

그런데 마을에서 옛날대로의 곽서방을 본 것은 그것이 마지막이었다. 그날 장길에서 돌아오다 곽서방을 만난 사람들은 여느 때처럼 약간 빈정거리거나 우스개로 보이기는 했어도,

"곽서방이 장에 갔다 오는갑네."

"매를 찾았으니 아들을 찾았구만."

하고들 인사를 했고, 곽서방도 그땐 술김에 제법 기분 좋은 대꾸를 했는데, 그것이 곽서방과 마을 사람들과의 마지막 대화가 되고 만 것이다.

그 산길 한 모퉁이에서 어스름이 들 때까지 잠을 자고 있는 곽서방을 발견하고 그를 깨운 것은 해 늦은 장길에서 돌아오던 버버리네 아버지였다. 그때, 잠에서 깨어났을 때부터 곽서방은 전과 영 사람이 달라져 있었다. 어떻게 달라졌는지는 알 수 없는 일이었다. 혹은 달라진 게 없다고 해야 할지도 모른다. 그는 그때부터 갑자기 벙어리가 된 것처럼 누구의 말에도 일절 대답을 하는 일이 없었고 혼잣말을 하는 일조차 없어

져버렸기 때문이다. 그때 그는 아마도 무슨 꿈이라도 꾸었던 것일까. 그래서 그 꿈이 그에게 어떤 무서운 충격이나 암시를 준 것이었을까. 버버리 아버지가 곽서방을 깨워놓았을 때 그는 무슨 꿈을 꾸다 깨어난 사람처럼 주위를 몹시 두리번거렸고, 그리고 낯선 사람을 보듯 한 눈으로 자기를 유심히 쳐다보더라고 했다. 그러나 그가 꿈을 꾸었는지, 또 꿈을 꾸었다면 어떤 꿈을 꾸었는지 역시 누구도 알 수 없는 일이었다. 확실하게 변한 것은 그가 말을 잃고 말았다는 것뿐이었다. 그러나 곽서방이 그보다 근본적으로 사람이 달라진 것은 그때 순순히 매를 안고 돌아온 그가 마을에서 시작한 기이한 행동들이었다.

곽서방은 마을로 돌아오자 버버리 소년의 방을 차지하고 누워 내처 번개쇠를 굶기기 시작했다. 버버리 소년에게마저도 한마디 말이 없이 방구석에만 박혀 뒹굴면서 녀석을 굶겨댔다. 중식 소년은 처음 그것이 또 사냥을 준비하고 있는 것이라고 생각했다. 그러나 이상한 것은 그가 가져다주는 음식물을 곽서방 자신도 입에 대지 않는다는 점이었다. 그러니까 곽서방은 매와 자신이 함께 굶기 시작한 것이었다. 그리고 번개쇠를 잠재우지 않듯이 자신도 함께 잠을 자지 않았다. 소년이 없을 때만 잠을 자는지는 모르지만, 적어도 그가 곁에 있을 때는 언제나 곽서방의 눈이 멀뚱멀뚱 천장을 향해 있었다. 처음부터 배를 주리다 마을을 찾아들어왔던 번개쇠는 급속히 기운이 마르기 시작했다. 기운이 약해져 가는 탓엔지 감기기도 점점 더 심해져갔다. 곽서방이 사냥 준비를 하려는 것이 아니라고 소년이 확실히 짐작하게 된 것은 번개쇠가 영 기력을 잃고 만 것을 보게 되었을 때였다. 사냥 준비로 매를 굶긴다 해도 그것은 정도 문제였다. 이제 번개쇠는 숨을 깔딱거리며 제 몸조차 이기지 못하고 자꾸 모로 쓰러지려고 했다. 더구나 곽서방도 그 매에 못지않게 눈두덩이 움푹 패어 들어가고 있었다. 소년은 까닭을 알 수가 없었다. 곽서방은 말을 하지 않았다. 그 사람 좋던 곽서방이 눈이 움푹 패어서 말도 하지 않고 멀뚱거리기만 하거나 자기를 멍하니 쳐다볼 때 소년은 오싹 소름이 끼쳐오기까지 했다. 그러나 소년은 곽서방을 내쫓을 수는 없었다. 마을에서들은, 특히 서영감은 곽서방에게 진짜 매 귀신이 붙은 거라고 했다. 그러나 소년은 기다렸다. 자기만은 필경 곽서방의 곡절을 알게 되고 말리라는 자신이 있었다. 그런데 그러기를 꼬박 나흘—그 나흘째 되던 날 저녁 무렵 곽서방이 별안간 문을 열고 밖으로 나왔다. 그는 엉금엉금 안채 쪽으로 건너가 마룻장 밑에 얽어놓은 닭장에서 지금 막 저녁 잠자리로 들어온 장닭 한 마리를 꺼내들었다. 그러고는 다시 사랑채 방으로 들어가서 번개쇠를 안고 나왔다. 소년과 아버지는 지금부터 정말 무슨 일이 일어나려나 숨을 죽이며 그의 거동을 지켜보고 있었다. 곽서방은 자기를 지켜보는 눈들에는 아무 관심도 없는 듯 천천히 번개쇠의 다리에서 줄을 풀어주었다. 줄을 풀어주면서 그는 번개쇠를 새삼 찬찬히 들여다보았다. 조그만 콧구멍에선 물이 흐르고, 놈은 연신 그 물을 튀기며 킥킥 재채기를 해댔다. 그는 매의 줄을 다 풀고 나서 닭을 땅 위로 떨어뜨려주었다. 번개쇠의 방울 소리만 듣고도 겁에 질려 오금을 펴지 못하고 있던 녀석이 곽서방의 손을 벗어나자마자 무작정 마당가로 내달리기 시작했다. 곽서방이 도망가는 닭 쪽으로 매를 훌쩍 던졌다. 번개쇠는 그 짧은 공간을 날아 닭을 쫓았다. 그러자 번개쇠의 추격을 알아차린 닭은 거기서 그냥 납작하게 땅에 엎드려 붙고 말았다. 번개쇠가 그 닭을 호되게 후려 때렸다. 감기에 시달려온 놈이기는 하지만 거기까지는 그래도 제 기개[21]를 잃지 않은 것 같았다. 그러나 곧바로 닭의 목을 집어 문 번개쇠 놈은 제풀에 힘이 겨워 헐떡거리기 시작했다. 곽서방은 방문을 열어젖히고 문지방에 걸터앉아 그 광경을 멍하니 바라보고 있었다. 닭은 아직 숨이 끊기질 않아서 목을 물리고도 푸덕거리기를 그치지 않았다. 죽을 힘을 다 내뿜는 닭을 약한 번개쇠가 쉽사리 처리하지 못하고 있었다. 놈은 닭의 목 부근을 물고 흔들고 찢고 하면서 퍼덕이는 닭과 거의 함께 땅에서 뒹굴고 있었다. 닭의 목에서인지 번개쇠의 어디에서인지 드디어 검붉은 피가 튀기 시작했다. 소년과 아버지는 손끝 하나 꼼짝하지 않은 채 끝까지 그 광경을 지켜보고 있었다. 끔찍한 번개쇠의 공격이 성공하여 마침내 닭의 가슴이 열렸다. 번개쇠는 마치 새 귀신처럼 머리에 붉은 피를 뒤집어써가며 닭의 내장을 쪼아먹기 시작했다. 핏빛이 진한 가슴께 내장만 파먹었다. 그러면서 놈은 가끔 부리를 흔들어 댔기 때문에 제 깃에는 물론 부근 땅바닥에도 핏방울을 뿌려댔다. 이윽고 번개쇠는 허기가 가신 듯 닭을 버리고 부리를 문질렀다. 갑작스런 포식으로 기력이 쇠진한 듯 처음보다도 몸이 더 비틀거렸다. 다른 때 같으면 하늘로 날아올라버릴 궁리부터 했을 놈이 계속 주위를 어정거리고만 있었다. 한두 번 수상한 몸짓을 해 보이긴 했지만 놈은 그냥 쳐들었던 머리를 내려박아버리곤 했다. 그러자 놈의 거동만 가만히 지켜보고 있던 곽서방이 드디어 끙 자리에서 일어났다. 그러고는 천천히 번개쇠 곁으로 다가가 놈을 한 손으로 덥석 안아들었다. 그러고는 말 한마디 없이 그대로 사립문을 걸어나가버렸다. 바깥은 방금 어스름이 내리고 있었

21) 기개(氣槪) 어떤 어려움에도 굽히지 않는 강한 의지.

다. 곽서방은 번개쇠를 안은 채 바로 뒷산 솔밭 속으로 사라져가고 있었다. 버버리 부자는 그제야 겨우 자기 집 닭 한 마리가 엉뚱한 소동결에 죽어간 것을 깨달았다. 그리고 소년은 곽서방의 거동을 좀더 따라가봐야겠다고 생각했다. 한데 그렇게 혼자 사립을 나간 곽서방은 그 뒷산 솔밭에서 매를 띄워 보내려고 한사코 애를 쓰고 있었다. 아무래도 날 생각이 없어 보이는 번개쇠를 자꾸만 하늘로 띄워 올리려고, 잡아서는 날리고 또 잡아서는 날리고…….

그날 밤 곽서방은 소년의 방으로 돌아오지 않았다. 심상찮은 생각이 들었지만 밤이 늦어 어디로 그를 찾아나서볼 수가 없었다. 늦도록 곽서방을 기다렸으나 소년은 할 수 없이 혼자 잠이 들고 말았다. 아침에 눈을 떴을 때도 곽서방은 곁에 있지 않았다. 간밤에 방을 왔다 간 흔적도 없었다.

여느 때보다 늦은 아침을 먹으면서 소년은 아버지에게서 새삼 괴이한 이야기를 들었다. 곽서방이 윗마을 서영감네 헛간에 누워 있다는 것이었다. 여전히 말을 하지 않을 뿐 아니라 곡기[22]도 전혀 아직 입에 대려질 않는다는 것이었다. 번개쇠는 기어이 날려보내고 말았는지 이제 곽서방은 매를 가지고 있지도 않다더라고.

소년은 상을 물러나자마자 그 서영감네 헛간으로 달려갔다. 가보니 과연 거기 곽서방이 멀뚱멀뚱 눈을 뜬 채 죽어가는 사람처럼 하고 누워 있었다. 숨을 쉬는 기색조차 알아볼 수 없었다. 구경삼아 달려온 마을 사람들이 곽서방을 이리저리 달래고 있었다. 어떤 여자들은 누룽지 그

22) 곡기(穀氣) 곡식으로 만든 음식을 통틀어 이르는 말.

릇을 곁에 가져다놓고 있기도 했다. 그러나 곽서방은 그 어느 누구에게도 살아 있는 사람의 기척을 해 보이지 않았다. 그는 이미 절반쯤은 죽어 있는 사람 한가지였다.

이제 다시 이야기를 본 줄거리로 돌리는 것이 좋겠다. 매잡이 곽서방의 기이한 단식은 그렇게 시작된 것이었고, 그러니까 내가 갔을 때는 이제 마을 사람들조차 그 곽서방의 일엔 싫증을 내고 있었을 때였다. 곽서방이 누워 있는 헛간의 안채에서 서영감은 '정말 매 귀신이 들어앉았다'고 화를 냈지만, 그러고 있는 곽서방을 내다본 일은 아직 한 번도 없다고 했다.

그런데 또 한 가지 신통한 일은 소년이 가지고 있는 매에 관한 것이었다.

"그럼 네가 가지고 있는 곽서방 매는 어떻게 다시 갖게 된 거지?"

나의 물음에 소년은, 곽서방이 매를 아주 날려보냈으려니 하고 있었는데, 다음 날, 그러니까 곽서방이 헛간으로 가서 누운 다음 날 번개쇠가 다시 마을로(그것도 바로 버버리 소년의 집으로) 들어왔다는 것이었다. 그래서 소년은 처음 번개쇠를 다시 곽서방에게로 가지고 갈까도 생각했지만 어쩐지 그래서는 안 될 것 같은 생각이 들었댔다. 그리고 지금은 그 번개쇠를 자기가 가지고 있는 것조차 왠지 무척 화를 낼 것 같아 곽서방에게는 사실을 감추고 있다는 것이었다. 소년이 매를 다시 기르기 시작한 것을 보고 아버지마저 몹시 핀잔을 주었지만 소년은 절대로 그 매를 다시 돌려보내지 않겠다고. 소년은 자기의 매를 갖고 싶으며 또 사냥도 하고 싶다고 했다. 소년의 아버지 역시 한 번도 고집을 꺾어본 일이 없는 녀석의 성미를 알기 때문에 할 수 없이 그대로 그를 버려둔 눈치였다.

하여튼 그 모든 이야기를 듣기 위해 나는 산을 이틀이나 더 타야 했다. 물론 사냥 수확은 없었다. 그러나 이젠 소년도 허탕만 치는 일로 나에게 그리 미안해하는 것 같지가 않았다. 그는 허탕을 치고 돌아오면서 마치 나를 부린 값이라도 치르듯 곽서방의 이야기를 들려주곤 하였다. 그러나 사흘째 되는 날부터 나는 더 이상 소년을 따라나설 수가 없었다. 번개쇠가 불쌍하니 사냥은 그만하고 이제 먹을 것을 주자고 했더니 소년은 머리를 끄덕이고 그날은 사냥을 나가지 않았다. 그러곤 어디서 구해왔는지 참새 두 마리를 잡아다 매에게 먹였다.

"언제나 참새를 주니?"

하고 물었더니, 개구리철에는 개구리를 먹이고 어떤 때는 닭을 잡아 먹이기도 한다고 했다. 그래 가을이 되어 길이 다 든 매는 제값을 받자면 쌀 몇 가마 값은 된다는 것이었다. 그런 이야기 저런 이야기로 그날은 방 안에서 소년과 해를 보냈다.

그날 저녁이었다. 초저녁에 소년이 윗마을 영감네 헛간으로 간 뒤 나는 혼자 방에 남아 뒹굴다가 그냥 불을 끄고 잠을 청했다. 소년은 전날에도 그렇게 혼자 서영감네 헛간으로 갔다가 아침에 일어나보면 어느 결엔지 곁에서 잠이 들어 있곤 했기 때문이었다. 나 역시 그사이 곽서방을 몇 번 헛간으로 찾아가 봤지만 위인은 언제나 마찬가지 자세로 눈두덩만 더 앙상하게 드러내고 있을 뿐이었다. 도대체 사람이 온 기척조차 느끼지 못하는 곽서방을 이 밤엔 찾아가고 싶지가 않았던 것이다. 더욱이 음식이 입에 닿지 않은데다 이 며칠 무리하게 산을 탄 바람에 이날은 몸을 움직이기가 싫었기 때문이었다.

이윽고, 자리를 고쳐앉을 때 울리는 매의 방울 소리가 점점 희미하게 들려오기 시작했다. 그런데 바로 그때, 버버리 녀석이 헐레벌떡 방으로 뛰어들어오며 냅다 나를 흔들어 깨웠다. 나는 얼떨결에 자리에서 일어나 머리맡 성냥불을 더듬어 밝혔다.

"왜 그래. 무슨 일야?"

무턱대고 팔을 끌어대던 소년이 그제야 사연을 일러주었다. 곽서방이 나를 찾고 있다는 것이었다.

"곽서방이 말을 했단 말야?"

나는 번쩍 기묘한 예감이 지나갔다. 어슴푸레나마 소년이 서두르는 이유를 짐작할 수 있었다. 아니 소년과는 정반대 이유로 나도 역시 그를 따라 서둘러대었다. 곽서방이 정말 말을 했다고 소년은 밭둑길을 뛰어가다시피 하며 설명했다. 그리고 그가 웬일로 이 밤중에 갑자기 나를 불러달라 부탁하더라는 것이었다. 이상한 일이었다. 곽서방이 어떻게 말을 시작했을까. 그리고 왜 그가 나를 만나자고 했을까. 그러나 그보다도 더 이상한 것은 그때 나는 그런 것을 실제로는 조금도 이상하게 생각하지 않고 있었다는 점이었다. 그가 말을 시작한 것도, 하필 나를 찾는 것도 모두가 그저 다 당연한 것처럼, 그리고 나는 여태까지 바로 그때를 기다리고 있었던 것처럼 서둘러 곽서방에게로 뛰어간 것이었다…….

곽서방은 정말 나를 기다리고 있었다. 그는 전과 다름없이 꼬직히 헛간 지푸라기에 싸여 누워 있었으나, 깊이 가라앉아 가기만 하던 눈망울이 처음으로 나를 향해 움직이고 있었다. 얼굴 근육까지 조금씩 움직이는 것 같았다. 나는 그것으로 곽서방이 나를 아는 체하는 줄을 알 수 있었다.

"민…… 민선생을…… 가서…… 만…… 나…… 지요……?"

이윽고 그가 꺼져가는 듯한 목소리로 내게 물었다. 그 말 한마디 한마디마다 곽서방은 너무 여러 번씩 입술을 움직인 끝에 겨우 소리를 만들어냈기 때문에, 그 조금씩밖에 벌리지 않은 입술 사이에서는 소리가 미처 되어나오질 못하거나, 아니면 너무 오래 말을 하지 않고 있어서 잊어버린 말이 다시 생각나기를 기다리는 것처럼 보였다. 그는 그렇게 띄엄띄엄 말했다. 그러나 그의 말은 흐린 눈동자와는 달리 일단 의사가 확실했다.

"제 친굽니다. 가서 만납니다."

나는 그의 귀가 이미 깊은 영혼 속에서만 열려 있어 그곳까지 소리가 들리게 하기가 퍽 어려울 것만 같이 생각되어 터무니없이 큰 소리로 말했다. 곽서방이 조금 머리를 끄덕였다. 반가움을 표하는 것이 아니라 이미 알고 있다는 표정이었다.

"내 이야기를…… 전해…… 주시겠소?"

곽서방은 다시 나에게 말하면서 눈을 치떠 나를 쳐다보았다.

"물론이지요. 한데 뭐라고 전해야 할지. 이러고 계시는 까닭이 뭡니까?"

그 말에 곽서방은 다시 한 번 염려스럽게 나를 쳐다보았다.

"좋은 사람……입니다. 내 평생…… 가장…… 긴 이야기를 했던 사람이…… 민선생이었소."

얼핏 딴소리 같은 말만 하더니,

"아마 민선생은…… 짐작할지 모르지요. 마음이 워낙…… 깊은 분이니께……."

하고 다시 한마디를 덧붙였다.

"민선생에게 짐작될 일이라면 제게 말씀해주셔도 무방하실 텐데요."

그러나 곽서방은 다시 입을 다물어버렸다. 그런데 나는 바로 그때 두고두고 후회할 실수를 저지르고 만 셈이었다. 사실을 말하자면 나는 그때 곽서방이 민형과 무슨 이야기를 했었는지를 물어야 했었다. 그리고 민형이 곽서방에게 했던 말들을 알아뒀어야 하였다. 그랬더라면 이번 일도 어느 만큼은 속사연 짐작을 할 수 있었을지 모른다. 하나 나는 너무 사건에 맞닿아 있었기 때문에 그런 여유마저도 가질 수가 없었다.

하여튼 그날 밤 곽서방의 이야기는 그것뿐이었다. 그러나 나는 다시 소년의 집으론 돌아오지 못했다. 어떤 예감이 있었기 때문이었다. 나는 그날 밤 날이 샐 때까지 모든 일을 빠짐없이 보아두었다가 그것을 민형에게 전하리라 생각했다. 그러나 나는 사실 민형에 대한 그런 부채감보다 나 스스로 그곳을 떠날 수 없는 어떤 강한 힘에 붙잡혀 있었다. 벙어리 소년도 물론 나와 같이 있었다. 그리고 그런 나의 예감은 빗나가지 않았다. 우리는 조금 뒤에 곽서방 곁에 쪼그리고 앉아 잠시 눈을 붙인 것 같았는데, 우리가 정신이 들었을 때는 벌써 날이 희끄무레 밝아오고 있었다. 그리고 그때 곽서방은 이미 숨을 거두고 있었다.

곽서방은 그날 아침으로 대발에 말려 어떤 조그만 산모퉁이에 묻혔다. 그리고 장례가 끝나자마자 나는 서울로 떠날 차비를 했다. 한데 웬일인지 그때부터 소년이 내게 영 말대답을 해오지 않았다. 녀석은 원래 벙어리니까 소리를 내어 말을 하진 않았다. 그러나 소리를 내지 못하는 대신 어떤 경우에는 소리를 가진 사람보다 더 수선스런 행동을 할 때도 있었다. 그러던 녀석이 그때부터 갑자기 내게 말대꾸를 해오지 않았다. 하염없이 매만 만지작거리고 있었다.

"이제 사냥철도 지나갔는데 그 매 산으로 보내주지 않을래?"

그런 물음에도 소년은 역시 묵묵부답이었다. 숫제 내 말을 알아차리지조차 못한 표정이었다.

"그리고 그건 원래 곽서방 거였다는데, 이젠 주인도 죽고 없는데……."

"……."

그러나 나는 끝내 소년의 가장 깊은 정곡을 찾아내고 말았다.

"그러고 보니 이번엔 네가 또 매잡이가 되고 싶은 게로구나."

그 소리에 소년은 짐작했던 대로 번쩍 머리를 쳐들고 나를 쳐다보았다. 그 표정이 참으로 심상치가 않았다. 소년이 처음 머리를 들고 나를 쳐다보았을 때 그 눈에는 뜻밖에도 어떤 무서운 증오 같은 것이 서려 있었다. 그리고 무서운 반발이 숨어 있었다. 나는 소년의 그런 눈길을 받고 나서 흠칫 한걸음 몸을 뒤로 물러서기까지 했다. 괴팍하고 사나운 벙어리의 본능이 덩어리져 나오고 있는 것 같았다. 나는 그 눈 때문에 방금 내가 무슨 말을 했는지도 잠시 잊어버리고 있었다. 소년이 무엇 때문에, 그런 눈을 하는지 알 수가 없었다. 그리고 나의 말이 생각났을 때도 나는 소년이 무엇을 그토록 증오하고 반발하는 것인지 알 수가 없었다. 그 소년의 눈이 나에게서 좀처럼 떠날 줄을 몰랐다. 그래서 그렇게 보였던 것일까. 이윽고 그 소년의 눈에는 애초의 증오 대신 서서히 어떤 슬픔기 같은 것이 차오르고 있었다. 그리고 그것은 그 간밤의 곽서방의 눈길까지 연상시키고 있었다…….

나는 어쩌면 녀석이 또 매잡이 노릇을 계속할지도 모른다는 생각을 하면서 그날로 소년과 마을을 하직하고 서울로 돌아왔다. 그리고 서울로 가는 차를 타게 되면서부터는 비로소 민형을 다시 생각하기 시작했다. 무엇보다 나는 그때 서울을 떠날 때와는 또 다른 수수께끼를 품어가고 있었기 때문이었다. 그 수수께끼를 민형과 함께 풀어보리라고 생각했다. 도대체 곽서방의 죽음은 무슨 뜻을 지닌 것인가. 곽서방은 왜 그런 해괴한 죽음의 방법을 생각한 것인가. 곽서방의 소식을 듣고 민형은 그 모든 수수께끼의 대답을 어떻게 풀어낼 수 있을 것인가.

그러나 서울에는 또 하나의 수수께끼가 나를 기다리고 있었다. 뜻밖에도 민형이 그사이에 자살을 하고 만 것이었다. 내가 시골로 떠난 다음날이었다고 했다. 내가 서울로 돌아왔을 땐 민형은 이미 자신의 유언에 따라 한줌 재가 되어 강물로 뿌려진 다음이었다. 나를 기다린 것은 그의 간단한 유서 한 장과 유서에서 밝힌 두 가지 비장품뿐이었다. 앞에서도 말했듯이 그 밖에 그에게선 다른 아무것도 남겨진 것이 없었다. 그러니까 나는 그것으로 이를테면 그가 가지고 있던 마지막 재산으로 여행을 하고 온 셈이 된 것이었다.

여행 이야기가 꼭 좋은 소설이 되기 바라네. 그리고 여기 나의 취재 노트를 자네에게 넘기고 가네. 혹 소설로 만들 만한 것이 있을진 모르겠네만. 또 하나 밀봉한 봉투는 2, 3개월 날짜가 지나서 적당한 시기에 꺼내보라고 특히 부탁하네…….

그가 내게 남기고 간 유서의 내용이었다.

마치 한 일년 어디로 여행을 떠나면서 부탁을 남기고 있는 투였다. 그 유서에는, 자세히 읽어보니 세 가지 다짐이 들어 있었다. 첫째로 내가 여행에서 돌아오면 소설을 한 편 써 발표하라는 것, 두 번째로는 가능한 대로 자기의 취재물을 소설로 완성시켜보라는 것, 그리고 세 번째 부탁은 무엇인지 모를 그 봉투의 물건을 일정한 기간 후에 꺼내보라는 것이었다. 어세가 그렇게 강한 것은 아니었지만, 죽음을 이마에 대고 있는 사람의 이야기라는 것을 생각할 때, 그것은 산 사람이 몇십 번을 되풀이 강조한 것보다 더 엄숙하고 확실한 것이었다.

나는 그의 첫 번째 부탁을 금방 이행했다. 아니 그것은 그의 부탁 때문이 아니었다. 나는 서울로 돌아올 때부터 벌써 작품을 생각하고 있었다. 민형의 예언이 적중한 셈이었다. 매잡이 사내의 기이한 죽음이 순간순간 나를 긴장시켰다. 확실하지는 않았지만, 필경 나는 소설을 쓰지 않고는 견딜 수 없으리라는 것을 마을에서부터 벌써 알고 있었다. 나는 민형에게 그 매잡이 사내에 대해 훨씬 많은 것을 들을 수 있으리라 기대했었다. 한데 서울로 돌아와 보니 민형은 이미 저세상 사람이었다. 그것은 한층 더 나를 긴장시켰다. 그 우연은 마치 민형이 매잡이의 죽음을 미리 알고 있었던 듯한 생각마저 들게 했다. 그리고 매잡이의 죽음과 민형의 죽음에는 자꾸만 어떤 관련이 있는 것처럼 나의 머릿속으로 함께 얽혀 들었다. 나는 애초 매잡이 사내의 죽음을, 민형의 죽음을 중심으로 한 소설 계획 속에 함께 관련지어 넣으려 생각했다. 그러나 그것은 다만 나의 욕심뿐이었다. 두 죽음을 연결시킬 근거가 나에게선 아무래도 분명해지질 않았다. 모든 것이 그저 느낌뿐이었다. 소설이 무척 애매하고 어려워졌다. 나는 할 수 없이 이야기에서 민형을 제외할 수밖에 없었다. 우선 매잡이 사내의 이야기만으로 나의 능력껏 한 편의 소설을 썼다. 그것이 나의 최초의 「매잡이」였다. 그것으로 일단 나는 민형의 첫 번째 부탁을 이행한 셈이었다. 하지만 그것으로 내가 매잡이 사내와 민형 사이의 그 이상한 연관성을 포기해버린 것은 아니었다. 두 사람의 관계에 대한 나의 느낌이 틀림없으리라는 확신도 여전했다. 나는 그 확신을 증명하려고 했다. 그런데 좀체 방법이 없었다. 민형이 남긴 흔적이라고는 거의 아무것도 없는 것이 그 일을 더욱 어렵게 했다. 밀봉한 봉투는 그 적당한 시기라는 것이 언제가 될지 몰라 당분간은 거의 잊어버린 상태로 서랍 깊숙한 곳에 넣어두고 있었다. 민형에 관해서 생각할 수 있는 물건은 민형이 나에게 소설로 만들어주기를 바라면서 남겨준 비망 노트 한 가지뿐이었다. 그러나 그 노트도 민형의 죽음과 매잡이 사내와의 관계를 추리하는 데는 별반 도움이 되지 않았다. 앞서도 얘기한 일이 있지만, 그 취재 노트는 정말 경탄할 만한 것이었다. 아까운 일이었다. 물론 지금도 나는 그중의 대부분을 언젠가는 소설로 만들 욕심이고 또 실제로 몇몇은 머지않아 곧 작품이 이루어지게 되리라고 단언을 할 수도 있다. 그러나 어떻게 내가 그 하나하나의 소재를 취재할 때의 민형의 뜻을 충분히 살려낼 수 있을 것인가. 망인(亡人)에게 죄스럽기는 하지만 소재 해석은 천상 나의 방법을 따를 수밖에 없었다. 그러자면 그 많은 민형의 노력의 결과는 한낱 사전 지식 구실밖에 할 수 없게 될 것이다. 그것은 마땅히 민형 자신의 소설 구상을 통해서 작품으로 이루어졌어야 할 것들이었다. 가령 그런 점을 떠나 민형에 대한 인간적 관심으로 볼 때도 그것은 역시 안타까운 일일 수밖에 없었다. 민형의 그런 생은 마치 자신은 소설가가 될 수 없음을 너무 일찍 체념으로 받아들이고, 자료 수집 따위로나 자신도 문학의 어떤 몫에 참여하고 있다는 최소한의 인간적

욕구를 만족시키고 있었던 것같이 생각되는 것이었다. 정말로 민형은 소재 수집 자체를 생의 과업으로 자족했던 것일까. 그것도 한편으로는 머리가 숙여지는 일이었다. 그러나 그보다도 역시 그와 가까운 친분으로서는 민형의 그러한 생 전체가 오히려 하나의 큰 좌절로 느껴졌다. 그래서 그가 안타깝고 아쉬웠던 것이다. 그런데 중요한 것은 바로 그 민형의 자상하고 철저한 취재 노트에는 하필 전에 그가 나를 시골 마을로 내려보내면서 얼핏 펼쳐 보여줬던 매잡이에 관한 기록이 뜯어 없어져버린 사실이었다. 노트 석 장이 떨어져 없어지고 그 뜯어진 다음 장에 매잡이에 관한 아주 평범한 사전적 지식이 조금 계속되고 있을 뿐이었다. 하지만 뒤에 이어지고 있는 기록들로 보아 뜯어 없앤 것은 분명 그 매잡이 사내에 관한 기록이었을 게 틀림없었다.

—매과 매속의 맹조의 총칭. 수리에 비하여 몸이 소형인데 부리가 짧으며 윗부리의 가장자리 중앙에 이빨 모양의 돌출부가 있다. 발가락이 가늘고 날개와 꽁지가 비교적 폭이 좁다. 다리의 발꿈치에 있는 비늘은 앞뒤가 모두 그물 모양이며 머리 위와 눈 주위 주둥이 근처가 흑색이고 등은 회색, 허리와 꼬리는 연한 색이고 검은 가로 무늬가 있다. 주둥이는 창각색(蒼角色)—엽막(獵膜)과 다리는 황색, 민속하게 날개를 놀리어 수리보다 빠르게 난다.

—날개 길이 30cm, 부리 27cm.

—보라매, 새매, 송골매, 해동청(海東青: 한국산. 특히 중국에서 진가가 인정되고 있음).

—한(韓), 중(中), 일(日), 아시아, 북아프리카, 동유럽 등지에 서식.

—일년 깃들인 것→갈지개. 2년→초진이(初陳伊)=초지니. 3년→삼진이. 산진이=산지니.

—한국 북쪽 지방(중국 대륙에서 들어옴. 몽고 풍속→유럽 일부에도 있음).

—매두피, 매를 잡는 기구, 명주 그물, 매 사냥, 매찌, 매의 똥, 매치, 매를 놓아 잡는 꿩, 짐승, 매팔자=개팔자.

—매잡이. 매를 잡는 사내→사전 ×(현지에서는 '매를 부리는 사람'을 매잡이라고 함 ○). ※손잡이.

—매치는 절대로 팔지 않았음. 마을 잔치에 부조를 하고 부조받는 사람은 떡시루나 술말로 보답함. 요즘은 시장으로 나가는 일이 있고 약이나 총으로 잡은 것보다 값이 있다고 함.

이것이 뜯어지지 않고 남아 있는 매나 매잡이에 관한 기록의 전부였다. 그것은 다만 사전 지식에 불과했고, 그의 의견이 엿보이는 곳이라고는 '매잡이'를 사전 해석에 따르지 않고 취재 지역에 따르려고 했다는 것 정도였다. 나로서도 그것이 옳은 듯했다. 매잡이의 '잡이'는 잡는 이라는 뜻이기보다 민형이 참고로 ※표로 보인 것처럼 잡는 것, 즉 '손잡이'의 '잡이'에 가까운 것 같았다. 매잡이 사내는 언제나 매를 팔뚝에 올려 앉히고 다녔다. 사내의 팔뚝은 매의 앉을 잡이였다. 그래서 아마 그쪽 사람들은 매 부리는 사내를 매잡이라고 하는 것 같았다. 그러니까 이 매잡이라는 말은 물론 나 역시 지금까지도 그런 뜻으로 써오고 있는 터이다.

그러니 그 정도는 나에게도 기록이 남아 있으나마나였다. 그것을 뜯어 없앤 것은 물론 민형이었을 것이다. 나는 그 뜻을 짐작하기가 어려웠다. 어떤 이유에선가 매잡이 기록을 뜯어내면서 뒷부분을 그대로 조금 남겨둔 것은 민형 자신도 그건 있으나마나 한 거라고 대수롭잖게 생각했기 때문일 터였다. 따라서 그것은 내가 민형과 그 곽서방의 죽음 사이의 비밀을 캐내보려는 노력엔 아무 소용도 없는 것이었다.

왜 민형은 그것을 뜯어 없애버린 것일까. 상식적으로 이해하자면 민형은 나에게 취재 여행을 권유한 터였으므로 그 기록을 남겨서 내가 쓸 작품 의도에 어떤 간섭을 주지 않으려고 그랬다고 생각할 수 있었다. 그러나 앞뒤 사정이나 그의 죽음 같은 것이 그렇게 간단할 것 같진 않았다. 어째서 그는 나에게 하필 그 산골로 여행을 권한 것인가. 그리고 자기가 얻어낸 모든 자료를 끝내 감추고 죽어버린 것인가. 더욱이 왜 나에게 굳이 그 매잡이에 관한 소설을 쓰게 한 것일까. 아무것도 해명되지 않았다. 나의 생활은 자꾸만 그 사실의 거죽 위에서 겉돌고 있는 느낌이었다. 사실 그 모든 것은 단순한 몇 가지 우연의 연속에 지나지 않을지 모른다는 생각도 들었다. 그러고는 그만 그런 생각에서 떠나려 해보기도 하였다. 그러나 나는 어느 틈에 다시 그 의문 속에서 머리를 썩이고 있었다.

그러나 그런 관심도 어느 땐가는 시간과 더불어 차츰 퇴색해가게 마련이었다. 영영 해답을 얻어낼 길은 없고, 해답을 위해 조사를 해볼 자료도 없고, 거기다 또 나대로의 작품 의욕에 휘말리기도 하다 보니 그것은 결국 나의 심층 속으로 깊이 잦아들어버리는 듯했다. 더욱이 그것을 아주 의식의 밑바닥까지 밀어넣어버리기로 마음먹은 것은 내가 또 한 번 그 시골 산골을 다녀오고 난 다음이었다. 답답하다 못해 나는 다시 그 산골 마을을 찾아갔었다. 물론 거기서 신통한 해답을 얻을 수 있으리라는 기대를 갖지는 않았다. 만약 그러리라 생각했다면 나는 벌써 열 번이라도 그곳을 찾아갔을 것이다. 그러나 나는 그곳을 다시 가보지 않을 수 없었다. 어쩌면 거기서 얻은 나의 가없는 의문들을 다시 그곳에다 씻어버리고 싶었는지도 모른다. 그리고 나의 그런 기대는 거의 그대로 적중해갔다. 마을에는 역시 어느 구석에서도 민형의 흔적을 찾을 길이 없었다. 곽서방은 이미 저세상 사람, 마을 사람들은 이제 그의 매 사냥에 대해서, 아니 곽서방이 마을에 살고 있었다는 사실마저도 까맣게 잊어버리고들 있었다. 그에 관해선 아무도 말을 하려고 하지 않았다. 그의 일로 마을을 드나들었던 나를 이젠 옛날에 곽서방을 보듯이 했다. 벙어리 소년마저 마을을 나가고 없었다. 그는 내가 서울로 올라간 뒤부터는 밥도 잘 먹지 않고 상심해 있다가 어느 날인가 마침내 번개쇠를 가지고 어디론가 마을을 나가버렸다는 것이었다.

나는 곽서방에 대해서, 더욱이 민형에 대해서는 아무것도 새로운 사실을 얻어내지 못한 채 마을을 떠나 다시 서울로 돌아왔다. 그러나 그때 나는 어쩌면 가장 귀중한 것을 얻고 돌아왔는지도 모른다. 왜냐하면 나는 그 여행만으로 이제 모든 것을 결말낸 것처럼 마음이 한결 편했기 때문이다. 나는 정말 마을로 들어와서 얻은 의구를 거기에다 다시 씻어버린 것처럼 마음이 편했다. 그리고 서울로 돌아와서도 나는 그렇게 그럭저럭 마음을 잡아앉히고 있었다. 하니까 민형과 곽서방의 죽음에 대한 수수께끼는 마음의 밑바닥에서 그렇듯 한동안 잠을 자고 있었던 셈이다.

한데 오늘 아침, 바로 오늘 아침 나는 크나큰 놀라움과 함께 그 대부분의 비밀에 새로운 해답을 얻어낸 것이다. 아침에 우연히 책상 서랍을 뒤지다가 나는 그때 민형이 적당한 시기가 경과한 후에 개봉하라고 남겨준 봉투를 찾아내게 되었다. 그리고 나는 그사이 적당한 시기라는 말에 충분할 만한 기간이 흘렀으리라는, 오히려 너무 긴 기간 동안 그것을 잊고 있었는지 모른다는 생각으로 허겁지겁 뒤늦게 봉투를 뜯었다.

솔직히 말해서 나는 전부터도 그 봉투에 대해 퍽 많은 궁금증을 갖고 있었다. 그러나 포장이 너무 견고하여 바깥 촉감으로는 내용을 짐작하기도 힘들었고, 그렇다고 슬그머니 미리 열어보는 것도 고인에 대한 예가 아닐 듯해서, 그냥 그대로 서랍 속에 집어넣어 둔 것이었다. 아침에 그것을 본 순간 나의 그런 궁금증이 순식간에 다시 불붙어올랐음은 말할 것도 없으리라. 그런데 봉투를 뜯고 나서 나는 새삼 놀라지 않을 수 없었다. 그것은 2백 매 남짓한 원고지 뭉치였고, 그 원고지에는 천만 뜻밖에도 눈에 익은 민형의 자필 소설 한 편이 나의 개봉을 묵묵히 기다리고 있었다.

「매잡이」—그 원고의 겉장에 쓰인 제목이 그것이었다. 나는 책상 서랍을 닫을 생각도 않고 그 자리에서 원고를 읽어내려가기 시작했다. 그리고 소설을 읽어내려가다가 나는 거듭 놀라지 않을 수 없었다. 매잡이라는 제목의 소설, 그것은 너무나 내가 썼던 것과 비슷한 이야기가 되고 있는 게 아닌가. 다른 것이 있다면 민형의 소설은 나라는 화자(話者)가 하나 더 등장하고 곽서방은 그 화자의 눈을 통해서 그려지는 데 반하여, 나의 것은 곽서방이 '나'라는 화자 없이 3인칭으로 직접 묘사되고 있는 것뿐이었다. 그러고는 거의 아무것도 다른 것이 없었다. 곽서방이 단식을 시작한 구체적인 동기가 조금 다를 뿐 줄거리도 거의 마찬가지였다. 아니 내가 놀라고 있다는 것은 민형이 그런 소설을 써놓았고 그것이 소설로서 거의 완벽한 느낌을 갖게 했기 때문만은 이미 아니었다. 생각해 보라. 그의 이야기가 나의 이야기와 마찬가지로 곽서방의 죽음까지 가 있다는 것은 그 자체가 얼마나 괴이한 일인가. 물론 민형이 그 소설을 썼을 무렵에는 곽서방의 죽음이 아직은 미래에 속하는 일이었을 것이기에 말이다. 말하자면 민형의 이야기는 곽서방의 운명에 대한 일종의 예언이었다. 게다가 그 예언은 너무도 정확했다. 민형은 마치 나와 함께 곽서방의 최후를 보고 와서 역시 나와 함께 소설을 쓰기 시작한 것처럼 나의 그것과 거의 틀림이 없는 결말을 맺고 있었다. 그렇다면 민형은 분명 나를 앞지르고 있는 셈이었다.

하지만 무엇이 민형으로 하여금 곽서방의 운명에 대한 그런 정확한 예언을 하게 한 것일까. 작품에서의 예언은 작가 자신의 어떤 필연성의 요구다. 곽서방의 운명의 종말로서 왜 그와 같은 형태의 죽음을 민형은 요구한 것일까. 그리고 어떻게 하여 곽서방은 민형에 의해 요구된 자기 운명의 필연성을 의식하고 그것을 좇았을까. 그런 여러 가지 의문에 대해서 민형의 소설 가운데는 단 한 가지의 해답만을 암시하고 있었다. 그것은 다음과 같은 소설 중의 화자인 '나'로 변장한 민형과 곽서방과의 대화에서였다.

—당신은 매를 아끼고 있습니까?

—아끼고 있습니다.

—그렇다면 매의 운명에 대해서 생각해본 일이 있습니까?

—…….

—이상하군요. 학대와 굶주림과 사역[23]이 당신이 매를 생각하는 방

법의 전부라는 것은.

—알 수 없습니다. 나는 매를 부리는 사람일 뿐입니다. 하지만 그건 매잡이를 부리는 쪽도 마찬가집니다.

—어떻게 마찬가질 수 있습니까?

—선생은 매가 하늘을 빙빙 돌거나 땅으로 내리박힐 때 그 곱고 시원스런 동작을 보신 일이 있겠지요. 그건 아름답습니다. 아마 선생도 그렇게 생각하셨겠지요. 하지만 난 알고 있습니다.

나는 눈으로 다음 말을 재촉했다.

—그 아름다움이 무엇인지를 말입니다. 한데 선생은 이 일에 관해서…….

그러다 사내는 다시 말을 끊고 한참 동안 '나'를 쏘아보았다. 그 눈에 이글이글 타오르는 것이 있었다. 그것은 나에게 이상하게도 성난 매의 눈을 연상시켰다. 사내는 그 자기 눈 속의 불길을 의식한 듯 한참 더 기다리다 말을 이었다.

—가시오. 당신은 나를 못 견디게 하오. 몇 번이고 당신을 죽이려고 생각했소. 가지 않으면 지금 당장이라도 당신을 죽이려 들지 모르오.

그러고 나서 얼마 후에 곽서방은 내가 실제로 본 것과 같이 혼자 말없이 굶어죽어 가고 있었다.

이야기의 결말은 이를테면 우리 생존의 처절스런 실상과 풍속의 미학과의 표리 관계 같은 것이 비극적인 시선 속에 옷을 벗고 있는 식이었

23) 사역(使役) 사람을 써서 일을 시킴.

다. 거기서 곽서방은 자신의 운명을 매의 그것과 한가지로 받아들이고 있는 격이었고, 혹은 그래서 그 스스로는 다시 인간의 운명으로 돌아와 그가 지금까지 얻은 진실을 위하여 마지막으로 한 번 더, 그러나 지금까지와는 전혀 다른 싸움을 치러내고 있는 식의 이야기가 되고 있었다. 이 근처 어디쯤에 그의 작의[24]가 숨어 있을 게 분명했다.

하지만 섣불리 그의 작의를 단정하는 것은 삼가자. 상황은 별 군소리 없이 그렇게만 묘사되어 있고, 더욱이 민형은 작품을 해명하거나 하는 따위의 별지를 일절 첨부하지 않고 있으니 말이다. 하지만 역시 그 대화가 중요한 시사를 담고 있는 것만은 틀림없는 것이, 그 후로 곽서방은 가끔 낭패한 얼굴로 깊은 사념에 빠지는 때가 생겼고, 그러다가는 드디어 매를 날려보내고 스스로는 그 죽음을 향한 참담스런 단식을 시작해 버린 때문이다.

민형은 어쨌든 마지막으로 그렇게 한 편의 소설을 쓰고 간 셈이었다. 그것은 내가 전에 직접 보고 들은 자료로 모든 정력을 기울여 써냈던 같은 이름의 소설에 비하여, 결말부에 가서는 순전한 민형의 상상력만으로 씌어진 작품이었다. 그러면서도 모든 것이 똑같다. 경탄할 수밖에 없는 일이다. 훌륭한 작품이라고, 그리고 민형은 훌륭한 소설가였다고 말하고 싶은 것이다.

욕심대로 한다면 그가 수집한 모든 자료가 그의 구상과 상상력에 일치하는 작품으로 태어날 수 있었다면 하는 아쉬움을 갖지 않을 수 없다.

24) 작의(作意) 작가가 작품을 창작하려는 의도 또는 작품 속의 의도.

그러나 이제 민형이 '한 편의 소설도 쓰지 않은 소설가'라는 누명 아닌 누명에서 벗어난 것은 민형 자신을 위해서나 주위 친구들을 위해서나 다행스런 일이 아닐 수 없다. 더욱이 그것은 민형 자신을 위해 무엇보다 다행스러운 일일 것이다…….

그리고 이제는 그 「매잡이」라는 이름의 소설이 세 편이나 나오게 된 이유도 모두 밝혀진 셈이 된다. 그러니 이젠 그 민형을 위한 나의 증언도 끝을 내는 것이 좋을 것 같다. 왜 민형이 그 소설을 처음부터 내게 내보이지 않고 나로 하여금 같은 제목으로 소설을 발표하게 했는가는 별로 중요한 일이 아닐 터이다. 그것은 그가 자살로써 생을 종말 지은 일이나 마찬가지로 그가 자신의 능력을 공정하게 시험받고 증명되고 싶었을지 모른다는 가장 인간적인 동기에서였으리라고 이해해도 무방할 듯싶으니 말이다.

이야기를 끝내려고 하면서 곁다리로 생각나는 것은, 사물의 본질을 투시할 수 있는 눈을 가진 훌륭한 작가라면(그 점에서 나는 벌써 민형을 훌륭한 작가였다고 생각하지만) 그는 어느 정도 미래를 예견할 수 있는 능력을 가진다는 것이다. 민형에 의해서 예견된 어떤 필연성이 곽서방에게 받아들여지느냐 않느냐는 별개의 문제인 것이고, 하여튼 그런 작가의 눈(양심이라고 해도 좋겠다)이라는 것은 내가 이렇듯 민형을 증언하거나 「매잡이」라는 세 편의 소설에 대한 긴 해명을 남기는 일 못지않게 관심이 가는 일이다.

중복감이 있기는 하지만, 머지않아 나는 민형의 「매잡이」도 곧 소개할 예정이므로 이 소설에서는 긴 설명 대신 이런 관심도 함께 가져볼 수 있었다는 점만을 고백해둔다. 다만 한 가지 유감스러운 것은 그 버버리

소년이 앞으로도 정말 매잡이 노릇을 계속할 것인가 하는 의문이 남을 수 있는데, 이 점에 대해서는 나 자신도 별로 확신을 가지고 대답할 말을 가지고 있지 못하다는 점이다.

하지만 나의 기분대로 말한다면 소년의 일에 대해서는 더 이상 자세한 사실을 알아낼 필요도 없을 것 같다. 어느 땐가 인연이 닿으면 다시 소년의 소식을 듣게 될 때가 있을는지 모르겠다. 하지만 소년이 다시 매잡이가 되어 있다고 한들 이제 와선 그게 내게 무슨 뜻을 지닐 수 있을 것인가. 풍속이 사라진 시대—사라져간 풍속의 유민으로서의 소년은 내게 더 이상 아무런 의미도 있을 수가 없는 것이다. 그것은 어쩌면 민형에게도 역시 마찬가지일 것이었다. 그야 민형은 자신의 소설에서 매잡이 곽서방을 그의 풍속으로 돌아가게 해준 사람이기는 했다. 그는 곽서방에게 자신의 풍속으로 돌아가 그의 풍속의 유물이 되게 해주고 있었다. 곽서방에게 그것은 그의 참담스런 생존의 실상으로부터의 소중한 승리이자 구원일 수 있었다. 하나의 풍속이란 그것 밖의 사람들의 외연적 기명(記名)일 뿐 그것을 직접 살아내는 사람들에겐 그의 삶의 보편적 질서인 것이라면, 적어도 그것을 뒤에서 바라보며 풍속을 말하는 사람들에게는 그렇게 보일 수 있었다. 그러나 그것은 곽서방에게나 가능할 일이었다. 그것은 매잡이 곽서방의 풍속일 뿐 민형 자신의 풍속은 아니었다. 민형을 포함한 우리들 자신의 풍속은 절대로 될 수 없었다. 아니 그것이 우리들의 풍속이 될 수 없는 것은 고사하고 우리에겐 애초 우리들 자신의 어떤 풍속의 가능성도 용납되지 않는 것이다. 그래 우리는 우리들 자신의 풍속의 의상이 없는 시대에서 그 삭막하고 참담스런 삶의 현실을 맨몸으로 직접 살아내고 있는 것인지도 모른다. 그보다도 그

참담스런 삶의 현실이 또 다른 풍속으로 부화되는 것을 거부하며, 자기 삶의 새로운 풍속화(風俗化)에 대항하여 그것을 거꾸로 인내하고 있는 것인지도 모른다. 민형도 어쩌면 그것을 너무나 잘 알고 있었을 것이었다. 자신의 이름으로는 소설마저도 단 한 편밖에 쓸 수 없었던 민형— 그래서 그는 오히려 곽서방에게 그토록 매달리고 있었는지 모른다. 그리고 끝내는 절망 속에 스스로 목숨을 끊었는지도 모르는 일이다. 그러나 그 민형의 종말—그것은 그 곽서방의 풍속에 자신을 귀의시킬 수 없었던 비극의 종말이 아니라, 그의 삶의 새로운 풍속화에 대한 마지막 저항과 결단의 몸짓은 아니었을까. 감히 말하자면 그것이 아마도 민형의 죽음의 진실이어야 할 터이었다.

……소년이 다시 매잡이가 되어 있든 아니든 그것은 이제 별다른 뜻이 있을 수 없는 것이다. 그것은 그 매잡이의 시대가 지나가버린 세상에서의 소년에게도 그렇고, 민형이나 나에게도 마찬가지인 것이다. 더욱이 이번에 다시 이 이야기를 쓰게 된 나의 관심이 매잡이의 풍속 자체보다도 민형과 민형의 죽음, 그리고 그의 소설에 관한 것들 쪽이었고 보면, 그것은 어차피 나의 개인적인 과외의 관심거리에나 속해야 마땅한 것이다.

나는 그나마 민형의 경우처럼 자신의 삶에 대한 어떤 치열한 인내와 결단성, 심지어는 그 풍속의 미학에 대한 나름대로의 꿈마저도 깊이 지녀보질 못해온 터이니 말이다.

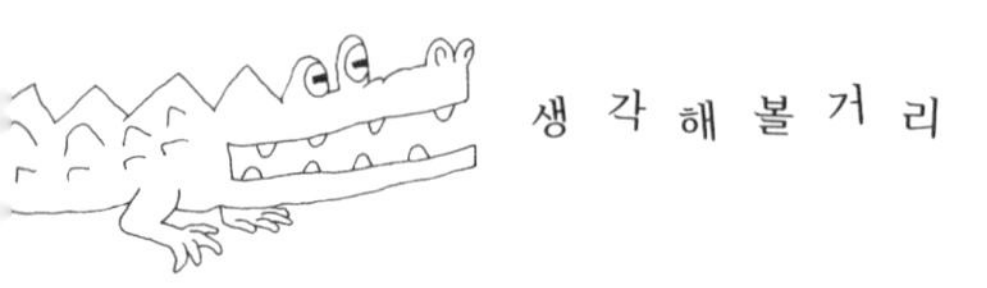

생각해볼거리

1 **이 소설에는 「매잡이」라는 제목의 소설이 세 편이나 등장하고 있습니다. 각각의 소설들이 어떻게 씌어진 것이며, 각 소설의 내용상 특징이 무엇인지 찾아봅시다.**

소설 속에서 이야기를 이끌어가는 서술자인 '나'가 쓴 작품이 첫 번째 작품에 해당합니다. '나'는 민태준 선배가 말해준 정보를 바탕으로 매잡이가 사는 마을을 직접 찾아가서 보고 겪은 일을 바탕으로 매잡이에 관한 소설을 써서 발표합니다. 이 작품은 3인칭 관찰자 시점으로 곽서방이라고 하는 매잡이의 삶을 제삼자의 입장에서 관찰해가는 방식으로 서술되고 있지요. 두 번째 작품은 민태준이 자살하기 직전에 남긴 작품으로 1인칭 관찰자 시점으로 씌어졌습니다. 그런데 놀라운 점은 전체 줄거리가 앞에 언급된 '나'가 쓴 작품 내용과 거의 유사하다는 점입니다. '나'가 쓴 작품은 곽서방의 죽음을 직접 목격한 다음 쓴 것이고, 민태준의 작품은 곽서방이 죽기 전에 쓴 것임에도 불구하고 민태준의 작품에서도 곽서방의 죽음이 예견되어 있다는 점에서 그가 소설가로서의 '나'를 이미 앞지르고 있다는 느낌을 주고 있습니다. 그리고 세 번째 작품은 앞의 각 작품을 쓰거나 손에 넣게 된 경위와 그 작품들의 내용, 그리고 이후에 일어난 일들을 다루고 있는 이 소설 자체를 가리키고 있습니다.

2 매잡이 곽서방은 왜 식음을 전폐하고 죽음을 맞이했을까요?

그는 평생을 매잡이라는 직업에만 몰두하며 살아온 사람입니다. 그에게 있어 매잡이라는 직업은 단순한 직업 이상의 의미를 지니고 있었습니다. 그에게 그 일은 인간이 지켜야 할 도리나 사라져가고 있는 아름다운 전통을 지키고자 하는 사명감 같은 것들까지도 포함하고 있는 것이지요. 그런데 이제는 세상이 변하여 직업에 대한 가치관이 바뀌게 되었고, 소위 돈벌이가 되지도 않는 매잡이라는 직업에 대해서 아무도 관심을 갖지 않을뿐더러 오히려 매잡이라는 직업을 그대로 고수하고 있는 그를 조롱하거나 비난하는 세상이 되어버렸습니다. 그는 아마도 그러한 상황을 버텨내기가 어려웠을 것입니다. 매잡이를 포기하는 것은 자신의 삶 자체를 포기하는 것을 의미하는 것이기 때문입니다. 아무도 매잡이를, 그를 받아들여주지 않는 현실 속에서 그가 택할 수 있는 것은 죽음뿐이었을 것입니다.

3 이 소설에는 매를 데리고 꿩을 사냥하는 옛날의 풍습이 나옵니다. 이 풍습을 통해 알 수 있는 옛사람들의 가치관을 말해봅시다.

소설 속에는 현대인들이 잘 모르는 매사냥 장면이 자세히 나옵니다. 이 장면을 자세히 살펴보면, 우리 조상들이 매를 사냥할 때 단순히 사냥만을 위해서가 아니라, 서로에 대한 배려와 이해를 바탕으로 이 일에 종사했음을 알 수가 있습니다. 예컨대 사냥감을 얻은 후에 마을 사람들과 공유하는 모습이라든지, 매를 발견한 사람이 매의 주인에게 돌려보내는 관습, 매를 소중하게 다루는 장면 등이 그렇지요. 이를 통해 볼 때 우리 조상들은 어떤 일을 할 때마다 서로에게 의지하고 화합하면서 살아가는 공동체 의식을 지녔음을 알 수 있습니다. 또한 물질적, 금전적 가치보다는 정신적 가치를 중시했음을 알 수 있으며 매잡이를 위시하여 꿩 사냥 자체를 즐기는 모습을 통해 삶을 여유롭게 즐기는 모습도 엿볼 수 있습니다.

4 서영감은 곽서방을 모질게 꾸짖으면서도 그에게 돈을 빌려주는 등 선심을 쓰기도 합니다. 이를 통해 서영감은 어떤 유형의 인물이라고 생각합니까?

실상 서영감은 오래전에 옛날 매잡이들의 단골 주인이었습니다. 마을의 매잡이는 늘 서영감이 부렸고, 다른 마을로 들어간 매를 찾아올 때도 그 매값을 치러주기도 했지요. 그런데 이제 서영감은 그 누구보다 매잡이들을 귀찮아하고 싫은 소리를 많이 합니다. 그리고 아직도 매잡이라는 직업을 놓지 못하는 곽서방에게 다른 짓을 해서 밥 먹을 생각을 하라고 호통을 칩니다. 그러면서, 곽서방이 진정으로 다른 사람이 되기를 바라는 마음에서 돈을 빌려주고, 자신의 집에서 일이라도 하라고 설득하기도 합니다. 이를 통해 볼 때 서영감은 남을 이해하고 동정할 줄 아는 사람입니다. 그러나 한편으로는 곽서방처럼 어떤 직업에 깊은 의미를 부여하기보다는 삶을 그저 그때그때의 시류에 맞춰 살아가는 현실지향적인 성격을 지닌 사람이라고 볼 수 있습니다.

5 곽서방과 민태준의 공통점이 무엇인지 말해봅시다.

두 사람 모두 평생 오직 한 가지 일에만 몰두하며 살아왔다는 점이 일치한다고 볼 수 있습니다. 그래서 민태준은 곽서방의 삶에 더욱 집착하여 그의 삶을 소재로 처음이자 마지막 소설을 쓸 수 있었을지도 모르지요. 또한 두 사람은 자신이 모든 것을 건 그 일에 대해 주변 사람들로부터 인정받지 못하고 소외된 인물로 살아간다는 점 또한 같습니다. 그들은 모두 그러한 자신의 삶에 대해 치열한 욕망과 결단 그리고 인내심을 보여주면서 결국 죽음을 택한다는 공통점 또한 가지고 있습니다.

6 다음은 최근에 나온 '대학생 취업의식 조사 현황'의 일부 내용입니다. 곽서방의 삶의 태도와 견주어보고 자신의 생각을 말해봅시다.

대학생들이 가장 희망하는 직업은 공무원

인터넷 취업포털 잡링크가 올해 5월 2일부터 17일까지 대학생 6,463명을 대상으로 실시한 설문조사에 의하면, 희망직업을 묻는 질문에 8.4%가 다른 직종에 비해 상대적으로 안정성이 높은 '공무원'이라고 응답했다. 이어 대기업 사원(7.9%), 교사(6.7%), 컴퓨터 프로그래머(6.4%) 등이 뒤를 이었다. 남성의 경우 희망직업 1순위로 공무원(8.7%)을 꼽았으며, 2위는 대기업 사원(8.2%), 3위는 컴퓨터 프로그래머(8.1%)였다. 웹콘텐츠 기획자(6.6%), 교수(6%), 최고 경영자(5.9%) 등도 선호도가 높았다. 여성은 1순위로 교사(8.3%)를, 2순위로 공무원(8.0%)을 꼽아 역시 안정성 있는 직업을 선호했다. 이어 대기업 사원(7.4%), 광고 홍보 전문가(7.3%), 멀티미디어 디자이너(5.4%) 등의 순이었다.

한국직업능력개발원이 2004년 5월 전국 35개 4년제 대학 3, 4학년생 3,849명을 조사한 결과에서도 44.4%가 안정성이 보장되는 '정부기관 및 공사'에 취업하기를 바랐다. 대학생이 희망하는 직장은 국영기업체 · 공사(23.9%), 정부기관(20.5%) 등 공공부문이 44.4%에 달했고, 이어 대기업(19.2%), 외국기업(10.7%), 중소기업(7.2%) 등의 순이었다. 같은 해 11월 서울대학교 대학신문이 조사한 결과도 마찬가지여서, 서울지역에 재학 중인 대학생 10명 가운데 3명 이상은 졸업 후 공무원이 되고 싶어했다.

이처럼 요즘 대학생들의 직업 선택 기준이 지극히 현실적으로 바뀐 주된 이유는 청년실업의 장기화 구조 탓으로 여겨진다. 우리나라 전체 실업자 가운데 청년층 실업자의 비중은 50%나 된다. 실업자 2명 중 1명이 '이

태백' 인 셈이다. 그중에서도 대학과 대학원을 졸업한 고학력자의 실업률이 더욱 가파르게 늘어나고 있다.

곽서방이 살았던 시대는 아직 돈의 위력이라든지, 생계의 절실함이 그다지 노골적으로 나타나지 않은 시대였을 것입니다. 왜냐하면 전통 사회에서는 개인의 삶보다는 공동체의 일원으로서의 삶을 우선시하고, 경제적인 측면보다는 공동체 전체의 단합과 서로에 대한 배려를 더 중시했기 때문입니다. 따라서 전통적으로 오랫동안 가치 있다고 믿어온 일에 대한 사람들의 인정과 도움이 어느 정도 있었기 때문에 직업도 오늘날만큼 다양하지 않고 선택의 여지도 그다지 많지 않았을 것입니다. 그러나 오늘날의 사회는 자본주의의 특성상 개인의 능력과 출세를 우선시하게 되고, 직업을 선택하는 과정에서도 경제적 안정성을 무엇보다도 중요하게 인식하게 되었습니다. 그러다 보니, 오늘날의 젊은이들이 직업을 선택하는 데 있어서도 직업의 공동체에 대한 기여도나 도덕적 역할보다는 경제적 안정성을 우선시하면서 특정한 직업에 몰리는 현상이 두드러지게 나타나고 있다는 점에서 우려할 만합니다. 이러한 점에서, 이 소설 속 곽서방의 직업과 삶에 대한 태도는 오늘날 우리들이 긍정적으로 받아들여야 할 부분이 많다고 볼 수 있습니다.

소문의 벽

정신병을 의심케 하는 수수께끼 작가와
언론의 한계에 고민하는 잡지사 편집자의
어둠 속 숨은 진실 찾기.

감상의 길잡이

"그 친구 미치광이가 되었어?"

정신과 의사로 대변되는 '전체'와 '집단'의 횡포

'소문'이란 무엇일까요? 국어사전을 찾아보면 '여러 사람의 입에 오르내리면서 전하여 오는 말'을 의미한다고 합니다. 따라서 대개의 경우 소문은 실제 진실과 어긋나거나 근거 없는 말일 경우가 많습니다. 그런데 소문의 힘은 참으로 무섭습니다. 많은 사람들이 '아니 땐 굴뚝에 연기 나겠냐?'며 소문을 진실로 믿어버리는 일이 비일비재하기 때문입니다. 그래서 아무리 진실을 진실이라고 외쳐도 사람들은 믿어주지 않게 되고, 결국 그 진실을 홀로 외치던 사람은 지쳐 나가떨어지거나, 심한 경우에는 아무도 자신의 말을 믿어주지 않는 현실을 개탄하면서 미쳐버릴 수도 있지요.

「소문의 벽」이 바로 그러한 이야기를 다루고 있습니다. 이 소설은 1970년대 이청준 소설의 경향을 가장 잘 보여주는 작품입니다. 이 당시 그의 소설을 보면 진실이 받아들여지지 않는 현실, 개인이 집단의 힘에 무기력하게 짓밟히는 모습들을 종종 발견할 수 있습니다. 「황홀한 실종」「조만득 씨」「겨울 광장」 등이 바로 그러한 작품입니다. 왜 작가는 유독 이 시기에 이러한 성격의 작품들을 많이 썼을까요? 소설가들이 작품을 쓸 때 대개 당시의 현실을 반영하는 경우가 많다는 것은 잘 알고 있을 것입니다. 1970년대는 흔히 폭압과 독재의 시대라고 불립니다. 유신 체제라고 일컫는 살벌한 권력의 힘이 당시 언론과 사회를 장악하고 있었지요. 문학이라고 예외는 아니었습니다. 현 체제를 조금이라도 부정하거나 저항하게 되면 쥐도 새도 모르게 잡혀가는 세상이었으니까요. 그렇다고 해서 당시의 지식인들이 넋을 놓고 마냥 좌절하고 살아갈 수는 없었겠지요. 그러한 현실 속에서 살아가야 하는 아픔을 표현하거나, 현실의 부조리를 나름의 방식대로 비판하고자 했을 것입니다. 이청준은 그의 소설 속에서 현실에 적응하지 못하는 광인들을 주인공으로 내세움으로써 간접적으로 부당한 현실에 저항을 했습니다. 작품 속의 광인들이 미치광이가 될 수밖에 없었던 이유를 꼼꼼히 따져가다 보면 그 광기의 원인이 다름 아닌 진실을 받아들이지 않고, 권위적인 잣대로만 인간을 몰아세우는 사회에 있다는 것을 대번에 눈치챌 수 있을 것입니다.

이 소설의 주인공 박준 역시 바로 진실을 말하고 싶어했던 소설가입니다. 그러나 그는 어린 시절의 '전짓불 공포'로 인해 마음의 상처를 안고 있을 뿐만 아니라, 그가 발표하는 소설은 잡지사의 횡포로 인해 발표되지도 못합니다. 또한 그러한 현실을 견디지 못해 정신 병원을 찾아가지만 그 병원의 의사마저 자신만의 잣대로 환자의 병세를 마음대로 해석해버림으로써 그는 더욱 미쳐버릴 수밖에 없게 됩니다. 이런 과정을 모두 지켜보는 잡지사 편집장인 '나'는 박준의 그 증세가 그 사람 개인의 정신 이상이 아니라 자기 자신과 그 시대를 살아가는 지식인들이 겪어야 했던 고민과 갈등이라는 것을 깨닫게 됩니다.

진실을 말하고 싶어도 말할 수 없는 현실, 잘못된 기준으로 살아가기를 강요하는 현실 속에서 자신의 삶을 제대로 지탱해나간다는 것은 너무나 어렵고 힘든 일일 것입니다. 개인의 삶을 짓밟는 현실과 그 안에서 고뇌하는 지식인들의 대립, 이 소설이 품고 있는 주제의 한 면입니다.

소문의 벽

아무리 깊은 취중의 일이었다고는 해도, 그날 밤 내가 박준을 대뜸 내 하숙방까지 끌어들이게 된 데에는 어딘지 꼭 그럴 만한 이유가 있었을 것 같다. 왜냐하면 그날 밤 박준이 처음 나의 눈앞에 나타났을 때까지만 해도 그는 아직 내게는 얼굴도 성도 모르는 생면부지의 사내에 불과했고, 그런 그가 아무리 기괴한 모습으로 나를 놀라게 하려 했다 해도 나는 다방 거리나 신문 같은 데서 하루에도 몇 차례씩 그런 돌발적인 사건들을 만나고 있었으니 말이다. 한데 그런 내가 그런 박준을 하숙방까지 끌어들여 함께 밤을 지낸 것이다. 분명히 무슨 이유가 있었을 터이다. 하지만 나는 지금 당장 그 이유를 생각해낼 수가 없다. 도대체 어떻게 해서 내가 그를 나의 하숙방까지 끌어들일 생각을 먹게 되었는지, 스스로 납득할 만한 동기가 떠오르질 않는다.

10여 일 전쯤 일이었다. 아마 밤 11시 50분은 넉넉히 되었을 시각이었다. 그리고 그날 밤도 나는 여느 때나 마찬가지로 콧구멍까지 잔뜩 술기운을 채워가지고 휘청휘청 하숙집 골목을 더듬어 들어가고 있었다. 나의 직업이라는 것이 늘 그렇게 취해버리지 않고는 견뎌 배길 수가 없는 것이기 때문이었다. 잡지사 일 말이다. 잡지 일이란 사실 어떻게 보면 무척 쉬운 일 같기도 하지만, 또 어떻게 보면 이만저만 어렵게 여겨지지 않을 때도 많았다. 마음먹기에 따라 쉬울 수도 있고 어려울 수도 있는 것이 잡지 만드는 일이다. 이 일은 언제나 자기 창의력과 독자에 대한 책임만을 요구한다. 창의력을 포기해버리면 독자에 대해 책임도 면제된다. 자기 창의력이나 독자에 대한 책임을 포기해버린 채 잡지를 만들어가자면 그것처럼 쉬운 일이 없다. 하지만 그것을 포기하지 않으려 하면 또 그것처럼 어려운 일이 없어진다. 잡지에서의 창의력과 책임은 언제까지나 완성되어질 수 없고, 또 결코 완성되어져서는 안 될 성질의 것이기 때문이다. 나로 말하면 편집장이라는 책임이 마음에 걸려 있어 그랬는지 그 잡지 만드는 일을 그리 만만하게 여기는 편이 못 되었다. 편집장으로서의 작업은 한 달이 새로 시작될 때마다 그달의 잡지 편집 방향을 결정하고, 그것을 수정하고 그리고 그렇게 결정된 편집안에 따라 거둬들여진 원고들을 효과적으로 종합하면서, 한편으로는 내 모자란 재질과 능력에 대해 끊임없이 실망을 계속하는 과정이었다. 잡지 일이라는 것을 나는 그만큼은 어렵게 그리고 그만큼은 책임이 따르는 일로 이해하고 있었다. 긴장이 되지 않을 수 없었다. 하지만 나에게선 그 긴장이 언제나 만족스런 작업결과로 해소되지 못했다. 우리들의 편집안은 언제나 만족스럽지 못했고, 그 만족스럽지 못한 편집 의도나마 필자들을 제대로 납득시킨 글을 얻어낼 수 없었기 때문이었다. 도대체 원고가 잘 거둬들여지지 않았다. 무슨 이유에선지 요새 와선 통 필자들이 글을 쓰려 하지 않았다. 가까스로 글을 얻어내고 보면 이건 또 이쪽 편집 의도하고는 아무짝에도 상관이 없는 남의 소리이기 십상이었다. 하지만 이젠 그런 원고마저도 발을 개고 앉아서는 죽어라 힘이 드는 판이다. 잡지의 책임이고 뭐고를 따질 겨를조차 없는 판국이다. 어느새 마감날이 불쑥 코앞까지 다가들어버리곤 한다. 나의 일은 그 무의미한 마감 날짜와의 무의미한 싸움으로 변해버린 지가 오래다. 그것도 한두 달로 간단히 끝나주는 싸움이 아니다. 일년 열두 달 같은 싸움이 끝없이 되풀이된다. 애초의 긴장은 짜증과 체념 속에 맥없이 허물어지고, 그렇게 되면 나는 술을 마시지 않을 수 없었다.

—도대체 작자들이 무슨 이유로 그처럼 한결같이 글을 쓰지 않으려고들 하는가.

그리고 그렇게 술을 마시고 나면 나는 또 더욱 깊은 허탈감에 젖어들면서 끝내는 그 무의미한 싸움에 그만 끝장을 내고 싶은 생각이 솟아오르곤 하였다.

이 몇 달 동안 나의 퇴근길은 늘 그런 식이었다. 그날도 물론 마찬가지였다. 사무실을 나오자마자 나는 으레 몇 군데 술집부터 헤매기 시작했고, 그리고 술이 웬만큼 취하고부터는 나의 그 무의미한 싸움과 퇴직 문제에 대해 답답한 상념을 되풀이하기 시작했고, 그러다가 마침내 12시가 거의 가까워진 다음에는 콧구멍에서 잘 익은 감 냄새를 물씬거리며 밤늦은 하숙집 골목을 휘청휘청 더듬어 들어가고 있었다.

한데 그때 불쑥 내 앞에 박준이 나타난 것이다. 아니, 나로서는 그때 물론 그가 박준인지 누군지도 알 수 없었고, 혹은 그가 선뜻 박준이라고 자기 이름을 대어주었다 해도 그가 무얼 하는 사람인지 정체를 이해할 수 없었을 것이다. 사내 하나가 후닥닥 골목 어귀로 뛰어들더니 두말없이 나의 등덜미를 부여잡고는 애걸을 하기 시작했다.

"형씨, 미안하지만 절 좀 도와주시오."

사내의 갑작스런 행동에 나는 어리둥절해질 수밖에 없었다. 잠시 어떻게 할 바를 모르고 어둠 속에서 찬찬히 사내를 들여다보고 있었다. 그러자 사내는 안타까운 듯 한층 더 다급한 어조로 매달려 왔다.

"제발 형씨, 그렇게 노려보지만 말고 날 좀 도와달란 말이오. 난 지금 쫓기고 있는 몸이오."

어서 자기를 어떻게 해달라는 듯 나의 팔을 끌어대기까지 했다. 그러나 나는 아직도 사정을 알아차릴 수 없었다. 정신없이 숨을 헐떡거리며 허둥대는 꼴로 보아 사내가 지금 누구에겐가 다급하게 쫓기고 있는 것만은 틀림없는 것 같았다. 하지만 그것만으로는 내가 사내를 어떻게 해줘야 한다는 엄두가 날 수 없었다. 밤이 너무 늦고 있었다. 그리고 사내가 지금 누구에게 무슨 일로 쫓기고 있는지도 알 수 없었다. 아직은 그를 쫓고 있다는 발걸음 소리도 들리지 않았다.

"날더러 형씨를 어떻게 해달라는 거요? 도대체 당신은 누구요? 어째서 이런 밤중에 쫓기고 있느냔 말요?"

나는 술기가 조금씩 걷혀오는 것을 의식하며 사내로부터 한 발짝 몸을 떼어놓았다. 그러나 사내는 나에게 경계할 틈마저 주지 않고 계속 매달려왔다.

"아, 그런 건 나중에 이야기하지요. 우선 어디든 저를 숨겨주고 나서,

어서…… 아마 형씨의 집은 이 근처 어디가 아니겠소……."

박준은 그러니까 그렇게 하여 그날 밤 처음 만난 사람이었다. 그리고 아무 생각이나 대책도 없이 그를 나의 하숙방까지 들여놓게 된 경위도 대략 그런 것이었다. 어찌된 일인지 나는 그때 문득 사내를 더 추궁할 생각이 사라지고 만 때문이었다. 어이없는 행동이었다. 술김이었다고는 하지만 스스로도 잘 납득할 수 없는 행동이었다. 지금까지도 물론 마찬가지다. 그때 내가, 사내의 정체를 더 이상 추궁할 생각이 사라지면서 그를 내 하숙방까지 안내하게 된 데에는 그런대로 무슨 이유나 나대로의 느낌 같은 게 있었을 법한데 그게 아무래도 잘 생각나지가 않는단 말이다.

하지만 이제 내가 어떻게 해서 처음 박준을 나의 하숙방으로 끌어들일 생각이 들게 되었는지, 그 이유에 대해서는 그만 생각을 그치는 것이 좋겠다. 왜냐하면 아무리 취중에 그런 일을 저지르기는 했어도, 그 일로 해서 무슨 피해를 입었거나, 적어도 아직까지는 나의 그런 행동을 후회하고 있는 건 아니니까. 아니 내 쪽으로만 말한다면 그날의 일은 오히려 그것이 계기가 되어 오늘 이 시대를 살아가는 한 개인의 정신의 궤적과 비밀을 내 나름대로나마 이해할 수 있게 되었고, 무의미한 혼란만 끝없이 계속되어온 내 잡지 일에 대해서도 모종의 해답을 암시받을 수 있었다. 하지만 지금 이 이야기는 그렇게 박준을 만나게 된 나의 이유에 대한 것이 아니라 바로 그 박준 자신의 이야기가 되어야 한다.

우선 그날 밤 이야기를 마저 끝내는 것이 좋겠다. 그날 밤 사내는 방을 따라 들어오고부터 거동이 더욱 수상쩍어지고 있었다. 사내는 바로 머리가 돌아버린 광인이었다. 그가 정말 광인인지 아닌지 그때로선 아직 확실한 장담을 할 수 없는 일이었지만, 하여튼 사내는 바로 그 자신이 그렇게 자기를 머리가 돈 사람이라고 말했다. 처음에는 물론 그런저런 이야기를 하려고 하지도 않았다.

"자, 여기가 내 방인가 봅니다. 이제 기왕 여기까지 왔으니 사정이나 좀 들어봅시다."

방을 들어서자마자 나는 대뜸 옷을 훌훌 벗어젖히며 곡절을 물었다. 그러나 사내는 이상스럽게 묵묵부답인 채 멀거니 나를 쳐다보고만 있었다.

"도대체 형씬 무슨 일로 그렇게 밤거리를 쫓기고 있었느냔 말입니다. 형씨를 쫓아온 건 어떤 사람들이냐구요?"

같은 말을 다그쳐 물어댔다. 그러나 그는 여전히 고집스런 침묵만 지키고 있었다. 그의 정체나 일의 내력은 끝내 털어놓지 않을 작심인 듯 나의 말을 무시했다. 얼핏 옷을 벗을 생각도 않고, 긴장한 눈초리로 나의 일거일동만 가만히 지켜보고 있었다. 그냥 응답이 없을 뿐 아니라 방을 들어온 다음부터는 오히려 사내 쪽에서 내가 수상쩍게 여겨지고 있는 눈치였다. 나를 거꾸로 경계하고 있는 것 같았다. 아직도 어떤 공포에서 벗어나지 못하고 있거나, 그 공포감 때문에 나의 말을 귀담아들을 수가 없는 것 같기도 했다. 그러다가 이윽고 사내는 겨우 입을 열기 시작했다.

"난 쫓기고 있지 않았어요. 아깐 잠깐 거짓말을 했지요."

그러고 나서 사내는 내가 어이없어하거나 사연을 캐물을 틈도 없이 선언하듯 단호한 한마디를 덧붙였다.

"난 미친 사람이오."

"뭐라고요? 형씨가 미친 사람이라구요?"

나는 갑자기 머릿속이 혼란스러워지며 겨우 그렇게 한마디를 물었다. 도대체 그의 말은 어느 쪽을 믿어야 할지 갈피를 잡을 수 없었다. 그러나 사내는 정말 자신의 실성기를 확인시켜 주려는 듯 입가에 음산한 미소를 흘리고 있었다.

"그런데 아까는 왜 내게 그런 거짓말을 했지요? 누구에겐가 형씨가 쫓기고 있는 거라고 말이오?"

"그러니까 난 미친 사람이라지 않소. 하지만 아까 내가 쫓기고 있었다는 건 거짓말이랄 수도 없어요. 그땐 정말 누가 나를 쫓고 있었을지도 모르니까. 아마 그랬을 거요. 난 그걸 알고 있어요."

"무슨 말인지 통 알아들을 수가 없군요."

정말이었다. 정말로 나는 사내의 행티[1]에 갈피를 잡을 수 없었다. 그의 말대로 정말 그를 머리가 돌아버린 친구로 곧이들을 수도 없었고, 그렇다고 그의 말을 전혀 믿지 않을 수도 없었다. 나는 갑자기 피곤기를 느끼며 한동안 그를 바라보고만 있었다. 그러자 사내도 이젠 더 이상 말을 하고 싶지 않은 듯 다시 입을 굳게 다물어버렸다. 도대체 정체를 알 수 없는 위인이었다. 하지만 이날 밤 사내의 정체가 수상쩍은 것은 그가 스스로 머리가 돈 사람이라 우겨대며 이리저리 갈피를 잡을 수 없는 소리를 둘러댄 일뿐이 아니었다. 실상은 이 이야기를 먼저 말해야 옳았을 것이지만, 정체가 수상쩍은 점으로 말하면 그의 언동이나 행동거지보다

1) 행티 심술을 부리어 남을 해치는 행위를 하는 버릇.

도 모습모습이 더욱 괴이했다. 다름 아니라 그건 바로 그의 얼굴 때문이었다. 내가 사내의 모습을 똑똑히 볼 수 있었던 것은 물론 그를 방으로 데리고 들어가 불을 밝히고 난 다음이었다. 그런데 그때 나는 밝은 형광등 불빛 아래 드러난 사내의 얼굴을 보고 속으로 놀라움을 금할 수 없었다. 사내는 어둠 속에서보다는 의외로 키가 컸고, 그 큰 키 때문에 조금 말라 보인 듯한 몸집에 남의 옷을 빌려 입은 것 같은 이상스런 옷차림을 하고 있었다. 어떻게 보면 양복 소매가 약간 짧은 것 같기도 했고, 또 어떻게 보면 바지통이 터무니없이 넓어 보이기도 했다. 거기다 사내는 와이셔츠 넥타이도 없이 맨저고리만 훌렁 걸치고 있어서, 그 꼴이 여간 우스꽝스러워 보이지 않았다. 하지만 내가 처음 사내를 보고 놀란 것은 그의 그런 차림새 때문이 아니었다. 옷차림 따위는 그 자신의 말대로 미치광이의 그것이라 해두면 그만이었다. 놀란 것은 사내의 얼굴 모습 때문이었다. 사내의 얼굴이 첫눈에 어디선가 꼭 한 번 본 일이 있는 것처럼 익숙했다. 위인의 얼굴은 한마디로 좀 우악스러워[2] 보이는 입 모양과, 세상이 온통 밝은 햇빛 속에 빛나더라도 그곳만은 언제까지나 음울한 그늘이 마를 것 같지 않은 깊은 두 눈으로 특징지워질 수 있는 그런 인상이었다. 그런데 나는 그런 입과 눈을 가진 얼굴을 어디선가 전에 꼭 만나본 일이 있는 것 같았다. 더구나 어떤 두려움 때문에 눈동자들이 엄청나게 확대된 듯한 사내의 두 눈은 그 큰 눈동자 때문에 더욱 깊게 강조되어 나의 뇌리를 안타깝게 간지럽히고 들었다.

—어디서 만난 얼굴일까. 누가 저런 얼굴을 하고 있었던가.

[2] 우악스럽다 어리석고 포악한 데가 있다.

하지만 그런 기억은 첫번에 대뜸 실마리가 잡히지 않으면 아무리 애를 써도 끝내 허사가 되게 마련이다. 아니, 성급하게 굴면 굴수록 그런 일은 더욱 안타깝게 깊은 망각의 수렁 속으로 숨어 들어갈 뿐이다.

사내의 얼굴도 마찬가지였다. 나는 끝내 그 얼굴의 기억을 끌어낼 수가 없었다. 그렇다고 자신의 정체에 대해서는 한사코 정직한 말을 회피해버리고 있는 사내에게 직접 그것을 물을 수는 없었다. 서로 이름이라도 나누어보면 간단히 실마리가 잡힐 듯싶었지만 사내의 태도로는 그것도 선뜻 알아내질 것 같지 않았다. 술기가 가시고 만 탓인지 이젠 나 자신도 그런저런 일이 다 피곤하고 귀찮기만 했다. 모든 일을 아침으로 미뤄놓고 우선 잠부터 좀 자두고 싶었다. 나는 한동안 사내를 건너다보고 있다가 이윽고 자리를 펴기 시작했다. 하지만 나는 자리를 펴고 나서도 금세 그 자리로 기어들어가버릴 수는 없었다. 역시 사내가 마음에 걸렸다. 사내는 아직도 긴장을 풀지 않고 있었다. 긴장을 풀기는커녕 아직 저고리도 벗지 않은 채였다. 잠자리를 펴는 동안도 그는 그냥 멀뚱하니 서 있기만 했다. 그러고 있는 사내는 마치 아직도 창밖에서 무슨 발걸음 소리가 가까워지고 있지나 않은지, 또는 천장이나 옷장 구석 같은 데서 누가 자기를 숨어 엿보고 있지나 않은지 조심조심 기색을 살피고 있는 것 같았다. 그러나 사내는 네 발을 버티고서 자는 말짐승이 아니었다. 끝끝내 그러고 서서 밤을 새울 수는 없다고 생각한 모양이었다. 이윽고 사내는 나의 주의가 완전히 그에게서 멀어져버린 것을 알고 나자, 그리고 바깥으로부터도 아무 수상쩍은 기척이 스치지 않은 것을 확인하고 나자 그제서야 겨우 마음이 좀 놓이기 시작한 듯 슬금슬금 방구석으로 무릎을 구부리고 앉았다. 하지만 또 그뿐이었다. 흘러내리듯 그렇게 몸을 주저앉히고 나서도 옷을 벗어부칠 기미는 없었다. 궁상맞게 몸을 방구석에 쪼그러고는 다시 나를 경계하기 시작했다. 마치 그의 정체에 대해 내가 새로 무슨 추궁을 가해오지나 않을지, 근심과 겁에 질린 표정으로. 하지만 나는 이제 정말로 그에겐 더 이상 관심을 가질 수가 없었다. 취기가 깨어오는 데서 생긴 무력한 탈수감을 그 이상은 도저히 지탱해낼 수가 없었다. 사내의 기분을 좀 편안하게 해주고 싶기도 했다.

—설마 네놈이 정말 미쳐 있는 건 아니겠지. 미쳐 있다면 또 그러고 앉아서 밤을 지샐 테냐.

마음을 될수록 편하게 먹었다.

"아무렇게나…… 형씨 편할 대로 자리를 잡아보시구려."

이불자락 한끝을 밀어젖혀주고는 그만 혼자 잠을 청해버리고 말았다.

그런데 이날 밤 일은 그렇게 내가 먼저 잠이 들어버리고 난 다음이 또 이상했다. 솔직히 말하자면 그때 나는 이렇다 할 이유도 없이 사내가 공연히 가엾어졌고, 그래서 나중에는 그의 곁에서 무모할 정도로 쉽게 잠이 들어버리고 말았지만, 역시 깊은 내심에서까지 그를 안심해버릴 수는 없었던 모양이다. 잠이 들고 나서 채 한 시간도 지나기 전에 나는 다시 눈이 떠지고 말았다. 사내는 잠이 들어 있었다. 시간이 오래지 않은 것으로 보아 내가 잠이 드는 것을 보고 그도 곧 몸을 눕힌 모양이었다. 이상한 것은 물론 그게 아니었다. 사내는 아직도 옷을 벗지 않은 채 이불자락 끝에서 옹색스런[3] 새우잠을 자고 있었는데, 그것도 그리 이상할

[3] 옹색스럽다(壅塞—) 자유롭거나 자연스럽지 못하여 거북하고 어색하다.

것이 없었다. 이상스런 것은 전짓불이었다. 그는 잠이 들면서도 전짓불을 그냥 켜 놔두고 있었다. 물론 나 역시도 처음에는 그 전짓불에 대해 별스런 생각을 가질 수가 없었다. 사내가 미처 생각을 하지 못했던 것뿐이려니, 무심스럽게 넘겨버렸다. 한데 어느 때쯤 해선가 내가 다시 눈을 떠보니 어찌된 일인지 아까 분명히 내 손으로 꺼놓고 잔 형광등이 다시 환하게 밝혀져 있었다. 내가 잠을 깨게 된 것도 바로 그 밝은 불빛 때문이었다. 이상스런 느낌이 들기 시작했다. 사내의 짓임이 틀림없었다. 사내는 역시 아까처럼 옹색스런 새우잠을 자고 있었다. 하지만 형광등을 다시 밝혀놓은 것은 그 사내밖에 다른 곡절을 생각할 수 없었다. 도대체 방 안에서 나와 사내말고 누가 꺼져 있는 전짓불을 다시 켜놓을 수 있단 말인가.

하지만 이날 밤 그렇게 두 사람이 서로 전등불을 껐다 켰다 하는 숨바꼭질은 그 한 번으로 끝난 일도 아니었다. 이날 밤 나는 분명히 꺼놓은 전등불이 다시 밝혀져 있곤 하는 요술을 그 후로도 두 차례나 더 겪어야 했다. 그리고 마지막으로 내가 그 요술에 걸려 눈을 떴을 때는 뜻밖에도 그 밝은 불빛만 방 안에 가득할 뿐 한 번도 눈을 뜨지 않는 체하고 있던 사내의 새우잠마저 이미 자취를 감추고 없었다. 사내는 그렇게 새벽같이 나의 방을 도망쳐 나가버린 것이었다.

그러자 나는 갑자기 사내가 정말 머리를 상해버린 미치광인지도 모른다는 생각이 들기 시작했다.

그러니까 나는 결국 그날 밤으로 해서는 사내의 정체에 대해 아무것도 알아낸 것이 없었던 셈이 된다. 정체를 알아내기는커녕 궁금증만 잔뜩 더 늘어 있었다. 사내의 이름하며 수상쩍은 행동들의 내력을 알게 된 것은 이튿날 아침 병원을 찾아보고 나서였다.

그날 아침 나는 간밤의 일을 생각하니 새삼스럽게 기분이 상해오기 시작했다. 뭐라고 해도 그 모두가 술김에 저질러진 일임엔 틀림이 없는 사실이었다. 하지만 아무리 취중의 일이었다고 해도 그것을 모두 술기운 탓으로 간단히 잊어버릴 수는 없었다. 어이가 없다가도 사내의 거동들이 하나하나 다시 떠오르곤 했다. 사내가 진짜 미치광인지 모른다는 생각도 점점 더 짙어져갔다.

—위인은 정말로 미친 사람이었는지 모른다. 정신이 멀쩡하다면 무슨 심술로 그렇게 사람을 황당하게 할 필요가 있겠는가.

정신이 멀쩡한 친구라면 도대체 그런 식으로 밤길을 쫓아와서 사람을 놀라게 할 리도 없었고, 초면에 남의 하숙방까지 따라 들어와 횡설수설 수상쩍은 소리들을 늘어놓을 필요도 없었다. 게다가 그 괴이한 차림새하며, 까닭 없이 자꾸 불안스러워하던 표정, 또 밤새도록 꺼놓은 전짓불을 몰래 다시 켜놓곤 하던 짓 모두가 광인의 그것이 아니고는 쉽게 설명할 수가 없었다.

—하지만 위인이 정말 미친 사람이라면 나는 어디서 그런 얼굴을 만났기에 그처럼 한눈에 익숙할 수가 있었을까.

광기에 대한 심증이 점점 더 깊이 굳어져갔다. 마음속에 한참 사내의 광기를 굳혀가다 보니, 어느 순간 또 한 가지 새로운 사실이 문득 머리를 스치고 지나갔다. 나의 하숙집에서 얼마 되지 않은 산중턱엔 언제부턴가 이름 없는 정신 병원이 하나 자리잡고 있었는데, 나의 대뇌작용이 그제서야 그걸 기억해낸 것이다. 아침을 먹고 나자 나는 잡지사 대신 곧

바로 그 병원부터 먼저 찾아 올라갔다. 그런데 병원 문을 들어서자마자 나는 접수부에서부터 그곳 환자 한 사람이 간밤에 병원을 도망쳐 나간 사실을 확인할 수 있었다.

"아, 맞아요. 어젯밤에 우리 병원에서 병실을 탈출해 나간 환자가 한 사람 있었어요. 자정쯤 해서였지요. 한데 선생님께선 그 환자를 만나셨던가요?"

접수부 간호원은 내가 미처 물음을 끝내기도 전에 조급한 목소리로 사정을 모두 털어놓았다. 자정이 조금 넘어 당번 경비원이 뒤뜰을 돌아가다 보니, 3층 병실의 한 창문 쇠창살로부터 침대 시트를 총총 꼬아 만든 밧줄이 허옇게 뜰 아래로 내려뜨려져 있었고, 바로 그 밧줄이 내려진 3층 병실에는 어느 틈엔가 환자 한 사람이 감쪽같이 자취를 감추고 없더라는 것이었다. 나중에 알고 보니 그 환자가 어떻게 병원 진찰실까지 스며들어가 당직 의사의 평상복을 훔쳐내다가는 환자복 대신 그 옷을 바꿔 입고 간 사실이 드러났고, 그 바람에 병원에선 더욱 큰 소동이 일어났었노라고. 나는 놀라지 않을 수 없었다. 하지만 그보다도 내가 더욱 놀란 것은 간호원이 그때 그렇게 도망쳐 나간 환자의 이름을 일러주었을 때였다.

朴濬一—간호원의 접수부에는 그 환자의 이름이 그렇게 적혀 있었다. 그 박준일이 바로 박준이었다. 아니 박준일이라는 이름을 듣자마자 그 간밤의 사내를 박준으로 단정해버린 것은 나의 직감에서였지만, 그러나 그것은 다시 의심할 여지가 없는 사실이었다.

박준—그런 이름의 젊은 소설가 한 사람이 있었다. 요즘은 그렇지도 않지만 이 한두 해 전만 해도 한창 정력적으로 작품을 발표해온 그 젊은 소설가 말이다. 그 소설가의 본명이 박준일이었다. 박준일이 그의 진짜 이름이고 세상에 알려진 박준이라는 이름은 그 이름 끝에서 '一' 자 하나를 떼어버린, 이를테면 그의 필명이었다. 언젠가 나는 그가 쓴 글 가운데서 우연히 그런 고백을 읽은 일이 있었다. 그것은 「나의 외자 이름에 대해서」라는 제목이 붙은 짧은 수필 형식의 글이었는데, 그 글 가운데서 박준은 대충 이런 식으로 자기의 이름을 매도하고 있었다. 나의 이름은 원래 '朴濬一' 이다. 하지만 나는 언제부턴가 나의 이름 석 자(사실 이름만 해서는 두 자뿐이지만)가 무척도 거추장스럽게 느껴지기 시작했다. 특히 나의 이름 맨끝에 매달려 있는 '一' 자가 그렇게 느껴졌다. 도대체 나라는 놈의 푼수로는 朴가 성 밑에 濬자 하나로도 이름이 충분하고 남을 텐데 무엇 때문에 거기다 또 一자를 하나 더 붙여 달아놓았는지 모르겠다……. 성 한 자, 이름 두 자로 꼭 짝을 맞춰야 하는 작명 버릇 때문인 것 같다. 하지만 나에게는 그 일자 하나가 아무래도 거추장스러웠다. 어떤 때는 좀 주제넘은 느낌이 들기도 했다……. 결국 나는 그 일자를 떼어버리고 준자 하나만으로 이름을 삼기로 작정했다. 박준……. 글쎄 그 일자 하나를 떼어버리고 나니 얼마나 간편하고 개운스런 이름이 되었는가…….

결국 박준이라는 그의 이름은 원래 이름인 박준일에서 끄트머리 일자를 떼어낸 것이라는 이야기였다. 그런데 나는 그때 간호원의 입으로부터 박준일이라는 사내의 이름이 흘러나온 순간, 첫마디에 담박 그 박준의 글이 떠오른 것이다. 하기야 내가 그 간호원으로부터 사내의 이름이 박준일이라는 것을 알아낸 것만으로, 그리고 우연스럽게 읽어둔 글 속에서 박준이라는 젊은 소설가의 본명이 박준일이라는 것을 기억하고 있었다는 사실만으로, 그 두 사람이 같은 인물이라고 금세 단정을 하고 나선 것은 좀 경솔했다 할 수 있을지 모른다. 하지만 그때의 나로 말하면 그런 것까지 돌이켜 따져볼 여지가 없었다. 그럴 필요도 없었다. 간호원의 입으로부터 박준일이라는 이름이 흘러나온 순간 나에게선 간밤부터 계속되어오던 궁금증, 어디선가 사내를 본 일이 있는 듯싶던 그 안타까운 얼굴 모습이 순식간에 박준일이라는 이름과 겹쳐지고 만 것이다. 전날 밤 사내의 얼굴은 가끔 내가 신문 문화면 같은 데서 사진으로 보았던 박준의 얼굴, 어딘지 좀 모질어 보이는 입모습과 우울하도록 깊은 눈을 한 그 박준의 얼굴이 틀림없었다. 놀라지 않을 수 없었다. 이젠 더 이상 접수부 앞에 그러고 서 있을 수가 없었다. 담당 의사를 좀 만나보고 싶었다. 의사를 만나 좀더 자세한 이야기를 듣고 싶었다. 간밤의 궁금증은 이제 그것으로 거의 풀리게 된 셈이지만, 그 위인이 박준으로 밝혀진 이상 다시 새 궁금증이 일지 않을 수 없었다. 그렇다고 뭐 내가 전부터 박준과 특별한 친분이 있어선 아니었다. 이미 짐작을 하고 있을 일이지만, 그러니까 나는 그날 밤 일이 있기 전에는 박준이라는 친구를 한 번도 만나본 일이 없었다. 신문이나 잡지 같은 데서 가끔 그의 글이며 사진 같은 것을 볼 수는 있었지만, 직접 그를 대면하게 된 것은 그날 밤이 처음이었다. 그것도 이튿날에 가서야 그의 이름을 듣고 겨우 사진의 얼굴을 기억해냈을 정도의 괴상한 초대면이었다. 친분이 있을 리 없었다. 하지만 그런 구체적인 친분 관계를 떠나서도 박준과 나는 이만저만 긴밀한 관계에 놓이지 않을 수 없는 다른 사정이 있었다. 나는 한 잡지의 편집자였고, 박준은 언제고 그 잡지에다 글을 쓰게 되거나, 글을 써주어야 할 필자의 입장이었다. 그와 나는 애매한 듯하면서도 그처럼 서로 회피할 수 없는 상관관계에 있었다. 게다가 박준은 언젠가 우리 잡지사에 글을 한 편 보내온 일도 있었다. 무슨 이유에선지 문학면을 맡고 있는 안 형이 한사코 발표를 보류하고 있긴 하지만(사실 나는 그래서 여태까지 박준과의 대면을 나도 모르게 은근히 피해온 것인지도 모른다), 그러니까 박준은 그런 점에서도 더욱 나와는 상관이 없다고 할 수 없는 처지였다. 그의 일이 궁금해지지 않을 수 없었다. 어찌된 연유에선지 박준은 1, 2년 동안 거의 한 편도 작품을 발표하지 않고 있었는데, 그러던 박준이 갑자기 그런 식으로 정신이 이상해진 것을 알고 나니 궁금증이 더 심해질 수밖에 없었다. 의사를 만나 좀 자세한 이야기를 듣고 싶었다.

잠시 후, 나는 간호원의 안내로 이 병원의 원장 겸 그간 박준을 담당해왔다는 의사 한 사람과 자리를 마주하고 있었다.

"아, 어젯밤 우리 병원 환자 한 사람이 선생 댁에서 밤을 지내고 갔다고요. 뜻밖에 괴로움이 많으셨겠어요."

간호원이 박사님 박사님 하고 부르는 그 김이라는 의사는 첫마디부터가 몹시 정중하고 신뢰감이 느껴지는 사람이었다. 중년을 넘을까 말까 한 그의 나이와 희끗희끗 새치가 섞인 머리털하며 굵은 안경테 너머에서 온화한 미소를 짓고 있는 눈길, 그런 것들이 모두 알맞게 어울려 의사로서의 그런 깊은 신뢰감을 자아내게 하고 있는 것 같았다.

"저도 대략 짐작이 가는 일이기는 합니다만, 선생께선 그 환자와 진작부터 무슨 특별한 관계가 있었던 것은 아니시죠? 가령 전부터 서로 집을 알고 있었을 만큼 친분이 두터운 사이라든가……."

김박사는 이미 알고 있는 사실을 확인하고 있기라도 하듯 여유 있는 어조로 물어왔다. 도대체 그런 식의 여유란 뭔가 자신에 넘쳐 있는 사람이 아니고는 흉내를 내기도 썩 어려운 것이었다. 나는 의사의 분위기에 슬그머니 자신이 압도되어오는 것을 느끼고 있었다.

"물론입니다. 전 어젯밤 집으로 돌아가는 골목에서 처음 그를 만났으니까요. 그리고 아침 일찍 그가 집을 나가버린 바람에 여기로 오기 전까지는 아직 그의 이름조차도 모르고 있었던 형편이지요."

"그러셨을 겝니다. 이름 같은 건 물어봐야 알아낼 수도 없었을 거구요."

김박사는 만족스러운 듯 고개를 끄덕끄덕해 보였다.

"사실은 우리 병원에서도 아직 그 환자의 이름이나 주소 같은 걸 정확하게 받아내지 못하고 있는 터이니까요."

그러나 나는 그 김박사의 말이 얼핏 납득이 가지 않았다.

"전 이 병원 접수부에서 환자의 이름을 보고 오는 길인데요."

"글쎄요. 그게 잘 알 수가 없단 말씀입니다."

여전히 태연스럽기만 한 김박사의 대답.

"그 환자 병세가 그래서 그렇기도 하겠지만, 워낙 정직한 말을 한 일이 없으니까요. 특히 자기의 신분에 관한 것은 죽어라 숨기려고만 들거든요. 슬금슬금 거짓말을 하거나 아니면 아주 입을 다물어버린다든지……."

"도대체 그 환자의 증세라는 게 어떤 것이었는데요?"

"바로 지금 말씀드린 대로지요. 뭐랄까, 무슨 진술 공포증이라고나 할까요. 도대체 자기 이야기를 하려고 들질 않아요. 그리고 까닭 없이 불안해하고 사람을 두려워했지요. 의사인 나까지도 말입니다."

"그렇더라도 병원에서 아직 환자의 이름 하나 똑똑히 알아놓지 않았다는 건 이상하지 않습니까? 처음 입원할 때 보호자의 얘기는 있었을 텐데 말입니다."

나는 접수부에 적힌 환자의 이름이 거짓말이 아니라는 것을 알고 있었다. 적어도 나에게는 이미 그것이 확실한 사실이었다. 그러나 나는 어쩐지 그것을 의사에게 확언하고 나서기가 싫었다. 김박사에게 좀더 말을 시켜보고 싶었다. 김박사도 나의 추궁을 불쾌하게 여기지는 않는 눈치였다.

"글쎄요. 그게 그렇지를 않아요. 사실은 그 환자가 저희 병원을 찾아들게 된 것도 전혀 정상적인 경위에서가 아니었거든요……."

김박사는 여기서 잠시 말을 망설이는 듯했다. 그러나 터무니없이 진지해지고 있는 나의 표정을 한번 힐끗 스쳐보고 나서는 생각을 고쳐먹은 듯, "알고 싶으시다면 말씀드리지요." 다시 말을 잇기 시작했다.

어느 날 저녁때의 일이었다고 했다. 그날은 마침 김박사가 당직 차례가 되어 일찍 저녁을 먹고 혼자 진찰실을 지키고 있었는데, 그때 느닷없이 젊은 친구 하나가 불쑥 방문을 열고 들어서더라는 것이다. 나중에 알고 보니 이 친구가 어떻게 진찰실을 스며들어 왔는지 경비나 현관에서는 전혀 눈치를 채지 못하고 있었더라고. 그런데 이 친구 문을 들어서자마자 대뜸 김박사더러 자신의 머리를 좀 진찰해 달라더랬다. 자기는 아무래도 머리가 좀 이상해진 것 같아 병원을 찾아왔노라고.

"하지만 난 아직도 별생각이 없이 간호원을 부르려고 했지요. 어느 때나 다 마찬가지긴 하지만, 특히 그런 시각엔 진찰실로 환자를 불쑥 들여보내는 일이 없었거든요……."

그런데 어찌된 일인지 이 친구 펄쩍 놀라면서 제발 다른 사람은 부르지 말아 달라더라는 것이었다. 자기는 그간 아무도 만나지 않고 진찰실까지 숨어 들어왔으며, 무엇보다도 다른 사람이 곁에 있는 것은 질색이라고.

"난 그제서야 사정이 얼마간 이해되더군요. 우리 병원을 찾는 환자들은 대개가 그런 엉뚱한 사람들뿐이거든요. 우선 진찰부터 시작했지요……."

김박사는 여기서 다시 말을 끊고 나서 이제 이름을 알아놓지 못한 사정을 좀 이해하겠느냐는 듯 나를 바라보았다. 그러나 나는 아직도 김박사를 이해할 수 없었다. 나는 계속 입을 다물고 앉아 침묵으로 다음 이야기를 재촉했다. 그러자 김박사는 할 수 없다는 듯 다시 말을 계속했다.

"진찰의 첫 단계로 임상심리 검사를 시작해보니 환자의 증세가 참으로 특이하더군요. 도대체 이야기를 하지 않으려는 진술 거부증이 있었어요. 그리고 아까 말씀대로 터무니없이 불안해하거나 자기 생각을 거짓말로 슬슬 속여 넘기려고 한단 말입니다. 그러면서 덮어놓고 자기 머리가 이상해진 게 틀림없다고 고집이지 뭡니까. 아니 거짓말을 하거나 불안해하는 것도 모두 그렇게 자신의 머리가 이상해진 것을 확인시키려는 노력에서 그러는 것 같았어요. 그러니 우리도 그 환자의 이름이나 주소를 받아놓지 않은 건 아니었지요. 그런데 나중에 보호자 연락을 취해보니 그것도 모두 거짓말이었어요. 그런 주소에 그런 사람이 살고 있지 않다는 거예요. 환자에게 다시 진짜를 대보라고 했지만, 어디 대답이 쉽습니까. 게다가 이 환자는 소지품 중에서 자신의 신분이 드러날 만한 것을 지니고 있지도 않았어요. 그러니까 바로 어젯밤까지도 그런 상태였었죠."

나는 여기서 다시 의사에게 박준의 이름을 확인해주고 싶은 생각이 머리를 지나가고 있었다. 의사의 설명은 이제 충분히 납득이 가고 있었다. 그러나 환자의 이름이 박준일임에는 역시 틀림이 없는 사실이었다. 주소가 거짓이었다고 해도 그것은 역시 그랬다. 그러나 나는 이번에도 그것을 말해주지는 않았다. 또 다른 궁금증이 머리를 앞서고 있었다.

"그렇다면 박사님께선 어떻게 보호자도 없이 그렇게 혼자 불쑥 나타난 사람을 진찰해주고 게다가 입원까지 시키고 계셨습니까?"

"그야 난 의사니까요. 그리고 여긴 병원이 아닙니까."

"그러니까 환자는 제 발로 찾아와서 은혜를 입게 된 병원을 또 제 발로 도망쳐 나간 셈이군요. 무슨 이유에서였을까요. 게다가 꼭 그렇게 거짓말로 정체를 숨기고 불안해할 이유가 말입니다."

나는 연거푸 물었다. 의사의 대답 역시 질서정연하고 자신감이 넘쳤다.

"말하자면 그 환자의 증세의 일종이지요. 자기는 미친 사람이라고 생각하고, 미친 사람이니까 이렇게 저렇게 행동해야 한다는, 모두가 그런 강박증에서 행해진 행동이었단 말입니다."

"그럼 그 친구가 정말 미친 건 아니었단 말씀입니까?"

"우리 병원 환자들 중엔 진짜 정신분열증 환자들이 많아요. 이 사람들이야말로 정말 하나같이 병원을 빠져나가고 싶어들하지요. 기회만 준다면 어젯밤 같은 일은 얼마든지 생길 수 있어요. 하지만 그 환자의 경우는 달라요. 정말로 미친 증세에서가 아니라 미쳐 보이고 싶은 증세였지요. 말하자면 그런 노이로제의 일종이지요. 그래서 난 탈출 연극까지는 생각도 못하고 입원실로 진짜 정신장애자들하고는 다른 방을 정해주지 않았겠습니까."

"그가 정말 미치지 않았다고 그렇게 단정해도 좋을까요?"

"다시 말씀드리지만 난 의사니까요. 그리고 정말로 미친 사람은 스스로 미쳤다고 하는 일이 없습니다. 미친 사람은 절대로 자기가 미친 사람이 아니라고 우겨대기가 일쑤지요. 그 환자의 경우는 반대가 아닙니까. 스스로 미쳤다고 말하는 사람은 정말 미친 것이 아닙니다. 그 환자는 다만 자기가 미쳤다고 믿고 그렇게 생각하고 싶은 것뿐이지요. 그리고 그게 바로 그 환자의 노이로제 증세라고 할 수 있는 것이었구요."

"참으로 이상한 일이군요. 그렇다면 도대체 그 환자에겐 어째서 그런 증세가 생긴 것일까요. 박사님 말씀은 마치 그가 미친 사람 행세를 하고 싶어한 것처럼 들리는데 말씀입니다."

나는 박준이 간밤에도 아무 이유 없이 꺼놓은 등불을 한사코 다시 켜놓곤 하던 일을 생각하며 열심히 물어댔다. 그러나 김박사는 이제 그만 그쯤에서 말을 끝맺고 싶은 표정이었다. 내진 환자가 있노라는 간호원의 전갈이 있었기 때문이었다.

"물론 그렇게 생각해볼 수가 있지요. 그리고 내가 알아내고자 했던 점도 바로 그 점이었구요. 하지만 이제 환자도 달아나버린 다음인데 그걸로 애를 먹을 필요가 있을까요."

"한 가지만 더 여쭙고 싶군요. 그 환자가 정말 그런 식으로 미치광이 시늉을 하고 싶은 것뿐이라면 다시 이 병원을 찾아오게 될까요."

나는 김박사의 시간을 염치없이 오래 빼앗고 있다는 생각에서 미안쩍은 어조로 물었다. 그러나 김박사도 이젠 더 이상 터무니없는 이야기로 시간을 빼앗기고 싶지 않은 듯 먼저 자리를 일어서며 대답했다.

"아마 오지 않을 겝니다. 그 환자 정말로 미친 사람 확인을 받고 싶어 여길 온 게라면 적어도 그 점만은 내게서 실패를 하고 말았으니까요. 이젠 뭐 다 끝난 일이에요."

이야기를 끝내고 나서 내가 잡지사로 돌아왔을 때는 벌써 오정이 넘은 시각이었다. 직원들은 모두 점심을 먹으러 나가고 사무실이 텅 비어 있었다. 그러나 전에 없이 출근을 늦게 하고 나서도 나는 아직 일을 서두를 생각을 하지 않았다. 언제나처럼 마감날이 코앞까지 바싹 다가와 있었고, 게다가 원고들은 부지하세월[4]로 늑장만 부리고 있었다. 하지만 그런 일들은 하나같이 머리에 들어오질 않았다. 아직도 박준의 일이 궁금했다. 내가 병원을 찾아간 것은 간밤부터의 궁금증을 간단히 풀어버리려는 속셈에서였던 게 솔직한 동기였을 것이다. 그리고 병원에서는 그런 내 애초의 궁금증에 제법 확실한 해답을 주었던 것 같기도 했다. 하지만 병원을 나설 때쯤 해서 나는 간밤의 사내가 바로 박준이라는 젊은 소설가였다는 사실과 그의 증세가 자신의 말처럼 아주 머리가 돌아버린 정도는 아니라는 것을 알게 된 것 외에는, 오히려 더 많은 궁금증을 지니게 되어버리고 있었다. ―그렇다면 박준은 어째서 그런 식으로 미치광이 시늉을 하고 싶어진 것인가. 한동안은 작품도 내놓지 않고 있던 그가 무엇 때문에 그런 연극을 꾸미게 되었으며, 나중에는 제 발로 찾아간 병원에서까지 그런 식으로 도망을 쳐 나가버린 것인가. 그리고 자꾸만 거짓말을 하고, 까닭 없이 불안에 떨면서 사람을 두려워하는 것

4) 부지하세월(不知何歲月) 언제 될지 그 기한을 알지 못함.

이 그의 진짜 증세라면, 그것은 도대체 무슨 이유에서인가. 김박사는 박준에 관한 한 이제 모든 것은 끝이 났노라고 했다. 박준 때문에 더 이상 골머리를 앓을 필요는 없다고 했다. 그러나 나는 아직 박준을 그렇게 간단히 잊어버릴 수는 없었다. 나에게서는 아직도 박준의 일이 끝나지 않고 있었다. 나는 박준의 사건에서 무엇인가 깊은 암시 같은 것을 느끼고 있었다. 박준이 얼마 전까지만 해도 꽤 많은 사람들의 관심을 집중시키고 있던 젊은 작가였다는 점에서, 그리고 그러던 그가 웬일인지 이 1, 2년 동안은 통 작품을 내놓지 않다가 갑자기 그런 꼴이 되어 나타났다는 점에서 나의 예감은 깊어질 수밖에 없었다. 하지만 그것은 모두가 한낱 예감으로였을 뿐이었다. 박준의 동기가 무엇인지, 그리고 거기에서 내가 어떤 암시를 느끼고 있었는지는 아무것도 확실치 않았다. 나는 그저 그렇게 멍하니 자리에 앉아, 사내의 얼굴이 어디서 눈에 익어졌던지를 안타까워하던 간밤처럼 다시 그런 애매한 예감만 좇고 있었다. 그리고 자신도 모르게 잔뜩 긴장을 하고 있었다. 우선 한 가지 확인해보고 싶은 일이 있긴 했다. 그것은 마침 우리 잡지사에 보관되고 있는 박준의 소설을 한번 읽어보는 것이었다. 사실 나는 이름만 자주 보아왔지 박준이 어떤 이야기를 어떤 식으로 쓰고 있었는지 실제로 작품을 읽어본 일은 별로 없었다. 그의 소설이라도 한 편 읽고 나면 뭔가 좀 잡히는 것이 있을 것 같았다. 우선 그의 소설을 읽어보고 싶었다. 그러나 나는 얼른 그 소설을 꺼내다 읽을 수가 없었다. 박준의 소설은 나의 서랍에 있는 것이 아니라 나와는 두 칸이나 떨어져 있는 안형의 서랍 속에 깊이 보관되고 있기 때문이었다. 우리 잡지의 문학면을 담당하고 있는 그 안형의 원고 서랍은 언제나 자물쇠가 굳게 채워져 있었다. 그렇더라도 굳이 그 소설을 보자면 못 볼 것이 없는 것은 물론 아니었다. 다른 열쇠를 사용하면 꺼내 볼 수도 있었다. 하지만 역시 그렇게는 꺼내 보고 싶지가 않았다. 박준의 소설이 그렇게 안형의 서랍 속에 보관되고 있는 데는 내력이 있기 때문이었다.

결국 나는 오후 해가 설핏해질 때까지도 여전히 일을 손에 대지 않은 채 그러고 자리만 지키고 앉아 있었다. 어떻게 생각을 좀 고쳐먹고 일을 시작해보려 해도 박준의 생각이 금세 다시 머릿속을 가득 채워버리곤 했다. 어떤 암시 같은 것이 자꾸만 나를 괴롭히고 들었다. 내 나름으로라도 어떻게 박준의 일을 정리해버리지 않고는 다른 일이 손에 잡힐 것 같지 않았다. 하지만 무엇을 어떻게 해야 할지도 생각이 나지 않았다. 그저 그러고 멍하니 자리만 지키고 앉아 있었다. 그러나 언제까지나 무작정 그러고 앉아 있을 수만은 없었다. 퇴근 시간이 점점 가까워지자 나는 드디어 한 가지 결심을 했다. 우선 박준에 대한 근래의 동향이라도 좀 알아보자는 것이었다.

"박준이란 젊은 친구 있지 않소."

나는 마침 자리로 들어와 있는 안형에게 조심스럽게 물었다.

안형은 자신도 글을 쓰는 사람이고, 또 한 잡지의 문학면을 담당하고 있는 처지인 만큼, 그만한 문단 동정에는 귀가 밝으리라 생각했기 때문이었다.

"안형은 요즘 혹시 그 친구가 어떻게 되었다는 이야기 들은 일 없소?"

그런데 어찌된 일인지 박준의 일에 대해선 안형 역시 소식이 깜깜인 모양이었다.

"글쎄요……. 요즘 와선 전혀 얘길 들은 일이 없는데요……. 왜 갑자기 그 친구의 소식을 알고 싶어하시죠?"

오히려 나의 질문을 수상쩍어하는 눈치였다. 나는 그런 안형의 표정을 보자 그만 그 앞에선 더 박준의 일을 말하기가 싫어졌다. 혹시 소설 이야기나 아닌가 싶어 신경을 곤두세우고 나서는 태도에 비위가 금세 상했다. 그러나 나도 이젠 결심이 서 있는 터였다. 안형 때문에 궁금증을 아주 숨겨버릴 수는 없었다. 나는 대답 대신 전화기를 끌어다 다른 잡지사 친구들을 몇 사람 불러냈다. 그러고는 박준의 소식을 물었다. 하지만 이 친구들 역시 박준에 대해서는 소식들이 깜깜했다. 모두가 시원찮은 소리뿐이었다.

"잘 모르겠는걸……. 자네가 모르는 일을 낸들 알 리 있나? 게다가 그 친군 워낙 어울리는 자리도 없는 모양이고 말야."

"글쎄 요즘은 소설도 잘 쓰지 않고, 소식을 잘 아는 사람이 없을 텐데."

아무래도 소문으로는 얼핏 확인이 될 것 같지 않았다. 혹시 주소가 어디쯤인가 해도 그 역시 확실치 않다는 소리들뿐이었다.

"다름 아니라 그 친구 요즘 머리가 돌아버린 것 같아서 말야……. 그래서 좀 알아보고 싶었던 거야……. 머리가 돌아버린 것…… 아니 엉뚱한 짓만 하는 게 아니고 진짜 미치광이 말야."

나는 화가 나서 일부러 그렇게 소리를 질러대곤 했다. 그러면 이제서야 저쪽에선,

"그으래, 그 친구가 미치광이가 되었어?"

간신히 놀라는 시늉들을 했다. 그러고는 으레,

"그 친구 아무래도 엄살이 좀 심한 것 같군 그래."

박준의 형편을 금세 엄살로 치부하려 들기 일쑤였다. 이상한 일이었다. 박준이 미쳐버렸다는 말을 아무도 정말로는 믿으려 하지 않는 것 같았다. 모두가 엄살로 여겨 넘기고 싶은 눈치들이었다. 그것이 더욱 내 심사를 돋우었다. 하기야 김박사의 말도 박준이 정말 미친 건 아니라 했고, 나 자신도 그런 말을 하면서 어째서 위인이 그런 거짓말을 하고 싶어하는지 스스로 이상스러워지고 있긴 하였다. 하지만 그보다 더욱 이상한 것은 나의 그런 통화를 엿듣고 있던 안형의 반응이었다. 안형은 가만히 턱을 괴고 앉아 나의 전화 말을 듣고 있다가 내가 수화기를 내려놓자,

"아니 박준이 머리가 이상해졌다구요?"

처음으로 관심을 표시하고 나서는,

"그 친구, 작품 주인공들이 늘 그런 식으로 병신스런 엄살쟁이들뿐이더니 이번엔 자신이 직접 그 주인공의 엄살을 흉내 내고 있는 게 아니에요?"

묘하게 친구들과 같은 소리를 지껄이고 있는 게 아닌가. 안형은 물론 박준의 주인공들 가운데 미치광이가 자주 등장하고 있었다는 말을 그렇게 한 것뿐이었는지도 모른다. 아마 그의 말투로 봐서 그것은 사실인 모양이었다. 하지만 나는 그가 박준의 증세를 곧이듣지 않으려는 듯한 어조에 우선 또 비위가 상했다.

"박준이 정말 미친 척하고 있는 것이라면 그건 진짜로 미친 것보다 더 이상한 일이 아니오? 박준이 왜 그런 짓을 하게 되었는지 이유를 알고 있기나 한단 말이오?"

퉁명스럽게 쏘아버리고 나서 다시 혼자 생각에 잠기기 시작했다.

—아무도 박준이 미쳤다는 것을 믿지 않으려고 하는군. 하지만 박준

이 미쳤다는 것은 아닌게아니라 사실이 아니지. 그렇다면 박준은 도대체 무엇 때문에 그런 병태를 가장하고 싶어한단 말인가.

꼬박 퇴근 시간이 될 때까지 그 생각에만 골몰하고 있었다. 그러다 안형이 드디어 책상을 슬슬 정리하기 시작할 때에야 허겁지겁 다시 물었다.

"안형, 언젠가 그 박준이라는 친구로부터 소설이 한 편 와 있는 게 있었지요? 그거 아직도 돌려보내지 않고 있어요?"

그러나 안형은 오늘따라 이상하게 자꾸 박준의 일만 들춰대고 있는 내가 여간 마땅치 않은 모양이었다.

"네, 제게 아직 보관되어 있기는 합니다만……. 왜 이번 달에 그 소설을 내보내려구요?"

안형의 어조에는 묘한 방심기 같은 게 서려 있었다.

그러나 나는 일일이 그런 안형의 기분까지 신경 쓸 여유가 없었다.

"그야 어쨌든…… 무슨 이야길 쓴 소설인지 우선 좀 읽어보기나 합시다."

주저스런 기분을 꾹 눌러버리고 박준의 작품을 요구했다.

"그리고 안형께선 지금 그 소설 고료를 내게 좀 빼내다 주겠소?"

소설 고료도 퇴근 전에 빼내 오도록 일렀다. 고료를 찾으라고 한 것은 박준의 뒷소식도 알아볼 겸 퇴근길에 그의 집을 한번 찾아가볼 생각에서였다. 안형은 끝내 나의 요구를 거절할 수는 없다고 생각한 모양이었다. 결국 박준의 원고를 꺼내 주고는 자리를 비켜버렸다. 어쨌든 잘 되었다 싶었다. 나는 그 자리에서 박준의 원고를 읽어내려가기 시작했다. 「괴상한 버릇」이라는 제목이 붙은 소설의 줄거리는 대략 이런 식이었다.

…… 소설의 주인공인 '그'는 어렸을 때부터 한 가지 괴상한 버릇을 가지고 있었다. 어른들에게 무슨 꾸중을 들을 일이 있거나 하면 '그'는 지레 겁이 나서 곧잘 광 속 같은 데로 숨어 들어가 잠이 들어버린 척하곤 했다. 꾸중을 들을 일뿐 아니라 부끄럽고 난처한 일이 있을 때도 마찬가지였다. 어른들은 '그'가 어디론가 자취를 감추고 없으면 으레 녀석이 또 무슨 일통을 저지른 게로구나 짐작했고, 집 안을 이리저리 뒤져서 녀석을 찾아내놓고 보면, 그때마다 그런 짐작은 빗나간 일이 거의 없었다. 그저 그런 식으로 잠을 자는 척하는 것만으로는 또 괜찮았다. 그 꼴이 더 괴상했다. 그것은 잠을 자는 척하는 것이 아니라 숫제 죽은 사람 시늉이었다. 목과 사지를 보기 흉하게 축 늘어뜨리고서 누가 가까이 가도 '그'는 통 숨소리를 내지 않았다. 몸을 비틀어대도 죽은 사람처럼 반응을 보이지 않았다. 건드리는 대로 몸을 흔들리고만 있었다. '그'는 바로 그런 장난 때문에 더욱 심한 꾸중을 듣곤 했다. 하지만 꾸중을 들어도 그의 버릇은 좀처럼 고쳐지질 않는다. 나중에는 숫제 그 버릇이 동무들과의 놀이로까지 변해갔다. 걸핏하면 아무데서나 벌떡 뒤로 나자빠져서는 '나는 죽었다'고 앙증스럽게 숨을 한참씩 끊어버리는 바람에 옆의 친구들은 이따금 겁을 먹기도 했다.

이윽고 '그'는 국민학교 입학을 하게 되고, 국민학교를 졸업하고 나서는 다시 중학교를 다니게 되지만, 그 버릇만은 여전히 고치려 하질 않는다. 나이를 먹어가면 갈수록 '그'에게선 오히려 그 괴상한 버릇이 나이만큼이나 더 익숙해지고 완벽스러워져갔다. '그'가 고등학교를 졸업하고 대학생이 될 무렵쯤 해서는 그것이 하나의 진지한 휴식술로까지 발전한다. '그'는 집 안이나 학교에서 무슨 낭패스런 일만 당하면 으레 어두컴컴한 자기 골방으로 들어가 몇 시간이고 그런 가사 상태 속에서 휴식을 취하곤 한다. 기분이 너무 암담스러워질 때도 그랬고, 흥분을 하거나 긴장이 될 때도 그랬다. '그'는 이제 숨을 참을 수 있는 시간이 놀라울 만큼 길어져 있었고, 그렇게 숨을 참고 있는 동안엔 자신이 정말 숨을 끊어버린 것인지 어쩐지도 알 수 없을 만큼 불편을 느끼지 않게 된다. 하지만 그것은 '그'가 숨을 조금도 쉬지 않는 것이 아니라 가슴과 배를 들먹이지 않고 코끝으로만 조금씩 조금씩, 아주 은밀스럽게 공기를 들이마시는 연습에 그만큼 육신이 익숙해져 있는 까닭이다. 이상한 것은 '그'가 그렇게 숨을 참고 누워서, 나는 정말로 죽은 사람이 되어 있는 것이다, 라고 생각하기 시작하면 그것처럼 마음이 편해질 수가 없다는 것이다. 그것은 일종의 자기최면이라고도 할 수 있는 것인데, 어쨌든 그가 그렇게 생각을 정해버리고 나면 아무리 절실하게 급한 일도 정말 급한 것 같지가 않고, 불쾌한 일도 더 이상 불쾌해지지 않는다는 것이다. 아니 그런 가사 상태 속에서는 처음부터 무슨 절실한 일이나 불쾌한 일이 따로 있을 수 없었다. 그것은 바로 그런 생각 자체가 호흡을 잃어버린 육신 속에서 함께 죽어버리기 때문이다. 그 이상 완벽한 휴식의 방법이 있을 수 없었다. 어렸을 때의 버릇은 이제 '그'에게서 그런 휴식의 방법으로까지 발전하게 된 것이다.

그런 '그'가 대학을 졸업하고 결혼까지 하고 난 다음이었다. 결혼을 하고 나니 이젠 그의 생활이나 주변이 전보다도 훨씬 복잡해지고, 낭패스런 일도 그만큼 많아질 것이 당연했다. 따라서 그에게는 긴장이나 피로가 더욱 자주 찾아왔고, 그때마다 '그'는 그것에서 도망치기 위해 자주 그 가사의 잠을 자야 했다. 그 시간도 더욱 길어져갔다. 어떤 때는 그

가사의 잠이 하루 종일 계속되는 때도 있었다. '그'의 아내는 속이 상해 죽을 지경이었다. 도대체 이해할 수 없는 버릇이었다. 이해할 수 없는 만큼 청승맞고 끔찍스럽기만 했다. 헤어지는 한이 있더라도 그 꼴을 더 이상 보고 싶지 않았다. 그러던 어느 날, 이날부터 '그'의 아내는 남편의 그 망칙스런 꼴을 더 이상 견딜 필요가 없어져버린다. 물론 이혼을 해야 할 필요도 없어진다. '그'의 버릇에 드디어 고장이 생긴 것이다. 고장이 생긴 건지 일부러 그랬는지는 끝내 알려지지 않고 말지만, 하여튼 이날도 '그'는 밖에서 무슨 일이 있었던지 기분이 몹시 상해 돌아와서 또 그 가사의 잠을 시작한다.

"저런 꼴로 늘 죽어 눕기가 소원이람 차라리 정말로 한번 죽어보기라도 하라지."

'그'가 막 그 가사의 잠을 시작했을 때 '그'의 아내가 혼자 무심히 그렇게 중얼거린다. 그런데 '그'는 정말로 그것을 마지막으로 다시는 영영 그 가사의 잠에서 깨어나지 않고 만다…….

소설을 다 읽고 나자 나는 머릿속이 좀 어리둥절해지는 기분이었다. 이야기가 기대하고는 좀 딴판이었다고 할까, 하여튼 나로서는 박준의 소설이 영 엉뚱스럽게 느껴지고 있었다. 소설의 작의라는 것도 확실치가 않았다. 그 소설 속엔 물론 그의 이번 일에 대해 어떤 암시 같은 걸 읽어낼 만한 대목이 없지는 않았다. 하지만 박준의 사정을 미리 알고 있지 않거나 소설을 얼핏 한 번 읽어 내려가서는 그 속에 어떤 암시가 숨어 있는지, 그리고 그것이 무엇을 말하고자 하는 것인지를 좀처럼 해독해내기 힘들게 되어 있었다.

하지만 내가 소설을 읽고 나서 어리둥절해진 것은 그런 박준의 소설 내용 때문만이 아니었다. 그보다도 나를 더욱 어리둥절하게 만든 것은 안형의 태도였다. 내가 소설을 다 읽고 났을 때는 물론 안형이 이미 퇴근을 해버리고 난 뒤였다. 안형뿐만 아니라, 사무실에는 이제 사환 아이 하나밖에 나를 기다리는 사람이라곤 아무도 남아 있지 않았다. 책상 위에 안형이 찾아다 놓고 간 원고료 봉투가 눈에 띄어올 뿐이었다. 그러자 나는 그 안형의 태도가 갑자기 또 마음에 걸려오기 시작했다. 도대체 그가 박준의 소설을 한사코 꺼려해온 이유를 알 수 없었다. 소설을 읽고 나니 그의 속셈을 더욱 헤아릴 수가 없었다.

—도대체 안형에겐 이 소설의 어디가 맘에 들지 않아 한사코 발표를 보류시키고 있는 것일까.

아무래도 그의 내심이 의심쩍어지기만 했다. 소설 내용이 기대와 딴판이었다는 점에서보다, 그만 내용의 소설을 여태까지 내보내지 않고 있는 안형의 태도가 나를 더욱 어리둥절하게 했다.

하기야 안형이 그처럼 박준의 소설을 마땅찮게 여겨온 사실에 대해 새삼 어떤 느낌을 갖는다는 것이 이젠 좀 멋쩍은 일이 될진 모르겠다. 왜냐하면 나는 이전부터도 안형의 그런 태도에 대해 이런저런 구실을 수없이 들어왔고, 그러면서도 아직 한 번도 그의 말엔 시원히 승복해본 적이 없으니까. 앞서 내가 이 소설에는 안형의 서랍에서 쉽게 꺼내다 볼 수 없는 어떤 내력이 있노라 한 것도 바로 그런 이유 때문이었다.

말하자면 박준의 소설에는 그만큼 복잡한 사연과 옹색스런 입장이 서로 얽혀들어 있는 셈이었다.

그럼 나는 이제 여기서 잠시 이야기를 거슬러 올라가 우리 잡지사가 어떻게 그 박준의 소설을 얻게 되었는지, 그리고 무엇 때문에 그처럼 오랜 동안 그의 소설을 세상에 내보내지 않고 있었는지, 그 경위나 내력을 밝혀두는 것이 좋겠다. 하지만 그것을 밝히기 위해서는 먼저 나의 잡지 일에 대한 고충도 한 가지 더 고백해둬야 할 것 같다. 왜냐하면 나는 지금 박준에 대한 나의 관심의 시작이 사실은 그의 소설 때문이었을지 모른다는 생각이 들고 있는데, 그 박준의 소설을 얻어 보관만 하고 있게 된 경위야말로 한 잡지의 편집자와 필자 사이의 미묘한 관계의 일단을, 그리고 어떤 기사나 작품이 편집안 결정에서부터 실제로 원고가 집필되고 그것이 다시 활자화하여 독자의 손으로 들어가기까지의 과정 가운데서 편집 책임자의 입장을 자주 난처하게 하는 잡지 작업의 일면을 가장 극명하게 설명해줄 수 있다고 생각되기 때문이다. 바꾸어 말해 나와 상관된 그 잡지 작업의 고충이란 다름 아닌 편집자와 필자 사이의 그 미묘한 갈등에서 비롯한 것들이기 때문이다.

그럼 나는 도대체 편집자와 필자의 관계를 어떻게 생각하고 있는 것인가. 나의 생각을 잘라 말한다면 편집자와 필자의 관계란 한마디로 글을 얻으려는 사람과 글을 써주는 사람과의 관계라 할 수 있다. 그러나 여기에는 몇 가지 전제가 덧붙여져야 한다. 글을 얻으려는 사람도 그렇고 써주는 사람도 그렇고, 이 관계는 언제나 무조건적인 것이 될 수 없기 때문이다. 글을 청탁하는 편집자 쪽에서는 잡지 쪽에서 설정한 어떤 일정한 편집 의도 아래 그것을 최대한으로 충족시켜줄 수 있는 필자에게 청탁 행위를 하는 것이고, 필자 쪽에서도 역시 잡지사가 제시하는 글 청탁의 의도를 이의 없이 수락할 수 있거나 아니면 자기의 의도에 잡지의 그것이 수긍, 수정당할 용의를 보증해줄 때만 그 글의 집필을 수락하게 마련이다. 결국 편집자나 필자나 서로 일정한 필의(筆意)가 있게 마련이고, 그 의도가 서로 상대방을 통해 자기실현의 가능성을 발견하거나 적어도 수용이 가능한 경우에만 편집자와 필자의 관계는 성립할 수 있게 된다.

그렇다면 편집자와 필자의 관계는 다시 이렇게 말할 수 있을 것이다. 어떤 잡지의 편집자와 그 잡지에 글을 쓰는 필자는, 방법은 다르지만 양쪽이 서로 동의하고 어떤 공동의 이념에 공동으로 봉사하고 있는 사람들이다. 아니 따지고 보면 양자는 그 방법에서마저도 별로 다를 바가 없다고 할 수 있다. 편집자나 필자나 근본적인 뜻에서는 양쪽 다 자기 진술이라는 것을 업으로 삼고 있는 사람들이고, 잡지 편집이나 집필 작업은 결국 그 자기 진술이라는 것이 최초의 성격이 되고 있기 때문이다. 원래부터가 작가(작가라고 말해야 뜻이 더 명료해질 듯하다)라는 것은 세상을 향해 뭔가 끊임없이 자기 진술을 계속할 의무를 자임하고 나선 사람들이지만, 잡지 편집자 역시 언제나 성실한 자기 진술(결국 편집 의도라는 것이 그런 것이 아닐까)을 계속해나가야 한다는 점에서 작가와 크게 다를 바가 없다. 다만 필자(또는 작가)는 그 진술이 소설이라든가 하는 보다 직접적인 방법으로 행해지고 있는 데 비해 잡지 편집자는 자기 잡지 속에서 그 의도를 이차적으로 실현하게 된다는 점, 그리고 잡지 편집자에게는 자기 진술을 실현하기 위해 필자들을 동원하고 그 필자에게 일차적인 진술을 요구할 권리가 부여되고 있다는 점에서 처지가 조금씩 다르다고 할 순 있다. 그러나 그렇게 해서 이루어지게 된 필자와 편집자의 진술이 결국 잡지라는 한 권의 책 속에 서로 화의롭게 만나게 된다는 점을 생각하면, 그 방법이라는 것도 별로 큰 차이가 있을 수 없다. 그런데 이처럼 서로 공동의 이념에 봉사해야 하고 작업 방법에 있어서도 안

팎의 차이는 있을망정 서로 불가분의 입장에 있는 필자와 편집자의 관계란 사실은 말처럼 그렇게 수월치가 않은 것이다. 바로 그 편집자의 의도라는 것이 좀처럼 서로 같은 지점에서 만나지지가 않기 때문이다. 아니 그것이 확실하면 할수록 상대방을 수긍하고 수용하는 경우가 드물어질 것이 당연한 노릇이리라. 하기야 요즘처럼 대개의 필자들이 잡지 같은 덴 처음부터 글을 잘 써주려 하지 않거나, 어쩌다가 글이라는 걸 써주는 필자들도 편집자의 의도나 자기 진술 욕망 같은 것과는 애초부터 상관을 두지 않으려는 판국이고 보면, 이것저것 그리 문제가 될 수도 없는 일일 듯싶긴 하다.

하지만 잡지를 포기하지 않는 한 필자와 편집자의 관계란 역시 문젯거리가 아닐 수 없다. 그리고 필자와 편집자의 관계가 수월치 못하면 못할수록 괴로운 것은 대개 편집자 쪽이 될 수밖에 없다. 편집자가 아무리 성실한 진술의 의도를 마련하고 있는 경우라도, 그 의도를 완성시켜줄 필자를 만나기란 여느 때도 보통 어려운 일에 속하는 것이 아니다. 하지만 그건 그래도 좋다 하자. 그보다 더 난처한 일은 그가 어떤 필자를 만났다 해도 그 필자가 애초의 진술 의도에 합당한 글을 써내주지 않을 경우이다. 아니, 그와 반대로 어떤 필자가 먼저 완성해온 문지(文志)[5]를 무슨 이유에서든 잡지 쪽에서 쉽게 수용할 수 없는 경우도 종종 생긴다. 문제는 바로 그런 경우들이다. 나의 잡지 일에 대한 고충이라는 것은, 그리고 가끔 편집자와 필자 사이에 생기는 반갑지 않은 갈등은 바로 그런 경우에서 비롯되는 것이다. 박준의 경우도 그런 경우

5) 문지(文志) 글에서 말하고자 하는 뜻.

라 할 수 있었다.

그럼 이제 여기서부터 나는 그 박준의 소설에 대해 함께 이야기해나가도 좋을 때가 온 것 같다. 다시 말해두지만 박준의 소설이야말로 지금까지 내가 말한 편집자와 필자 사이의 미묘한 관계의 일면을 가장 잘 보여줄 수 있을 뿐 아니라, 그 이야기 속에 박준이라는 인간의 됨됨이나 그 인간에 대한 기왕부터의 나의 관심도 비교적 소상하게 설명될 수 있을 테니 말이다. 그렇다고 박준의 경우 모든 것이 그 필자와 편집자의 관계 속에서만 설명될 수 있다는 것은 물론 아니다. 그는 우선 일반 필자가 아닌 소설 필자였다는 점에서도 그렇고, 우리가 그의 작품을 기고받게 된 경위도 다른 사람들과는 조금 구분이 되고 있었다. 하지만 박준의 경우 역시 우리 잡지와는 편집자와 필자의 관계임에 틀림이 없었다. 그의 소설에서 비롯한 갈등도 일단은 그런 관계 속에 충분한 설명이 가능한 것이었다.

언젠가 그 박준이 우리 쪽에서 청탁을 내기도 전에 스스로 자신의 소설을 한 편 우송해왔다. 물론 우리 잡지에 그 소설을 발표하고 싶다는 뜻에서였다. 그러니까 그건 아마 박준이 문단을 나온 후로 2, 3년간 정력적인 작품 활동을 계속하고 난 뒤, 그 즈음부터는 웬일인지 그의 이름이 차츰 사라져가고 있던 무렵이었다고 기억되는데, 그러던 어느 날 느닷없이 그의 소설이 우리 잡지사로 날아든 것이다. 나는 물론 전부터도 그에게 한번쯤 소설을 청탁해보고 싶던 터이었다. 그러나 얼핏 차례가 올 것 같지도 않고 또 직접 문학면을 담당하고 있는 안형의 눈치가 탐탁스러워하는 것 같지도 않아 그럭저럭 기회를 미루고 있던 참이었다. 뜻밖에 굴러든 작품이 고맙지 않을 수 없었다. 다행이라 싶어 그달로 곧 내보낼 생각을 하고 작품을 안형에게 넘겼다. 그 작품이 누구에게로 온 것이든 그것이 문학 담당자의 소관에 드는 원고인 이상, 일단은 안형의 검토가 있어야 하고, 게재 여부에 대한 최초의 결정권도 안형에게 속하는 사항이기 때문이었다. 그런데 그때 안형은 박준의 소설을 읽어보고 나서는,

"이 소설 안 되겠어요. 그냥 내보냈다가는 공연한 말썽이 생길 것 같군요. 좀 놔두고 다시 생각해봐야겠어요."

웬일인지 한마디로 보류 결정을 내려버렸다.

"왜 이야기가 신통칠 않습니까?"

"아니 뭐, 이야기가 신통찮다기보다……."

"웬만하면 그냥 내보내도록 하지 그래요. 우리로선 박준 씨 소설이 처음 아닙니까."

"글쎄요. 그렇긴 합니다만…… 역시 좀더 두고 생각해보는 게 좋을 것 같아요."

끝내 고집을 꺾지 않으려는 눈치였다.

알 만한 일이었다. 안형은 전에도 종종 그런 고집을 부린 일이 있었다. 안형은 그 자신도 문학 공부를 하고 있는 사람이었고, 그래서 그는 이따금 다른 잡지에 자신의 평문을 발표하기도 해온 처지였다. 한데도 그는 이상스럽게 같은 문학 필자들에 대해 까다로운 데가 있었다. 자세히는 알 수 없었지만 자신의 취향이나 문학 이념이 용납할 수 없는 동업자들에게는 여간해서 지면을 할애해주지 않으려는 것 같았다. 바깥에서 들은 소문도 그랬다. 어쩌면 그는 바로 그 자신이 문학을 공부하고 있는 문학도였기 때문에 그런 점에서는 더욱 인색하고 가혹해질 수밖에 없는

입장이었는지도 모른다. 하지만 나는 안형의 그런 태도를 얼핏 수긍할 수가 없었다. 한 작가와 편집자의 문학적인 주장이 서로 다를 경우, 편집자는 그처럼 철저하게 자기 의사만을 주장할 권리가 있을까. 의심이 되지 않을 수 없었다. 아니, 이 말은 편집자와 필자의 관계에 대한 앞서의 고백을 스스로 배반하고 있는 것처럼 보일 수도 있을 터이다. 하지만 나는 안형의 경우만은 역시 편집자의 권리를 다소간 유보하는 편이 옳으리라 생각했다. 안형의 책임 지면이 다름 아닌 문학면이고, 우리 잡지가 종합지라는 사실 때문이었다. 이 말 역시 안형의 책임 지면이 문학면이라 해서 편집자의 취사선택 없이 아무렇게나 긁어 모은 원고를 마구 꾸겨 넣어도 좋다는 뜻은 물론 아니다. 문학면 원고에도 편집자의 일정한 편집 의도가 개입해야 하고 필자와 원고의 취사선택이 따라야 함은 두말할 나위가 없는 일이다. 하지만 문학면은 잡지의 다른 지면과는 역시 조금 다른 점이 있을 법해 보이는 게 사실이다. 필자의 선택과 원고 청탁 과정에서부터 다른 지면의 원고들에서보다는 편집자의 의도가 깊이 개입해 들어갈 수가 없다. 도대체 문학면의 원고들이란 어떤 일정한 편집자의 주장이나 그것에 의한 필자의 선택도 중요하겠지만, 그보다도 원고 속에 담긴 필자(이 경우는 대개 작가가 되겠지만)의 창작 의도나 그 성과가 더욱 중요하게 읽혀져야 하는 것일 테니 말이다. 그런 경우라도 편집자의 의도는 그 원고를 잡지 속에 처리하는 과정이나 방법 속에서 얼마든지 성취될 수 있을 터. 아량을 가질 수만 있다면 그런 문학 원고들을 애초의 편집 의도에 상처를 입지 않고도 얼마든지 떳떳하게 처리할 방법이 마련될 수 있었다. 적어도 나는 그렇게 생각하고 있었다. 그런데 안형은 자기의 지면에 대해 전혀 그런 아량을 지니려 하지 않았다.

내키지 않는 사람들에겐 처음부터 지면을 나누려 하지 않았다. 그리고 무엇이 어떻게 되어 그런지는 잘 알 수 없었지만, 박준 역시 안형에게는 오래전부터 그런 달갑지 않은 필자에 속하고 있는 것이 틀림없는 사실 같았다. 한창 박준의 소설이 관심을 끌고 있었을 때까지도 그에게는 청탁 의사를 가져보지 않은 안형이었다. 박준의 소설이 저절로 굴러 들어온 것을 보고 한마디로 보류 결정을 내려버린 것은 박준에 대한 안형의 그런 평소 생각이 작용하지 않았다고 할 수 없는 일이었다. 물론 안형은 그것을 보류하면서 '공연한 말썽'이 생길 것 같다는 구실을 잊지 않았던 게 사실이다. 그리고 그 '공연한 말썽'이란, 아마 작품의 내용이 좀 과격해서 애초의 창작 의도와는 상관없이 필자나 편집자가 엉뚱한 봉변을 당하게 될지 모른다는 우려에서가 아니면, 이미 구경꾼도 박수도 사라진 무대 위에서 저희들끼리 흥분하기를 좋아하는 문학 논쟁 청부업자들을 다시 준동[6]시키게 될지 모른다는 문학도적인 양심에서 나온 말일 수도 있긴 했다. 그러나 지금까지 보아온 태도나 바깥 소문으로는 안형이 그런 뜻으로 한 말 같지는 않았다. 나의 생각으로는 그 어느 것도 아니고 다만 자기의 취향에 맞지 않은 것을 그런 식으로 얼버무리려는 변명에서 나온 말 같았다. 편집자의 양식으로는 쉽게 용납될 수 없는 태도였다. 문학면 편집자로서는 지나치게 편협스런 그의 태도가 의심스럽지 않을 수 없었다.

하지만 나 역시도 그러는 안형을 더 이상 간섭할 순 없었다. 안형의 처분에 소설을 맡겨둘 수밖에 없었다. 변명이 될지 모르지만 역시 소설

6) 준동(蠢動) 하찮은 무리 또는 불순한 세력 따위가 소란을 피움.

원고에 대한 최초의 결정권은 안형의 소관 사항이었고, 적어도 나는 한 부서에 대한 그만한 독자성과 권리는 보장해주는 것이 나의 책임이라 생각했기 때문이었다. 그리고 그만한 독자성이 보장된 다음에라야 한 부서 담당자로서의 책임이 누구에게나 깊이 실감될 수 있으리라 믿고 있었기 때문이었다.

하여튼 박준의 소설은 그렇게 되어 결국 우리 잡지사에서 한동안 불운한 낮잠을 자는 신세가 되었는데, 사실을 말하면 처음 그 한 달만으로 간단히 그 낮잠을 끝낼 수 없었었던 것이 더욱 문제였다. 안형은 웬일인지 다음 달이 되어도 여전히 박준의 소설에 대해선 관심을 보이려 하지 않았다.

"어떻게 이번에는 박준 씨 작품을 내보내게 됩니까?"

지나가는 말처럼 물어보면,

"글쎄요. 좀더 두고 보지요."

여전히 같은 대답뿐이었다. 아니 안형은 박준의 소설을 그 한두 달뿐 아니라 거의 반 년 가까이 그렇게 책상 속에다 배짱 좋게 묵혀두고 있었다. 그리고 어느 날은 드디어 박준으로부터 한 장의 항의문이 날아들었다. 박준이 직접 나타나지 않고 원고를 보내왔을 때처럼 우편으로 보내온 것이었다. 그것도 무슨 눈치가 엿보였는지, 안형을 제쳐놓고 직접 나에게 보내진 것이었다. 도대체 당신들은 무엇을 하고 앉아 있는 위인들이기에 남의 소설을 받아놓고도 가타부타 응답이 없느냐, 그토록 편견투성이 작자들이 어떻게 감히 잡지를 만들고 앉아 있느냐는 심한 힐난투 내용이었다. 이쪽 태도가 그만큼 못마땅했을 것도 당연한 노릇이었지만, 아직 인사조차 없는 처지치고는 보통 괴팍스런 친구가 아니었다.

하지만 나는 박준의 그런 모욕적인 힐책에 화를 내려 하지 않았다. 다짜고짜 욕을 퍼붓고 덤벼든 그에게 오히려 호감이 갔다. 괴팍스런 성미도 어딘지 쉽게 이해될 수 있는 것으로만 여겨졌다. 더욱이 그가 마지막으로 이렇게 협박조로 내뱉고 있는 대목에 이르러서는 이상스럽게 씁쓸한 공감마저 느껴져올 지경이었다.

—알아서들 해보시오. 왜 실어주지도 않은 원고를 찾아가려고 하진 않느냐고 묻겠지요. 하지만 당신네들이 그처럼 나의 원고에 치사한 편견을 가지고 있다면(겁을 먹었대도 마찬가지요) 그런 원고를 다시 찾아낸들 어디서라고 더 나은 잡지 양심을 만날 수 있겠소. 잡지란 잡지는 모두가 다 마찬가지지요. 아마 그것은 당신들 잡지쟁이들이 더 잘 알고 있을 거요. 알아서들 해보시오.

화를 낸 것은 오히려 안형 쪽이었다.

"이 친구 이제 보니 정말 못된 친구로구먼 그래. 어디 그럴 테면 얼마든지 그래 보라지. 그런다구 안 내보낼 소설을 내보내주나……. 글쎄 이쪽도 다 그럴 만한 생각이 있어서 이러고 있는 것인데 뭐 치사한 편견이 어쩌구 어째?"

편견 때문이 아니라 정말 그럴 만한 사정이 있었기라도 한 듯 화를 내며 박준을 나무라들었다. 그리고 다시는 가부간의 말이 없이 훌쩍 몇 달을 더 넘겨버리고 있었다. 그간에 들리는 소문으로는 어떤 술자리에선가 박준이 이제는 안형에게 애원을 하다시피 매달린 일이 있었다고 하지만, 그것은 믿을 수도 확인할 수도 없는 이야기였다. 그야 사실이든 아니든 그 즈음부터는 다른 잡지에서도 박준의 소설은 거의 눈에 띄는 일이 없어 그의 소설이 도대체 어떤 것인지 한번 원고나 읽어보고 싶었으면서도, 나 역시 늘 이런저런 구실이 생겨 기회를 미루고 있던 참인데, 그러다가 드디어는 이번 일이 생기고 만 것이다. 우리가 박준의 소설을 얻어 보관하게 된 경위나 사정은 대략 그런 것이었다. 편집자와 필자의 관계로는 가장 바람직하지 못한 경우가 될 수밖에 없었다.

그런데 이제 그 박준의 소설을 읽고 난 지금으로선, 그런 내용의 소설을 끝내 백안시해온[7] 안형의 처사가 나를 새삼 미심쩍고 어리둥절하게 한 것이다.

사무실 문을 나왔을 때는 어둠이 꽤 짙어지고 있었다. 나는 일단 거리로 나온 다음 한동안은 목적도 없이 들끓는 인파 속으로 무작정 휩쓸리고 있었다. 한 식경[8]이나 인파 속을 헤매고 난 다음에야 나는 겨우 내 행선지를 조금씩 의식하기 시작했다. 눈가림을 해놓은 말처럼 나의 발길이 제멋대로 혼자 나를 이끌어가고 있었다. 하지만 나의 발길은 하숙집 쪽을 향하고 있는 게 아니었다. 물론 박준의 집을 향하고 있지도 않았다. 실상 나는 오늘 저녁 그 박준의 집을 한번 찾아가보기로 한 것이 처음 예정이기는 하였다. 안형이 찾아다준 박준의 고료를 주머니에 쑤셔 넣고 사무실을 나온 터이기도 했다. 하지만 이젠 시간이 너무 늦고 있었다. 그렇게 조급히 서둘러야 할 이유도 없었다. 게다가 주소만 가지고는 집이 그렇게 쉬 찾아질 것 같지도 않았다. 무엇보다 박준의 일에 너무 신경을 쏟고 있는 내가 우스웠다. 터무니없이 자기 예감 같은 것에 쫓겨대고 있는 내가, 그리고 그 예감 때문에 어린애처럼 덤벼대고 있는

7) 백안시하다(白眼視—) 업신여기거나 냉대하여 흘겨보다.
8) 한 식경(一食頃) 한 차례의 음식을 먹을 만한 시간. 약간의 일정한 동안을 이름.

내가 거리를 나서면서부터는 별스럽게 쑥스러워지고 있었다.

—읽어보셔야 실없는 미치광이 이야긴걸요 뭐. 존재론적인 입장에서 보아 그의 인간관찰은 지나치게 편협하거나 에고이스틱한 결점이 있어요. 그러다가 공연히 미치광이 흉내까지 내게 되구……. 엄살이 너무 심한 탓이죠.

원고를 건네주면서 혼잣소리처럼 지껄여대고 있던 안형의 말은 박준에 대한 나의 관심까지를 함께 비난하고 싶은 눈치가 분명했다. 그것은 나의 관심에 대한 어떤 경고처럼 들리기도 했다. 무엇보다 안형의 그 말이 나를 더욱 쑥스럽게 하고 있는 것 같았다. 내 생각부터 좀 가다듬어야 할 것 같았다.

나의 발길은 평소의 버릇대로 주점가를 향하고 있었다.

하지만 주점을 들러 술잔을 앞에 하고 앉아서도 나는 역시 박준에 대한 내 관심을 양보할 수가 없었다. 생각을 아무리 가다듬고 나도 그렇게 되어지지가 않았다. 금세 다시 어떤 예감이 몰려오고, 알 수 없는 조바심에 몸이 들썩들썩했다. 나는 결국 주점에서도 자리를 일찍 일어설 수밖에 없었다. 시간이 좀 일렀지만 이젠 집으로밖에 들어갈 데가 없었다. 나는 주점을 나왔다. 그러고는 곧바로 집을 향해 차를 잡아탔다. 그런데 이때부터가 문제였다. 어찌된 일인지 이날 밤 일은 모든 것이 나의 예정과는 엇비껴 돌아가게 되어 있었던 모양이다. 집에서는 정말 뜻하지도 않았던 일이 일어나 있었다. 다름 아니라 이날 밤 나의 하숙방에는 간밤의 사내, 그 박준이 언제부턴가 나를 기다리고 있었다. 그것도 박준이 간밤처럼 길목에서 우연히 뛰어든 것이 아니라 이번에는 숫제 주인도 없는 방까지 숨어 들어와 있다가 느닷없이 나를 놀라게 했다. 처음엔 물론 그런 일이 벌어져 있으리라고는 상상조차 할 수 없었던 나였다. 차에서 내려 흐느적흐느적 하숙방까지 돌아온 것이 그러니까 한 10시쯤 되어서였을까. 그럭저럭 알알해진 술기운 속에 무심히 방문을 열고 들어서려는데, 아무래도 방 안 공기가 좀 심상치 않게 느껴졌다. 그러나 나는 아직도 설마 무슨 일이 있으랴 싶어 막 스위치를 올리려던 참이었다. 등 쪽에서 다시 무슨 기척 같은 것이 느껴져 얼핏 뒤를 돌아다보니 아, 거기 시커먼 그림자 하나가 나를 우뚝 지켜보고 서 있지 않은가. 순간 나는 머리끝이 일시에 하늘로 곤두서며 술기운이 싹 가셔오는 것을 느꼈다. 아니, 정확히 말하자면 나는 그때 미처 그처럼 질서정연하게 놀라고 있을 여유도 없었다. 엉겁결에 우선 스위치부터 올려붙였다. 그러고는 다시 한 번 질겁을 하고 놀랐다. 갑자기 환해진 불빛 속으로 모습을 드러낸 사내, 그 사내가 바로 간밤의 박준이었다.

정말로 괴이한 일이었다. 도대체 박준이란 사내는 어떻게 되어먹은 인물인가. 어떻게 되어 그가 또다시 나의 방을 찾아오게 된 것인가. 나는 무슨 도깨비에게라도 홀린 것처럼 정신이 얼떨떨했다. 그러나 박준은 나의 놀라움 같은 건 아랑곳도 않는 눈치였다. 물론 어떻게 다시 나를 찾아오게 되었는지 사연 같은 걸 말하려는 기미도 보이지 않았다. 웬일인지 그는 방으로 들어오면서 자신의 신발도 함께 숨겨 들어와 있었는데, 그는 아직도 그 신발을 한 짝씩 두 손에 나눠 들고 있다가는, 갑자기 빛을 쏘기 시작한 형광빛에 눈이 부신 듯 그 신발짝으로 이리저리 불빛을 가려대고 있었다. 그러고 있는 박준은 마치 오랫동안 한 방에서 기거를 같이해온 동료라도 맞아들이듯 거동이 태연스러웠고, 어느 쪽인가는 또 나에 대해 지극한 신뢰감까지 느끼고 있는 듯싶었다.

"박형이군요. 잘 와주었어요. 난 오늘 아침 박형이 아무 말도 없이 나가버려서 여간 걱정이 되지 않았지요."

간신히 마음을 가라앉히고 나서 비로소 박준에게 첫마디를 건넸다. 그의 심중을 고려해서 될수록 달래는 듯한 어조로 목소리를 조용조용 말했다. 그러나 박준은 내가 그렇게 조심스럽게 말을 시작했는데도 무슨 영문인지 금세 눈초리가 이상스럽게 변하기 시작했다. 평온스럽던 얼굴에 갑자기 불안기가 어려들며 나를 유심스럽게 바라보았다. 뭔가 나의 말 속에 수상쩍은 것이 느껴진 모양이었다. 그러자 나 역시 이내 짐작 가는 일이 있었다. 나의 말 속에 그럴 만한 실수가 있었다. 첫마디부터 그를 대뜸 '박형'이라고 말한 것이 잘못이었다. 박준은 자신의 정체에 대해 무엇이나 감추려고만 든다 했다. 간밤에도 나에게 이름자 하나 말해 주지 않은 그였다. 한데 나는 방금 그를 '박형'이라고 부른 것이다. 내 깐에는 좀더 깊은 친밀감을 느끼도록 해주기 위해서였다. 박준이 그런 실수를 댓바람[9]에 알아차려버린 셈이었다. 그러나 이제 기왕 일이 그렇게 되어버린 것, 실수를 변명하는 것이 박준에게는 오히려 더 해로울지 모른다는 생각이 들었다.

"아 참, 내가 오늘 박형의 병원엘 간 이야기부터 먼저 말해야겠군요. 나 오늘 아침 박형이 집을 나가버린 걸 알고 나서 박형의 병원엘 찾아갔었어요. 혹시 박형이 거기로 돌아가 있나 해서요. 그런데 박형은 병원으로 돌아가질 않은 모양이더군요."

나는 그의 이름이 박준이라든가, 그가 있어온 곳이 병원이었다는 사

9) 댓바람 단 한 번. 지체하지 않고 당장.

실 그리고 그 밖에도 박준의 정체에 관해선 무엇 하나 빠짐없이 속속들이 알고 있다는 듯 천천히 말하기 시작했다. 이미 나는 박준과 함께 또 한 밤을 나의 방에서 새울 수는 없다고 생각했기 때문이었다. 김박사의 말로는 그가 정말 머리가 돌아버린 것은 아니라고 했다. 그는 다만 머리가 돌아버린 것처럼 생각하고 있고, 또 그렇게 믿고 싶어하는 것뿐이라고 했다. 나 자신도 물론 김박사의 말을 의심하고 있지는 않았다. 왜 그가 그런 식으로 자신을 미치광이로 믿고 싶어하는지, 왜 그렇게 미치광이 행세를 하고 싶어하는지 하루 종일 그것을 생각해온 것도 사실이었다. 하지만 막상 박준을 앞에 하고 나니 그가 정말 미쳐 있든 미친 사람 행세를 하고 있든 나에게는 거의 아무 차이도 없었다. 어째서 그런 짓을 하고 다니느냐고 물어본댔자 석연한 대답을 기대할 수도 없을 것 같았다. 그렇다면 오히려 내 쪽에서 그의 광기를 곧이듣는 척해주는 것이 더 나을지 모른다는 생각이 들었다. 그는 김박사에게 자신의 광기를 설득하려다 그것을 실패하고 병원을 뛰쳐나갔다고 하지 않던가. 그를 아주 미친놈 취급해주는 것이 오히려 좋을 일인지 모른다—. 이날 밤엔 어떻게 하든 박준을 진짜 미친놈처럼 다시 병원으로 끌고 갈 작정이었다. 박준을 위해서나 나를 위해서나 그 편이 더 나으리라 여겼기 때문이었다.

"박형이 돌아오지 않으니까 병원에선 야단들이 나 있더군요. 박형이 돌아오기를 기다리느라 밤잠을 못 잤다는 거예요. 그러지 않았겠어요. 그 사람들, 전부터도 박형의 일을 여간 걱정해오지 않았다니까요. 박형도 그렇지요. 보아하니 박형은 정신이 이만저만 흐리지 않은 것 같은데 그런 사람이 이렇게 병원을 나와 돌아다니다니 어디 될 법이나 한 일이오? 그러니 난 오늘 밤도 박형을 여기서 함께 지내게 하고 싶지만 아무래도 그래선 안 될 것 같아요. 병원에서는 지금도 박형을 기다리느라 잠들을 못 자고 있을 테니 말요. 자, 그러니 어떻게 하면 좋겠어요."

나는 진짜로 미친 사람을 상대하고 있는 듯한 착각 속에 차근차근 박준을 달랬다. 다른 방법으로는 당장 박준을 설득할 재간이 생각나지 않기 때문이었다. 그러나 효과는 그것으로 이미 충분했다. 말이 시작되면서부터 박준의 표정이 아까보다 더 불안스러워져가고 있었다. 내가 그를 진짜 미치광이로 믿고 있는 듯한 말투엔 얼마간 안도의 빛 같은 것이 보이기도 했지만 그것도 순간뿐이었다. 말을 계속하는 동안 박준의 불안기는 점점 심한 경계심 같은 것으로, 그리고 그 경계심이 나중에는 다시 어떤 공포감으로까지 깊어져가고 있었다. 그러다가 내가 말을 끝낼 때쯤 해서는 이상하리만큼 기가 푹 죽고 말았다. 어쨌든 다행이었다. 그는 이제 두려움을 감추지 못하면서도 나의 말에는 무슨 일이든 고분고분 순종해올 눈치가 역력했다.

"자, 그럼 너무 늦기 전에 병원으로 가요. 혼자선 좀 뭣할 테니까 병원까진 내가 바래다줄 테니까요."

나는 새삼 위압적인 태도를 취해 보이며 명령하듯 박준을 재촉했다. 그러고는 시무룩하게 기가 죽어 있는 그를 방에서 끌어내다시피 하여 병원을 향해 집을 나섰다.

"어떻게 용케 다시 선생 댁을 찾아갔던 모양이군요."

일이 순조로우려고 그랬던지 병원에는 마침 김박사가 또 당직 의사로 남아 있었다. 그는 별안간 들이닥친 두 사람을 보고는 여간 놀라는 기색이 아니었다. 하지만 그는 밤이 너무 늦은 탓에선지 박준에 대해 당장 어떤 조처를 취하려고 하진 않았다. 두 사람을 맞아놓고도 그 한마디밖에는 도대체 무슨 신통한 말이 없었다. 남은 병실이 있으면 오늘 밤은 우선 그곳에서 박준을 재우게 하라고 숙직 간호원에게 간단히 한마디 이르고는 더 이상 박준에 대해선 관심을 가지려 하지 않았다. 어떻게 보면 화가 나 있는 사람 같기도 했다. 박준 역시 병원 문을 들어서고부터는 집에서보다 더욱 풀이 죽어 있었다. 그는 가엾을 정도로 이 사람 저 사람 눈치를 살피고 있더니, 김박사의 지시가 내리자 이젠 정말로 모든 것을 단념한 듯 고분고분 어디론가 간호원의 뒤를 따라가버렸다.

"기가 죽어 있는 꼴이 꼭 탈옥을 감행했다가 붙들려 온 죄수 같군요."

박준이 사라져가는 뒷모습을 바라보고 있다가 비로소 내가 입을 열었다. 김박사의 기분이 어딘지 흐려 있었기 때문에 일부러 장난기를 섞고 있었다. 그러자 김박사도 이젠 어쩔 수 없는 모양이었다. 사정이야 어떻든 일부러 자기 병원의 환자를 붙들어 온 사람에게 끝내 입을 다물고만 있을 수는 없었으리라. 이윽고 그의 입가에 희미한 미소가 번지기 시작했다.

"그런데 어떻게 이곳으로 오자니까 환자가 고분고분 따라오긴 합디까?"

담배까지 뽑아 권하며 새삼스런 어조로 물어왔다. 나는 물론 그런 김박사의 물음을 피할 이유가 없었다. 김박사로부터는 아직도 박준에 대해 듣고 싶은 이야기가 얼마든지 많았다.

"그러지 않으면 어쩌겠어요. 병원 소리가 나오니까 처음엔 기분이 몹시 시무룩해지는 것 같았지만, 막상 반항을 하려고 하지는 않더군요. 금세 기가 죽어버리며 이상할 정도로 고분고분해졌어요."

나는 얼른 대답하고 나서 이번에는 내 쪽에서 묻고 싶은 말들을 생각하고 있었다. 그러나 한 번 입을 열기 시작한 김박사는 미처 내 쪽에서 입을 떼기도 전에 다시 질문을 계속해왔다.

"하지만 노형께서는 어떻게 저 환자를 다시 이곳으로 데려올 생각이 나셨지요? 보호자도 주소도 없는 환자를 말입니다. 우리가 그 환자를 환영해주리라고 생각하셨나요?"

'선생'으로 시작된 나의 호칭을 어느새 '노형'으로 바꾸어버린 김박사는 웃지도 않고 나를 건너다보았다. 나는 그 김박사의 말이 좀 이상스럽게 들린 데가 있었으나 시치밀 떼고 듣는 수밖에 없었다.

"물론이지요. 당연히 환영해주리라고 생각했지요."

"그건 어째서요?"

"여긴 병원이 아닙니까? 그리고 박사님은 의사이시고 말씀입니다."

나는 아침절에 김박사가 두 번씩이나 되풀이하던 말투를 흉내 내며 대답을 계속했다. 그러자 김박사도 마침내는 나의 말투를 알아차렸는지 피식 실소를 머금었다. 그러고는 질문을 중단한 채 잠시 나를 바라보고 있었다. 그러자 이번에는 내가 김박사를 향해 묻기 시작했다.

"하지만 그렇게 물으시는 걸 보니, 혹시 오늘 밤 제 행동에 무리한 점이라도 있었습니까?"

그러나 김박사는 이때 나의 상상과는 조금 다른 생각을 하고 있었던 모양이다. 아니 아까부터 그가 기분을 흐리고 있었던 것도 사실은 내가 상상한 이유하고는 거리가 있었던 모양이었다.

"아닙니다. 노형의 처분은 백번 옳았어요. 그리고 이렇게 말씀드린다고 저 환자가 다시 우리 병원으로 오게 된 것을 환영하지 않는다는 뜻은 결코 아니구요. 하지만 역시 노형께서 오늘 밤 그런 식으로 환자를 데리고 온 것은 좀 어떨까 하는 생각이 드는군요."

뭔가 다른 말을 하고 싶은 표정이었다.

"그건 어째서요?"

이번에도 나는 김박사의 앞서 말투를 그대로 흉내 내고 있었다.

"물론 환자가 고분고분 말을 잘 들었다고 하지만 아까 그 환자의 눈빛을 보셨지요? 여간 실망을 한 표정이 아니잖았습니까. 그건 말하자면 노형께 대한 실망, 아니 좀더 정확하게는 노형께 대한 어떤 원망 같은 것이었어요. 노형께서 그를 이 병원으로 다시 끌고 온 데 대한 원망……."

"……."

"아직 자세한 말을 듣지 못해서 잘 모르겠지만, 내 짐작으로는 아마 그 환자가 어젯밤 노형에 대해 퍽 마음이 놓이는 데가 있어서 오늘 다시 찾아갔던 것 같아요. 한데 노형께선 그를 대뜸 이리로 끌고 오셨거든요."

"그럼 역시 제가 그를 데리고 온 게 잘못이었군요."

"아닙니다. 여긴 역시 병원이니까요. 병원은 환자가 싫어하더라도 찾아와야 할 의무가 있는 곳이지요. 내 말은 그가 병원으로 오는 것을 너무 싫어하지 않도록 해서 데려올 수가 없었느냐 하는 것뿐이지요. 다만 그뿐이에요. 그리고 사실은 나 자신도 그러기 위해 어떤 방법이 가능했을진 생각하고 있지 못한 터이구요."

김박사는 이제 오히려 나를 위로하고 있었다. 하지만 나는 아직도 김박사가 생각하고 있는 것처럼 박준을 다시 병원으로 끌고 온 행동을 후회하고 있지는 않았다. 보다 궁금한 일들이 머릿속에 꼬리를 물고 있었다.

"그렇다면 도대체 그 친구가 제게 안도감을 느낄 수 있었던 점이란 어떤 것이었을까요?"

"그야 그 환자는 언제나 자신의 정체를 숨기고 싶어했으니까, 그걸 캐물으려는 사람은 늘 경계하고 두려워하게 마련이지요. 노형께선 아마 그렇질 않았던 게 아닙니까. 도대체 그 환자의 경운 누구에게나 심한 피해망상증을 가지고 있었으니까요. 그게 불신감이라든가 자기 이야기를 하지 않으려는 거부 증세 같은 것으로 변해갔고, 나중엔 그런 것 때문에 대고 거짓말까지 하게 되고 있지 않습니까. 그 환자가 병실에 들어앉아서도 어떤 땐 꼭 누가 자기를 쫓아와 붙잡아 가기라도 할 듯 벌벌 떨고 있는 걸 보면 아마 이해가 되실 겁니다. 솔직한 말씀을 드리자면 그 환자가 일부러 미친 사람 행세를 하고 싶어하는 것도 사실은 바로 그런 자기 본색을 숨기기 위한 일종의 자위행위라고 생각해볼 수 있어요. 이를테면 그는 다른 사람들이 정말로 자기를 미친 사람으로 여겨줄 때 마음이 편해지는 어떤 묘한 불안감과 비밀을 지니고 있는 거지요. 노형께 어떤 안도감을 느낄 수 있었다는 건 모두 그런 연관성 때문이지요."

"그럼, 어젯밤에도 그는 누군가 틀림없이 자기를 뒤쫓아오고 있다고 했는데, 그것도 공연한 자기 강박 때문이었을까요?"

나는 김박사의 말이 사실일지도 모른다고 생각하며 계속 진지하게 물었다.

"어젯밤엔 병원을 도망쳐 나갔으니까 그런 강박이 훨씬 더 구체화되고 있었겠지요. 누군가 정말 자기를 뒤쫓아오고 있는 것처럼 말입니다. 하지만 그것도 물론 우연한 구실에 불과했을 거예요. 그는 다른 때도 항상 누구에겐가 쫓기고 있다고 생각하고 있었거든요."

"무엇이 그를 그처럼 불안하게 했을까요?"

그러나 김박사는 여기에 와서는 좀 자신이 없어지는 듯했다. 한동안 대답을 망설이고 있더니 드디어는 대답 반 변명 반으로 대답을 대신했다.

"글쎄요. 그게 바로 환자의 의식 심층에 숨어 있는 병인의 정체인데, 그걸 쉽사리 찾아낼 수가 있어야죠. 환자가 저렇게 정신과적 인터뷰를 응하려 하지 않으니. 하지만 이 환자의 경우 그 불안의 요인에서부터 출발하여 이젠 자기 병식[10]을 일부러 과장하고 싶어하는 데로까지 증세가 발전되어 있는 것은 틀림없는 사실이에요."

무엇 때문에 박준이 그렇게 불안해하고 있는가. 박준을 쫓아대고 있는 그 불안한 그림자의 정체는 무엇인가, 그리고 무엇 때문에 박준은 그렇게 자신의 병식을 스스로 과장하고 싶어하는가, 그런 것은 김박사도 알 수가 없는 모양이었다.

그러나 이날 밤 나와 김박사의 이야기는 여기서 끝나지 않았다. 김박사가 대답이 막히는 것을 보자 나는 화제를 바꾸어 그제서야, 내가 박준을 일찍부터 알고 있었다는(물론 이름만으로였지만) 사실, 그리고 박준일이라는 환자의 정체는 김박사도 이미 알고 있을 박준이라는 젊은 소설가라는 사실을 실토했다. 그리고 언제든 나는 그 박준의 집을 찾아가 이 소식을 전하겠으며, 그의 가족과 연락이 될 때까지는 자신이 그의 임시 보호자가 되어도 좋다고 했다. 김박사는 그 말을 듣고는,

10) 병식(病識) 현재 자신이 병에 걸려 있다는 자각.

"내 아침부터 어쩐지 노형의 관심이 깊더라 싶었지요."

아무쪼록 믿음직스런 보호자가 되어달라고 한바탕 유쾌한 웃음을 웃어제꼈다. 그러고는 이제 정말 환자의 보호자라도 만난 듯이 박준의 증세와 그간의 경위에 대해 하나하나 다시 설명을 시작했다. 김박사는 우선 박준의 병세가 진짜 정신이상이 아니라는 점을 다시 한 번 강조하고는, 진짜 미치광이와 노이로제 환자의 차이를 이렇게 설명했다. 그에 의하면 우리가 방금 박준에게서 볼 수 있는 불안신경증이나 강박신경증 같은 노이로제의 증상은 흔히 말하는 미치광이의 그것과는 전혀 다른 것이랬다. 진짜 정신병(분열증) 환자는 어떤 충격 같은 것에 의해 의식 작용 전체가 질서를 잃어버리고 마는 것이지만 노이로제 환자는 어떤 일정한 사물에 대한 반응이나 사고의 과정에서 자신을 극복하지 못할 뿐(김박사는 그것을 정신 작용이 아니라 감정의 조화가 상실된 것이라 했다) 그 밖에는 전혀 보통 사람과 다른 데가 없다고 했다. 노이로제 환자들은 대개 옛날에 경험한 어떤 충격적인 사건이나 그 사건의 기억, 또는 그렇게 충격이 심하진 않더라도 일상적으로 늘 되풀이 경험하게 되는 어떤 괴로운 긴장감 같은 것을 지니고 있기 십상인데, 노이로제란 그런 것들이 환자의 의식 밑바닥에 깊이 뿌리박고 있다가 어느 계기엔가 그것이 원인이 되어 심한 정신적 갈등을 일으키기 시작하고, 나중에는 터무니없는 불안감 같은 것에 빠져드는 현상이라고. 가다가는 이 노이로제 환자 중에 머리도 아프고 배도 아프고 하는 식으로 신체적인 병식이 나타나기도 하나 그것도 사실은 해부학적인 병증이 아니고 모두 이 정신적 갈등에서 온 의사 병식일 뿐이라는 것이다. 그러니까 노이로제 환자에게선 무엇보다 그 갈등의 원인이 되고 있는 정신적인 요인을 찾아서 그 비밀을 벗겨주고 갈등을 해소시켜주면, 배가 아프거나 눈이 멀었거나 그것이 원인이 되어 나타난 모든 병증도 저절로 사라져버리게 된다는 것. 어쨌든 노이로제와 정신병은 그렇게 근본이 다르다는 설명이었다. 그리고 노이로제는 다만 일정한 부분의 인격 장애에 불과한 질병으로서 그 장애 요인을 찾아 환자를 납득시켜주면 그만이라는 것이었다. 박준의 경우도 물론 마찬가지라고 했다. 그러나 김박사는 박준의 경우에는 그의 의식 심층에 숨어 있는 갈등의 원인을 좀처럼 찾아내기가 어렵다는 것이다.

"절대로 자기 이야기는 입 밖에도 내려고 하질 않지 않습니까. 그건 처음에 그 환자가 우리 병원을 찾아왔을 때부터도 그랬어요."

김박사의 이야기는 이제 다시 박준으로 돌아가고 있었다.

"웬 사람이 제 발로 병원을 찾아들어와 놓고는, 들어오자마자 의사의 지시는 한마디도 따르려 하질 않는단 말입니다. 어쨌는지 아십니까. 그러니까 그게 내가 그 환자를 맡고 난 첫날이었어요. 난 환자에게 옛날에 있었던 일들을 기억이 미치는 대로 한번 이야기해보라고 했지요. 소위 기초적인 임상심리검사를 시작한 거지요. 헌데 이 환자, 첫마디부터 대뜸 나를 경계하기 시작한단 말이에요. 갑자기 눈초리에 적의를 띠면서 입을 딱 다물어버리는 거예요. 첫날부터 인터뷰를 실패하고 만 거지요. 나중에 보니 이 환자, 어쩌다가 한마디씩 하는 소리가 모두 다 거짓말이 아니겠어요. 임상심리검사는 그 외에도 여러 가지 방법이 있지만 어떤 방법에서도 마찬가지였어요. 나를 속여서 진짜 미친 사람 흉내까지 내보이는 게 아닙니까. 당신은 정신이상이 아니다, 정신이 이상하다고 생각하고 있는 것뿐이라고, 다만 그러고 싶어하는 것뿐이라고 아무리 말해줘도 소용이 없어요. 어떻게 되어먹은 증상인지 며칠 경과를 두고 볼 수밖에 없었지요. 그러다가 어젯밤 그런 일까지 생기고 만 거예요."

"참 별놈의 괴상한 노이로제도 다 있군요."

난 정말로 기이한 생각이 들고 있었다.

"하지만 그렇게 괴상할 것도 없어요. 노이로제 환자들이란 대개 치료 과정에서 어느 정도 그런 저항을 보입니다. 환자 자신의 저항이 아니라 그 병인의 저항이지요. 이 환자의 경우는 처음부터 정도가 좀 심한 것뿐이지요."

"저항이 그토록 심하다면 굳이 그런 면담이나 자기 진술을 통해서만 그를 치료할 필요가 있습니까?"

이야기는 다시 처음 모양으로 내가 계속 물어대고 김박사가 답변을 하는 형식으로 이어져나갔다. 그러나 김박사의 대답은 이제 더없이 자신에 넘치고 있었다.

"그의 증세가 바로 노이로제니까요. 노이로제란 아까도 말씀드렸듯이 그게 가장 효과적인 처방이거든요. 물론 어떤 경우에는 약물 요법이라든가 쇼크 요법 같은 다른 정신외적 치료법이 행해질 수도 있긴 하지요. 하지만 내가 가장 신용할 수 있고 또 효과를 기대할 수 있는 것은 역시 환자 자신의 정신분석적인 인식을 통한 저항 인자의 해소 방법입니다."

진술공포증이라는 박준의 증상과 자기 진술을 통해서만 그 증세의 원인을 찾아 해소시켜야 한다는 김박사의 치료 방법은 그러니까 서로 기이한 배반을 하고 있는 셈이었다. 잔인한 아이러니였다.

"그럼 박사님께선 앞으로도 박준 씨에게 자기 진술이라는 걸 계속 시킬 작정이십니까."

"물론 그래야지요. 나의 진단과 처방에 실패의 기록을 남기고 싶진 않으니까요. 적어도 의사라면 자신의 진단 결과에 대해 그만한 자신과 책임을 가져야지 않겠습니까."

"하지만 전 어쩐지 좀 잔인한 느낌이 드는군요."

"잔인해도 할 수 없지요. 좋은 결과는 방법을 합리화할 수 있는 것이니까요."

"결과만 좋아진다면……. 하지만 그러다 혹시 진술을 얻기도 전에 환자가 아주 진짜로 미쳐버리는 건 아닙니까. 어제 오늘 거동만 해도 저 같은 문외한에겐 진짜 미친 사람과 거의 다른 데가 없어 보이는데 말씀입니다."

"그렇기도 하셨겠죠. 워낙 노이로제라는 병은 증세가 심해지면 정신병의 초기 증상과 흡사한 데가 있으니까요. 심한 조울증이나 공포증 같은 것은 의사도 종종 혼동을 일으키는 수가 있어요. 그리고 때로는 노이로제가 정말 정신분열증으로 전이되어가는 경우도 있을 수 있지요. 하지만 이 환자의 경우는 염려할 필요가 없을 거예요. 같은 우울증이나 공포증이라 해도 정신과적인 것과 노이로제성은 전혀 다르니까요. 환자의 정신력이나 전기뇌파기로 뇌 활동을 검사해보면 금세 구분이 되거든요."

"정말 자신이 만만하시군요."

김박사는 정말 자신이 만만했다.

"그래서 병원과 의사라는 직업이 따로 있는 거 아닙니까."

"하지만 병인을 알아내는 일이라면 그렇게 굳이 잔인해져야 할 필요는 없지 않겠습니까."

나는 너무나 자신만만한 김박사의 어조에 차츰 비위가 거슬려오기 시작했다.

"아까 말씀드린 대로 박준은 소설을 쓰던 사람이었습니다. 혹시 그의 소설 가운데서 그런 걸 찾아볼 수는 없을까요?"

은근히 항의를 하고 나섰다. 그러나 김박사는 나의 말에 천천히 고개를 가로저었다.

"그럴 필요까진 없어요. 얼마간 도움을 얻을 수 있을는진 모르지요. 하지만 소설이란 원래가 꾸며낸 이야기가 아닙니까."

"소설이 꾸며낸 이야기일지는 모르지만 소설가에겐 그것이 그의 현실의 전부이니까요. 소설이란 그것을 현실로 가진 한 개인의 이야기가 될 수도 있지 않겠어요?"

그러나 김박사는 여전히 고개를 가로젓고 말았다.

"환자의 진술을 통해 비밀을 찾아내려는 것은 그 비밀에 대한 의사의 호기심 때문이 아니라는 점을 아셔야죠. 이건 어디까지나 치료 행위거든요. 환자에게 자기 진술을 계속하게 하는 것 그 자체가 일종의 치료 행위란 말입니다. 환자의 비밀은 어차피 환자 자신의 입으로 말해져야 합니다. 그리고 난 언젠가는 꼭 그렇게 되리라 믿고 있구요."

확신에 찬 얼굴로 단언하고 있었다.

"어떻게 소설을 읽어보니까 재미있어요?"

이튿날 아침 사무실을 나가자마자 안형이 기다리고 있었다는 듯 내게 먼저 물어왔다. 내게 박준의 소설을 내준 일이 아직도 마음에 걸려 있었던 모양이었다. 허슬퍼슬 웃음을 띠고 있는 얼굴이 뭔가 변명을 하고 싶어하는 표정이었다. 어차피 잘 되었다 싶었다. 그러지 않아도 나는 박준의 소설로 안형과는 다시 이야기를 좀 나누고 싶던 차였다.

"재미있고말고요. 아주 재미있게 읽었어요."

흐트러진 테이블 위를 정리하면서 약간 과장스런 목소리로 대꾸했다. 그리고 테이블 정리를 대충 끝내고 나서 나는 박준의 소설을 꺼내들고 안형 쪽으로 다가가며 다시 말을 이었다.

"그런데 안형은 이 소설의 어디가 그렇게 마땅찮은지 알 수 없더군요."

나도 모르게 목소리가 좀 퉁명스러워지고 있었다. 안형은 나의 그런 말투가 너무 갑작스러웠던지 잠시 입을 다문 채 대꾸를 해오지 않았다. 그 허슬퍼슬 웃음만 눈가에 머금고 있었다. 내가 말을 계속했다.

"물론 난 소설에 대해선 문외한이니까 내가 소설을 잘못 보았는진 모르지요. 그리고 그 소설이 어떤 유파나 경향에 속하는 것인지도 나는 잘 알 수 없어요. 하지만 어쨌든 그 소설이 내게 무척 재미있게 읽힌 건 사실이에요. 안형의 처사를 이해할 수가 없었지요."

그러자 이번엔 안형도 자존심이 상한 듯 불쑥 나의 말을 가로막고 나섰다.

"난 박준의 소설이 재미없다고 말씀드린 일은 없었지요. 다만 쓸데없는 말썽을 일으키기 싫으니까 두고 생각해보자는 것뿐이었지요."

"난 안형의 그 쓸데없는 말썽이라는 것도 이해할 수 없었다니까요. 이것도 내가 잘못 본 건지 모르지만, 나는 그 소설이 특히 어떤 문학 이념에 상처를 입히게 된다거나, 설사 문학적인 주장이나 태도에 다른 점이 있다고 해도 그것까지 용납 못할 만한 요소는 찾아볼 수가 없었거든요."

"소설을 꽤 주의해서 읽으신 모양이군요. 하지만 전 조금 생각을 달리하고 있어요. 물론 어떤 특정한 문학 이념이나 태도 같은 것과 관련지어 그런 건 아니지만 말씀입니다."

"생각을 달리하다니요."

나는 계속해서 안형을 추궁해들어갔다. 그러자 안형도 이젠 제법 열이 오르기 시작한 모양이었다. 이야기가 상당히 장황해지고 있었다. 박준의 소설은 한마디로, 선량한 독자를 속이고 있다는 해석이었다. 박준의 소설에는 '그'라는 주인공이 걸핏하면 잠이 든 체, 또는 숨을 쉬지 않고 죽은 체하는 버릇이 있다. 그리고 그 버릇은 나이가 들어감에 따라 점차 괴상한 휴식의 방법으로 발전하여, 결국에는 주인공을 죽음으로까지 이르게 한다. 그런데 이 소설의 경우 주인공의 버릇은 도대체 괴상하기만 한 '버릇'일 수가 없다는 것이다. 절대로 단순한 버릇이어서는 안 된다는 것이었다. 그것은 애초 이 세상 사람이면 누구나 마음속에 간직하고 있을 수 있는 비밀, 인간성의 어떤 불가사의한 일면인데, 이 소설의 경우 그것은 그저 단순히 인간성의 한 불가사의한 비밀로서가 아니라 현실을 외면하고 성실한 생존에의 사랑을 포기한 슬픈 습성으로 매도되어야 했다는 것이다. 그리고 그것을 매도당해야 할 우리들의 슬픈 습성으로 확인시켜주기 위해 박준은 그의 주인공이 자주 그 몹쓸 습성 속으로 달아나게 한 현실적이고 구체적인 압박 요인들을 말해줬어야 했다는 것이다.

"왜냐하면 우리들에게 중요한 것은 우리 자신 속에 숨어 있는 어떤 비밀스런 속성을 만난 놀라움이 아니라, 그런 속성과 현실 사이에 꾸며지고 있는 생존의 방정식에서 보다 명확한 해답을 얻어내는 일이거든요. 분명하게 강조되어야 했던 것은 그 비밀을 만난 놀라움이 아니라, 주인공으로 하여금 늘 자신의 슬픈 습성을 택하도록 강요한 현실의 압박 요인들이었어요. 그런데 그것은 거의 이야기하지 않고 자꾸 그 버릇만을 되풀이 강조하고, 그 버릇에 스스로 경탄을 금치 못함으로써 박준은 독자의 관심을 엉뚱한 데로 끌고가버렸어요. 독자를 속인 거지요."

듣고 보니 안형의 주장은 그럴듯한 데가 많았다. 아닌게아니라 나는 박준의 소설을 읽으면서 가장 흥미를 느꼈던 곳이 바로 그 주인공의 기이한 버릇이었고, 또 박준의 사고와 관련해서도 거기에서 가장 깊은 암시를 받았던 것이 사실이다. 그런데 안형의 이야기를 듣고 보니, 박준의 소설은 또 그런 결점을 지니고 있었던가 싶기도 했다. 나는 안형의 말에 적잖이 놀라고 있었다. 하지만 내가 놀란 것은 반드시 안형의 말에서 박준의 결점을 보았기 때문만은 아니었다. 내가 소설을 잘못 읽었다는 깨달음에서도 아니었다. 안형이 뭐라고 해도 나는 내가 읽은 이야기가 아직 틀린 거라고는 생각하지 않았다. 내가 놀란 것은 박준의 소설에는 내가 읽은 것 외에 또 하나의 다른 이야기가 있었다는 것을 깨닫게 된 데서였다. 방금 말한 안형의 이야기가 바로 그것이었다. 도대체 한 편의 소설에서 그처럼 다른 2개의 이야기를 읽을 수 있단 말인가. 아니 보는 사람에 따라 하나의 이야기가 둘이 될 수도 있고 셋이 될 수도 있는 것은 어쩌면 당연한 노릇인지 모른다. 내가 박준의 소설에서 어떤 인간성의 비밀과 만나고 놀랐다면, 안형은 또 안형대로 그 이야기를 어떤 생존의 방정식 위에서 당위론적으로 해석해볼 수도 있었을 것이다. 그것은 어쩔 수 없는 일이다. 그런데 안형은 어떻게 그토록 오랫동안 자신의 해석만을 지켜올 수 있었단 말인가. 어떻게 그토록 남의 방법은 용납할 수가 없었단 말인가. 놀라운 것은 바로 그 점이었다. 그러나 나는 이제 굳이 그 안형 앞에 박준의 소설이 내겐 이미 충분히 완성되어 있었다는 점을 주장하고 싶은 생각은 없었다. 오히려 그 안형의 방법 속에서 박준을 변호하고 싶었다. 나는 절대로 박준이 독자를 속이고 있었던 것은 아니라고 말했다. 현실적인 압박 요인이 아주 무시되고 있었던 것도 아니며 독자들이 그의 기묘한 습성에 동의만을 하게 되지도 않을 것이라 했다. 이야기 끝에 등장한 주인공의 아내는 주인공을 가사의 잠 속으로 도망치게 하는 모든 현실 요인의 상징적 기표로 보이며, 그 이상의 잡다한 설명은 오히려 그녀가 지닐 수 있는 상징성이나 암시의 효과를 감소시킬 뿐이 아니냐고 했다. 그러나 안형은 여전히 고개를 가로저었다.

"주인공의 아내가요? 하긴 박준도 그런 의도에서 그녀를 등장시킨 듯싶기는 하더군요. 그러나 어림없는 이야기지요. 그녀의 존재를 그런 식으로 해석해주기에는 박준이 앞에서 너무 주인공의 버릇을 강조하고 있었지요. 그녀는 의미 없는 에고와 자기 환상에 빠진 주인공을 더욱더 형편없는 엄살쟁이로 만들고 있을 뿐이었어요."

"그렇다면 이 소설을 내보냈을 때 생길지 모른다는 말썽이란 도대체 어떤 것입니까. 안형의 얘기대로라면 말썽이고 뭐고 처음부터 그런 게 생길 리도 없지 않아요. 작품 자체가 어떤 발언을 완성된 목소리로 말하지 못하고 있는 형편이니까 말입니다."

할 수 없었다. 나는 말줄기를 다시 처음으로 돌리는 수밖에 없었다. 그러나 안형은 이제 더욱 자신을 얻어가고 있었다.

"그렇지요. 작품 자체가 소재 해석에 실패하고 있었다는 말씀은 저도 물론 동감입니다. 하지만 말씽으로 말하면 미완의 작품을 내보냈을 때보다 더 무의미한 말씽이 있겠어요? 되지도 않은 작품을 곧잘 칭찬하고 나서는 자들이 또 틀림없이 준동을 시작할 테니 말입니다."

안형은 진심을 이야기하고 있지 않는 듯했다. 특히 '말씽'이란 말을 할 때 그는 야릇한 미소까지 짓고 있었다.

"아무래도 안형의 편집만 같군요. 그 사람들에게는 박준의 소설이 또 어떤 다른 방식으로 완성되어 있을 수도 있지 않을까요? 그런데 안형은 끝끝내 다른 사람의 해석 방법은 용납하지 않으려 하거든요."

"편집이라도 할 수 없죠. 저로서는 이 시대의 요구라는 것을 일단 그런 식으로 받아들이고 있으니까요. 사실을 말씀드리면 전 그 소설이 어떤 식으로 완성되어 있느냐 아니냐 하는 그런 것은 별로 관심을 두어 보지 않았어요. 제겐 소재 해석만이 문제였죠. 작가가 어떤 소재를 만나 그것을 해석하는 방법은 그 작가가 자기의 시대 양심에 얼마나 투철해 있느냐 하는 문제가 결정지어주는 거라고 생각되기 때문이죠. 박준의 소설은 바로 그런 점에서 저의 기대를 외면해버렸어요. 제가 박준의 소설이 충분히 완성되지 못했다는 것은 그런 저의 관심 속에서지요."

안형의 이야기는 결국 박준의 소설이 무의미한 한 개인의 내면적 비밀 쪽으로 독자의 관심을 끌고 감으로써 자기 시대의 요구를 배반했고, 그리하여 소재 해석과 작품 완성에 다 같이 실패하고 말았다는 주장이었다. 박준이 이 시대의 작가인 이상, 그는 절대로 자기 시대 양심의 가장 우선적인 요구를 배반해서는 안 되며, 그것을 도외시한 모든 창작 행위는 가혹하게 매도당해 마땅하다는 투였다. 이를테면 안형의 시대관이 그렇게 되어 있는 모양이었다.

"하지만 그 역시 안형의 편집이 아닐까요? 가령 모든 작가들에게 자기 시대의 요구나 압력을 꼭 안형과 같은 정도로 받아들여야 한다고 고집하는 것이나, 또는 그것을 똑같이 받아들이고 있는 경우라 해도 어떤 일정한 방법 속에서만 그 시대정신에 투철해질 수 있다는 식의 생각 말입니다. 박준의 소설이 그런 식으로 씌어졌다고 해서 그 소설이 전혀 우리 시대를 외면해버렸다고 장담할 수는 없지 않을까요?"

나는 이제 웃을 수밖에 없었다. 웃으면서 농반진반으로 말을 계속해 나갔다. 그러자 안형 역시 이젠 농반진반으로 웃으면서 대답했다.

"아무래도 절 지독한 편집쟁이로 만들어놔야 속이 시원하실 모양이군요. 하지만 적어도 그만한 자기 편집만이라도 고집할 수 있는 것은 오히려 용기에 속할 일이 아닐까요?"

"그것을 용기라고 말한다면 그만 용기조차 갖지 못한 잡지쟁이도 있단 말요?"

"그만 용기라니요. 그걸 용기로 치기 싫어하시는 걸 보니 진짜 비겁한 잡지쟁이들을 못 보신 모양이군요. 이를테면 작품이나 작가에겐 동의를 하면서도, 말썽이 두려워 발표를 꺼리고 있는 경우 같은 거 말입니다."

이야기가 좀 엉뚱한 데로 흘러가고 있었다. 그러나 안형은 이번에야말로 진짜 자신 있는 화제가 시작되고 있다는 듯 의기양양해지고 있었다. 나 역시 이 새로운 화제에는 흥미가 일지 않을 수 없었다.

"그럼 그 말썽이라는 것이 두려워 정말로 작품을 얻어놓고도 내보내지 못하는 곳도 있단 말인가요?"

"있다 뿐입니까. 오히려 그게 두려워 그러는 건 동정할 여지라도 있지요. 보다 악질적인 경우는 자신들의 기호나 편집을 소문이나 말썽이 두려워서인 것처럼 공연한 엄살로 필자를 협박하려 드는 사기꾼들까지 나도는 판인 걸요. 저야말로 자신의 편집을 솔직히 시인해 보이는 용기를 칭찬받아 마땅하지요."

뜻밖이었다. 그런 소문이 있기는 했다. 하지만 잡지사 간에 정말로 그런 사연으로 글을 내보내지 않으려는 곳이 있다는 것은 처음 듣는 말이었다.

"박준에게도 그런 경우가 있습니까? 우리 말고도 박준의 소설이 그런 사정으로 못 나가고 있는 경우가 있습니까?"

나는 갑자기 호기심에 쫓기며 안형을 다그치고 들었다. 안형의 대답은 더욱 뜻밖이었다.

"지금 제 말씀은 꼭 박준의 소설에 관한 것만은 아니지만 박준의 경우도 그런 일이 있긴 하지요. 그 R진가 하는 계간지에 박준의 소설이 연재되다 만 일이 있지 않습니까. 들리는 얘기로는 그게 박준이 미리 원고를 다 써다 준 전작물이었다는데, 한두 번 나가다 중단이 되고 말았거든요."

이번에도 처음 듣는 이야기였다. 언젠가 박준의 소설이 R지에 연재된다는 건 알고 있었지만, 그것이 도중에 중단되고 말았다는 사실은 안형의 말을 듣고서야 처음 안 일이었다.

"그 소설이 도중에서 중단되고 말았었나요? 이유가 무엇이었습니까?"

나는 다시 자신의 목소리에서 긴장기를 느끼기 시작했다. 그러나 안형의 대꾸는 수월스럽기만 했다.

"소설 내용이 좀 어떤가 싶다는 핑계라더군요."

"내용이 어떤 것이었게요."

"저도 다 읽어보진 않아서 알 수 없어요. 하지만 내용이야 뭐 어떻겠어요? 연재를 시작할 때 벌써 내용은 다 검토가 끝났을 게 아닙니까. 용기가 없었기 때문이겠죠."

"용기……."

"아니라면 아까 말씀대로 R사 친구들이 좀 장난이 심했을 수도 있구요. 왜 그러는 수가 많지 않아요. 신기가 싫어지면 괜히 엉뚱한 소문을 들먹이면서 지레 겁을 먹은 척 쑤군쑤군해서 봉변을 당하고도 불평 한마디 못하게 기를 죽여버리는 버릇 말입니다."

"그 소설 원고 아직도 R사에 보관되고 있겠지요?"

"박준은 원래 한 번 투고한 원고는 다시 찾아가질 않는 사람인 모양이더군요."

오후 해가 어지간히 기울어오자 나는 기어코 R사로 박준의 원고를 얻으러 나섰다. 이번에도 역시 그 박준의 소설을 읽지 않고는 좀이 쑤셔 견뎌 배길 수가 없었기 때문이다. 이유야 어느 쪽이 되었든, 이번 것 역시 끝까지 햇빛을 보지 못하고 있다는 점이 특히 나의 호기심을 사로잡았다. 하기야 김박사는 박준을 위해서는 굳이 소설을 읽을 필요가 없다고 했었다. 무엇이나 그렇게 자신만만하기만 한 김박사는 거인처럼 믿음직스런 데가 있었다. 하지만 나는 그런 김박사의 태도가 덮어놓고 마음에 들었던 것은 아니다. 너무도 자신만만한 그의 태도에서는 어딘지 독선의 냄새 같은 것이 풍겼다. 나는 무엇보다 그 독선의 가능성이 위태롭게 느껴지고 있었다.

—박준이 병원을 도망쳐 나온 것은 바로 그 김박사의 거인다운 곳을 견뎌낼 수 없었던 때문이 아닐까. 박준을 다시 김박사에게 끌어다 맡긴 것이 그를 위해 이로운 일이었을까.

간밤에 병원을 나오면서도 나는 그런 생각을 하고 있었다. 김박사가 너무 자신만만했기 때문에, 나는 오히려 그 김박사의 말을 모두 신용할 수가 없었던 것이다. 어쨌든 나는 그 박준의 소설을 구해 읽어보고 싶었다. 김박사는 치료 행위가 될 수 없기 때문에 그런 건 읽을 필요가 없다고 했지만, 나는 물론 그것을 박준의 치료 행위로 읽으려는 것은 아니었다. 위인의 치료를 위해서보다 자신의 궁금증, 나 자신의 견딜 수 없는 호기심을 위해서 그것을 찾아 읽어보고 싶었다.

R사에서는 뜻밖에도 선선히 나의 요구에 응해주었다. 안형의 말대로 R사에서는 용기가 없어서였든, 장난기가 심해서였든, 소설을 중단한 사연에 대해서는 한마디도 말이 없었다. 나의 요청을 듣고 나서는 공연히 심각한 얼굴을 지으며 쉬쉬하는 표정으로, 그러나 구세주라도 만난 듯 2회분의 연재가 나간 잡지까지 껴서 선뜻 소설 원고를 넘겨주었다.

나는 사무실로 돌아오자 곧 소설을 읽기 시작했다.

소설의 제목은 「벌거벗은 사장님」이었다.

주인공은 어떤 기업체의 말단 직원들의 통근차를 끄는 운송부 소속 운전수. 어느 날 사장님이 느닷없이 이 친구에게 자기 차를 운전하도록 명령한다. 기왕 운전수 노릇을 할 바엔 바람직한 자리다. 하지만 주인공은 그 명령을 별로 달가워하지 않는다. 사장 차를 끄는 운전수는 얼마 안 가 그 사장 차 운전수 자리뿐 아니라 종당엔 회사까지 쫓겨나게 되는 이상한 관례가 있었기 때문이다. 그것은 사실이었다. 어찌된 일인지 이 회사의 사장은 나이도 별로 많지 않은 친구가 별스럽게 운전수를 자주 갈아치우는 버릇이 있었다. 한 달 이상 자기 차를 같은 사람에게 끌게 하는 일이 없었다. 사장과 막 얼굴이 익어질 만하면 그는 영락없이 다시 운전수를 갈아치웠다. 사람을 갈아치우면 회사 안에서 다른 차를 끌게 내버려두지도 않았다. 회사를 아주 내보내버리는 것이 상례였다. 그러고는 또 회사 안의 다른 운전수 한 사람을 자기 차로 끌어다 앉히곤 했다. 그리고 그 사람 역시 같은 경로로 한 달쯤 후엔 다시 회사를 쫓겨나갔다. 알 수가 없는 일이었다. 더욱 이상스러운 것은 그렇게 많은 운전수들이 회사를 쫓겨 나갔어도 한 번도 그 이유가 밝혀진 일이 없는 점이었다. 내보내는 사람도 사람을 갈아치우고 나면 그뿐 더 말이 없었고, 쫓겨 나가는 사람도 어떻게 조치가 취해진 것인지 도대체 불평 같은 걸 남긴 일이 없었다.

—글쎄, 몰라도 좋을 일을 알아버린 죄라네. 알고 있는 일을 생판 모른 체하고 지낼 수는 없는 노릇이구 말야.

—말 한마디 천연스런 얼굴로 감추지 못한 것이 화근이었지. 하지만 차라리 이젠 마음 편히 회사를 떠날 수 있을 것 같네 그려.

—언젠가는 자네도 알 때가 오겠지.

저마다 알 듯 모를 듯한 소리들만 남기곤 무력하게 회사를 떠나가버리곤 했다. 그렇게 회사를 떠나간 사람이 벌써 열 명도 더 넘었다. 그때마다 다른 운전수를 보충해 들이지 않았다면 아마 지금쯤은 회사 안에 운전수가 한 사람도 남아나지 못했을 판이었다. 그러니 회사에선 그때마다 사장 차로 자리를 옮겨간 운전수의 자리를 또 다른 곳에서 구해 들여야 했고, 새로 들어온 사람이 어느 정도 서열이 정해지면 그 역시 어느 땐가는 또 사장 차로 자리를 옮기게 되곤 하였다.

주인공에게도 그 차례가 온 것이다. 자랑스럽기는커녕 걱정이 되지 않을 수 없다. 사장 차를 끌게 됐다는 것은 이제 한 달 남짓 후에는 바로 모가지가 잘리게 된다는 거나 마찬가지였다. 하지만 그는 다른 사람들처럼 비실비실 웃으면서 무력하게 회사를 쫓겨나도 좋은 처지가 아니었다. 집안 사정이 그랬고, 자기 생애에 대한 어떤 마지막 집념이 그랬다. 그러나 한 번 명령을 받은 이상 사장 차를 끌지 않을 재간은 없다. 그는 어떤 일이 있어도 자기만은 다시 회사를 쫓겨나지 않도록 노력해볼 결심으로 사장 차를 끌기 시작한다. 차를 끌면서도 도대체 무엇 때문에 사장이 그토록 많은 사람을 금세금세 갈아치우게 되었는지 그 이유를 열심히 생각한다. 그리고 자신도 모르게 다른 사람이 쫓겨나게 된 구실을 만들어주지 않으려 온갖 주의를 기울인다. 하지만 그 이유는 물론 찾아질 리가 없고, 이유를 알 수 없으니 조심을 해도 어떤 식으로 해야 할지 방법을 알 수 없다. 그러던 어느 날— 젊은 사장님은 그에게 시내에서 멀리 떨어진 어떤 깊은 산골짜기로 차를 몰게 한다.

"오늘 밤 일은 절대로 아는 척하지 말게. 본 것도 못 본 체 들은 것도 못 들은 체 잊어버리란 말야. 그리구 내일 아침은 오늘 밤 우리가 여길 왔던 사실조차 없었던 걸로 하구."

사장은 차를 타고 가며 그런 당부를 한다. 주인공은 비로소 올 것이 왔구나 싶어 찔끔 사장의 눈치를 살피며 순종을 맹세한다. 이윽고 사장은 골짜기의 어떤 집앞에다 차를 세우게 한 다음 운전수를 이상한 창고 같은 방 속에 감금하고는 혼자서 그 집 안으로 사라져버린다. 그리고 운전수는 그 창고 같은 방 안으로 들어서자 이상한 광경을 목도한다. 창문 하나 없이 사방이 밀폐되어 있는 방 안은 바깥일을 살필 수도 들을 수도 없게 되어 있는 영락없는 감방이다. 방 안에는 벌써 자기 말고도 먼저 와 있는 운전사 차림의 사내들이 여남이나 한데 몰려 앉아 있다. 그리고 주인공은 비로소 그 사내들로부터 방금 그의 사장이 사라져 들어간 비밀의 집에 관해 놀라운 이야기를 듣게 된다.

그들의 말에 의하면 지금 그 집에서는 상상도 할 수 없는 해괴한 일들이 벌어지고 있다는 것이다. 그 집에는 넓은 목욕 풀이 있고, 호화로운 침실이 있고, 술과 춤과 여자를 즐길 수 있는 밴드와 홀이 있고, 도박장이 있고, 비밀 영화관이 있고, 하여튼 사람이 세상에 태어나서 해보고 싶은 것을 하룻밤 사이에 모두 한꺼번에 즐길 수 있는 것이 모조리 갖추어져 있는데, 그것들은 한결같이 아주 은밀스럽고 교묘하게 꾸며져 있어 바깥에서는 눈치조차 챌 수 없게 되어 있다는 것이다. 그리고 사람들은 이곳에서의 밤을 더욱 즐겁게 하기 위해 집을 들어서는 사람은 모두가 실오라기 하나 걸치지 않은 나체가 되도록 약속되어 있으며, 그래서 한 번 이 집 문을 들어선 사람은 한결같이 나체가 되어 술과 여자와 춤을 원껏 즐기게 된다는 것이었다…….

박준의 소설이 발표된 것은 거기까지였다. 그러니까 R사에서 그의 소설을 중단해버린 것도 바로 그 대목에서였다. 하지만 이야기는 원고지에서 다시 계속되었다.

주인공은 비로소 이유를 깨닫는다. 보지 않고 듣지 않을 일들을 보고 들어 버린 허물. ―주인공 자신도 이미 모르고 지냈어야 할 일을 알게 돼버린 처지였다. 실수였다. 그러나 그 실수는 물론 주인공 자신의 책임은 아니었다. 그것은 주인공 자신이 미처 어디를 어떻게 조심해야 할 지도 알기 전에 저질러버린 실수였다. 주인공의 조심성과는 상관없이 어차피 그를 찾아오게 되어 있었던 실수였다. 하지만 어쨌든 이제 주인공은 이유를 알게 된 셈이었다. 그리고 그는 그의 사장이 한 달도 못 가서 매번 운전수의 목을 잘라야 했던 것은 모든 운전수들이 비밀을 지켜주지 못했기 때문이라 생각한다. 아무것도 모른 체, 오늘 밤 일은 있지도 않은 것으로 하라던 사장의 다짐도 바로 그 비밀 때문이라고 생각한다. 주인공은 몸이 으스스해진다. 어떻게든 오늘 일을 끝내 모른 척하리라 마음을 다져 먹는다. 사장님을 회사나 집안에서 얼마나 점잖은 어른으로 알고 있는가를 생각하면 더욱 말조심을 해야겠다고 다짐한다. 잘못 입을 뻥긋했다가는 모가지를 잘리게 되리라. 비밀이 알려지기도 전에 운전수들이 먼저 모가지를 당해버리곤 하는 걸 보면 한마디만 입을 잘못 놀려도 사장은 어느새 약속이 지켜지지 않은 걸 정확하게 알아내는 방법이 있는 듯싶기도 했다. 그것은 아마 누군지 알 수 없지만 사원들 사이에까지 사장의 정보통이 속속들이 뻗어 있다는 증거일 수도 있었다…….

그러나 문제는 주인공 운전수의 본능이었다. 한두 번 사장님을 그 비밀의 장소로 안내하는 동안 녀석은 아무래도 누구에겐가 그 이야기를 털어놓지 않고는 배겨낼 수가 없어진다. 이젠 사장님의 비밀을 알게 되었노라. 그리고 회사에선 까닭도 없이 자주 운전수의 목이 잘려 나간 이유도 알게 되었노라. 그것이 참으로 희한한 일처럼 여겨지기 시작한다. 공연히 자신이 대견스러워진다. 그런 사실을 오직 혼자서만 알고 있어야 하는 처지가 답답해 견딜 수 없다. 말을 할 수 없는 것은 처음부터 알고 있지 않은 것이나 마찬가지다. 아니, 처음부터 모르고 있는 사람은 답답하지나 않을 터다. 그는 사실을 알고 있기 때문에 오히려 더욱 고통스럽다. 하고 싶은 말 한마디를 하지 못한다는 것이 이토록 고통스러운 일이던가. 선배 운전수들이 결국엔 입이나 한번 뻥긋해보려다 회사를 쫓겨 나간 것도 이해가 되고 남을 것 같다. 하지만 역시 말을 할 수는 없다. 한마디라도 입을 잘못 열었다간 금세 누군가에 의해 그 소리가 사장님의 귀로 들어갈 것이다. 회사를 쫓겨 나갔다간 정말 큰일이다. 회사를 쫓겨나지 않으려면 누구에게나 입을 꼭 다물고 지내는 수밖에 없다. 주인공은 끝끝내 입을 다물려고 한다. 하지만 그렇게 너무 하고 싶은 말을 참다 보니 종당엔 신경과민 증세가 생기고 만다. 누군가가 꼭 자신의 언동 하나하나를 살피고 있는 것 같다. 언제나 감시를 받고 있는 심경이다. 회사 안에서는 벌써부터 자기가 곧 쫓겨나게 되리라는 소문이 나돌기 시작하고 있다. 아무도 믿을 수 없다. 소문에 묻혀 보이지도 않는 눈들이, 귀들이 사방에서 자신을 감시하고 있는 것 같다. 회사에서뿐 아니라 집 안에 있는 마누라까지 의심스러워진다. 그는 이따금 넋이 나간 사람처럼 멍해 있기도 하고 때로는 딴 생각을 하다가 종종 주의력을 잃어버릴 때가 생기기 시작한다. 드디어 그는 그 주의력 결핍 때문에 운전수로서의 자격을 상실하고 회사를 쫓겨나고 만다…….

박준의 소설은 대략 그런 줄거리였다. 안형의 말마따나 이 소설 역시 미친 사람 비슷한 이야기였다. 그리고 R지 친구들이 정말 무슨 말썽이 두려워서였거나, 혹은 그저 장난기가 심해서 맹랑한 소문으로 박준을 협박해서였거나, 어느 쪽 때문에 연재를 중단한 것인지는 쓸데없는 간섭 같아서 말하기가 싫지만, 이 소설의 경우, 앞서 소개한 「괴상한 버릇」과는 상당한 거리가 있는 작품 같았다. 한마디로 박준의 이번 소설은 현대판 '임금님의 귀'에 해당하는 이야기였다. 옛날 어떤 임금님이 당나귀처럼 커다란 귀 때문에 수많은 이발장이의 목을 베어버렸는데, 그중에서 용케 목숨을 건지고 나온 한 사내가 그 임금님의 우스꽝스런 귀의 비밀을 말하지 못해 병이 들어 죽을 뻔하다가, 동구 밖 대나무숲에다 가슴속의 말을 외쳐대고는 병을 여의게 되었다는 우리나라의 옛 민화(우리나라 고유의 것은 아니더라도) 말이다. 이 작품에서 박준이 하고 싶은 이야기란 결국 우리들에게 옛날 이발장이 경우에서와 같은 '구원의 숲'이 있을 수 없다는 것, 그러기 때문에 어떤 진실을 목도하고도 그것을 어떤 다른 이해관계나 간섭 때문에 말하지 않으려고 한다면, 그것은 곧 보다 큰 파국을 초래하는 자기 부정의 비극을 낳게 한다는 뜻이 아니었을까. 이를테면 전자에서는 한 인간이 지니고 있는 내면의 비밀을 캐고 그것을 설명하고 싶어했다면, 뒤의 것은 그 인간성의 비밀을 캐낸 데서부터 한 걸음 더 나아가 어떤 식으로 그것을 이야기해야 하는가, 그리고 왜 그럴 수밖에 없는가 하는, 안형이 말한 바대로 시대의 요구라든가 그 시대의 인간들의 권리나 의무의 양상 같은 것들이 더 강하게 암시되고 있는 듯싶었다. 그런 뜻에서 이 두 편의 작품은 뿌리가 어디에 닿아 있든 꽤 목소리가 다른 소설들이라고 할 수 있었다.

그런데 이 두 편의 작품들은 결국 양쪽 다 빛을 보지 못하고 있는 것이다. 하나는 '시대 양심'이라는 것에 바탕을 둔 편집자의 문학 이념과 어긋난다는 이유에서, 그리고 다른 하나는 소위 그 '말썽의 소문'을 두려워하는 용기 없는 편집자의 조심성(글쎄, 안형은 그것을 다만 박준의 입을 막아버리려는 협박일 뿐인지 모른다고 했지만)에 의해서.

어쨌거나 나는 소설을 다 읽고 나자 이젠 황급히 퇴근을 서둘렀다. 출입구 쪽에서 사환애 녀석이 나를 기다리느라 꾸벅꾸벅 졸고 앉아 있었다. 이날도 사환애 말고는 사무실이 이미 텅텅 비어 있었다. 벌써 저녁 7시. 나는 사환애를 깨워놓고 서둘러 사무실을 빠져나갔다. 그러고는 술집도 들를 생각을 않고 곧장 박준의 병원을 향해 차를 잡아탔다. 소설을 읽고 나니 뭔가 또 할 말이 있는 듯싶었기 때문이다. 박준의 소설은 어딘지 지금 그의 증세와도 깊은 관련이 있는 것처럼 느껴지고 있었다. 이를테면 그의 소설에 나타나고 있는 두 개의 다른 목소리는 바로 박준 자신의 작가 양심이나 태도로 바꿔보아도 무방한 것들이었다. 박준은 분명히 어떤 갈등을 느끼고 있었다. 그의 두 번째 작품에서도 역력히 읽을 수 있듯이, 한 작가가 어떤 진실을 탐색해내고 그것을 자유롭게 말할 수 없을 때, 그는 거기서부터 분명 어떤 갈등을 느끼게 될 것이 당연했다. 그렇다면 도대체 박준이 목도한 진실을 자유롭게 말할 수 없게 만든 것은 무엇인가. 박준은 소설 속에서 그것을 '목이 잘리지 않기 위한 이해관계' 때문이라고 했고, 그 이해관계의 키를 쥐고 있는 '사장님'의 눈에 보이지 않는 감시와, 그런 것들이 모두 합해진 자기에 대한 '간섭 때문'이라고 했다. 하지만 아직도 모든 것이 명백해졌다고는 말할 수 없다. 그는 지금 알려진 것만도 두 편이나 소설을 퇴장시키고 있다. 이를테면 박준은 그처럼 작가로서의 진술을 방해받고 있었다. 작가로서의 진술의 권리를 완전히 박탈당하고 있는 셈이다. 심지어는 그러한 작가적 양심과 현실의 비극을 우화적으로 소설화하고 있는 작품마저 게재가 중단되고 말았다. 하지만 박준이 아무리 그런 식으로 자기 진술의 욕망을 좌절당하고 있었다 해도 그것만으로는 아직 그가 그처럼 심한 갈등

속으로 빠져들어가야 할 이유가 충분해질 수는 없다. 그에게선 오히려 새로운 투지와 오기가 격발됨직도 하다. 그 정도의 간섭으로는 그처럼 광기까지 가장하며 그 속으로 자기를 피난시켜야 할 만큼 불안스러워질 이유가 될 수 없다. 문제는 아직도 확실하지 않았다. 소설에 나타나고 있는 것은 다만 하나의 암시에 불과하거나 이차적인 결과일 뿐이었다. 박준이 그처럼 불안해져야 했던, 보다 구체적이고 명백한 갈등의 요인은 아직도 확실해지지 않고 있었다. …… 나는 무엇보다 병원부터 찾아가보고 싶었다. 김박사든 박준이든 누군가를 한번 다시 만나보고 싶었다. 그리고 뭐가 되었든 이야기를 하고 싶었다.

병원에는 마침 김박사가 나를 기다리고 있었다라고 하는 것은 오늘도 김박사가 당직 차례일 리는 없고, 그런데도 그는 아직도 병원 진찰실에서 할 일 없이 자리를 지키고 있었기 때문이다.

"역시 또 오시는군요. 내 오늘도 꼭 와주시리라 짐작하고 있었지요."

진찰실을 들어서자 파이프 담배를 피우고 있던 김박사는 정말 나를 기다리고 있었기라도 한 듯 유유한 표정으로 미소 짓고 있었다.

"글쎄요. 어떻게 또 그렇게 되는군요. 하지만 박사님께선 마치 절 기다리고 계셨기라도 한 것 같군요."

스스럼없이 자리를 잡고 앉으니까 김박사는 다시,

"기다리고 있었다기보다두…… 그 뭐 예감이라는 게 있지 않습니까. 무슨 하고 싶은 말이 생기면 그 말을 하고 싶은 사람이 곧 나타나줄 것 같은 예감 말입니다."

역시 김박사는 뭔가 나에게 하고 싶은 이야기가 생긴 모양이었다. 그 이야기를 들려주기 위해 일부러 병원을 나가지 않고 있노라는 투였다. 생각해보면 좀 터무니가 없어 보이는 의사였다.

—이 자가 어느새 박준의 일에 이처럼 관심을 갖기 시작했는가. 아니 이 의산 무엇 때문에 박준을 처음부터 그렇게 무턱대고 병원으로 받아들여놓게 된 것일까?

아무래도 납득이 잘 가지 않은 의사였다. 나는 물론 그런 김박사를 비난할 이유는 없었다. 그리고 그런 식으로 말한다면 박준의 일에 공연히 넋을 잃고 뛰어다니는 나 자신부터 먼저 어떤 이유가 있어야 한다. 하지만 나에게도 이유는 없다. 도대체 이런 일에 이유 같은 건 필요가 없는 것인지도 모른다. 굳이 어떤 이유를 생각해내고 싶어한다는 게 오히려 우스운 노릇 같다.

어떤 절실한 예감 같은 것을 지닐 수 있을 뿐이다. 다만 그런 예감뿐이다. 하지만 그런 예감이야말로 우리의 이해 속에서는 어떤 구체적인 설명보다 더욱 명확하고 정당한 이유가 될 수 있을 것 같다. 도대체 이유 같은 건 있어도 좋고 없어도 좋은 것이다. 그보다도 나는 먼저 김박사의 이야기에 관심이 쏠리기 시작했다.

"왜 박준에게 무슨 일이 있었습니까?"

나는 천천히 담배를 꺼내 물면서 궁금스런 표정을 지었다. 그러자 김박사가 비로소 입을 열기 시작했다. 짐작대로 박준에게 한 가지 사고가 생겼다는 것이다. 간밤의 일이었댔다. 그러니까 그것은 전날 내가 병원을 물러나오고 나서 한 시간도 채 지나기 전이었는데, 그때 병원에선 우연히 정전 사고가 생겼댔다. 나중에 알고 보니 그것은 병원뿐만 아니라 부근 전신주의 변압기 사고 때문에 일대가 모두 함께 겪은 일이었는데,

그러나 병원에서는 이날 밤 그 정전 사고 때문에 뜻하지 않은 소동이 일게 되었다는 것이다. 소동의 주인공이 박준이었다는 것은 말할 나위도 없었다.

"다름 아니라 바로 그 박준이라는 환자의 괴상한 버릇 때문이었죠. 전에도 말씀드린 일이 있지만, 이곳 환자들은 별스런 기벽[11]을 한두 가지씩 가지고 있거든요. 박준 씨도 물론 마찬가지였어요. 박준 씨로 말하면 그런 기벽이 유독 심한 편이었지요. 어젯밤 사고는 바로 그 박준 씨의 기벽 때문이었어요."

그러고 나서 김박사는 박준의 기벽이라는 것을 이렇게 설명했다. 박준은 평소부터도 늘 자기 주위가 어두운 것을 싫어해왔다는 것이다. 그는 저녁부터 아침까지 늘 주위를 대낮처럼 환히 밝혀두고 지냈고, 낮에도 날씨가 좀 우중충하면 곧잘 전짓불을 밝혀두곤 한다 했다. 잠을 자고 있을 때도 마찬가지였다. 박준은 불을 밝혀놓지 않고는 도대체 자리를 들지 않으려 했고, 잠을 자다가도 혹시 누가 스위치를 내려놓으면 금세 잠을 깨고 일어나버린다고.

김박사의 말을 듣다 보니 문득 나는 박준과 함께 밤을 지내던 날의 일이 생각났다. 그날 밤 꺼놓은 형광등이 자꾸만 다시 밝혀져 있곤 하던 수수께끼의 장본인이 김박사에 의해 다시 박준으로 확인되고 있었다.

김박사는 말을 계속했다.

"헌데 어젯밤 갑자기 정전이 되고 보니, 이 친구 걱정이 되지 않을 리 있었겠어요? 간호원 한 사람이 이 환자의 병실을 살피러 갔다는 겁

11) 기벽(奇癖) 이상야릇한 버릇. 남과 다른 특이한 버릇.

니다."

진짜 소동은 바로 거기서부터였다. 간호원이 병실을 들어서자마자 박준이 느닷없이 발작을 일으켰다는 것이다. 나중에 알고 보니 간호원은 그때 어둠 때문에 손전등을 켜들고 병실로 들어섰는데, 그 전짓불빛을 얼굴에 받자마자 위인이 별안간 비명 같은 소리를 지르며 번개같이 간호원에게로 달겨들었다고.

그러고는 난폭스럽게 전짓불을 후려뜨리며 미칠 듯 화가 나서 간호원의 목줄기를 짓눌러댔다는 것이다.

"경비원이 쫓아간 것은 환자의 발작이 아니라 목을 졸리고 있던 간호원의 비명 소리를 듣고였어요."

소동 경위는 그런 것이었다. 사건 자체는 별로 대단스런 일같이 보이지 않을 수도 있었다. 하지만 나는 이야기를 듣고 나니 아무래도 이날 밤 박준의 발작이 예사로운 일로 생각되지 않았다. 박준의 발작 그 자체보다도 김박사의 이야기가 더욱 심상치 않게 들리고 있었다. 김박사의 이야기를 듣고 있는 동안 나는 그의 이야기 중에서 박준의 발작과 관계되고 있는 듯한 몇 가지 사실들이 박준의 발작 이상으로 나를 긴장시키고 있음을 느꼈다.

"도대체 박준은 어째서 꼭 불을 밝혀놓아야 잠이 들 수 있었을까요. 그리고 전짓불을 보고는 왜 갑자기 발작을 일으킨 것입니까?"

"중요한 걸 물으시는군요."

잠시 입을 다물고 있던 김박사는 그 동안 나에게서 그런 질문을 기다리고 있었기라도 한 듯 이번에는 박준의 버릇에 대해 다시 설명을 시작했다.

"글쎄, 나 역시도 어젯밤 우연히 그런 발작이 나기 전까지는 환자가 특히 어둠을 싫어하는 이유를 알아내지 못하고 있었거든요. 그야 물론 앞서도 말씀드렸듯이 그것도 다른 환자들에게서 볼 수 있는 일반적인 병증의 하나임엔 틀림없지요. 하지만 이제까지의 관찰로는 영 그 원인을 분석해낼 재간이 없었단 말입니다. 한데 어젯밤 발작을 보고는 비로소 어떤 힌트를 얻을 수 있었어요. 무슨 얘기냐 하면, 환자가 그토록 어둠을 싫어하게 된 것은 직접적으로 그 어둠 자체를 싫어하기 때문이 아니라, 그 어둠으로부터 연상되는 어떤 다른 공포감이 있었기 때문이라는 겁니다. 이를테면 그 전짓불 같은 것이 바로 그런 거지요. 환자가 진짜 발작을 일으키도록 심한 공포감을 유발시킨 것은 어둠이 아니라 그 어둠 속에 나타난 전짓불이었단 말씀입니다. 환자에겐 그 어둠이라는 것이 늘 전짓불을 연상시키는 공포의 촉매물이었지요."

"그렇다면 앞으로의 문제는 박준이 무엇 때문에 그 전짓불에 공포를 느끼게 되는지 그걸 알아내는 것이겠군요. 그게 바로 박사님께서 자주 말씀하신 최초의 갈등 요인이 아니겠습니까."

"옳은 말씀이에요. 전짓불의 비밀이야말로 박준 씨의 치료에는 무엇보다 중요한 열쇠가 되고 있지요."

"하지만 어젯밤 박준이 전짓불을 보고 놀랐던 것만으론 그가 어째서 그것에 대해 공포감을 지니게 되었는지, 그리고 그 전짓불의 공포라는 것이 박준에게 어떤 의미를 지니고 있는 것인지 아직 설명하실 수가 없으신 것 아닙니까."

"아직까지는 그런 셈이지요."

"역시 그의 소설에 대해 관심을 좀 가져보시는 게 어떨까요?"

나는 필시 박준의 소설들과 전짓불 사이엔 뭔가 썩 깊은 상관이 있는 듯한 예감에 사로잡히며 은근히 김박사를 권해보았다. 그러나 김박사는 박준의 소설에 대해서는 여전히 관심을 보이려 하지 않았다.

"역시 그럴 필요는 없어요. 별로 기분 좋은 방법이 아니기는 하지만, 이젠 최소한 환자로 하여금 전짓불의 내력을 포함한 모든 비밀을 털어놓게 할 마지막 방법은 찾아놓고 있는 셈이니까요."

의사는 뭔가 의미 있는 미소를 짓고 있었다. 그러나 김박사는 그 방법이 어떤 것인지에 대해서는 말을 하지 않았다. 좀더 시간을 기다려보라고 언제나처럼 자신만만한 웃음을 웃고 있을 뿐이었다.

전짓불 때문에 생긴 박준의 발작 사건 이후부터 나는 더욱 사무실 쪽으로 마음을 돌릴 수가 없었다. 박준이 무엇 때문에 전짓불을 보고 발작을 일으켰는지 하루빨리 확실한 이유를 알고 싶었다. 김박사는 그 전짓불의 내력뿐 아니라 박준의 비밀을 모두 털어놓게 할 방법이 있노라고 무척 자신만만했다. 그래서 그는 박준을 위해 그의 소설까지 들춰낼 필요가 없다고 했다. 하지만 나는 김박사만을 기다리고 있을 수가 없었다. 이미 박준의 소설을 두 편이나 읽고 있는 나로서는 그의 증세와 소설을 좀더 주의 깊게 관련지어 보지 않을 수 없었다. 더욱이 나는 그 두 편의 소설로부터 어떤 강한 암시까지 느끼고 있는 터였다.

전짓불은—그의 작품 속에 뚜렷이 암시된 그의 작가로서의 진술의 권리를 깊이 간섭 방해하고, 마침내는 자신의 의식에까지 어떤 장애를 초래케 한 갈등 요인의 구체적 내용물이었다. 나에게는 그렇게 생각되고 있었다. 박준의 전짓불과 소설이 전혀 무관하게 보일 수가 없었다.

김박사에게 박준의 소설을 좀더 권해보지 않은 것은 아직도 자신을 가질 수가 없었던 것뿐이었다. 그리고 그 박준의 전짓불로 내가 김박사를 찾아가 하고 싶었던 이야기는 이미 충분해지고 있었기 때문이다. 그러나 그 전짓불과 그의 소설은 그 이상의 어떤 깊은 관련이 있었다. 어찌 생각하면 그 전짓불은 이미 그의 소설 속 어디엔가 숨겨져 있었던 것 같기도 했다. 확실하지 않은 것은 다만 그것이 어디에 어떤 식으로 숨겨져 있었는지 정체를 알아낼 수 없는 것뿐이었다.

그의 다른 소설들을 찾아나서지 않을 수 없었다. 나는 온통 그런 식으로 박준의 일에만 정신이 팔려 지냈다. 옛날에 발표된 작품들을 찾아 읽고 주소를 따라 집을 찾아가보기도 했다. 하지만 그의 집에서는 박준에 대해 무슨 신통한 흔적을 찾아볼 수가 없었다. 판잣집들이 무더기져 있는 신촌 고갯마루—거기서도 언덕배기를 한참 더 기어오른 다음에야 나는 겨우 박준의 집이라는 곳을 찾아낼 수 있었는데, 그 집엔 이상하리만큼 박준의 흔적이 말끔히 사라지고 없었다. 책이라든지, 원고지라든지, 일기장이나 무슨 메모집 같은 것 하나도 그의 방에는 남아 있는 것이 없었다. 그런 것들은 박준이 집을 나가기 전에 이미 하나하나 어디론지 자취를 감추고 말았다는 것이었다. 그러나 내가 박준의 집에서 그의 흔적을 찾아볼 수 없었다는 것은 그런 걸 얻을 수 없었다는 뜻에서만은 아니다. 박준은 그의 가족들에게서마저 이미 어느 머나먼 곳으로 떠나가고 만 꼴이었다.

가족이라야 칠순이 넘어 보이는 모친과 이미 결혼 적령기를 놓치고 있음이 틀림없는 누이동생뿐이었지만, 그 육친들마저도 박준에 대해선 별스럽게 태도들이 냉담했다. 박준의 소식을 전하고 나서 내가 혹시 무

슨 도움될 일이 없느냐고 묻자 그 누이동생이라는 여인은,

"그러니까 이제 와서 저희더러 어떻게 하라는 거지요? 선생님께선 무엇 때문에 오빠 일에 그토록 관심이 대단하시죠?"

고마워하기는커녕 차디차게 공박을 하고 들었다. 나는 어리둥절해질 수밖에 없었다. 그리고 비로소 박준에겐 찾아줄 만한 보호자도, 더 이상 그의 병세를 캐어볼 이웃도 없다는 것을 깨달았다. 나는 아직까지 주머니에 뒹굴고 있는 그의 원고료를 꺼내놓고(그러는 편이 낫다고 생각되어서였다), 그리고 혹시 박준에 대해 무슨 상의할 일이 있으면 연락을 바란다고 사무실 전화번호를 적어놓고 나서 그냥 집을 나오고 말았었다.

하지만 나는 그것으로 박준의 증세에 대한 궁금증을 중단해버릴 수는 물론 없었다. 계속해서 그의 소설을 찾아 읽고 행적을 수소문해보곤 했다. 그러는 나를 보고 안형은,

"이제 그만 일을 좀 돌볼 만한 때가 된 듯싶은데요. 덕분에 이번 달엔 아무래도 발행 날짜를 맞출 수가 없겠어요."

노골적으로 불만스런 얼굴을 지어 보이곤 했다. 아직 원고조차 덜 걷힌 형편이라는 것이었다. 하지만 나는 그런 안형의 불평도 아랑곳하지 않았다. 아랑곳할 필요가 없다고 생각했다.

—박준의 일이 확실해지기 전에는 다시 일을 시작하기가 싫은걸.

그런 투였다. 이상스럽게도 나는 최근 얼마 동안 원고가 전혀 잘 걷히지 않는다든가, 잡지 일이 잘 되어나가지 않는다든가 하는 이유가 박준에게서 찾아지기라도 할 것처럼, 그렇게만 생각되고 있었다. 그리고 어떤 식으로든 그것이 밝혀지기 전에는 잡지 일이라는 것이 전혀 무의미하게만 여겨졌다. 예감이었다. 그러나 나는 그런 예감을 머릿속에서 몰

아낼 수가 없었다.

그러던 어느 날이었다. 이날은 뜻밖에 흥미있는 일이 한 가지 생겼다. 사무실 화장실에서 생긴 일이었다. 건물이 헐어서 그렇기는 하겠지만, 우리 사무실 화장실은 여느 건물들의 그것보다 유난히 불결한 데가 많았다. 명색은 수세식이었지만, 언제나 물이 잘 나오지 않아 용법이 바뀐 지 오래였다. 여기저기 타일이 떨어진 것은 둘째 치고, 물 바께쓰에다 화장지통하며 청소 수세미 같은 것들이 언제나 너절하게 널려 있었다. 물론 고급 화장지가 비치되어 있을 리도 없었다. 화장지는 신문이나 휴지 조각을 적당한 크기로 찢어서 못에다 꽂아놓고 있었다. 하여튼 그런 식으로 좀 민망스런 화장실이었다. 그래서 나는 좀처럼 그 화장실을 사용하는 일이 드물었다. 일이 간단한 경우에야 물론 그런저런 불평까지 할 필요가 없었지만, 시간이 요할 때는 될수록 다른 곳을 찾았다.

그런데 이날은 어떻게 일이 그렇게 불가피했던지 내가 그곳을 찾아들게 되었다. 뜻밖의 일이란 거기에서 생긴 것이었다. 엉거주춤 코를 쳐들고 앉아 있던 나의 시선이 우연히 못에 걸린 신문지 조각 위에 머물고 있었다. 그 신문지 조각이 사단[12]이었다.

—이 달의 화제작, 화제 작가.

신문지는 벌써 이태쯤 전에 발간된 어떤 주간지의 한 조각이었는데, 거기엔 우선 그런 제호가 크게 눈에 띄었다. 그리고 그 제호 한쪽으로 그 달에 발표된 박준의 소설이 한 편 몇몇 평론가들로부터 합평되어 있고, 다른 한쪽엔 그 달의 화제 작가로서 박준을 인터뷰한 기사가 실려

12) 사단(事端) 일의 실마리. 사건의 실마리.

있었다.

나는 정신이 번쩍 들었다. 신문지 조각을 못에서 빼어냈다. 그러나 금세 실망이 되고 말았다. 기사는 별로 읽을 만한 곳이 남아 있지 않았다. 대부분의 기사가 다른 조각으로 찢어져나가 버리고 없었다. 찢어져나간 조각들은 찾아낼 수가 없었다. 이미 휴지로 사용이 되고 만 모양이었다. 남아 있는 것은 그의 인터뷰 기사 중의 몇 마디뿐이었다. 나는 그것이나마 찢어지다 남은 데서부터 기사를 읽어내려가기 시작했다.

—당신은 아까 내가 위험한 질문이라고 한 말의 뜻을 아직 잘 알아듣지 못한 모양이다. 그렇다면 내가 좀더 설명을 하겠다…….

아마 기자의 어떤 질문에 대한 답변을 부연하고 있는 모양이었다. 박준은 이야기를 꽤 길게 계속하고 있었다.

—어렸을 때 겪은 일이지만 난 아주 기분 나쁜 기억을 한 가지 가지고 있다. 6·25가 터지고 나서 우리 고향에는 한동안 우리 경찰대와 지방 공비가 뒤죽박죽으로 마을을 찾아드는 일이 있었는데, 어느 날 밤 경찰인지 공빈지 알 수 없는 사람들이 또 마을을 찾아 들어왔다. 그리고 그 사람들 중의 한 사람이 우리 집까지 찾아 들어와 어머니하고 내가 잠들고 있는 방문을 열어젖혔다. 눈이 부시도록 밝은 전짓불을 얼굴에다 내리비추며 어머니더러 당신은 누구의 편이냐는 것이었다. 하지만 어머니는 그때 얼른 대답을 할 수가 없었다. 전짓불 뒤에 가려진 사람이 경찰대 사람인지 공비인지를 구별할 수 없었기 때문이다. 대답을 잘못했다가는 지독한 복수를 당할 것이 뻔한 사실이었다. 하지만 어머니는 상대방이 어느 쪽인지 정체를 모른 채 대답을 해야 할 사정이었다. 어머니의 입장은 절망적이었다. 나는 지금까지도 그 절망적인 순간의 기억을,

그리고 사람의 얼굴을 가려버린 전짓불에 대한 공포를 생생하게 간직하고 있다.

그런데 나는 요즘 나의 소설 작업 중에도 가끔 그 비슷한 느낌을 경험하곤 한다. 내가 소설을 쓰고 있는 것이 마치 그 얼굴이 보이지 않는 전짓불 앞에서 일방적으로 나의 진술만을 하고 있는 것 같다는 말이다. 문학 행위란 어떻게 보면 한 작가의 가장 성실한 자기 진술이라고 할 수 있다. 그런데 나는 지금 어떤 전짓불 아래서 나의 진술을 행하고 있는지 때때로 엄청난 공포감을 느낄 때가 많다. 지금 당신 같은 질문을 받게 될 때가 바로 그렇다…….

박준의 말은 거기서 일단 끝나고 있는 듯 보였다. 그리고 신문이 찢어져나가 버린 것도 거기서부터였다.

그러나 나는 이제 그것만으로도 충분했다. 충분하다기보다는 뜻밖의 수확에 우선 기분이 흡족했다. 신문은 아마 안형의 서랍쯤에서 나온 것 같았다. 내가 갑자기 박준의 일로 설치고 다니는 바람에 안형은 요즘 비위가 잔뜩 상해 있었다. 문학 기사로 스크랩을 해뒀다가 소제를 해낸 것이었을지 모른다. 그것을 아마 사환애 녀석이 화장실 못에다 찢어 걸어놓은 것이리라……. 하기야 그게 어떻게 해서 우리 사무실 화장실까지 굴러 들어오게 되었든 그걸 상관할 바는 아니다. 중요한 것은 내가 그것을 보게 된 것이다. 내가 보게 된 박준의 그 몇 마디가 중요한 것이다.

박준의 이야기는 바로 그 전짓불의 이야기였다. 비로소 전짓불의 정체가 드러난 것이다. 게다가 박준은 그 이야기 속에서 자기의 문학과 전짓불이 어떤 불가분의 관계 속에 있음을 분명한 어조로 암시하고 있기까지 했다. 나의 추측대로였다. 사무실로 돌아오자 나는 다시 기분이 들뜨기 시작했다. 이젠 박준에게서 그 전짓불이 어떻게 해서 오늘의 증상에까지 발전해오게 되었는지, 그리고 그 전짓불과 박준의 소설이 좀더 구체적으로 어떤 식으로 관련되고 있는지, 그것만 밝혀지면 모든 것이 명백해질 수 있었다. 우선 박준을 인터뷰한 신문사를 찾아가서 기사를 마저 읽어보는 것이 좋을 듯했다. 바로 박준의 소설 가운데서 그 전짓불이 발견될 수 있다면 그보다 더한 다행이 없겠지만, 그럴 가망은 좀처럼 보이지 않았다. 우선 신문사를 찾아가서 그때 말한 박준의 생각만이라도 자세히 알아보는 편이 나을 것 같았다.

그런데 일이란 한 번 실마리가 풀리기 시작하면 이상하게 이리저리 인연이 닿게 되는 모양이다. 이날은 연거푸 뜻밖의 일들이 일어났다. 점심 겸 신문사를 찾아가기 위해 막 사무실을 나서려는 참이었는데, 나로서는 의외의 인물로부터 전화가 한 통 걸려왔다. 그런데 이번엔 그 의외의 전화가 신문사를 찾아갈 일을 덜어준 것이다. 전화를 걸어온 사람은 다름 아닌 박준의 누이였다. 여인의 이야긴즉, 자기가 지금 나의 사무실 근처까지 와 있는데, 시간이 있으면 좀 만나서 의논해보고 싶은 일이 있다는 것이었다. 나는 곧장 다방으로 내려갔다. 그런데 여인을 만나고 보니 의논할 일이라는 게 다름이 아니었다. 여인은 책보자기에다 박준의 소설 원고를 한 뭉치 싸 들고 나와 있었다. 한 5, 6백 장쯤 된 중편소설 원고였다.

"오빠가 집을 나가기 얼마 전에 내게 맡긴 거예요. 이 원고를 제게 맡기면서 오빠는 아마 자기가 머지않아 미치게 될지도 모른다고 하더군요. 물론 곧이들을 수가 없었지요. 오빤 평소에도 늘 머릿속에 빈 데가 많은 사람이었거든요. 터무니없는 일에 괜히 안절부절 조바심을 치는 일도 많았구요. 그때도 물론 오빤 농담처럼 실없이 웃고 있었어요. 그러면서 자기가 정말 미쳐버리기라도 하면 이 소설을 어디다 가져다 팔아보라는 말씀이었어요."

띄엄띄엄 사정을 털어놓고 있는 여인의 목소리는 그날처럼 여전히 냉랭했다.

"그런데 요전엔 박준 씨가 정말 자신의 예언대로 되어 있다는 소식을 전했는데도 그런 말씀을 하시지 않았지요?"

의아스러워하는 나에게 여인은,

"오빠의 소설을 팔고 싶다고 해도 쉽사리 저의 생각대로 일이 되진 않았을 테니까요. 전 한동안 오빠가 소설을 써가지고 나가는 것만 보았지, 그 소설들이 어디로 팔리거나 발표되는 걸 본 일이 없거든요."

여차하면 다시 원고 뭉치를 들고 일어서버릴 기세였다.

"그런데 오늘은 어떻게 다시……?"

"오빠가 너무 가엾어졌기 때문이에요. 병원을 찾아가보고 싶어요."

"그러시겠지요. 물론 그러셔야죠."

"하지만 꼭 선생님 잡지사에서 원고를 팔아주시라는 뜻은 아니에요. 일전에 선생님께서 알 수 없는 돈 봉투를 내놓고 가신 걸 보고 전 선생님네 사무실에도 이미 오빠의 소설이 들어와 있다는 걸 짐작하고 있으니까요. 정말 원고를 사줄 만한 데라도 알선해주시면 고맙겠어요."

소설은 내가 맡을 수밖에 없었다. 아니 여인의 말이 아니더라도 이미 나는 그 소설을 내가 맡을 작정을 하고 있었다. 우리 사무실에서 그 원고를 사주고 안 사주고는 전혀 다른 문제였다. 자기가 미친 다음에나 팔아보라고 마지막 남기고 간 소설이었다. 그가 누이에게 농담처럼 했다는 말을 보면 그는 그 소설을 쓸 때부터 자신이 언젠가는 정말 미친 사람이 되어 있거나, 적어도 그렇게 알려지게 될 것을 점치고 있었음이 분명했다. 그런 소설을 섣불리 놓칠 수가 없었다.

나는 일단 소설을 맡기로 하고 나서 여인을 돌려보냈다. 원고료는 며칠 여유를 가지고 기다리되, 병원 일은 내가 우선 급한 대로 양해를 구해놓겠으니 언제라도 맘내킬 때 찾아가보라고 했다. 그러고는 곧 박준의 소설을 안고 다시 사무실로 올라갔다. 이젠 인터뷰 기사를 읽어보기 위해 신문사를 찾아가는 일 따위는 아무것도 급할 것이 없었다. 우선 원고부터 읽어보고 싶었다. 점심도 사무실로 시켜 오게 하면 그만이었다.

나는 사무실로 올라오자 곧장 원고를 읽어내려가기 시작했다.

그런데 그 박준의 소설이 이번에는 정말로 나에게 신문사를 갈 필요가 없게 만들고 있었다. 전짓불이—바로 그 소설 속에 박준의 전짓불이 번쩍이고 있었다. 이상스럽게도 박준은 2년쯤 전에 말한 그 전짓불을 소설 속에서 직접 이야기하고 있었다. 전짓불은 소설의 곳곳에서 무섭게 번쩍이고 있었다. 아니, 박준의 이번 소설은 바로 그 전짓불을 위해서, 그리고 전짓불에 의해 모든 이야기가 진행되어 나가고 있는 형국이었다. 어찌 보면 박준 자신이 전짓불 아래 앉아 끊임없이 그 전짓불의 강한 조명을 받으면서, 소설을 쓰고 있었던 것 같기도 했다.

—아마 이건 제가 국민학교 4학년쯤 되었을 때의 일 같군요. 국민학교 4학년 때라면 그러니까 6·25전란으로 마을 청년들이 한창 군대들을 나가던 때였지요. 그 무렵엔 순경들이 마을로 들어와서 징집영장을 받지 않은 청년들도 마구 붙잡아다 입영을 시키는 수가 있었어요. 그 때문에 마을에서는 가끔 가다 한 번씩 소동이 일어나곤 했지요. 쫓고 쫓기고

하느라고 말예요. 그러던 어느 날 밤이었습니다. 어머니와 내가 막 안방에서 잠을 자려고 불을 끄고 있는데 집 뒤쪽 골목에서 갑자기 퉁퉁거리는 발소리가 들려오기 시작했어요. 발소리에 뒤따라 우리 집 뒷마당에서 쿵 하고 뭐가 떨어지는 소리가 들려왔어요. 그 쿵 소리가 다시 발소리가 되어 앞으로 돌아오더니 후닥닥 우리가 자고 있는 방문을 열고 다짜고짜 방 안으로 뛰어드는 것이었어요. 아주머니 접니다, 지금 순경에게 쫓기고 있어요, 그러면서 그는 숨도 돌릴 사이 없이 다락으로 기어올라가는 것이었어요. 그 목소리는 우리가 잘 아는 마을 청년이었지요. 어머니는 곧 사태를 짐작한 듯 아무 말 없이 방문을 고쳐 닫았어요. 저는 벌써부터 가슴이 무섭게 두근거려지기 시작했어요. 저 역시 사정을 짐작할 수 있었거든요. 어머니가 막 문을 고쳐 닫고 자리로 돌아오는데 과연 또 하나의 발소리가 급히 뒤를 쫓아오더군요. 그리고 그 발소리가 바로 우리들 방문 앞에 멈춰 섰어요. 실례합니다, 실례합니다! 날이 선 재촉 소리와 함께 백지 창문에 불빛이 번쩍거렸습니다. 저는 가슴이 떨려와서 정말 죽을 지경이었지요. 어머니는 소리에 막 잠이 깬 사람처럼 졸리는 목소리로 게 누구요, 하고 눈을 비적비적 문을 열었습니다. 그런데 아, 바로 그 순간이었어요. 열어젖힌 문 밖에서 갑자기 무시무시하게 밝은 전짓불빛이 방 안으로 쏟아져 들어오는 것이었어요. 그 불빛 때문에 뒤에 선 사람은 모습을 알아볼 수 없게 말입니다. 하지만 그 불빛 뒤에 선 사람이 누구인지는 물론 보지 않고도 알 수 있었지요. 그 사람은 여전히 전짓불빛을 방 안으로 쏘아 부으며 방금 청년 한 사람이 방으로 들어오지 않았느냐고 묻고 있었어요. 청년들을 붙잡으러 나온 지서 순경이 분명했지요. 저는 그가 순경이라는 것을 알고 나서도 그 무시무시한 전짓불 때문에 가슴을 진정시킬 수가 없었어요. 청년을 안에 숨겨두고 그의 물음에 어떻게 대답해야 할지를 몰라서만이 아니었어요. 그 전짓불빛 때문이었지요. 뒤에 선 사람의 얼굴을 볼 수 없는 그 무시무시한 전짓불 말입니다…….

박준의 소설은 이를테면 그런 식이었다. 좀더 자세히 이야기하자면, 이것은 소설의 주인공인 G가 그의 환상 속에 나타난 신문관에게 자신의 과거를 고백하고 있는 대목의 하나인데, G가 그런 식으로 환상의 신문관 앞에 자신의 과거를 고백하게 된 경위는 이러했다.

어떤 청년운동단체의 간부 직원인 G는 어느 날 저녁 하루의 일과를 끝내고 집으로 돌아오다 문득 이상한 환상에 빠져든다. 집으로 돌아오는 좌석 버스 속에는 한결같이 무겁게 입을 다문 시민들이 피곤한 어깨를 기대고 앉아 있다. 그런데 G는 그 무거운 침묵과 얼굴이 보이지 않은 사람들의 어깨 뒤에서 갑자기 무시무시한 공포를 느끼기 시작한다. 그는 문득 그 모든 사람들이 서로 무엇인가 침묵으로 이야기를 하고 있음을 느낀다. 그 침묵의 대화가 무슨 내용인지는 말할 수가 없다. 그러나 G 자신도 그들과 함께 그 침묵의 대화를 나누고 있음을 느낀다. 느낌 속에선 대화의 내용도 제법 확실한 듯싶다. …… G는 한동안 그런 환각에 빠져들다 이번에는 느닷없이 어떤 불온[13]스런 음모의 피의자로 체포당해 있는 자신을 발견한다. 그는 그 음모 사건에 관해 신문관의 취조를 받기 시작한다. 그러나 신문관은 G에게 구체적으로 어떤 음모 사건이 모의되고 있었으며, 그것과는 G가 어떻게 관련되고 있는지를

13) 불온(不穩) 온당하지 아니하고 험악함.

직접적으로 추궁하지 않는다. G는 다만 자신의 생애에 관해 그가 기억해낼 수 있는 모든 것을 진술할 것을 요구받는다. 그 음모 사건이라는 것과 상관이 있거나 없거나, 또는 자신이 중요하다고 생각하고 있거나 않거나 기억해낼 수 있는 모든 일을 가식 없이 진술하라는 것이다. 신문관은 G의 그런 진술로부터 그가 어떤 식으로 그 음모 사건과 관련되어 있으며, 그것이 어떤 가공할 범죄인지를 가려낼 참이라는 것이다. G 역시 차라리 그 편을 다행스럽게 여긴다. 그는 도대체 자신이 어떤 음모를 꾸민 기억이 없다. 신문관 앞에 서고 보니 잠깐 그런 기분이 들었던 것은 사실이다. 하지만 그건 일종의 신문관 앞에서의 자격지심 같은 것일 수 있었다. 그리고 그런 기분마저도 아주 먼 옛날의 일처럼 까마득했다. 살아 있는 기억 속엔 음모를 꾸민 사실이 결코 없었다. 신문관의 요구를 기피할 이유가 없었다. 진솔한 진술이 자신의 혐의 유무를 정확하게 가려내줄 수 있다면 이야말로 자기 쪽에서 먼저 바라고 나서야 할 바였다.

그러나 G는 망설이지 않을 수 없다. 신문관의 정체를 알 수가 없다. 신문관은 한 번도 G가 본 일이 없는 제복을 입고 있다. 모자의 모양도 이상스럽고 제복에 달린 부착물이나 장신구의 풍속도 모두 눈에 선 것들뿐이다. 사내의 정체를 알 수 없는 것이 공연히 이쪽을 불안하게 해온다. 공연히라기보다도 이 정체를 알 수 없는 사내에겐 어떤 식의 진술이 자신의 결백을 증명하는 데 가장 효과적일지 알 수 없다. 정체를 알 수 없는 사람 앞에 가장 정직한 자기 이야기를 해야 한다는 사실부터가 바로 불안한 일이다.

그러나 G는 진술을 행하지 않을 수 없다. 그는 결국 그 신문관의 정체를 알 수 없는 불안스런 위구심[14] 속에 진술을 시작한다. G가 자신의 과거를 신문관 앞에 고백하게 된 경위는 대략 그러했다.

그런데 그렇게 해서 시작된 G의 과거는 어찌된 셈인지 온통 그 전짓불하고 상관된 일뿐이다. 첫 대목부터가 앞에서 보인 것과 같은 식이었다. 아니, 앞에서 본 것은 그 진술의 첫 대목이 아니었다. 그것은 두 번째였다. G의 첫 번째 진술은 마침 박준이 그의 인터뷰 중에서도 말한 바 있는 그 어린 시절의 봉변에 관한 것이었다. 아는 바와 같이 그것도 물론 전짓불에 관한 이야기였다. 그러니까 그것은 앞서 소개한 대목보다 일년쯤 전 일이 되는 셈인데(그래서 박준도 소설 속에서 그것을 두 번째로 고백시키고 있었지만), 그때 일에 대한 G의 진술도 이렇게 되어 있었다.

—저의 고향 마을은 남해안 어느 조그만 포구 근처였습니다. 때는 6 · 25 사변이 터지고 나서 3개월 남짓 지난 1950년 가을 무렵이었어요…….

이때 인민군은 유엔군의 인천 상륙으로 벌써 남해안 근처에서는 자취를 감추고 말았지만, 퇴로를 차단당한 일부 낙오 병력과 지방 공비들은 곳곳에서 여전히 준동을 계속하고 있었다. G네 마을 일대에는 아직도 국군이나 경찰대가 진주해 들어와 있지 않았기 때문이었다. 십리 안팎에 있는 포구로는 며칠 만에 한 번씩 어마어마하게 큰 배들이 태극기를 휘날리며 돌진해 들어오곤 했다. 그 배들은 언제나 포구 멀찌감치서 마을을 기웃거리고 있다가 하룻밤이 지나고 나면 어디론지 다시 자취를 감춰 사라져버리곤 하였다. 배들은 밤으로 일대의 반공 인사들을 모아 싣고 날이 밝기 전에 포구를 떠나가곤 한다는 것이었다. 하지만 배가 그

14) 위구심(危懼心) 염려하고 두려워하는 마음.

렇게 한 차례씩 포구 앞을 스쳐가고 나면 G네 마을 일대에선 오히려 더 많은 엉뚱한 희생자들이 생겨나곤 했다. 배가 떠나가고 나면 한동안 숨을 죽이고 있던 지방 공비들이 다시 마을 사람들에게 무서운 보복을 감행해오기 때문이었다.

그럴 무렵이었다. 한번은 G네 마을에 이런 일이 있었다. 이날은 이웃 포구로 배가 들어간 것을 본 사람들도 없었는데, 밤이 되자 느닷없이 한 무리의 무장 부대가 G네 마을로 스며들어왔다. 괴한들은 마을로 들어오자 집집마다 짝을 지어 다니며 젊은 남자들을 불러냈다. 그리고 영문을 알 리 없는 마을 남자들에게, 우리는 어스름 새에 배를 타고 들어온 경찰들인데 마을이 안전해질 때까지 그 배로 함께 피신을 해가는 것이 어떠냐고 했다. 마을 남자들이 옳다구나 그들을 따라나섰다. 그러나 그 무장 괴한들을 따라나선 마을 사람들은 동네 어귀도 빠져 나가기 전에 모두 무참한 죽음을 당하고 말았다. 괴한들은 지방 공비였다. 배가 오지 않은 것은 말할 것도 없었다. 공비들은 자기들을 소원시[15]하고 진짜 경찰대를 환영하는 지방민들에 대한 앙갚음으로 그런 복수극을 꾸몄던 것. 그런데 참극은 거기서 끝나지 않았다. 아직도 공비들의 난동이 심하다는 소식을 듣고 이번에는 다시 진짜 경찰대가 마을로 들어왔다. 그러나 어찌된 일인지 마을 사람들은 이번에도 배가 포구로 들어간 것을 알아보지 못하고 있었었다. 마을 사람들 중에는 이번에야말로 정말 자기들을 피신시켜주려는 경찰대 앞에 엉뚱한 연극을 꾸며 보인 사람들이 있었다.

[15] 소원시(疏遠視) 친분이 가깝지 못하여 멀리함.

—난 죽어도 국방군은 따라가지 않소. 난 인민군대 편이요. 인민군댈 따라가면 따라갔지 죽어도 국방군은 못 따라가오.

그렇게 말한 사람들은 이번에도 물론 지방 공비들이 속셈을 뜸떠보려는 수작으로 믿은 축들이었다. 화를 당하지 않기 위해 그들 앞에 일부러 그렇게 말한 것뿐이었다. 그러나 경찰대는 사정을 이해할 리 없었다. 마을 사람들은 다시 화를 입고 말았다. 그러자 G네 마을 일대는 이번에야말로 진짜 무서운 공포에 휩싸이기 시작했다. 배가 와도 걱정이고, 안 와도 걱정이었다. 어느 쪽이 어느 쪽인질 분간할 수 없으니, 한밤중에 갑자기 일을 당하고 나면 어떻게 화를 면할 길이 없었다. 밤이 무서웠다. 밤이 되면 남자들은 모두 집을 비우고 도망갔다. 산에서 밤을 지내고 아침에야 집으로 돌아오곤 했다. 그러던 어느 날 밤 드디어 G의 집에도 그런 무서운 일이 닥쳐왔다. 이날 밤 일을 G는 이렇게 진술하고 있었다.

—그날 밤 저는 어머니와 함께 단둘이서 집을 지키고 있었습니다. 밤중쯤 되자 느닷없이 밖에서 쿵쿵거리는 발자국 소리가 났고, 어머니와 저는 그 발자국 소리에 놀라 잠을 깨고 말았지요. 눈을 뜨자마자 백지 창문이 덜컹 열리면서 눈부신 손전등 불빛이 가득히 방 안으로 쏟아져 들어왔어요. 눈을 뜰 수도 없을 만큼 강한 불빛이었지요. 불빛 뒤에선 사람의 모습이 보이지 않은 채 카랑카랑한 목소리가 울려왔어요. 이 집은 남자들이 모조리 어딜 갔어, 남자들은 다 어딜 가고 꼬맹이하고 아주머니만 남아 있는 거야, 그런 소리였지요. 올 것이 왔구나 싶었습니다. 전 속이 떨려 감히 그 불빛을 쳐다볼 수도 없었어요. 하지만 어머니는 저보다도 더 기가 질려버린 모양이었어요. 기어들어가는 목소리로 애원

하듯 간신히 대답을 하고 있었어요. 우리 집에는 원래 다른 남자가 없고 식구가 두 사람뿐이라는 것이었어요. 전짓불은 곧이들으려 하지 않았지요. 거짓말 마라, 우린 다 알구 왔다, 남자들은 다 어디 갔느냐, 누굴 따라간 게 틀림없는데, 따라간 사람이 누구 편이냐는 것이었지요. 무섭고 답답한 일이었습니다. 왜냐하면 전짓불의 추궁대로 아버지는 정말로 밤이 두려워 집을 비우고 숨어 달아나고 없었으니까요. 전짓불은 정말로 그것을 알고 있는 것 같았어요. 전짓불의 정체만 알 수 있었다면 물론 대답이 어려운 것은 아니었지요. 하지만 그 전짓불의 강한 불빛 때문에 그 뒤에 선 사람이 어느 편인지는 죽어도 알아낼 수가 없었습니다. 아아 그 전짓불이 얼마나 원망스럽고 무서운 것이었는가를 지금도 잊을 수가 없군요. 사실을 말할 수가 없었어요. 그러나 어머니는 끝끝내 대답을 하지 않을 수 없었지요. 전짓불이 자꾸 대답을 강요했기 때문이죠. 어머니는 결국 울음 섞인 목소리로 애원을 하기 시작했어요. 아버지가 밤새 어디론가 집을 나가 있는 것은 사실이지만 그러나 그것은 누굴 따라가기 위해서가 아니라 그저 세상이 시끄러워 잠시 피신을 해 간 것뿐이니 용서해달라구요. 그러나 전짓불은 믿지 않았어요. 거짓말이다, 당신의 남편은 누굴 따라간 게 틀림없다, 그게 어느 편이냐, 아주머니는 누구 편이냐, 어머니를 사정없이 추궁을 하고 들었습니다. 그러니까 어머니는 다시, 우리는 아무것도 모르고 그저 농사나 지어먹는 사람이다, 누구를 따라간 일도 없고 누구의 편이 된 일도 없다, 무식한 죄로 그러는 것이니 제발 허물을 삼지 말아 달라……. 이 아주머니 정말 반동이구먼, 누구의 편이 아니라니 그런 반동적인 사상은 용서할 수 없다, 전짓불 뒤에서 비로소 그런 소리가 들려왔어요. 겨우 전짓불의 정체가 밝혀진 것이지요. 하지만 그때는 이미 때가 너무 늦어 있었어요. 우리들이 만약 보잘것없는 한 늙은이나 나어린 꼬마둥이가 아니었다면 절대 전짓불의 용서를 받을 수 없었겠지요. 하지만 우리는 다행히 장성한 남정네가 아니었어요. 그리고 늦게나마 정체를 알아낸 어머니의 애원으로 우리는 겨우 화를 면할 수가 있었어요. 하지만 아침에 일어나보니 이날 밤 사이 마을에는 또 많은 새 희생자가 생겨나고 있었어요. 끔찍스런 전짓불의 강요에 못 이겨 그 전짓불 뒤에 숨은 사람의 정체를 점치려다 실패한 사람들이었지요. 사람들은 좀처럼 그 전짓불의 정체를 알아맞힐 수가 없었던 겁니다…….

결국 G의 진술은 그때의 그 강렬한 전짓불빛의 인상으로 서두가 시작되고 있었다.

그런데 G에겐 그 전짓불 이야기로 첫 진술을 끝내고 나자 다시 뜻하지 않은 일이 벌어진다.

"사람이 태어나 겪은 일 중 첫 번째로 기억되고 있는 일이 하필 그 전짓불이라니 이상한 일이군요."

신문관이 느닷없이 탐탁지 않은 표정을 짓고 만 것이다. 그러고는 도저히 그럴 리가 없다는 듯 의심스런 눈초리로 유심히 G를 바라보는 것이었다. 하지만 문제가 생긴 것은 그러는 신문관에게서가 아니었다. 그런 신문관을 보게 된 G 자신에게서였다. G는 신문관의 태도에 갑자기 다시 공포감이 일기 시작한다. 아닌게아니라 G 자신도 왜 하필 그런 이야기가 맨 첫 번째 기억으로 간직되고 있었는지 스스로 의문스러워진다. 이번엔 좀 다른 이야기를 생각해 내보려 한다. 그러나 어찌된 셈인지 금세 다른 이야기가 떠올라주질 않는다. 이번에도 또 그 전짓불에 관한 이야기가 떠오른다. 그는 안타깝고 초조해진다. 자꾸만 신문관의 눈치가 보인다.

—이 자의 정체는 도대체 무엇인가. 나의 결백은 결국 이 자에 의해 증명되게 되어 있는데, 작자의 마음에 들 수 있는 이야기란 도대체 어떤 것이어야 하는가.

우선 그것부터 좀 알고 싶어진다. 하지만 그러면 그럴수록 머릿속엔 도무지 전짓불뿐이다. 그리고 전짓불은 더욱 강하게 빛을 내쏟고 있다. 자신의 과거는 모든 것이 그 전짓불하고만 상관되고 있는 듯 여겨질 지경이다. 또는 그 기억 속의 전짓불에 가려 다른 일은 아무것도 볼 수가 없는 것 같기도 하다.

어쩔 수가 없다. 그는 다시 전짓불의 이야기로 두 번째 진술을 계속한다. 진술이 한 대목씩 끝날 때마다 신문관의 표정이 어떻게 달라지고 있는가를 세밀하게 살피면서.

하지만 두 번째 진술이 끝나고 나자 신문관은 드디어 짜증을 내기 시작한다. G의 이야기가 모두 그 전짓불 한 가지로 일관하고 있는 것은 분명히 정직한 진술이 될 수 없으며, 그것은 곧 G를 의심하기에 충분한 근거가 될 수 있다고 위협 어린 충고를 한다. G는 더욱 겁을 집어먹는다. 신문관의 마음에 들도록 좀더 정직한 진술거리를 기억해내려 머리를 쥐어짠다. 하지만 아직도 그는 신문관의 정체를 알고 있지 못한다는 불안 때문에 도저히 그 이상 정직한 진술거리를 생각해낼 수 없다…….

그는 몇 날 며칠을 퇴근 때마다 버스 속에서 같은 환상의 괴롭힘을 당한다. 이상하게도 G는 버스만 타면 다시 전날과 똑같은 환상에 빠져들고, 그런 일이 며칠씩이나 이어져가고 있었다. 날마다 같은 식으로 정직한 진술거리를 생각하지 않을 수 없다. 그리고 신문관의 정체를 궁금해 한다. 그는 이제 그 전짓불 때문에 머리가 돌아버릴 지경이다. 그러나 그가 신문관의 마음에 들도록 정직한 진술거리를 찾아보려 하면 할수록, 그리고 신문관의 정체를 알고 싶어하면 할수록 기억 속에서는 전짓불빛만 더욱 강하게 빛을 쏘아오고 다른 것은 깡그리 그 전짓불 뒤로 숨어들어가 버리곤 하였다. 그리고 그러다간 또 다른 전짓불의 기억이나 찾아내게 되곤 하였다.

—대학 시절의 이야길 하지요. 입학식을 하고 나서 나는 거처를 정하지 못하고 있었어요. 천상 가정교사를 구해 들어가야 할 형편이었는데, 그게 곧 구해지지 않았거든요. 그래서 저녁이 되면 전 일찍 국수를 하나 사 먹고 수위가 문을 채우기 전에 강의실로 숨어들어갔어요. 그러고는 날이 어서 어두워지기를 기다리곤 했습니다. 밤이 되면 저는 책상을 몇 개 모아서 자리를 만들고 이번엔 그 위에 누워서 다시 기다렸어요. 저는 아직도 잠이 들어서는 안 되었으니까요. 교사 안을 순찰하러 나온 수위에게 들키면 두말없이 쫓겨나게 되거든요. 저는 그러고 기다리다 수위가 다가오는 기색이 있으면 재빨리 그 수위가 다가오는 쪽 창턱 밑으로 내려가 납작 엎드린 채 그가 지나가기를 기다렸어요. 수위는 손전짓불로 교실 안을 휙휙 둘러보곤 했지요. 그 불빛이 얼마나 무서운 것이었는지 모릅니다. 사람은 보이지 않고 불빛만 번쩍거리는 그 전짓불이 말입니다. 그 불빛이 기다랗고 곧은 장대처럼 되어 교실 안의 어둠을 이리저리 들추고 다닐 때 저는 뱃속에서 들려 나오는 꼬르륵 소리조차 조마조마했어요. 물론 그런 때는 어렸을 적의 전짓불과 공포까지 함께 살아났지요. 그러나 이젠 그 전짓불 앞에 어느 쪽을 선택해 말할 여지도 없었

습니다. 물론 애원으로 용서를 받을 수도 없었구요. 전 이젠 어린애가 아니었거든요. 전짓불은 이제 그 자체가 저에게는 참을 수 없는 공포였어요…….

대학 시절의 이야기마저도 결국은 철저하게 그 전짓불로만 연결지어지고 있었다. G의 진술은 끝끝내 그런 식이었다. 군영 생활 3년에 대해서도 그랬고, 가정생활, 교우 관계 모두에 대해서도 그랬다. 모두가 그 전짓불투성이였다. 그리하여 그는 결국 자신에 관한 가장 정직한 진술을 끝까지 실패하고 만다. 그리고 어느 날 드디어 신문관은 G에게 진술을 중단시킨다. 기나긴 신문이 끝난 것이다. 신문이 끝났으니 이젠 심판이 내려질 차례였다. 심판이 내려졌다. 정직한 진술을 실패한 G는 말할 것도 없이 유죄였다. 박준의 소설은 이렇게 끝나고 있었다.

"우선 나는 지금까지 당신의 진술을 검토한 끝에 당신의 유죄 심증을 굳히게 되었습니다."

사내는 선언하듯 말하고 나서 한동안 G를 가만히 건너다보고 있었다. 그러더니 이윽고 그는 불안 때문에 감히 입도 열지 못하고 있는 G에게 유죄 심증 이유를 설명하기 시작했다.

"그 이유는 이렇습니다. 이유를 말씀드리기 전에 먼저 말해둬야 할 것은, 사실 우리는 당신의 진술 내용을 당신에 대한 유죄 심증의 근거로 삼지 않았다는 점입니다. 그럴 필요가 없었지요. 왜냐하면 당신의 혐의 사실은 당신의 진술 태도만으로 이미 심증이 충분해지고 있었으니까요. 당신이 진술한 이야기의 내용이 아니라 그 태도에 의해서 말입니다. 자 그럼, 이제부턴 당신의 그 진술 태도와 관련하여 유죄 심증의 이유를 말하지요. 그 이유는 이렇습니다. 첫째로 당신은 우리에게 체포당해 있다는 사실, 그것을 부인하려고 했습니다. 당신과는 전혀 다른 새로운 질서를 가지고 있을지 모를 우리에게 당신이 체포당했다는 사실—지금 모든 것은 거기서부터 출발되고 있는 것입니다. 우리가 당신을 체포하게 된 경위는 문제가 되지 않습니다. 당신 자신도 그것을 잘 모르고 있지만 우리 역시 그것은 중요하지 않습니다. 어쨌든 당신이 우리에게 체포되었다는 사실, 우리들 쪽으로 보면 그것이 곧 당신의 최초의 혐의점이며 그것으로 우리에겐 당신을 신문할 권리가 생긴 것입니다. 그런데 당신은 그 최초의 혐의 사실과 그리고 우리들이 당신을 신문할 권리를 쉬 인정하려 하지 않았어요. 물론 당신은 그것을 말한 일이 없었지만, 그렇기 때문에 당신의 심중에선 그것이 더욱 용납될 수가 없었던 것입니다. 그것이 우리에게 훌륭한 유죄 심증의 이유가 되었지요. 두 번째 이유는 당신이 줄곧 우리의 정체에 대해 불요부당한 의문을 품고 있었던 점입니다. 당신은 진술을 하면서 자꾸만 우리의 정체를 알아내고자 했습니다. 그러나 우리의 비밀은 영원한 것입니다. 어쩌면 우리 자신도 그것은 모르고 있는 것일지 모릅니다. 그것을 알아내고 싶어하는 것은 죄악입니다. 당신은 그 죄악을 범했습니다. 그래서 당신은 늘 진술을 망설이고 정직한 진술을 하지 못했습니다. 당신이 우리의 정체를 궁금해하고 그것 때문에 정직한 진술을 할 수 없었다는 것은 또 하나의 음모 가능성을 스스로 드러낸 것이지요. 이젠 밝혀도 상관이 없는 일이지만, 사실 나는 처음부터 당신에게 어떤 음모가 있었으리라 믿고 있었던 것은 아니었어요. 그러면서도 내가 당신에게 처음부터 음모 혐의를 걸어 진술을 요구한 것은, 그것이 바로 우리의 신문 방법이기 때문이었지요. 그런 경우 진짜 피의자들은 대개 극도의 공포감을 갖게 되고, 그래 어떻게든 혐의를 벗어보려고, 다른 식으로 혐의 사실이 드러날 것은 꿈에도 생각지 못하고 이것저것 엉뚱한 진술을 늘어놓게 마련이거든요. 물론 그렇게 해서 진짜 혐의가 밝혀진 사람이 많은 것은 아니지요. 하지만 그 몇 되지 않은 사람을 철저히 색출해내기 위해선 모든 사람들이 일차 음모 혐의자가 되어주는 수밖에 도리가 없지요. 어쨌든 음모 혐의는 가장 좋은 신문 방법입니다. 그래서 당신에게도 같은 방법을 취했던 것이지요. 당신은 바로 그런 방법에 의해 훌륭하게 자신의 음모 가능성을 드러내준 것입니다. 우리들의 정체에 대한 불요부당한 의혹, 그리하여 끝끝내 정직한 진술이 불가능했던 위구심과 망설임, 그것들은 용서받을 수 없는 음모의 가능성인 것입니다."

사내가 겨우 말을 끝냈다. 끝내고 나서 다시 G를 바라보았다. G는 어이가 없었다. 사내의 말은 어느 하나도 선선히 승복을 하기 힘들었다. G가 사내들에게 체포당했다는 사실, 그것으로 모든 것이 새로 시작되며, 그것으로부터 G에겐 진술의 의무가 발생한다는 것은 말할 것도 없고, 사내의 정체에 의구심을 느끼고 있었다거나, 그 때문에 정직한 진술을 행하지 못했다는 점에 대해서도 사내는 도대체 초논리적 독단을 일삼고 있었다. 그의 말엔 시종 승복할 데가 없었다. 아니, 사내식으로 한다면 G에게는 오히려 그 사내를 설복시킬 보다 합당한 논리가 많았다. 하지만 G는 입을 다물고 말았다. 이미 모든 것이 끝난 뒤였다. G가 뭐라고 해도 사내는 이미 유죄의 심증을 굳히고 있노라 했다. 사내의 심증이 그런 식으로 굳어진 마당에 불복 이유를 말해봐야 사내는 이제 그 심증 자체가 또 모든 것의 시작이라고 할 터이고, 자칫하면 그 불복 의사까지를 새로운 음모의 심증으로 삼으려 들지 몰랐다. G는 모든 것을 체념하기로 작정하고 가만히 입을 다물고 있었다. 그러나 사내가 말을 끝내고는 계속 입을 다물고 있었으므로 G는 끝내 더 참을 수가 없어졌다.

"도대체 절 어떻게 할 작정입니까?"

G는 초조하게 묻기 시작했다. 그러나 사내는 이제 정말 할 일을 다 끝낸 듯 여전히 여유만만한 표정이었다.

"형을 선고받아야지요. 이것은 당신들의 풍속에 의하면 일종의 재판에 해당되는 것이니까요."

"음모의 심증만으로 어떻게 형이 선고될 수 있다는 것입니까?"

"하지만 당신은 이미 그 형벌을 선고받고 있는걸요. 당신의 진술 속에서 당신은 자신의 범죄만큼한 형벌을 선고받고 그리고 그 형벌은 이미 집행이 되고 있단 말입니다."

"알 수가 없군요. 어떤 식으로 형벌이 선고되고, 벌써 그 집행이 이루어지고 있다는 것입니까."

사내는 빙그레 웃고 있었으나 이제 그 웃음 속에는 잔인한 살기가 숨겨져 있었다.

"당신의 전짓불과 나에 대한 두려움, 그것은 이미 스스로 선택한 당신의 수형의 고통이지요. 그리고 당신은 그렇듯 스스로 선택한 수형의 고통 속에 이미 반쯤 미친 사람이 되었거나 앞으로도 계속 미쳐갈 게 분명합니다. 당신은 우리들의 심판에 앞서 자신의 형벌을 그렇게 스스로 선고받고 있는 것입니다……."

"……."

이날 밤 나는 며칠 동안 뜸해 있던 병원으로 다시 박준을 찾아갔다.

소설을 읽고 나니 이제 나는 박준에 대해 거의 모든 것이 확실해진 듯싶었다. 안형의 말대로 박준은 마치 그 한 편의 소설을 써놓고서 자신이 직접 주인공이 되어 현실 속에서 그 소설의 사건들을 연출해나가고 있는 것 같았다. 전짓불에 대한 것이 그랬고, 일방적으로 진술(그 용어마저도)을 요구당하고 있는 상황이 그랬다. 소설의 주인공처럼 박준이 무엇인가 김박사를 못 미더워하고 있다는 것도 의심할 여지가 없었다. 박준에게 끊임없이 진술을 요구하고 있는 김박사는 바로 박준 자신의 신문관이었다. 그리고 소설 속의 전짓불빛도 박준 자신의 것이었다. 박준은 벌써 2년 전에 자신의 입으로 그 전짓불의 이야기를 말한 일이 있었다. 그리고 2년이 지난 지금 박준은 바로 그 전짓불의 이야기를 소설로 직접 써 내놓은 것이다. 소설 속의 전짓불빛이 박준의 것일 수 있다는 것은, 그리고 소설 속의 주인공 G가 바로 박준 자신이리라는 사실은, 그가 소설 속에서 '진술'이라는 말을 유독 자주 사용하고 있는 것으로도 더욱 분명해질 수 있었다. 물론 진술이라는 말은 박준뿐 아니라 김박사도 즐겨 쓰는 말이었고, 나 자신도 잡지 일을 일종의 간접적인 진술 행위라고 고백한 일이 있지만(어쩌면 우리 모두가 그 진술과 관련하여 그것을 요구받으며 살아가고 있는 것인지도 모른다), 박준은 소설을 쓰는 사람인 만큼 무엇보다 자기 소설 작업을 그 자신의 진술 행위로 이해하고 있었음이 틀림없었다. 그러므로 G는 박준 그 자신일 수 있으며, G로 하여금 정직한 진술을 방해하고 있는 장애 요인들은 바로 박준 자신이 소설을 쓰면서 당하고 있는 모든 방해 요인들을 상징하고 있을 수 있었다. 박준은 결국 그 정직하려고 하면 할수록 오히려 실패만 거듭하게 될 수밖에 없는 한 작가의 슬픈 파멸을 G의 이야기를 통해 말하고 싶어한 셈이었다.

그런데 박준은 지금 병원의 김박사로부터 끊임없이 고문을 당하고 있는 처지였다. 아니, 김박사는 이미 견딜 수 없이 공포스런 전짓불 뒤로 사라지고 그는 지금 그 눈부신 전짓불빛의 신문을 당하고 있는지도 몰랐다. 그 전짓불 뒤에 숨은 김박사의 정체를 끝없이 불안해하며 스스로 고통을 당하고 있는지도 몰랐다.

그것은 한마디로 연극기 따위로 단정해버릴 수가 없는 것이었다. 혹은 연극기라고 해도 상관은 없었다. 하지만 그것은 단순한 연극기가 아니었다. 도대체가 이젠 박준이 그런 소설을 써놓고 그 소설을 현실 속에서 연출해나가고 있는 것이 아니라, 반대로 그의 현실과 의식이 그런 소설을 쓰게 한 것이라고 해야 옳았다. 가령 박준이 처음에는 진짜 연극기에서 그런 증세를 가장하기 시작했다 해도, 김박사의 추궁이 계속되는 한 그는 이제 정말 미치광이가 되고 말지도 모르는 형편이었다. 아니 그의 소설의 주인공은 그 신문 과정에서 벌써 수형의 고통까지 함께 감내하고 있었다는 식으로 결말이 지어지고 있었다.

김박사의 추궁을 중단시키지 않으면 안 되었다. 무엇보다 우선 내가 박준을 위해 해야 할 일은 그 불안을 되풀이 경험시키지 않도록, 그래서 그의 공포가 더 이상 깊어지지 않도록 하는 것이었다. 김박사로 하여금 더 이상 진술을 요구하지 못하게 하는 것이었다.

김박사는 이날도 역시 병원을 나가지 않고 있었다. 알고 보니 김박사는 병원 안쪽에 바로 살림집이 붙어 있다고 했다. 다른 할 일이 없다 보니 노상 자신이 병원을 밤까지 지키게 된다는 것이었다.

박준에게선 예상대로 아직 확실한 진술을 얻어내지 못하고 있었다. 전짓불에 대해서도 물론 원인을 찾아내지 못하고 있었다. 이날 오후에 환자 누이라는 여자가 잠깐 한 번 병원을 다녀간 일이 있었을 뿐 박준은 날이 갈수록 점점 더 말이 적어지고 공포심만 늘어간다는 것이었다. 경과를 모두 듣고 난 다음, 비로소 나는 김박사에게 박준의 소설 이야기를 꺼냈다. 그의 소설의 줄거리를 설명하고 전짓불의 내력을 일러주었다. 그 소설 속의 전짓불과 관련하여 박준이 얼마나 자기 진술이라는 것을 두려워하고 있는가를 김박사에게 납득시키려고 했다. 그러면서 나는 김박사에게 이제 더 이상 박준을 추궁하지 말아달라고 노골적으로 간섭을 하고 들었다. 이 이상 무리하게 진술을 계속시키려 했다가는 박준이 정말 미쳐버릴지도 모른다고 협박을 하기도 했다. 그러나 김박사는 역시 의연했다. 여태까지 자기의 방법이 낭패를 거듭하고 있는 것은 부끄러운 일이지만, 그러나 아직도 자신이 있다고 했다. 정 뭣하면 마지막 비상수단을 사용해서라도 박준의 진술은 기어코 얻어낼 자신이 있다는 것이었다. 그 마지막 비상수단이 어떤 것이냐는 물음에는 그저 빙긋이 미소만 짓고 있었지만 하여튼 김박사는 여유가 만만했다. 박준의 소설도 참고가 될 수는 있을지언정, 그것이 치료의 원칙이 될 수는 없다고 했다. '인터뷰' 를 중단하는 것은 환자의 치료를 포기하는 거나 마찬가지다—. 그는 신념과 사명감으로 가득한 사내였다. 그 신념은 꺾이어진 일도, 꺾을 수도 없는 것인 듯했다. 그러나 나는 이제 그런 김박사의 태도가 조금도 마음에 들지 않았다. 아무리 그가 자신만만해 있어도 마음이 놓이지 않았다. 지나치도록 신념에 넘치고 있는 그의 태도가 오히려 위태롭게만 느껴졌다.

박준이 가여웠다. 나는 김박사에게 박준을 한번 만나고 싶다고 했다. 김박사는 내가 박준을 만나보는 것은 누구를 위해서도 도움이 될 수 없을 것이라고 잘라 말했다. 그러나 나는 아무래도 마음이 지펴 병원을 그냥 돌아나올 수가 없었다. 고집을 피워 기어코 박준을 만나고 말았다. 그것도 물론 그의 병실까지 내가 직접 찾아 들어가서였다. 박준은 과연 김박사의 자신만만한 태도와는 사정이 영 딴판이었다. 박준의 몰골은 정말 말이 아니게 초췌해져 있었다. 이 며칠 사이에 벌써 보기 흉하도록 불쑥 튀어나온 광대뼈하며, 그 광대뼈 뒤로 불안하게 숨어들고 있는 두 눈동자엔 진짜 광기 같은 것이 어리고 있었다. 내가 본 박준의 모습은 그런 것이었다. 그리고 그 박준은 나를 보자 더욱 심한 불안감에 싸여드는 것 같았다. 나는 그러는 박준에게 굳이 무슨 말을 시키려 하지 않았다. 쓸데없이 아는 체 소리를 하지도 않았다. 병실 안을 휘 한 번 둘러보면서, 그가 불안해할 필요가 없는 몇 가지 위로 말만 남기고 이내 다시 병실을 나오려고 했다. 한데 바로 그때였다. 눈치만 살피고 있던 박준이 느닷없이 문 쪽으로 걸어가는 나를 가로막고 나섰다.

"나를 좀 도와주시오."

앞을 가로막고 서서는 형편없이 기가 죽은 목소리로 애원을 하기 시작했다.

"나는 미친 사람이 아니오. 제발 여기서 나를 나가게 해주시오. 당신이라면 아마 내가 이곳을 나가도록 도와줄 수 있을 것이오."

엿듣는 사람이 있을까 싶은지 문 쪽 동정을 살펴가며 마구 내게로 매달려오는 것이었다. 마치 내가 하숙집 앞 골목에서 처음으로 그를 만났을 때, 그가 나의 도움을 애걸해오던 바로 그날 밤처럼. 고백의 내용이 그때하고 정반대가 되어 있을 뿐이었다. 나는 당황하지 않을 수 없었다. 갑자기 당한 일이라 어떻게 해야 좋을지 알 수 없었다. 그의 말을 어떻게 알아들어야 할지 얼핏 판단이 서지 않았다. 이 친구가 이젠 정말로 미쳐버린 것이나 아닌가. 진짜로 미친 사람은 한사코 자기가 미치지 않았다고 고집을 세운다던가. 그러나 아직도 나는 박준이 정말로 미쳐버린 것이라고는 믿을 수 없었다. 어찌할 바를 모르고 내가 한동안 어리둥절해 있으니까 박준이 다시 애원을 계속했다.

"정말이지 여기서는 더 이상 견딜 수가 없어요. 여기는 정신 병원이 아닙니까. 그런데 왜 제가 여기에 이렇게 갇혀 있어야 하느냔 말이에요."

"하지만 박형은 박형 자신이 스스로 이곳을 찾아오지 않았던가요?"

비로소 내가 한마디 반문했다. 그러나 박준은 이제 조금도 망설이지 않았다.

"그땐 일부러 그랬던 것이지요. 제가 일부러 미친 척하고 있었다는 것은 의사도 알고 있어요."

"일부러? 무엇 때문에 일부러 그런 짓을……?"

연거푸 물어대는 소리에 박준은 뭔가 갑자기 면구스런[16] 구석이 떠오르는 듯, 공연이 풀기 없는 미소를 히죽거리기 시작했다.

"그야 사람은 미친 사람 취급을 받을 때가 가장 편한 것 아닙니까. 미친 사람은 어떤 세상 일로부터도 온통 자유로울 수 있거든요. 책임을 추궁당할 일도 없고 협박을 당하며 쫓겨 다닐 일도 없지요. 정신 병원보다 안전한 곳이 없는 것처럼 보였어요. 그러나 이곳에 들어와 보니……."

어딘지 짐작이 가는 소리였다. 하지만 박준의 대답에는 역시 좀 수상쩍은 대목이 느껴졌다.

[16] 면구스럽다(面灸—) 남을 마주 보기 부끄러운 데가 있다.

"그렇다면 왜 박형은 김박사에게 그 점을 납득시키려 하지 않고 있지요? 김박사가 그 점을 납득한다면 박형은 금세 이곳을 나갈 수 있을 텐데 말이오."

이번에는 박준이 금방 대답을 하려 하지 않았다. 원망스런 눈초리로 나를 쳐다보고만 있었다. 약간 지나치고 있다는 생각이 들었으나 나는 다시 박준에게 물었다.

"왜 박형은 그것을 김박사에게 말하지 않고 나에게 따로 도움을 청하는가 말입니다. 글쎄 박형은 지금 그런 부탁을 하고 있는 내가 누군질 알고 있기나 하는가요?"

"그야 아직은……."

"한데 박형은 왜 아직도 내게 그것을 물으려고 하지 않지요? 내가 누군지도 모르면서 도움을 청하려고 하지요?"

"그야 물어봐야 진짜를 가르쳐주진 않을 테니까요. 절 거짓말로 속여버릴 게 뻔한 일인 걸요. 물으면 뭘 합니까."

박준의 목소리는 어느새 또 형편없이 기가 죽어 있었다.

이튿날도 나는 일찌감치부터 사무실을 나와 있었지만 박준의 일 때문에 도대체 자리를 지키고 싶은 생각이 없었다. 이번 달 잡지 일은 이제 나의 머리에서 완전히 자취를 감춰버리고 없었다. 사무실을 나온 것은 거의 기계적인 습관에서였다. 잡지 일은 안형이 도맡다시피 하고 있었다. 집에서나 사무실에서나 나는 도무지 박준뿐이었다. 어떤 식으로든 박준의 일이 결말나지 않고는 아무것도 손을 대고 싶은 생각이 나지 않았다. 게다가 이날은 전날 밤 일 때문에 더욱 마음을 가라앉힐 수 없었다. 전날 밤 나는 박준을 만나고 나서 다시 김박사를 찾아가 한참 실랑이를 벌였었다. 인터뷰를 그만두지 않으려면 차라리 박준을 병원에서 내보내주는 것이 낫겠다고 핏대를 세우며 덤벼들었다. 그러나 김박사는 역시 신념이 대단한 사람이었다. 의사로서의 사명감도 지나칠 만큼 투철했다. 자기로서는 절대로 인터뷰를 중단할 수 없으며, 더구나 그런 식으로 환자를 병원에서 내쫓을 수는 없는 일이라고 했다. 결국은 내가 지는 수밖에 없었다. 그러나 막상 그런 식으로 항복을 하고 나서도 마음이 놓일 수는 없었다. 필시 김박사 쪽에서 잘못을 저지르고 있는 것 같았다. 다만 나는 의사로서의 김박사의 권위 앞에 그 잘못을 드러내 보여줄 수가 없었을 뿐이었다. 조마조마한 느낌이 가시질 않았다. 그리고 그런 조마조마한 기분이 이튿날까지 계속 나를 괴롭혀왔다. 나는 이리저리 사무실을 서성대고만 있었다. 박준에 대해 아직도 뭔가 미진한 것이 남아 있는 게 분명했지만, 그것이 무엇인지, 그리고 나는 지금 박준을 위해 무엇을 어떻게 해야 할지 생각이 떠오르질 않았다. 그러나 나는 여전히 그 박준을 포기하지 못했다. 무엇인가 그를 위해 계속 생각을 붙들고 있어야 할 것 같은 기분이었다.

드디어 한 가지 생각이 떠올랐다. 화장실 휴지 조각에서 잠깐 읽다 만 인터뷰 기사를 마저 읽어보고 싶었다. 전짓불의 기억에 대한 박준의 보다 직접적인 진술을 보고 싶었다. 앞뒤 이야기가 궁금했다. 그 전짓불이 실제로 박준을 어느 만큼 심하게 간섭하고 있는지를 더 분명히 알고 싶었다. 앞뒤를 읽어보면 분명 그런 이야기가 나올 것 같았다.

나는 사환아이에게 메모 쪽지를 들려 신문사로 보냈다. 이내 신문사 친구가 보관용 스크랩을 보내왔다. 나는 곧 기사를 훑기 시작했다. 미리 말하자면 내가 사환 아이를 신문사로 보낸 건 역시 허사가 아니었다. 기사가 충분히 그럴 만한 가치가 있었다. 앞서도 말했듯이 박준의 인터뷰 기사는 벌써 2년쯤 전에 씌어진 것이었다. 그러니 거기에 진술되고 있는 박준의 말도 2년 전의 것임은 물론이다. 그런데 그 2년 전에 벌써 박준은 이후로 씌어질 작품들과 자신의 운명에 대해 놀랄 만한 예언을 하고 있었다. 물론 그것은 예언을 위한 예언은 아니었다. 양심적인 작가라면 당연히 문제가 되고 있을 자신의 작가 현실에 관해 솔직한 심경을 털어놓은 것뿐이었다. 아마 그것이 사실일 것이다. 그것이 그의 예언이 된 것이다. 2년이 지난 오늘의 박준을 상상해볼 때 그의 말은 너무도 많은 것을 암시하고 있고, 너무도 적중한 현실로서 그 암시가 증명되고 있기 때문이다.

작품의 소재는 주로 어떤 데서 구하고 있는가, 즐겨 다루는 테마로는 어떤 것을 들 수 있는가, 인터뷰는 처음 그런 식으로 지극히 평범한 얘기부터 시작되고 있었다. 그러다가 이야기는 잠시 후에 소설에 있어서의 한 작가의 경험 세계와 상상력의 관계 같은, 좀 이론적인 데로 옮겨가더니 마침내는 박준의 문학 입장이 논의되기 시작했다.

—문학 행위는 크게 보아, 보다 넓은 인간의 영토를 획득하고, 이미 획득된 영토에 대해서는 이를 수호하고 그 가치를 되풀이 확인해나가는 것이라 할 수 있다. 문학 행위를 굳이 어떤 식으로 구분하려 든다면 거기에서도 입장이 조금씩 달라질 수 있다고 생각한다. 하지만 한 작가에 있어서 그 문학적인 입장은 어느 쪽이라도 상관이 없을 것 같다. 어떤 사람은 전자의 방법에 자기의 문학을 봉사시킬 수 있고, 또 어떤 사람은 후자 쪽에서 그것을 완성해나갈 수도 있다. 한 작가가 자기의 문학을 어느 쪽

에서부터 출발하고 있든 그것은 완전히 그 작가의 자유이다.

—그것이 작가의 자유라고 한다면 그것은 어떤 시대적인 요구나 시민으로서의 양심도 초월해버릴 수 있다는 말인가.

—그런 뜻이 아니다. 어느 시대 어느 지역의 작가를 막론하고 그가 만약 정직한 작가라면 자기의 시대를 위기의 시대로 받아들이지 않는 사람은 없다. 하지만 그런 위기의식을 가지고 자기 시대의 문제를 극복해나가려는 방법은 작가에 따라 얼마든지 달라질 수 있다. 물론 주관적으로 말한다면 한 시대가 모든 작가들에게 어떤 특정한 작업 방법을 요구해올 경우를 상상해볼 수는 있다. 그러나 대개의 경우 한 시대의 압력이란 모든 작가들에겐 상대적인 것이며, 일률적으로 그들을 강제할 기준을 지니게 된다고는 말할 수 없다. 작가는 그가 만약 자기 시대의 요구를 비겁하게 회피하지 않는다면 그것을 성실하게 극복해나갈 방법을 선택할 권리가 있다는 뜻이다. 다른 것은 그 방법일 뿐이다.

—자신의 얘기를 해달라. 당신이 선택하고 있는 방법 말이다.

—그것은 위험한 질문이다.

—왜 위험하다고 하는가.

—그런 질문들은 대개 한 작가에게 쓸데없는 선입견이나 강박을 강요하게 된다. 그런 질문들은 작가로 하여금 자기 자신의 눈으로 정직하게 현실을 보지 못하게 할 뿐이다.

—결국 말할 자신이 없다는 얘기 아닌가?

—힐책을 당해도 할 수 없다. 작가란 애초에 작품으로 말할 권리를 얻은 사람이다. 대답이 자꾸 부실해지고 있는 것 같지만, 이런 식으로 간단히 한 작가의 말을 빼앗아버린다면 그것은 결국 그 작가에게 작품

을 쓰지 않아도 좋다는 얘기가 된다. 진짜 작가와의 이야기는 소설로만 가능하다. 작가에겐 소설로 말을 하게 하라. 그렇지 않을 경우 문학은 한낱 소문 속의 소문이 될 수 있을 뿐이다. 문학은 적어도 소문 속에 태어난 또 하나의 소문이 될 수는 없다.

문답이 상당히 치열해지고 있었다. 반대로 이야기는 점점 암시성이 짙어져가고 있었다. 그런데 나의 진짜 관심을 끌기 시작한 대목은 바로 여기서부터였다.

—그러나 작가는 자기의 소설을 이야기할 수는 있지 않은가.

기자가 다시 묻고 있었다. 그러자 박준은 여기서 엉뚱한 데로 이야기를 끌고가기 시작했다. 그것이 바로 2년 후에 그의 소설에서 다시 나타나고 있는, 그리고 하루 전에 내가 화장실 신문 조각에서 잠깐 읽은 일이 있는, 그 전짓불 이야기였다.

—하지만 작가의 경우 애써 상대방의 정체를 알아야 할 필요가 있는가? 정체를 알게 되면 경우에 따라 다른 내용의 진술을 할 수 있다는 것인가?

전짓불에 대한 기억과 '위험스런 질문'에 대한 박준의 설명이 끝나고 나자 기자가 힐난조로 다시 묻는다. 박준의 대답은 여기서부터 진짜 열이 오르기 시작한다.

—천만의 말씀이다. 작가는 그 전짓불 뒤에 숨은 사람의 정체가 무엇이든 그들과 상관없이 정직한 자기 진술만 하면 그만이다. 그것이 작가의 양심이라는 것 아닌가. 나의 이야기는 다만, 그러나 나에게서는 이미 그 양심이라는 것이 나의 의지하고는 아무 상관도 없이 지켜질 수 없게 되고 있다는 것뿐이다. 전짓불이 용서하지 않기 때문이다. 전짓불이 어

떤 식으로든 선택을 요구하기 때문이다. 아니 나에게는 어떤 선택의 여지조차 없다. 그런 것은 알지도 못한 새에 나는 언제나 누군가의 편이 되어 있곤 하는 것이다. 그러고는 가혹한 복수를 당하곤 한다.

—정직한 진술이 언제나 복수를 당한다고는 할 수 없지 않은가.

—그건 그렇지 않다. 언제나 복수가 뒤따른다. 그 전짓불은 도대체 처음부터 이쪽을 복수하고 간섭하기 위해서만 존재하는 것이다. 아마 아무도 그 전짓불의 편이 되어본 사람이 없을 것이다.

—결국 작가는 침묵을 지킬 수밖에 없다는 것인가.

—그랬으면 좋겠지만 침묵을 지킬 수는 더욱 없다. 작가는 누가 뭐래도 진술을 끊임없이 계속하지 않고는 살아갈 수가 없는 족속이니까. 괴로운 일이지만 작가는 결국 그 정체가 보이지 않은 전짓불의 공포를 견디면서 죽든 살든 자기의 진술을 계속해나갈 수밖에 다른 도리가 없는 사람들이다. 만약 그럴 수마저 없게 된다면 그는 아마 영영 해소될 수 없는 내부의 진술욕과, 그것을 무참히 좌절시켜버리고 있는 외부의 압력 사이에서 미치광이가 되어버리지 않고는 배겨날 수 없을 것이다.

—마지막으로 한 가지만 더 묻고 싶다. 당신은 아까부터 자꾸 전짓불의 공포라는 말을 써왔는데, 그리고 당신은 지금도 그 전짓불의 간섭을 받고 있다고 말했는데, 당신의 소설 작업과 관련하여 지금 당신은 어떤 곳에서 그것을 느끼고 있는지 그것을 좀더 구체적으로 말해줄 수 없는가.

—말해줄 수 있다. 그것은 소문 속에 있다.

—소문 속에라면, 실제로는 존재하고 있지 않다는 말인가.

—실제로도 존재하고 있을 것이다. 정체를 밝히지 않기 위해 소문의

옷을 입고 있는 것뿐일 것이다. 그래야 그것은 우리들을 더욱 효과적으로 복수할 수 있을 것이 아닌가. 게다가 사람들은 원래 그런 소문을 좋아하기 때문에 그를 위해선 늘 두꺼운 소문의 벽을 쌓아주고 있는 것이다.

인터뷰는 그렇게 끝나고 있었다. 이번에는 정말로 모든 것이 명백해지고 있었다. 박준이 마지막으로 전짓불의 이야기를 썼던 것은 역시 우연이 아니었다. 박준은 작가란 괴로운 일이지만 그 정체가 보이지 않는 전짓불의 공포를 견디면서도 끝끝내 자기의 진술을 계속해나갈 수밖에 다른 도리가 없는 운명을 짊어진 사람들이라고 했다. 그러나 지난 2년 동안 박준은 그만한 각오조차도 지켜내질 못 해온 셈이었다. 그의 독자들이, 안형과 내가, 그의 소설을 내보내주지 않은 교활한(또는 지나치게 용기가 없거나 용기가 없는 체하거나, 그 용기와 관련하여 편집이 심한) 편집자들이, 그보다도 그의 전짓불 뒤에서 끝끝내 정체를 드러내지 않은 채 복수만을 음모하고 있는 모든 사람들이, 그들의 입에서 입으로 건너다니는 정체불명의 소문들이 그것을 지켜내지 못하게 한 것이다. 그래서 그는 자기의 내면에 용틀임치는 진술욕과 그것을 불가능하게 하고 있는 전짓불 사이에서 심한 갈등과 불안을 느끼기 시작했다. 그리고 그 정체불명의 소문과 갈등을 빨아먹으며 전짓불은 그의 의식 속에서 엄청나게 크게 확대되어 갔다. 그 전짓불은 바로 어렸을 때부터 그의 속에서 은밀히 발아를 기다리고 있던 그 갈등과 불안의 씨앗이었다. 이제 그 씨앗이 발아를 시작한 것이다. 그리고 그것은 박준의 마지막 소설 속에서 한 작가로 하여금 끝끝내 정직한 진술을 할 수 없게 만든 방해 요인의 상징으로 훌륭하게 완성되고 있었다. 그는 그의 소설 속에서 한 작가가 얼마나 가혹하게 자기 진술을 간섭받고 있으며 그 때문에 결국은 얼마나 무참한 파국을 겪게 되는가를 극명하게 증언해준 것이다. 그가 그런 소설을 쓰게 된 것은 거의 필연적이었다.

박준은 그 모든 것을 2년 전에 벌써 다 예감한 모양이었다. 그리고 모든 것이 그 박준의 예감대로 진행되어온 셈이었다. 박준이 그가 예언한 대로 정말 미친 사람으로 보일 만큼 전혀 자기 이야기를 하려 하지 않은 것도 사실은 누구보다도 많은 이야기를 하고 싶은 욕망을 숨기고 있기 때문일 터였다.

하지만 이제 내게 확실해진 것은 그런 박준의 사정만이 아니었다. 박준의 사정이 확실해진 만큼 또 하나 확실해진 것이 있었다. 잡지 일이 탁탁해진 이유였다. 원고들이 잘 걷히지 않고 있는 것이나 걷혀 들어온 원고들이라야 모두 그렇고 그런 이유가 비로소 분명해져 있었다. 전짓불 때문이었다. 박준을 괴롭히고 있는 전짓불은 비단 박준 그 한 사람만 지니고 있는 것이 아니었다. 진술이라는 것을 경험해본 사람들은 그것이 비록 자발적이든 누구의 강요에 의해서든, 또는 일부러든 무의식 중에든 조금씩은 그 전짓불빛 비슷한 것을 눈앞에 받아보지 않은 사람이 없을 터. 누구나 자신의 전짓불을 가지고 있게 마련이다. 그리고 그 전짓불은 이쪽에서 정직해지려고 하면 할수록, 그리고 진술이 무거우면 무거울수록 더욱더 두렵고 공포스럽게 빛을 쏘아대게 마련이다. 원고들이 잘 걷혀들 리 없었다. 쉽사리 거둬들일 수 있는 글이란 그 전짓불빛을 견디려 하지 않은 것들뿐. 그런 글들이 신통할 리 없었다. 사정이 거기까지 확실해지고 나자 나는 혼자 실소를 머금지 않을 수 없었다.

—그렇다면…… 그렇다면 도대체 잡지를 만든다는 것은 무슨 의미가 있는 일인가.

오랫동안 주머니 속에 뒹굴려대고 있던 나의 사표에 생각이 미쳐간 것이다. 그리고 이때 비로소 나는 내가 무턱대고 사표부터 써넣고 다니게 된 나의 이유를 발견할 수 있었다. 나에게는 이미 자신의 진술의 길이 막혀 있었던 것이다.

퇴근 시간이 아직 한 시간쯤 남아 있었지만 나는 대강 책상을 정리하고 사무실을 나섰다. 김박사가 나가기 전에 병원을 찾아가볼 작정이었다. 김박사는 내가 병원를 들를 때마다 기다리듯 늘 자리에 남아 있곤 하던 사람이긴 했다. 그러나 그 김박사가 오늘도 또 밤까지 병원을 지키고 있으란 법은 없었다. 일찍부터 서둘지 않을 수 없었다. 오늘은 꼭 김박사를 만나 결판을 내야 하기 때문이었다. 사정이 그쯤 분명해진 이상 이젠 박준을 더 이상 김박사에게 맡겨놓을 수가 없었다. 김박사의 신념은 더 이상 신용할 수 없었다. 그런 식으로 박준을 병원에다 팽개쳐두기보다는 차라리 내 하숙방으로라도 끌어내 가는 편이 나을 거라 생각되었다. 이번에는 자신이 있었다. 뿐만 아니라 이제 박준을 병원에서 끌어내기만 하면 나는 나의 치료 방법에 대해서도 나대로의 확신을 가지고 있었다. 지금에야 생각난 일이지만 그가 두 번째 날 다시 나를 찾아왔던 사실이, 그리고 지난 밤에 또 그 비슷한 기미를 보여왔다는 사실이 내게 그런 확신을 갖게 했다. 그것은 김박사의 신념이나 제도화된 병원 풍속과는 아무런 상관도 지어질 수 없는 사실들이었다. 오히려 그런 것하고는 상극을 이루는 것들이었다.

나는 곧장 병원으로 달려갔다. 그러나 도대체 이게 어찌된 일인가. 해도 아직 떨어지기 전에 병원에 당도한 나는 이번에야말로 정말 뜻밖의 사태에 아연해지지 않을 수 없었다. 박준의 일이 마지막 판에 가서 또

엉터리없이 빗나가버리고 있었다. 짐작대로 김박사는 아직 병원을 나가지 않고 있었다. 그런데 김박사는 이날따라 나를 대하고 나자 이상스럽게 말을 쭈뼛거리고 있었다.

"오늘도 오실 듯해서 미리 사무실로 전화를 드릴까 했습니다만……."

그닥지 않게 거북살스런 어조로 말문을 열기 시작한 김박사의 고백인즉, 바로 어젯밤에 박준이 또 병원을 도망쳐나가고 말았다는 것이었다. 그러면서 김박사는 박준에 대해 처음으로 자신의 과실을 시인하는 듯한 말투로,

"어쩔 수가 없었어요. 환자가 어젯밤 또 심한 발작을 일으켰거든요. 아침에 깨어나 보니 병실이 비어 있지 않겠습니까. 결국은 나와 나의 방법이 환자에게 지고 만 셈이에요. 나의 처방이 환자에게 이런 낭패를 보기는 처음입니다."

허탈하게 지껄여대고 있었다. 아무래도 박준으로부터는 비밀을 고백시킬 별다른 방법이 없더라고 했다. 그래서 김박사는 마침내 그 마지막 비상 처방으로 박준을 시험해보는 수밖에 다른 도리가 없었다고 했다. 그러나 그 마지막 비상 처방도 결국 빛을 보지 못한 채 박준이 병원을 나가버린 거라 했다.

"도대체 박사님이 그에게 사용한 마지막 방법이라는 게 어떤 것이었습니까?"

나는 벌써 박준이 병원을 나가버린 것을 알고부터는 김박사 이상으로 기분이 허탈해져 있었다. 아무 말도 하기 싫고 아무것도 생각하기 싫었다. 무턱대고 김박사가 밉살스러워지기만 했다. 그러나 나는 김박사에게 그 마지막 처방이라는 것을 묻지 않을 수 없었다. 그것은 전부터도

이미 궁금스런 데가 많던 일이었다. 한데다가 김박사는 그 마지막 방법이라는 것에 대해 늘 자세한 말을 피해온 터였다. 과연 김박사는 얼굴빛이 금세 달라졌다. 뭔가 몹시 거북한 것을 숨기고 있는 사람처럼 한동안 나의 표정만 살피고 있었다. 그러나 끝끝내 침묵으로 대답을 강요하고 있는 나를 당할 수가 없어진 모양이었다.

"좋습니다. 알고 싶다면 이제 말씀을 드려도 상관없겠지요."

이윽고 결심을 한 듯 사실을 털어놓기 시작했다.

"어느 날 밤이던가요. 그러니까 내가 언젠가 정전 사고로 병원에 소동이 벌어진 일이 있었다는 말씀을 드린 적이 있지요. 박준 씨가 갑자기 발작을 일으키며 간호원에게 덮쳐들었다는 사건 말입니다. 난 그때 우연히 환자가 몹시 전짓불을 두려워하고 있다는 걸 알았지요. 전짓불 앞에서는 그가 엄청난 공포감에 기가 질려버리게 된다는 사실을 말입니다. 문제는 바로 그 점이었습니다. 뭐냐하면 난 그때 환자로 하여금 지나친 공포감으로 발작만 일으키게 하지 않는다면 최악의 경우 그 전짓불로 환자를 완전히 굴복시킬 수 있다고 생각했던 겁니다. 전짓불로 환자를 적당히 고분고분하게 만들어 비밀을 고백시킬 수 있으리라고 말입니다. 그런 생각은 노형께서 내게 들려준 박준 씨의 소설 이야기에서 더욱 확신을 얻게 되었지요. 소설의 주인공이 늘 어떤 전짓불 앞에 진술을 강제당하고 있었다는 사실 말입니다. 난 자신을 얻었어요. 물론 그것이 최선의 방법이라고는 생각하지 않았지요. 마지막 비상 처방이라고 하지 않았습니까. 다른 방법으로 열심히 그를 설복시켜보려 애를 써왔지요. 한데 어젯밤에는 나로서도 더 이상 참을 수가 없더군요. 마지막 방법을 시험해보기로 결심했지요. 그의 방에 스위치를 내리게 한 다음 전짓불을 켜들고 들어가 그의 얼굴을 내리비췄지요. 그런데……."

"그런데 그가 또 발작을 일으켜 병원을 뛰쳐나가 버렸다는 건가요?"

나는 더 이상 그의 이야기를 들을 필요가 없었다. 말을 가로막고 나섰다. 기상천외의 이야기였다. 기상천외의 방법이었다. 나는 화가 치밀어 견딜 수 없었다. 그러나 김박사는 아직도 내가 화를 내고 있는 것을 눈치채지 못한 모양이었다.

"아니지요. 전짓불 때문에 발작을 일으킨 건 사실이지만, 그 당장 환자가 병원을 뛰쳐나간 건 아닙니다. 박준 씨가 병원을 나간 것은 내가 그를 다시 진정시켜 잠을 재워놓고 집으로 돌아간 다음이었어요."

나는 더욱 화가 날 수밖에 없었다.

"도대체 박사님은 그렇게 해서 그의 진술을 얻어내는 것이 아직도 그의 증세를 위해 도움이 되는 일이라고 생각하셨던가요?"

거칠게 대들기 시작했다. 이미 나에겐 김박사의 태도가 환자를 치료하는 의사의 그것으로는 보여 오지 않았다. 그는 적수를 굴복시키려는 한 고집 센 인간의 오기 덩어리에 불과했다. 신념에 넘친 듯해 보이면서도 사실은 지극히 비열하고 치사한 오기 덩어리였다. 김박사도 그런 자신의 행동엔 뭔가 좀 석연치 않게 느껴진 대목이 있었던 모양이었다. 한동안 침묵만 지키고 있었다. 그러더니 박사는 언제까지나 그렇게 입을 다물고 있을 수만은 없다고 생각한 듯,

"하기야 내게도 이번 일에서만은 과실을 자인하지 않을 수 없는 점이 없었던 건 아니에요. 뒤늦게 의심이 간 일이기는 하지만 그는 아마 처음부터 정신 분열의 증세가 숨어 있었던 것 같아요. 단순한 노이로제만이 아니었으리란 말씀이지요. 아무래도 내가 일찍 진단해내질 못한 것 같

아요."

엉뚱한 변명을 하고 있었다. 김박사의 말인즉, 박준은 처음부터 미친 사람이었으리라는 것이었다. 그것을 김박사가 단순한 정신 신경증 환자로 다루어온 게 잘못 같다는 소리였다. 나의 기분은 마침내 최소한의 자제력마저 잃어가고 있었다. 이젠 나에게도 그 박준이 단순한 노이로제 환자라고는 생각되지 않았다. 그의 정신 상태가 결코 온전한 사람의 그것으로는 믿어지지 않았다. 그러나 나는 박준을 처음부터 김박사처럼 생각하고 싶지는 않았다.

"아닙니다. 처음부터 박준이 미친놈이라고 보신 것은 박사님의 잘못입니다. 제가 알기로는 적어도 박준이 처음 이 병원을 찾아왔을 때까지는 미쳐 있지 않았어요. 박사님께서도 늘 자신만만하게 장담하셨듯이 그는 처음부터 미쳐 있었던 게 아니었단 말입니다. 그가 진짜로 미치기 시작한 것은 이 병원을 들어오고 난 다음부텁니다."

나는 생각하는 대로 마구 지껄여댔다. 나 혼자 멋대로 단정을 하고 드는 것이 조금도 마음에 걸리지 않았다. 할 수 있는 한 김박사를 매도해 주고 싶은 일념뿐이었다.

"박준을 정말로 미치게 한 것은 박사님 당신이란 말입니다. 박준이 이 병원을 찾아오기 전부터 그 전짓불에 견딜 수 없는 괴롭힘을 당하고 있었던 것은 사실입니다. 하지만 박준은 그래서 자신의 피난처로 이 병원을 찾아온 것입니다. 이 병원 안에서 자신을 광인으로 심판받음으로써, 그 전짓불과 불안한 소문들과 모든 세상일로부터 자신을 해방시키고 싶었던 것이지요. 그런데 불행하게도 그가 피난처로 찾아온 병원이야말로 진짜 전짓불, 더욱더 무서운 전짓불의 추궁이 기다리는 곳이었어요. 박사님은 그가 누구보다 큰 진술의 욕망을 지니고 있기 때문에 오히려 더욱 철저하게 그 욕망을 숨기려고 했던, 그러지 않을 수 없었던 박준을 이해하지 못한 것입니다. 박사님은 그 살인적인 사명감과 자신력으로 어젯밤 끝내 박준을 미치게 하고 말았어요. 다른 사람 아닌 바로 박사님이 말입니다."

"말씀이 너무 지나친 것 같군요. 가령 내게 그런 과오가 있었다 하더라도 그처럼 심한 말씀을 하실 수 있습니까. 인간이란 아무리 성실하려 해도 시행착오라는 것이 있지 않습니까?"

김박사는 계속 그냥 듣고 있을 수 없다는 듯 말을 가로막고 나섰다. 그는 이제 막다른 골목에라도 몰린 사람처럼 이상하게 태도가 당당해지고 있었다. 그러나 나 역시 그런 김박사 앞에선 이미 화를 끌 수 없게 되어 있었다.

"시행착오라고요? 그래서 박사님은 처음부터 시행착오를 각오하고 박준을 그런 식으로 다뤄오셨다는 겁니까. 박사님께서 그렇게 간단히 말해버린 그 시행착오라는 것 속에서 박준이라는 한 인간의 운명이 얼마나 무참하게 짓밟혀버린 것인가를 상상이나 해보셨습니까?"

"처음부터 그런 것을 염두에 두고서 그랬다는 건 물론 아닙니다. 그러나 시행착오라는 것이 전혀 무의미한 것만은 아니지요. 박준이라는 한 특정 환자에겐 불상사가 되고 말았지만, 그러나 그에게서 얻은 경험은 이 병원을 위해서, 그리고 그와 비슷한 다른 환자들을 위해서 더없이 유익하게 활용될 수 있을 테니까요."

더 이상 추궁할 말이 없었다. 나는 그만 입을 다물어버리고 말았다. 도대체 병원이 환자를 위해 있는 곳인가. 환자가 병원을 위해 있는 것인

가. 그리고 의사의 성실성이라는 것은 도대체 무엇인가. 의사의 성실성이라는 것은 물론 단순한 인간적 동기나 성실성만으로는 충분해질 수가 없었다. 무엇보다도 그것은 애초 일종의 전문 기술인의 그것에서부터 비롯되어야 마땅했다. 한데도 지금 김박사는 무엇을 주장하고 싶어하는가. 너무나 뻔뻔스런 일이었다. 그런 김박사에게 박준을 다시 끌고 온 것이 무엇보다 잘못이었다. 박준을 미치게 한 것은 김박사뿐 아니라 그를 위인에게 끌어다 맡긴 나의 책임도 컸다. 더 이상 할 말이 없었다.

병원을 나왔을 때는 겨우 땅거미가 조금씩 깔리기 시작할 무렵이었다. 병원 문을 나서고 보니 나는 갑자기 할 일이 없어진 사람처럼 기분이 허허했다. 가슴속에서 일시에 썰물이 빠져나간 듯 모든 것이 막막하게 멀어져간 느낌이었다.

—박준이 어디로 갔을까. 병원을 나가고 나면, 그에게 또 어디 갈 곳이 있었을까.

얼마간 박준의 행방이 궁금스러워지고 있을 뿐이었다. 그러나 박준이 갈 만한 곳이 정말 있는지 없는지, 있다면 그게 어떤 곳일지, 그런 건 생각해보려질 않았다. 그저 그런 막연한 궁금증이 머리를 지나가고 있을 뿐이었다. 아무것도 생각하기 싫었고, 어느 한곳으로 생각이 모아지지도 않았다. 폐허처럼 가슴이 쓸쓸해져오고 있었다. 집으로는 얼핏 발길이 돌려지질 않았다. 하숙방을 기어들어가기는 시간이 너무 일렀다. 하숙집 골목은 언제나 어두컴컴한 밤길을 취기에 얼려 지나게 되어 있었다. 어느새 내게는 그런 습관이 몸에 배어 있었다. 그 골목길은 아직 훨씬 더 어두워질 여지가 남아 있었다. 골목이 아직 다 어두워지지 않은 걸 보자 나는 비로소 심한 갈증을 느끼기 시작했다. 나는 하숙집 골목과는 정반대쪽으로 발길을 돌렸다. 거리로 내려가서 주막을 더듬어 들어갔다. 주막을 찾아 들어가선 정신없이 갈증을 끄기 시작했다. 조금씩 조금씩 몸이 촉촉하게 젖어오기 시작했다. 그러나 그것만으론 아직 만족할 수가 없었다. 나는 계속 목구멍에다 술을 들어부었다. 정신이 몽롱해질 때까지 쉬지 않고 술잔을 비워냈다. 내일 일은 이제 아무래도 상관없었다. 잡지사 같은 건 벌써 사표를 내던져버리고 난 기분이었다. 박준의 일도 이젠 그만 잊어버리고 싶었다. 술이나 실컷 취해버리고 싶었다. 그렇게 술을 퍼마시고 주막을 다시 나왔다. 주막을 나와서도 이상스럽게 아직 마음속이 편해지질 않았다. 아직도 취하지 않은 구석이 남아 있었다.

—박준 녀석, 제깐놈이 병원을 나가면 어딜 간단 말인가.

박준의 생각이 아직도 머리에서 떠나지 않고 있었다. 어떤 미련 같은 것이 아직 마음 한구석에 남아 있었다. 술기운 때문이었으리라. 하지만 이제 나는 술기운을 아낄 필요가 없었다.

—녀석, 어쩌면 녀석은 다시 나를 찾아올지도 모르지.

제법 확신에 찬 기대를 품어보기도 했다. 박준에 대한 그런 기대가 잠시 후 하숙집 골목을 들어서고부터는 차츰 어떤 생생한 착각으로 변해갔다.

밤은 벌써 11시를 훨씬 지나고 있었다. 그런데 그 11시가 지난 밤 골목을 들어서자 나는 자꾸 어디선가 박준이 불쑥 나를 덮쳐올 것만 같았다.

—형씨, 나를 좀 도와주시오. 나는 쫓기고 있는 사람이오. 제발 어서 나를 좀…….

어디선가 어둠 속으로 박준의 소리가 들려오는 것 같았다. 나는 조심조심 골목을 지나다 한참씩 발길을 멈추고 서서 어둠 속을 두리번거리곤 하였다. 그러나 골목은 늘 어둠뿐이었다. 골목을 다 지나고 나의 하숙집 대문 앞을 이르도록 끝끝내 박준은 나타나지 않았다. 누군가 나를 뒤쫓아오는 기척 소리 같은 것도 없었다. 행길을 지나가는 발걸음 소리들이 이따금 골목 이쪽까지 까만 정적을 깨뜨려오곤 할 뿐이었다.

생각해볼거리

1 박준이 '전짓불'에 예민한 반응을 보이는 이유는 무엇일까요?

그는 어린 시절에 경찰과 공비 측이 수시로 찾아와 그와 그의 어머니에게 전짓불을 들이대며 진실을 추궁하는 바람에 공포에 떨었던 경험을 지니고 있습니다. 진실을 요구받지만 차마 진실을 말할 수가 없는 상황이었지요. 사람의 목숨이 달려 있던 일이었으니까요. 그런데 그때의 무서웠던 기억이 그가 어른이 된 후에도 고스란히 남아 있게 됩니다. 이는 박준이 살고 있는 현실에도 그와 유사한 상황이 전개되고 있음을 암시하고 있습니다.

즉 '전짓불'처럼 그를 억합하고 불안과 공포에 떨게 하는 존재(사회 현실 또는 제도)가 있으며 그것이 박준의 소설 쓰기를 방해하고 있음을 의미합니다.

2 나와 김박사는 박준에 대해 서로 다른 입장을 취하고 있습니다. 그 차이점이 무엇인지 생각해봅시다.

나는 박준을 진심으로 이해하려고 애쓰고 있습니다. 그래서 그가 쓴 소설이나 인터뷰 기사를 샅샅이 뒤져 읽으며 그의 증상이 나타나게 된 원인을 분석해봄으로써 그가 왜 그렇게 미치광이 행세를 하며 살아가고 있는지를 깨닫고 그를 그렇게 만든 현실을 개탄합니다. 그러나 김박사는 자신만의 학문 세계에 대한 자존심이 매우 강해서 자신이 옳다고 믿고 있는 오직 한 가지 방법으로만 그를 치료하려고 합니다. 즉, 어떤 문제를 자신의 기준으로만 판단하고 행동하려는 권위적이고 단면적인 모습을 보여주는 인물이지요.

3 또 다른 인물인 안형과 김박사의 공통점은 무엇입니까?

안형은 소설이 시대 현실을 반영해야만 한다는 것을 굳건하게 믿고 있는 사람이고, 김박사는 자신이 알고 있는 의학적 지식 하나만으로 환자를 치료할 수 있다는 생각을 가지고 있는 사람입니다. 따라서 이 두 사람은 오로지 한 가지 잣대로만 문학을 또는 환자를 파악하는 독선적, 억압적 인물이지요. 그렇기 때문에 박준이라는 인물을 단순하게 해석해버리고 그가 말하려고 하는 진실을 가로막고 있다는 공통점을 지니고 있습니다.

4 박준의 증세에 대해 내가 집착하는 이유는 무엇일까요?

인간은 누구나 말하고 싶은 것이 있어도 현실이라는 상황에 부닥치면 진실을 말할 수 없는 경우가 많습니다. 그러한 상황에 오랫동안 노출되다 보면 자신의 삶의 진정성을 놓쳐버리게 되고, 결국은 자신이 누구인지에 대해서도 알지 못하는 자아 상실감을 겪게 되지요. 이 소설 속의 '나' 역시 잡지사의 편집자이면서도 자신이 하고 있는 일에 대해 그 의미를 찾지 못하고 있습니다. 따라서 박준의 미치광이 행세를 지켜보면서 진실을 말하기를 강요당하면서도 그것을 말할 수 없는 현실 상황을 깨닫게 되고, 결국 박준이 곧 자신의 또 다른 모습이라고 생각합니다.

5 '전짓불의 공포'가 상징하는 의미가 무엇인지 생각해봅시다.

전짓불 체험은 박준의 어린 시절, 그에게 잊을 수 없는 공포감을 주었던 사건입니다. 이 사건은 그가 성장하면서 더욱 그의 삶을 옥죄고, 소설가가 된 뒤에는 더더욱 진술 공포증으로 발전하고 있습니다. 따라서 여기서 전짓불은 결국 한 작가가 지닌 진술의 욕망을 좌절시키는 외부의 압력 또는 작가의 정직한 표현을 방해하는 상황적 요인이라고 볼 수 있습니다.

6 박준이 스스로 미치광이 행세를 하는 이유가 무엇일까요?

진실을 말해야 하면서도 말할 수 없는 상황에 놓이게 되자, 그에게는 그러한 현실 자체가 견디기 어려웠을 것입니다. 그래서 차라리 진실을 말하지 않아도 되는 미치광이가 되어버림으로써 자신의 힘겨운 의무에서 놓여나고 싶었을 것입니다.

7 다음의 글을 읽고 소설 속 박준의 행동과 사회의 관계에 대해 생각해봅시다.

카프라 그렇다면 정신 질환이라는 개념에는 사회적인 맥락이 중요한 역할을 한다는 말이군요.

록 물론입니다. 절대적이지요.

카프라 만약 정신 질환자를 그 사회에서 들어내 광야에 갖다 놓는다면, 정상으로 돌아갈 수도 있다는 건가요?

록 맞습니다.

그로프 한 문화권에서 다른 문화권으로 사람을 옮길 수도 있지요. 여기서 미쳤다는 사람이 다른 문화권에서는 미치지 않은 것으로 될 수도 있는 것입니다. 그 반대의 경우도 마찬가지입니다.

디말란타 정신 이상 상태에 들어갈 수 있느냐가 아니라, 그 상태에 들어갔다 나올 수 있느냐가 문제입니다. 우리들은 잠시 조금씩은 돌아버릴 수 있거든요. 그러면 우리의 선형(線形, linear) 사고를 또 다른 각도에서 볼 수 있고, 짜릿한 감흥을 불러일으킬 수 있지요. 우리들의 창의력을 크게 북돋우는 구실을 하게 됩니다.

록 그게 훌륭한 샤먼의 기준이 되기도 합니다. 의식이 전환된 상태를 경험할 수 있는 통제력을 가진 사람들을 말하지요.

카프라 그러니까 사회 내부에서 정확한 상징들을 사용하지 못하는 것이 정신 질환의 일부가 된다는 뜻이군요. 그건 사회의 잘못이라고 할 수 있습니다. 개인이 다룰 수 없는 무엇이 있으니까요.

디말란타 그렇습니다.

록 바로 그겁니다.

—카프라, 『탁월한 지혜』 「빅서에서의 대화」 중에서
—김찬호, 『사회를 보는 논리』에서 재인용

어린 시절 전쟁 중에 겪었던 전짓불의 위협 때문에 심한 공포감에 시달렸던 박준은 어른이 되어서도 진술 공포증에 시달립니다. 이는 결국 그 사회가 주인공에게 여전히 무언가를 진술할 것을 강요하고 있고 , 주인공은 진실을 말하고 싶어도 끊임없이 그것이 억압당하고 있음을 암시합니다. 그의 소설이 계속 발표되지 않고 거부당하는 것을 통해 알 수 있지요. 그런 의미에서, 이 소설에서 소설가의 역할은 위 글에 나오는 샤먼의 역할과 비슷하다고 말할 수도 있을 것입니다. 그 시대의 병적인 상처를 드러내고 치유할 수 있는 역할을 하기 때문입니다. 그런데 그가 살고 있는 시대는 예전과 마찬가지로 자신의 목소리를 마음껏 낼 수 있는 사회가 아니었고, 그는 끝내 스스로를 미치광이로 만들 수밖에 없었습니다. 이렇게 된 데에는 박준 자신의 개인적, 심리적 원인보다는 그를 정신이상자로 만들어버린 사회의 책임을 묻지 않을 수 없습니다. 위 글에 나오는 내용처럼 그가 만일 다른 문화권에서 살았더라면 보통 사람들과 마찬가지로 살 수 있었을 것입니다. 따라서 이 소설은 사회의 횡포에 한 개인의 표현 욕구가 어떻게 좌절되어가는지를 잘 보여주고 있다고 볼 수 있습니다.

잔인한 도시

평생을 수인으로 살다가 이제 막 출감한 노인과
새장 속에서 2백 원짜리 날갯짓에 춤추는 새가
도심의 공원에서 함께 꿈꾸는 자유.

"누구나 한 번씩 날개를 사고 싶어한다오"

자유를 갈구했던 노인이 '가막소' 주변을 서성이던 며칠

1978년 '이상문학상'을 수상한 이 작품은 감옥에서 막 출감한 노인이 고향으로 내려가지 않고 교도소 근방의 어느 공원에서 밤을 지새며 살아가는 이야기로 시작되고 있습니다. 노인이 그곳을 쉽게 떠나려 하지 않는 이유는 거기에 있는 새 가게에서 목격한 장면 때문이었습니다. 새 가게의 주인은 공원에 놀러온 사람들로부터 일정액의 돈을 받고 새장 속의 새를 팝니다. 그리고 사람들은 그 새를 허공에 날려보내며 즉 새에게 자유를 누리게 해줌으로써 순간적인 즐거움을 만끽하고 돌아갑니다. 노인은 바로 감옥과도 같은 새장에 갇혀 살아가던 새가 자유를 찾는 과정을 지켜보면서 무한한 행복감에 젖게 되지요. 그러던 어느 날 그는 새에게 자유를 부여하는 그 일이 매우 잔인한 동기와 행위에 의해서 벌어진 일이라는 것을 알게 됩니다. 그러고는 말없이 한 마리의 새를 가슴에 품고 남쪽 고향으로 발길을 돌립니다. 이 소설의 제목인 「잔인한 도시」는 바로 교도소, 새 가게라는 도시 속의 공간이 인간에게 또는 새에게 자유를 억압하고 통제하는 잔인성을 지녔다는 것을, 그리고 언뜻 보면 자유를 주는 것처럼 보이지만 오히려 더욱 잔혹한 통제와 억압을 강요한다는 것을 상징한다고 할 수 있습니다.

또한 이 소설이 1978년에 발표되었다는 것을 감안한다면 이 소설이 진정한 자유의 의미를 다룰 뿐만 아니라 당시의 시대적 상황을 암시하고 있다고도 볼 수 있습니다.

1970년대 후반은 우리 현대사에서 암흑기로 불리는 매우 불안하고 암담한 시기였습니다. 진실을 말할 수 없을뿐더러, 자유를 그리워하더라도 그것에 대해 말할 수 없는 끔찍한 시대였지요. 작가는 이 소설에서 감옥이라는 설정을 통해 너무도 오랜 세월 동안 많은 사람들이 아직도 감옥 속에서 여전히 자유를 그리워하고 있지만 바깥 세상 사람들로부터 잊혀지고 있음을 비유적으로 보여주고 있는 것 같습니다. 또한 사람들이 기껏해야 누릴 수 있는 자유라는 것이 고작 새를 새장에서 날려보내는 정도의, 일시적이고 대리만족적인 자유임을 암시하고 있기도 합니다. 사람들은 자유를 갈망하지만 그 자유는 온몸으로 느낄 수 있는 진정한 자유가 될 수 없음을 상징하는 것이지요.

이 소설을 읽으면서, 세상의 잔인한 폭력이 삶을 어떻게 파괴하는지 그리고 그것에 어떻게 대응하며 살아가야 할 것인지에 대해 곰곰이 생각해 보았으면 좋겠습니다.

잔인한 도시

1

날씨가 제법 싸늘해지기 시작한 어느 가을날 해질녘 그 사내가 문득 교도소 길목을 조그맣게 걸어나왔다.

그것은 좀 희한한 일이 아니었다. 근래엔 좀처럼 볼 수 없던 일이었다.

교도소는 도시의 서북쪽 일각, 벚나무와 오리나무들이 무질서하게 조림된 공원 숲의 아래쪽에 있었다. 그리고 그 무질서한 인조림이 끝나고 있는 공원 입구께에서 2백 미터 남짓한 교도소 길목이 꺾여들고 있었다. 공원 입구에선 교도소 길목과 높고 음침스런 소내 건물들을 제 손바닥 들여다보듯 한눈에 모두 내려다볼 수 있었다. 교도소 길목을 오르내리는 것이면 강아지 한 마리도 움직임이 빤했다.

하지만 그 길목은 언제부턴가 사람의 눈길을 끌 만한 움직임이 끊어진 지 오래였다. 교도소와 관련하여 길목을 오르내리는 사람의 모습을 거의 볼 수 없었다. 그것도 교도소를 새로 들어가는 쪽보다는 몸이 풀려

나오는 쪽이 더욱 그랬다. 교도소를 새로 들어가는 쪽까지 끊겨 사라졌을 리가 없었지만, 그쪽은 언제나 철망을 친 차편을 이용하고 있는 터여서 그것마저 낌새가 늘 분명칠 못했다. 그야 교도소 직원들이나 인근 주민들이 이따금 그 길목을 지나다니는 건 눈에 띄었다. 하지만 그건 물론이 길목에서 특별히 사람의 눈길을 끌 만한 움직임이 못 되었다. 이 길목에서 사람의 주의를 끌 움직임이란 역시 형기를 끝냈거나 당국의 사면으로 몸이 풀려나오는 출소자들의 그것일 수밖에 없었다.

한데 어찌된 영문인지 이 몇 해 동안 교도소 수감자들 가운데서 몸이 풀려나 그 길을 걸어나온 사람이 없었다. 출감자를 내보내기 위해서 교도소 문이 열린 적이 한번도 없었다. 교도소 안엔 이미 내보낼 죄수가 아무도 없거나, 그곳엔 아예 종신형의 죄수들만 수감되고 있는 게 아닌가 의심이 될 지경이었다. 교도소의 출감자가 언제 마지막으로 그 길을 걸어나갔던가를 기억하고 있는 사람조차 거의 없었다. 아마 이 교도소의 교도관들조차도 그 행운의 출감자를 내보내기 위해 언제 마지막으로 교도소의 철문을 열었던가를 더듬어낼 수 있는 소상한 기억력의 소유자는 흔치 않을 터이었다.

출감자의 모습이 끊어진 것만도 아니었다. 교도소를 나오는 출감자들의 발길이 뜸해지기 시작한 다음에도 길목은 한동안 재소자 면회를 찾아온 사람들의 발길로 인적이 심심치를 않았었다. 그런데 언제부턴가는 그 면회객들의 발길조차 이 길목에서 깨끗이 자취를 감추고 말았다.

교도소 길은 이제 오랜 정적 속에 망각의 길목으로 변했고, 그 길목을 걸어나오는 출감자나 면회객들의 발길이 끊어지고 있는 시간만큼 교도소와 교도소 수감자들의 존재도 바깥 세상에선 까마득히 잊혀졌다.

하지만 그 동안도 교도소 사람들의 출퇴근 행사는 어김없이 계속되었고, 밤이면 높다란 감시탑들의 탐조등 불빛들도 그 확고부동한 기능을 충실히 발휘했다. 그건 이를테면 그 깊은 세상 사람들의 망각 속에서도 교도소의 존재와 기능은 여전히 엄존하고 있다는 가차없는 증거였다.

그러다 이날 저녁 사내가 마침내 그 길목을 다시 걸어나온 것이다.

교도소는 과연 죄수가 없는 유령의 집으로 변한 것이 아니었다. 종신형 수형자들만 수감되고 있었던 것도 아니었다. 이날 저녁 사내가 그 길목을 걸어나온 것은 바로 그런 의문들에 대한 가장 확실한 대답인 셈이었다.

사내의 뜻하지 않은 출감은 그러니까 교도소와 교도소 길목에선 그만큼 오랜만의 일이었고 그만큼 눈길을 끄는 일이었다. 하지만 그 길을 걸어나오고 있는 사내 자신의 표정엔 막상 어떤 새삼스런 감회나 즐거움의 빛 같은 것이 전혀 엿보이지 않고 있었다.

사내는 언젠가 그가 교도소를 들어갈 때부터 그의 전재산이었던 낡고 작은 사물(私物)[1] 보퉁이 하나를 손에 든 채 마치 망각의 길을 헤쳐나오듯 변화 없는 발걸음으로 교도소 길목을 천천히 걸어나오고 있었다. 전쟁 후에 한창 유행하던 염색 야전잠바 윗도리에, 역시 낡고 색이 바랜 황록색 당꼬바지[2]의 차림새들이 이마 위로 아무렇게나 헝클어져 내린 그의 허옇게 센 머리털과 함께 사내의 모습을 더욱 지치고 무기력하게 만들고 있었는데, 그의 그런 차림새나 센 머리털의 지치고 무기력한 느낌은 사내가 세상 사람들의 망각 속에 교도소 안에서 훌쩍 흘려 보내버

1) 사물(私物) 개인이 가지고 있는 물건, 사유물.
2) 당꼬바지 위는 펄렁하고 밑은 단추 등으로 여며 딱 붙게 한 바지.

린 그 무위한 세월의 두께를 말해주고 있는 것 같기도 하였다.

알다시피 사내에겐 물론 동행이 없었다. 그는 함께 출감한 동료 수감자는 물론, 그의 출감을 맞아주는 가족이나 친지 한 사람 동행자가 없었다. 그의 출감길에 동행이 되어주고 있는 것은 오직 공원 숲 위에서 방금 낙조를 서두르고 있는 저녁 햇살이 지어준 그 자신의 길다란 그림자뿐이었다. 그는 마침 그 낙조를 서두르고 있는 공원 숲 쪽의 저녁 해를 향해 교도소 길목을 걸어나왔으므로 그의 그림자가 등뒤로 길게 끌리고 있었는데, 사내의 좀 구부정한 걸음걸이는 마치 사내 자신이 아니라 그 그림자를 방금 교도소로부터 끌어내어 어깨에 짊어지고 그 길을 무겁게 걸어나오고 있는 것처럼 보였다. 더욱이나 사내는 이미 풀기가 가버린 낙조의 가을 햇살마저 눈에 그리 익숙지가 못한 듯 이따금씩 콧잔등을 가볍게 실룩거리며 걸음을 조금씩 지체하곤 하였는데, 바로 그 눈앞을 가로막는 햇살이나 그 햇살에 대한 어떤 부끄러움 때문에 사내가 교도소 길목으로부터 자신의 그림자를 짊어져내는 일은 더욱더 피곤하고 힘겨운 일처럼 보이게 하였다.

하지만 사내의 표정이나 걸음걸이에 어떤 변화가 이는 것은 오직 그 풀기 잃은 저녁 햇살이 그의 눈앞을 방해해올 때뿐이었다. 햇빛 앞에서 자신을 망설일 때 이외엔 그의 표정이나 발걸음에 아무런 변화도 생기지 않았다.

사내는 그런 표정, 그런 모습으로 수심스러워 보일 만큼 천천히, 그리고 그 구부정하고 변화 없는 걸음걸이로 교도소 길목을 걸어나오고 있었다.

2

변화 없던 사내의 얼굴에 비로소 어떤 심상찮은 표정이 떠오른 것은 그가 그 2백여 미터 남짓한 교도소 길목을 빠져나와 공원 입구께에까지 닿았을 때였다.

—새들은 하늘과 숲이 그립습니다.

공원 입구의 오른쪽으로 한 작은 가겟집이 비켜 앉아 있고, 그 가겟집 부근의 벚나무 가지들에 크고 작은 새장들이 줄줄이 매달려 있었다. 그리고 그 벚나무 가지들 중의 몇 곳에 그런 비슷한 광고 문구가 쓰인 현수막이 이리저리 내걸려 있었다.

—새들에게 날 자유를 베풉시다.

—자비로운 방생은 당신의 자유로 보답받게 됩니다.

새장의 새를 사서 제 보금자리로 날려보내게 해주는 이른바 방생의 집이었다.

사내는 비로소 긴 망각의 골목을 벗어져나온 듯 거기서 문득 발길을 머물러 섰다. 그러고는 어떤 깊은 반가움과 안도감에 젖으며 고개를 두어 번 끄덕여댔다. 사내의 그 마르고 지친 얼굴 위로는 잠시 어떤 희미한 미소 같은 것이 솟아 번지기까지 하였다.

사내는 이윽고 다시 고개를 돌려 그가 걸어나온 교도소 길목을 조심스럽게 한 번 건너다보고 나서 그 방생의 집 쪽으로 길을 건너갔다.

마침 그때 그 길 건너 가겟집에서는 공원을 찾아온 중년의 사내 한 사람이 흥정을 한 건 끝내가던 참이었다.

"이제 선생님께선 이 녀석에게 하늘과 숲을 마음껏 날 날개를 주신 겁니다. 그건 바로 이 녀석의 자유지요. 그리고 선생님께서 이 녀석의 자유를 사신 것은 바로 선생님 자신의 자유를 사신 것입니다……."

서른이 좀 넘었을까 말까, 하관[3]이 몹시 매끈하게 빨려내려간 얼굴 모습이 어딘지 좀 오만스럽고 인색스런 인상을 풍기는 데다가 차가운 백동테 안경알 속에서 눈알을 몹시 영민스럽게 굴려대고 있는 가겟집 젊은이가 방금 흥정이 끝난 새장을 그 중년의 고객에게 넘겨주고 있었다.

"자 이제 장문을 열어주십시오. 그리고 녀석에게 하늘을 날게 해주십시오. 선생님은 선생님의 자유로 오늘의 자비에 충분한 보답을 받으시게 될 겁니다."

가겟집 젊은이의 그 숙달되고 자신 있는 말투에 비하면 새장을 건네받고 있는 손님 쪽이 오히려 거동을 멈칫멈칫 망설이고 있었다.

길을 건너온 사내가 조심조심 두 사람 곁으로 다가가고 있었다. 하지만 그는 자신의 출현으로 두 사람의 일에 어떤 방해거리를 만들고 싶지가 않은 듯 거동을 몹시 신중하게 억제했다.

그래 그런지 가겟집 젊은이나 중년의 고객 쪽도 사내의 접근에는 별 신경들을 안 썼다. 이 허름한 늙은이쯤 그가 어디서 온 누구이든 상관할 바 아니라는 듯 두 사람 다 그쪽에는 전혀 아랑곳을 않으려는 눈치들이었다.

사내는 결국 자신의 호기심을 숨길 수가 없어졌다. 그는 마치 어른들의 은밀스런 비밀을 엿보려 드는 어린애처럼 신중하게 그리고 자신의 호기심 때문에 끝내는 스스로를 억제할 수가 없어져버린 장난꾸러기처

3) 하관(下觀) 얼굴의 아래쪽.

럼 순진하게, 한 발짝 한 발짝 두 사람 곁으로 거리를 좁혀 들어갔다. 그리고 흥정을 끝낸 손님이 갑자기 생각이 바뀌어 모처럼 만의 구경거리를 중단해버리지나 않을지 염려된 듯, 은밀하고도 조급스런 표정으로 작자의 거동을 유심히 지켜보았다.

"자, 이 녀석아 그럼 잘 가거라. 장을 나가 넓은 하늘을 날면서 내 은혜나 잊지 말아라!"

그러자 이윽고 그 중년의 고객이 장 속의 새에게 자신의 선행에 대한 다짐의 말을 주고 나서 장문을 활짝 열어젖혔다. 장 속의 새는 금세 무슨 일이 일어나고 있는지를 알아차릴 수가 없는 것 같았다. 장문이 열리고 나서도 녀석은 잠시 어리둥절한 눈길로 목짓만 몇 차례 갸웃거리고 있더니, 뒤늦게 사정을 깨달은 눈치였다.

푸르륵—.

가벼운 날갯소리를 남기며 녀석이 마침내 조롱[4]을 떠나갔다.

저녁놀이 서서히 물들어오기 시작한 서쪽 하늘로 새는 잠시 드높은 비상을 자랑하는 듯하다가 이내 한 개의 까만 점으로 변하여 공원 숲그늘로 사라져 가버렸다.

"고 녀석 그래도 나는 품이 제법이로군."

공원 숲으로 새의 모습이 완전히 사라지고 난 다음 중년의 방생자가 한마디 만족스럽게 중얼거렸다. 그리고 이젠 그 자신도 어떤 눈에 보이지 않는 날개를 얻어 지닌 듯 가벼운 발길로 가게를 떠나갔다.

그러나 그 중년의 방생자가 가게를 떠나간 다음에도 사내는 아직 몸

4) 조롱(鳥籠) 새장.

을 움직일 줄 모르고 있었다. 그는 자비로운 방생자가 이미 가게를 떠나 가버린 것도 의식하지 못한 듯 그의 거동에는 아예 아랑곳을 않은 채 새가 사라져간 공원 쪽 하늘에 시선을 오래오래 못박고 있었다. 새를 날려 보낸 일은 그 새를 사고 간 사람보다 오히려 사내 쪽에 더욱 깊은 감동을 주고 있는 것 같았다. 새가 처음 하늘을 치솟아 오를 때 사내는 아닌게아니라 그 어린애같이 천진스런 즐거움과 억눌린 흥분기로 숨도 제대로 못 쉬고 있었다. 그리고 그 즐거움과 흥분기는 이내 어떤 부러운 감동의 빛으로 맑게 빛나기 시작했다. 사내는 한동안 넋이 빠진 듯 그렇게 새가 사라져간 공원 쪽 하늘만 지키고 있었다. 마음속에 샘솟는 자신의 부러움을 아무래도 쉽게 지워버릴 수가 없는 듯이. 그것은 아마 하늘을 날아간 새에 대한 부러움일 수도 있었고, 그 새를 사서 날려보낸 방생자에 대한 부러움일 수도 있었다. 하지만 그것이 어느 쪽이든 사내는 그 부러움을 통하여 새를 산 방생자보다 더 큰 보람과 즐거움과 그리고 길고 오랜 감동을 스스로 맛보고 있었음이 분명했다.

사내가 이윽고 그 하늘로부터 천천히 시선을 거두어들였다.

그러나 아직도 뭔가 깊은 아쉬움이 남아 있는 눈길로 주위를 둘러보고 있는 사내의 곁에는 이미 아무도 사람의 모습이 눈에 띄질 않았다. 중년의 방생자는 공원으로 들어갔고, 가겟집 젊은이도 이미 그의 가게 안으로 사라지고 없었다.

사내는 문득 자신이 당황스러워지는 빛이었다.

그는 잠시 자신의 행동을 망설이고 있었다. 가게 앞에 혼자 남겨진 사내는 이제 거기서 더 할 일이 없었다. 하지만 그는 마치 무슨 덫에라도 걸린 사람처럼 좀체 그곳을 떠나가지 못했다. 아직도 뭔가 아쉬움이 남은 표정으로 가게 주위를 서성거리고 있었다. 가게 앞을 지나가는 사람들에게서 또 한 번의 거래를 기다리고 있는 것 같기도 했고, 혹은 이번에는 그 자신이 가게 주인에게 할 일이 남아 있는 것 같기도 했다. 그는 그렇게 가게 앞을 서성대면서 할 일 없이 혼자 기다리고 있었다.

하지만 그는 좀처럼 마지막 작정을 내리기가 어려운 것 같았다. 그는 갑자기 가게 쪽을 향해 발길을 다가서오다간 이내 다시 몸을 돌이켜 세워버리기도 했고, 반대로 가게를 멀어져가던 발길을 거꾸로 다시 되돌이켜오는 식의 행동을 몇 번씩 되풀이하고 있었다.

길을 지나가던 사람들 가운데서도 새로 흥정을 시작해오는 사람은 없었다.

그때 마침 가겟집 젊은이가 다시 문 밖으로 모습을 드러냈다. 그러자 사내는 그 젊은이의 모습이 다시 나타난 것만으로도 금세 무슨 일이 일어날 것처럼 초조해 있던 얼굴빛이 활짝 개었다. 그는 자신도 모르게 발길을 한 걸음 젊은이 쪽으로 다가서고 있었다.

하지만 가겟집 젊은이는 도대체 이 초라하고 늙은 사내에 대해선 조금도 관심이 없는 표정이었다. 그는 이제 가게 문을 닫을 참이었다. 젊은이가 나뭇가지에 걸린 새장들을 하나하나 가게 안으로 떼어 들이고 있는 걸 보자 사내가 다시 당황하기 시작했다.

"이제 가게를 닫으려고 그러오?"

사내는 거의 반사적인 동작으로 다급히 젊은이에게 다가들었다.

"그래요. 이젠 날이 저물었으니까요."

사내 쪽엔 거의 눈길도 스치지 않고 있는 젊은이의 대꾸에 그는 비로소 어떤 결심이 내려진 모양이었다.

"그럼, 저……."

일손을 잠시 중지해주길 바라듯 사내가 재차 젊은이의 주의를 재촉하고 들었다.

가겟집 젊은이는 그제서야 겨우 새장을 떼어 내리던 손길을 멈추고 사내의 얼굴을 돌아다보았다.

"노인장께서 제게 무슨 볼일이……?"

방금 전에 이미 하루의 일을 마감지으리라 작정한 바 있는 젊은이의 말씨는 흡사 귀찮은 말참견이라도 나무라는 투였다.

젊은이의 그런 말투가 사내의 그 모처럼만의 결심을 금세 다시 허물어뜨렸다.

"아니요, 그저…… 난 그냥……."

부질없는 말실수를 저지르고 난 사람처럼 사내의 어조가 더듬더듬 다시 움츠러들고 있었다.

아까부터 당꼬바지 아래 주머니 깊숙이에서 뭔가를 자꾸 혼자 만지작거리고 있던 사내의 손길마저 이젠 동작이 완전히 멈춰버리고 있었다.

가겟집 젊은이는 더 이상 사내를 관심하지 않았다. 그는 다시 남은 새장들을 하나하나 가게 안으로 떼어 들이기 시작했다. 그리고 그 작업이 모두 끝났을 때 그는 마지막으로 가게 문을 닫고 자신도 그 가게 안으로 모습을 거둬 들여가버렸다.

사내는 아직도 하릴없이 그런 젊은이의 일들을 곰곰이 지켜보고 서 있었다. 하지만 그는 이제 젊은이마저 가게 안으로 모습을 감춰 들어가버리자 자신이 몹시 쓸쓸해지고 있었다. 그는 아직도 그 닫힌 가게 문을 한동안이나 쓸쓸히 바라보고 서 있다가는 이윽고 뭔가 결심이 선 듯 그

닫힌 문 쪽을 향해 혼자서 두어 번 고개를 크게 끄덕여 보냈다. 그리곤 마치 하품이라도 하듯한 모양으로 지금 막 저녁 어둠이 내려 깔리기 시작한 공원 숲 쪽을 높이 한 번 우러르고 나서는 자신도 이제 그 공원 쪽 숲 그림자 속으로 천천히 모습을 섞어 들어가기 시작했다.

3

이튿날 아침.

공원 숲에 다시 해맑은 아침 햇살이 비춰들기 시작했다. 차가운 가을 냉기가 일렁이는 공원 숲 속 여기저기서 아침 새 울음소리가 낭자하게 쏟아져내리고 있었다.

그 햇살과 새 울음소리 사이로 전날의 사내가 여전히 그 작은 사물 보퉁이를 겨드랑이 밑에 끼어 안은 채 숲 속을 서성대고 있었다. 아침 산책을 나온 동네 노인처럼 구부정한 걸음걸이로 한가하게, 또는 공원 청소를 나온 늙은 관리인처럼 주의 깊게, 사내는 숲 속의 산책길과 길가의 벤치들 근처를 그리고 어린이 놀이터의 모래판 일대를 구석구석 빠짐없이 살피고 돌아갔다.

사내는 물론 아침 공원길을 산책하고 있거나 오물 청소를 나온 게 아니었다. 그는 담배꽁초를 줍고 있었다.

그리고 길바닥이나 걸상 밑 흙바닥 같은 곳에서, 때로는 어린이 놀이터의 모래판 같은 곳에서 심심찮게 흘려진 동전닢을 주웠다.

작업 중의 그의 눈길은 더없이 예민했고 동작은 그와 반대로 더없이 유연했다. 그는 발길에 밟혀 뭉개지지 않은 꽁초는 한 개도 무심히 스치고 지나가는 일이 없었다. 뿐더러 벤치 아래나 모래터에 흘려진 동전닢들은 그것이 아무리 깊이 은폐되어 있는 것이라 하더라도 그의 영민한 눈길이 그것을 놓치고 지나가는 실수가 없었다.

그는 그렇게 담배꽁초와 동전닢들을 주우면서 사람들의 내왕이 잦은 공원 전역을 빠짐없이 모두 훑어 내려갔다. 그러면서 그는 그가 얻은 담배꽁초들은 그의 염색한 야전잠바의 오른쪽 주머니에 그리고 동그라미 쇠붙이들은 왼쪽 주머니에다 따로따로 소중히 간직해나갔다.

한번은 뭇사람의 발길이 흙을 굳히고 지나간 벤치 밑에서 그가 그 굳은 흙 한 덩이를 조심스럽게 파내어 들었는데, 그는 용케 그 흙덩이 속에서마저 그의 왼편 주머니 쪽에 간직해 넣을 작은 쇠붙이를 찾아내고 있었다.

사내의 공원길 순례는 그런 식으로 차츰차츰 공원 입구께를 향해 내려가고 있었다. 그리고 사내가 마침내 공원 입구에 이르러 그의 순례를 끝냈을 때는 이미 반나절이 다 되어간 아침 햇덩이가 동편 하늘을 하얗게 치솟아 올라 있었다. 그때쯤 해서는 그 작은 쇠붙이만을 골라 담은 왼쪽 주머니 형편도 제법 치렁치렁 듬직스런 무게가 느껴지고 있었다.

사내는 아예 그 왼쪽 주머니 속에다 한 손을 숨겨 넣은 채 이젠 어디 가서 시장기나 좀 챙길 양으로 천천히 공원 입구를 나서기 시작했다.

하지만 공원을 나서려던 사내는 이내 그의 발길이 다시 가로막히고 말았다.

새 가게가 이미 문을 열고 있었다. 가게 문이 열렸을 뿐 아니라 젊은이는 벌써 오전 장사가 한창인 듯 보였다. 나뭇가지에 걸린 새장들 앞에 손님들이 꽤나 붐비고 있었다.

사내의 얼굴엔 금세 짙은 호기심이 떠올랐다.

—아침부터 웬 손님들이 저렇게?

사내는 이미 뱃속의 시장기도 잊은 채 가게 쪽으로 슬금슬금 발길을 다가가고 있었다. 그러고는 신기한 듯이 그 가게에서 벌어지고 있는 주객간의 흥정을 지켜보기 시작했다.

새 장사는 과연 아침부터 성업이었다. 가게 앞에 몰려 있는 사람들은 그저 구경꾼들이 아니었다. 정말로 새를 사고 방생을 즐기는 사람들이었다.

새를 사는 사람들의 표정에 그다 심각한 대목이 있어 보이진 않았다. 사람들은 그저 가벼운 기분으로 새를 사고 잠깐의 장난거리로 새들을 날려보냈다. 일금 2백 원의 새 값이 그런 놀이의 뜻을 따지기엔 너무 헐값에 불과하기도 하였다. 새를 사고 날려보내는 일의 즐거움은 오히려 곁에서 그것을 조심스럽게 구경하고 있는 사내 쪽이 훨씬 더한 것 같았다. 손님들이 새장을 열어 새를 날려보낼 때마다 사내는 마치 철부지 어린애처럼 그 부러움 때문에 넋이 빠져나간 눈길로 날아간 새를 오래오래 뒤좇곤 하였다.

젊은이의 새 장사는 갈수록 성업이었다. 때가 아직 아침나절에 불과한데도 손님이 거의 끊일 줄을 몰랐다. 길을 지나가던 사람들이 아무렇게나 가게로 들어와선 또 아무렇지 않게 새들을 사고 갔다.

새들이 자주 팔리고 있으니 사내도 좀처럼 가게 앞을 떠날 수가 없었다.

그는 이제 아예 아침 요기를 단념해버린 채 가게 건너편 나무 그늘 아래로 자리를 잡고 주저앉아 있었다.

"날개 장사가 썩 잘 되누만요, 젊은이……."

한동안 줄을 잇던 손님들이 한고비를 넘긴 듯 가게 앞이 잠시 조용해지자 사내는 비로소 자신의 야전잠바 주머니에서 꽁초 하나를 꺼내 물었다. 그러고는 가겟집 젊은이를 향해 조심스럽게 말을 건네기 시작했다.

하지만 하관이 빠른 그 백동테 안경의 젊은이는 아직도 사내 쪽에 대해선 별반 관심이 없는 태도였다. 그는 사내의 말에 대꾸를 해오지 않았다. 말대꾸는커녕 전날의 사내가 다시 그의 가게 앞에 나타나 있었던 사실조차 미처 알아보지 못한 거동새였다.

그러거나 말거나 사내 쪽도 그 젊은이의 반응 따위엔 짐짓 아랑곳을 않으려는 투였다.

"하지만 예전엔 저런 사람들이 이 가게의 손님은 아니었어. 날개를 사는 사람들이 지금하곤 전혀 달랐어."

젊은이가 귀를 기울이거나 말거나 사내는 마치 독백을 하듯이 추근추근 혼잣말을 이어가고 있었다.

젊은이는 그제서야 뭔가 좀 수상쩍은 낌새가 느껴져오는 모양이었다. 그가 문득 사내 쪽을 힐끗 돌아다보았다. 그러고는 비로소 그 전날 저녁의 사내가 거기 나타나 있음을 알아차린 듯 표정이 잠깐 움직이고 있었다.

하지만 젊은이는 그걸 알아차리게 된 게 오히려 귀찮아진 모양이었다.

"그랬지요. 예전엔 주로 교도소 면회객들이나 새를 샀지요. 하지만 요즘은 수감자 면회 오는 사람이 있기나 해야지요."

그는 마치 가게 앞에서 사내를 내쫓아버리고 싶기라도 한 듯 퉁명스럽게 내뱉었다. 그게 어쨌든 너 따위가 다 무슨 상관이냐는 투였다.

하지만 사내는 이제 그 만만한 젊은이의 반응에도 얼굴빛이 활짝 밝아지고 있었다.

"그야 고객이 어느 쪽인들 젊은이한테야 상관이 있는 일이겠소. 젊은이한텐 그저 그렇게 날개나 많이 팔려주면 그만이지. 하지만 그 날개 장사 손님이 예전엔 가막소 수감자 면회객들이었다는 걸 아는 걸 보니 젊은이도 벌써 그 장사 시작한 지가 꽤나 되는가 보구랴. 가막소에 면회객 발길이 끊어진 게 아마 칠팔 년 저쪽의 일쯤 될 테니 젊은이도 그러니까 이 장사 일엔 그만한 이력을 지녔을 테지……."

젊은이가 새삼 사내의 행색을 내리훑었다. 그의 말투가 아무래도 좀 심상치 않게 들린 모양이었다.

"십 년쯤 되었지요. 한데 노인장께선 어떻게 그런 걸 알고 계십니까?"

그가 다시 사내에게 물었다. 젊은이가 한차례 사내의 행색을 훑는 동안 그에게선 이미 이 늙고 초라한 사내의 정체에 대하여 재빠른 판단이 내려지고 있었음이 분명했다. 젊은이의 목소리엔 갑자기 어떤 공손하고도 신중한 경계의 빛이 어리고 있었다.

"그야 난 젊은이가 이 가게를 맡아오기 훨씬 전부터 이곳을 자주 지나다닌 사람이니까. 젊은인 기껏 면회객들이 여길 드나들던 시절을 기억하고 있는 모양이지만, 그보다도 먼저 이 가게를 드나들던 사람들은 실상 저 가막소를 막 풀려나온 가난한 죄수들이었다오. 그야 그 시절에도 가막소를 풀려나온 죄수들은 그리 많은 수가 못 되었으니까 날개를 사는 사람도 많지가 못했지만. 이틀에 한 사람, 사흘에 한 사람, 일주일을 통틀어도 이 길을 지나 가막소를 풀려나간 사람이 잘해야 열 명쯤 되었을까 말까……. 그러니 그 출감자들이나 날개를 사주는 그 시절 일로 해선 장사가 그리 잘 되어갈 린 없었지. 하지만 날개를 사주는 사람이 많지 않은 대신 그 시절엔 날개값이 무척이나 비쌌다오. 날개 한 번 사는 데에 아마 그 시절 가막소 노역으로 반년 일값은 족히 되었을 게요."

가겟집 젊은이는 이제 조용히 입을 다물고 사내의 이야길 듣고 있었다. 그러자 사내는 표정이나 목소리가 갈수록 의기양양 신명이 솟고 있었다.

그는 자랑스러운 듯이 이야기를 계속해나갔다.

"하지만 그 시절 어떻게 그 가막소를 빠져나오게 된 사람들은 누구나 한 마리씩 이 가게에서 새를 샀지요. 가막소 안에서 뼛골이 빠지게 고역에 시달리면서도 맘 놓고 사식 차입 한 번 제대로 못 들여다 먹고 모은 돈으로 말이오. 더러는 출감을 맞으러 온 가족들 주머니를 털어대는 사람도 없지는 않았지만, 가막소를 나온 대개의 출감자들은 가막소 안에서 힘들게 견뎌낸 몇 달씩의 세월값을 그런 식으로 훌쩍 날려보내곤 했어요. 그래도 그걸 후회하거나 아쉬워하는 사람은 아무도 없었지요."

"……."

"하지만 그렇게 옥살이를 풀려나오는 사람 수가 많지 않다 보니 그 시절엔 어쨌든 손님이 적었어요. 가게의 규모도 이렇게 크질 못했구. 그래 처음 한동안은 바로 저 가막소를 풀려나온 늙은이 하나가 여기 나뭇가지들에 조롱 몇 개를 걸어 놓고 몇 년을 지냈지요. 그러다 얼마 뒤엔 다시 열네댓 살씩 된 그 노인의 손주 아이들이 여기서 스물이 넘도록 조롱을 지켰구요. 그때까지도 물론 지금과 같이 이런 가겟집이나 광고막 같은 것은 있을 리가 없었지요. 그럴 만큼 세월이 좋지 못했으니까. 그저 여기 이렇게 나뭇가지들에다 조롱을 몇 개 걸어 놓고 사람을 기다리고 있었을 뿐이었다오. 가막소의 문이 열리고 몸이 풀려 이 길목을 걸어 나올 사람들을 말이오. 그러다 언제부턴가 이 길목에 가막소를 나오는 사람들의 수가 점점 줄어들기 시작했지요. 그리고 그 때문에 이 가게에서 날개를 사주는 사람도 가막소를 풀려나오는 출감자에서 수감자 면회를 찾아온 면회객들 쪽으로 옮겨갔구요."

"……."

"지금은 가막소로 면회를 오는 사람조차 끊어지고 말았으니 할 말이 없지만, 젊은이가 그 면회객들이 날개를 사주던 시절이라도 기억을 하고 있다면, 그러니까 젊은인 아마 그 무렵 언젠가 여기로 왔을 게요. 그야 내가 이 가게를 마지막 보았을 무렵까지만 해도 아직 그 스무 살이 넘도록 장성한 늙은이의 손주 녀석들이 가게를 지키고 있었긴 했지만, 어쨌거나 그때부터 젊은이가 이 가게를 지켜왔다면 그게 아마 십 년쯤 되었다는 게 맞는 말일 게요. 그런데……."

한동안 신이 나서 지껄여대던 사내의 목소리가 문득 다시 기가 꺾여 목구멍 안으로 기어들고 말았다. 가겟집 젊은이가 더 이상 그의 말을 듣고 있지 않았기 때문이었다.

사내의 이야기에 짐짓 시들한 표정으로 호기심을 숨기고 있던 젊은이가 그새 새 손님을 한 사람 맞아들이고 있었다.

사내는 그만 입을 다물고 말았다.

그러나 그는 그걸로 금세 실망을 하지는 않았다.

그는 이내 다시 젊은이와 손님 간의 흥정에 새로운 관심이 쏠리기 시작했다.

손님은 이내 새 한 마리를 사서 숲으로 날려보내곤 가게를 떠나갔다.

하지만 젊은이는 이제 다시 사내를 상대해올 눈치가 안 보였다.

사내는 젊은이의 관심이 그에게로 되돌아와주기를 끈질기게 기다리고 있었다. 하다 보니 사내조차 마침내는 젊은이와 함께 손님을 기다리는 꼴이 되었다.

아마도 이젠 아침 장사가 한고비를 지나간 탓일까. 마지막 손님이 새로 사고 간 다음에는 한동안 다시 가게를 들어서는 사람이 없었다.

답답하고 지루한 시간만 흘러갔다. 가겟집 젊은이보다도 사내 쪽이 오히려 시간을 견딜 수 없는 것 같았다. 사내는 몇 차례고 자신의 왼쪽 주머니 속에서 동전 개수를 되풀이 헤아려보고 있었다. 그리고 몇 차례의 망설임과 새로운 다짐 끝에 마침내는 더 이상 참을 수가 없어진 듯 가겟집 젊은이 앞으로 몸을 불쑥 내밀고 나섰다.

"자, 내게도 한 마릴 내주오."

젊은이 앞으로 내뻗어 디민 사내의 손아귀 속에 흙 묻은 동전이 한 줌 가득 쥐어져 있었다.

가겟집 젊은이는 영문을 알 수 없다는 듯 멀거니 사내를 건너다보고만 있었다.

"아마 이것도 한 마리 날갯값이 다 되진 못할 게요. 하지만 이십 원쯤 깎아서 한 마릴 주구려."

사내가 젊은이 앞에서 동전을 한 닢 한 닢 다른 쪽 손으로 옮겨 세었다. 사내의 말대로 동전은 십 원짜리로 꼭 열여덟 닢이었다.

사내는 그 동전 움큼을 가게의 돈궤 위로 쏟아놓으며 애원하듯이 젊은이를 졸라댔다.

"자, 어서…… 난 실상 어제부터 기다린 사람이오."

젊은이는 역시 대꾸가 없었다. 하지만 그는 이제 사내의 심중을 알아차린 모양이었다.

그가 말없이 새장 하나를 손가락으로 가리켰다.

사내는 비로소 마음이 놓이는 얼굴로 젊은이가 가리킨 새장 앞으로 다가갔다. 그러고는 그가 날려 보내줄 녀석과 눈익힘이라도 해놓으려는 듯, 또는 그가 녀석을 놓아준 즐거운 순간을 조금이라도 더 아껴 갖고 싶은 듯 한동안 망설망설 장 속을 살피고 있었다.

그러다 이윽고 사내는 결심이 선 듯 새장 문을 활짝 열어젖혔다.

장 속의 새는 귀엽고 작은 눈알을 몇 차례 민첩하게 굴려대고 나서는 장문을 훌쩍 벗어져 나갔다.

포르륵…….

가벼운 날갯소리를 남기고 공원 숲 쪽으로 조그맣게 사라져가는 녀석을 바라보고 있는 사내의 얼굴에 주름투성이의 웃음이 가득 번졌다. 새의 모습이 아주 시야에서 사라져간 다음에도 사내는 그 누런 이를 드러내 놓은 채 웃음기로 굳어진 입을 다물 줄 몰랐다.

"제 짐작이 틀리지 않다면 노인장께선 아마……."

그런 사내의 행색이 아무래도 젊은이의 마음에 씌어오는 것이 있었기 때문일까. 이번에는 가겟집 젊은이 쪽에서 먼저 사내의 주의를 건드리고 나섰다.

"노인장께선 아마 어제 바로 저 교도소를 나오신 게 아니었습니까?"

젊은이가 갑자기 그렇게 말을 걸어오자 사내는 거의 자신이 송구스러워진 태도였다. 사내는 이번에도 그 젊은이의 관심을 놓치게 되지 않을까 싶은 듯 허겁지겁 대꾸를 서두르고 나섰다.

"그렇습지요. 난 어제, 어제 바로 저 가막소를 나온 몸이오. 가막소를 나와 이리로 곧장 건너온 셈이지요."

그는 뭔가 자신을 증명하고 싶어하는 투로 말했다.

하지만 사내의 조급스런 어조에 비해 가겟집 젊은이는 아직도 지극히 방관적이고 사무적일 뿐이었다.

"어제 출감을 하셨다……. 저 교도소에선 근래에 없던 일이군요……. 하니까 노인장께서도 저기엔 꽤 계셨던 모양이지요? 한 십 년 아니면 십오 년……."

"그야 내가 저곳에서 보낸 세월은 햇수론 쉽게 셈할 수가 없을 게요. 이번에 지내고 나온 것만도 십이 년은 좋이 되고 남으니까……."

"그럼 노인장께선 전에도 몇 차례나?"

"몇 차례 정도가 아니라 평생을 보내다시피 한 거요. 나오면 들어가고 나오면 다시 들어가고, 이젠 아예 그쪽이 내 집같이 되어 있었다오."

젊은이가 꼬박꼬박 말대꾸를 해오니까 사내는 이제 제법 그것이 자랑스럽기까지 한 어조였다.

"대체 무슨 일로 거길 그렇게 자주 드나드셨나요?"

"글쎄, 그건 나도 잘 모르는 일이지요. 어찌어찌 하다보면 나도 모르게 그곳으로 다시 되돌아가 있곤 했으니까. 무슨 그런 버릇이 생겼다고나 할까……. 아까도 말했지만, 한동안 그런 세월을 보내다 보니 그쪽이 외려 내 집이나 된 것처럼 편한 생각도 들고 해서……. 하긴 첫 번 때부터 일이 그렇지 못하게 꼬여들 기미는 있었지요. 첫 번 땐 아 글쎄

처자식 먹여 살리려고 험한 뱃길을 나갔다가 돌아와보니, 여편네라는 계집년이 그새 못 참아서 집안에다 샛서방놈을 들여다 재우고 있질 않겠소. 단매에 년놈의 숨통을 끊어놓으려 했지요. 세상 천지에 제 계집 서방질을 눈감아줄 놈도 없겠지만, 그 샛서방놈이 하필 일정 때 형사 앞잡이 노릇으로 위세깨나 부려오던 놈이라……. 한데 결과는 년놈의 숨통을 끊어 놓지도 못하고 나만 어떻게 벽돌집 신세가 되어버리고 말았지요. 그야 이제 와서 지나간 일을 다시 들춰내 뭐하겠소만, 어쨌거나 그렇게 시작된 가막소살이가 그새 무슨 이력이 붙었던지 나중엔 웬 덫에라도 걸린 사람같이 철대문만 나오면 한동안 부근을 뱅뱅 맴돌다가 결국은 다시 그렇게 되어버리곤 했구려……."

사내는 한동안 신이 나서 지껄여대고 있었다.

가겟집 젊은인 비로소 뭔가 조금 납득이 가는 듯한 얼굴이었다.

"아 그랬었군요. 그래서 노인장께서는 어제 교도소를 나오셔서도 아직 이렇게?"

그가 자신의 추리를 확인하고 싶은 듯, 그러나 조금은 경계의 빛을 머금은 표정으로 사내에게 물었다.

하지만 사내는 젊은이의 말뜻을 얼핏 알아차리지 못하고 있었다.

"아직 이렇게? 아직 이렇게라면 무얼 말이오?"

사내가 조급하게 젊은이에게 되물었다.

"노인장께서 어제 교도소를 나오셔가지고도 아직까지 이렇게 부근을 서성거리고 계신 이유 말씀입니다. 모처럼만에 바깥세상을 나오신 분이라면 으레 마음이 무척 조급해지실 게 당연한 노릇 아니겠습니까? 집도 찾고 싶고 가족도 보고 싶고……. 노인장께선 아마 기다리는 가족이나 찾아가실 집이 없으신 게 아닙니까?"

젊은이는 거의 감정이 없는 사람처럼 냉랭한 어조로 단정투였다.

하지만 사내의 대답은 뜻밖에 완강했다.

"아니오. 찾아갈 곳이 없다니."

사내는 거의 대들기라도 하듯 젊은이의 단정을 부인하고 들었다.

"난 찾아갈 집이 없는 것도 아니고 기다리는 가솔[5]이 없는 것도 아니오. 집도 가족도 남부러울 게 없어요. 난 그저 내 아들을 기다리고 있는 게요."

"아드님요? 아드님을 기다리신다구요?"

"그렇소. 내게도 고향 동네엔 아들이 있소. 젊은이 못지않게 어엿한 아들놈이오. 그리고 그놈에게 집이 있어요. 주위엔 탱자나무 울타리가 높게 둘러쳐지고 뒤곁으론 대밭이 무성하게 우거진 규모 있는 기와집이라오. 시골집이라 울안 땅도 이만저만 넓은 게 아니오. 그게 비록 아들놈의 집이긴 하지만, 아들놈 집이 내 집이기도 한 게요."

사내의 어조는 어딘지 필사적인 데가 있었다.

하지만 가겟집 사내는 여전히 냉랭했다.

"그럼 노인장께선 어째서 당장 그 좋은 아드님 집을 찾아가시지 않고 여기서 아드님을 기다리신다는 겁니까?"

그 젊은이의 입가에 엷은 웃음기마저 스치고 있었다.

사내는 그럴수록 표정이나 목소리가 점점 더 엄숙해져갔다.

"녀석과 내가 길을 엇갈리지 않으려는 거라오. 녀석에겐 내가 편지로

5) 가솔(家率) 집안 식구.

출감 날짜를 미리 알려놨으니까."

"출감 날짜를 알려준 아드님은 그럼 왜 날짜를 맞춰 노인장을 모시러 오지 않는 겁니까."

"편지가 아마 늦게 들어간 걸 게요. 하지만 내 편지만 받으면 녀석은 즉시 이리로 달려올 게요. 그래 내가 길을 엇갈리지 않기 위해 이러고 여기서 녀석을 기다리고 있는 게 아니오. 녀석이 쫓아왔다가 내가 먼저 길을 엇갈려 집으로 내려가버린 것을 알면 얼마나 서운하고 실망이 되겠소. 녀석이 없었으면 난 아직도 저 가막솥 나올 생각도 않았을지 모른다오."

사내는 자신 있게 아들의 효심을 단언했다. 하지만 젊은이는 아무래도 사내의 장담이 곧이듣기지가 않는 표정이었다.

"제 생각엔 아마 세월이 썩 오래 걸릴 것 같군요. 뭐 할 수 없는 일이겠지요. 아드님이 언젠가 노인장을 모시러 오기만 한다면…… 그걸 믿으신다면 기다리셔야겠지요."

젊은이는 이제 웃음을 참고 있는 기색이었다.

하지만 사내는 아랑곳을 안 했다.

"암, 기다려야 하구말구. 난 며칠이라도 기다렸다가 아들놈과 함께 고향으로 갈 테니까. 그리고 난 어차피 그동안 여기서 해야 할 일도 남아 있는 처지구."

"아드님을 기다리는 일 말고 여기서 해야 하실 일이 남아 있나요?"

젊은이가 이번엔 거의 장난기 비슷이 물었다.

"암 해야 할 일이 있구말구. 실상은 지금 당장 아들놈이 나타난대도 그 일을 끝내기 전엔 난 이곳을 그냥 떠나버릴 수 없는 몸이라오. 그 일 때문에라도 어차피 여기서 며칠을 더 기다려야 할 형편인 바엔, 그러니까 아들 녀석이 지금 당장 나타나지 않는 게 외려 잘된 일인지도 모른다, 이런 말이오."

"도대체 노인장께서 아드님을 마다하면서까지 여기서 해야 할 일이란 무언데요?"

"말해도 젊은인 알아듣지 못할 게요. 알아듣지 못할 일은 안 듣느니만도 못할 테니 그 얘긴 아예 그만두기로 합시다. 젊은인 그저 아들 녀석 때문에 내가 며칠 더 여기서 기다리고 있느니라 여겨두면 마음이 편할 게요……."

"……."

"하지만 난 그렇게 기다릴 아들 녀석이라도 하나 두었으니 팔잔 어쨌든 괜찮은 편 아니오. 그래 저 벽돌집 안엔 아닌게아니라 찾아갈 집이나 기다려주는 일가친척 한 사람 없어 아예 차라리 가막소 귀신으로 죽어갈 작정들을 하고 주저앉아 지내는 인간들이 얼마나 많은 줄 아오. 그 딱한 위인들에 비하면 이 늙은인 그래도 팔자가 무척은 틘 편이지요. 아암 팔자가 틘 편이고말고……."

사내는 거듭 자신의 처지를 다행스러워하고 있었다.

하지만 가겟집 젊은이는 이제 사내의 말을 듣고 있지 않았다.

가게에 다시 손님 한 사람이 들어서고 있었다. 젊은이는 이미 사내를 버리고 손님을 맞으러 그쪽으로 주의를 돌려버렸다.

사내도 그러자 그만 입을 다물었다. 그러고는 이내 지금까지의 이야기는 머릿속에서 깡그리 망각한 듯 가게 쪽 흥정에만 정신이 홀딱 팔려들기 시작했다.

4

사내는 아닌게아니라 자신의 출감을 마중하러 올 아들을 기다리고 있는 게 사실인 것처럼 보였다.

그는 정말로 무슨 올가미 같은 것에 발목을 매인 날짐승처럼 공원 근처를 떠나지 못하고 있었다. 그의 발목을 매고 있는 올가미가 있다면, 그것은 그렇게 그를 공원 근처에서 기다리게 하고 있는 아들 녀석이 분명할 터이었다.

다음 날 아침도 그는 전날과 같이 공원 숲의 차가운 아침 공기 속에서 잠자리를 털고 나왔다. 그리고 역시 전날과 똑같이 숲 속의 산책길과 나무 걸상 아래를 하나하나 샅샅이 살피며 꽁초를 모으고 동전닢을 주웠다.

사내가 그 숲길을 돌아 어린이 놀이터의 모래밭으로 해서 공원 입구까지 도착한 것 역시 전날과 다름없이 아침 해가 동편 하늘을 하얗게 솟아오른 다음이었다.

이제 그는 새 가게 쪽으로 걸음을 옮기는 데에도 전날과 같이 주저하는 빛이 별로 없었다. 그는 공원 입구를 벗어져나오자 곧바로 새 가게 쪽으로 발걸음을 옮겨갔다.

가게는 물론 일찍부터 문이 열려 있었고, 젊은이는 이날도 아침나절부터 때없이 밀려든 손님들로 일손이 한창 바빴다. 가게 앞에 다시 나타난 사내에 대해선 눈길조차 보낼 틈이 없었다.

사내도 별로 서두를 일이란 없었다. 그는 차분히 가게 한쪽 나무 곁으로 자리를 잡고 주저앉아 손님들의 흥정을 구경하기 시작했다. 그는 그 손님들의 흥정이 한 건씩 끝날 때마다 새를 산 사람보다도 더 감동스런 눈길로 오래오래 새를 뒤쫓곤 하였다.

그리고 마침내 오정 때가 가까워지면 한동안 손님의 발길이 뜸해질 기미가 보이자, 그는 그 모든 손님들의 즐거움 대신 진짜 자신의 즐거움을 만들고 싶은 듯, 그리고 그 즐거움을 아끼고 싶은 시간을 더 이상 참고 기다릴 수가 없는 듯 이번에도 그 공원 흙바닥에서 주워 모은 동전닢으로 자신의 새를 사러 나섰다.

"예 있소. 내게도 한 마리 내어주시오. 오늘도 날개값은 좀 모자란 것 같소마는……."

동전 움큼을 내밀고 나서는 사내의 표정은 이제 흡사 약값이 모자란 아편 중독자의 그것처럼 뻔뻔스럽고도 간절한 애원기 같은 것이 어려 있었다.

가겟집 젊은이는 아무래도 좀 어이가 없어진 듯 사내를 새삼 물끄러미 쳐다보았다.

사내는 그 젊은이 앞에 16개의 동전을 또박또박 정확히 세어 건네주고 나서 일방적으로 혼자 흥정을 끝내버렸다. 그리고 젊은이가 말없이 손가락으로 가리키는 새장을 끌어내려 신중하고도 알뜰한 동작으로 안의 녀석을 숲으로 내보냈다.

사내가 그렇게 새를 내보내고 나서도 뭔가 아직 아쉬움이 남은 눈길로 녀석이 사라져간 공원 숲 쪽을 응시하고 있을 때였다.

"노인장은 도대체……."

사내의 모습을 못내 딱해하는 눈초리로 바라보던 젊은이가 갑자기 새장수답지 않은 소리를 해왔다.

"도대체 무엇 때문에 그런 부질없는 짓을 하시는지 모르겠군요."

사내는 그러자 비로소 젊은이 쪽으로 몸을 돌이키며 무슨 변변치 못한 짓이라도 하다 들킨 사람처럼 쑥스럽게 웃어 보였다.

"그야, 내가 그렇게 하고 싶으니까……. 가막솔 나올 땐 언제나 그랬다오……."

"하지만 노인장은 어제도 새를 한 마리 사 보내주지 않았습니까."

공손한 말투와는 다르게 젊은이는 필경 어떤 경멸기를 숨기고 있음에 틀림없는 소리로 사내를 계속 추궁하고 들었다.

하지만 사내는 젊은이가 그런 식으로나마 그를 상대해주고 있는 것이 반가울 수밖에 없었다. 그는 점점 더 말씨가 의기양양해지고 있었다.

"그야 어저께도 물론 한 마릴 내보내주었지요. 하지만 그건 내 몫이었으니까. 오늘 사준 건 내 몫이 아니라오. 오늘은 송면장 대신으로 위인의 새를 한 마리 사준 거라오."

"송면장이라뇨?"

"아, 한방에 있던 내 친구 말이오. 예전에 저곳을 들어오기 전에 자기 고을 면장을 지낸 작가로 지금은 그 시절 얘길 자주 자랑하곤 하는 위인이지요. 벽돌집만 나가면 지금도 누구 부럽지 않게 살아갈 집과 재산이 있노라……."

"그런데 노인장이 어째서 그분의 새를 대신 삽니까?"

"그야 그치가 누구보다 몹시 날개를 사고 싶어했으니까. 가막소에 있는 위인들은 누구나 그렇게 한 번씩 날개를 사고 싶어한다오. 그러면서 그 날개를 사게 될 날만을 기다리며 하루하루를 살아가고 있는 꼴들이지요. 그중에도 그 송면장이란 영감태긴 유난히 더 그걸 기다렸어요. 하지만 처지가 어디 그렇게 맘대로 됩니까? 그래 내가 위인 대신 새를 한 마리 사준 거지요."

"안에선 아직들 새 이야기를 하십니까?"

"하다마다요. 우린 대개 날개를 한 번씩 사본 경험들이 있는 위인들이니까. 누구나 새 이야길 하면서 새를 사게 될 날들을 기다리고 있지요. 안에선 바로 새를 산다고 하지 않고 언제부터선가 그저 날개를 산다고들 하지만 말이오……."

"새를 사고 싶은 사람은 그토록 많은데, 그렇담 교도솔 나오는 사람들은 어째서 전혀 볼 수가 없지요? 왜 그분들은 노인장처럼 이렇게 교도솔 나오지 못하고 있지요?"

젊은이는 문득 앞뒤가 안 맞는 소리를 사내에게 묻고 있었다. 수감자들이 감옥을 나오지 못하는 것이 마치 그 수감자들의 책임이라도 되는 것처럼, 또는 그 수감자들이 원하기만 한다면, 감옥이란 언제나 문을 열고 나올 수 있는 곳이라도 되는 것처럼.

하지만 사내는 경우가 뒤바뀐 젊은이의 물음에 조금도 기분을 상해하지 않았다.

"그건 아마도……."

사내는 마치 자신이 그 이유를 알고 있는 것처럼 진지한 표정이 되었다.

"그건 아마도 연락들이 잘 닿질 않아서 그리 된 걸 거외다. 편지들이 영 집까지 들어가질 못한 모양들이에요. 우린 누구나 자기 형기의 반 이상을 넘긴 사람들이라오. 그리고 그 형기의 반을 넘길 무렵이 되면서부터 우리는 누구나 열심히 편지들을 쓰기 시작하지요. 알다시피 우리는 모두 고향이 있고 가족이 있는 몸들이니까. 글쎄, 젊은인 우리가 저 안에서 자기 고향과 가족들을 얼마나 서로 자랑들을 하고 지내는지 알기나 하겠소. 날 맞아가다우……. 난 이제 형기가 거의 끝나가고 있으니 날 맞아갈 준비를 서둘러다구……. 우리들 가운데 누군가가 그런 편지를 쓰게 되면 우리는 참으로 얼마나 그를 부러워했으며, 당사자는 또 얼마나 그걸 자랑스러워했는지……."

"그럼, 집에서들도 곧 연락이 오나요?"

모처럼 한마디를 던져오는 젊은이의 물음에 사내는 비로소 뭔가 기가 좀 꺾이면서 고개를 천천히 가로젓고 있었다.

"그건 모르지요."

"모르다니요?"

"뒷일에 대해선 별로 생각들을 안 하니까. 뒷일에 관심을 가지고 그걸 알아보려는 위인도 없구요."

"가족 중에 누가 서둘러주어서 가석방 같은 걸 얻어 나간 사람이 한 사람도 없었나요?"

"없었소."

"면회를 와준다거나 편지 연락 같은 거라도 닿은 일은 있었을 거 아닙니까?"

"그런 일은 없었어요. 가족이 누가 면회를 와준 일도, 편지 답장이 있었던 일도……. 하지만 우리는 말을 않는다오. 우리가 저 안에서 생각하고 행하는 일들이란 결과가 어떻게 되었든 그걸 거짓말이라고 여기려드는 사람은 없어요. 거짓말이라고 생각하지 않으니까 그걸 말할 필요도 없는 거요."

"……."

"하지만 우리도 한 가지는 알고 있다오. 우리가 보낸 편지가 번번이 고향에 있는 가족들의 손에까지 들어갈 수가 없다는 걸 말이오. 젊은인 잘 이해가 안 가겠지만 우리가 쓴 편지는 한 번도 고향의 가족에게 제대로 닿아본 일이 없었다오. 그래 일이 그리 된 겝니다…… 편지 연락이 안 닿으니 가족들도 우릴 잊어버리고들 있는 거지요."

"그래 노인장께서도 아드님에게 편지를 쓰셨나요? 그리고 노인장께선 용케도 그 아드님과 연락이 닿아서 그렇게 출옥을 해 나오신 건가요?"

젊은이는 그때 무슨 생각이 들었는지 모처럼 목소리가 부드러워지고 있었다.

하지만 사내는 갈수록 점점 기가 죽어갔다. 그는 힘없이 고개를 가로저었다.

"아니오. 그야 나도 아들놈에게 편지를 자주 쓰기는 했지만…… 내 소식도 역시 아들놈에게까진 아직 닿질 못하고 있는 것 같구려."

"그럼 아드님하고 연락이 닿기도 전에 노인장은 형기가 끝나버린 겁니까?"

"아니, 형기가 다 끝난 건 아니오. 아들놈의 소식만 기다리고 있을 수가 없어 내 힘으로 어떻게 가석방 특사를 얻어 나온 거요. 그것도 따지고 보면 다 아들 녀석 덕분인 게지요. 아들놈과 그 아들놈의 고향집이 없었더라면 난 이렇게 나올 수가 없었을 게요. 아들놈과 손주놈들이 보고 싶고, 집이 그리워지고…… 난 한동안 아들놈과 아들놈의 집에 대한 꿈만 꾸었다오. 탱자나무 울타리가 우거지고 집터가 시원하게 트이고 게다가 햇볕도 깊고…… 그래 난 아들놈과 소식이 안 닿더라도 내가 먼저 녀석을 찾아 나서기로 작정을 한 거라오."

아들과 고향집 이야기가 시작되자 사내의 목소리엔 점차 다시 생기가 되살아나고 있었다. 사내는 마음속으로 잠시 그 고향집과 아들 생각에 젖어드는 듯 말을 끊었다가 다시 이야기를 계속했다.

"결국은 그 아들놈에 대한 믿음이 내게 저 가막소를 나오게 한 것이지요. 다른 녀석들은 아마 나처럼 아들놈에 대한 믿음이나 고향집에 대한 그리움들이 작았을 게요. 그러고는 감히 가막소를 나올 엄두들이 날 수가 없지요. 하지만 난 어쨌거나 이제 아들놈을 보게 됐어요. 녀석은 아마 이런 식으로 아비가 가막소를 나오게 만든 걸 몹시 가슴 아파하겠지만서두……."

"그럼 아드님은 아직 노인장의 출옥 소식도 모르고 있는데, 노인장께선 여기서 이렇게 무작정 그 아드님만을 기다리고 계실 참이신가요?"

젊은이의 얼굴엔 서서히 다시 그 차가운 조롱기 같은 것이 떠오르기 시작했다.

"그야 나도 언제까지나 여기 이러고 녀석을 기다리고 있을 순 없지요. 아들 녀석이 끝내 나타나지 않는다면 내 발로 녀석을 찾아 나서야지……. 하지만 아직은 좀더 기다려봐야지요. 여태까지 소식이 닿지 못했더라도 금명간[6]에 편지가 닿을 수도 있겠구. 녀석이 혹 소식을 받고 달려왔다가 길이라도 엇갈리는 날이면 녀석의 낭패가 얼마나 하겠소."

"노인장께선 그럼 가막소 친구분들을 위해 앞으로도 계속 새를 사실 참이신가요?"

6) 금명간(今明間) 오늘이나 내일 사이.

젊은이는 이제 거의 사내를 놀려대고 있는 어조였다. 그의 그 매끈한 얼굴에 노골적인 비웃음기가 번지고 있었다.

사내 쪽도 이젠 대꾸가 몹시 궁색스런 처지로 몰리고 있었다. 그는 젊은이의 말에 얼핏 대꾸를 못하고 쩔쩔맸다. 하다간 이윽고 기가 훨씬 꺾여든 목소리로 어물어물 말끝을 흐리고 있었다.

"그야 살 수 있는 형편만 된다면……. 녀석들은 그토록 날개를 사고들 싶어했으니까……."

가겟집 젊은이는 이제 그런 사내의 횡설수설 따윈 귀담아들을 필요도 없다는 듯 잔인스럽게 비웃고 있었다.

"그러시겠지요, 아마…… 노인장의 그 효성스런 아드님이 노인장을 모시러 나타날 때까지는……."

사내는 결국 입을 다물고 말았다. 무슨 일로 해선진 모르지만, 젊은이가 아무래도 화를 내는 것 같았기 때문이었다. 사내는 그 젊은이의 기분을 상하게 한 것이 마치 자기 탓이기라도 한 것처럼 민망스런 눈길로 한동안 그의 눈치를 살피고 있었다.

하지만 사내는 아무래도 자신의 힘으로는 젊은이의 기분을 돌려놓을 방도가 떠오르지 않는 것 같았다.

그는 마침내 말미[7]를 두는 도리밖에 없다고 여긴 듯 맥없이 혼자 가게를 떠나갔다.

7) 말미(末尾) (어떤 일에 매인 사람이) 다른 일로 말미암아 얻는 겨를. 휴가.

5

사내가 다시 가게 근처로 젊은이를 찾아 나타난 것은 이날도 또 하루 해가 설핏이 기울어든 저녁참이었다.

사내의 얼굴은 아까번에 맥이 빠져서 가게를 떠나갈 때와는 달리 생기가 제법 돌았다.

그는 이날따라 공원 숲 일대를 한차례 더 훑고 온 참이었다. 그의 왼쪽 주머니엔 다음 날 아침 수입거리를 미리 거둬 온 동전닢들로 무게가 실려 있었다. 사내는 그것으로 젊은이의 기분을 되돌려줄 자신이 생긴 듯 한쪽 손을 넌지시 주머니 속으로 숨겨쥐고 있었다.

새를 살 작정이었다.

그야 그는 그의 감방 동료들을 위해 새를 사겠노라고 젊은이에게 몇 번씩 다짐을 했으니까. 그리고 사내로선 새를 사주는 일 이상으로 새장수인 젊은이를 기쁘게 해줄 일도 있을 리 없으니까. 사내는 바로 그 젊은이가 맘에 들어 할 일을 눈치로 미리 마련해 온 것이었다.

하지만 사내가 젊은이를 찾아 가게로 온 것은 하필이면 사정이 그리 좋은 때가 못 되었다. 사내가 가게로 돌아왔을 때 마침 가게 안으로 새를 사러 들어온 신사 한 사람과 가겟집 젊은이 사이에 심심찮은 시비가 오가고 있었다.

"전 선생님께 이 새의 소유권을 통째로 판 게 아닙니다. 그 점을 선생님은 분명히 알아두셔야 합니다. 전 선생님께 이 새를 숲으로 날려보낼 방생의 권리를 팔았을 뿐이란 말씀입니다. 선생님께서 이 새를 댁으로 가져가실 수는 절대로 없습니다."

젊은이가 신사에게 열심히 설명을 하고 있었다.

하지만 그런 젊은이의 주장엔 상대쪽 손님도 그에 못지않게 만만찮은 어조로 맞서고 있었다.

"나도 물론 새를 통째로 샀다고는 말하지 않았소. 그리고 나 역시 이런 잡새 나부랭이를 기를 생각은 없어요. 난 그저 이 새를 집까지 가져가서 아이들과 함께 날려보내고 싶은 것뿐이란 말요. 그게 댁한테 무슨 상관이 되는 일이오. 여기서 놓아주든 집에 가서 놓아주든 새가 일단 장문을 나가게 되면 댁하곤 이미 아무 상관도 없는 일 아니오."

시비의 사연인즉, 새를 산 손님은 굳이 새를 집으로 가져가서 놓아주겠다는 것이었고, 젊은이는 젊은이대로 집으로는 절대 새를 가져가게 할 수가 없다는 것이었다.

젊은이와 손님 사이의 시비는 그런 식으로 아직 한동안이나 더 계속되어 나갔다.

"선생님이 새를 사신 이상 그걸 어디서 날려보내시든 그렇게만 해주시면 전 물론 상관이 없지요. 하지만 전 믿을 수가 없어요. 선생님이 이 새를 댁으로 가져가셔서 그걸 정말로 날려보내주실지 어떨지 그걸 말입니다. 솔직히 말씀드려서 선생님께선 이 새를 날려보내지 않고 기를 생각을 하실 수도 있습니다."

젊은이가 얄밉도록 자신 있게 단정하고 나서자 신사 쪽은 더 이상 참을 수가 없어진 것 같았다.

"젊은 친구가 말이 너무 심하구만. 아까도 말했지만 내가 그래 이따위 잡새 나부랭일 집에서 기를 사람으로 보여? 그리고 내가 일단 새를 산 이상에야 이 새를 내가 날려보내주든 집에서 기를 작정을 하든 당신이 나서야 할 이유가 무어야."

그는 함부로 반말지거릴 섞어대고 있을 만큼 자신의 흥분기를 감추지 못했다. 가겟집 젊은이는 오히려 그걸 기다리고 있었기라도 하듯 그럴수록 어조가 차분해지며 정중하고 여유 있게 말의 조리를 세워나가고 있었다.

"그건 그렇지가 않아요."

"그렇지가 않다니?"

"전 손님들에게 새의 방생권을 파는 것이지 구속을 팔고 있는 건 아니니까요. 전 그만큼은 제 새의 자유를 지켜줄 줄 알고 있습니다."

"새의 자유라……. 그거 참 새장수치고는 기특한 말이군. 그래 당신은 그 새의 자유를 지켜주기 위해 이렇게 장 속에 새들을 가둬두고 있구려—?"

"그러나 그것은 새들로 인하여 우리 인간들이 보다 크고 보람스런 자유를 누릴 수 있으니까요. 그렇지만 우리는 우리 인간들의 자유를 위해 끝끝내 새들을 구속할 수는 없습니다. 새는 여기서 놓아보내야 합니다……."

"그거 참 감동할 만한 얘기로군."

신사는 차라리 감탄스럽다는 표정으로 젊은이를 향해 내뱉었다.

하지만 그는 물론 젊은이의 이야기에 설복되었거나 감동이 된 것은 아니었다. 그는 오히려 젊은이를 요량껏 비웃고 있는 중이었다.

사내는 마침내 기회가 왔다고 생각했다. 엉뚱한 시비로 인하여 사내는 가게 젊은이에 대한 자신의 호감과 우의를 증명해 보일 절호의 기회를 얻은 것이었다.

"맞습니다."

사내는 그냥 참고 볼 수가 없다는 듯 두 사람 사이로 끼어들고 나섰다.

"이 젊은이 말이 맞아요. 아마 난 상관하고 나설 일이 아닐는지 모르지만 사리는 결국 옳게 판가름이 나야 할 듯싶어 얘기오만."

손님과 젊은이는 사내의 갑작스런 참견에 잠시 입을 다문 채 사내의 거동만 지켜보고 있었다.

그는 조급히 말을 이어나갔다.

"세상엔 아닌게아니라 새를 제 갈 곳으로 놓아 보내주기보담은 장 속에 가두고 기르기를 좋아하는 사람들이 많으니까. 아니, 이건 뭐 선생님이 반드시 그렇다는 건 아닙니다. 보아하니 아마 선생님께는 그 점 믿어도 좋겠어요. 하지만 이 젊은이로 말하면 자기 일을 좀더 분명히 해둬야 할 필요가 있겠지요. 이 젊은인 자기 새들에게 날개를 얻어주는 일을 하니까요. 젊은이가 자기 눈앞에서 새들이 날개를 얻어 하늘을 날아가는 것을 지켜주고 싶은 것은 열 번 백 번 당연한 노릇인 겝니다. 그리고 젊은이가 그 일을 분명히 하자면 새를 사가는 사람을 믿고 안 믿고보다 처음부터 새를 내주지 않는 것이 현명한 일이지요."

사내는 짐짓 엄숙한 표정으로 신사를 은근히 나무라고 있었다.

손님은 차라리 어이가 없다는 표정이었다.

가겟집 젊은이도 일이 그렇게 되고보니 더 이상 할 말이 없는 듯 멍청스레 허공만 바라보고 있었다.

"쳇! 공연한 장난거리에 끌려들어 별 해괴한 연설을 다 듣게 되는구만……. 좋소, 그럼!"

당신은 도대체 뭐길래 그러고 나서냐는 듯 곱잖은 눈초리로 사내를 훑고 있던 손님이 끝내는 간단히 후퇴하고 말 낌새였다.

"내 새를 안 사면 그만일 게 아니오. 안 그렇소, 젊은이? 내 새는 안 가져갈 테니 새값이나 그냥 돌려주구려."

손님은 이제 차라리 장난기가 완연한 몸짓으로 젊은이의 어깨를 가볍게 건드렸다.

이젠 젊은이 쪽도 그 손님과는 쉽게 의기가 투합한 듯 허물없이 웃음으로 그를 응대했다.

"그럼 차라리 그렇게 하시죠. 선생님께서 그걸 섭섭히 여기지만 않으신다면……."

그는 선선히 새값 2백 원을 되돌려주었고, 신사는 오히려 그것으로 그의 놀이를 즐긴 듯 가벼운 발걸음으로 가게를 떠나갔다.

둘이서 아웅다웅 다투고 있을 때의 형세에 비해 뜻밖에 결말이 싱거운 싸움이었다.

하지만 사내는 어쨌든 그것으로 만족이었다. 한두 번 개운찮은 눈총을 쏘이긴 했어도 싸움이 그렇게 쉽게 끝난 것은 분명히 그의 참견의 덕분이라 할 수 있었다.

젊은이가 그걸 모를 리 없었다. 그는 아마 그걸로 충분히 기분을 돌리게 될 것이었다. 사내는 속으로 그렇게 기대했다. 그리고 젊은인 이제부터 그걸로 사람을 대해오는 태도도 조금은 달라질 수 있으리라.

사내는 그러자 새삼 기분이 들뜨기 시작했다. 미진한 일이 있다면 다만 손님이 끝끝내 고집을 꺾지 않고 새값을 되찾아 돌아간 일뿐이었다.

하지만 사내는 그것도 그리 문제가 될 게 없다고 생각했다. 손님을 대신하여 자신이 새를 사주면 그만이었다. 그리고 그것으로 사내는 젊은이에 대한 자신의 우의를 결정적으로 증명해 보일 생각이었다.

그는 곧 그렇게 했다. 그는 새값도 미처 치르기 전에 손님이 방금 되돌려주고 간 새장 문을 열어젖히고 보란 듯이 녀석을 숲으로 내보냈다.

"이건 삐줄이 네놈 몫이다. 삐줄이 네놈한테도 내 오늘 이렇게 네놈 몫의 새를 사줬으니 더 이상 삐질 생각일랑 말거라."

그리고 그 새의 모습이 시야에서 사라지고 난 다음에야 그는 그 오후의 소득으로 당당히 새값을 치러 보였다.

그런데 바로 다음이 잘못이었다.

기분이 너무 들뜬 탓이었을까. 의기양양 새값을 치르고 난 김에 사내가 그만 한 가지 실수를 저지르고 말았다. 그건 별로 큰 실수는 아니었다. 사내도 미처 그게 자신의 실수가 될 줄은 생각을 못했으니까. 그리고 그게 자신의 실수가 된 걸 알고도 무엇이 어떻게 잘못된 것인질 얼핏 헤아릴 수가 없었으니까.

"그런데 젊은인 도무지 이 많은 새들을 다 어디서 구해들이고 있는 겐가."

사내의 실수는 다만 그 한마디뿐이었다. 그런데 다소간 거침이 없는 듯한 사내의 소리에 가겟집 젊은이가 모처럼만에 천천히 그를 돌아다보았다.

사내는 무심코 그 젊은이의 눈길을 받다가 표정이 갑자기 움츠러들었다. 젊은이가 왠지 그의 백동테 안경알 뒤에서 사내를 이윽히 쏘아보고 있었다. 사내가 그에게서 눈길을 비키고 난 다음에도 그 젊은이의 시선은 좀처럼 사내를 떠날 줄 몰랐다. 그 시선 속엔 차갑고 무서운 위협기가 숨어 있었다. 그는 화를 내고 있는 게 분명했다.

사내는 비로소 자신의 실수를 깨달았다. 자신의 말 가운데에 젊은이의 맘에 들지 않는 대목이 있었던 게 분명했다.

그는 자신의 경솔이 후회스러웠다.

"아, 그야 그런 일을 하자면 어디선가 자꾸 새를 구해들여야 하는 게 당연한 노릇이겠지요. 난 그저 그 새들을 어떻게 구해오는지 그게 좀 궁금해서……. 그야 뭐 내가 굳이 알아야 할 일도 아니겠지만서두……."

사내는 자신의 실수를 변명하듯 젊은이의 눈치를 살펴가며 제풀에 횡설수설 더듬거리고 있었다.

그리고 사내는 진심으로 새를 구해들이는 방법을 자기가 굳이 알아야 할 필요도 없다고 생각했다. 그가 그걸 알고 싶어한 것이 젊은이의 비위를 건드리게 된 것인지 어떤지는 아직도 분명치가 않았지만, 어쨌거나 소용 닿을 데가 없는 일로 해서 그를 화나게 만들 필요는 없었다.

하지만 사내의 변명은 때가 너무 늦고 있었다.

젊은이는 아무래도 쉽게 화가 풀리질 않는 얼굴이었다. 그는 한마디 말도 없이 당황해 어쩔 줄 모르고 있는 사내에게 계속 시선을 못박고 있었다. 사내가 마침내는 더 이상 변명을 늘어놓을 수도 없을 만큼 기가 죽어버릴 때까지. 그리고 끝내는 그 젊은이에게 더 이상 화를 내게 하지 않게 하기 위해 제물에[8] 슬금슬금 가게 앞을 떠나가버릴 때까지.

젊은이의 기분을 돌려놓으려던 사내의 노력이 오히려 너무 지나친 탓이었다. 그리고 그때 사내의 기분이 분별없이 너무 들뜬 탓이었다.

사내로선 그만 다 된 밥에다 재를 뿌리고 만 기분이었다.

8) 제물에 제 혼자 스스로의 바람에. 그 자체가 스스로 하는 김에.

6

갈수록 태산으로 사내는 이날 밤 거듭 또 한 가지 실수를 저질렀다.

이날 밤 공원 숲 속에선 이상한 일이 일어났다.

사내는 이날 밤도 공원 숲 속의 한 나무 걸상 위에다 옹색한 잠자리를 마련하고 있었다. 그런데 자정이 지난 지도 한식경이 지난 새벽 2, 3시쯤 되어서였을까. 숲 속의 어디쯤에선가 심상찮은 인기척 같은 것이 들려왔다.

사내는 그 소리에 어슴푸레 잠결에서 깨어나 머리 위에 뒤집어쓰고 있던 야전잠바 자락을 밀어냈다. 한밤중에 웬 전깃불의 환한 빛줄기가 어두운 숲 속을 장대처럼 이리저리 훑고 있었다. 빛줄기는 때로 나뭇가지들의 한 곳에서 곧게 고정되고 한 사내의 그림자가 그때마다 나무 위로 올라가 빛줄기의 끝에서 열매를 따듯 잠든 새들을 집어내렸다. 잠결에 빛을 맞은 새들은 눈먼 장님처럼 옴짝달싹을 못했다. 날개를 퍼득여 날아보는 새들도 방향을 못 잡고 좌충우돌하였다. 나뭇가지에 부딪쳐 떨어지는 놈도 있었고 제물에 땅바닥으로 곤두박질쳐 내리는 놈도 있었다.

그림자는 끊임없이 빛줄기를 들이대며 잠든 새들을 사냥하고 있었다.

기이하게 손쉬운 새의 사냥법이었다.

—녀석들이 그렇게 다시들 돌아오곤 하였군.

사내는 저절로 탄성이 새어나왔다. 하지만 그 손쉬운 사냥법에 대한 사내의 감탄은 그리 긴 시간 계속될 수가 없었다.

조용한 어둠 속에 빛줄기가 너무 세찼기 때문이었을까. 한동안 숨을 죽인 채 어둠 속으로 그런 광경을 숨어 보고 있던 사내는 자기도 모르게 문득 가슴이 몹시 떨려오기 시작했다. 빛줄기가 까닭없이 두렵고, 빛줄기를 조종하고 있는 사내의 그림자가 무턱대고 무서워졌다. 아무래도 안 볼 것을 엿보고 있는 듯 사지마저 조그맣게 움츠러들고 있었다. 게다가 그 빛줄기는 이제 사내 쪽으로 자꾸만 가까이 거리를 좁혀들고 있었다.

이유 같은 건 알 수 없었지만, 사내는 아무래도 그 빛의 임자에게 그의 사냥이 들키고 있다는 걸 알게 해서는 안 될 것 같았다.

그는 갈수록 두렵고 초조했다. 불빛이 그에게로 가까이 다가들수록 사내의 머리는 자꾸만 야전잠바 옷깃 속으로 깊이 움츠려 들어갔다.

그러나 전깃불의 눈길은 실수가 없었다. 빛줄기가 끝내는 사내의 머리통을 맞혀잡고 말았다. 동시에 사내의 머리통도 완전히 야전잠바 깃 속으로 모습을 숨겨 들어가버렸다.

하지만 한 번 사내를 붙잡은 빛줄기는 그를 좀처럼 떠나려 하지 않았다. 그 빛줄기가 그의 잠바자락을 뚫고 점점 세차게 젖어들어왔다. 사내는 숫제 잠바자락 속에서 눈을 감고 있었으나, 감은 눈꺼풀 위로도 빛이 스며들어왔다.

이윽고 굵다란 발걸음 소리가 천천히 그의 곁으로 다가들었다. 그리고 몇 걸음 저쪽에서 소리를 죽인 채 한동안 밝은 빛줄기만 쏘아붙이고 있었다.

사내는 잠바자락 속에서 숨도 제대로 쉬지 못한 채 무서운 빛줄기의 세례를 견디고 있었다.

빛줄기는 잠바자락 속의 사내를 거의 질식 상태로 짓눌러놓은 다음에야 간신히 그에게서 걷혀나갔다. 그리고 곧 발걸음 소리가 방향을 바꾸며 그에게서 천천히 멀어져갔다.

하지만 사내는 이미 뱀의 눈빛에 쏘인 개구리 한가지였다. 그는 이제 발걸음 소리와 함께 어둠 속으로 사라져가는 사냥꾼의 뒷모습이나마 엿봐 두고 싶었지만, 실제론 그렇게 몸을 움직여 나설 엄두가 나지 않았다.

그는 그냥 그대로 야전잠바 옷자락 속에 눈을 감은 채 발걸음소리가 귓가에서 멀리 사라져가기만을 기다리고 있었다.

다음 날 아침, 잠을 깨고 일어났을 때 사내는 간밤의 일이 꿈이 아니었나 싶었다. 하지만 그건 분명 꿈이 아니었다. 그게 꿈이 아니라면 그는 가겟집 젊은이를 화나게 만들 또 하나의 허물을 지니게 된 꼴이었다. 어쩐지 사내에겐 그런 생각이 들었다.

그것은 물론 고의는 아니었다. 그리고 간밤엔 그의 주의가 제법 용의주도했기 때문에 위인을 엿보고 있었다는 확증을 붙잡힌 것도 아니었다. 하지만 사내는 그것으로 젊은이를 안심할 수가 없었다.

사내는 이날따라 아침 일을 서둘렀다. 그리고 일을 서두른 바람에 여느 날보다는 거의 한 시간 가량이나 일찍 가게로 내려갔다.

가겟집 젊은이는 짐작대로 간밤의 일에 대해선 아무 내색을 보이지 않았다. 가게에는 이날도 아침부터 손님이 붐벼댔기 때문에 젊은이가 미처 그를 괘념할 여가가 없었을 수도 있었다.

하지만 젊은이는 오전 장사가 한고비를 넘기고 나서도 별다른 기색을 드러내지 않았다. 사내는 차라리 그게 더욱 수상하고 불안스러웠다. 그리고 그럴수록 자기 쪽에서 먼저 위인의 심사를 다스려놓는 게 좋으리라 생각했다.

"내 감방 친구 가운데에 꼼장어란 별명을 가진 늙은이가 하나 있었는데, 그 친군 사실 나보다도 훨씬 이 가겔 잊지 못했었다오."

사내는 우선 젊은이가 맘에 들어할 소리로 그의 새장사 일을 부추기기 시작했다.

"그 위인은 허구한 날 언제나 이 가게에서 새를 사게 될 날만을 기다리고 있었어요. 그날을 위해 끊임없이 편지를 쓰고 자식놈의 면회를 기다렸지요. 가막소 안 사람들이 누구나 그렇긴 하지만 그 늙은이야말로 정말 이 가게에서 날개를 한 번 사보는 것이 어느 누구보다 큰 소망이었으니까. 그런 가엾은 늙은이들에겐 젊은이의 가게가 바로 가장 소중스런 꿈이요 희망이지 뭐겠소."

사내의 칭송에도 젊은이는 아직 대꾸를 보내올 기미가 안 보였다. 사내는 젊은이의 대꾸가 있거나 말거나 참을성 좋게 자신의 이야기를 계속해나갔다.

"아마 난 언젠가는 그 늙은이 몫으로도 새를 한 마리 사줘야 할게라요. 위인은 그렇게 새를 사고 싶어했는데도 그 소망을 끝내 이뤄볼 수가 없게 되고 말았지 않았겠소. 늙은이가 글쎄 운도 없이 이 년 전에 벌써 저 가막솔 죽어 나가고 말았으니…… 죽은 넋이나마 늙은일 위해 내가 대신 새를 한 마리 사줘야 도리 아니겠소……. 그러니 죽은 사람 남은 사람 해서 아직도 족히 열 마리는 새를 더 사줘야 할 겐가…… 그야 뭐 이제는 가막솔 풀려나온 몸이 그만 수고쯤은 대신해줘야지. 암, 대신해줘야구말구……."

새를 사준다는 건 뭐니 뭐니 해도 젊은이에겐 가장 맘에 들 소리임이 분명했다. 사내는 그 젊은이 앞에 지혜를 다해 위인을 꼬드겼다.

젊은이는 아직도 역시 아무 반응이 없었다. 사내의 지껄임은 도대체 들은 척도 않는 얼굴이었다. 가끔가다 히뜩히뜩 사내 쪽을 흘려보고 있는 눈길엔 그리 보아 그런지 어떤 심상찮은 경계심 같은 것이 숨겨져 있는 듯싶기도 했다.

그런 낌새나 어림짐작만으로 젊은이가 간밤의 일을 벼르고 있다곤 할 수 없었지만, 사내는 이날따라 젊은이가 계속 입을 다물고 있는 것이 못내 불안하고 꺼림칙스러웠다.

사내는 기가 꺾여 한동안 궁리에 부심하고[9] 있었다.

그리고 마침내 한 가지 자신의 불찰이 머릿속에 떠올랐다.

—그러면 그렇지. 내가 오늘은 어째서 여태 거기까지 생각이 미치질 못했을꼬…….

여태까지 새를 사지 않고 있었던 일이 생각난 것이다. 그는 그 자신뿐 아니라 가막소 친구들을 위해서까지 새를 사겠노라 몇 번씩 맹세를 해 보였으면서도 이날따라 정작 젊은이에게서 새를 사준 것은 한 마리도 없었다.

사내는 그런 자신이 조금은 이상했다. 이날따라 새를 한 마리도 사주지 않았을 뿐 아니라, 그런 자신을 깨닫고 나서도 그는 여느 날처럼 새를 사는 일에 도무지 신명이 나질 않는 것이다.

하지만 그는 이제 자신의 기분 따위는 문제가 아니었다.

그는 그 젊은이의 침묵 앞에 스스로 위압당하고 있었다. 자신의 기분이야 어찌 됐든 이제는 위인을 위해서라도 새를 사줘야 했다.

9) 부심하다(腐心—) 근심·걱정이 있거나 무엇을 생각해내기 위해 몹시 애쓰다.

그런 생각이 들수록 그는 기분이 더욱 무거웠다.

그러나 그는 곧 자신을 위로했다.

—하지만 이건 감방 녀석들을 위하는 노릇이기도 하니까. 아암, 내가 언제 저 젊은일 위해서 새를 샀던가. 이건 모두가 위인들을 위하고 새를 위해서 하는 일이지.

사내는 마침내 결심을 하고 주머니 속에서 동전닢을 세었다. 그리고 곧 가게 안 금고 위에다 그것을 쏟아놓았다. 이날은 사정이 새값을 깎을 형편도 못 되었지만, 용케도 동전닢이 스무 개를 넘었다.

"그러니까 이번에는 그 지독한 왕릉지기 영감이 되겠군."

사내는 머릿속에 차례를 정해둔 대로 잠시 동안 그 왕릉 도굴을 일삼다 들어왔다는 남도 사투리의 늙은이를 생각했다. 그리고 어느 때보다 간절한 심정으로 조롱 문을 열어 새를 내보냈다.

그래도 젊은이는 도무지 아무런 참견이 없었다. 사내가 새를 사겠노라 동전을 건넬 때도 젊은이는 그저 남의 일을 대신하듯 냉랭한 눈길뿐 표정이 조금도 달라지지 않고 있었다.

사내는 새를 사고 나서도 기분이 조금도 나아지질 못했다.

그는 이제 더 이상 가게에서 버텨내고 있을 기력이 없었다. 가게에 할 일이 남아 있는 것도 아니었고, 더 이상 무슨 소릴 지껄여댈 마음도 없었다.

그는 이윽고 그 얼음장 같은 젊은이의 침묵을 뒤로 한 채 가게를 떠나갔다.

가게를 떠나가는 발걸음이 유난히 지치고 무겁게 느껴졌다.

7

사내는 이날 밤도 그 공원 숲 잠자리에서 밤새도록 불빛에 쫓겼다. 칠흑 같은 어둠 속을 장대처럼 빛줄기가 곧게 뻗치고, 그 빛줄기를 얻어맞은 새들이 나뭇가지들 위에서 낙엽처럼 우수수 땅 위로 떨어졌다. 그리고 그 빛줄기는 사내의 잠자리를 찾아 밤새도록 이리저리 숲 속을 헤매었다.

사내는 안타깝고 초조했다. 그리고 두렵고 조급했다. 빛줄기가 때로 그의 야전잠바 옷자락 위로 사정없이 그를 찌르고 드는가 하면, 때로는 엉뚱스럽게 그를 놓치고 부근 숲 속을 미친 듯이 헤쳐 다니기도 하였다.

그는 쫓기다가 붙잡히고 붙잡혔다간 다시 쫓기고 하는 악몽 속에 날을 훤히 밝혔다.

이튿날 아침 잠자리를 일어났을 때 사내는 머릿속이 온통 남의 것처럼 멍멍했다. 자리를 일어나고 나서도 그는 날마다 계속해 온 아침 일은 생각조차 못했다. 일 생각이 났다 해도 그럴 만한 기력이 남아 있질 못했다.

그는 그저 넋이 나간 사람처럼 망연히 한동안 아침 숲 속만 지키고 앉아 있었다. 이날사말고 그 흔한 새소리조차 귀에 들려오지 않은 것 같았다.

사내는 아침 햇덩이가 동편 하늘을 하얗게 치솟아오른 다음에야 간신히 몸을 움직이기 시작했다. 그러나 그는 이날 아침 끝끝내 그 동전 줍기를 단념한 채 그길로 허정허정[10] 가게 쪽으로 내려갔다.

그러나 사내는 이제 새를 사지 않았다. 동전을 줍지 않았으니 새를 살 수도 없었지만, 그는 그걸 별로 아쉬워하지도 않았다. 그는 이제 젊은이의 눈치를 살펴가며 그에게 굳이 말수작을 건네보려는 기미도 안 보였다.

그는 그저 가게 맞은편에 묵연히[11] 주저앉아 붐비는 손님들만 구경하고 있었다. 그리고 한낮이 가까워 오면서부터 손님들의 왕래가 한고비를 넘기자 자신도 가게 앞을 떠나갔다. 그가 그 가게 앞을 찾아올 때와 똑같이 지치고 무거운 걸음걸이로. 그리고 그것으로 사내는 이날 저녁 어스름이 공원 일대를 뒤덮어올 때까지도 그의 모습을 나타내지 않았다.

사내가 다시 젊은이의 새 가게 앞에 지치고 남루한 모습을 나타낸 것은 이튿날 아침 그만쯤 해서였다.

하지만 그는 이날도 새를 사지 않았다. 젊은이의 눈치를 살펴가며 말수작을 건네오는 일도 없었다. 이날도 그저 전날처럼 그렇게 하릴없이 손님들의 거래를 구경하고 있다가 오전이 지나고 가게가 좀 한가해지는 기미가 보이자 그길로 그만 자리를 일어서버렸다.

사내의 거동은 며칠 동안이나 계속 그런 식이었다. 그리고 언제나 그 가게를 찾아올 때와 똑같이 지치고 피곤한 모습으로 말없이 가게를 떠나가곤 하였다.

그러니까 이번에는 오히려 가겟집 젊은이 쪽에서 뜻밖의 태도로 나오기 시작했다.

"노인장을 모시러 올 아드님은 아마 찻길이 막혔거나 길을 거꾸로 돌아서버렸거나 한 모양이지요."

10) 허정허정 허청허청의 여린 말. 힘이 없어 걸음을 제대로 걷지 못하고 몹시 비틀거리는 모양.
11) 묵연히(默然—) 말없이.

어느 날 아침 가게가 잠깐 조용해진 틈을 타서 가겟집 젊은이가 문득 사내에게 말했다.

"제 기억으론 노인장이 가막소를 나온 지도 벌써 한 주일은 넘은 줄 아는데 아드님은 어째서 여태도 소식이 감감이지요?"

할일없이 날마다 가게 부근을 서성대며 장사 거래만 지켜보고 있는 사내의 거동이 젊은이에겐 그렇게 신경이 쓰이고 있었을까. 아니면 젊은이는 이제 새도 사주지 않는 사내의 존재로 하여 자기 장삿일에 실제로 어떤 곤란을 겪고 있었는지도 모른다. 젊은이가 이날부턴 갑자기 작전을 바꾸어 사내를 비웃기 시작한 것이다. 그건 보나마나 그의 가게 근처에서 사내를 멀리 쫓아버리기 위한 음흉스런 계교가 분명했다.

"뭣하면 다시 편지를 한 장 써볼 수도 있지 않겠어요. 아마 노인장의 편지가 아직도 아드님께 닿지 못한지도 모르니까 말입니다. 주소가 어떻게 되세요. 아드님의 시골집 주소가……."

젊은이는 사내가 새를 사주지 않는 데 대한 원망의 기색은 손톱만큼도 나타내지 않았다. 그는 될수록 사내가 난처해질 소리들만 골라 그를 괴롭게 몰아부쳤다. 그래 결국엔 사내 스스로가 견디지 못하고 가게를 떠나가게 하려는 것이었다.

—아드님을 기다리신답니다. 아드님이 시골에 궁전을 지어놓고 영감님을 모시러 오시는 중이랍니다.

그는 때로 새를 사러 들어온 손님을 상대로 해서까지 그렇게 무참스럽게 사내를 비웃고 무안을 주었다.

—어디만큼 왔나, 고개만큼 왔지……. 영감님은 날마다 효자 꿈에 행복하시지요.

사내는 그러나 그런 젊은이의 비웃음을 아랑곳하는 기색이 조금도 없었다. 그는 젊은이의 공박에 할 말이 전혀 없는 사람처럼 주위를 짐짓 외면해버리곤 하였다. 젊은이가 정 그를 못 견디게 하고 들 때면 차라리 위인의 얕은 소갈머리[12]가 안됐다는 듯 한참씩 그를 건너다보다 혼자서 조용히 한숨을 짓고 말 뿐이었다.

하면서도 사내는 좀처럼 젊은이의 새 가게를 떠날 생각을 안 했다. 아니 그는 젊은이의 그런 버릇없는 공박 따위로 가게를 아주 떠나버릴 처지의 사람이 아니었다.

그에겐 아직도 할 일이 남아 있었다.

"녀석들에게 모두 새를 사야…… 그래도 녀석들에게 빠짐없이 모두 한 마리씩은 새를 살 수 있어야……."

사내는 혼자 속으로 중얼거리곤 하였다. 그는 아직도 가막소 안에 남아 있는 친구들을 절대로 잊어서는 안 된다고 생각했다. 그 가엾은 친구들을 위해 새를 사지 않고 혼자서 이곳을 떠날 수는 없다고 몇 번씩 자신을 다짐했다. 그는 그저 지금 당장은 새를 사는 일이 달갑게 여겨지지가 않고 있을 뿐이었다. 새를 사더라도 전날처럼 즐겁거나 기분이 가벼워지지 못하고 있는 것뿐이었다.

하지만 사내는 그것도 그저 그 빌어먹을 잠자리의 악몽 때문일 거라 자신을 변명했다. 밤마다 그를 괴롭혀대고 있는 빛줄기의 꿈만 꾸지 않게 되면 그는 다시 기분이 회복되어 새를 즐겁게 살 수 있으리라 자신을 기다렸다. 도대체가 새들이 낙엽처럼 빛을 맞고 떨어져내리는 악몽이

12) 소갈머리 마음속에 가진 생각을 얕잡아 이르는 말.

계속되는 동안은, 그리고 그 빌어먹을 새들이 어째서 이 공원 숲을 떠나지 못하고 자꾸만 다시 조롱 속으로 돌아오는지, 그런 사연을 석연히 이해하지 못하고는 새를 다시 사고 싶은 생각이 일어 오질 않았다. 그건 마치 어린애들 숨바꼭질과도 같은 어리석은 장난일 뿐이었다.

한데 그러던 어느 날 밤, 사내에겐 또 한 가지 이상스런 일이 일어났다.

사내는 이날 밤도 그 공원 숲 벤치 위에서 추운 새우잠을 견디고 있었는데, 자정을 한 시간쯤이나 지난 무렵이었다. 예의 전깃불빛이 다시 공원 숲 속을 훑어대기 시작했다.

이번엔 물론 꿈이 아니었다. 실제로 빛줄기를 앞세운 밤새 사냥이 시작되고 있었다. 사내는 벌써부터 까닭을 알 수 없는 두려움 때문에 자신도 모르게 사지가 움츠러들고 있었다.

하지만 이번엔 다행스럽게도 전번날 밤과는 사정이 훨씬 달랐다.

빛줄기가 아직 사내를 찾아내지 못하고 있었다. 아니, 이날 밤은 그 밤새 사냥꾼이 제 편에서 미리 사내의 잠자리를 피해주는지도 알 수 없는 노릇이었다.

불빛은 좀처럼 사내 쪽으로 다가들 기미를 안 보였다. 사내와는 한참 거리가 떨어진 숲들만 이리저리 분주하게 휘저어대고 있었다. 불빛을 맞은 밤새들이 낙엽처럼 어둠 속을 휘날리고 있을 뿐이었다.

불빛은 거의 걱정을 할 필요가 없는 것 같았다. 하지만 이미 졸음기가 말끔 달아나버린 사내는 모른 척하고 다시 잠을 청할 수도 없었다.

그는 이윽고 야전잠바 옷깃을 들추고 천천히 벤치 위로 몸을 일으켜 앉았다. 그리곤 차분한 손짓으로 야전잠바 주머니 속을 뒤져 꽁초 한 대를 찾아 물었다.

사내가 그 야전잠바 옷깃으로 불빛을 가리며 입에 문 꽁초에다 막 성냥불을 그어 붙이려는 순간이었다.

후루룩—!

어둠 속 어느 방향으론가부터 느닷없이 사내의 잠바깃 속으로 날아와 박혀드는 것이 있었다. 담뱃불을 붙이려다 말고 사내는 자신도 모르게 흠칫 놀라 손에 든 성냥불부터 날쌔게 꺼 없앴다. 그러고는 재빨리 그의 가슴께 잠바깃 속으로 박혀든 물체를 더듬어냈다.

사내는 이내 물체의 정체를 알 수 있었다. 다름 아니라 그것은 방금 숲 속의 불빛에 쫓겨온 한 마리의 새였다. 부드럽고 따스한 감촉이 손에 닿을 때부터 사내는 벌써 그것을 알 수 있었다. 옷깃 밖으로 끌려나온 새는 두려움 때문인지 가슴이 몹시 팔딱거리고 있었다. 사내가 담뱃불을 붙이기 위해 옷자락에 성냥불을 켰을 때 녀석이 그 불빛을 보고 달려든 게 분명했다.

"빛에 쫓긴 녀석이 외려 또 불빛에 덤벼들다니…… 역시 새짐승이란……."

사내는 녀석의 분별없는 행동이 희한하기도 하고 우습기도 하였다.

하지만 사내의 그런 생각이 오히려 오해였는지도 알 수 없었다.

사내는 잠시 녀석을 어떻게 해주어야 좋을지 생각했다. 녀석을 금세 그대로 놓아보낼 수는 없었다. 녀석은 몹시 겁을 먹고 있었다. 빛줄기에 쫓긴 녀석이 사내에게 또 한 번 놀라고 있었다. 놀란 녀석을 무작정 다시 어둠 속으로 달아나게 할 수는 없었다.

그는 녀석을 좀 안심을 시켜서 놓아주기로 작정했다.

그는 조심조심 녀석을 한쪽 손바닥 위로 올려놓고 다른 손으로 가볍게 등덜미를 누르고 있었다. 그렇게 한동안 숨소리마저 죽인 채 녀석의 동정을 기다렸다. 녀석은 별반 사내의 손아귀로부터 몸을 빼내려는 움직임이 없었다. 사내의 속마음을 아는지 녀석은 손아귀 속에서 한동안 가슴만 팔딱거리고 있었다.

그런데 녀석이 그 움직임이 전혀 없는 사내의 따스한 손바닥에 마음이 놓인 것일까. 녀석이 이윽고 작은 부리로 손바닥을 콕콕 쪼아대는 시늉을 해왔다. 그리고 마침낸 두 손바닥 사이로 조그만 머리를 내밀고 갸웃갸웃 조심스레 어둠 속을 살피기 시작했다.

사내는 이제 안심이 되었다. 이젠 녀석을 보내주어도 좋겠다고 생각했다. 그는 녀석이 놀라지 않도록 위쪽을 누르고 있던 손바닥을 가만히 떼어 내렸다.

그런데 그때 또 한 번 희한스런 일이 일어났다.

녀석이 사내의 손바닥 위에서 달아날 생각을 안 했다. 녀석은 마치 등뒤를 누르고 있던 손길이 걷혀간 것도 알아차리지 못한 듯 고갯짓만 계속 갸웃거리고 있었다.

사내는 갈수록 기이한 생각이 더했다. 사정이 그쯤 되고 보니 사내는 더욱 거동이 조심스러웠다. 녀석을 좀더 두고보는 수밖에 다른 도리가 없었다.

그는 무작정 녀석을 기다렸다. 녀석이 좀더 안심이 될 때까지 끈질기게 자신을 견디었다. 조마조마하면서도 기이한 생각이 그를 그렇게 견딜 수 있게 하였다.

녀석은 마침내 완전히 안심이었다. 사내의 손바닥을 녀석은 마치 나뭇잎쯤으로나 여기는 모양이었다. 손바닥을 콕콕 쪼아대기도 하고 사내를 갸웃갸웃 건너다보기도 하면서, 손바닥을 떠날 생각이 조금도 없는 놈 같았다.

안 되겠다 싶었다. 사내는 한 번 더 녀석을 시험해보기로 하였다. 그는 녀석이 너무 놀라지 않도록 조심스런 잔기침 소리로 주의를 잠깐 건드려보았다.

하지만 녀석의 반응은 사내를 더욱더 어리둥절하게 하였다. 사내의 잔기침 소리에 녀석은 아닌게아니라 잠깐 동안 주의가 쓰이는 듯 꽁지를 간들간들 깐닥거리고 있더니, 이번에는 숫제 사내의 무릎께로 자리를 홀짝 내려앉았다.

사내는 차라리 어이가 없었다.

하지만 그는 이제 그것으로 그간에 일어난 모든 일들의 사연을 알 것 같았다. 녀석은 필시 사내와 미리부터 눈이 익어 있었던 놈임에 분명했다. 그는 그렇게밖에 생각할 수 없었다. 녀석이 처음부터 사내를 알아보고 그를 찾아든 게 분명해 보인 것이다.

"그래, 이 녀석아, 이제 알겠다……. 네놈은 필시 나한테서 날갤 얻어 숲으로 돌아온 녀석이 분명하렷다……."

사내는 다시 두 손으로 천천히 녀석을 곱게 싸안아 들었다. 그리고 마치 녀석 쪽에서도 그의 말뜻을 알아들을 수 있는 양 중얼중얼 혼자서 속삭여댔다.

"난 네놈의 믿음을 안다. 그래 우리는 이렇게 서로를 믿으며 한 가족이 되는 게지. 넌 어떻게 생각하는지 모르지만, 저 아래 가겟집 젊은이 그 사람도 그렇겠구. 글쎄 너 같은 야생의 날짐승도 이렇게 벌써 믿음이 생기는데, 이 미욱한[13] 인간은 여태까지 그래 네놈들이 이렇게 숲을 떠나지 못하는 간단한 이치조차 깨우치질 못했구나……."

숲 속을 휘저어대던 빛줄기는 어느새 산을 내려갔는지 주위가 온통 잠잠해져 있었다.

사내는 이윽고 다시 벤치 위로 천천히 몸을 뻗어 누우면서 녀석을 싸안은 그의 두 손을 소중스럽게 가슴 위로 얹었다. 그리곤 조용히 눈을 감은 채 손바닥 안에서 따뜻한 깃털을 부드럽게 꼼지락대고 있는 녀석에게 귓속말하듯 낮게 속삭였다.

"넌 오늘 밤 나하고 여기서 이렇게 함께 지내는 게 좋겠구나. 숨길이 좀 답답하긴 하겠지만, 그 대신 내가 춥게는 안 할 테다. 그야 내가 잠이 든 담에는 너 좋은 대로 하겠지만 말이다……."

8

이튿날 아침 사내가 잠이 깨었을 때 새는 물론 자취가 없었다.

하지만 사내는 이날 아침 어느 날보다도 기분이 가벼웠다. 꿈을 꾸지 않은 밤잠이 어느 날보다도 편했던 것 같았다. 숲 속을 쏟아져내리는 낭자한 새소리들도 새삼 유쾌하게 들려왔다.

그는 마치 간밤의 새소리를 찾아 가려내고 있기라도 하듯 아침 한기도 잊은 채 한동안 그 새 울음소리에만 조용히 귀를 기울이고 있었다.

그러다 그는 뒤늦게 기동을 서두르며 자리를 벌떡 박차고 일어났다.

13) 미욱하다 미련하고 어리석다.

그리고 모처럼만에 동전 줍기를 다시 시작한 사내는 그 공원 앞의 새 가게 젊은이에 대해서도 종래의 호감을 회복해가고 있었다.

"따지고 보면 여기서 이렇게 한 하늘을 머리 위에 이고 사는 우리는 어차피 모두가 한 가족이나 다름이 없는 거 같구랴."

여느 때와 다름없이 오전 장사에 한창 정신을 빼앗기고 있던 젊은이가 잠시 숨을 돌릴 짬이 나자 사내는 이때라 싶은 듯 위인에 대한 자신의 이해와 우의를 넌지시 다짐하고 나섰다.

"아, 글쎄 새를 다루는 젊은이의 일에 사람의 정분이 깃들지 않을 수 없는 바에야 젊은이에게 그 날개를 얻어 날아가는 새짐승들 또한 젊은이의 인정이 안 통할 리 없겠지. 그래 그게 사람과 새짐승들 사이의 일이라 하더라도 그런 정분이 오가다보면 서로가 어느새 한 가족이 되어갈 게 당연한 이칠 게요. 젊은이나 새들은, 그래 결국 그런 정분의 끈으로 이어져 이 공원 안에 함께 살고 있는 한 가족들이란 말이 될 게요……."

가겟집 젊은이는 그러나 사내의 돌연한 태도가 오히려 더 수상쩍게 느껴진 듯 이날도 좀처럼 그를 응대해올 기미가 없었다.

사내는 좀더 노골적으로 젊은이에게 매달리고 들었다.

"아, 그러니까 이건 다른 얘기가 아니오. 생각하기에 따라선 때가 좀 너무 늦은 감도 있지만, 이 늙은이도 이젠 댁들과 같이 이 공원 가족이 되자는 거외다. 아니 어떻게 생각하면 이 늙은이도 이젠 실상 젊은이나 새들과 한 가족이 된 건지도 모를 일이라오. 난 다만 젊은이도 이제 좀 아량을 가지고 그걸 알아주었으면 한다는 그런 얘기요. 일테면 젊은이나 젊은이의 새들에 대한 나의 정분이랄까 이해랄까 그런 내 마음을 말이오."

가겟집 젊은이는 그러나 여전히 반응이 없었다.

사내는 그 젊은이 앞에 자신의 심사를 좀더 분명하게 증명해 보이고 싶은 어조로 자신있게 말했다.

"그래, 난 오늘부터 다시 새를 살 요량을 세웠다오. 그야 그런 일은 아직도 저 가막소 안에 남아 있는 위인들에 대한 내 마음의 빚값으로 하는 일이기는 하지만, 그게 다 뉘 좋고 매부 좋고 한다는 일 아니겠소. 젊은인 새를 팔아 좋고 난 위인들의 소망을 풀어주어 좋고 새들은 날개를 얻어 좋고, 거기다 그렇게 서로가 진심을 익히다 보면 우린 모두가 함께 너나없이 한 가족이 될 수 있게 되어 좋고……."

그러고 나서 사내는 다시 젊은이를 안심시키듯 혼자서 계속 지껄여대었다.

"하지만 뭐 한 가족이다 뭐다 하니 내게 무슨 딴 궁리가 있어서 그러나 의심을 할 건덕진 없어요. 그야 솔직하게 말하면 난 그동안 내 아들녀석이 날 정말로 잊어버리고 있는 거나 아닌가 의심이 들기도 했었다오. 녀석이 정말 제 애빌 잊고 언제까지나 이런 곳을 헤매게 버려둘 참인가 싶어 은근히 혼자 낙담스런 생각이 솟기도 했었단 말이외다……."

"……."

"하기야 어찌 생각해보면 지금까진 그편이 오히려 다행이었는지 모르지요. 내 언젠가 이곳을 쉬 떠나지 못하는 소이가 녀석을 기다리는 일밖에 다른 일 한 가지가 있노라 말한 적이 있지만, 그 일이 아직도 끝나질 않았으니 말이오. 젊은이도 이젠 대략 짐작이 가리라 믿어 하는 말이지만, 그게 바로 내가 가막소 위인들의 새를 사주는 일 아니었겠소. 녀석들에게 새를 다 사주기 전에는 아들놈을 만나도 난 이곳을 떠날 수가 없는 처지란 말이외다. 그러니 아들놈이 나타났다가는 일이 오히려 낭패가 됐을 게라오. 녀석이 아직 나타나지 않은 건 그래 그런대로 다행이랄 수가 있어요. 하지만 그거야 물론 내 쪽 사정인 게구, 녀석이 여태도 날 찾으러 와주지 않은 건 제 일을 제가 외면하는 격 아니겠소. 난 그게 섭섭했던 게요. 은근히 마음이 조급해지기도 했었구……."

"……."

"하지만 이 늙은이의 주책없는 생각도 사실은 모두가 어제까지뿐이었다오. 오늘은 생각이 달라지고 말았어요. 젊은인 아마 이해하기가 어렵겠지만 오늘 아침부턴 모든 게 안심이 되는구료. 녀석이 머지않아 날 찾아 나타날 것 같아요. 그것도 물론 이 늙은이의 막연한 기대나 느낌에 불과한 것인지 모르지만, 난 그런 내 바람을 믿고 살아온 늙은이니까. 제 바람을 믿고 사는 수밖엔 다른 도리가 없었던 위인이었으니까. 그게 내가 가막소에서 늙도록 깨달아 얻은 마지막 지혜거든. 내 아들놈은 필시 날 찾아 나타날 거외다. 그리고 제 애빌 고향집으로 데려갈 거외다……."

"……."

"내 젊은이에게 바람이 있다면 다만 젊은이도 아까 말대로 내 한 가족이 되어서 그 한 가족이 된 사람의 정분으로 그걸 조금만 믿어줬으면 하는 것뿐이라오. 내게도 그럴 아들 녀석이 있고 그 아들 녀석이 미구에[14] 제 애빌 찾아 나타날 일을 말이오……."

젊은이는 끝끝내 대꾸가 없었다.

14) 미구에(未久一) 오래지 않아서.

가게에 다시 손님들이 밀려들기 시작하고 있었다. 젊은이는 그러자 사내를 버려둔 채 냉큼 가게 일로 돌아가버렸다.

사내는 다시 기다리기 시작했다.

하지만 그는 이제 어차피 새를 사겠노라 보기좋게 다짐을 하고 난 처지였다. 가만히 앉아서 시간만 기다리고 있을 수는 없었다.

그는 이윽고 당당하게 새장 앞으로 다가갔다. 그리고 다른 손님들 사이에 섞여 자신의 새를 고르기 시작했다.

그러나 사내의 그런 거동은 대체로 금세 새를 골라 사려는 쪽이 아니었다. 그는 신중하고 차분한 눈길로 새장을 하나하나 훑어나갔다. 때로는 금세 새를 살 것처럼 어느 한 조롱 속을 유심히 들여다보기도 하고, 때로는 조롱 속으로 손가락까지 뻗어 넣어 녀석들의 주의를 끌어보기도 하였다. 하지만 사내는 그때마다 녀석들에 대한 자신의 충동을 잘 견뎌내고 있었다.

이를테면 그는 그런 식으로 자신의 충동을 참아가면서 단 한 마리의 새를 사 날려보낼 자신의 기회를 오래오래 아끼고 즐기는 식이었다. 아니, 그렇게 자신을 즐기면서 끈질기게 무언가를 찾아 기다리고 있었다. 그건 다만 손님들이 그 방생의 집을 모두 떠나가고 가게 안에 젊은이와 자신만이 남게 될 시간일 수도 있었고, 혹은 그가 날개를 사줄 녀석을 위한 어떤 특별한 인연에의 기다림 같은 것일 수도 있었다.

어쨌거나 그는 그렇게 좀처럼 새를 살 기미를 안 보였다.

이윽고 가게 안에 붐벼대던 손님들이 거의 다 놀이를 끝내고 빠져나간 다음에도 사내는 여전히 그렇게 시간만 기다리고 있었다.

젊은이는 다시 가게 안쪽에 숨겨놓은 비밀 집합사에서 새 새들을 꺼내다가 비워진 장들을 채워넣고 있었다. 사내로선 물론 가게 안에 차려진 집합사에 새들이 몇 마리쯤 숨겨져 있는지 들여다볼 기회가 한 번도 없었지만, 젊은이는 아마도 그 비밀 집합사에 새가 바닥이 나게 버려두는 일이 한 번도 없는 것 같았다. 특히나 오전 동안엔 젊은이가 바깥 새장을 비워두는 일이란 절대로 없었다. 가게 안 비밀 집합사엔 언제나 여분의 새들이 얼마든지 비워진 장을 채우게 될 차례를 기다리고 있는 것 같았다. 젊은이가 비밀 집합사를 들어갔다 오면 두 마리고 세 마리고 그의 손아귀엔 언제나 그가 필요한 수만큼의 새들이 움켜져 나왔다.

이날도 젊은이는 벌써 스무 개 이상의 빈 새장을 새로 채워넣고 있었다.

사내는 계속 다시 채워진 새장 앞에서 자신의 충동을 견뎌내고 있었다.

그런데 그때— 한 새장에서 이상한 일이 일어났다.

사내가 무슨 버릇처럼 한 새장 문을 손가락 끝으로 톡톡 건드리자 장 속의 새가 포르륵 날개를 퍼득여 그의 손가락 쪽으로 날아와 붙었다.

사내가 손가락을 좀더 깊숙이 장 속으로 디밀었다. 그러자 다시 장 속의 새는 녀석의 조그만 부리로 사내의 손가락 끝을 조심스럽게 한두 번 콕콕 쪼아대는 시늉이더니, 나중에는 겁도 없이 홀짝 그 손가락 위로 몸을 날려 내려앉았다. 그리고 꽁지를 가볍게 간들거리며 조그만 눈망울로 말똥말똥 그의 표정을 살피고 있었다.

사내는 한동안 거의 넋을 잃은 듯한 얼굴로 장 속의 새 앞에 못박혀 서 있었다. 사내의 초라한 입가에 이윽고 누런 웃음이 번졌다. 그리고 거기서 그 사내의 오랜 기다림이 끝났다.

"그래, 나도 이젠 네놈을 알아볼 수가 있구말구……."

사내는 혼잣말처럼 낮게 중얼거리고 나서, 다시 가겟집 젊은이를 향해 자랑스럽게 말했다.

"내 오늘은 이 녀석을 사주겠소."

그는 곧 야전잠바 주머니를 뒤져 동전 스무 닢을 세어 내놓고 나서, 이젠 젊은이의 응낙을 기다릴 것도 없이 스스로 새장 문을 따기 시작했다.

그는 열린 장문 사이로 손을 디밀어 녀석을 조심스럽게 손바닥에 싸안았다. 그리고 무슨 소중스런 물건이라도 다루듯 자신의 코 앞까지 녀석을 높이 치올려 들고는 사람에게 하듯이 중얼중얼 말했다.

"하지만 이젠 알아두거라. 여긴 네놈들에게 그리 즐겨할 곳이 못 된다는 걸 말이다. 그래 나도 이게 네놈한텐 마지막일 테니 이번엔 좀 날개가 저리도록 멀찌감치 하늘을 날아가보거라……."

손안에 든 새가 사내를 재촉하듯 날개를 두어 번 퍼득대고 있었다.

그러자 사내도 이제 그만 녀석을 놓아줄 자세를 취했다. 퍼득여대는 녀석의 양 날개 밑으로 손끝을 집어넣어 녀석을 높이 받쳐 올렸다. 그리고 그가 뭔가 혼잣말 같은 것을 입속으로 중얼대며 녀석을 막 놓아주려던 참이었다.

사내는 금세 뭐가 이상해졌는지 숲으로 놓아주려던 녀석을 다시 가슴팍 밑으로 끌어내렸다. 그러고는 녀석의 날개를 들추고 벌어진 날갯죽지 밑을 유심히 살폈다.

사내가 들춰낸 녀석의 양쪽 날개 밑엔 무슨 가위 같은 물건으로 속깃을 잘라낸 자국이 역력했다.

사내는 일순 그것이 도대체 무엇을 뜻하며 어째서 그런 일이 생기게 됐는지 짐작이 안 가는 듯 멍멍한 표정을 짓고 있었다.

한동안 조용히 잘려나간 녀석의 속날개깃 자국을 들여다보고 있던 사내의 눈길에 이윽고 어떤 세찬 분노의 불길이 일기 시작했다.

그는 새를 거머쥔 손에 으스러지도록 힘을 주며 말없이 그의 거동만 훔쳐보고 있는 젊은이를 정면으로 쏘아보았다. 그 세찬 분노의 불길이 이글거리는 사내의 눈길은 사람까지 온통 달라 보이게 하였다. 그는 자신의 분노 때문에 손과 입술까지 마구 떨리고 있었다.

하지만 사내는 자신을 참는 데 너무도 깊이 길이 들여진 인간이었다.

그는 끝끝내 한마디 말도 없이 자신의 분노를 견뎌냈다. 분노와 증오에 불타던 사내의 눈길에서 이윽고 그 세찬 열기가 서서히 가라앉아가고 있었다. 그리고 분노와 증오의 빛 대신 그의 눈길엔 어느새 조용한 슬픔의 응어리 같은 것이 맺혀들기 시작했다.

그는 문득 가겟집 젊은이로부터 시선을 거두었다. 그리고 그 높고 푸른 가을 하늘을 오래도록 우러르고 있었다.

가겟집 젊은이는 그러나 여전히 남의 일을 구경하듯 거동이 태연스러웠다.

처음 한동안은 그도 역시 사내의 심상찮은 기세에 눌려 여느 때처럼은 처신을 못했다. 사내의 행동을 함부로 간섭하고 들지도 못했고, 거꾸로 사내를 깡그리 무시한 채 그 앞에서 금세 등을 돌리고 돌아서지도 못했다. 그리고 사내가 마침내 새의 날개 밑을 들춰내자 그는 무슨 몹쓸 비밀을 들킨 사람처럼 엉거주춤한 자세로, 그러나 될수록 자신을 잃지 않으려는 듯 조금은 뻔뻔스럽고 무관심한 표정으로, 끝끝내 그 사내의 눈길만 맞받고 서 있었다. 그게 사내의 눈길에 붙잡힌 젊은이의 거동새였다.

하지만 사내는 마침내 스스로 깨닫고 스스로 자신을 다스려주었다. 젊은이는 이제 그걸로 그만이었다.

그는 순식간에 다시 자신을 되찾고 있었다. 그리고 그 하늘을 우러러 얼굴을 쳐들고 서 있는 사내를 향해 까닭 모를 웃음을 흘리고 있었다.

이윽고 사내가 그 하늘로부터 조용히 눈길을 끌어내려 그를 다시 돌아다보았을 때도 그는 계속 그 비웃음과 연민기 같은 것이 뒤섞인 기묘한 웃음기 속에 유유히 사내를 구경하고 있었다.

9

도시를 빠져나온 신작로길이 가을날 저녁 햇살 속을 남쪽으로 하얗게 뻗어나가고 있었다.

가을 해는 중천을 비켜서면 풀기가 꺾이게 마련이었다. 사내는 야전잠바 목깃을 꼭꼭 여며 잠그며 그 신작로길을 따라 지친 발길을 끈질기게 남쪽으로 옮겨가고 있었다. 바람막이 삼아 앞단추를 열고 가슴께로 숨겨진 사내의 오른쪽 손아귀 속에서 아직도 방생의 집 새 한 마리가 발톱과 부리를 쉴새없이 꼼지락대고 있었다.

"답답하더라도 조금만 참거라."

사내는 마치 동무에게라도 말하듯 옷깃 속에서 몸을 꼼지락대고 있는 녀석에게 낮게 중얼거렸다.

"나도 몹시 다리가 아프지만 그래도 아직 해가 있을 때 마을을 만나야 하니 말이다. 앞으로도 며칠을 더 이렇게 걸어야 할지 모르는 길인데, 첫날서부터 아무 데서나 한뎃잠을 잘 수는 없지 않겠냐."

그는 계속해서 남쪽으로 걸었다. 그리고 그의 등뒤로 멀어져가는 도시의 하늘에서 자신의 지친 발걸음을 재촉할 구실을 구하듯 때때로 고개를 뒤로 돌아보곤 하였다.

"그래 어쨌거나 우리가 녀석을 떠나온 건 백 번 천 번 잘한 일이었을 게다. 게다가 이제부터 도시엔 겨울 추위가 몰아닥치게 되거든. 너 같은 건 절대로 그 도시의 추위를 견디지 못한다. 작자도 아마 그걸 알았을 게다. 글쎄, 네놈도 그 작자가 암말 못하고 멍청하게 날 바라보고만 있는 꼴을 봐뒀겠지. 내가 네 놈을 데리고 떠나려 할 때…… 아, 그야 나도 물론 작자한테 그만한 값을 치르긴 했지만 말이다."

맞은편 산굽이께로부터 도시를 향해 길을 거꾸로 들어가고 있는 사람들의 한 패가 사내의 곁을 시끌적하게 떠들고 지나갔다.

사내는 잠시 말을 끊고 그 도시로 들어가는 사람들의 일행을 스쳐 보냈다. 그리고 그들의 말소리가 등뒤로 멀리 사라져간 다음 다시 말하기 시작했다.

"마지막 반 해분만이라도 내 그 노역의 품삯을 한사코 주머니 속에 깊이 아껴뒀던 게 천만다행이었지. 널 데려올 수 있었던 건 순전히 그 돈 덕분인 줄이나 알아라. 하기야 그건 내가 정말로 집엘 닿는 날까지 기어코 안 쓰고 지니려던 거였지만……. 하지만 난 후회 않는다. 암 후회하지 않구말구. 그까짓 돈이야 몇 푼이나 된다구……. 이런 몰골을 하고 빈손으로 고향길을 찾기는 좀 뭣할지 모르지만, 그런다구 어디 사람까지 변했나…… 아니, 아니 내 아들 녀석도 물론 그런 놈은 아니구."

사내는 제풀에 고개를 한 번 세차게 흔들었다.

가슴 속 녀석이 응답을 해오듯 발가락을 몇 차례 꼼지락거렸다. 그 바람에 잠시 발길을 멈추고 녀석의 발짓을 느끼고 있던 사내의 얼굴에 만족스런 웃음기가 번지고 있었다.

"그래, 어쨌든 잘했지. 떠나온 건 잘했어."

사내는 다시 발길을 떼 옮기며 말하기 시작했다.

"녀석도 아마 잘했다고 할 거야. 글쎄, 이렇게 내가 제 발로 녀석을 찾아 나섰기가 망정이지 하마터면 우리도 거기서 겨울을 지낼 뻔했질 않았나 말이다."

그리고 사내는 뭔가 더욱 은밀하고 소중스런 자신만의 비밀을 즐기듯 몽롱스런 눈길로 중얼거림을 이어갔다.

"너도 곧 알게 될 게다. 우리가 함께 남쪽으로 길을 나서길 얼마나 잘했는가를 말이다. 남쪽은 북쪽하곤 훨씬 다르다. 겨울에도 대숲이 푸른 곳이니까. 넌 아마 대숲이 있는 곳이면 겨울도 그만일 테지. 내 너를 그런 대숲이 있는 곳으로 데려다줄 테다. 녀석의 집 뒤곁에도 그런 대숲은 얼마든지 많을 테니까. 암 대숲이야 많구말구……. 넌 그럼 그 대숲으로 가거라. 그리고 거기서 겨울을 나려무나……."

사내의 얼굴은 이제 황홀한 꿈속을 헤매고 있는 사람의 그것처럼 밝고 행복하게 빛나고 있었다.

그는 계속 걸으면서 중얼댔다.

"넌 아마 그래야 할 게다. 가엾게도 작은 것이 날개를 너무 상했으니까. 이 겨울은 그 대숲에서 날개가 다시 길어나기를 기다려야 할 게야. 내년에 다시 날이 풀리면 네 하늘을 맘껏 날을 수가 있을 때까진 말이다. 그야 너만 좋다면 녀석의 집에서 이 겨울을 너와 함께 지내줄 수도 있지만, 그건 아무래도 네 맘은 아닐 테니까……."

석양의 햇발이 점점 더 풀기를 잃어갔다.

구불구불 남쪽으로 뻗어나가고 있는 하얀 신작로길도 먼 곳에서부터 차츰 윤곽이 아득히 흐려져가고 있었다.

하지만 사내에겐 아직도 한 줄기 햇볕이 등줄기에 그토록 따스할 수가 없었다. 그리고 그 한 줄기 햇살이 꺼지지 않는 한 그의 눈앞에서 남쪽으로 뻗어나가고 있는 좁은 신작로길이 그토록 따뜻하고 맑게 빛나고 있을 수가 없었다. 그건 차라리 사내의 가슴속을 끝없이 비춰주는 영혼의 빛줄기와도 같았다.

사내는 아직도 지침이 없이 그 따스하고 행복스런 빛줄기를 좇으며 품속에서 가끔 발짓을 꼼지락거리고 있는 녀석에게 쉴새없이 혼자 중얼대고 있었다.

"하지만 네놈도 조금은 명념해봐야 한다. 탱자나무 울타리와 붉은색 벽돌 굴뚝이 높은 기와집, 게다가 뒷밭이 넓고 뒤쪽 언덕에 푸른 대숲이 우거져 내린 집…… 그런 집이 있는 동네가 나서는 걸 말이다. 그야 언젠간 너도 알겠지만, 그게 바로 우리가 찾아가는 남쪽 동네란다. 생각처럼 그렇게 쉽게 찾기는 어려운 곳이지. 하지만…… 글쎄, 그 남쪽 동네가 얼마나 따뜻한 곳인지 네가 어떻게 알기나 할는지……."

생 각 해 볼 거 리

1 감옥에서 나온 노인은 곧장 고향으로 돌아가지 않고 오랫동안 감옥 근처 공원의 새 가게 주변을 배회하면서 어렵사리 새를 사서 날려보내고 있습니다. 그 이유는 무엇일까요?

노인은 감옥에서 막 출소한 사람입니다. 그리고 그는 일생의 대부분을 감옥에서 지냈기 때문에 자유의 소중함을 누구보다도 잘 알고 있습니다. 또한 그는 아직도 감옥에서 자유를 꿈꾸고 있는 많은 수인(囚人)들의 삶을 외면하지 못합니다. 그래서 그는 감옥에 있는 친구들을 위하여 열심히 돈을 모아 새를 한 마리씩 사서 하늘에 날려보내는 일을 합니다. 마치 그것이 그의 유일한 삶의 목표인 것처럼 말이지요. 그러나 새들에게 자유를 주는 일은 인간에게는 일시적이고 대리 만족적인 자유를 주는 것을 의미할 뿐입니다. 그래도 노인이나 공원에 놀러온 사람들은 기꺼이 그 일을 하려고 합니다. 이는 도시의 사람들이 또는 감옥에 있는 사람들이 자유를 그리워한다는 것을 상징적으로 보여주는 것입니다.

2 이 소설에서는 노인과 새를 파는 젊은이가 대조적으로 묘사되고 있습니다. 그 차이점이 무엇인지 생각해봅시다.

노인은 오랜 세월 동안 자유를 갈망해왔기 때문에 새를 날려보내는 일을 매우 성스럽고 훌륭한 일로 여기면서 젊은이의 마음에 들기 위해 무척 애쓰고 있습니다. 젊은이의 눈으로 보면 비현실적이고 감상적인 행위만을 일삼고 있는 노인이 시대착오적인 인물로 비춰지겠지요. 그리고 노인은 자기 자신을 위해서가 아니라 감옥에 있는 다른 죄수들을 위해서 새를 날려보냅니다. 이러한 모습을 통해 노인이 이타적이고 세속에 물들지 않은 사람임을 알 수 있습니다. 그러나 새를 파는 젊은이는 처음부터 새에 깊은 관심을 보내고 있는 사내에게 그다지 관심이 없습니다. 자유의 의미보다는 당장 돈을 버는 것이 삶의 목표이기 때문이지요. 또한 돈을 벌기 위해 새의 날개를 자르는 잔인한 행동도 서슴지 않는, 매우 이기적이고 실리적인 사람입니다. 그리고 노인에게 그 사실이 발각되었을 때에도 전혀 양심의 가책을 느끼지 않고 무감각하고 매정하게 노인을 대합니다. 결국 젊은이는 매우 현실적이고 이기적인 인물임을 알 수 있습니다.

3 노인은 감옥에 있는 동료들을 대신해서 새를 날려보내줍니다. 감옥에 있는 사람들의 특징을 찾아보고, 이를 통해 알 수 있는 당시의 현실을 유추해봅시다.

감옥에 있는 사람들은 이전에 새를 사본 경험을 가진 사람들입니다. 그런데 이제는 그 새 가게에서 새를 사는 사람들 중에 감옥에서 나왔거나 감옥에 있는 사람들을 면회하러 가는 사람들은 아무도 없습니다. 이것은 그들이 너무도 오랫동안 감옥에 감금되어 있다는 것을 의미하지요. 게다가 감옥에 있는 사람들은 가족에게 편지를 보내도 소식이 닿지 않아 연락이 끊기고, 희망이 없기 때문에 더더욱 감옥에서 나올 수 없는 사람들입니다. 자유를 간절히 갈망하고는 있지만 외부로부터 철저히 단절된 매우 절망적인 상태에 있는 사람들이지요. 이는 자유의 진정한 의미를 모든 사람들이 잊어버린 채 살아가고 있다는 것을 상징적으로 보여준다고 할 수 있습니다.

4 이 소설의 제목은 '잔인한 도시' 입니다. 이 소설 속에서 잔인하다고 볼 수 있는 장면이나 내용은 어떤 것이 있는지 찾아봅시다.

소설 속에서 이 도시를 상징하고 있는 공간은 바로 교도소와 새 가게가 있는 곳입니다. 그런데 교도소는 사람들이 갇혀 있는 곳으로 자유를 상실한 공간이며 새 가게 역시 새들의 날개가 무참하게 잘려나가는 끔찍한 곳입니다. 또한 노인이 오랫동안 기다리던 아들도 오지 않습니다. 따라서 많은 사람들에게 절망과 상실감만을 안겨주는 폭력적인 곳이라고 볼 수 있습니다.

5 다음은 '시인과 촌장'의 〈푸른 애벌레의 꿈〉이라는 제목의 노래 가사입니다. 이 노래와 「잔인한 도시」의 주제가 공통적으로 의미하는 것이 무엇인지 생각해봅시다.

나는 빼앗긴 것이 많아서 모두 되찾기까진
수없는 날 눈물로 기도해야겠지만
나는 가진 어둠이 많아서 모두 버리기까진
수없는 아쉬움 내 마음 아프겠지만 아프겠지만
나는 괴롭던 날이 많아서 이 어둠 속에서
내가 영원히 누릴 저 평화의 나라 꿈꾸며
홀로 걸어가야 할 이 길에 비바람 불어도
언젠가 하늘 저 위에서 만날 당신 위로가 있기에
끝없이 펼쳐지는 저 높은 하늘
저 하늘 위에 내 마음을 두고
슬피 쓰러져 잠들던 이 어두운 숲 속에
불 밝히며 땀 흘리며
그렇게 오랜 세월 기다려왔던 푸른 날개가 돋으면 날개가
이 어둠의 껍질을 벗고 이기고 나가
그렇게 목말라 애타게 그리워했던
새로운 하늘 새로운 태양
새로운 빛깔의 세계를 날아다닐
자유. 자유. 자유. 자유.
자유. 자유. 자유. 자유.

대개 자유는 쉽게 얻어지는 것이 아니라 그에 대한 희생의 대가를 치러

야만 얻을 수 있다고 말합니다. 소설 속 노인 역시 오랜 세월 동안 감옥에서 살아가면서 간절하게 자유의 몸이 되기를 고대하고 또 고대하였을 것입니다. 그래서 그가 교도소에서 나와 자유의 몸이 되었을 때, 쉽게 그곳을 떠나지 못하고 자유를 얻어 세상을 향해 날아가는 새들의 모습을 보며 자유의 기쁨이 무엇인지를 공감하면서 지냈던 것입니다. 그러나 얼마 지나지 않아 그는 새의 날개에 얽힌 비밀을 알게 됩니다. 그리고 새로운 자유를 얻기 위해서는 그저 기다리고만 있어서는 안 되며 스스로 자유를 찾아 떠날 각오가 되어 있어야 한다는 것을 깨닫습니다. 위 노래에서처럼 '푸른 날개'가 돋아 '어둠의 껍질'을 벗고 새로운 세계를 향해 날아가듯이 말입니다. 두 작품은 진정한 자유를 얻기까지의 과정과 자유의 의미를 말하고 있는 것입니다.

서편제 —남도 사람1

소리를 찾아 남도 일대를 떠돌던 나그네와
소릿재 주막에 머물던 여인과의 만남.

감상의 길잡이

"어이 가리 어이 가리, 황성 먼길 어이 가리"

소리를 위해 시력까지 잃었던 누이를 찾아가는 길

이 작품은 이청준의 『남도 사람』이라는 연작 소설집 중의 한 편입니다. 『남도 사람』에는 「서편제」 「소리의 빛」 「선학동 나그네」 「새와 나무」 「다시 태어나는 말」 등이 실려 있습니다. 연작 소설이란 비슷한 주제를 다루고 있는 단편들을 모아놓은 작품들을 말합니다. 조세희의 『난쟁이가 쏘아올린 작은 공』이나, 윤흥길의 『소라단 가는 길』, 양귀자의 『원미동 사람들』 같은 작품들이 대표적이지요. 『남도 사람』 연작은 남도의 소리와 그 소리에 담겨 있는 한, 그리고 현실의 고통을 초월하고자 하는 예술의 문제를 주로 그리고 있습니다. 특히 「서편제」 「소리의 빛」 「선학동 나그네」의 이야기를 한데 묶어서 영화로 만든 것이 바로 임권택 감독의 〈서편제〉 라는 영화지요.

'서편제' 는 전라도 보성, 장흥 일대를 중심으로 유행하던 판소리 유파의 하나로, 굵고 웅장한 '동편제'와는 달리 부드러우면서도 구성지고 애절한 계면조 가락이 많다고 합니다. 작가가 굳이 소설의 제목을 서편제라고 한 것은 아마도 작가가 배경으로 하고 있는 지역, 소리가 담고 있는 한이 주제와 직접적으로 연관되기 때문일 것입니다.

작가는 이 소설을 창작하기 오래전부터 '말과 진실의 관계'를 깊이 탐구해왔다고 합니다. 우리가 흔히 쓰는 말이 우리의 진실을 담지 않고 헛돌고 있는 게 아닌가 하고 작가는 오랫동안 고민해왔습니다. 게다가 소설이라는 장르 자체가 말로 이루어져 있으니 작가에게 있어 말의 의미는 매우 중요한 의미를 가지고 있는 것이겠지요. 그러한 관계를 다룬 작품들 중에 「자서전들 쓰십시다」「떠도는 말들」「건방진 신문팔이」 등이 있답니다. 이렇게 말의 기능과 의미에 대해 고심해오던 작가는 말에 진실과 한을 담아내는 판소리의 매력에 푹 빠져들게 됩니다. 판소리가 듣는 사람들에게 감동을 주려면 그 소리 속에 깊은 의미와 한을 담아야만 가능하기 때문이지요. 여러분들은 아마 영화 〈서편제〉 속에서 소리꾼 아비가 딸에게 아주 혹독하게 소리를 가르치는 장면을 기억하고 있을 것입니다. 결국 아버지는 소리의 예술적 완성과 승화를 위해 급기야는 딸의 눈을 멀게까지 만들어버리지요. 현실 속에서는 정말 일어나서는 안 될 일이지만, 소설 속 이 장면의 의미는 아마도 소리가 갖는 완성된 힘을 얻고자 하는 예술인의 피나는 의지의 하나로 보아야 할 것입니다.

이 소설에 나오는 주인공들은 하나같이 기구한 사연을 가지고 살아갑니다. 그러나 그들은 자신의 삶에 대해 후회하거나 자책하기보다는 기꺼이 자신이 처한 현실을 꿋꿋하게 헤쳐나가고 있습니다. 삶에 대한 애착과 소리에 대한 집념을 잘 새기면서 작품을 읽어보도록 합시다.

서편제—남도 사람 1

여자는 초저녁부터 목이 아픈 줄도 모르고 줄창 소리를 뽑아대고, 사내는 그 여인의 소리로 하여 끊임없이 어떤 예감 같은 것을 견디고 있는 표정으로 북장단을 잡고 있었다. 소리를 쉬지 않는 여자나, 묵묵히 장단가락만 잡고 있는 사내나 양쪽 다 이마에 힘든 땀방울이 솟고 있었다.

전라도 보성읍 밖의 한 한적한 길목 주막. 왼쪽으로 멀리 읍내 마을들을 내려다보면서 오른쪽으로는 해묵은 묘지들이 길가까지 바싹바싹 다가앉은 가파른 공동묘지—그 공동묘지 사이를 뚫어 나가고 있는 한적한 고갯길목을 인근 사람들은 흔히 소릿재라 말하였다. 그리고 그 소릿재 공동묘지 길의 초입께[1]에 조개 껍질을 엎어놓은 듯 뿌연 먼지를 뒤집어쓰고 들앉아 있는 한 작은 초가 주막을 사람들은 또 너나없이 소릿

1) 초입(初入)께 골목이나 문 등의 들어가는 어귀 근처.

재 주막이라 말하였다. 곡성과 상엿소리가 자주 지나는 묘지 길이니 소릿재라 부를 만했고, 소릿재 초입을 지키고 있으니 소릿재 주막이라 이를 만했다. 내력을 모르는 사람들은 아마 그쯤 짐작을 하고 지나칠 수도 있으리라. 하지만 이 소릿재와 소릿재 주막에는 또 다른 내력이 있었다. 귀밝은 읍내 사람들은 대개 다 그것을 알고 있었다. 보성 고을 사람이 아니더라도 어쩌면 이 소릿재 주막에 발길이 닿아 하룻밤쯤 술손 노릇을 하고 나면 그것을 쉬 알 수 있었다.

주막집 여자의 소리 때문이었다.

남자도 없이 혼잣몸으로 주막을 지키고 살아가는 여자의 남도 소리 솜씨가 누가 들어도 예사롭지 않았기 때문이다.

이날 저녁 손님 역시 그것을 이미 깨닫고 있는 것 같았다. 아니 그는 애초부터 그저 우연히 발길 닿는 대로 이 주막을 찾아든 사람이 아니었다. 그는 실상 읍내의 한 여인숙 주인으로부터 소릿재 이야기를 처음 들었을 때부터 이미 분명한 예감을 가지고 있었다. 그리고 뒷얘기를 더 들을 것도 없이 그 길로 곧 자신의 예감을 좇아 나선 것이었다.

주막집에는 과연 심상치 않은 여인의 소리가 있었다. 초저녁께부터 시작해서 밤이 깊도록 지칠 줄 모르는 소리였다. 소릿재의 내력에는 그 서른이 채 될까말까 한 여자의 도도하고도[2] 구성진 남도 소리가 뒤에 숨어 있었다.

하지만 사내는 여인의 소리를 들으면서도 주막을 찾아올 때의 그 부푼 예감이 아직도 흡족하게 채워지지 못하고 있는 표정이었다. 소리를

2) 도도하다(滔滔—) 물줄기의 흐름이 막힘이 없이 기운찬 것처럼 거침없다.

들으면 들을수록 그것은 오히려 더욱 어떤 견딜 수 없는 예감 속으로 깊이 사내를 휘몰아 들어가고 있는 것 같았다. 방 안에 술상이 마련되어 있었지만 그는 거의 술 쪽에는 관심도 두지 않고 소리에만 넋이 팔려 있었다. 여자가 〈춘향가〉 몇 대목을 뽑고 나자 사내는 아예 술상을 한쪽으로 밀어놓고 제 편에서 먼저 북장단을 자청하고 나섰던 것이다.

"좋으네. 참으로 좋으네……. 자, 이 술잔으로 목이나 좀 축이고 나서……."

여자가 소리를 한 대목씩 끝내고 날 때서야 그는 겨우 생각이 미친 듯 목축임을 한 잔씩 나누고는 이내 또 다음 소리를 재촉해대곤 하였다.

그러다 여자가 이윽고 다시 〈수궁가〉 한 대목을 구성지게 뽑아제끼고 났을 때였다. 사내는 마침내 참을 수가 없어진 듯 그녀에게 다시 목축임 잔을 건네면서 물었다.

"한데…… 한데 말이네. 자넨 대체 언제부터 이런 곳에다 자네 소리를 묻고 살아오던가?"

"……?"

여자는 사내의 그 조심스런 물음의 뜻을 금세 알아차릴 수가 없었던지 한동안 말이 없이 사내 쪽을 가만히 건너다보고 있었다.

"이 고갯길을 소릿재라 이름하고, 자네 주막을 두고는 소릿재 주막이라 하던 것을 듣고 왔네. 그래 이 고을 사람들이 그런 이름을 지어 부르는 건 자네 소리에 내력을 두고 한 말이 아니던가?"

"……."

사내가 한 번 더 물음을 되풀이했으나 여자는 이번에도 역시 대꾸가 없었다. 하지만 이제 그 여자의 침묵은 사내의 말뜻을 알아들을 수가 없어서만은 아닌 것 같았다. 여자는 다시 한동안이나 사내 쪽을 이윽히 건너다보고 있었다. 그러고는 뭔가 사내의 흉중[3]을 헤아려 내고 싶어진 듯 천천히 고개를 저어댔다.

"그렇다면, ……그렇다면 이 소릿재 주막의 사연은 자네가 첫 번 임자가 아니더란 말인가? 자네 먼저 여기에 소리를 하던 사람이 있었더란 말인가?"

자기 예감에 몰리듯 사내가 거푸 다급한 목소리로 물었다.

"자네 소리에도 그러니까 앞서 이를 내력이 따로 있었더란 말이 아닌가?"

여자가 비로소 고개를 바로 끄덕였다. 그러고는 뭔지 괴로운 상념을 짓씹고 있는 듯 얼굴빛이 서서히 흐려지며 띄엄띄엄 입을 열기 시작했다.

"그렇답니다. 이 고개나 주막 이름은 제 소리 따위에 연유가 있는 것이 아니랍니다. 진짜 소리를 하시던 분이 계셨지요."

"그 사람이 누군가? 자네 먼저 소리를 하던 분이 어떤 사람이었던가 말이네."

"무덤의 주인이었지요."

"무덤이라니?"

"요 언덕 위에 묻혀 있는 소리의 무덤 말씀이오. 소릿재를 알고 소릿재 주막을 알고 계신 양반이 소리 무덤 얘기는 아직 모르고 계시던 모양이구만요. 뒤쪽 언덕 위에 그분 무덤이 있답니다. 소리만 하다 돌아가셨길래 소리를 함께 묻어드린 그분의 무덤이 말씀이오. 소릿재나 소릿재

3) 흉중(胸中) 가슴속. 마음.

주막은 그분의 무덤을 두고 생긴 말이랍니다……."

다그쳐대는 사내의 추궁을 피할 수 없어진 듯 아득한 탄식기 같은 것이 서린 목소리로 털어놓은 여인의 이야기는 대략 이런 것이었다.

6·25 전화로 뒤숭숭해진 마을 인심이 조금씩 가라앉아가고 있던 1956, 7년 무렵의 어느 해 가을—여자가 아직 잔심부름꾼 노릇으로 끼니를 벌고 있던 읍내 마을의 한 대갓집 사랑채에 이상한 식객 두 사람이 들게 되었다. 환갑 진갑[4] 다 지낸 그 댁 어른이 우연히 마을 나들이를 나갔다 데리고 들어온 소리꾼 부녀였다. 나이 이미 쉰 고개를 넘은 늙은 아비와 열다섯 살이 채 될까 말까한 어린 딸아이 부녀가 똑같이 주인 어른을 반하게 할 만큼 용한 소리꾼이었다.

주인 어른은 그 부녀를 아예 사랑채 식객으로 들어앉혀놓고 그 가을 한철 동안 톡톡히 두 사람의 소리를 즐기고 지냈다.

아비나 딸아이나 진배없이[5] 소리들을 잘했지만, 목소리를 하는 것은 대개 딸아이 쪽이었고 아비는 북장단을 잡는 쪽이었다. 주인 어른은 실상 아비 쪽의 소리를 더 즐기는 눈치였지만, 그 아비는 이미 늙고 병이 들어 기력이 쇠해져 있는 데다, 나어린 계집아이의 도도하고 창연스런[6] 목청에는 주인 어른도 못내 경탄해 마지않는 바가 있었기 때문이다. 부녀는 그 가을 한철을 하염없이 소리만 하고 지냈다. 그러다 어느새 겨울이 닥쳐오고, 겨울철 찬바람에 병세가 더치기[7] 시작했던지, 가을철부터

4) 진갑(進甲) 환갑 이듬해의 생일.
5) 진배없다 다를 것이 없다.
6) 창연스럽다(愴然—) 섭섭하고 서운한 느낌이 들다. 여기서는 슬픈 듯하다는 뜻.
7) 더치다 병세가 도로 더해지다.

심심찮게 늘어가던 그 아비 쪽의 기침 소리가 갑자기 참을 수 없는 발작기로 변해갔다.

그러자 아비는 웬일인지 한사코 그만 어른의 집을 나가겠노라 이상스런 고집을 부리기 시작했고, 고집을 말리다 못한 주인 어른이 마침내는 노인의 뜻을 알아차린 듯 찬바람 휘몰아치는 겨울 거리 밖으로 두 부녀를 내보내고 말았다.

이윽고 들려온 소문이, 그날 한나절 방황 끝에 두 부녀가 찾아든 곳이 이 공동묘지 길 아래 버려진 헛간 같은 빈집이었다는 것이다. 그리고 병이 들어 거동이 어려워진 늙은 아비는 식음을 전폐한 채 밤만 되면 소리를 일삼고 있다는 것이었다. 소문을 전해들은 주인 어른이 그때의 그 심부름꾼 계집이던 여인에게 다시 양식거리를 그곳까지 이어 보내곤 했다. 그녀가 심부름을 나가보면 모든 게 소문대로였다. 고개 아랫마을 사람들은 밤만 되면 그 아비의 소리를 듣는댔다. 고갯길 주변에 공동묘지가 생긴 이래로 어느 때보다도 깊은 통한과 허망스러움이 깃들인 소리라 했다. 소리를 들은 사람들은 아무도 그것을 귀찮아하거나 짜증스러워하는 이가 없었다. 사람들은 오히려 그 부녀를 두고 까닭 없는 한숨소리들을 삼키며 자신들의 세상살이까지 덧없어할 뿐이었다.

그럭저럭 그해 겨울도 다해가던 음력 세모[8]께의 어느 날 밤이었다. 그날은 마침 가는 해를 파묻어보내듯 온 고을 가득하게 밤눈이 내리고 있었는데, 그날 밤 새벽녘에 아비는 드디어 이승에서의 마지막 소리를 하고 나서 그길로 그만 피를 토하며 가쁜 숨을 거둬가고 말았다는 것이다.

8) 세모(歲暮) 한 해의 마지막 때. 세밑.

다음 날 저녁 무렵, 소식을 전해들은 주인 어른의 심부름을 받고 여인이 다시 부녀의 오두막으로 갔을 때는, 재 아래 마을 사람들이 이미 공동묘지 길목 위의 한구석에 소리꾼 아비의 육신을 파묻고 돌아오던 참이더랬다.

한데 또 하나 알 수 없는 것은 그렇게 해서 아비가 죽고 난 뒤의 계집아이의 고집이었다. 소리꾼 아비가 죽고 나자 여인네 집 주인어른은 의지할 데 없는 그 계집아이를 다시 집으로 데려오게 하려고 했다. 하지만 계집아이는 어찌된 속셈인지 한사코 그 흉흉한 오두막을 떠나지 않으려 했다. 어른의 말을 따르기는커녕 나중에는 죽은 아비의 소리까지 그녀가 다시 대신하기 시작했다. 보다못해 주인 어른이 이번에는 또 무슨 생각이 들었던지 어린 계집아이 혼자 지키고 앉아 있는 오두막으로 그 당신네 잔심부름꾼 여자아이를 함께 가 지내게 했고, 게다가 술청지기[9] 사내까지 한 사람을 덧붙여 자그마한 술 주막을 내게 해주더라 했다.

"무슨 소리를 들을 귀가 있을 턱은 없었지만, 저 역시도 그 여자나 여자의 소리에는 신기하게 마음이 끌리는 대목이 있었던 터라서, 어른의 말씀에 두말없이 주막으로 자리를 옮겨 앉은 것이 그 여자한테 소리를 익히게 된 인연이었지요. 그 여자도 이번에는 더 고집을 부릴 수 없었던지 그로부터 몇 년간은 주막을 찾아든 사람들 앞에 정성을 다해 소리를 했고, 손님이 없는 날은 저한테까지 소리를 배워주느라 밤이 깊은 줄을 모를 때가 많았어요. 그런 세월을 꼬박 삼 년이나 지냈다오."

여자는 이제 아득한 회상에서 정신이 깨어나고 있는 듯 서서히 자신

9) 술청지기 선술집에서 술을 부어 놓는 곳을 지키는 사람.

의 이야기를 정리해나가기 시작했다.

여인은 아비의 기일[10]이 찾아오면 음식을 장만하기보다 정갈한 술 한 되를 따로 마련하고, 고인의 영좌[11] 앞에 밤새도록 소리를 하는 것으로 제례를 대신했는데, 어느 해 겨울엔가는 제주조차 따로 마련함이 없이 밤새도록 소리만 하고 있다가 다음 날 아침 날이 밝고 보니 그날 새벽으로 그녀는 혼자 집을 나간 채 그것으로 그만 다시는 영영 종적을 들을 수 없게 되고 말았다는 것이다. 아비의 삼년상이 끝나던 날 새벽의 일이었다 했다.

그런데 희한스런 일은 그 아비의 주검이 묻히고 나서도 계속 주막에서 들려 나오는 그 여인의 소리에 대한 아랫마을 사람들의 말투였다. 아비가 죽고 나선 그의 딸이 소리를 대신했고, 그 딸이 자취를 감추고 나선 여자가 다시 그것을 이어가고 있었지만, 아랫마을 사람들은 언제나 그 소리를 옛날에 죽은 그 늙은 사내의 그것으로만 말했다는 것이다. 묘지에 묻힌 소리의 넋이 그의 딸과 여자에게 그것을 이어가게 하고 있다는 것이었다. 그의 딸이 하거나 여자가 대신하거나 사람들은 언제나 그것을 죽은 사내의 소리로만 들으려 했고, 그렇게 말하기를 좋아해왔다는 것이다.

"그래 사람들은 그 어른의 무덤을 소리 무덤이라고들 한답니다. 소릿재니 소릿재 주막이니 하는 소리도 거기서 나온 말이고요. 전 말하자면 그 소리 무덤의 묘지기나 다름없는 인간이지요. 하지만 전 그걸 원망하거나 이곳을 떠나고 싶은 생각은 없답니다. 이래봬도 지금은 제가 그 노

10) 기일(忌日) 사람의 죽은 날. 제삿날.
11) 영좌(靈座) 죽은 사람의 신위를 모셔놓은 상.

인네의 소리를 받고 있는 턱이니께요. 언젠가는 한 번쯤 당신의 핏줄이 이곳을 다시 스쳐갈 날을 기다리면서 이렇게 당신의 소리 덕으로 끼니를 벌어먹고 살아가는 것도 저한테는 이만저만한 은혜가 아니거든요."

여자는 한숨 섞인 목소리로 이야기를 끝맺고 나서 다시 소리를 시작했다.

이번에는 〈홍보가〉 가운데서 홍보가 매품팔이를 떠나면서 늘어놓는 신세타령의 한 대목이 시작되고 있었다.

여자가 성큼 소리를 시작하자 사내도 이내 다시 북통을 끌어안으며 뒤늦은 장단을 따라가기 시작했다. 이번에는 그 장단을 잡아나가는 사내의 솜씨가 아까처럼 금세 소리의 흥을 타지 못하고 있었다. 사내는 아직도 뭔가 자꾸 이야기의 뒤끝이 미진한[12] 얼굴이었다. 여자의 소리보다 아직은 이야기를 좀더 캐고 싶은 표정이 역연했다. 하지만 사내의 기색 따위는 아랑곳도 하지 않은 채 여자의 소리가 점점 열기를 더해가기 시작하자, 사내 쪽도 마침내는 북채를 꼬나쥔 손바닥 안에 서서히 다시 땀이 배기 시작했다. 그리고 마치 가슴이 끓어오르는 어떤 뜨거운 회상의 골짜기를 헤매어들기 시작한 듯 두 눈길엔 이상스런 열기가 어리기 시작했다.

사내는 그때 과연 몸을 불태울 듯이 뜨거운 어떤 태양의 불볕을 견디고 있었다.

소리를 들을 때마다 그의 머리 위에서 이글이글 불타오르는 뜨거운

12) 미진하다(未盡—) 아직 다하지 못하다.

여름 햇덩이가 있었다. 어렸을 적부터의 한 숙명의 태양이었다.

파도 비늘 반짝이는 바다가 내려다보이는 해변가 언덕바지[13] 한 모퉁이— 그 언덕밭 한 모퉁이에 누군지 주인을 알 수 없는 해묵은 무덤이 하나 누워 있었고, 소년은 언제나 그 무덤가 잔디밭에 허리 고삐가 매여 놓고 있었다. 동백나무 숲가로 뻗어나온 그 길다란 언덕밭은 소년의 죽은 아비가 그의 젊은 아낙에게 남기고 간 거의 유일한 유산이었다. 소년의 어미는 해마다 그 밭뙈기 농사를 거두는 일 한 가지로 여름 한철을 고스란히 넘겨보내곤 했다.

소년은 날마다 그 무덤가 잔디에서 고삐가 매인 짐승 꼴로 긴긴 여름날을 기다려야 했다. 그리고 그 언덕배기 무덤가에서 소년은 더러 물비늘 반짝이며 섬 기슭을 돌아 나가는 돛단배를 내려다보기도 했고, 더러는 또 얼굴을 쪄오는 여름 태양볕 아래 배고픈 낮잠을 자기도 했다. 그러면서 이제나저제나 밭고랑 사이로 들어간 어미가 일을 끝내고 나오기를 기다렸다. 하지만 여름마다 콩이 아니면 콩과 수수를 함께 섞어 심은 밭고랑 사이를 타고 들어간 어미는 소년의 그런 기다림 따위는 아랑곳이 없었다. 물결 위를 떠도는 부표처럼 가물가물 콩밭 사이를 오락가락하면서 하루 종일 그 노랫소리도 같고 울음소리도 같은 이상스런 콧소리 같은 것을 웅웅거리고 있었다. 어미의 웅웅거리는 노랫가락 소리만이 진종일 소년의 곁을 서서히 멀어져갔다간 다시 가까워져오고, 가까워졌다간 어느 틈엔가 다시 까마득하게 멀어져가곤 할 뿐이었다.

그러던 어느 날.

13) 언덕바지 언덕배기. 언덕의 꼭대기나 가파르게 언덕진 곳.

하루는 그 바다가 내려다보이는 뙈기[14]밭가로 해서 뒷산을 넘어가는 고갯길 근처에서 이상스런 노랫가락 소리가 들려오기 시작했다. 밭두렁길을 지나 뒷산으로 들어가는 푸나무꾼 같은 사람들에게서 자주 듣던 소리였다. 하지만 그날의 노랫가락은 동네 나무꾼들의 그것이 아니었다. 산으로 들어간 나무꾼도 없었고 소리를 하는 사람의 모습을 볼 수도 없었다. 산을 휩싸고 있는 녹음 속 어디선가 하루 종일 노랫소리만 들려왔다. 나중에 알게 된 일이지만 그것은 이날 처음으로 그 산고개를 넘어 마을로 들어오던 어떤 낯선 노래꾼의 소리였다. 어쨌거나 그날 그 모습을 볼 수 없는 노랫소리는 진종일 해가 지나도록 숲 속에서 흘러나왔고, 그러자 한 가지 이상스런 일이 일어났다. 밭고랑만 들어서면 우우우 노랫소리도 같고 울음소리도 같던 어미의 그 이상스런 웅얼거림이 이날따라 그 산소리에 화답이라도 보내듯 더욱더 분명하고 극성스럽게 떠돌아 번지기 시작한 것이다. 그러면서 어미는 뜨거운 햇볕 아래 하루 종일 가물가물 밭이랑 사이를 가고 또 오갔다. 그리고 마침내 산봉우리 너머로 뉘엿뉘엿 햇덩이가 떨어지고, 거뭇한 저녁 어스름이 서서히 산기슭을 덮어 내려오기 시작하자, 진종일 녹음 속에 숨어 있던 노랫소리가 비로소 뱀처럼 은밀스럽게 산 어스름을 타고 내려왔다. 그리곤 그 뱀이 먹이를 덮치듯 아직도 가물가물 밭고랑 사이를 떠돌고 있던 소년의 어미를 후닥닥 덮쳐버렸다.

그런 일이 있고 난 뒤부터 그날의 소리는 아주 소년의 마을로 들어와 집 문간방에 둥지를 틀고 살게 되었으며, 동네 안에 둥지를 틀고 들어앉

14) 뙈기 경계를 지어놓은 논밭의 구획.

게 된 소리의 남자는 날만 밝으면 언제나 그 언덕밭 뒷산의 녹음 속으로 숨어들어가 진종일 지겹도록 산울림만 지어내리곤 하였다. 사람의 모습은 보이지 않고 녹음이 소리를 숨기고 사는 양한 소리였다. 밭고랑 사이를 오가는 여인네의 그 괴상스런 노랫가락 소리도 날이 갈수록 극성스러워져 갔다. 소년은 여전히 그 무덤가 잔디에서 진종일 계속되는 노랫가락 소리를 들어야 했고, 소리를 들으면서 허기에 지친 잠을 자거나 소리를 들으면서 그 잠을 다시 깨야 했다. 잠을 자거나 잠을 깨거나 소년의 귓가에선 노랫소리가 떠돌고 있었고 소년의 머리 위에는 언제나 그 이글이글 불타오르는 뜨거운 햇덩이가 걸려 있었다.

소리는 얼굴이 없었으되, 소년의 기억 속엔 그 머리 위에 이글거리던 햇덩이보다도 분명한 소리의 얼굴이 있을 수 없었다. 그리고 언제나 뜨겁게 불타고 있던 그 햇덩이야말로, 그날의 소년이 숙명처럼 아직 그것을 찾아 헤매다니고 있는 그 자신의 운명의 얼굴이었다.

그러니까 소년이 그 소리의 진짜 모습을 자신의 눈으로 똑똑히 보게 된 것은 그의 어미가 어느 날 밤 뜻하지 않은 소동 끝에 홀연 저승길로 떠나가버리고 난 다음 날 아침의 일이었다. 소리가 마을로 들어서던 그 한여름이 지나가고 해가 훌쩍 뒤바뀌고 난 이듬해 이른 여름의 어느 날 밤, 소년의 어미는 땅덩이가 꺼져 내려앉는 듯한 길고도 무서운 복통 끝에 흡사 핏속에서 쏟아내듯 작은 살덩이 형상 하나를 낳아놓고는 그날 새벽으로 그만 영영 눈을 감아버린 것이었다. 그리고 그런 일이 있은 다음 날 아침에야 비로소 소리의 사내가 그 후줄근한 모습을 드러내며 소년의 집 사립문을 들어서던 것이었다.

하지만 소년은 아직도 그때의 그 사내의 얼굴이 소리의 진짜 얼굴이라고는 생각하지 않았다. 소년에겐 여전히 그 뜨거운 햇덩이가 소리의 진짜 얼굴로 남아 있었다. 나이가 들어가도 마찬가지였다. 사정이 달라져버린 소리의 사내가 핏덩이 같은 갓난애와 소년을 데리고 이 고을 저 고을로 소리를 하며 밥구걸을 다니고 있었을 때도, 소리의 진짜 얼굴은 언제나 그 뜨겁게 이글거리는 햇덩이 쪽이었다.

괴롭고 고통스런 얼굴이었다. 하지만 어떻게 된 심판인지 사내는 그 고통스런 소리의 얼굴을 버리고는 살 수가 없었다. 머리 위에 햇덩이가 뜨겁게 불타고 있지 않으면 그의 육신과 영혼이 속절없이 맥을 놓고 늘어졌다. 그는 그의 햇덩이를 만나기 위해 끊임없이 소리를 찾아 다니지 않으면 안 되었다. 그런 식으로 이날 이때까지 반생을 지녀온 숙명의 태양이요, 소리의 얼굴이었다.

사내는 여자의 소리에 다시 그 자기 햇덩이를 만나고 있었다. 그리고 언제나처럼 무서운 인내 속에 그 뜨겁고 고통스런 숙명의 태양볕을 끈질기게 견뎌내고 있었다.

그러자 이윽고 여자의 소리가 끝났다. 〈흥보가〉 한 대목이 다한 것이었다.

하지만 사내는 여자가 소리를 끝내고 나서도 아직까지 그 끓는 태양볕을 머리 위에 견디고 있는 듯 한참이나 더 얼굴을 고통스럽게 찡그리고 있었다. 이마와 콧잔등에는 실제로 태양볕의 열기를 견디고 있던 사람처럼 굵은 땀방울이 맺혀 있었다.

"그래 그 여잔 한 번 여길 떠나고 나선 그걸로 그만 소식이 아주 끊기고 말았더란 말인가?"

이윽고 깊은 상념에서 깨어난 사내가 곁에 놓인 술잔으로 천천히 목을 한 차례 축이고 나선 조심스럽게 여자를 다시 채근하고[15] 들기 시작했다. 아깟번 이야기에서 미진했던 것이 다시 머리에 떠오르고 있는 모양이었다.

"소식이 아주 끊겼다면 자넨 그래 짐작조차 가는 곳이 없었던가? 그때 그 여자가 여길 떠나면 어느 쪽으로 갔음직하다고 짐작조차 떠오르는 데가 없었던가 말이네."

그러나 여자는 이제 그만 사내의 추궁에는 흥미가 없어진 모양이었다. 아니 어쩌면 그녀는 이미 사내의 흉중을 환히 꿰뚫고 나서 선부른 말대답을 부러 삼가고 있는지도 알 수 없는 일이었다. 꼬리를 물고 있는 사내의 추궁에도 그녀는 이제 좀처럼 시원한 대답을 보내지 않고 있었다.

"아까도 말씀드렸소만, 어디 그런 짐작이 닿을 만한 곳이나 있었겠어요."

몰라서도 그럴 수는 있었겠지만, 말을 자꾸 피하고 싶은 기색이 역력했다.

"가는 곳을 짐작할 수 없었다면, 그 사람들 부녀가 어디서부터 이 고을로 흘러들었는지, 전부터 지내오던 곳을 얘기 들은 일은 있었을 게 아닌가?"

"소리를 하고 다니는 사람들이 한곳에 정해놓고 몸을 담는 일이 있었겠소. 그저 남도 일대를 쉴새없이 두루 떠돌아다녔다더구만요."

"소리를 하던 부녀간 외에 따로 친척 같은 것도 없고? 그 여자한테 무슨 동기간 비슷한 것이라도 말이네……."

15) 채근하다 어떤 일을 따지어 독촉하다.

"그야 태생지가 어딘 줄도 모르는 사람들인데, 집안 내력인들 곧이곧대로 속을 털어 보이려 했겠소……."

그런데 그때였다. 여자의 말 가운데 부지중 뜻밖의 사실이 한 가지 흘러 나왔다.

"행여 또 그런 핏줄 같은 것이 한 사람쯤 있었다 해도 앞을 못 보는 그 여자 처지에 떳떳이 얼굴을 내밀고 찾아나설 형편도 못 되었고요."

그녀가 장님이었다는 소리였다.

"아니, 그 여자가 그럼 앞을 못 보는 장님이었단 말인가? 그리된 내력이 도대체 어떤 것이었다던가? 그 여자 아마 태생부터가 장님으로 난 여잔 아니었을 거 아닌가 말이네."

사내의 표정이 갑자기 사납게 흔들리고 있었다. 여자는 부지중에 깜박 그런 말을 하고 나서도, 사내의 반응에는 도대체 영문을 알 수 없다는 듯 천연스럽게 말꼬리를 다시 눙치고[16] 들었다.

"그 여자가 장님이었다는 걸 말씀드리지 않았던가요. 하기야 그 여잔 눈이 먼 사람답지 않게 거동이 워낙 가지런해서 함께 지내고 있을 때부터 앞을 못 보는 사람이라는 생각을 잊을 때가 많았으니께요. 하지만 손님 말씀대로 그 여자도 태생부터가 장님은 아니었던가 봅디다."

"그래, 어떻게 되어서 눈을 잃게 되었다던가? 사연을 들은 것이 있으면 들은 대로 얘기를 좀 털어놔보게."

사내의 목소리는 억제할 수 없는 예감에 떨고 있었다. 그러자 여자는 처음 얼마간 겁을 먹은 듯한 표정으로 말끝을 자꾸 흐리려 하고 있었으

16) 눙치다 좋은 말로 풀어서 마음이 누그러지게 하다.

나 이제는 사내의 기세가 그것을 용납하지 않았다.

"상세한 내력까지는 저도 잘 모르지만요……."

딸아이에게 눈을 잃게 한 것은 다름아닌 그녀의 아비 바로 그 사람이었을 거라 말한 것이 여자가 사내에게 털어놓은 놀라운 비밀의 핵심이었다.

소리꾼의 딸아이 나이 아직 열 살도 채 못 되었을 때—어느 날 밤 그녀는 갑자기 견딜 수 없는 통증으로 그의 아비 곁에서 잠을 깨어 일어나게 되었고, 잠을 깨고 일어나보니 그녀의 얼굴은 웬일로 숯불이라도 들어부은 듯 두 눈알이 모진 아픔으로 활활 타들어오는 것 같았고, 그것으로 그녀는 영영 앞을 못 보는 장님 신세가 되어버리고 만 것이라 했다. 여자의 아비가 잠든 계집 자식 눈 속에 청강수를 몰래 찍어 넣은 것이라 했다. 그런 얘기는 여자가 일찍이 읍내 대가댁 심부름꾼 시절서부터 이미 어른들에게 들어 알고 있던 사실이었는데, 그렇게 하면 눈으로 뻗칠 사람의 정기가 귀와 목청 쪽으로 옮겨가 눈빛 대신 목청 소리를 비상하게 한다는 것이었다. 어렸을 적의 여자는 결코 그런 끔찍스런 얘기를 믿으려 하지 않았었다. 하지만 어느 날 밤 사실이 못내 궁금해진 여자가 그 눈이 먼 여인 앞에 이야기를 모두 털어놓고 물었을 때 가엾은 그 계집 장님은 길고 긴 한숨으로 그 믿을 수 없는 이야기를 믿어도 좋은 듯이 대답을 대신하고 말더랬다.

"한데 손님은 어째서 자꾸 그런 쓸데없는 얘기에까지 흥미가 그리 많으시오? 가만히 보니 아까부터 손님은 제 소리보다 외려 그 여자 이야기 쪽에 정신이 팔리고 계신 듯해 보이시던데 손님한테도 무슨 그럴 만한 곡절이 계신 게 아니시오?"

이야기를 대충 끝내고 난 여자가 짐짓 심통을 좀 부려보고 싶은 어조로 묻고 있었다.

그러자 사내는 이제 그의 오랜 예감이 비로소 어떤 분명한 사실에 이르고 있는 듯 얼굴빛이나 몸짓들이 부쩍 더 사나워져갔다. 얼굴 한구석엔 내력을 알 수 없는 어떤 기분 나쁜 살기의 빛마저 떠오르기 시작했다. 그 여자의 심통스런 추궁엔 거의 몸부림이라도 치듯이 고갯짓을 거칠게 가로 저어대고 있었다.

하지만 여자는 미처 그런 눈치까진 알아차리지 못한 모양이었다.

"그렇담 손님은 제 얘길 너무 곧이곧대로 믿고 계신가 보구만요. 전 아직도 그걸 통 믿을 수가 없는데 말씀이오. 눈을 그렇게 상해 놓으면 목소리가 대신 좋아진다는 거, 아닌게아니라 그럴 수도 있는 일이겠소?"

무심결에 묻고 나서야 그녀는 그만 제풀에 문득 입을 다물어버렸다. 이번에도 계속 고개만 가로저어대고 있는 손님의 눈빛에서 그녀도 비로소 그 내력을 알 수 없는 살기 같은 것을 보았기 때문이었다.

하지만 여자는 아직도 무엇 때문에 갑자기 사내가 그런 눈이 되고 있으며, 무엇이 아니라고 그토록 고갯짓을 되풀이하고 있는지 까닭을 알 수 없었다. 눈을 멀게 해도 소리가 고와질 수는 없다는 것인지, 아니면 좋은 목청을 길러주기 위해 그 아비가 딸년의 눈을 멀게 했다는 소리꾼 부녀의 이야기 전부를 부인하고 싶은 것인지, 그녀로서는 도대체 손님의 고갯짓을 옳게 새겨 읽어낼 재간이 없었다. 더더구나 여자로서는 그 딸년의 소리를 위해서가 아니라 보다 더 분명하고 비정스런 소리꾼 아비의 동기를 점치고 있는 사내의 깊은 속마음은 상상조차도 못했을 일이었다.

어이 가리 어이 가리, 황성 먼 길 어이 가리
오늘은 가다 어디서 자고, 내일은 가다 어디서 잘 거나…….

한동안 무거운 침묵의 시간이 흐른 다음이었다.

여자가 이윽고 사내를 유인하듯 천천히 다시 노래를 시작했다. 공연히 거북해진 방 안 분위기를 소리로나 눅여보고 싶은 심사인 듯했다.

〈심청가〉 중에 심봉사가 황성길을 찾아가는 정경으로, 여자의 목소리는 어느 때보다 유장하고[17] 창연스런 진양조 가락을 뽑아 넘기고 있었다. 지그시 눈을 내리감은 사내의 장단 가락이 졸리운 듯 이따금씩 여자를 급하게 뒤쫓곤 했다.

사내는 이미 여자의 소리를 듣고 있지 않았다.

그는 또다시 그 어릴 적의 이글거리는 햇덩이를 머리 위에 뜨겁게 느끼고 있었다. 그리고 그 아비 아닌 아비가 되어버린 옛날 사내의 소리를 듣고 있었다.

어미를 잃고 난 소년이 사내의 그 소리 구걸길을 따라나선 지도 어언 십여 년에 이르고 있었다.

사내는 채 철도 들지 않은 계집아이와 소년을 앞세우고 고을고을 소리를 팔며 떠돌아다니고 있었다. 그러면서 사내는 항상 그의 어린것에게도 소리를 시키는 게 소원이었다.

하지만 어린 녀석은 그저 마지못해 소리를 흉내 내는 시늉을 해보일 뿐, 정작으로 그것을 익히고 싶은 생각이 조금도 없었다.

17) 유장하다(悠長—) 길고 오래다.

사내는 마침내 녀석을 단념하고 이번에는 그보다도 더 나이가 어린 계집아이 쪽에 소리를 배워주기 시작했다. 계집아이에겐 소리를 시키고 사내녀석에겐 북장단을 치게 했다. 재간[18]이 좀 뻗친 탓이었을까? 계집아이 쪽은 신통하게도 소리를 잘 흉내 내었고, 목청도 제법 들을 만했다. 사람들이 모인 데서 아비 대신 오누이가 소리를 놀아 보여서 치하를 듣는 일까지 생기기 시작했다.

사내는 끝내 나어린 오뉘 소리꾼을 만들기가 소원인 것 같았다.

그러나 그 어린 사내녀석은 아비의 뜻을 따를 수가 없었다. 그는 오히려 사내와는 정반대의 생각을 품고 있었다. 언제부턴가 그는 자기 손으로 그 나이 먹은 사내와 사내의 소리를 죽이고 말 은밀한 계획을 꾸미고 있었다. 어미를 죽인 것이 바로 사내의 소리였다. 언젠가는 또 사내가 자기를 죽이게 될지도 모른다는 두려움이 항상 녀석을 떨리게 했다. 소리를 하고 있을 때밖엔 좀처럼 입을 여는 일이 드문 버릇이나 사내의 그 말없는 눈길이 더욱더 녀석을 두렵게 했다. 어미의 원한을 풀어주고 싶었다. 사내가 자기를 해치려 들기 전에 이쪽에서 먼저 사내를 없애버려야만 했다. 사내를 두려워하면서도 그의 곁을 떠나지 못하는 것은 마음속에 그런 음모가 꾸며지고 있었기 때문이었다. 사내가 두렵기 때문에 그가 시키는 대로 북채잡이 노릇까지는 터놓고 거역을 할 수가 없었다. 순종을 하는 체해 보이면서 때가 오기를 기다렸다.

사내가 소리를 하고 있을 때, 그 하염없고 유장한 노랫가락 소리를 듣고 있노라면 녀석은 번번이 그 잊고 있던 살기가 불현듯 되살아나곤 했

18) 재간(才幹) 일을 적절히 잘 처리하는 능력.

다. 그는 무엇보다 그 사내의 소리를 견딜 수가 없었다. 그리고 그 소리를 타고 이글이글 떠오르는 뜨거운 햇덩이를 참을 수가 없었다.

그는 사내의 소리를 들을 때마다 문득문득 기회가 가까이 다가오고 있음을 느꼈다. 거기다가 사내는 또 듣는 사람도 없이 혼자서 자기 소리에 취해들 때가 종종 있었다. 산길을 지나가다 인적이 끊긴 고갯마루턱 같은 데에 이르면 통곡이라도 하듯 사지를 풀고 앉아 정신없이 자기 소리에 취해들곤 하였다. 사내가 목청을 돋워 올리기 시작하면 묵연스런 산봉우리가 메아리를 울려오고, 골짜기의 산새들도 울음소리를 그치는 듯했다. 녀석이 어느 때보다도 뜨겁게 불타고 있는 그의 햇덩이를 보는 것은 그런 때의 일이었다. 그런 때는 유독히도 더 사내에 대한 견딜 수 없는 살의가 치솟곤 했다.

사내의 소리는 또 한 가지 이상스런 마력을 가지고 있었다. 녀석에게 살의를 잔뜩 동해 올려놓고는 그에게서 다시 계략을 좇을 육신의 힘을 몽땅 다 뽑아가버리는 것이었다. 녀석이 정작 그의 부푼 살의를 좇아 나서볼 엄두라도 낼라치면, 사내의 소리는 마치 무슨 마법의 독물처럼 육신의 힘과 부풀어오른 살의의 촉수를 이상스럽도록 무력하게 만들어버리곤 하였다. 그것은 심신이 온통 나른하게 풀어져버리는 일종의 몸살기와도 비슷한 증세였다.

그런데 더욱더 알 수 없는 것은 그때마다 녀석을 대하는 사내의 태도였다. 확실한 것은 아니었지만, 녀석은 그때 사내 쪽에서도 어느만큼은 벌써 그의 마음속 비밀을 눈치채고 있으리라는 생각이 문득문득 들곤 했다. 그것이 녀석으로 하여금 그를 더욱 두려워하게 한 이유의 하나가 되고 있었다. 사내를 해치려 하고 있는 터에, 그리고 그것을 그토록 오랫동안 망설이고 주저해온 터에 사내라고 그에게서 전혀 수상한 낌새를 눈치채지 못하고 있었을 리가 없었다. 한데도 사내는 전혀 수상한 낌새를 나타내지 않고 있었다. 그는 그저 아무것도 모른 체 무심스레 소리에만 열중하고 있기가 예사였다. 아니 어쩌면 그는 이미 모든 것을 다 꿰뚫어 알고 있으면서도(그가 소리를 할 때마다 녀석에게 이상한 살기가 부풀고 있다는 사실까지도!) 오히려 녀석을 기다리며 유인이라도 해대고 있는 듯이 끝없이 깊은 절망과 체념기가 깃들인 모양새로 더욱더 극성스레 목청만 돋워대는 것이었다.

그러던 어느 가을날 오후였다.

녀석은 마침내 모든 것을 알게 되었다.

소리꾼 일행은 그날도 어느 낯선 고을의 산길을 지나가고 있었다. 그리고 그날따라 사내는 또 길을 걸으면서까지 그 극성스런 소리를 쉬지 못하고 있었다. 쉬엄쉬엄 소리를 뿌리며 산길을 지나가던 일행이 이윽고 한 산마루의 고갯길을 올라서자, 사내는 이제 거기다 아주 자리를 잡고 주저앉아 새판잡이로 다시 목청을 놓기 시작했다. 가을산은 붉게 불타고 골짜기는 뽀얗게 멀어져 있었다. 사내는 그 산과 골짜기에서도 깊은 한이 솟아오르는 듯 오래오래 소리를 계속했다. 그러다 그는 마침내 자기 소리에 힘이 지쳐 난 듯 길가 가랑잎 위로 슬그머니 몸을 눕히더니 그 길로 그만 잠이 든 듯 기척이 조용해졌다.

그런데 녀석은 또 그날따라 사내의 길고 오랜 소리로 하여 사지가 더욱 나른하게 힘이 빠져 있었다. 사내의 노랫가락이 너무도 망연하고 절망스러웠다. 잦아들 듯한 한숨으로 제풀에 공연히 몸이 떨려올 지경이었다.

녀석은 이제 더 이상 견디고 있을 수가 없었다. 까닭 없이 가슴에 복받쳐오르는 그 기이한 서러움이 녀석을 더 참을 수 없게 했다.

그는 이윽고 슬그머니 자리를 털고 일어나 잠잠해진 사내의 주위를 조심조심 몇 차례나 맴돌았다.

하지만 사내는 그때 실상 잠이 든 것이 아니었는지도 모른다. 녀석이 마침내 계집아이조차 모르게 커다란 돌멩이 하나를 가슴에 안고 가만가만 사내의 뒤쪽으로 다가서 갔을 때였다. 그러고는 제 겁에 제가 질려 어찌할 줄을 모르고 한참 동안이나 그냥 몸을 떨고 서 있을 때였다. 녀석은 그때 차라리 사내가 잠을 깨고 일어나 그의 거동을 들켜버리게라도 되었으면 싶던 참이었는데, 사내가 정말로 천천히 머리를 비틀어 뒤에 선 녀석을 돌아다보았다.

"왜 그러고 있는 거냐?"

그는 무엇인가 기다리다 못한 사람처럼 조금은 짜증이 섞인 듯한 목소리로 녀석을 슬쩍 나무랐다. 그러나 그뿐이었다. 그는 더 이상 나무라려고 들지도 않았고 돌멩이의 사연을 묻지도 않았다. 그는 그저 그 조용한 한마디뿐 녀석의 심중을 유인하듯 다시 고개를 돌려 잠이 든 시늉이 되고 말았다.

정말로 알 수 없는 일이었다.

작자는 처음부터 녀석의 마음속을 알고 있었음에 틀림없어 보였다. 한데도 위인이 무슨 생각으로 그토록 아무것도 모른 체해줄 수가 있었는지, 그 점은 이날 이때까지도 해답을 풀어낼 수 없는 기이한 수수께끼였다.

녀석이 사내의 곁을 떠난 것은 그러니까 그런 일이 생겼던 바로 그날 오후의 일이었다. 사내는 끝내 녀석을 모른 체했고, 녀석은 더 이상 자신을 견디고 서 있을 수가 없었다. 그는 마침내 끌어안은 돌멩이를 버리고 용변이라도 보러 가듯 스적스적 산길가 숲 속으로 들어가 그길로 영영 두 사람 앞에 모습을 감춰버리고 만 것이다. 숲 속을 멀리 빠져나와 두 사람의 모습을 찾아볼 수 없을 만큼 되었을 때, 그를 부르며 찾아헤매는 듯한 사내의 소리가 골짜기를 아득히 메아리쳐오고 있었지만, 녀석은 점점 소리가 멀어지는 반대쪽으로 발길을 재촉해버리고 만 것이었다.

그러나 녀석에겐 아직도 그 골짜기를 길게 메아리쳐 오던 사내의 마지막 소리를 피해갈 곳이 아무 데도 없었다. 그날 이후로 그는 어느 때 어느 곳에서나 소리를 만나기만 하면 그때의 그 사내의 소리를 다시 듣곤 했다.

이날도 물론 마찬가지였다.

이날 밤도 그는 어느새 안타깝게 그를 찾아헤매는 사내의 소리를 듣고 있었다. 그리고 버릇처럼 어디론가 그것에서 멀어지려 숨이 차도록 다급한 발길을 끝없이 재촉해 가고 있었다.

"이제 그만하고 목을 좀 쉬게."

사내가 마침내 제풀에 힘이 파한 얼굴로 여자를 제지하고 나선 것은 그러니까 전혀 그녀를 위해서가 아니었던 셈이다.

사내는 이제 얼굴빛이 참혹할 만큼 힘이 빠져 있었다.

"그래 여자는 그럼 자기의 눈을 멀게 한 비정스런 아비를 어떻게 말하던가?"

몇 잔째 거푸 술잔을 비우고 난 사내가 이윽고 다시 조용한 목소리로 여자에게 물었다.

"그 여잔 그런 말을 한 적이 없었답니다."

사내 앞에선 이제 더 이상 숨길 일이 없다는 듯 여인의 말투가 한결 고분고분해지고 있었다.

"여자가 말한 일이 없더라도 평소에 아비를 대하는 거동 같은 것을 보아 그 여자가 제 아비를 용서하고 있는지 못하고 있는지는 맘속으로 짐작해볼 수 있었을 것 아닌가 말이네."

빈틈없이 파고드는 사내의 추궁에 여자는 거의 억지 짐작을 꾸며대고 있는 식이었다.

"행동거지로만 본다면야 말도 없고 원망도 없었으니 용서를 한 것 같아 보였지요. 더구나 소리를 좀 안다 하는 사람들까지도 그걸 외려 당연하고 장한 일처럼 여기고들 있었으니께요."

"그 목청을 다스리기 위해 눈을 멀게 했을 거라는 얘기 말인가?"

"목청도 목청이지만, 좋은 소리를 가꾸자면 소리를 지니는 사람 가슴에다 말 못할 한을 심어줘야 한다던가요?"

"그래서 그 한을 심어주려고 아비가 자식 눈을 빼앗았단 말인가?"

"사람들 얘기들이 그랬었다오."

"아니지……. 아닐 걸세."

사내가 다시 천천히 고개를 가로저었다.

"사람의 한이라는 것이 그렇게 심어주려 해서 심어줄 수 있는 것은 아닌 걸세. 사람의 한이라는 건 그런 식으로 누구한테 받아 지닐 수 있는 것이 아니라, 인생살이 한평생을 살아가면서 긴긴 세월 동안 먼지처럼 쌓여 생기는 것이라네. 어떤 사람들한텐 사는 것이 한을 쌓는 일이고 한을 쌓는 것이 사는 것이 되듯이 말이네……. 그보다도 고인한테 좀 미안한 말이지만, 노인은 아마 그 여자의 소리보다 자식년이 당신 곁을 떠나지 못하게 해두고 싶은 생각이 앞섰을지도 모르는 일일 거네."

여자는 드디어 입을 다물어버리고 말았다. 사내는 이제 그 여자가 알아듣거나 말거나 아직도 한참이나 깊은 상념 속을 헤매듯이 아득하고 몽롱한 목소리로 혼잣말처럼 중얼거리고 있었다.

"하지만 어쨌거나 그 여인이 제 아비를 용서한 것은 다행한 일이었을지 모르는 노릇이지. 아비를 위해서도 그렇고 그 여자 자신을 위해서도 그렇고……. 여자가 제 아비를 용서하지 못했다면 그건 바로 원한이지 소리를 위한 한은 될 수가 없었을 거 아닌가. 아비를 용서했길래 그 여자에겐 비로소 한이 더욱 깊었을 것이고……."

여자가 문득 다시 사내를 건너다보았다.

"손님께서는 아마 그렇게 믿어야 마음이 편해지시는가 보군요."

그리고 여자는 그제서야 사내가 안심이 된다는 듯 모처럼만에 한 차례 웃음을 보이고 나더니 이번에는 별로 망설이는 기색도 없이 스스럼없이 물었다.

"그래, 손님께서 이제 그 여자가 장님이 되어버린 것을 아시고도 여전히 그 누이를 찾아헤매 다니실 참인가요?"

여자의 그 갑작스런 발설에도 사내는 무얼 좀 새삼스럽게 놀라워하는 기색 같은 것이 전혀 안 보였다.

"그저 여망[19]이 있다면 멀리서나마 그 여자 소리라도 한 번 만나게

19) 여망(餘望) 앞날의 희망.

되었으면 싶네만, 글쎄 언제 그런 날이 있을는지……."

지나가는 소리처럼 힘들이지 않은 목소리로 말하고 나서는, 그녀가 불쑥 자신의 맘속을 짚어낸 것이 새삼 크게 궁금해지기라도 한 듯 비로소 조금 생기가 돋아오른 눈길로 여자 쪽을 그윽히 건너다보았다.

이젠 여자 쪽에서도 벌써 사내의 그런 눈치를 알아차린 듯, 그러나 어딘가 지레 시치미를 떼고 있는 목소리로 엉뚱스레 의뭉[20]을 떨어대고 있었다.

"아마 그 여자 어렸을 때 소리 장단을 부축해준 북채잡이 어린 오라비가 한 분 계셨더라는데, 제가 여태 그걸 말씀드리지 않고 있었던가요?"

20) 의뭉 겉으로는 어리석은 것처럼 보이면서 속으로는 엉큼함.

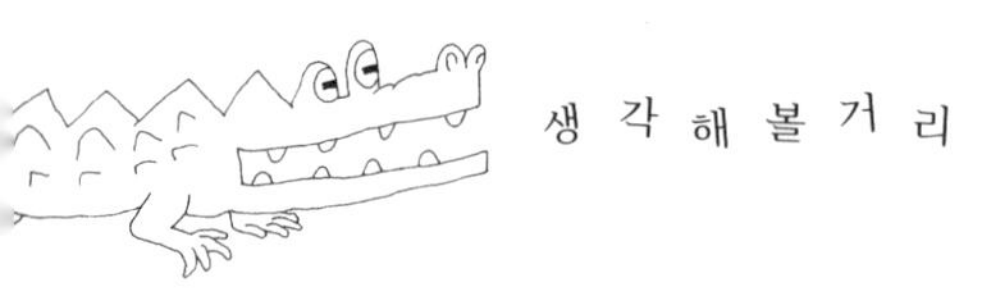

생각해볼거리

1 **소설 속 사내가 소릿재 주막을 찾은 이유는 무엇입니까?**

사내는 소릿재 주막에 소리를 잘하는 여인이 있다는 소문을 듣고 이곳을 찾아옵니다. 그리고 그 여인의 소리를 들으면서 자꾸만 어떤 예감에 시달리면서 자신의 어릴 적 경험을 떠올립니다. 표면적으로는 소리가 좋아서 전국 방방곡곡을 찾아다니는 사람인 것처럼 보이지만, 주막집 여인에게 소리의 내력을 자꾸만 캐묻는 것을 보면 그가 정작 알고 싶어 하는 것이 따로 있음을 알 수 있습니다. 사실 그는 오래전에 헤어졌던 소리꾼인 아버지와 누이를 찾기 위해 이곳을 찾아온 것입니다.

2 소설 속 사내는 소리가 싫어서 아버지 곁을 떠났으면서도 결국 평생을 소리를 찾아다니는 사람으로 나옵니다. 처음에 소리를 싫어했던 이유와 나중에 소리를 찾아다니는 이유가 무엇인지 생각해봅시다.

사내가 어린 시절에 들었던 소리는 어머니의 죽음과 연관되어 있습니다. 그는 소리를 들을 때마다 견딜 수 없는 고통 즉 '언제나 그의 머리 위에서 이글이글 불타오르는 뜨거운 햇덩이'의 고통을 느낍니다. 그리고 그의 어머니는 소리꾼인 아비를 만나 자식을 낳다가 죽었습니다. 그래서 그는 소리꾼 아비와 의붓누이를 따라다니면서도 아버지가 자신의 어머니를 죽였다는 생각을 하게 되고 시간이 흐를수록 그를 죽이고 싶다는 분노와 증오가 점점 더 커갑니다. 그러다 결국 그는 아버지 곁을 떠나게 되는 것이지요. 그러나 이상하게도 그가 소리를 떠나, 아버지를 떠나 살면서도 그는 소리가 주는 어떤 힘 때문에 결국 그 소리를 다시 찾아 헤매게 됩니다. 소리란 그에게 숙명과도 같은 존재가 되어버린 것이지요. 결국 그는 소리꾼 아비와 누이를 다시 찾아 나서는데, 이제는 그 소리가 원망과 증오의 소리라기보다는 자신의 삶에 대한 한과 가족에 대한 그리움의 의미로 바뀌게 된 것입니다.

3 **소리꾼 아비가 딸의 눈을 멀게 한 것은 이 소설에서 어떤 의미를 지니고 있습니까?**

소리꾼 아비는 딸의 소리에 한을 심어주기 위해 또는 딸을 영원히 자기 곁에 두고 싶어서 딸의 눈을 멀게 했습니다. 어찌 보면 매우 비상식적이고 잔인한 행동으로 볼 수도 있지요. 그러나 결국 눈이 멀게 되면서 딸은 자신의 한을 소리에 담게 되고, 자신의 삶을 그대로 받아들이고 극복하는 과정에서 아버지를 용서하는 모습을 통해 소리 속에 담긴 한을 더욱 예술적으로 승화하고 있다는 것을 알 수 있습니다.

4 **이 소설은 한 사내가 소릿재 주막에서 만난 주막집 여자를 통해 소리꾼 부녀의 행적을 듣는 구조로 이루어져 있습니다. 그런데 사내의 회고와 주막집 여자의 과거 내력을 설명하는 부분이 겹쳐서 나타나고 있습니다. 이 소설에 나오는 주요 사건을 시간의 순서대로 정리해봅시다.**

사내의 어머니와 소리꾼의 만남 → 누이를 낳고 어머니가 죽음 → 방랑 생활 → 사내가 아버지를 떠남 → 아버지와 딸의 방랑과 정착 → 딸의 눈을 멀게 함 → 아버지의 죽음 → 누이가 3년 뒤 길을 떠남 → 사내가 소릿재를 찾아 와서 그간의 사연을 들음.

5 다음은 영화 〈서편제〉 시나리오 대본의 마지막 부분입니다. 소설의 마지막 부분과 어떤 차이점이 있는지 생각해봅시다.

씬 91 염전 주막 방 안

(천가가 문을 열어주면 송화가 방으로 들어가 앉는다)

(동호, 송화를 뚫어져라 바라본다. 천가, 문을 닫는다)

(송화의 B.S)

동호 소리를 좇아 남도천지 안 돌아본 데가 없는 위인이오. 소리만 있어주면 이대로 앉아 밤이라도 새우겠소.

송화 들을 만한 데도 없이 천하기만 한 소리요.

동호 (소리) 소문을 듣고 찾아온 터이니 사양치 말고 좀 들려주시오.

(송화, 자세를 고쳐 앉는다)

동호 (북을 앞으로 잡아 끌며) 북을 잡아본 지 오래돼서……. 장단이나 맞을런지 모르겠소.

(동호, 북을 둥둥 친다)

송화 그때의 심청이는 부친 눈을 띄울랴고
남경장사 선인들께 삼백석에 몸이 팔려 / 만경창파를 떠날 적에 / 북을 두리둥두리둥 둥둥 두리둥 둥둥 둥둥 / 여보시오 심낭자 물때 늦어가니 / 어서 급히 물에 들어라 / 심청이 이 말을 듣더니 뱃전 안에 엎드러져 / 아이고 아버지 심청은 죽사오나 / 아버지는 눈을 떠 천지만물을 보옵시고 날같은 불효여식을 생각지 마옵소소 / 나 죽기 싫찮으나 혈혈단신 이내 몸이 / 누게 의지 한단 말이냐.

(북치는 동호의 모습)

송화 (소리) 물결을 바라보니 원해만리라.

동호 그렇지.

송화 (소리) 하늘이 닿았는디 / 태산같은 뒷덩이 뱃전은 움죽풍랑은 우루루루.

동호 그렇지.

송화 (소리) 물결은 워리렁워리렁 툭 쳐 뱃전을 탕탕 와르르르르.

송화 심청이 거동봐라 바람맞은 사람처럼 이리비틀 저리비틀 / 뱃전으로 나가더니 다시 한 번을 생각한다 / 내가 이리 진퇴키는 부친효성 부족함이라 / 치마폭 무릅쓰고 두 눈을 딱 감고 / 뱃머리로 우르르르르 손 한 번 헤치드니 / 기러기 낙수격르로 떴다 물에가.

송화 (소리) 풍.

동호 (북을 치며) 어이 행화는 풍랑을 쫓고.

(동호임을 알아채고 동호 쪽을 보는 송화)

(두 사람의 부감)

송화 명월은 해문에 잠겼구나.

(시선을 거두는 송화)

(중략)

씬 93 염전 주막 방 안

(동호 O.S)

송화 이 말이 지듯마듯 / 산호주렴을 걷쳐버리고 버선발로 우루루루루 / 아이고 아버지.

(송화 얼굴)

송화 심봉사 이 말을 듣고 먼 눈을 희번덕거리며 / 에이 이거 웬말이냐 누가 날더러 아버지라고 하여 / 나는 아들도 없고 딸도 없소 / 무남독녀 외딸 하나 / 물에 빠져 죽은 지가 / 우금삼년인디 / 아버지라니 누구여 / 아이고 아버지 / 여태 눈을 못뜨셨소 / 아버지 눈을 떠서 / 어어서 나를 보옵소서.

(소리 하는 송화)

(북 치는 동호)

(중략)

씬 95 염전 길

(동호, 버스를 기다리며 서 있다)

천가 (소리) 저 사람이 자네가 늘 기다리던 동생인가?

송화 (소리) 예. 제 소리가 저 사람의 북장단을 만났을 때 대번에 동생인지 알아챘지요. 옛날 제 아비 솜씨 그대로였어요.

씬 96 염전 주막 안

천가 어쩐지 심상치 않더라니. 헌디 그렇게도 기다리던 사람끼리 왜 서로 모른 척하고 헤어졌단 말인가?

송화 한을 다치고 싶지 않아서였지요.

천가 무슨 한이 그렇게도 깊게 맺혔간디 풀지도 못하고 허망하게 헤어졌단 말이여?

송화 우리는 간밤에 한을 풀어냈어요.

천가 어떻게?

송화 제 소리허고 동생의 북으로요.

천가 어쩐지 임자 소리가 예전하고 썩 다르다 했더니만은…….

(버스 소리 들려온다)

씬 97 염전 길

(동호, 버스가 서자 차에 올라탄다. 차 떠난다)

천가 (소리) 나도 밤새워 들었는디 자네 소리하고 저 사람 북장단이 어우러졌을 때 서로 몸을 대지 않고도 상대편을 희롱하고 어쩔 때는 서로 몸을 보듬고 운우지정(雲雨之情)을 나누는 것이 아닐까 하는 생각이 들기도 했네.

씬 98 염전 주막 안

(버스 떠나는 소리 들린다)

송화 제가 여기 온 지 얼마나 되었지요?

천가 한 삼 년 되었제.

(송화 B.S)

송화 제 팔자를 생각해보면 당치도 않게 편한 세월이 너무 길었나 봐요. 이제 그만 몸을 옮겨야 할 때가 된 것 같아요.

천가 나도 그럴 것이라고 짐작을 했네만……. 다시 홀아비로 돌아가는구만. 정해진 곳은 있는가?

(송화, 고개를 젓는다)

천가 (소리) 정해지거든 알려주소. 내 짐을 부쳐줌세.

씬 99 갈대밭

(여자 아이의 손에 이끌려 길을 가는 송화)

(멀어져가는 송화와 여자 아이)

(타이틀 오른다)

소설의 마지막 부분은 눈이 멀게 된 소리꾼 딸이 자신의 아버지를 용서하고 그것을 한으로 승화시키게 되었으리라는 것을 주막집 여인과 사내의 관점에서 간접적으로 설명하고 있는 반면, 영화의 마지막 장면에서는 사내와 누이를 직접 대면하게 하여 누이의 한을 소리를 통해 직접 표출하게 함으로써 그 한을 관객들로 하여금 극적이고 직접적으로 느끼게 하고 있다고 볼 수 있습니다.

눈길

새벽 눈길을 함께 걸어온 어머니가
아들을 보내고 홀로 돌아가야 했던
슬프고 추웠던 귀로.

감상의 길잡이

"외지기만 한 그 산길을 저 아그 발자국만 따라 밟고 왔더니라"

노모 홀로 사시는 시골집에서의 짧은 귀향 일기

이 소설은 작가가 실제로 겪은 자신의 경험담을 소설화한 것이라고 합니다. 결혼을 하고 나서 시골에 홀로 살고 계시는 어머니를 오랫동안 만나뵐 수 없었던 작가는 어느 날, 고향에 내려갔다가 단칸방살이로 힘들게 살고 계시는 어머니를 뵙고 무척 마음이 괴롭고 심란했다고 합니다. 그리고 힘들었던 시절의 추억으로 어머니의 무한한 사랑을 새삼 깨달은 작가는 바로 이 작품을 구상했다고 합니다. 이에 대해 작가는 다음과 같이 이야기하고 있습니다.

「눈길」은 그러니까 나 혼자 쓴 소설이 아니라 내 어머니와 아내, 셋이서 함께 쓴 소설인 셈이다. 오랜 세월 가려져온 그 새벽 헤어짐 이후의 두려운 사연을 당신의 삶 속에 간직해온 어머니나 그 헌 옷궤의 설운 사연을 실마리 삼아 끝내 그 무고한 아픔의 실체를 드러내준 아내가 아니었으면 이 소설은 씌어지지 않았을 것이다. 그리고 그런 뜻에서 어머니나 아내는 「눈길」의 실제 실연자로서 소재뿐 아니라, 그 헤어짐을 중심 삼아 이야기의 반전 시점을 마련해준 구성이나 우리 삶의 원죄성, 아픔, 부끄러움 따위의 주제까지도 함께 다 제공해준 셈이었다. 거기에 내가 다듬고 덧붙인 바란 무력하고 모멸스런 자신을 더욱 가책하려는 심사에서 어머니에게 우정 '빚이 없다' 뻔뻔스럽게 우기고 든다거나 당신을 불손하게 '노인' 이라 부르는 따위의 수사상의 역설적 반어법을 고려한 정도였달까.

—「나는 「눈길」을 이렇게 썼다」 중에서

우리는 힘이 들 때면 언제나 어머니라는 존재를 떠올리곤 합니다. 어머니는 어릴 적부터 우리에게 무한하고 깊은 사랑을 준 사람이기 때문이지요. 그래서인지 우리는 어머니의 사랑을 너무나 당연하다고 생각하고 끊임없이 더 많은 사랑을 갈구하게 되지요. 조금만 아쉬워도 쉽게 어머니를 원망하기도 하구요. 이 소설을 읽으면서 주인공 못지않게 가슴이 뭉클하고 애틋한 마음이 드는 것도 아마 누구나 마음속에 어머니에 대한 죄스러움과 미안함을 간직하고 있기 때문이 아닐까 생각합니다. 이 소설은 실제 있었던 이야기를 다뤘기에 어머니와 자식 간의 관계를 더욱 진실하게 보여주고 있습니다. 부모와 자식, 너무나 가깝고 익숙한 사이이기에 오히려 서로에게 더욱 소홀하게 대할 수도 있는 관계이지요. 이 소설을 통해 어머니의 사랑을 좀더 잘 헤아릴 줄 아는 계기가 되었으면 합니다.

눈길

1

“내일 아침 올라가야겠어요.”

점심상을 물러나 앉으면서 나는 마침내 입 속에서 별러오던 소리를 내뱉어버렸다.

노인과 아내가 동시에 밥숟가락을 멈추며 멀거니 내 얼굴을 건너다본다.

“내일 아침 올라가다니. 이참에도 또 그렇게 쉽게?”

노인은 결국 숟가락을 상 위로 내려놓으며 믿기지 않는다는 듯 되묻고 있었다.

나는 이제 내친걸음이었다. 어차피 일이 그렇게 될 바엔 말이 나온 김에 매듭을 분명히 지어두지 않으면 안 되었다.

“예, 내일 아침에 올라가겠어요. 방학을 얻어 온 학생 팔자도 아닌데, 남들 일할 때 저라고 이렇게 한가할 수가 있나요. 급하게 맡아놓은 일도 한두 가지가 아니고요."

"그래도 한 며칠 쉬어가지 않고……. 난 해필 이런 더운 때를 골라 왔길래 이참에는 며칠 좀 쉬어갈 줄 알았더니……."

"제가 무슨 더운 때 추운 때를 가려 살 여유나 있습니까."

"그래도 그 먼 길을 이렇게 단걸음에 되돌아가기야 하겠냐. 넌 항상 한동자[1]로만 왔다가 선걸음[2]에 새벽길을 나서곤 하더라마는……. 이번에는 너 혼자도 아니고……. 하룻밤이나 차분히 좀 쉬어가도록 하거라."

"오늘 하루는 쉬었지 않아요. 하루를 쉬어도 제 일은 사흘을 버리는 걸요. 찻길이 훨씬 나아졌다곤 하지만 여기선 아직도 서울이 천릿길이라 오는 데 하루 가는 데 하루……."

"급한 일은 우선 좀 마무리를 지어놓고 오지 않구선……."

노인 대신 이번에는 아내 쪽에서 나를 원망스럽게 건너다보았다.

그건 물론 내 주변머리를 탓하고 있는 게 아니었다. 내게 그처럼 급한 일이 없다는 걸 그녀는 알고 있었다. 서울을 떠나올 때 급한 일들은 대충 다 처리해둔 것을 그녀에겐 내가 미리 말을 해줬으니까. 그리고 이번엔 좀 홀가분한 기분으로 여름 여행을 겸해 며칠 동안이라도 노인을 찾아보자고 내 편에서 먼저 제의를 했었으니까. 그녀는 나의 참을성 없는 심경의 변화를 나무란 것이었다. 그리고 그 매정스런 결단을 원망하고 있는 것이었다. 까닭없는 연민과 애원기 같은 것이 서려 있는 그녀의 눈길이 그것을 더욱 분명히 하고 있었다.

"그래, 일이 그리 바쁘다면 가봐야 하기는 하겠구나. 바쁜 일을 받아

1) 한동자 '동자'는 밥 짓는 일을 뜻하므로 여기서는 '아주 짧은 시간 동안'을 의미함.
2) 선걸음 이왕 내디딘 걸음.

놓고 온 사람을 붙잡는다고 들을 일이겠냐."

한동안 입을 다물고 앉아 있던 노인이 마침내 체념을 한 듯 다시 입을 열어왔다.

"항상 그렇게 바쁜 사람인 줄은 안다마는, 에미라고 이렇게 먼 길을 찾아와도 편한 잠자리 하나 못 마련해주는 내 맘이 아쉬워 그랬던 것 같구나."

말을 끝내고 무연스런[3] 표정으로 장죽[4] 끝에 풍년초를 꾹꾹 눌러 담기 시작한다.

너무도 간단한 체념이었다. 담배통에 풍년초를 눌러 담고 있는 그 노인의 얼굴에는 아내에게서와 같은 어떤 원망기 같은 것도 찾아볼 수가 없었다. 당신 곁을 조급히 떠나고 싶어하는 그 매정스런 아들에 대한 아쉬움 같은 것도 엿볼 수가 없었다. 성냥불도 붙이려 하지 않고 언제까지나 그 풍년초 담배만 꾹꾹 눌러 채우고 앉아 있는 노인의 눈길은 차라리 무표정에 가까운 것이었다.

나는 그 너무도 간단한 노인의 체념에 오히려 불쑥 짜증이 치솟았다.

나는 마침내 자리를 일어섰다. 그러고는 그 노인의 무표정에 밀려나기라도 하듯 방문을 나왔다.

장지문 밖 마당가에 작은 치자나무 한 그루가 한낮의 땡볕을 견디고 서 있었다.

3) 무연스럽다(憮然—) 크게 낙담하다.
4) 장죽(長竹) 긴 담뱃대.

2

지열이 후끈거리는 뒤껕 콩밭 한가운데에 오리나무 무성한 묘지가 하나 있었다. 그 오리나무 그늘에 숨어 앉아 콩밭 아래로 내려다보니 집이라고 생긴 게 꼭 습지에 돋아오른 여름 버섯 형상을 닮아 있었다.

나는 금세 어디서 묵은 빚 문서라도 불쑥 불거져나올 것 같은 조마조마한 기분이었다.

애초의 허물은 그 빌어먹게 비좁고 음습한 단칸 오두막 때문이었다. 묵은 빚이 불거져나올 것 같은 불편스런 기분이 들게 해오는 것도 그랬고, 처음 예정을 뒤바꿔 하루 만에 다시 길을 되돌아갈 작정을 내리게 한 것 역시 그러했다. 하지만 내게 빚은 없었다. 노인에 대해선 처음부터 빚이 있을 수 없는 떳떳한 처지였다.

노인도 물론 그 점에 대해선 나를 완전히 신용하고 있었다.

"내 나이 일흔이 다 됐는데, 이제 또 남은 세상이 있으면 얼마나 길라더냐."

이가 완전히 삭아 없어져서 음식 섭생[5]이 몹시 불편스러워진 노인을 보고 언젠가 내가 지나가는 말처럼 권해본 일이 있었다. 싸구려 가치라도 해 끼우는 게 어떻겠느냐는 나의 말선심에 애초부터 그래 줄 가망이 없어보여 그랬던지 노인은 단자리에서 사양을 해버리는 것이었다.

"이럭저럭 지내다 이대로 가면 그만일 육신, 이제 와 늘그막에 웬 딴 세상을 보겄다고……."

5) 섭생(攝生) 건강의 유지와 증진에 힘씀. 여기서는 음식을 먹고 섭취하는 것을 의미함.

한번은 또 치질기가 몹시 심해져서 배변을 힘들어하시는 걸 보고 수술 같은 걸 권해본 일도 있었다.

노인은 그때도 역시 비슷한 대답이었다.

"나이를 먹어도 아녀자는 아녀자다. 어떻게 남의 눈에 궂은 데를 보이겠더냐. 그냥저냥 참다 갈란다."

남은 세상이 얼마 길지 못하리라는 체념 때문에도 그랬겠지만, 그보다 노인은 아무것도 아들에겐 주장하거나 돌려받을 것이 없는 당신의 처지를 감득하고 있는 탓에도 그리 된 것이었다.

고등학교 1학년 때 형의 주벽으로 가계가 파산을 겪은 뒤부터, 그리고 마침내 그 형이 세 조카아이와 아이들의 홀어머니까지 포함한 장남의 모든 책임을 내게 떠맡기고 세상을 떠난 뒤부터 일은 줄곧 그렇게 되어온 셈이었다.

고등학교와 대학교와 군영 3년을 치러내는 동안 노인은 내게 아무것도 낳아 기르는 사람의 몫을 못했고, 나는 또 나대로 그 고등학교와 대학과 군영의 의무를 치르고 나와서도 자식 놈의 도리는 엄두를 못 냈다. 노인이 내게 베푼 바가 없어서가 아니라 그럴 처지가 못 되었기 때문이다. 나는 나대로 형이 내게 떠맡기고 간 장남의 책임을 감당하기를 사양치 않을 수가 없었기 때문이다.

노인과 나는 결국 그런 식으로 서로 주고받을 것이 없는 처지였다. 노인은 누구보다 그것을 잘 알고 있었다. 그렇기 때문에 내게 대해선 소망도 원망도 있을 수가 없었다.

그런 노인이었다. 한데 이번에는 웬일인지 노인의 눈치가 이상했다. 글쎄 그 가치나 수술마저 한사코 사양을 해온 노인이, 나이 여든에서 겨우 두 해가 모자란 늘그막에 와서야 새삼스레 다시 딴 세상 희망이 생긴 것일까.

노인이 아무래도 엉뚱한 꿈을 꾸고 있는 것 같았다. 그것도 너무나 엄청난 꿈이었다.

지붕 개량사업이 애초의 허물이었다.

"집집마다 모두 도당[6] 아니면 기와들을 얹는단다."

노인은 처음 남의 말을 하듯이 집 이야기를 꺼냈었다. 어제 저녁때 노인과 셋이서 잠자리를 들기 전이었다. 밤이 이슥해서 형수는 뒤늦게 조카들을 데리고 이웃집으로 잠자리를 얻어 나가고, 우리는 노인과 셋이서 그 비좁은 오두막 단칸방에 잠자리를 함께 폈다.

어기영차! 어기영……. 그때 어디선가 밤일을 하는 남정들의 합창 소리가 왁자하게 부풀어올랐다. 귀를 기울이고 듣고 있다가 무슨 소리냐니까 노인이 문득 생각난 듯이 귀띔을 해왔다.

"동네가 너도나도 집들을 고쳐 짓느라 밤잠들을 안 자고 저 야단들이구나."

농어촌 지붕 개량사업이라는 것이었다. 통일벼가 보급된 후로는 집집마다 그 초가 지붕 개초[7]가 어렵게 되었댔다. 초봄부터 시작된 지붕 개량사업은 그래저래 제격이랬다. 지붕을 개량하면 정부 보조금 5만 원을 얻는다는 것이었다. 모심기가 시작되기 전 봄철 한때하고 모심기가 끝난 초여름께부터 지금까지 마을 집들 거의가 일을 끝냈댔다.

나는 처음 그런 노인의 이야기를 들었을 때 무턱대고 가슴부터 덜렁

6) 도당 일본어에서 온 말. 함석. 아연 도금 철판.

7) 개초(蓋草) 이엉으로 지붕을 이는 것.

내려앉고 있었다. 노인에 대한 빚 생각이 처음으로 머릿속에 떠오른 순간이었다. 이 노인이 쓸데없는 소망을 지니면 어쩌나. 하지만 나는 곧 마음을 가라앉혔다. 무엇보다도 나는 노인에 대해 빚이란 게 없었다. 노인이 그걸 잊었을 리 없었다. 그리고 그런 아들에게 섣부른 주문을 내색할 리 없었다. 전부터도 그 점만은 안심을 할 만한 노인의 성깔이었다. 한데다 노인이 설령 어떤 어울리잖을 소망을 지닌다 해도 이번에는 그 집 꼴이 문제 밖이었다. 도대체가 기와고 도당이고 지붕을 가꿀 만한 집 꼴이 못 되었다. 그래저래 노인도 소망을 지녀볼 엄두를 못 낸 모양이었다. 이야기하는 말투가 영락없는 남의 일이었다.

하지만 사실은 그게 오해였다. 노인의 속마음은 그게 아니었다.

"관에서 하는 일이라면 이 집에도 몇 번 이야기가 있었겠군요?"

사태를 너무 낙관한 나머지 위로 겸해 한마디 실없는 소리를 내놓은 것이 내 실수였다.

노인은 다시 자리를 일어나 앉았다. 그리고 머리맡에 놓아둔 장죽 끝에다 풍년초 한 줌을 쏘아박기 시작했다.

"왜 우리 집이라 말썽이 없었더라냐."

노인은 여전히 남의 말을 옮기듯 덤덤히 말했다.

"이장이 쫓아와 뜸을 들이고, 면에서 나와서 으름장[8]을 놓고 가고……. 그런 일이 한두 번뿐이었으면야……. 나중엔 숫제 자기들 쪽에서 사정조로 나오더라."

"그래 어머닌 뭐라고 우겼어요?"

8) 으름장 말과 행동으로 남을 위협하는 일.

나는 아직도 노인의 진심을 모르고 있었다.

"우길 것도 뭣도 없는 일 아니겄냐. 지놈들도 눈깔이 제대로 박힌 인간들일 것인디……. 사정을 해오면 나도 똑같이 사정을 했더니라. 늙은 이도 사람인디 나라고 어디 좋은 집으로 손봐 살고 싶은 맘이 없겄소. 맘으로야 천 번 만 번 우리도 남들같이 기와도 입히고 기둥도 갈아내고 하고는 싶지만 이 집 꼴을 좀 들여다보시오들, 이 오막살이 흙집 꼴에다 어디 기와를 얹고 말 것이 있겄소……."

"그랬더니요?"

"그랬더니 몇 번 더 발길을 스쳐가더니 그 담엔 흐지부지 말이 없더라. 지놈들도 이 집 꼴을 보면 사정을 모를 청맹과니[9]들이더라냐?"

노인은 그 거칠고 굵은 엄지손가락 끝으로 뜨거운 장죽 끝을 꾹꾹 눌러대고 있었다.

"그 친구들 아마 이 동네를 백 퍼센트 지붕 개량으로 모범 마을을 만들고 싶어 그랬던 모양이구만요."

나는 이제 그만 기분이 씁쓸해져 그런 식으로 슬쩍 이야기를 얼버무려 넘기려 하였다.

그런데 그게 오히려 결정적인 실수였다.

"하기사 그 사람들도 그런 소리들을 하더라. 오늘 밤일을 하는 저 집을 끝내고 나면 이 동네서 인제 지붕 개량을 안 한 집은 우리하고 저 아랫동네 순심이네 두 집밖엔 안 남는다니 말이다."

"그래도 동네 듣기 좋은 모범 마을 만들자고 이런 집에까지 꼭 기와

9) 청맹과니 겉보기에는 멀쩡하면서도 앞을 못 보는 사람.

를 얹으라 하겠어요."

"글쎄 말이다. 차라리 지붕에 기와나 도당만 얹으랬으면 우리도 두 눈 딱 감고 한 번 저질러보고 싶기도 하더라마는, 이런 집은 아예 터부터 성조[10]를 다시 할 집이라 그렇제……."

모범 마을이 꼬투리가 되어 이야기가 다시 엉뚱한 곳으로 번지고 있었다. 나는 비로소 다시 가슴이 섬찟해왔다. 하지만 이미 때가 너무 늦고 말았다.

"하기사 말이 쉬운 지붕 개량이제 알속[11]은 실상 새 성조를 하는 집도 여러 집 된단다."

한 번 이야기를 꺼낸 노인이 거기서부터는 새삼 마을 사정을 소상하게 털어놓기 시작했다.

그 지붕 개량사업이라는 것은 알고 보니 사실 융통성이 꽤나 많은 일이었다. 원칙은 그저 초가 지붕을 벗기고 기와나 도당을 얹는 것이었지만, 기와의 하중을 견뎌내기 위해선 기둥을 몇 개쯤 성한 것으로 갈아넣어야 할 집들이 허다했다. 그걸 구실로 대부분의 사람들은 성조를 새로 하듯 집들을 터부터 고쳐 지어버렸다. 노인에게도 물론 그런 권유가 여러 번 들어왔다. 기둥이 허술해서 기와를 못 얹는다는 건 구실일 뿐이었다. 허술한 기둥을 구실로 끝끝내 기와 얹기를 미뤄온 집이 세 가구가 있었는데, 이날 밤에 또 한 집이 새 성조를 위해 밤일을 벌이고 있다는 것이었다. 노인이 기와 얹기를 단념한 것은 집 기둥이 너무 허해서가 아니었다. 노인은 새 성조가 겁이 나 일을 단념할 수밖에 없었던 셈이다.

10) 성조(城主) 터를 다져 집을 지어서 만드는 것.
11) 알속 겉으로 보기보다 알찬 실제의 내용.

허술한 기둥만 믿을 수는 없었다.

일은 아직도 낙관할 수 없었다. 나는 불시에 다시 그 노인에 대한 나의 빚만을 생각하고 있었다.

노인도 거기서 한동안은 그저 꺼져가는 장죽불에만 신경을 쏟고 있는 기색이었다. 하더니 이윽고는 더 이상 소망을 숨기기가 어려운 듯 가는 한숨기를 삼켰다. 그러고는 그 한숨기 끝에 무심결인 듯 덧붙여왔다.

"이참에 웬만하면 우리도 여기다 방 한 칸쯤이나 더 늘여내고 지붕도 도당으로 얹어버리면 싶긴 하더라만……."

마침내 노인이 당신의 소망을 내비친 것이었다.

"오늘 당할지 낼 당할지 모를 일이기는 하다만, 날짐승만도 못한 목숨이 이리 모질기만 하다 보니 별의별 생각이 다 드는구나. 저런 옷궤 하나도 간수할 곳이 없어 이리 밀치고 저리 밀치다보면 어떤 땐 그저 일을 저질러버리고 싶은 생각이 꿀떡 같아지기도 하고……."

노인은 결국 그런 식으로 당신의 소망을 분명히 해버리고 만 셈이었다. 지금은 아니더라도 적어도 그런 소망을 지녔던 것만은 분명히 한 것이다.

나는 이제 할 말이 없었다. 눈을 감은 채 듣고만 있었다. 노인에 대해선 빚이 없음을 골백번 속으로 다짐하고 있었다.

"이번에는 면에서도 그냥 흐지부지 지나가주더라만 내년엔 또 이번처럼 어떻게 잠잠해주기나 할는지. 하기사 면 사람들 무서워 집을 고친다고 할 수도 없지마는, 늙은이 냄새가 싫어 그런지 그래도 한데서 등짝 붙이고 누울 만한 방 놔두고 밤마다 남의 집으로 잠자릴 얻어다니는 저것들 에미 꼴도 모른 체하지는 못할 일이더니라."

내가 아예 대꾸를 않으니까 노인은 이제 혼자말 비슷한 푸념을 계속했다. 듣다 보니 노인의 머릿속엔 이미 꽤 구체적인 계획표까지 마련되어 있었던 것 같았다.

"나라에서 보조금을 오만 원이나 내주겄다, 일을 일단 저지르고 들었더라면 큰돈이야 얼마나 더 들 일이 있었을라더냐……. 남정네가 없어 남들처럼 일손을 구하기가 쉽진 않았겄지만, 네 형수가 여름 한철만 밭을 매주기로 했으면 건넛집 용석이 아배라도 그냥 모른 체하지는 않았을 것이다……."

흙일을 돌볼 사람은 그 용석이 아버지에게 부탁을 하고 기둥을 갈아낼 나무 가대[12]는 이장네 산에서 헐값으로 몇 개 부탁해볼 수 있었다는 거였다.

노인의 장죽 끝에는 이제 불기가 꺼져 식어 있었다. 노인은 연신 그 불이 꺼진 장죽을 빨아대며, 예의 면 보조금 5만 원과 이웃 도움이 아까워서라도 일을 단념하기가 아쉬웠다는 투였다.

하지만 노인은 그러면서도 끝끝내 내게 대한 주장이나 원망의 빛을 보이진 않았다. 이야기의 형식은 어디까지나 과거의 일로서 그런 생각을 해봤을 뿐이고, 그럴 뻔했다는 말일 뿐이었다. 그리고 그런 식으로 나에 대해선 어떤 형식으로도 직접적인 부담감을 느끼게 하지 않으려는 식이었다. 말하는 목소리도 끝끝내 그 체념기가 짙은 특유의 침착성을 잃지 않은 채였다.

"하지만 다 소용없는 일이다. 세상일이 그렇게 맘같이만 된다면야 나

12) 가대(架臺) 물건을 얹어 놓기 위해 걸쳐 만든 것.

이 먹고 늙은 걸 설워 안 할 사람이 있을라더냐. 나이를 먹으면 애기가 된다더니 이게 다 나이 먹고 늙어가는 노망기 한가지제."

종당에는[13] 그 은밀스런 당신의 소망조차 당신 자신의 실없는 노망기 탓으로 돌려버리고 있었다.

하지만 나는 이제 노인의 내심을 못 알아볼 리 없었다. 한마디 말참견도 없이 눈을 감고 잠이 든 척 잠잠히 누워만 있던 아내까지도 그것을 분명히 눈치채고 있었다.

"당신, 어젯밤 어머니 말씀에 그렇게밖에 응대해 드릴 방법이 없었어요?"

오늘 아침 아내는 마당가로 세숫물을 떠 들고 나왔다가 낮은 소리로 추궁을 해왔다. 그때 나는 아내에게 그저 쓸데없는 참견 말라는 듯 눈매를 잔뜩 깎아 떠보였었다. 하니까 아내는 그러는 나를 차라리 경멸조로 나무랐다.

"당신은 참 엉뚱한 데서 독해요. 늙은 노인네가 가엾지도 않으세요. 말씀이라도 좀더 따뜻하게 위로해 드릴 수 있었을 텐데 말예요."

아내도 분명 노인의 말뜻을 알아듣고 있었다. 그리고 나보다도 더 노인의 일을 걱정하고 있었다. 노인에 대한 내 속마음도 속속들이 모두 읽고 있는 게 당연했다. 내일 아침으로 서둘러 서울로 되돌아가겠노라는 나의 결정에 아내가 은근히 분개하고 나선 것도 그런 사연을 모두 알고 있기 때문이었다. 한다고 그년들 무슨 뾰족한 수가 있을 수가 있는가.

어쨌든 노인이 이제라도 그 집을 새로 짓고 싶어하고 있는 건 분명했

13) 종당에는 결국에는. 마침내는.

다. 아무래도 알 수가 없는 일이었다. 아닌게아니라 나이를 먹으면 노인들은 모두 어린애가 되어가는 것일까. 노인이 정말로 내게 빚이 없다는 사실을 잊어버리고 만 것인가. 노인의 말처럼 그건 일테면 노망기가 분명했다. 그런 염치도 못 가릴 정도로 노인은 그렇게 늙어버린 것이었다. 하지만 나는 굳이 노인의 그런 노망기를 원망할 필요도 없었다. 문제는 서로간의 빚의 문제였다. 노인에 대해 빚이 없다는 사실만이 내게는 중요했다. 염치가 없어져서건 노망을 해서건 노인에 대해 내가 갚아야 할 빚만 없으면 그만이었다.

—빚이 있을 리 없지. 절대로! 글쎄 노인도 그걸 알고 있으니까 정면으로는 말을 꺼내지 못하질 않던가 말이다.

어디선가 무덥고 게으른 매미 울음 소리가 들렸다.

나는 비로소 마음을 굳힌 듯 오리나무 그늘에서 몸을 힘차게 일으켜 세웠다. 콩밭 아래로 흘러 뻗은 마을이 눈앞으로 멀리 펼쳐져 나갔다. 거기 과연 아직 초가 지붕을 이고 있는 건 노인네의 버섯 모양 오두막과 아랫동네의 다른 한 채가 전부였다.

—빌어먹을! 그 지붕 개량사업인지 뭔지 하필 이런 때 법석들일구?

아무래도 심기가 편할 수는 없었다. 나는 공연히 그 지붕 개량사업 쪽에다 애꿎은 저주를 보내고 있었다.

3

해가 훨씬 기운 다음에야 콩밭을 가로질러 노인의 집 뒤꼍으로 뜰을 들어서려다 보니, 아내는 결국 반갑지 않은 화제를 벌여놓고 있었다.

"이 나이에 내가 살면 얼마나 더 좋은 세상을 살겠다고 속없이 새 방 들이고 기와 지붕을 덮자겄냐……. 집 욕심 때문이 아니라 나 간 뒷일이 안 놓여 그런다……."

뒤꼍에서 안뜰로 발길을 돌아 나서려는데, 장지문을 반쯤 열어제친 안방에서 노인의 말소리가 도란도란 흘러나오고 있었다.

"날씨가 선선한 봄 가을철이나, 하다못해 마당에 채일[14]이라도 치고들 지내는 여름철만 되더라도 걱정이 덜하겄다마는, 한겨울 추위 속에서 운 사납게 숨이 딸깍 끊어져봐라. 단칸방 아랫목에다 내 시신 하나 가득 늘여놓으면 그 노릇을 어찌할 것이냐."

이번에도 또 그 집에 관한 이야기였다. 노인을 어떻게 좀 위로해드린다는 것인가. 아니면 아내는 내가 그 노인의 소망을 더 어떻게 외면할 수 없도록 드러내버리고 싶었던 것일까. 답답하게 눈치만 보고 도는 내게 대한 아내의 원망은 그토록 뿌리가 깊고 지혜로웠더란 말인가. 노인의 이야기는 아내가 거기까지 유도해낸 게 분명했다. 노인은 그 아내 앞에 당신의 집에 대한 소망을 분명한 목소리로 털어놓고 있었다.

그리고 이젠 당신의 소망에 대한 솔직한 사연을 말하고 있었다. 노인의 그 오랜 체념의 습관과 염치를 방패 삼아 어물어물 고비를 지나가려던 내 앞에 노인의 소망이 마침내 노골적인 모습을 드러낸 것이었다. 노인의 소망은 이미 짐작하고 있었지만, 설마하면 그렇게 분명한 대목까지 만날 줄은 몰랐던 일이었다. 나는 마치 마지막 희망이 무너진 느낌이

14) 채일 차일(遮日)의 방언. 햇볕을 가리기 위해 치는 포장.

었다. 하지만 그 노인의 설명에는 나에게도 마침내 분명해진 것이 있었다. 노인이 갑자기 그 집에 대한 엉뚱한 소망을 지니게 된 내력이었다. 노인은 아직도 당신의 삶을 위해서는 새삼스런 소망을 지니고 있지 않았다. 노인의 소망은 당신의 사후에 내력이 있었다.

"떠돌아들어 살아오긴 했어도, 난 이 동네 사람들한테 못할 일은 한 번도 안 해보고 살아온 늙은이다. 궂은 밥 먹고 궂은 옷 입고 궂은 잠자리 속에 말년을 보냈어도 난 이웃이나 이 동네 사람들한테 궂은 소리는 안 듣고 늙어왔다. 이 소리가 무슨 소린고 하니 나 죽고 나면 그래도 이 동네 사람들, 이 늙은이 주검 위에 흙 한 삽, 뗏장[15] 한 장씩은 덮어주러 올 거란 말이다. 늙거나 젊거나 그렇게 날 들여다봐주러 오는 사람들을 어찌할 것이냐. 사람은 죽어서 고단해지는 것보다 더 고단한 것도 없는 법인디, 오는 사람 마다할 수 없고 가난하게 간 늙은이가 죽어서라도 날 들여다봐주러 오는 사람들한테 쓴 소주 한잔이나마 대접해 보내고 싶은 게 죄가 될 거나. 그래서 그저 혼자서 궁리해본 일이란다. 숨 끊어지는 날 바로 못 내다 묻으면 주검하고 산 사람들이 이 방 하나뿐 아니냐. 먼 데서 온 느그들도 그렇고……. 그래서 꼭 찬바람이나 막고 궁둥이 붙여 앉을 방 한 칸만 어떻게 늘여봤으면 했더니라마는……. 그게 어디 맘 같은 일이더냐. 이도저도 다 늙고 속없는 늙은이의 노망길 테이제……."

노인의 소망은 바로 그 당신의 죽음에 대한 대비에서 비롯된 것이었다.

15) 뗏장 흙을 붙여 떠낸 떼(뿌리째 떠낸 잔디)의 낱장.

알 만한 노릇이었다. 살림이 망하고 옛 살던 동네를 나와 떠돌기 시작하면서부터 언제나 당신의 죽음에 대한 대비를 게을리해오지 않던 노인이었다. 동네 뒷산 양지바른 언덕 아래다 마을 영감 한 분에게 당신의 집터(노인은 당신의 무덤 자리를 늘 그렇게 말했다)를 미리 얻어놓고 겨울철에도 날씨가 좋으면 그곳을 찾아가 햇볕 바래기를 하다 내려온다던 노인이었다. 노인은 이제 당신의 죽음에 마지막 준비를 서두르고 있는 것이었다. 나는 더 노인의 이야기를 엿듣고 있을 수가 없었다. 발길을 움직여 소리 없이 자리를 피해버리고 싶었다.

한데 그때였다. 쓸데없는 일에 공연히 감동을 잘하는 아내가 아무래도 견딜 수가 없어진 모양이었다.

"전에 사시던 집은 터도 넓고 칸 수도 많았다면서요?"

아내가 느닷없이 화제를 바꾸고 나섰다. 별달리 노인을 달랠 말이 없으니, 지나간 일이나마 그렇게 넓게 살던 옛집의 기억을 상기시켜서라도 노인을 위로하고 싶어진 것이리라. 그것은 노인도 한때 번듯한 집 살림을 해온 기억을 되돌이키게 하여 기분을 바꿔드리고 싶어서이기도 하겠지만, 그 외에도 그건 또 언제나 가난한 살림만을 보고 가게 하는 부끄러운 며느리 앞에 당신의 자존심을 얼마간이나마 되살려내게 할 가외의 효과도 있을 수 있었다. 어쨌거나 나는 당분간 다시 자리를 피할 필요가 없어진 셈이었다.

"옛날 살던 집이야, 크고 넓었제. 다섯 칸 겹집에다 앞뒤 터가 운동장이었더니라……. 하지만 이제 와서 그게 다 무슨 소용이냐. 남의 집 된 지가 이십 년이 다 된 것을……."

"그래도 어머님은 한때 그런 좋은 집도 살아보셨으니 추억은 즐거운 편이 아니시겠어요? 이 집이 답답하고 짜증나실 땐 그런 기억이라도 되살려보세요."

"기억이나 되살려서 어디다 쓰게야. 새록새록 옛날 생각이 되살아나다 보면 그렇지 않아도 심사가 어지러운 것을."

"하긴 그것도 그러실 거예요. 그렇게 넓은 집에 사셨던 생각을 하시면 지금 사시는 형편이 더 짜증스러워지기도 하시겠죠. 뭐니뭐니 해도 지금 형편이 이렇게 비좁은 단칸방 신세가 되고 마셨으니 말씀예요……."

노인과 아내는 잠시 그렇게 위론지 넋두린지 분간이 가지 않는 소리들을 주고받고 있었다. 한동안 그렇게 오가는 이야기를 듣다 보니, 나는 그 아내의 동기가 다시 의심스러웠다. 아내의 말투는 그저 노인을 위로하기 위해서가 아니었다. 노인을 위로해 드리긴커녕 심기만 점점 더 불편스럽게 하고 있었다. 노인에게 옛집을 상기시켜드리는 것은 당신의 불편스런 심기를 주저앉히기보다 오늘을 더욱더 비참스럽게 느끼게 만들고 있었다. 집을 고쳐 짓고 싶은 그 은밀스런 소망을 자꾸만 밖으로 후벼대고 있었다. 아내의 목적은 차라리 그쪽에 있었던 것 같았다.

아내에 대한 나의 판단은 과연 크게 빗나가지 않았다.

"방이 이렇게 비좁은데 그럼 어머니, 이 옷장이라도 어디 다른 데로 좀 내놓을 수 없으세요? 이 옷장을 들여놓으니까 좁은 방이 더 비좁지 않아요."

아내는 마침내 내가 가장 거북스럽게 시선을 피해오던 곳으로 화제를 끌어들이고 있었다.

바로 그 옷궤 이야기였다. 17, 8년 전, 고등학교 1학년 때였다. 술버릇이 점점 사나워져가던 형이 전답을 팔고 선산을 팔고, 마침내는 그 아버지 때부터 살아온 집까지 마지막으로 팔아넘겼다는 소식이 들려왔다. K시에서 겨울방학을 보내고 있던 나는 도대체 일이 어떻게 되어가는지나 알아보고 싶어 옛 살던 마을엘 찾아가보았다. 집을 팔아버렸으니 식구들을 만나게 될 기대는 없었지만, 그래도 달리 소식을 알아볼 곳이 없기 때문이었다. 어스름을 기다려 살던 집 골목을 들어서니 사정은 역시 K시에서 듣고 온 대로였다. 집은 텅텅 빈 채였고 식구들은 어디론지 간 곳이 없었다. 나는 다시 골목 앞에 살고 있던 먼 친척간 누님을 찾아갔다. 그런데 그 누님의 말을 들으니, 노인이 뜻밖에 아직 나를 기다리고 있다는 것이었다.

"여기가 어디냐. 네가 누군데 내 집 앞 골목을 이렇게 서성대고 있어야 하더란 말이냐."

한참 뒤에 어디선가 누님의 소식을 듣고 달려온 노인이 문간 앞에서 어정어정 망설이고 있는 나를 보고 다짜고짜 나무랐다. 행여나 싶은 마음으로 노인을 따라 문간을 들어섰으나 집이 팔린 것은 분명해 보였다.

그날 밤 노인은 옛날과 똑같이 저녁을 지어 내왔고, 그날 밤을 거기서 함께 지냈다. 그리고 이튿날 새벽 일찍 K시로 나를 다시 되돌려보냈다. 나중에야 안 일이지만 노인은 그렇게 나에게 저녁밥 한 끼를 지어 먹이고 마지막 밤을 지내게 해주고 싶어, 새 주인의 양해를 얻어 그렇게 혼자서 나를 기다리고 있었다 했다. 언젠가 내가 다녀갈 때까지는 하룻밤만이라도 내게 옛집의 모습과 옛날 같은 분위기 속에 맘 편히 눈을 붙이고 가게 해주고 싶어서였을 터이다. 아무리 그렇더라도 문간을 들어설 때부터 썰렁한 집안 분위기가 이사를 나간 빈집이 분명했건만.

한데도 노인은 그때까지 매일같이 그 빈집을 드나들며 먼지를 털고 걸레질을 해온 것이었다. 그리고 그때 노인은 아직 집을 지켜온 흔적으로 안방 한쪽에 이불 한 채와 옷궤 하나를 예대로 그냥 남겨두고 있었다. 이튿날 새벽 K시로 다시 길을 나설 때서야 비로소 집이 팔린 사실을 분명히 해온 노인의 심정으로는 그날 밤 그 옷궤 한 가지로나마 옛집의 분위기를 되살려 내 괴로운 잠자리를 위로하고 싶었음에 분명한 물건이었다.

그런 내력이 숨겨져 온 옷궤였다. 떠돌이 살림에 다른 가재도구[16]가 없어서도 그랬겠지만, 이 20년 가까이를 노인이 한사코 함께 간직해온 옷궤였다. 그만큼 또 나를 언제나 불편스럽게 만들어온 물건이었다. 노인에게 빚이 없음을 몇 번씩 스스로 다짐하고 지내다가도 그 옷궤만 보면 무슨 액면가 없는 빚 문서를 만난 듯 기분이 꺼림칙스러워지곤 하던 물건이었다.

이번에도 물론 마찬가지였다. 노인의 방을 들어선 순간에 벌써 기분을 불편스럽게 해오던 옷궤였다. 그리고 끝내는 이틀 밤을 못 넘기고 길을 다시 되돌아갈 작정을 내리게 한 것도 알고 보면 바로 그 옷궤의 허물이 컸을지 모른다.

아내도 물론 그 옷궤에 관한 내력을 내게서 들을 만큼 듣고 있었다. 그리고 그걸 알고 있는 여자라면 그 옷궤에 대한 내 기분도 짐작을 못할 그녀가 아니었다. 아내는 일부러 그 옷궤 이야기를 꺼냈음이 분명했다. 더욱이 내가 바깥에서 두 사람의 이야기를 엿듣고 있는 걸 알고서 그랬을 수도 있었다.

16) 가재도구 집 안에서 쓰는 여러 가지 물건.

나는 어느새 콧속을 후벼대는 못된 버릇이 되살아날 만큼 긴장하고 있었다. 생각지도 않았던 곳에서 갑자기 묵은 빚 문서가 튀어나올 것 같은 조마조마한 기분이었다. 노인이 치사하게 그 묵은 빚 문서로 나를 궁지에 몰아넣으려 덤빌 수도 있었다.

—그래 보라지. 누가 뭐래도 내겐 절대로 빚진 게 없으니까. 그래 본들 없는 빚이 생길 리가 있을라구.

나는 거의 기구[17]를 드리듯 눈을 감고 기다렸다.

하지만 다행스러운 것은 아직도 그 무심스러워 보이기만 한 노인의 대꾸였다.

"옷궤를 내놓으면 몸에 걸칠 옷가지는 다 어디다 간수하고야? 어디다 따로 내놓을 데가 있는 것도 아니지만, 그걸 어디다 내놓을 데가 생긴다고 해도 그것말고는 옷가지 나부랭일 간수해둘 데는 있어얄 것 아니냐."

알고 그러는지 모르고 그러는지 노인이 그 옷궤 쪽에는 그리 신경을 쓰고 있지 않은 것 같았다.

"옷이야 어떻게 못을 박아 걸더라도, 사람이 우선 좀 발이라도 뻗고 누울 자리가 있어야잖아요. 이건 뭐 사람보다도 옷장을 모시는 꼴이지 뭐예요."

아내는 거의 억지를 부리고 있었다. 옷궤에 대한 노인의 집착심을 시험해보기 위한 수작임이 분명했다.

하지만 노인의 반응은 여전히 의연했다.

"그건 네가 모르는 소리다. 그 옷궤라도 하나 없으면 이 집을 누가 사

17) 기구(祈求) 바라는 바가 이루어지기를 비는 것. 기도.

람 사는 집이라 할 수 있겠냐. 사람 사는 집 흔적으로 해서라도 그건 집 안에 지녀야 할 물건이다."

"어머님은 아마 저 옷장에 그럴 만한 사연이 있으신가 봐요. 시집오실 때 해오신 건가요?"

노인의 나이가 너무 높다 보니 아내는 때로 그 노인 앞에 손녀딸처럼 버릇이 없어지기도 했지만, 이번에는 숫제 장난기 한가지였다.

"내력은 무슨……."

노인은 이제 그것으로 그만 입을 다물어버리고 말았다. 옷궤 이야기는 더 이상 들추고 싶지가 않은 모양이었다.

하지만 아내 쪽도 그쯤 호락호락 물러설 여자가 아니었다. 노인이 입을 다물어버리자 아내도 잠시 할 말을 잃은 듯 침묵을 지키고 있더니, 이윽곤 다시 새판잡이 공세를 펴기 시작했다.

"하긴 어쨌거나 어머님 마음이 편하진 못하시겠어요. 뭐니뭐니 해도 옛날 사시던 집을 지켜오시는 게 제일 좋으셨을 텐데 말씀예요. 도대체 그 집은 어떻게 해서 팔리게 되었어요?"

다시 그 집 얘기였다. 그 역시 모르고 묻는 소리가 아니었다. 아내는 그 옷궤의 내력과 함께 집이 팔리게 된 사정에 대해서도 모두 알고 있었다. 하면서도 그녀는 다시 노인에게 그것을 되풀이시키려 하고 있었다. 옷궤를 구실로 그 노인의 소망을 유인해내려는 그녀 나름의 노력의 연장이었다.

하지만 노인의 태도도 아직은 그 아내에 못지않게 끈질긴 데가 있었다.

"집이 어떻게 팔리기는……. 안 팔아도 좋을 집을 뭔 장난삼아 팔았을라더냐. 내 집 지니고 살 팔자가 못 돼 그리된 거제…….”

알고도 묻는 소릴 노인은 또 노인대로 내력을 얼버무려 넘기려고 하였다.

“그래도 사정은 있었을 게 아녜요? 그 집을 지을 때 돌아가신 아버님이 몹시 고생을 하셨다고 하던데요.”

“집이야 참 어렵게 장만한 집이었지야. 남같이 한 번에 지어올린 집이 아니고 몇 해에 걸쳐서 한 칸씩 두 칸씩 살림 형편 좇아서 늘려간 집이었더니라. 그렇게 마련한 집이 결국은 내 집이 못 되고……. 그런다고 이제 그런 소린 해서 다 뭣을 하겄냐. 어차피 내 집이 못 될 운수라 그리된 일을 이런 소리 곱씹는다고 팔려간 집 다시 내 집이 되어 돌아올 것도 아니고…….”

“하지만 그리 어렵게 장만한 집이라 애석한 생각이 더할 게 아녜요. 지금 형편도 그럴 수밖에 없고요. 어떻게 되어 그리되고 말았는지 그때 사정이라도 좀 말씀해보세요.”

“그만둬라, 다 소용없는 일이다. 이제는 그럭저럭 세월이 흘러서 기억도 많이 희미해진 일이고…….”

한사코 이야기를 피하려는 노인에게 아내는 마침내 마지막 수단을 동원하고 있었다.

“좋아요. 어머님께선 아마 지난 일로 저까지 공연히 속을 상하게 할까 봐 그러시는 모양인데요, 그래도 별 소용이 없으세요. 저도 사실은 이야기를 대강 다 들어 알고 있단 말씀예요.”

“이야기를 들어? 누구한테서?”

노인이 비로소 조금 놀라는 기미였다.

"그야 물론 저 사람한테지요."

노인의 물음에 아내가 대답했다. 눈에는 보이지 않았지만, 밖에서 엿듣고 있는 나를 지목한 말투가 분명했다. 짐작대로 그녀는 벌써부터 내가 밖에서 엿듣고 있는 낌새를 알아차리고 있었음이 분명했다.

"제가 알고 있는 건 그 집을 팔게 된 사정만도 아니에요. 어머님께서 저 사람한테 그 팔려간 집에서 마지막 밤을 지내게 해주신 일도 모두 알고 있단 말씀예요. 모른 척하고 있기는 했지만 저 옷장 말씀예요, 그날 밤에도 어머님은 저 헌 옷장 하나를 집 안에다 아직 남겨두고 계셨더라면서요. 아직도 저 사람한텐 어머님이 거기서 살고 계신 것처럼 보이시려고 말씀이에요."

아내는 차츰 목소리가 떨려나오고 있었다.

"그렇담 어머님, 이제 좀 속시원히 말씀해보세요. 혼자서 참아넘기려고만 하지 마시고 말씀이라도 하셔서 속을 후련히 털어놔보시란 말씀이에요. 저흰 어머님 자식들 아닙니까. 자식들한테까지 어머님은 어째서 그렇게 말씀을 참아넘기려고만 하세요."

아내의 어조는 거의 울먹임에 가까웠다.

노인도 이젠 어찌할 수가 없는지, 한동안 묵묵히 대꾸가 없었다.

나는 온통 입 안의 침이 다 말랐다. 노인의 대꾸가 어떻게 나올지 숨도 못 쉰 채 당신의 다음 말만 기다리고 있었다.

하지만 그 아내나 나의 조바심과는 아랑곳없이 노인은 끝내 심기를 흐트리지 않았다.

"그래 그 아그(아이)도 어떻게 아직 그날 밤 일을 잊지 않고 있더냐?"

"그래요. 그리고 그날 밤 어머님은 저 사람이 집을 못 들어가고 서성대고 있으려니까 그 집이 아직 안 팔린 것처럼 저 사람을 안으로 데려다가 저녁까지 한 끼 지어 먹이셨다면서요?"

"그럼 됐구나. 그렇게 죄다 알고 있는 일을 뭐하러 한사코 나한테 되뇌게 하려느냐."

"저 사람은 벌써 잊어가고 있거든요. 저 사람한테선 진짜 얘기를 들을 수도 없고요. 사람이 모질어 저 사람은 그런 일 일부러 잊어요. 그래 이번엔 어머님한테서 진짜 이야길 듣고 싶은 거예요. 저 사람 얘기말고 어머님의 그날 밤 진짜 심경을 말씀이에요."

"심경이나마나 저하고 별다른 대목이 있었을라더냐. 사세부득이해서[18] 팔았다곤 하지만 아직은 그래도 내 발길이 끊이지 않은 집인데, 그 집을 놔두고 그 아그가 그래 발길을 주춤주춤 어정대고 서 있더구나……."

아내의 성화를 견디다 못해 노인은 결국 마지못한 어조로 그날 밤 일을 얼핏 돌이키고 들었다. 어조에는 아직도 그날 밤의 심사가 조금도 실려 있지 않은 채였다.

"그래 저를 나무래서 냉큼 집 안으로 데리고 들어갔더니라. 그리고 더운밥 지어 먹여서 그 집에서 하룻밤을 재워가지고 동도 트기 전에 길을 되돌려 떠나보냈더니라……."

"그래 그때 어머님 마음이 어떠셨어요?"

"마음이 어쩌기는야. 팔린 집이나마 거기서 하룻밤 저 아그를 재워보내고 싶어 싫은 골목 드나들며 마당도 쓸고 걸레질도 훔치며 기다려온

18) 사세부득이하다(事勢不得已—) 일이 돌아가는 상황이 어찌할 수 없다.

에미였는디, 더운밥 해 먹이고 하룻밤을 재우고 나니 그만만 해도 한 소원은 우선 풀린 것 같더구나."

"그래 어머님은 흡족한 기분으로 아들을 떠나보내셨다는 말씀이시군요. 하지만 정말로 그게 그러실 수 있었을까요? 어머님은 정말로 그렇게 흡족한 마음으로 아들을 떠나보내실 수 있으셨을까 말씀이에요. 아들은 다시 학교로 돌아가는 길이었다 치더라도 어머님 자신은 그때 변변한 거처 하나 마련해두시지 못하셨을 처지에 말씀이에요."

"나더러 또 무슨 이야길 더 하라는 것이냐."

"그때 아들을 떠나보내실 때 어머님 심경을 듣고 싶어요. 객지 공부 가는 어린 아들을 그런 식으로 떠나보내시면서 어머님 자신도 거처가 없이 떠도셔야 했던 그때 처지에서 어머님이 겪으신 심경을 말씀예요."

"그만두거라. 다 쓸데없는 노릇이니라. 이야기를 한들 그때 마음이야 네가 어찌 다 알아들을 수가 있겄냐."

노인이 다시 이야기를 사양했다. 그러나 그 체념기가 완연한 노인의 어조에는 아직도 혼자 당신의 맘속으로만 지녀온 어떤 이야기가 남아 있는 것 같았다.

나는 이제 더 기다리고 있을 수가 없었다. 아내는 내 기미를 눈치채고 있었다 하더라도 노인만은 아직 그걸 알지 못하고 있었다. 노인의 말을 그쯤에서 그만 중단시켜야 했다. 아내가 어떻게 나온다 하더라도 내게까지 그것을 알게 하고 싶지는 않을 노인이었다. 내 앞에선 더 이상 노인의 이야기가 계속되어갈 수 없었다.

나는 이윽고 헛기침을 한 번 하고서 그 노인의 눈길이 닿고 있는 장짓문 앞으로 모습을 불쑥 드러내고 나섰다.

4

위험한 고비는 그럭저럭 모두 지나가고 있었다.

저녁상을 들일 때 노인은 언제나처럼 막걸리 한 되를 가져오게 하였다. 형의 술버릇 때문에 집안 꼴이 그 지경이 되었는데도 노인은 웬일로 내게 그리 술 걱정을 하지 않았다. 집에만 가면 당신이 손수 막걸리 한두 되씩을 꼭꼭 미리 마련해다 주곤 하였다.

—한잔 마시고 잠이나 자거라.

그러면서 낮참부터 늘 잠자기를 권했다.

이날 저녁도 마찬가지였다.

"그래, 정 내일 아침으로 길을 나설라냐?"

저녁상이 들어왔을 때 노인은 그렇게 조심스런 목소리로 나의 내심을 한 번 더 떠왔을 뿐이다.

"가야 할 일이 있으니까 가겠다는 거 아니겠어요."

나는 노인에게 공연히 짜증기 선 목소리로 퉁명스럽게 대꾸했다.

하니까 노인은 그것으로 그만이었다.

"그래 알았다. 저녁하고 술이나 한잔하고 일찍 쉬거라."

아침부터 먼 길을 나서려면 잠이라도 일찍 자두라는 단속이었다. 나는 말없이 노인을 따랐다. 저녁 겸해서 술 한 되를 비우고 그리고 술기를 못 견디는 사람처럼 일찌감치 잠자리를 펴고 누웠다. 이윽고 형수님이 조카들을 데리고 잠자리를 찾아나가자 이날 밤도 우리는 세 사람 합숙이었다.

어쨌거나 이제 위태로운 고비는 그럭저럭 거의 다 넘겨가고 있는 셈이었다. 눈을 붙였다 깨고 나면 그것으로 모든 건 끝난다. 지붕이고 옷궤고 더 이상 신경을 쓸 일이 없어진다. 노인에게 숨겨진 빚 문서가 있을까. 하지만 이날 밤만 무사히 넘기고 나면 노인의 빚 문서도 그걸로 영영 휴지가 되는 것이다.

—잠이나 자자. 빚이고 뭐고 잠들면 그만이다. 노인에게 빚은 내가 무슨 빚이 있단 말인가…….

나는 제법 홀가분한 기분으로 눈을 감고 잠을 청했다. 술기 탓인지 알알한 잠기운이 이내 눈꺼풀을 덮어왔다.

한데 얼마쯤 그렇게 아늑한 졸음기 속을 헤매고 났을 때였을까. 나는 웬일인지 문득 다시 잠기가 서서히 엷어져가고 있었다. 그리고 아직도 그 어렴풋한 선잠기 속에 도란도란 조심스런 노인의 말소리가 들려왔다.

"그날 밤사말로 갑자기 웬 눈이 그리도 많이 내렸던지 잠을 잤으면 얼마나 잤겠느냐마는 그래도 잠시 눈을 붙였다가 새벽녘에 일어나보니 바깥이 왼통 환한 눈 천지로구나……. 눈이 왔더라도 어쩔 수가 있더냐. 서둘러 밥 한술씩을 끓여다가 속을 덥히고 그 눈길을 서둘러 나섰더니라……."

나는 다시 정신이 번쩍 들고 말았다. 어찌된 일인지 노인이 마침내 그날 밤 이야기를 아내에게 가닥가닥 털어놓고 있는 중이었다.

"처지가 떳떳했으면 날이라도 좀 밝은 다음에 길을 나설 수도 있었으련만, 그땐 어찌도 그리 처지가 부끄럽고 저주스럽기만 했던지……. 그래 할 수 없이 새벽 눈길을 둘이서 나섰지만, 시오리나 되는 장터 차부[19]

19) 차부(車部) 자동차의 시발점이나 종착점에 마련된 주차장, 터미널.

까지 산길이 멀기는 또 얼마나 멀더라냐."

기억을 차근차근 더듬어나가고 있는 노인의 몽롱한 목소리는 마치 어린 손자 아이에게 옛얘기라도 들려주는 할머니의 그것처럼 아늑한 느낌마저 깃들이고 있었다.

아내가 결국은 노인을 거기까지 유도해냈음이 분명했다.

—이야기를 한들 네가 어찌 다 알아들을 수가 있겄냐…….

낯결에 노인이 말꼬리를 한 가닥 깔고 넘은 기미를 아내가 무심히 들어넘겼을 리 없었다.

그날 밤—아니 그날 새벽—아내에겐 한 번도 들려준 일이 없는 그날 새벽의 서글픈 동행을, 나 자신도 한사코 기억의 피안으로 사라져가주기를 바라오던 그 새벽의 눈길의 기억을 노인은 이제 받아낼 길 없는 묵은 빚 문서를 들추듯 허무한 목소리로 되씹고 있었다.

"날은 아직 어둡고 산길은 험하고, 미끄러지고 넘어지면서도 차부까지는 그래도 어떻게 시간을 대어갈 수가 있었구나……."

이야기를 듣고 있는 나의 머릿속에도 마침내 그날의 정경이 손에 닿을 듯 역력히 떠올랐다. 어린 자식 놈의 처지가 너무도 딱해서였을까. 아니 어쩌면 노인 자신의 처지까지도 그 밖엔 달리 도리가 없었을 노릇이었는지도 모른다. 동구 밖까지만 바래다주겠다던 노인은 다시 마을 뒷산 잿길까지 나를 좀더 바래주마 우겼고, 그 잿길을 올라선 다음엔 새 신작로가 나설 때까지만 산길을 함께 넘어가자 우겼다. 그럴 때마다 한 차례씩 애시린 실랑이를 치르고 나면 노인과 나는 더 이상 할 말이 있을 수 없었다. 아닌게아니라 날이라도 좀 밝은 다음이었으면 좋았겠는데, 날이 밝기를 기다려 동네를 나서는 건 노인이나 나나 생각을 안 했다.

그나마 그 어둠을 타고 마을을 나서는 것이 노인이나 나나 마음이 편했다. 노인의 말마따나 미끄러지고 넘어지면서, 내가 미끄러지면 노인이 나를 부축해 일으키고, 노인이 넘어지면 내가 당신을 부축해 가면서, 그렇게 말없이 신작로까지 나섰다. 그러고도 아직 면소 차부까지는 길이 한참이나 남아 있었다. 나는 결국 그 면소 차부까지도 노인과 함께 신작로를 걸었다.

아직도 날이 밝기 전이었다.

하지만 그러고 우리는 어찌 되었던가.

나는 차를 타고 떠나갔고, 노인은 거기서 다시 어둠 속의 눈길을 되돌아서야 했다…….

내가 알고 있는 건 거기까지뿐이었다.

노인이 그후 어떻게 길을 되돌아갔는지는 나로서도 아직 들은 바가 없었다. 노인을 길가에 혼자 남겨두고 차로 올라선 그 순간부터 나는 차마 그 노인을 생각하기가 싫었고, 노인도 오늘까지 그날의 뒷얘기는 들려준 일이 없었다. 그런데 노인은 웬일로 오늘사 그날의 기억을 끝까지 돌이키고 있었다.

"어떻게어떻게 장터 거리로 들어서서 차부가 저만큼 보일 만한 데까지 가니 그때 마침 차가 미리 불을 켜고 차부를 나오더구나. 급한 김에 내가 손을 휘저어 그 차를 세웠더니, 그래 그 운전사란 사람들은 어찌 그리 길이 급하고 매정하기만 한 사람들이더냐. 차를 미처 세우지도 덜 하고 덜크렁덜크렁 눈 깜짝할 사이에 저 아그를 훌쩍 실어 담고 가버리는구나."

"그래서 어머님은 그때 어떻게 하셨어요?"

잠잠히 입을 다문 채 듣고만 있던 아내가 모처럼 한마디 끼어들었다.

나는 갑자기 다시 노인의 이야기가 두려워졌다. 자리를 차고 일어나 다음 이야기를 가로막고 싶었다. 하지만 나는 이미 그럴 수가 없었다. 사지가 말을 들어주지 않았다. 온몸이 마치 물먹은 솜처럼 무겁게 가라앉고 있었다. 몸을 어떻게 움직여볼 수가 없었다. 형언하기 어려운 어떤 달콤한 슬픔, 달콤한 피곤기 같은 것이 나를 아늑히 감싸오고 있었다.

"어떻게 하기는야. 넋이 나간 사람마냥 어둠 속에 한참이나 찻길만 바라보고 서 있을 수밖에야……. 그 허망한 마음을 어떻게 다 말할 수가 있을 거나……."

노인은 여전히 옛얘기를 하듯 하는 그 차분하고 아득한 음성으로 그날의 기억을 더듬어나갔다.

"한참 그러고 서 있다 보니 찬바람에 정신이 좀 되돌아오더구나. 정신이 들어보니 갈 길이 새삼 허망스럽지 않았겄냐. 지금까진 그래도 저하고 나하고 둘이서 함께 헤쳐온 길인데 이참에는 그 길을 늙은 것 혼자서 되돌아서려니……. 거기다 아직도 날은 어둡지야……. 그대로는 암만해도 길을 되돌아설 수가 없어 차부를 찾아 들어갔더니라. 한식경이나 차부 안 나무 걸상에 웅크리고 앉아 있으려니 그제사 동녘 하늘이 훤해져오더구나……. 그래서 또 혼자 서두를 것도 없는 길을 서둘러 나섰는데, 그때 일만은 언제까지도 잊힐 수가 없을 것 같구나."

"길을 혼자 돌아가시던 그때 일을 말씀이세요?"

"눈길을 혼자 돌아가다 보니 그 길엔 아직도 우리 둘말고는 아무도 지나간 사람이 없지 않았겄냐. 눈발이 그친 그 신작로 눈 위에 저하고 나하고 둘이 걸어온 발걸음만 나란히 이어져 있구나."

"그래서 어머님은 그 발자국 때문에 아들 생각이 더 간절하셨겠네요."

"간절하다뿐이었겄냐. 신작로를 지나고 산길을 들어서도 굽이굽이 돌아온 그 몹쓸 발자국들에 아직도 도란도란 저 아그 목소리나 따뜻한 온기가 남아 있는 듯만 싶었제. 산비둘기만 푸르르 날아올라도 저 아그 넋이 새가 되어 다시 되돌아오는 듯 놀라지고, 나무들이 눈을 쓰고 서 있는 것만 보아도 뒤에서 금세 저 아그 모습이 뛰어나올 것만 싶었지야. 하다 보니 나는 굽이굽이 외지기만 한 그 산길을 저 아그 발자국만 따라 밟고 왔더니라. 내 자석아, 내 자석아, 너하고 둘이 온 길을 이제는 이 몹쓸 늙은 것 혼자서 너를 보내고 돌아가고 있구나!"

"어머님 그때 우시지 않았어요?"

"울기만 했겄냐. 오목오목 디뎌논 그 아그 발자국마다 한도 없는 눈물을 뿌리며 돌아왔제. 내 자석아, 내 자석아, 부디 몸이나 성히 지내거라. 부디부디 너라도 좋은 운 타서 복 받고 살거라……. 눈앞이 가리도록 눈물을 떨구면서 눈물로 저 아그 앞길만 빌고 왔제……."

노인의 이야기가 거진 끝이 나가고 있는 것 같았다. 아내는 이제 할 말을 잊은 듯 입을 조용히 다물고 있었다.

"그런디 그 서두를 것도 없는 길이라 그렁저렁 시름없이 걸어온 발자국이 그래도 어느 참에 동네 뒷산까지 당도해 있었구나. 하지만 나는 그 길로는 차마 동네를 바로 들어설 수가 없어 잿등[20] 위에 눈을 쓸고 아직도 한참이나 시간을 기다리고 앉아 있었더니라……."

"어머님도 이젠 돌아가실 거처가 없으셨던 거지요."

20) 잿등 고개의 등성이.

한동안 조용히 입을 다물고 있던 아내가 더 이상 참을 수가 없어진 듯 갑자기 노인을 채근하고 나섰다. 그 목소리가 울먹임 때문에 떨리고 있었다.

나 역시 더 이상 노인을 참을 수가 없었다. 이제나마 노인을 가로막고 싶었다. 아내의 추궁에 대한 그 노인의 대꾸가 너무도 두려웠다. 노인의 대답을 들을 수가 없었다. 하지만 그 역시도 불가능한 일이었다.

나는 아직도 눈을 뜰 수가 없었다. 불빛 아래 눈을 뜨고 일어날 수가 없었다. 사지가 마비된 듯 가라앉아 있는 때문만이 아니었다. 졸음기가 아직 아쉬워서도 아니었다. 눈꺼풀 밑으로 뜨겁게 차오르는 것을 아내와 노인 앞에 보일 수가 없었다. 그것이 너무도 부끄러웠기 때문이다. 아내는 이번에도 그러는 나를 알고 있었던 것 같았다.

"여보, 이젠 좀 일어나보세요. 일어나서 당신도 말을 좀 해보세요."

그녀가 느닷없이 나를 세차게 흔들어 깨웠다. 그녀의 음성은 이제 거의 울부짖음에 가까웠다. 그래도 나는 일어날 수가 없었다. 뜨거운 것을 숨기기 위해 눈꺼풀을 꾹꾹 눌러 참으며 내처 잠이 든 척 버틸 수밖에 없었다.

음성이 아직 흐트러지지 않고 있는 건 오히려 노인뿐이었다.

"가만두거라. 아침길 나서기도 피곤할 것인디 곤하게 자고 있는 사람 뭣 하러 그러냐."

노인은 일단 아내의 행동을 말려두고 나서 아직도 그 옛애기를 하는 듯한 아득하고 차분한 음성으로 당신의 남은 이야기를 끝맺어가고 있었다.

"그런디 이것만은 네가 좀 잘못 안 것 같구나. 그때 내가 뒷산 잿등에서 동네를 바로 들어가지 못하고 있었던 일 말이다. 그건 내가 갈 데가 없어 그랬던 건 아니란다. 산 사람 목숨인데 설마 그때라고 누구네 문간방 한 칸이라도 산 몸뚱이 깃들일 데 마련이 안 됐겠냐. 갈 데가 없어서가 아니라 아침 햇살이 활짝 퍼져 들어 있는디, 눈에 덮인 그 우리 집 지붕까지도 햇살 때문에 볼 수가 없더구나. 더구나 동네에선 아침 짓는 연기가 한참인디 그렇게 시린 눈을 해갖고는 그 햇살이 부끄러워 차마 어떻게 동네 골목을 들어설 수가 있더냐. 그놈의 말간 햇살이 부끄러워져서 그럴 엄두가 안 생겨나더구나. 시린 눈이라도 좀 가라앉히자고 그래 그러고 앉아 있었더니라……."

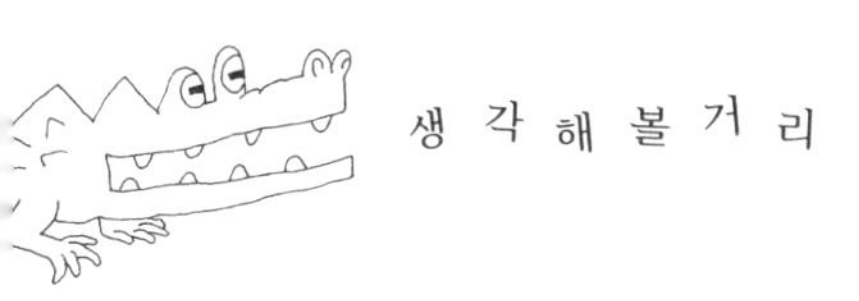

1 소설 속 주인공이 갑자기 어머니에게 서울로 돌아가겠다고 말한 이유는 무엇입니까?

나는 어머니가 다 쓰러져가는 오두막에서 살고 있는 것이 못내 불편하게 느껴집니다. 자식된 도리로써 미안한 마음이 자꾸 드는 것이지요. 그런데 마침 어머니가 지붕 개량사업 이야기를 꺼내게 되고, 그것을 어머니가 자신에게 요구하는 것처럼 느끼면서 평소에 어머니에 대한 불만, 즉 자라오면서 어머니가 나에게 해준 것이 없다는 불만이 불쑥 튀어나온 것입니다. 그래서 마음이 더욱 불편하게 된 주인공은 서둘러 고향을 떠나고 싶어하게 됩니다.

2 소설 속에서 '나'는 끊임없이 어머니에게 빚이 없다고 되뇌고 있습니다. 그 말의 의미는 무엇일까요?

여기서의 빚은 상징적인 의미를 지니고 있다고 볼 수 있습니다. 즉 어머니에 대한 자식의 의무를 이행할 필요가 없다는 뜻이지요. 그가 그렇게 생각한 것은, 자신이 어머니에게서 부모가 마땅히 주어야 할 혜택을 제대로 받지 못하고 자란 데 대한 원망과 불만이 깔려 있기 때문입니다. 그런데 주인공은 계속해서 이 말을 되뇌고 있었습니다. 따라서 이 말은 역설적으로 어머니에 대한 자식의 의무를 소홀히 하고 있는 자신에 대한 반성과 자책의 의미로 해석될 수 있습니다.

3 **아내는 이야기의 전개 과정에서 어떤 역할을 하고 있습니까?**

아내는 주인공이 어린 시절 겪었던 가족사를 모두 알고 있으면서도 계속 어머니로 하여금 그것과 관련한 이야기를 해달라고 조르고 있습니다. 그것은 두 가지 의미가 있습니다. 하나는 어머니로 하여금 마음속 깊은 곳에 쌓아두었던 한을 풀어버리라는 의미이고, 또 하나는 어머니의 이야기를 아들이 듣게 함으로써 어머니를 좀더 이해해주길 바라는 의도로 볼 수 있지요. 결국 아내가 밤늦게 유도해내는 '눈길' 이야기는 아들로 하여금 어머니에 대한 사랑을 깨닫게 하고 자신의 행동을 깊이 반성하게 하는 결정적 계기가 됩니다.

4 **소설의 마지막 장면에서 어머니는 눈길을 되짚어 오면서 눈물을 흘리고 아들은 그 이야기를 들으면서 눈물을 흘립니다. 그 두 사람이 흘린 눈물은 각각 무엇을 상징한다고 볼 수 있을까요?**

어머니가 흘린 눈물은 오로지 자식만이 잘되기를 바라는 마음입니다. 갈 곳이 없는 자신의 처지보다는 아들의 앞길을 더욱 걱정하며 흘리는 사랑의 눈물인 셈이지요. 아들이 흘린 눈물은 어머니의 지극한 사랑을 깨닫게 되면서 흘리는 반성의 눈물이라고 볼 수 있습니다.

5 이 소설에서 아들과 어머니의 갈등과 화해를 유도하는 데 중요한 역할을 하는 소재는 '지붕 개량사업'과 '옷궤', 그리고 '눈길'입니다. 아들과 어머니가 각각에 대해 어떤 생각을 하고 있는지 정리해봅시다.

	지붕 개량사업	옷궤	눈길
아들	어머니가 나에게 아들로서의 의무를 강요하는 것처럼 느껴져서 매우 불편하고 짜증이 난다	어머니가 아들에게 집이 팔린 일에 대해 걱정을 끼치지 않으려고 남겨둔 물건이었는데, 아들은 그 사실을 외면하고 대도시로 떠나버린다. 따라서 집안의 몰락을 떠올리게 할 뿐만 아니라 당시에 어머니에 대한 자식의 도리를 떠올리게 하는 불쾌하고 꺼림직한 물건이다	집안의 몰락으로 사람들의 눈을 피해 어머니와 함께 헤쳐나온 길이므로 부끄러운 기억이자 잊고 싶은 기억이다
어머니	자신이 죽고 난 후 살아남은 가족을 배려하는 의미에서 말한 것이지 결코 자신의 이득을 위해서 하는 일이 아니다	팔린 집에서 자식에게 옛날 집의 모습과 분위기를 느끼게 해주려고 남겨둔 물건이었기 때문에 아들과의 만남을 연상시키는 물건이자 과거의 아름다운 기억을 환기시키는 물건이다	아들을 돌려보내고 돌아오는 길에 되짚어 오던 눈길은, 자신이 처한 앞으로의 삶에 대한 막막함과 아들의 장래에 대한 기원의 의미가 담겨 있는 잊지 못할 기억으로 자리잡고 있다

6 다음은 주쯔칭의 수필 「아버지의 뒷모습」의 일부입니다. 이 글을 읽고 「눈길」과 공통점이 무엇인지 생각해봅시다.

그때, 아버지께선 볼일로 해서 역에 나오지 않기로 하셨다. 그 대신, 여관에 있는 잘 아는 심부름꾼더러 나를 배웅하도록 당부하셨다. 그것도 서너 번씩이나 신신당부하셨다. 그러나 막상 내가 떠날 무렵이 되자, 도저히 안심이 안 되시는지 자꾸만 머뭇거리셨다. 사실 그때, 내 나이 스물이나 되었고, 또 베이징에도 벌써 두어 차례나 왕래했던 터라, 아버지께서 그토록 염려하실 것은 없었다. 그런데도 아버지께선 결국 볼일을 제쳐놓으시고 친히 나를 배웅하기로 결정하셨다. 몇 번이나 그러실 것 없다고 사뢰어도, "아니야, 그까짓 놈들이 무얼 해!" 하시며 따라나오셨던 것이다.

우리는 강을 건너서 역으로 들어갔다. 내가 차표를 사는 동안, 아버지께선 짐을 지키고 계셨다. 짐을 옮길 때에는, 좀 많아서 역부들에게 돈푼이라도 쥐어줘야 했다. 그래서 아버지께선 역부들과 한바탕 홍정을 벌이셨다. 그런데 닳아빠진 그들과 흥정을 하시는 아버지의 말씀이 아무래도 촌스러우셔서, 내가 참견을 했다. 결국 아버지의 고집대로 흥정이 떨어지자 역부들은 짐을 실었고, 나는 기차에 올랐다.

아버지께서도 차 안까지 올라오셔서 차창 쪽으로 자리를 잡아주셨다. 나는 그 위에다, 아버지께서 사주신 자주색 외투를 깔았다. 아버지께선, 짐을 조심하고 감기 안 들게 주의하라고 말씀하셨다. 그리고 판매원을 붙드시고는, 나를 잘 보살펴달라고 연방 허리를 굽히며 당부하셨다. 나는 속으로, 세상 물정에 어두우신 아버지의 순박하심을 비웃었다. 그들은 겨우 돈이나 아는 사람들, 왜 그렇게 쓸데없는 부탁을 하실까? 그리고 한편으로는, 나도 나이 스물인데, 설마 내 일 하나 처리하지 못할까 하는 생각도 했다.

"아버지, 인제 들어가셔요."

내가 이렇게 말하니까, 아버지께선 창밖을 지켜보며 무슨 생각에 잠기셨다가는, "얘, 귤이나 몇 개 사올 테니, 여기 가만히 앉아 있거라" 하고 말씀하셨다.

플랫폼 저쪽 울타리 밖에, 물건 파는 사람들 서넛이 손님을 기다리고 있었다. 그런데 그리로 가려면 이쪽 플랫폼에서 뛰어내려 철로를 건너고, 다시 저쪽 플랫폼의 벽을 기어올라야 했다. 그것은 뚱뚱하신 아버지로선 여간 힘드신 일이 아니었다. 마땅히 내가 가야 할 걸 한사코 당신께서 가시겠다고 하시니, 어쩔 수 없었다.

까만 천으로 된 둥근 모자를 쓰시고, 까만 마고자에 진한 쪽빛 무명 두루마기를 입으신 아버지께선 좀 기우뚱하셨지만, 조심스럽게 허리를 굽히고 플랫폼을 내려가셨다. 그러나 철로를 건너서 저쪽 플랫폼의 벽을 기어오르실 때의 모습은 여간 힘들어 보이는 게 아니었다. 아버지께서 두 손을 플랫폼 위 시멘트 바닥에 붙이고 두 다리를 비비적거리며 위쪽으로 발버둥쳐 올라가시다 순간적으로 왼쪽으로 기우뚱하실 때, 아, 이 아들의 손엔 땀이 흥건했다.

나는 그때 아버지의 뒷모습을 본 것이다. 나도 모르게 뺨을 적시는 뜨거운 것이 있었다. 나는 얼른 그것을 닦았다. 아버지께 들킬까 봐, 그리고 남이 볼까 봐 두려워서였다.

내가 다시 창 밖으로 눈을 돌렸을 때, 아버지께선 빨간 귤을 한아름 안고 이쪽으로 오고 계셨다. 이번에는 우선 귤을 플랫폼 위에 놓고, 조심조심 플랫폼을 기어 내려와서, 다시 그 귤을 안고 철로를 건너 오셨다. 나는 밖으로 나가서 아버지를 부축해드렸다. 아버지께선 차 안으로 올라와 그 귤을 내 외투 위에 쏟고는 소매에 묻은 흙을 털면서, 그때서야 한시름을 놓는 듯 숨을 내쉬셨다. 그리고 곧 밖으로 나가면서, "나, 이만 간다. 도착하면 곧 편지하여라" 하고 말씀하셨다. 나는 뒤따라 나갔다. 아버지께선 승강구를 내려서 몇 걸음 걸으시더니, 다시 뒤를 돌아보시며, "들어가라. 아무도 없는데……" 하고 말씀하셨다. 아버지의 뒷모습이 인파에 묻히자, 나는 자리로 돌아왔다. 눈물이 또 한 번 쏟아졌다.

(중략)

어느 날인가, 나는 베이징에서 아버지의 편지를 받은 일이 있었다.

"늙은 몸이지만, 그런대로 지낸다. 다만, 어깻죽지가 무거워 젓가락을 들거나 붓을 잡기에 불편하구나. 아마 갈 날도 머지않은 모양이다."

여기까지 읽었을 때, 왈칵 솟은 나의 눈물방울엔, 마고자에 그 쪽빛 두루마기를 입으신 아버지의 뒷모습이 굴절되고 있었다. 아, 다시 뵐 날은…….

— 주쯔칭, 「아버지의 뒷모습」 중에서

우리는 대개 부모님의 사랑이 무엇인지 모르고 자라서 부모가 된 그때서야 비로소 부모님의 마음이 어떠했을지에 대해 알게 되는 때가 많습니다. 그러나 이청준의 「눈길」이나 주쯔칭의 수필을 읽다 보면, 부모님의 마음속 깊은 곳에 담겨 있는 자식에 대한 애틋한 사랑과 부모님에게 못다한 자식의 도리를 돌이켜보게 되지요. 이 두 작품은 모두 우리들에게 부모님의 무한한 사랑을 느끼게 해줍니다.

침몰선

어느 날 문득 가슴 안에 들어온 마을 앞바다,
녹슨 침몰선을 통해서 소년이 배워가는
삶의 고단하고 따분한 의미들.

감상의 길잡이

“수진은 바다 이야기밖에 할 줄 모르나 봐”

침몰선과 함께한 바닷가 소년의 치열한 성장기

침몰선이란 ‘물 속에 가라앉아 있는 배’라는 뜻이지요. 그런데 이 소설에서 침몰선은 그런 단순한 의미가 아닌 상징적인 의미를 지니고 있습니다. 왜냐하면 소설 속 주인공이 침몰선에 대해 끊임없이 호기심을 가지고 나름대로 그것의 의미를 해석해가는 과정에서, 자기도 모르게 내적인 성숙을 경험하게 되기 때문입니다. 이런 소설을 우리는 흔히 성장소설이라고 부릅니다. 성장소설이란 미성숙한 어린 주인공이 일련의 경험과 시련을 통해 어른들의 세계로 편입되어 가는 과정을 그리는 소설을 말합니다. 대표적인 작품으로는 헤르만 헤세의 「데미안」, 차오원쉬엔의 「빨간 기와」, 황순원의 「별」, 하근찬의 「흰종이 수염」 등이 있습니다.

이 소설에는 별다른 사건이나 대사가 나타나지 않습니다. 처음부터 끝까지 침몰선에 관한 이야기가 나오지요. 그러나 주인공은 이 배에 대해 많은 의미를 부여합니다. 주변 사람들의 배에 대한 평가와 자신의 마음속에 자라나고 있는 상상력으로 그 배에 대한 아름다운 환상을 키워가면서, 침몰선은 소년 자신의 삶에서 가장 중요한 존재로 자리잡게 됩니다. 특히 사춘기에 접어든 소년에게는 그것이 어른들의 삶을 받아들이는 계기가 되기도 하고, 이성 친구와 가까이할 수 있게 만드는 동기가 되기도 합니다. 또한 전쟁으로 인해 마을 사람들이 떠나고 타지에 살던 사람들이 들어오면서 모두들 그 배에 대해 한마디씩 하는 것을 들으면서 마을에만 오래 머물러 살던 소년은 또 다른 삶을 이해하는 방식을 배웁니다.

그런데 아쉽게도 그런 어린 시절을 보낸 젊은이인 '수진'(자라면서 불리는 이름도 '진'에서 '수진'으로 바뀌지요)이 알게 된 세상은 그다지 밝게만 보이지는 않은 것 같습니다. 현실이라는 것이 이제는 아름다운 환상이 아니라 수많은 좌절과 슬픔이 녹아들어가 있다는 것을 알게 된 것이지요. 게다가 구체적으로 나타나 있지는 않지만, 전쟁으로 인해 많은 사람이 죽고 다치는 과정을 보면서 어른이 되어가는 주인공은 자신의 삶 역시 바다를 향해 떠나가지 못하는 침몰선과 조금씩 비슷해지고 있다는 것을 느꼈을지도 모릅니다.

이 소설을 통해 주인공이 자라면서 점점 어떻게 변화하고 있는지를, 세상에 어떻게 눈뜨게 되는가를 살펴보도록 합시다.

침몰선

어느 가을날 오후, 진소년은 처음으로 마을 앞바다의 침몰선(沈沒船)을 보았다. 아니 침몰선은 훨씬 이전부터 거기 있었을 것이다. 그러나 소년은 그것을 마음에 두어본 일이 없었다. 소년은 그가 태어난 일을 전혀 기억할 수 없듯이 그 침몰선이 언제부터 거기 있었는지를 기억해낼 수 없었다. 그것은 그냥 바다의 한 부분으로 거기 있었다. 그러니까 그 침몰선에 대한 소년의 가장 오랜 기억은 그 가을날 오후의 일이었다. 뜰 앞 감나무 가지에 올라앉아 막 단풍이 들기 시작한 잎새들 사이로 한나절 바다를 내다보던 소년의 사념 속으로 문득 그 침몰선의 모습이 들어왔던 것이다.

그때 침몰선은 차오르는 밀물을 타고 금방이라도 닻을 올리고 떠나갈 듯이 출렁거리며 떠오르고 있는 것처럼 보였다. 그날부터 진소년에게 침몰선은 바다의 한 부분이 아니었다. 이제 소년은 그 배에 관한 나이 먹은 마을 사람이나 아이들의 이야기에 귀를 기울이기 시작했다. 실상 그때까지도 소년은 그 배가 영영 다시 바다로 나가지 못하게 된 침몰선이라는 것을 모르고 있었다. 마을 가운데의 우물처럼 또는 동구 밖의 정자나무처럼 그 배는 으레 거기 있는 것이려니 여긴 진소년이 배가 거기에 언제나 머물러 있는 것을 이상히 여길 까닭은 없었다. 언제고 배는 바다로 나가야 한다는 것을 알게 된 것은 소년이 마을 사람들로부터 훨씬 더 많은 이야기를 들은 다음이었다. 이 남쪽 바닷가까지 난리를 밀고 온 못된 사람들이 흐지부지 자취를 감추어갈 무렵의 어느 날 밤, 바다를 뒤흔드는 요란한 진동 소리가 들리더니 아침에 일어나 보니 앞바다 멀찌감치에 집더미 같은 배가 한 척 버티고 있더라 하였다. 그 배는 곧 다시 쿵쿵거리며 넓은 바다로 떠나갈 것처럼 머리 쪽을 반쯤 밖으로 돌리고 있었는데, 웬일인지 그날 해가 저물어도 떠나갈 기척이 없더라는 것이었다. 다음 날도 그 다음 날도 배는 여전히 떠나가지를 않았다. 드디어 사리가 되어 썰물이 멀리까지 나간 다음에야 마을에서는 그 배가 개펄에 얹혀버린 것을 알게 되었다고 했다. 배에는 사람이 있는 것도 같고 없는 것도 같았지만, 사람들은 두려워서 그 침몰선 부근엔 아무도 가보려고 하질 않았는데, 이제는 국군이 다시 돌아왔어도 마을에서들은 역시 그 배의 근처는 지나가는 것조차도 싫어하고 있었다. 그러면서도 사람들은 배에 관해서 이러쿵저러쿵 제각기 아는 체들을 했다. 그리고 언젠가는 그 침몰선이 물을 타고 바다로 나가게 될 거라고들 하였다. 그 배에 관한 말들은 하도 가지가지여서 진소년은 어느 것이 진짜고 가짜인지를 알 수가 없었지만, 그중에서 한 가지 배가 언제고 다시 떠나가리라는 것만은 아마 정말일 거라고 생각했다. 침몰선이 완전히 뻘등 위로 거멓게 모습을 드러내 보일 때는 그렇지도 않았지만, 저녁노을에 붉게 물들거나 햇빛을 받고 은빛으로 선체를 빛내며 밀물에 잠겨들 때에는, 그날 처음 감나무 잎새 사이로 배를 보았을 때처럼 선체가 금방 고동을 울리며 뱃길을 떠나가려고 하는 것 같았다. 마을 앞 포구[1]로 이어진 허연 물줄기의 띠를 타고 올라오려는 것 같기도 하고 또는 지금 막 망망대해로 나가려는 것처럼 보이기도 한 그 반쯤 돌린 뱃머리가 더욱 그런 느낌을 갖게 했다.

겨울이 되었다. 푸르게 빛나던 바다는 강철처럼 검고 차갑게 변했다. 침몰선이 아직도 그 강철처럼 검고 차가운 바닷물에 잠겨 있었다. 햇빛이 좋은 날은 그 선체가 검은 바닷물 위에서 더욱 눈부셨다. 그러나 진 소년은 이제 마을 사람들이 그 배에 관해서 이야기하는 것을 별로 들을 수가 없었다. 사람들은 이제 그 배가 다시는 뱃길을 떠날 수 없을 거라고 생각해버리게 된 것 같았다. 소년은 안타까웠다.

"저 배는 언제 떠나갈까요?"

소년이 안타까워 물으면 사람들은 으레,

"흥, 배? 쯧쯧. 아직 배를 생각하고 있구나 넌."

터무니없이 그를 딱해하거나,

"내버려둬. 갈 테면 가겠지."

관심도 없이 화가 난 사람처럼 아무렇게나 내뱉곤 하였다. 그러나 소년은 그 배에서 생각을 돌릴 수가 없었다. 실끈에 발목을 묶인 작은 새처럼 안타까워지기도 했고, 어떤 때는 막상 배가 떠나버린 뒤의 휑한 바

1) 포구(浦口) 배가 드나드는 개(바닷물이 드나드는 곳)의 어귀.

다를 생각하며 은근히 맘속이 허전해지기도 했다. 그런 때 소년은 으레 까마득한 상상의 날개를 타고 혼자 그 바다를 건너가곤 했다.

그렇게 소년은 하루도 배를 생각하지 않은 날이 없었다. 하루도 그 배를 바라보며 그 이상한 슬픔 같은 것을 맛보지 않은 날이 없었다.

한데 그해 땡겨울이 되자 마을에는 이상한 일이 일어나고 있었다. 지금까진 그래도 배에 대해 조금씩 얘기를 해오던 나이 먹은 청년들이 한 사람 한 사람씩 마을을 떠나갔고, 대신 소년이 상상할 수도 없는 먼 곳으로부터 낯선 사람들이 새로 마을로 들어왔다. 그것은 진짜 전쟁이 시작되었기 때문이라 하였다. 새로 마을로 온 사람들은 여자도 있었고 남자도 있었다. 늙은 노인네나 귀여운 계집아이도 있었다. 그들은 모두 조그만 보퉁이 하나씩을 메고 마을로 들어왔으며, 말소리가 이상했다. 어디서 왔느냐고 물으면 이들은 한결같이 그 이상한 말소리로 "옹진!"이라고만 말하고 성난 사람처럼 입을 다물어버렸는데, 진소년은 그 이상한 말소리로 보아 옹진이 무척은 먼 곳일 거라고 생각되곤 했다. 진소년은 처음 그 낯설고 공연히 성이 나 있는 것 같은 사람들이 까닭 없이 두려웠다.

그러나 그는 오래잖아 금방 그 사람들을 좋아하게 되고 말았다. 이제 마을에는 앞바다의 배에 대해 말하려는 사람이 하나도 없어졌는데, 뜻밖에도 그 새로 온 사람들이 소년에게 그 배 이야기를 시작했기 때문이다.

그들은 배에 관해 모든 것을 귀신처럼 샅샅이 알고 있었다. 소년이 묻는 것이면 무엇이든지 서슴없이 설명을 해주었다. 게다가 무서운 전쟁 이야기며 배가 고파 죽은 사람들과 눈보라를 뚫고 달리는 기차 등등 소년이 생각할 수도 없는 많은 이야기를 들려주었다. 그러나 무엇보다 소년이 재미있어 한 것은 배의 이야기였다. 그 배는 5백 명의 사람을 한꺼번에 실을 수 있으며, 날아가는 비행기도 떨어뜨릴 만큼 굉장한 대포를 가지고 있을 거라고 했다. 그리고 만약 그 배가 마을 앞바다로 왔을 때 아직도 그 나쁜 군대가 도망을 치지 않고 있었더라면, 이 마을은 필시 불바다가 되었을 것이라고 짐짓 치를 떠는 시늉까지 해보였다. 진소년은 그 이야기를 들으려고 언제나 그들이 잘 모여 앉아 있는 집 뒤의 정자나무 아래 양지바른 곳으로 갔다. 그곳에서는 바다가 잘 내려다보였고, 새로 온 사람들은 늘 거기에 모여 앉아 침몰선에 관한 이야기를 하였다. 그리고 소년이 알 수 없는 멀고 먼 그들의 고향 옹진에 대해서 이야기했다. 그러나 그들이 거기 모여 있다고 언제나 이야기를 하고 있는 것은 아니었다. 그들은 오히려 성난 사람처럼 뚱하니 바다만 내려다보고 있을 때가 더 많았다. 그러나 소년은 이제 그러는 그들을 두려워하지 않았다.

"우리 마을 앞에도 저렇게 바다가 있었지."

가끔 혼잣말처럼 그 사람들은 누구나 그런 말을 했고, 그럴 때 그들은 가만히 혼자 한숨을 내쉬곤 했다. 뭔가 무척도 슬픈 일을 생각하고 있는 것처럼.

봄이 되었다.

아직도 침몰선은 떠나가지 않았지만 마을에는 다시 아무도 그 배에 대해 이야기를 하는 사람이 없었다. 처음부터 그 배에 대해 아는 체를 하던 사람들은 마을을 떠나가버렸거나 싫증이 난 듯했고, 새로 온 사람들도 겨울 동안 이야기를 다 해버린 탓인지 이젠 더 이상 그 배 이야기를 하려지 않았다. 그러나 진소년은 아직도 그 배를 잊지 않고 있었다. 배가 영영 거기 가라앉아 삭아 없어지리라고는 생각도 할 수 없었다. 언제고 배는 떠나가고 말 것이다. 아직도 밀물에 잠겨드는 배를 보면 방금 닻을 걷어올리며 출렁거리고 있는 것처럼 보였다. 그런 소년의 생각을 아무도 믿어주지 않고 배 같은 건 아무래도 좋다고 여기는 듯한 사람들이 원망스러울 뿐이었다. 그래서 조금씩 얼굴이 부석부석 부어오르기 시작한 그 옹진 사람들을 보고도 진소년은 그들이 이젠 그 배 이야기를 잊어버린 탓에 그러는 것이려니 생각했다. 원망기 어린 소년의 허물에는 그 사람들도 정말 그렇기나 하듯이 누렇게 뜬 얼굴에 힘없는 웃음을 띠며 머리들을 끄덕였다. 그러나 끝내 배의 이야기를 다시 하려고 하지는 않았다. 이제는 그 정자나무 아래 함께 모여 앉아 지내는 일도 없었다. 나무 막대기 끝에다 쇠못을 송곳처럼 뾰족하게 깎아 박아가지곤 들논이나 개울가 같은 곳으로 개구리를 잡으러 다녔다. 그리고 그렇게 잡아온 개구리를 진이네가 바다에서 잡아온 전어 따위를 그렇게 하듯이 구워 먹거나 솥에 끓여 먹었다. 개구리를 잡아다 구워 먹는 것은 전에도 마을에서 가끔 있어온 일이었다. 아이들이 개구리를 잡아다 창자를 꺼내 버리고 껍질도 벗기고 해서 불에 구워 먹었다. 그 익은 고기가 닭고기처럼 하얗고 깨끗했다. 그것을 진이더러 먹어보라고 내미는 아이도 있었다. 그러나 진소년은 그걸 먹지 않았었다. 언젠가 형 준이가 그것을 조금 먹어보고 자랑을 했다가 아버지에게 된통 야단을 맞은 일이 있었다. 아버지는 그것을 닭들에게 잡아다 주는 것도 못하게 했다. 개구리를 먹는 놈은 사람이나 닭이나 죽어서 뱀이 된다는 거였다.

그런데 그 옹진 사람들은 그것을 예사로, 더욱이 국을 끓이듯이 솥에

다 넣어 끓여 먹었다. 개구리를 잡는 것도 그냥 마구잡이로 덮치는 게 아니라 그 쇠꼬챙이로 등을 콕콕 찍어 잡았다. 그 짓을 아주 선수처럼 잘했다. 때론 그 꼬챙이질로 뱀까지 찍어 올렸다. 보지는 못했지만, 그 사람들은 뱀도 집히는 대로 먹어치운다 하였다. 진소년은 치를 떨었다. 다시는 그 사람들에게 배의 이야기를 조르지 않았다. 그가 정자나무 아래로 가서 배를 내려다볼 때 소년은 오히려 그 사람들이 그곳으로 올까 봐 두려워지기까지 하였다.

그러자 마을에는 또 한 가지 새로운 일이 생겼다. 어느 날 마을에는 먼저 왔던 사람들과 비슷한 사람들이 또 한꺼번에 떼지어 밀려 들어왔는데, 이번에 온 사람들은 모두가 남자들이었고, 그것도 나이를 꽤 먹은 사람들뿐이었다. 옹진에서 온 사람은 많지가 않았고, 그보다 더 멀리 알 수 없는 곳에서 온 사람들이었다.

그 사람들은 그 배를 보고도 별로 신기해할 줄을 몰랐다. 그렇다고 성난 것 같은 얼굴을 하지도 않았다. 우락부락 술을 먹고 첫날부터 마을 골목들을 개처럼 마구 짖고 돌아다녔다. 그러다 며칠이 되지 않아 작자들은 모두 바닷가로 내려가 투덕투덕 움막 같은 집을 짓기 시작했다. 그 사람들은 그 바닷가에서 새로 일을 시작하러 온 것이라고 했다. 마을 앞바다에는 일본 사람들이 쌓다 말고 쫓겨갔다는 긴 제방이 뻗어 있었다. 그것은, 마을 양쪽으로 바다를 껴안듯 뻗어내린 뫳부리에서 서로 바다 가운데를 향해 마주보고 쌓아가다가, 물길이 제일 먼저 드나드는 깊은 포구 근방에서 멈춰지고 말았는데, 태풍이 불 때마다 성난 파도가 밀려들어 허술한 곳을 군데군데 끊어놓고 있었다. 돈 많은 근처 사람이 그 바다를 막는 일을 끝내서 넓은 논을 한꺼번에 만들고 싶어했지만, 그때마다 바다가 화를 내어 가만히 내버려두지를 않았다고 했다. 그래 그 둑이 끊어진 곳에는 그때마다 새로 커다란 웅덩이가 생겨 동네 아이들의 낚시터가 되어주곤 하였다.

진소년은 물론 일본 사람을 본 일이 없었다. 그래서 그에게는 제방 또한 처음부터 그렇게 되어 있는 바다의 한 부분이었다. 그런데 이번에 새로 마을로 들어온 사람들이 그 제방을 잇는 일을 한다는 것이었다. 바닷물이 다시 안으로 들어오지 못하게 하고, 둑이 다시 끊어지지 않게 높고 튼튼하게 쌓는다는 것이었다.

마을에서는 아무도 그 일을 옳다고 하지 않았다. 아무리 해도 그 둑은 다시 끊어지게 마련이며 그 사람들도 나중에는 지쳐 떨어져 이곳을 떠나게 되고 말 것이라고 했다. 나이 먹은 어른들이 더 그랬다.

그러나 며칠이 더 지나자 정말 흙차가 짜여지고 도깨비처럼 음침한 판잣집 속에 녹슬어 있던 선로들이 조금씩 그 둑으로 깔려나갔다. 그리곤 드디어 흙을 파내고 흙차들이 구르릉구르릉 소리를 내며 흙을 실어 날라다 부었다. 돌산을 화약으로 깎아내어 실어내기도 했다. 개구리를 잡으러 다니던 옹진 사람들도 그 일터로 가서 흙차를 밀고 흙과 돌을 파내는 일을 했다. 마을 사람들마저 한 사람씩 그 공사판으로 내려가서 일을 해주고 밀가루를 얻어왔다.

일판은 마을에서 조금 더 내려간 바닷가였지만, 그 일이 시작된 뒤로 마을은 굉장히 어수선해진 것 같았다.

침몰선은 여전히 물속으로 잠겼다 솟았다 하고 있었다. 그리고 그 배는 아직도 진소년에게 마을의 어떤 일보다도, 온통 마을을 어수선하게 한 그 공사판의 일보다도 더 중요한 것으로 남아 있었다. 어느 땐가는 그 배가 다시 기운을 차려 그곳을 떠나가리라고 믿고 있었다.

진달래가 붉은빛을 바래기 시작할 무렵 마을에는 또 한 가지 소동이 일어났다. 제일 먼저 마을을 떠나갔던 청년이 씩씩한 옷차림으로 총을 메고 마을로 돌아온 것이다. 그는 그림에서 본 국군이 되어 왔는데, 철모를 쓴 모습이 사람까지 아주 달라진 것같이 보였다. 마을 사람들은 누구든지 그를 붙들고 반겼다. 청년의 어깨를 흔들며 우는 여자도 있었다. 진소년은 그가 맨 처음 마을로 들어올 때부터 그의 뒤를 따라다니며 그가 집 식구들과 반갑게 만나는 것까지 모두 보았는데, 그때 그 집 식구들은 신발도 신지 못한 채 마당으로 뛰어나와선 넋이 빠진 듯 말도 못하고 있었다.

그런데 청년은 그렇게 당당한 모습과는 반대로 누구에게나 상냥하고 친절하고 자상했다. 고생이 얼마나 많았느냐는 노인네들의 위로 말에도 그는 뭘요, 저야 어떻습니까? 고향에 계신 분들이 외려 지내기가 어려우셨겠지요, 하며 웃었고, 가끔 생각난 듯이 진이 같은 또래의 아이들에게는 캐러멜과 퍼석퍼석한 밀가루 과자를 봉지에서 꺼내 나누어주기도 했다. 그야 말은 하지 않고 있었지만, 청년이 돌아온 것을 반가워한 것은 물론 진소년도 마찬가지였다. 무엇보다 그에겐 다시 배를 이야기할 사람이 돌아온 것이었다.

그는 배를 싫어하기 전에 마을을 떠나갔으니까 필시 그 배 이야기를 다시 시작할 것이라고 믿었다. 그러나 한편으론 불안하기도 했다. 배 같은 것은 벌써 잊어버렸는지도 모르기 때문이었다. 진은 가슴을 조이며 청년의 거동을 하나하나 살펴보았다. 잊어버리고 있는 것 같기도 했고, 배 이야기는 나중에 둘이서만 하자고 더러 눈짓을 해주는 것 같기도 했다.

다음 날에야 진소년은 비로소 청년의 마음속을 알아내었다. 그러나 그것은 소년을 절반쯤 실망시키는 것이었다. 아침 일찍 옷을 바꿔 입고 정자나무 아래로 나온 청년을 아이들이 둘러싸고 앉아 이야기를 들었다. 어른들 앞에서는 뭘요, 뭘요, 하면서 괜히 부끄러워하고 겸손해하기만 하던 청년이 아이들에게 둘러싸여서는 사람이 달라진 듯 의기양양 이야기에 신이 났다. 그토록 자랑스런 청년의 이야기는 다름 아닌 바로 그 자신이 싸움터에서 직접 겪고 온 전쟁 이야기였다. 캄캄한 밤중에 맞붙어 싸움을 할 때는 먼저 머리를 만져보고 민둥머리는 모조리 칼로 찔러 죽였다는 이야기며, 어떤 날 밤에는 '우리 편' 30명이 싸움을 시작했다가 청년과 다른 한 사람 단둘이만 살아남았다는 이야기 등등, 청년의 자랑은 끝이 없었다. 그러나 청년이 가장 신이 난 것은 그가 적의 탱크로 다가가서 슬쩍 차 위로 뛰어올라가 그 탱크의 뚜껑 안으로 수류탄을 집어넣어 주었다는 이야기를 할 때였다. 대개 진이보다 조금씩 더 나이를 먹은 아이들은 숨을 죽이며 청년의 이야기를 듣고 있었다. 그러나 아직도 진소년은 뭔가를 초조하게 기다리고 있었다. 청년의 이야기가 너무 끔찍스러워 그런 이야기는 이제 그만 끝을 내주었으면 싶었다. 그러나 청년은 아직도 이야기가 끝이 없는 것 같았다.

"늬들이."

그러면서 청년은 가끔씩 아이들을 휘둘러보고는 또 다른 이야기를 시작하곤 하였다. 나중에는 비행기며 커다란 군함에 관한 이야기까지 하였다. 그는 전쟁에 대해서는 모르는 것이 없었다. 비행기도 타보고 배도 타본 사람처럼 전쟁 이야기는 무엇이나 막히는 것이 없었다. 특히 배에서 대포를 쏘아대는 이야기는 아이들을 온통 흥분으로 얼굴이 벌겋게 만들었다.

"하지만 저 배도 이 마을을 불바다로 만들 수 있었대요. 한꺼번에 5백 명이나 되는 많은 사람을 태울 수 있으니까요."

한쪽에서 조마조마 듣고만 있던 진소년이 드디어 앞바다에 우두커니 머물러 있는 침몰선을 가리키며 한마디 말참견을 하고 나섰다. 소년의 말은 조금 엉뚱했지만 모처럼 결심을 하고 내놓은 소리였다. 청년이 조금 비위가 상한 듯 소년을 흘끗 돌아다보았다. 소년은 그 눈길에 큰 잘못을 저지른 것처럼 목을 움츠렸다. 그러나 다행히도 청년은 그다지 기분이 나빠진 것 같지는 않았다.

"음, 참 저 배가 아직도 저기 있었군. 그런데 누가 그런 바보 같은 소릴 해. 저건 그냥 수송선이야. 대포 같은 건 없어. 게다가 사람도 많이 실을 수 없는 조무래기 배지."

그는 진에게 그 배를 잘못 말해준 사람을 비웃으면서 자신 있게 말했다. 진은 청년이 그러고 나서 금세 그 배를 무시해버린 채 또 다른 전쟁터의 이야기를 시작하자 슬그머니 일어서서 집으로 돌아오고 말았다.

그의 얼굴은 수심에 싸여 있었다. 청년도 방금 그의 말투로 봐서 지금까지 배를 잊어버리고 있었음이 분명했다. 아니, 그보다도 그 배는 정말로 대포도 없고 사람도 조금밖에 실을 수 없는 새끼 배일까.

소년은 집으로 오자마자 아직 앙상하게 가지만 하늘로 쳐들고 있는 감나무로 올라가 바다를 내려다보았다. 그러자 소년은 이번에야말로 정말로 실망을 하고 말았다. 지금까지 그렇게 크고 당당하던 배의 모습이 어느새 조그맣게 변해 있었다. 배는 물 속에서 겨우 머리만 내놓은 작은 나무토막처럼 보잘것이 없었다. 대포도 없고 사람도 많이 태울 수가 없다던 청년의 말이 맞을 것만 같았다. 그런 소년의 깊은 절망을 위로해준 것은 다행히도 아직 그 배가 언제나처럼 금방 다시 떠나갈 듯이 바닷물에 천천히 출렁이고 있는 모습이었다.

며칠 뒤에 청년은 그가 마을로 돌아올 때와 같은 푸른 제복을 입고 다시 마을을 떠나갔다. 마을 사람들이 동구 앞까지 따라나가 그가 떠나가는 것을 바래다주었고, 그중 몇 사람은 버스가 닿는 장거리까지 따라갔다 왔다. 그러자 며칠이 지나 또 마을을 떠나갔던 청년 하나가 먼젓번 청년과 똑같은 옷차림을 하고 마을로 돌아왔다. 마을 사람들은 이번에도 먼젓번처럼 청년을 반겨 맞아주었고, 청년은 또 먼젓번 청년이 어떻게 했는지를 알고나 있듯이 그가 했던 대로 뭘요, 뭘요, 고향에 남아 있는 사람들이 더 고생이지요, 하며 부끄러운 듯이 말했고, 아이들에게는 캐러멜과 밀가루 과자를 나누어주었다. 다른 것은 다만 그보다 먼저 누가 마을을 다녀갔다는 말을 듣고는 "자식이!" 하면서 한 번 씩 웃어 보이는 것으로 그가 제일 먼저 마을로 돌아온 사람이 되지 못한 것을 잠시 섭섭해한 것뿐이었다.

그는 다음 날 옷을 갈아입고 아침 일찍 정자나무 아래로 나와 먼젓번 청년처럼 전쟁 이야기를 신나게 했으며, 그 이야기도 또한 먼젓번 청년과 비슷한 것들이었다. 아이들은 물론 그것을 열심히 다시 들었다. 그러나 진이는 모든 것이 너무 똑같다고 생각했다. 처음 번도 그랬지만 이번에는 그런 이야기들이 더욱 마음에 들지 않았다. 그러나 그 배에 대해선 그도 다시 말하지 않을 수 없었다.

"하지만 저렇게 작은 새끼 배에는 대포도 없고 사람도 많이 실을 수 없지요?"

그러자 청년은 또 먼젓번 청년처럼 조금 속이 상한 듯 진소년을 쳐다보았고, 그러나 역시 기분이 나쁘지는 않은 듯,

"음, 참 저 배가 아직도 저기 있었군."

약속이나 한 듯 같은 말을 하더니, 뒤이어 모처럼 먼젓번과 아주 다른 말을 했다.

"하지만 저 배에도 아마 비행기가 내릴 수 있을걸. 여기선 저렇게 조그맣게 보여도 실제론 굉장히 큰 배거든. 물론 대포도 있을 수 있구. 그 대포는 비행기도 파리처럼 떨어뜨릴 수 있는 거지."

며칠이 지나자 그 청년도 다시 마을을 떠나갔다. 물론 먼젓번 청년과 똑같이 온 마을 사람들의 배웅을 받으면서.

두 번째 청년이 다녀간 뒤로 배는 다시 옛날의 그 당당하고 거대한 모습으로 변해 있었다. 정말 5백 명의 사람이라도 한꺼번에 실을 수 있을 것처럼 배는 물 위로 우뚝 솟아올라 있었으며, 삐죽삐죽 수많은 대포들이 걸려 있는 것 같았다.

소년은 이제 다시 날마다 그 감나무 가지에 올라앉아 바다를 내려다보며 깊은 생각에 잠겨드는 일이 많았다.

누구도 그 배가 다시 떠나갈 것이라고는 말하지 않았다. 이젠 그 배를 상당히 가까이까지 가서 보고 온 마을 사람들이 있었지만, 그 사람들도 배가 다시 떠날 것이라고는 말하지 않았다. 배에 관해서 자신 있게 단언하고 간 그 두 청년도 그것은 마찬가지였다. 하지만 진소년 스스로는 그렇게 생각하지 않고 있는 자신을 이상하게 생각한 일이 없었다. 그의 생

각대로 그 배가 아직도 떠나가지 않고 있는 것이 소년은 오히려 이상스러웠다. 그리고 그를 가끔 깊은 생각에 빠지게 한 것은 그 배에 관해서 확실하게 알고 있는 사람이 아무도 없을지 모른다는 것과, 또 그 모습이 늘 달라지고 있다는 것이었다.

그러는 사이에 세 번째 청년이 마을로 돌아왔다. 그 역시 전쟁 이야기를 신나게 했고, 마지막으로는 배에 관해서도 이야기를 했다. 그런데 이번에는 청년이 다시 그 배가 형편없이 작은 것이라고 말했으며, 거기 따라 정말로 그의 말처럼 배가 또 형편없이 작아져버리고 있었다.

소년은 이제 정말로 정신을 차릴 수가 없게 되어버렸다. 날마다 감나무 가지 위로 올라가 생각에 잠겼지만 시원한 해답이 떠오르질 않았다.

청년들은 계속해서 마을로 돌아왔다가 며칠이 지나면 또 마을을 떠나가곤 했다. 소년은 새로운 사람이 올 때마다 정자나무 아래로 가서 그 사람의 배에 관한 설명을 들었다. 그들은 모두 자신 있게 말했다. 그러나 누구도 배에 관해서 확실한 것을 알고 있는 사람은 없는 것 같았다. 수송함이다, 전함이다, 아니 잠수함이 개펄에 얹힌 거다, 구축함의 한 종류다, 천만에 저건 경비정이다, 조그만 상륙용 주정일 뿐이다…….

그사이에 소년이 알 수도 없는 이름들이 수없이 나왔다. 그러나 그 이름들은 다음 사람이 오면 또 다른 것으로 바뀌게 마련이었다. 아니 어떤 때는 두 사람이 한꺼번에 맞부닥쳐와서는 서로 자기 생각을 우겨대는 때도 있었다.

싸움은 끝이 없을 것 같았다. 그러는 중에도 마을에서는 한 사람 한 사람씩 새로 마을을 떠나갔고, 새로 마을을 떠나간 사람들 중에는 전에 갔던 사람들보다 훨씬 나이를 더 먹었거나 덜 먹은 사람까지도 끼기 시작했다.

그런데 그 무렵 마을에는 지금까지의 어느 때보다도 사람들을 놀라게 한 소식이 한 가지 전해져왔다. 두 번째로 마을을 다녀간 청년이 영영 다시 돌아올 수 없게 된 일이었다.

마을에는 큰 소동이 벌어졌다. 청년의 집은 소식이 전해지자 순식간에 사람들로 꽉 들어찼고, 한쪽부터 울음바다가 되기 시작했다. 청년이 다시 돌아오지 못하게 되었다는 것은 조그만 상자를 흰 베로 목에다 걸어 안고 온 군인과 그를 따라온 총 멘 다른 군인 한 사람이 전한 소식이었다.

마을 사람들은 그 흰 상자로 청년의 조그만 무덤을 만들었다.

슬픈 소식은 그러나 그 한 번만으로 끝나지 않았다. 첫 번 일이 있은 얼마 뒤 똑같은 소식이 두 번째로 전해졌다. 이번에는 맨 첫 번째로 마을을 다녀간 청년이 돌아오지 못하게 된 것이다. 그리고 역시 조그만 상자를 흰 베끈으로 걸고 온 군인과 총 멘 군인이 상자와 함께 청년의 소식을 전하고 갔다.

그러고부터는 그런 소식이 꼬리를 물고 마을로 들어왔다. 나중엔 마을을 한 번 다녀간 사람만 그렇게 되는 것도 아니었다. 마을을 떠난 뒤 몇 달도 못 가서 그런 소식이 전해 오는 수도 있었다. 또 어떤 때는 그런 소식 대신 다리나 팔이 하나 없어진 모습으로 마을로 돌아오는 사람도 있었다. 그런 사람은 나무발을 짚거나 검은 안경을 쓰고는 마을을 다시 떠나지 않은 채 그 목발로 피난민들과 쓸데없는 싸움질이나 일삼고 다녔다. 그만큼 성미가 사납고 신경질적이었다.

그 무렵부터 마을로 돌아온 사람들 중에는 전쟁이고 배고 도대체 아무것도 말을 하고 싶어하지 않는 사람들이 있었다. 그런 사람들은 대개 정자나무 밑으로 나와 앉아서도 혼자서 깊은 생각에 잠기거나 멍하니 마을 앞바다를 내려다보며 자신의 턱만 쓸고 앉았다가 슬그머니 다시 마을을 떠나가버리곤 하였다. 그리고 그렇게 묵묵히 마을을 떠나간 사람들 중에서도 얼마 뒤엔 그 먼젓번 사람들처럼 슬픈 소식을 전해오는 수는 많았다. 그러나 대개 전쟁 이야기를 신나게 지껄이고 돌아간 사람일수록 슬픈 소식은 빠른 것 같았다. 이제 그 슬픈 소식은 흰 상자를 목에 건 군인들이 마을까지 가져오는 일이 없었다. 하지만 그걸 누가 가져오는지, 어떻게 해선지도 모르게 슬픈 소식은 며칠이 멀다 하고 마을로 들어왔다. 어떤 때는 그것을 우체부가 봉투 속에 가져오기도 했다. 한번 마을로 돌아와서는 다시 싸움터로 돌아갈 생각을 않고 내처 그냥 눌러 지내는 사람도 있었는데, 이제 그 군인들이 마을을 찾는 것은 그 사람을 데리러 올 때뿐이었다.

소년은 자꾸 더 깊은 생각 속으로 잠겨들어갔다. 그러나 그는 아직도 믿고 있었다. 그리고 참을성 있게 기다리고 있었다. 누군가 그 배에 관해 모든 것을 확실하게 알고 있는 사람이 나타나야 하였다.

그리고 오래지 않아 이번에는 정말로 그런 사람이 마을로 돌아왔다. 왜냐하면 그는 그 배에 관해 지금까지의 누구보다 훨씬 많은 것을 알고 있었으며, 게다가 그런 그의 설명을 믿을 수밖에 없는 것은 그가 바로 배를 타고 싸우다 돌아온 사람이기 때문이었다.

그는 마을로 들어올 때 다른 사람들처럼 풀색 옷을 입고 온 것이 아니었다. 그는 반쯤 까뒤집은 이상한 모양의 흰 모자에 옷은 또 가끔 소학교에 다니는 마을 계집애들이 입는 것과 같은, 등받이가 있고 팔목이 좁은 까만 저고리를 입고 있었다. 그것은 바로 바다에서 배를 타고 싸우는 사람들이 입는 옷이라 했는데, 영락없이 그 계집아이들의 옷을 흉내낸 것이었다. 그는 실상 전쟁이 시작되어 처음 청년들이 돌아왔을 때까지도 아직 마을에 있었고, 그 사람들의 이야기를 진소년과 같이 정자나무 아래서 들은 일도 있었다. 그러다간 자기 어머니가 말리는 것도 뿌리치고 기어이 고집대로 마을을 떠나갔던 '바람 든 망나니'였다. 그런데 그가 어느 누구보다 보기 좋은 모습으로, 그리고 바다에서 멋지게 싸우다 돌아온 것이었다.

뿐더러 그는 이제 다른 사람들은 차츰 시들해져가고 있는 전쟁 이야기를 다시 신나게 시작했고, 배에 관해서도 누구보다 자신 있게 말해주었다.

"그치들 땅굴 속에서 하늘만 쳐다보고 총이나 쏘다 와선……. 비행긴 뭐 하늘에 날아간 거나 구경했겠지. 주제에 웬 바다 구경까지? 괜히 아는 체들을 한단 말야!"

그는 어느새 말씨까지 달라져서 먼젓번 사람들을 우습게 멸시했다. 그리곤 뽐을 내며 자신이 탔던 배에 대한 이야기를 시작했다. ……그 배에는 정말로 비행기가 몇 대라도 운동장처럼 마음 놓고 앉을 수 있다고 했다. 대포는 물론 수없이 많으며, 사람을 한꺼번에 천 명을 싣는 것도 문제가 없다고 했다. 옛날 일본 사람들과 싸움을 했을 때에는 일본 비행기들이 그 배의 굴뚝 속으로 날아 들어와 배를 쾅 불태우려고 했지만 그래도 끄떡이 없었을 정도였다고. 파리 새끼처럼 자꾸 굴뚝으로 날아드는 비행기들 때문에 배는 그것을 녹여 삼키느라 기침 소리 같은 걸 토하는 게 귀찮았을 뿐이었다고.

그런저런 자랑 끝에 청년은 마침내 앞바다의 침몰선으로 이야기를 옮겨갔다. 청년도 물론 배 이야기를 할 땐 "음, 저 배가 아직 있었군" 하고 다른 청년들처럼 잠깐 놀라 보였지만, 그러나 그는 금방 다시 명랑해져서, 외려 자랑스럽게 설명을 시작했다. 그리고 그 이야기는 지금까지의 어느 것보다 가장 정확하고 공평한 듯했다. 침몰선은 한마디로 청년이 타고 싸운 배에 비해서는 형편없이 보잘것없는 아기 배에 불과하지만, 그러나 결코 먼젓사람들의 말처럼 그렇게 작은 배는 아니라고 단언했다.

그 배는 보통 바다를 지키는 일을 하기 때문에 비행기가 앉거나 사람을 엄청나게 많이 실을 수는 없겠지만, 그러나 대포나 총은 얼마든지 많을 것이며 어쩌면 갑판 한쪽에는 조그만 운동장까지 있을지 모른다고 했다. 그 운동장이란 말은 하여튼지 거기에 있던 아이들을 모두 놀라게 했다. 그리고 마지막으로 청년은 그 배가 저 혼자는 다시 바다로 나갈 수 없으며, 아마 언젠가는 다른 큰 배가 와서 넓은 바다로 끌고 나갈 것이지만, 지금은 모든 배들이 한창 전쟁에 바쁘기 때문에 한동안은 그럴 수가 없을 것이라고 했다.

그 청년도 며칠 뒤엔 다시 마을을 떠나갔다. 그리고 그 후로 청년은 다시 돌아오지 않았다. 그는 다른 사람처럼 나쁜 소식이 전해 온 것도 아닌데, 소식이고 사람이고 그에 대한 것은 아무것도 영영 마을로 돌아오는 것이 없었다.

하지만 그 청년의 이야기를 듣고 나서 진소년은 한동안 다시 마음이 가라앉았다. 그리고 침몰선도 지금까지 어느 때보다 조용하고 선명한 모습으로 물에 잠겨 있었다.

그러나 소년은 금방 다시 마음이 초조해지기 시작했다. 그것은 이제 배가 요술을 부리는 일 때문이 아니라, 어느 때고 그 배가 다른 배에게 끌려 마을 앞에서 갑자기 사라져버릴지도 모르기 때문이었다. 그는 무엇보다 배가 떠나가는 것을 보지 않으면 안 되었다. 그가 여태까지 기다려온 것도 그것이 떠나가는 것을 보기 위해서였다. 그런데 그 배는 그가 잠이 들고 있는 사이에, 또는 마음을 조금이라도 딴 곳에 뺏기고 있는 사이에 갑자기 사라져버릴 수 있었다. 그는 자주, 전보다 더 자주 감나무 가지로 올라가 배를 지켰다. 어떤 땐 거의 하루 종일을 감나무 위에서 지내는 날도 있었다.

그해 여름 진소년은, 2년씩이나 늦은 나이로 재 너머에 있는 초등학교에 입학을 했다.

그사이에도 그 마을 앞 둑 일은 쉬임 없이 날마다 계속되고 있었다. 낯선 사람들은 가끔 마을까지 올라와서 개처럼 골목을 쏘다니다 내려갔고, 어떤 때는 아예 밤을 새워가면서 무서운 싸움판을 벌이기도 했다. 물론 그 사람들은 대개 자기들끼리 싸웠지만, 가끔은 싸움의 상대가 마을 사람이 되는 때도 있었다. 싸움을 할 때의 그 사람들은 정말 무시무시했다. 돌멩이로 머리를 까부수거나 곡괭이 자루로 갈빗대를 부러뜨리거나 해놓고서야 그 싸움판은 겨우 끝이 났고, 한쪽이 항복을 하지 않으면 싸움은 무한정 언제까지 계속됐다. 품삯을 받는 날 밤엔 투전판이 벌어지는 게 보통이었고, 그 투전판에서 시작한 싸움은 가장 무시무시했다. 마을 사람들은 될수록 그 싸움판에 끼어들지 않으려고 했지만, 그게 언제나 마음대로 될 수 있는 일이 아니었다. 마을 사람 중에서도 거기서 함께 일을 하는 사람이 있었고, 가끔은 그 투전판에도 끼어들기 때문이었다. 그래서 그 사람들은 뼈가 부러지게 일을 하고도 돈을 조금도 모으지 못한다고 마을에서 욕을 먹었다.

그러는 사이에도 늦봄이 되었을 때에는 양쪽에서 뻗어오던 둑이 바다 가운데에서 만나게 되었다. 물길을 아주 끊어버리는 데에는 거기서도 아직 많은 날이 걸렸지만, 그러나 결국 그 일도 끝이 났다. 바닷물부터 우선 막아놓고 때가 늦기 전에 심을 수 있는 곳엔 모를 심어야 했다. 그래 사람들은 바닷물을 막자마자 물이 짜지 않은 곳, 가장 마을에서 가깝고 지금까지 갈대가 우거져 있던 곳을 파엎고 모를 심었다. 그런데 이상하게도 그 모를 심은 사람들은 모두가 지금까지 둑 일을 핀잔만 하던 마을 사람들이었다. 낯선 사람들은 계속해서 둑 일만 했다. 둑을 더 튼튼하게 흙을 실어다 붓고 떼를 입혔다. 둑 안쪽으로는 물이 잘 빠지고, 수문을 통해서 들어온 바닷물이 잘 드나들 수 있도록 깊은 골을 팠다. 옹진 사람들도 이젠 모두 둑 일을 하고 있었기 때문에 아직까지 개구리를 잡으러 다니는 사람은 없었다.

제방 일은 그럭저럭 잘 되어간 셈이었다. 그러나 그것은 그 바닷뻘을 논 모양으로 만들어 모를 심을 수 있게 되었다는 뜻이고, 사실은 한 번 사고가 있었다. 그 사고 때문에 일판 사람이 둘이나 목숨을 잃었는데, 한 사람은 나중에 온 외지 사람이었고 다른 한 사람은 마을 사람이었다. 두 사람이 한 조로 궤도차를 밀다가, 비탈길을 맹렬하게 달려 내려가는 그 흙차로 타올랐다가 일이 잘못되어 두 사람이 차와 함께 둑길 아래로 내동댕이쳐진 때문이었다. 마을 사람은 그 자리에서 머리가 깨져 죽고, 외지 사람은 옆구리로 피를 많이 흘리고 보름쯤 뒤에 역시 숨을 거둬간 것이었다. 마을에서들은 군인 나간 사람들이 돌아오지 못하게 되었다는 잦은 소식과 함께 더욱 흉흉한 기분이 되었다. 그러나 그렇게 막아놓은 둑 안에서 농사가 잘 지어질 수만 있었다면 사람들은 그 사고에 대해 더 이상 생각하지 않았을지도 모른다. 처음엔 사람들도 그 정도의 사고쯤 일본 사람들이 둑 일을 시작했을 때에 비하면 아무것도 아니라고 말했으니까.

그런데 사리가 가까워오는 어느 날 밤 둑은 기어이 더 큰 변이 나고 말았다. 모든 바닷물이 하나의 파도가 되어 산기슭을 때리는 듯한 무서운 소리가 있은 다음 날 아침, 방둑은 크게 두 동강이가 나 있었고, 지금까지는 그 둑 너머에서 엉큼스럽게 때를 엿보며 넘실거리던 바닷물이 둑 안을 가득 채우고 있었다. 절강터를 따라 길게 누운 흰 물줄기가 갈라진 둑을 지나 훨씬 안으로까지 뻗어 있었다. 물줄기 아래쪽에서는 침몰선이 여전히 그 물살을 가르고 있었다. 그 침몰선의 모습이 너무 전과 다름없었기 때문에 오히려 전날 밤의 사고가 그 물띠를 가르고 서 있는 침몰선의 장난이었던 것처럼 보였다.

어쨌든 그런 사건이 있고부터 마을은 갑자기 액운[2]이 끼어드는 것 같았다. 마을 사람들은 졸지에 많은 논을 한꺼번에 잃어버린 것처럼 생각했고, 그 둑 때문에 생겼던 전날의 사고를 다시 상기하게 되었다. 바닷물에 잠겼던 모들이 햇볕에 갈색으로 말라 타 마을 앞에 펼쳐진 모습은 더욱 황폐한 느낌이 들게 했다.

한데도 사람들은 다시 둑 일을 시작했다. 그러나 그 갈라진 둑을 이어놓자마자 바닷물은 다시 다른 곳을 갈라놓았다. 이번에는 한참 동안 둑

2) 액운(厄運) 재난을 당할 운수.

일이 중지되었다. 그러나 가을 무렵 그 일은 다시 시작되었다. 부질없는 일이라는 핀잔들이 마을에 돌았다. 그 무렵도 마을에는 돌아오지 못하게 된 청년들의 소식이 잇따라 전해 오고 있었기 때문에 사람들은 필시 마을에 액운이 씌인 거라고 했다. 그럴 때는 무엇을 해도 되는 일이 없고 횡액[3]만 는다는 것이었다. 그것이 사실 옳은 말이었는지도 모른다. 왜냐하면 그 둑 일을 다시 시작한 얼마 뒤에 일판에서 또 한 번, 이번에는 정말 어마어마한 사건이 일어났으니 말이다.

산비탈을 헐어 흙을 실어낸 곳에선 어느새 커다란 흙 언덕이 생겨나고 있었는데, 어느 날 갑자기 휘익 소리를 내며 그 흙 언덕이 크게 무너져 내렸다. 그리고 궤도차들을 줄줄이 세워놓은 언덕 아래서 삽질을 하고 있던 사람들이 그 궤도차들 때문에 미처 몸을 피할 새도 없이 흙더미 속으로 파묻히고 만 것이었다. 처음에는 그 흙더미에 파묻힌 사람 수가 얼마나 되는지도 알질 못했다. 진소년이 그곳으로 달려갔을 때는 네 사람을 흙 속에서 끌어내놓고 있었는데, 그 사람들은 벌써 다 숨이 끊어져 있었고, 어떤 사람은 코와 입에서 검붉은 핏물까지 흘러나와 있었다. 그 흙 속에서 사람들은 다시 네 사람의 몸뚱이를 더 찾아냈다. 그 사람들도 모두 이미 숨이 끊어진 채였는데, 그중엔 그 옹진서 온 개구리잡이 선수도 한 사람 끼어 있었다. 그러나 무엇보다 마을 사람들을 슬프게 한 것은 군대도 가지 않은, 마을의 나이 많은 오랜 친구를 다시 세 사람씩이나 못 보게 돼버린 일이었다. 그러자 그로부터 마을 사람들은 생각하기 시작했다. 마을엔 아무래도 어떤 액운이 끼어들고 있는 것 같다고. 그리

3) 횡액(橫厄) 뜻밖에 닥쳐오는 재난.

고 그 불행한 일들을 몰고 온 액운의 정체가 무엇인지를 곰곰 생각하기 시작했다.

한편 진소년은 그동안도 배를 생각하지 않은 날이 하루도 없었다. 아침이면 재 너머로 학교를 가야 했기 때문에 이제 그가 배를 바라보는 시간은 전보다는 적어졌다. 아침에 잿길을 넘어가면서 마지막으로 배를 한 번 내려다보고, 그리고 학교가 파해 돌아올 때 그 고갯길을 올라오면서 다시 배를 보게 될 때까지, 진소년은 어쩔 수 없이 그 학교 아이들과, 아무리 싹싹해도 자신은 좀처럼 친해질 수 없는 여선생과 함께 묻혀 지내야 했다.

한나절 내내 배를 보지 못한 채 공부도 배우고 놀기도 해야 했다. 그러나 그랬기 때문에 학교에선 배에 관한 생각이 더욱더 많았다. 공부를 하거나 놀이를 할 때나 머릿속엔 늘 커다란 배가 와서 그 배를 훌쩍 끌고 가는 생각뿐이었다. 그래 학교가 끝나고 돌아올 때는 마을 뒤 잿길 꼭대기까지가 늘 한달음 길이었다. 고개까지 한달음에 달려 올라와서는 제일 먼저 배를 살피곤 하였다. 그리고 거기 별다른 변동이 없는 것을 알고 나서야 잠시 다리를 쉬고 앉아 바다를 더 내려다보거나, 팔을 펴고 누워서 하늘의 구름을 세거나 하였다.

그러던 어느 날이었다. 진소년은 그 정자나무 아래 모인 마을 사람들로부터 뜻밖에 한 가지 심상찮은 소리를 들었다. 사람들은 처음 둑을 내려다보며 그 여덟 사람이 죽은 사고에 관한 이야기를 하고 있었다. 그러고는 그 둑이 갈라져 한꺼번에 가을 추수의 꿈이 깨진 이야기며, 끝없이 계속되어 오는 마을 청년들의 슬픈 소식에 관한 이야기도 하였다. 그러다 마침내는 그즈음 마을 사람들이 모이면 언제나 그랬듯이 이날도 마을에 찾아든 그 몹쓸 액운에 대한 이야기가 시작됐다. 그 액운의 이야기 중에 한 사람이 갑자기 이렇게 말했다.

"아마 이 마을에 액살이 뻗치기 시작한 것은 저 배가 저기 가라앉고 부터지."

그는 주위를 한 번 휘둘러보고 나서 더욱 자신 있게 단정하고 들었다.

"보라구. 물길을 딱 끊고 있지 않아. 순조롭게 드나드는 물길을 끊어 놓으니 그 물 끝에 앉은 마을이 무사할 것 같아? 액운을 몰고 온 것은 저 검은 괴물이야."

그 소리에 사람들은 머리를 끄덕이면서 새삼스럽게 바다를 내려다보았다. 하얗게 띠를 그리며 뻗어 내려가던 물길이 정말로 침몰선에 막히고 있는 것 같았다.

하지만 침몰선이 물띠를 정말로 끊고 있는 것은 아니었다. 멀리서 그렇게 보일 뿐이었다. 진소년은 숨을 죽인 채 사람들의 표정을 살피고 있었다.

"아닌게아니라 배가 저기에 가라앉은 다음부터 모든 일이 일어났지. 아이들이 쌈터로 나가기 시작했고, 그 아이들이 다시 돌아오지 못하게 되고, 혹 돌아온다 해도 병신이 되어서야 오고……."

바다를 내려다보고 있던 다른 어른이 말했다. 그러자 첫 번 어른이 더욱 기운을 내어 큰소리로 말했다.

"그뿐인가. 저 배가 저러고부터 피난민이 몰려들고, 되지도 않은 일을 시작해서 심심하면 사람이나 죽어나고, 게다가 둑은 모를 심어 놓자마자 갈라지지…… 그런 일들이 다 저 괴물이 저기 버티고 있으면서부터였거든…….”

진소년은 정말 기가 죽어서 한쪽에 숨어 있었다. 그는 사람들의 말이 바로 자기를 두고 하는 핀잔만 같았다. 거기다 어른들의 말은 소년의 생각에도 거의 틀림이 없는 것 같았다. 그보다도 소년은 그 배와 싸움에 관해서 신이 나서 이야기했던 사람들일수록 더 빨리 그리고 더 많이 마을로 돌아오지 못하게 되었던 사실까지 알고 있었다. 그러나 그는 꼭 입을 다물고 있었다. 만약 그런 말을 했다간 어른들이 더 자신만만해져 배를 계속 탓할 게 뻔했기 때문이었다.

그러나 어째서 그 배는 하필 액운을 싣고 왔을까. 그리고 배가 거기 있다고 어째서 마을 사람들이 자꾸 죽어가야 하는가…….

집으로 돌아와 감나무 가지로 올라가 바다를 내려다보면서 소년은 왠지 자꾸 눈물이 나올 것만 같았다.

때는 어느새 감들이 익고 있는 한가을녘이었다.

그로부터 다시 2년이 지나갔다. 남자들은 아직도 어른처럼 머리를 기르기 시작하자마자 마을을 떠나 군대로 갔지만, 이번에는 거꾸로 마을을 떠나갔던 사람들이 다시 마을로 돌아오기 시작했다. 그 사람들은 이제 아주 군인 옷을 벗어버리고 돌아왔다. 나무발을 짚지도 않고 검은색 안경을 쓰지도 않고 그 사람들은 이제 군인 노릇을 끝내고 마을로 아주 돌아온 것이라고 했다.

침몰선은 아직도 옛날 모습대로 그 자리에 있었고, 둑은 그사이에 세 번씩이나 무너졌지만 이번에는 처음부터 다시 한껏 단단하게 일을 시작하고 있었다. 사람들이 한 번 마을로 돌아오기 시작하자 다음부터는 거의 같은 일들이 꼬리를 이었다. 그리고 그때부터는 슬픈 소식이나 팔이 떨어져나간 사람이 돌아오는 일도 없었다. 어떤 사람은 아직도 다시 마을을 떠나가기도 했지만, 그런 사람은 이제 매우 드물었다.

그런데 놀라운 것은 어느 날 마을로 돌아온 사람 가운데에 뜻밖에도 전에 흰 상자와 슬픈 소식을 전해 왔던 사람이 낀 일이었다. 그는 그 흰 상자를 파묻어놓은 자기 무덤을 보고도 화를 내기커녕은 누구보다 그것을 재미있어 하면서 큰소리로 한바탕 껄껄 웃어대고 말더라는 거였다.

어쨌든 이제 마을에는 그렇게 한 사람씩 청년들이 다시 돌아오고 있었다. 슬픈 소식은 더 이상 들어오지 않았다. 그런데 그 나중 번 마을을 떠나간 사람들이 다시 마을을 다니러 올 무렵쯤 해서는 지금까지완 전혀 다른 일이 생기기 시작했다. 이제 새로 돌아온 사람들은 전쟁 이야기를 하나도 하지 않았다. 작자들은 그저 히득히득 웃으며 기분 나쁜 이야기들만 들려주며 혼자서 괜히들 좋아했다. 언제나 거친 욕설을 섞어가며 작자들이 하는 이야기란 다른 사람을 몹시 때려주거나 골려준 이야기 아니면, 자기들이 거꾸로 그렇게 당하는 이야기들이었다. 그런 이야기를 하다 말고 그 사람들은 한참씩 히득히득 웃거나 하품을 하거나 했다. 그런 일도 전엣사람들은 절대로 없던 일이었다. 진소년은 그 모든 것이 마치 오랫동안 고여 있기만 한 웅덩이의 물처럼 따분하고 지겹게 느껴졌다. 하긴 그 사람들도 배에 관해 조금씩 이야기를 할 때가 있기는 하였다. 그러나 그들은 아직도 거기에 배가 있다는 게 오히려 신경질이 난다는 투였다.

이제 마을 사람들이 그 배를 핀잔하는 일은 적어졌지만 그것은 그만큼 배를 잊어버려간다는 이야기도 되었다. 마을에선 이제 거의 아무 일도 일어나지 않았다. 배도 여전히 떠나갈 기미가 없었다.

아니 아무 일도 일어나지 않은 것은 아니었다. 그 멀고 먼 북쪽 땅에서 전쟁이 시작되던 해 겨울에 마을로 들어왔던 사람들이 이제는 하나 둘씩 다시 마을을 떠나가기 시작했다. 개구리를 찍고 다니던 사람들이 먼저 마을을 떠나갔고, 한참 뒤엔 방둑 일이 끝나자 이번에는 그 사람들이 마을로 올라와 서성서성 떠나갈 준비들을 시작했다.

"쯧쯧, 돈이 다 떨어져야 떠나갈 거다, 저 작자들은—."

떠난다 떠난다 하면서도 낮부터 술을 마시고 동네를 온통 어지럽히고 다니는 꼴을 보고 마을 사람들은 뒤에서 혀를 차며 나무랐다. 하더니 작자들은 정말로 모두 돈들이 떨어져서 외상 밥까지 며칠씩 사먹고 나서야 마을을 떠나갔다.

그리고 몇 년 동안 마을엔 아무 일도 일어나지 않았다. 휴가를 얻어온 청년들은 언제나 히득히득 그 기분 나쁜 이야기들만 하였고, 둑이 튼튼해진 마을 앞 농장에서는 해마다 가을이면 벼가 누렇게 익었다. 이젠 침몰선 때문에 마을에 횡액이 들었다고 화를 내는 사람도 없었다. 배는 아직도 그곳에 있었지만, 이번에는 마을 사람들이 그 침몰선을 바다의 한 부분쯤으로 여기게 되어버린 것이었다. 그 배는 오직 한 사람 진소년의 마음속에서만 아직도 늘 떠나갈 준비를 하고 있었다.

하지만 그 진소년은 초등학교 6학년을 졸업하던 어느 봄날 자신이 먼저 마을을 떠나게 되었다. K시로 가서 중학교를 다녀야 했기 때문이었다. 그는 마을을 떠나면서 고개 위에서 마지막으로 배를 바라다보았다. 그리고 혼자 속으로 말했다. 어쩌면 내가 돌아오기 전에 배가 떠나가 버릴지도 모르지—.

그때부터 진소년은 그의 이름을 '진'이라고 불러주는 사람을 갖지 못하게 되었다. 그의 이름 '진' 위에 '수' 자를 붙여 '수진'으로 불려진 것은 소년이 초등학교엘 들어가서부터였다. 거기다 선생님이나 학교 아이들은 정성스럽게 '이' 자 성까지 올려붙여 '이수진, 이수진'으로 그를 불러댔다. 하지만 그 학교만 벗어져 나오면, 집에서는 아직도 그는 진이쪽이었다. 그런데 이제는 그를 그렇게 부를 사람이 아무도 없었다. 꼭 성까지 붙이는 일은 드물었지만, 이젠 모두가 '수진'이뿐이었다. 그런 식으로 모든 것이 달라진 속에서 그래도 진소년은 잘 참았다. 모든 것을 그저 3년만 견디면 되는 것이라 생각했다. 거기다 일년에 두 번씩 방학이 되어 차를 타고 시골 마을로 가는 것이 그를 훨씬 더 잘 견디게 해주었다. 그때마다 배가 아직 그를 기다려주고 있었기 때문이다. 머나먼 저곳 스와니 강물 그리워라, 하는 가사의 노래며, 시시때때로 올라가던 그리운 뒷동산아, 하는 등의 노래를 열심히 부르며 그는 그 3년을 참아냈다. 그리고 그때까지 그는 언제나 다시 집으로 돌아갈 것을 생각하며 지냈다.

그러나 그 3년이 끝나자 그는 비로소 마을로는 영영 다시 돌아갈 수가 없게 된 자신을 깨달았다. 누가 그렇게 시킨 것은 아니었으나, 수진은 그 무렵 어느 날 문득 제물에 그것이 깨달아진 것이었다.

그는 다시 고등학교를 가야 했다.

고등학교 진학을 하고부터는 일년에 두 번씩 찾아오는 방학 때가 되어도 그는 집에도 잘 가지 않고 열심히 공부를 했다.

그리고 그 무렵부터 어떤 소녀를 사귀기 시작했다. 그 소녀 아이는 키가 조금 작았지만, 항상 무엇에 놀란 사람처럼 크고 맑은 눈을 가지고 있었다. 수진은 공부에 지치면 소녀를 만났다. 그리고 소녀는 맑은 웃음으로 수진의 더운 머리를 식혀주었다.

소녀는 수진에게 많은 얘기를 했다. 이야기는 대부분 수진에게 전혀 익숙하지 못하거나 구경도 해보지 못한 일들이었지만, 그러나 그는 그녀가 그런 이야기를 할 때의 맑은 미소를 함부로 방해하고 나설 수가 없었다.

어떤 때는 그 화사한 미소에 엉뚱스런 절망감마저 느껴질 지경이었다.

차례가 바뀌어 수진이 이야기를 시작할 때의 그녀의 표정은 더 한층 맑고 신비로웠다. 수진은 그러니까 그녀의 이야기가 아니라 그의 이야기를 들을 때의 그녀의 눈 때문에 소녀를 만나고 있었는지도 모른다. 수진이 하는 이야기는 늘 한 가지뿐이었다. 그것은 바다의 이야기였다. 이상하게도 소녀는 아직 바다를 구경한 일이 없었다. 하긴 수진도 K시로 와서야 세상에는 바다가 없는 곳이 있을 수 있다는 것을 처음 알았듯이, 애초부터 바다를 모르는 소녀가 그 바다를 가보지 못한 것은 조금도 이상해 할 일이 아닐 수도 있었다. 하지만 어쨌거나 소녀는 수진의 바다 이야기를 무척이나 좋아했다. 그녀는 결코 수진의 바다 이야기에 싫증을 내는 일이 없었다. 그리고 수진 또한 소녀가 가지지 못한 것, 알지 못한 것, 이야기할 수 없는 것은 바다뿐이라는 것을 알고 있었기 때문에 언제나 그 바다의 이야기만 하였다.

바다의 이야기는 수진으로서도 결코 지치는 일이 없었다. 그가 바다 이야기를 시작하면, 소녀도 그 커다랗고 맑은 눈동자 속에 바다를 그리기 시작했다. 먼 꿈에라도 젖어 들어가듯 눈빛이 달콤하고 신비스럽게 변해갔다. 그러는 그녀에게 수진은 바다의 모든 것을 빠짐없이 그리고 열심히 설명했다. 햇볕 따가운 날의 돛단배와 태풍에 미친 파도의 이야기를, 마을 앞바다의 물띠와 침몰선과 그 바다를 내려다보는 마을의 정자나무, 그 정자나무 아래 모인 마을 사람들의 이야기를, 전쟁과 둑 일과 피난민들의 이야기를, 투전판과 개구리잡이와 싸움질에 관해서까지도. 그리고 그런 모든 일들이 일어나는 마을에서 바다를 내려다보던 시절의 자신의 이야기를, 그 바다가 얼마나 아름다운 것인가를. 더욱이 그 침몰선이 금방이라도 다시 먼 바다로 떠나갈 듯이 물결에 천천히 흔들리고 있는 모습들을 빠짐없이 모두 이야기해주었다.

소녀의 눈은 그럴수록 더욱 안타깝고 신비로운 빛을 띠어갔다. 그리고 수진은 거기서 거꾸로 그의 바다를 보게 되곤 했다.

바다—. 수진은 그 소녀의 눈에서 자신의 바다를 볼 수 있었다. 아니 그 눈 속의 바다는 실제보다도 더 아름답고 신비스러워 보였다. 소년은 그 소녀의 눈 속에 더욱 아름답고 분명한 바다를 심어주기 위해 계속 더 열심히 그 바다 이야기를 했다. 그러면서 그녀의 눈 속에서 하루도 빠짐없이 그의 바다를 보았다. 수평선에 얹힌 듯, 그래서 바다로 나가려는 것인지 마을 쪽으로 포구를 타고 올라오려는 것인지 분간하기 어려운 그 침몰선이 그의 머릿속에서 지워지는 날이 없었다. 그 침몰선이 하루에 두 번씩 드나드는 조수(소녀는 그것을 특히 신기해했다)에 더욱 자태를 선명하게 드러내기도 했고, 어떤 땐 따갑고 맑은 햇볕 속에 눈이 부시도록 하얗게 빛나고 있기도 했다.

그런데 이윽고 이상한 일이 일어났다. 소녀의 눈에서 언제부턴지 갑자기 그 바다의 그림자가 사라져가기 시작했다. 그것은 수진이 소녀에게 그 진짜 바다를 구경시켜주고 난 뒤부터였다. 그것도 언제나 그가 자랑해오던 그 고향의 마을 앞바다를.

소녀는 가끔 진짜 바다를 한 번 보고 싶다고 했다. 수진에게 그 바다를 직접 자신의 눈으로 보게 해달라고 조바심을 치며 졸라댔다. 수진도 의당 소녀에게 언젠가는 그걸 보여줘야 하리라 생각하고 있었다. 그녀 앞에 자랑스레 바다를 설명해주는 자신의 모습을 그려본 일이 한두 번이 아니었다. 하여 어느 해, 그러니까 그가 고등학교 3학년이 되던 해의 여름방학이 되자, 수진은 마침내 그 즐겁고 오랜 꿈을 실현할 결심을 했다. 그리고 그 소녀를 데리고 왕자처럼 당당하게 마을로 돌아왔다.

그러나 참으로 이상한 일이었다. 마을로 돌아온 바로 그 순간부터 수진은 뭔가 이상한 느낌이 들기 시작했다. 침몰선은 물론 아직 떠나가지 않고 있었다. 마을의 정자나무도 무성하게 여름을 받아주고 있었다. 휴가병 하나가 아직도 그 정자나무 아래서 아이들을 상대로 농지거리를 하고 있었다. 수진은 그러나 뭔가 자꾸만 이상한 느낌이 드는 것을 어쩔 수가 없었다. 바닷물은 그의 이야기로 소녀의 머릿속에 심어주었던 것처럼 푸르지 못했고, 침몰선은 그렇게 먼 수평선 위의 꿈같은 모습이 아니었다. 정자나무 아래 모인 사람들도 그리 정다워 보이지 않았으며, 한낮의 골목길은 그늘도 없이 조용하기만 했다.

이상한 느낌은 그뿐만이 아니었다. 소녀에게 그는 무슨 큰 빚이라도 진 것처럼 이것저것 열심히 이야기를 했지만, 자신은 그럴수록 싱겁기만 할 뿐, 신비롭거나 아름다운 것이 아무것도 없었다. 소녀가 수진의 말에 동의를 해주어도, 그는 그녀가 마지못해 치렛말[4] 대답을 하고 있

4) 치렛말 실속보다 낫게 꾸며서 하는 말.

는 것뿐이리라 지레 혼자서 미안해지곤 하였다. 아닌게아니라 소녀의 표정이 K시에서 그 수진의 이야기를 듣고 있을 때보다 왠지 더 냉랭해 보인 것도 사실이었다. 수평선을 바라보는 눈이 그때처럼 안타까운, 아득한 꿈 같은 것을 담지도 않았고, 밀물과 썰물을 보고도 별로 신기해하지 않았으며, 정자나무 아래 사람들의 이야기에 호기심을 갖지도 않았다. 그리곤 마치 못 올 데를 온 사람처럼 골목길도 잘 나가려지 않은 채 그의 누이와 하룻밤을 지내고 나서는 날이 밝자마자 도망치듯 K시로 다시 떠나가고 말았다.

소녀를 떠나보내고 나서 수진은 속으로 안절부절이었다.

그리고 비로소 그녀에게 수없이 많은 거짓말을 하고 있었던 자신을 깨달았다. 뿐만이 아니었다. 그는 자신에게까지도 그 거짓말을 수없이 되풀이하고 있었던 것 같았다. 전쟁에 관해서, 바다에 관해서, 그리고 그 침몰선에 관해서. 그는 이미 옛날에 모든 진상을 깨닫고 있었음이 분명했다. 그는 어렸을 때의 그 불가사의한 일들의 비밀의 해답을 알아낸지가 오래였다. 바다는 그렇게 푸르거나 맑지가 않으며 침몰선은 영원히 떠나지 못하고 그 자리에 삭아 없어지거나 가라앉고 말리라는 것을, 그리고 그 배가 물길을 막고 있기 때문에 마을에 횡액이 많다는 것도 모두 거짓말이라는 것을. 한데도 그는 그것을 감추고 소녀에게 거짓 꿈같은 이야기들만 해온 것이었다. 그는 아무래도 견딜 수가 없었다.

방학을 절반도 지내지 못하고 수진은 다시 K시로 갔다.

수진을 본 소녀는 전처럼 여전히 상냥하게 미소를 지어 보였지만, 역시 기다리던 바다의 이야기는 꺼내지 않았다. 수진은 더욱 풀이 죽을 수밖에 없었다. 몇 번을 망설인 끝에 간신히 용기를 내어 소녀에게 지난번 그녀의 여행과 바다에 대해서 물었다. 어떤 대답을 듣게 되더라도 묻지 않을 수가 없었기 때문이다. 그런데 그에 대한 그녀의 대답은 예상보다도 더욱 무참스런 것이었다.

"수진은 바다 이야기밖에 할 줄 모르나 봐."

소녀는 그를 들여다보며 걱정스러운 듯이 말했다.

수진은 그만 까무러칠 듯 깜깜한 절망감을 느꼈다. 그는 거의 마음을 가눌 수가 없었다. 그래 오히려 바다의 이야기를 그녀 앞에 횡설수설 더 길게 늘어놓고 말았다. 그러고는 겨우 정신이 들었을 때 조심조심 다시 소녀를 바라보았다. 소녀는 부드럽게 웃고 있었다. 그러나 그 눈에는 이제 바다의 그림자가 드리워 있지 않았다. 바다가 없는 소녀의 눈은 웃음기도 오히려 잔인스럽게만 느껴졌다. 소녀의 미소는 수진을 즐겁게 하지 못했다. 그것은 오히려 수진을 더욱 심한 낭패감으로 몰아넣을 뿐이었다.

—수진은 바다 이야기밖에 할 줄 모르나 봐.

그 웃음 속에 숨겨진 핀잔기가 그토록 아프고 무참스러울 수가 없었다.

그녀의 눈엔 정말 바다가 없었다. 바다가 없는 그녀의 눈에서 수진이 찾아낼 수 있는 것은 아무것도 없었다.

그해 가을 수진은 결국 마을로 돌아오고 말았다. 대학은 내게 맞지 않는다—. 이번에는 자신과 마을 사람들에 대해 그런 변명을 앞세우고서였다.

그는 마을로 돌아온 뒤로는 사람들 앞에 모습을 드러낸 일이 드물었다. 그는 대개 방 안에 들어박히거나, 근처 숲 속으로 들어가 지내는 때가 많았다. 어쩌다 그 정자나무 아래로 모습을 나타낼 때도 있었지만, 이젠 옛날처럼 그곳 사람들의 이야기에 귀를 기울이려 하지 않았다.

그는 맘속으로 소녀를 미워했다. 그리고 그 바다를 원망했다. 그러나 그는 미워하고 원망하는 마음으로 지내기가 더 견디기 어렵다는 것을 알았다. 그는 소녀를 미워하지 않게 되기 위하여, 바다를 원망하지 않게 되기 위하여 방에서는 책을 읽고 숲 속에 앉아서는 바다를 생각했다. 바다뿐만이 아니라, 침몰선과 전쟁과 그 길고 긴 마을 청년들의 정자나무 아래의 이야기들에 관해서 생각했다. 그러면서 어렸을 적 자신을 되돌아보았다.

그러나 소녀를 용서할 수는 없었다. 그는 자신이 바다에 대해서, 그 바다의 침몰선에 대해서 자신과 소녀에게 거짓말을 해온 이유를 이제 어슴푸레 느끼고 있었다. 그것은 그 정자나무 아래의 마을 청년들이 아이들 앞에 수없이 많은 거짓말을 해가며 어른이 되어가는 것과도 비슷한 일이었다. 수진이 바다를 너무 아름답게 생각하려는 허물은 소녀가 이 세상 어디에 엄청나게 경이로운 세계가 있으리라 상상하고 그것을 바라는 것과 비슷한 것이었다. 그 꿈이 사실이 아닌 것은 누구의 허물이 될 수도 없었다. 그 꿈을 깨는 것 역시 누구의 허물이 될 수 없었다. 굳이 허물을 따져야 한다면 그건 양쪽에 똑같이 책임이 있었다. 누구도 허물로 생각지 않아온 것을 소녀가 용서하지 못한 것뿐이었다. 소녀에 대한 미움과 원망이 결코 사라질 것 같지 않았다. 그는 마치 대단치도 못한 가문의 내력을 잔뜩 과장해 자랑하다가 뒤늦게 무안을 당하고 만 사람의 기분이었다. 그리고 그럴수록 거꾸로 바다를 다시 변명하고 싶은 마음이 되살아났다.

그는 소녀를 원망하고 미워하는 만큼, 침몰선의 먼 항해를 다시 꿈꾸려고 애썼다.

그는 다시 정자나무께로 나와 앉아 바다를 자주 내려다보았다. 혼자 그렇게 앉아 있을 때도 있었고, 휴가 중의 청년을 둘러싸고 앉은 아이들 속에 함께 섞여들 때도 있었다. 하지만 그는 이제 전쟁에 관해선 꽤 많은 사실들을 알고 있었으므로 청년들의 이야기(이제 그것은 전쟁 이야기가 아니지만)엔 별로 귀를 기울이는 일이 없었다. 그는 그저 그러고 앉아서 이제는 자신이 알고 있는 선종(船種)[5]들을 상기하면서 혼자서 곰곰 침몰선의 정체를 생각했다.

그러는 동안 그는 이제 학교를 다시 가지 않게 되었으므로 더벅머리를 기르기 시작했다. 더벅머리가 이마와 귀를 덮어 내려왔을 때 그는 그 머리를 뒤로 빗어 넘겼다. 그러자 마을 사람들은 이제까지의 '수진' 대신 '자네'라든가 '총각' 따위로 그를 다시 고쳐 부르기 시작했다. 그것은 이를테면 이제까지의 '수진'보다 지칭력이 훨씬 약했고, 그만큼 그는 보통 명사 무리 속으로 정연하게 섞여 들어가고 있는 느낌이었다. 그는 그것이 적지 않이 서글펐다. 그렇다고 이제 와서 머리를 다시 깎을 수는 없었다. 수진은 이제 그런 자신을 잘 알고 있었다. 그런 생각들 속에 바다도 전처럼 좋아할 수가 없었다. 그 침몰선을 조금씩 알게 되면 알게 될수록 바다는 더욱더 좋아질 수가 없었다.

그런데 그 무렵 어느 날, 바람이 몹시 불고 파도가 세차게 일고 있던 그날 밤 새벽녘, 그 바람과 파도들의 소동 때문에 잠을 이루지 못하고

5) 선종(船種) 배의 종류.

있던 마을 사람들은 오랫동안 잊어버리고 있던 어떤 무서운 소리를 다시 듣게 되었다. 그 소리는 물론 아직 호롱불을 지키고 앉아 있던 수진도 들었다.

다음 날 아침 수진은 또 마을 앞 간척장의 둑이 갈라진 것을 보았다. 몇 년 동안 바닷물을 잘 지켜주던 튼튼한 둑이 어느 때보다 더 크게 갈라져 있었다. 침몰선이 가로막고 앉아 있던 포구의 흰 물띠가 제방 안까지 뻗어 올라와 있었다. 지금 막 이삭을 내밀던 벼들이 바닷물에 흠뻑 잠겨 있었다. 사람들은 오히려 아무 말도 하지 않았다. 무슨 생각에선지 고개를 끄덕이는 사람까지 있었다. 이젠 그 침몰선에 대해서조차 말을 하지 않았다.

며칠이 지나자 간척지의 벼 포기들이 바닷물을 먹고 꺼멓게 타기 시작했다. 바닷물이 썰물 져 밀려나가면 넓은 개펄이 갑자기 가을을 맞은 듯 흑갈색을 드러냈다. 그것은 물론 가을녘 들판처럼 고운 색깔이 아니었다. 지저분하고 더러웠다. 그곳으로 잠겨드는 그 바닷물도 지저분했다. 그걸 씻어 내려간 앞바다까지 온통 다 더러워진 느낌이었다.

바다는 정말 언제부턴지 점점 지저분하고 더러운 모습으로 바뀌어가고 있었다. 마을 사람들은 다시 둑 일을 시작하려고 하지 않았다. 더러운 바닷물은 언제까지나 그 더러운 방둑 안을 제멋대로 드나들도록 버려두어지고 있었다.

그러나 마을의 정자나무 아래에는 아직도 늘 휴가병 청년들이 조무래기 아이들에게 둘러싸여 앉아 있었고, 그들은 또 그 아이들에게 옛날과 다름없이 이야기를 들려주곤 하였다. 하지만 이제 그들의 이야기는 자신들도 어렸을 때 그곳에서 몇 번씩이나 들었을 법한 것이었다. 그것은 마치 고인 늪의 물처럼 언제나 지루하고 불결스럽기까지 하였다. 그래서 그 지루하고 불결스런 나태감을 벗어나려는 듯 청년들은 가끔 히득히득 기분 나쁜 웃음까지 웃어대어 자신들의 이야기를 그 지저분하기만 한 마을 앞바다보다도 더 퀴퀴하고 불결스런 것으로 만들었다.

"빌어먹을! 전쟁이라도 났으면!"

그들은 가끔 씨부려대었다.

그리고 옛날에 싸움터에까지 갔다가 마을로 돌아와, 이제는 여러 아이들의 아버지가 된 사람이라도 그 자리에 끼게 되면 그들은 다시 이렇게 투덜댔다.

"그때는 오히려 좋았겠어요! 이건 뭡니까."

하긴 그럴 수밖에 없는 노릇이기도 하였다. 그들은 진짜 싸움 이야기는 알지를 못했고, 게다가 그 우스개 군대 놀이의 이야기들에는 자신들도 입이 닳아 맥이 빠졌기 때문이었다. 자신들에겐 정말로 신나는 이야기가 없었기 때문이었다.

그러자 언제부턴지 그 정자나무 아래 모인 사람들의 이야기에 배의 이야기가 다시 끼어들고 있었다. 이번에는 마을로 돌아온 휴가병들이 아니라, 아이들과 몇몇 어른들이 조금씩 그 이야기를 시작했다. 그것은 물론 그 침몰선의 정체를 설명하려는 것이었는데, 그 이야기는 지금까지 수없이 되풀이된 상상 속의 배, 수평선에 얹힌 그 환상적 추리들보다 훨씬 사실적이고 믿을 만한 것이었다. 침몰선은 말하자면 마을 사람들이 지금까지 숨어 머물러 있게 해놓은 자신의 환상으로부터 모처럼의 탈출을 감행하고 나선 격이었다. 또는 그 배가 멀고 먼 수평선으로부터 눈에 띄기 쉽게 훨씬 가까운 곳으로 다가서 왔다고 할 수도 있었다. 이제 사람들은 그 배의 크기와 용도에 대해서는 별로 이야기하지 않았다. 그것은 벌써 문제가 되지 않은 옛날얘기로 되어 있었다.

사람들은 그 배의 조타실과 침실, 그리고 심지어는 부엌의 구조와 화장실 같은 것에 대해서까지 제법 구체적으로 이야기를 했다. 어떤 사람은 그 배의 옛 주인들이 버리고 간 비품들의 종목(갑판에 아직 뒹굴고 있는 로프며 녹슨 칼자루, 또는 임자를 알 수 없는 군모 등등……)에 각별한 관심을 기울이기도 했다.

또 어떤 사람은 그 배가 침몰치 않을 수 없었던 이유에 관련해서 배의 밑바닥 균열을 내세워 열심히 설명했다. 그러면서 이제는 배 안에 물이 고여 그 밑바닥의 균열을 찾아낼 수 없게 된 것이 아쉬울 뿐이랬다. 그러자 또 다른 사람은 그 배는 애초에 침몰한 것이 아니며, 단지 수심을 잘못 측정하여 실수로 뻘판에 좌초됐던 것이라고 새로운 사실을 주장하고 나섰다. 그러나 그 배는 그동안 너무 긴 세월이 흘러 이제는 밑바닥이 모두 삭아 달아나고, 남아 있는 벽에도 뻘물이 타고 올라와 조개들이 붙어 사는 지경이라는 거였다.

그러나 그 어느 이야기도 출처가 분명한 건 하나도 없었다. 몰라서 출처를 대지 못하는 사람도 있었고, 어떤 사람은 부러 이야기를 피했다.

그러나 배는 이제 그런 식으로 조금씩 비밀을 하나하나 벗어갔다.

거기다 또 어느 날은 갑자기, 마을을 아주 떠나갔던 사람 하나가 다시 동네를 찾아 들어온 일이 있었다. 그 사람은 옛날 개구리를 잡다 말고 공사판 일을 시작했던 옹진 사람이었다. 그리고 거기서도 오래지 않아 제일 먼저 마을을 떠나갔던 사람이었다. 옹진에서 왔든 다른 어디서 왔든, 피난민들은 한 번 마을을 떠나가면 절대로 다시 돌아오는 법이 없었다. 한데 유독 그 사람만이 혼자서 마을로 다시 돌아온 것이었다. 더욱이 그는 이 마을의 누구보다 좋은 옷을 입고 좋은 살결을 하고 있었다. 돈도 마구 헤프게 써댔다. 그러면서도 그는 마을 사람들의 물음에는 그저 대개 '그럭저럭' 이라고만 말하거나, '볼일이 조금 있어서 근처까지 왔다가……' 식으로 애매하게 대답을 흘려 넘길 뿐이었다.

그러나 며칠 뒤에 수진은 그 사내가 마을을 찾아온 이유를 알았다. 그리고 그것은 수진이 지금까지 배에 관해서 듣고 생각하고 알아차리게 된 마지막의 일이 되었다. 왜냐하면 바로 그 며칠 뒤에, 수진은 지금까지 마을의 아이들이 모두 그랬듯이 이번에는 그 자신이 스무 살이 되어서 마을을 떠나야 할 차례였기 때문이다.

"하하, 잘못 왔지, 내가."

하루 아침은 사내가 일찌감치 정자나무께로 나와 앉아 이젠 아무것도 감출 것이 없다는 듯 커다란 목소리로 지껄여대고 있었다. 알고 보니, 그는 다름 아닌 고철 장수였다. 그것도 그저 쇠붙이가 붙어 있는 공짜 폐품이나 버려진 고철들을 맨손으로 주워 모아다 한꺼번에 팔아넘기는 공짜 장사꾼이었다. 그는 그런 쇠붙이를 찾아 전국 곳곳을 누비고 다니는 중이었다. 이번에 그가 마을을 찾아온 것도 바로 그런 쇠붙이를 위해서였다. 물론 그 앞바다에 버려진 침몰선을 생각하고서였다.

하지만 그는 일찍부터 그 일에 눈을 뜬 바람에 이제는 제법 한밑천을 끌어 모은 여유만만한 고철꾼이었다. 침몰선 수색에 허탕을 치고도 그는 그만큼 대범스럽고 여유가 있었다.

"그것참, 쇠붙이라곤 단 한 조각도 남아 있질 않았어요. 게다가 지독한 것은 쓸 만한 나뭇조각까지도 깡그리 모두 떼어가버렸더구먼. 왼통

십 년 묵은 도깨비집 광이야. 내가 잘못 알고 왔어. 이 마을을 말야요."

자신의 심중을 모두 털어놓고 나서 사내가 짐짓 애석하다는 듯, 그러나 한편으론 통쾌하다는 듯 지껄여댄 소리였다. 그는 그러고 나서 그날로 미련 없이 마을을 떠나갔다.

그리고 그 며칠 후엔 수진도 마침내 마을을 떠나갔다.

일년쯤 지나서 수진은 다른 사람들처럼 군인 제복을 입고 마을로 돌아왔다. 그러나 그의 옷차림은 어딘지 허술하고 시원치가 못했다. 그는 마치 긴 여행을 하고 돌아온 사람처럼 피곤해 보였다. 정자나무 아래서 아이들은 언제나처럼 그를 둘러쌌는데, 그는 거기 그렇게 아이들에 싸여 앉아서도 무엇인지 몹시 피곤하고 난감스러운 듯 맥빠진 얼굴만 하고 있었다.

바다와 침몰선이 거기 아직도 그를 기다리고 있었지만, 그 바다와 침몰선에 대해서도 그는 아무런 말이 없었다. 아니 그는 그것들이 아직 거기에 있는 것조차 알아보지 못한 듯 이제 조금씩 돋아오기 시작한 턱수염만 무심스레 만지작거리고 있었다.

그러다 그는 끝내 아무 말이 없이 흐느적흐느적 혼자 집으로 내려가고 말았다.

그리고 수진은 마을을 다시 떠나간 날까지 정자나무께엔 한 번도 모습을 나타내지 않았다.

생각해볼거리

1 이 소설의 침몰선이 상징하는 의미는 무엇인지 생각해봅시다.

소년은 침몰선을 보면서 그 배가 언젠가는 바다로 나갈 것을 상상해보기도 하고 끊임없이 배를 관찰하면서 정신적 혼란을 겪기도 합니다. 따라서 여기서 침몰선은 소년으로 하여금 외부 세계에 눈을 뜨게 하는 존재이자 그것에 대한 환상을 만들어내고 또 그 환상이 깨어지는 과정을 거침으로써 의식의 변화 또는 성장을 이루게 하는 매개체로서의 역할을 한다고 볼 수 있습니다. 또한 사람들이 침몰선에 대해 이러쿵저러쿵 이야기하는 것에 따라 소년의 배에 대한 인식이 달라지는 것을 보면 아직은 세상에 대해 주체적으로 판단하지 못하고 외부의 판단에 의거하고 있음을 짐작하게 합니다. 그리고 나이가 들면서 더 이상 침몰선에 대해 관심을 갖지 않게 된 것은 이제 그가 혼란스러움과 환상에서 벗어나 현실적인 존재가 되었음을 의미하는 것이지요.

2 주인공이 살고 있는 마을은 어떤 곳인지 작품을 근거로 말해봅시다.

이 마을은 외부와는 단절된 폐쇄적인 공간입니다. 마을 사람들은 세상이 돌아가는 일에 그다지 관심이 없습니다. 그러나 이 마을도 결국에는 전쟁이라는 역사적 소용돌이에 휘말리며 급기야 많은 마을 청년들이 전쟁터로 불려나가고 또 외부인들이 피난생활을 하러 오게 됩니다. 따라서 평화롭고 조용하며 폐쇄적인 동시에 역사적 공간으로 볼 수 있습니다.

3 침몰선을 향한 마을 사람들과 진소년의 태도에는 어떤 차이가 있나요?

마을 사람들은 침몰선처럼 배의 실질적 기능을 상실한 존재에 대해 그다지 관심을 갖지 않습니다. 갖는다 하더라도 일시적이거나 즉흥적이며 자신의 삶의 잣대에 비추어 작위적으로 해석해버리고 맙니다. 그러나 진소년은 끊임없이 호기심과 안타까움, 두려움과 절망감을 가지면서 침몰선에 집착하는 모습을 보여줍니다. 그에게 있어서는 침몰선이 세상을 이해하는 유일한 기준이 되는 것이지요. 따라서 그에게 침몰선은 성장 과정에서 절대적 영향을 끼치는 존재라고 볼 수 있습니다. 그러나 그가 침몰선을 이해하는 과정 역시 자신의 판단보다는 주로 주변 사람들의 말과 행동에 의지하고 있다는 점을 보면, 아직도 외부 세계를 자기 스스로의 눈으로 바라보지 못하고 있다는 것을 알 수 있습니다.

4 마지막 장면에서 수진은 침몰선을 잊어버리고 그곳을 떠나고 맙니다. 이 장면이 의미하는 바는 무엇일까요?

우선 수진이 침몰선에 대해 더 이상 아무런 말을 하지 않는 것은, 그가 고통스러운 성장 과정을 통해서 침몰선에 대한 환상이 깨어졌다는 것을 의미한다고 볼 수 있습니다. 또는 이제는 침몰선처럼 한 곳에 머무르지 않고 떠나게 되었다는 것을 상징할 수도 있고, 침몰선에 집착하던 순수하고 열정적인 단계에서 벗어나 세속적인 것에 관심을 갖는 어른이 되었다는 것을 의미할 수도 있겠지요.

5 다음은 헤르만 헤세의 『데미안』의 일부입니다. 이 글을 읽고 나서 수진이 어른이 되어서 침몰선에 대해 가지게 된 생각이 무엇을 의미하는지 말해봅시다.

종이를 만지작거리다 아무 생각 없이 펴게 되었는데 그 안에 몇 마디 말이 적힌 것을 보았다. 그 위로 한 번 시선을 던지고는 말 하나에 사로잡혀 버렸다. 놀라 읽었다. 그사이 나의 가슴은 운명 앞에서, 큰 추위가 닥친 때처럼 오그라들었다.

'새는 알에서 나오려고 투쟁한다. 알은 세계이다. 태어나려는 자는 하나의 세계를 깨뜨려야 한다. 새는 신에게로 날아간다. 신의 이름은 아프락사스.'

(중략)

온 겨울을 나는 묘사하기 어려운 내면의 폭풍 속에서 보냈다. 외로움에는 오래전부터 익숙해 있었다. 외로움은 나를 짓누르지 않았다. 나는 데미안과, 새와, 내 운명이자 내 연인이었던 위대한 꿈속의 영상과 함께 살았다. 그 안에서 살기에 충분했다. 모든 것이 위대함과 광대함을 지향하고 있었고, 모든 것이 아프락사스의 암시였다. 그러나 이 꿈들 중 어느 것도, 내 생각들 중 어느 것도 나에게 복종하지 않았다. 어느 것도 내가 부를 수는 없었다. 어느 것에도 내가 마음대로 그 색깔을 줄 수 없었다. 그것들이 와서 나를 가졌다. 나는 그것들의 다스림을 받았다. 그것들에 의해 살았다.

바깥으로는 내가 아마 안정되어 있었을 것이다. 사람을 무서워하지 않았다. 그것을 내 학우들도 알아서 내게 남모르는 존경을 보내어, 자주 나의 미소를 자아냈다. 원한다면 나는 그들 대부분을 아주 잘 꿰뚫어볼 수 있었고 이따금씩 그렇게 해서 그들을 깜짝 놀라게 할 수 있었다. 다만 내게 그러고 싶은 마음이 드물게 생기거나, 전혀 생기지 않았다. 나는 늘 나에게 열중해 있었다. 늘 나 자신에게, 그리고 이제 마침내 한 번 인생의 한

토막을 살아보기를, 나에게서 나온 무엇인가를 세계 안에다 주기를, 세계와 관계를 가지고 싸움을 벌이게 되기를 열렬히 갈망했다.

—헤르만 헤세, 『데미안』 중에서

흔히 아픈 만큼 성숙해진다는 말을 합니다. 청소년기를 혹독하게 치른 뒤 정신적으로 내면적으로 많이 어른스러워지는 경우가 많습니다. 『데미안』에 나오는 주인공(싱클레어)의 경우도 마찬가지지요. 자신의 내면 속에 감추어져 있던 욕망, 어두운 감정, 신에 대한 반항 등을 경험하면서 매우 고통스럽게 젊은 시절을 보냅니다. 그런 과정에서 데미안이라는 선배가 중요한 역할을 하지만 결국은 자기 스스로 그 고통을 이겨내고 있습니다. 「침몰선」에 나오는 수진 역시 우연히 발견하게 된 침몰선에 나름대로 끊임없이 의미를 부여하면서 치열하게 자신과 사회를 견주어가면서 성장해갑니다. 그가 성인이 되어서 마을을 떠나게 된 것은, 이제 그러한 과정들을 벗어나고 이겨냈기 때문이라고 볼 수 있습니다. 『데미안』의 인용구에서, 새가 신을 향해 나아가기 위해서 알이라고 하는 세계를 깨뜨려야 하는 것처럼.

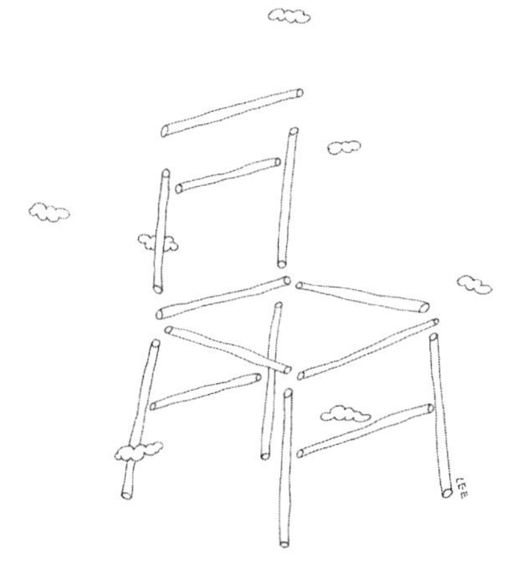

인간과 현실을 향한 쉼 없는 탐구

새삼스럽게 고백할 것도 없는 일이지만, 나의 문학 작업은……
애초에는 자기 구제의 한 몸짓으로서 출발되었고 아직도 나의 노력의 많은 부분은
그것에 바쳐지고 있다고 생각된다. 나는 나의 문학이 그러한 자기 구제적 몸짓에서
시작되었고 또 계속해서 그것에 많은 노력이 바쳐지고 있다는
사실을 부끄럽게 생각하지 않는다.

이청준은 1939년 전라남도 장흥군 대덕면 진목리에서 태어났다. 어린 시절 많은 책을 접하면서 얻게 된 정신적 성장, 중학교 입학과 함께 고향을 떠나 광주로 나가면서 겪게 되는 가난에 대한 부끄러움 등은 그의 초창기 소설에 많이 녹아들어가 있다. 4·19라는 엄청난 자유와 혁명의 소용돌이가 몰아치던 1960년에 서울대 독문과에 입학한 그는 4학년 재학 시절이던 1965년 『사상계』 신인상 공모에 단편 「퇴원」이 당선되면서 문단에 나오게 된다. 그리고 이듬해 대학을 졸업하고 출판사에 취직을 하면서부터 본격적인 작품 활동을 시작한다. 이때 발표된 대표적인 소설이 「줄」 「병신과 머저리」 「과녁」 등이다. 특히 「병신과 머저리」는 전쟁의 상처로 괴로워하는 형과 사회의 변화에 제대로 대처할 줄 모르는 동생을 주인공으로 등장시켜 현실 속에서 괴로워하는 지식인의 모습을 보여줌으로써 1967년에 '동인문학상'을 수상하게 된다. 1960년

대에 주로 발표된 그의 소설을 보면 대개 사회로부터 소외당하거나 현실에 적응하지 못하고 살아가는 사람들이 주인공으로 등장하는 경우가 많다. 특히 전통적인 기예를 갖춘 예술인이 자주 등장하는데, 그들은 하나같이 변화하는 근대 자본주의 물결 속에서 점점 소외되고 버림받는 사람들로 그려지고 있다. 그러나 그 주인공들은 그러한 시류(時流)에 개의치 않고 끝까지 자신의 예술적 혼을 고수하며 자신의 삶을 불태우는 모습을 보여준다. 작가는 이러한 작품들을 통해 주류 사회에서 밀려난 주변인들의 삶에 대해 애정과 관심을 가지고 그들의 삶을 통해 우리가 살고 있는 현실의 문제점을 비판하려 했다.

1970년대에 들어서면서 그는 첫 창작집인 『별을 보여드립니다』를 출간하고 1972년에는 「소문의 벽」을 발표한다. 또한 이 당시 발표한 「석화촌」이라는 소설이 영화화되어 청룡영화제 최우수작품상이라는 영예를 안게 되기도 한다. 이 시기에 작가는 왕성한 창작욕을 발휘하여 1973년에는 「조율사」를, 이듬해에는 장편소설 『당신들의 천국』과 중편소설 「이어도」를 잡지에 연재하기 시작한다. 『당신들의 천국』은 소록도 나환자촌을 배경으로 한 소설로, 이곳에 부임한 병원장과 주위 사람들과의 갈등과 욕망을 다룬 소설이다. 이 작품을 통해 작가는 억압 없는 진정한 천국의 가능성을 묻고 있는데 이는 아마도 1970년대 정치 현실을 빗댄 작품이라고 볼 수 있다. 이처럼 1970년대에 주로 발표된 작가의 소설들 역시 뚜렷한 특징을 보여주고 있는데, 소설 속에 유난히도 광기 어린 사람이 자주 등장하고 있다는 점이다. 언뜻 보면 상식적으로 통하지 않을 것 같은 행동을 하는 주인공들의 행동 특성을 주목하여 보면, 그들의 그러한 행동이 대개 개인의 잘못이라기보다는 살벌하고 억압적인 주위 환경에서 비롯하고 있다는 것을 알 수 있다. 어렸을 때의 전짓불 공포와 진실을 말하고 싶어도 말할 수 없는 상태에서 점점 미쳐가는 박준의 이야기를 다룬 「소문의 벽」이라든지, 실제로 없는 딸을 찾기 위해 터미널 광장을 떠돌며 살아가는 완행댁의 삶을 그리고 있는 「겨울 광장」, 성실한 이발사였지만 말썽쟁이 동생 때문에 쪼들린 삶을 살다 결국 동생이 큰돈을 요구하자 망상에 사로잡혀버리는 조만득 씨의 이야기를 다룬 「조만득 씨」, 은행 대리 승진에 거듭 실패하면서 직장에서 쫓겨날지도 모른다는 불안감 때문에 결국 실종되어버린 윤일섭의 이야기를 그리고 있는 「황홀한 실종」 등의 작품이 그러하다. 이러한 작가의 작품 경향은 아마도 1970년대의 사회적·정치적 현실과 무관하지 않을 것이다. 소위 말하는 군사독재 시절, 언론과 문화 활동이 억압받던 왜곡된 현실 속에서 누구든지 시대에 저항하거나 문제를 제기하는 것은 힘든 상황이었다. 그러나 소설가는 소설 속에 언어의 진실성을 담아야 하는 소명을 가지고 있음에도 불구하고, 그러지 못하는 현실이 너무나 안타까웠을 것이다. 따라서 이청준은 자신의 작품에서 억압적인 현실 속에 개인이 제대로 살아가기 힘든 현실을 이렇게 은유적으로 표현한 것이다.

「이어도」로 '한국일보 창작문학상'을 수상한 작가는 1978년에 「잔인한 도시」로 다시 '이상문학상'을 수상하는 등 여전히 삶의 진정성을 모색하는 작품 활동을 왕성하게 펼쳐나간다. 특히 1970년대 후반에 들어서면서 작가는 소설 쓰는 일 즉 글쓰기의 문제를 더욱 깊이 파고들어간다. 언어란 과연 무엇이며 진실을 말할 수 있는가에 대해 끊임없이 고민하던 끝에 『남도 사람』 연작(1978)과 『다시 태어나는 말』 연작(1977)을 내놓게 된다. 이러한 작품들을 통해 말의 기능과 속성, 작가의 책임, 거짓된 말들에 휩싸여 소외되어가는 인간의 영혼을 구해낼 수는 없는지, 도시에서 길을 잃고 배회하는 말들에 그 고향을 찾아줄 수는 없는지를 끊임없이 묻고 있다. 그러한 과정에서 「귀향 연습」「눈길」「새가 운들」「살아 있는 늪」 등 고향과 관련한 내용의 소설들을 연달아 발표한다.

1980년대에 들어서면서는 현대에 남아 있는 비교(秘敎)를 치밀하게 그린 「비화밀교」『이교도의 성가』와 종교와 용서의 문제를 다룬 「벌레 이야기」 등을 발표하면서 끊임없이 주제와 소재를 달리하면서 뛰어난 소설을 발표해왔다. 1990년에는 「자유의 문」으로 '이산문학상'을 수상하였고, 1993년에는 그의 연작소설 『남도 사람』이 임권택 감독에 의해 〈서편제〉로 영화화되어 대종상 최우수작품상을 수상하기도 했다. 1990년대 후반에는 『토끼야, 용궁에 벼슬가자』『놀부는 선생이 많다』『심청이는 빽이 든든하다』『춘향이를 누가 말려』『옹고집이 기가 막혀』 등 어린이들이 쉽게 접할 수 있도록 우리의 판소리소설을 새롭게 개작하기도 하고, 『뻐꾸기와 오리나무』『할미꽃은 봄을 세는 술래란다』 등 동화책도 여러 권 발표하였다. 또한 그의 소설은 외국에서도 많이 읽히고 있다. 『당신들의 천국』『이어도』『서편제』『예언자』 등이 미국, 프랑스, 일본 등지에서 각국의 언어로 번역되어 출간되었다.

이처럼 이청준은 첫 작품인 「퇴원」을 발표했을 때부터 지금까지 왕성하게 작품 활동을 하고 있는 작가이다. 게다가 그의 작품은 소재나 주제면에서 지금까지 끊임없이 변모해왔다. 이는 작가가 현실에 안주하지 않고 항상 인간과 현실에 대해 깊이 탐구해왔다는 것을 의미한다. 그래서 혹자는 그의 소설을 대개 관념적이고 사변적이라고 말한다. 인간과 삶에 대해 많은 생각을 하게 만든다는 것이다. 그는 자신의 글쓰기에 대해 다음과 같이 말한 적이 있다.

> 새삼스럽게 고백할 것도 없는 일이지만, 나의 문학 작업은…… 애초에는 자기 구제의 한 몸짓으로서 출발되었고 아직도 나의 노력의 많은 부분은 그것에 바쳐지고 있다고 생각된다. 나는 나의 문학이 그러한 자기 구제적 몸짓에서 시작되었고 또 계속해서 그것에 많은 노력이 바쳐지고 있다는 사실을 부끄럽게 생각하지 않는다.
>
> —『소문의 벽』 후기 중에서

이청준의 소설에 유독 소설가가 주인공으로 등장하는 작품이 많은 것도 바로 그러한 이유 때문일 것이다. 그러나 그의 소설은 단순히 자기 구제의 몸짓만이 아닌, 이 세상을 살아가는 모든 사람들을 구제하기 위한 몸짓이라고 볼 수 있다. 이처럼 이청준의 소설은 오늘날 흔히 볼 수 있는 흥미 위주의 소설들과는 아주 다른 성격을 지니고 있다. 그러나 오늘날의 소설 경향이 바뀌었다고 해서 우리의 삶의 근본적인 모습이 바뀌었다고 볼 수는 없을 것이다. 그런 의미에서 '나는 누구인가?' '어떻게 살아야 할 것인가?'라는 질문을 스스로에게 끊임없이 던지고 있는 이청준의 소설이 오늘날 우리에게 더욱 큰 빛을 발하며 다가오고 있는지도 모르겠다. 삶과 현실 세계에 좀더 진지하게 다가가고 싶을 때, 이청준의 소설은 기꺼이 여러분들에게 손을 내밀 것이다.

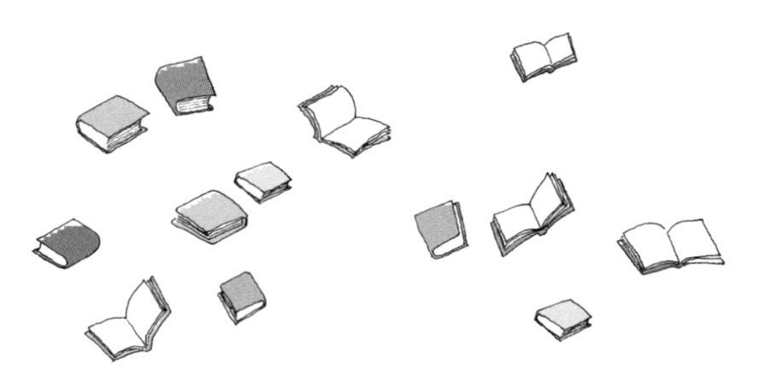

| 논술 |

인간은 자신의 행동에 대하여 책임을 질 수 있는 존재인가?

1. 주제 파악

우리는 선택의 기로에 서서 가끔 망설이기도 하지만 대개는 어느 하나를 선택하게 마련이다. 그 선택에 어느 누구의 강요도 없었다면, 그러한 경우 그것은 전적으로 자신의 자유 의지대로 한 것이라고 믿는다. 그러나 곰곰이 생각해보면 그러한 선택에도 전혀 외부의 강요가 없지는 않다. 그렇다면 인간의 어떠한 선택도 전적으로 자신의 자유 의지에 따라 결정된다고 할 수는 없다. 인간의 의지 자체가 궁극적으로는 복잡한 인과 관계에 따라 이미 결정된 결과로 볼 수 있기 때문이다.

여기서 우리는 하나의 의문과 맞닥뜨리게 된다. 인간이 그렇게 자신의 의지가 아닌 타의에 의해 주어진 삶을 살아가게 된다면 과연 자신의 행동에 대해 책임을 져야 하는 것일까?

2. 논술 문제

개인은 사회나 주변 환경의 영향을 벗어나 살아갈 수는 없다. 다음 (가)와 (나)의 주인공이 자신에게 주어진 상황을 어떻게 극복하고 있는지를 분석하고, (다)의 주인공이 갖춰야 할 태도가 무엇인지를 논하시오.

(가) 소리꾼의 딸아이 나이 아직 열 살도 채 못 되었을 때—어느 날 밤 그녀는 갑자기 견딜 수 없는 통증으로 그의 아비 곁에서 잠을 깨어 일어나게 되었고, 잠을 깨고 일어나보니 그녀의 얼굴은 웬일로 숯불이라도 들어부은 듯 두 눈알이 모진 아픔으로 활활 타들어오는 것 같았고, 그것으로 그녀는 영영 앞을 못 보는 장님 신세가 되어버리고 만 것이라 했다. 여자의 아비가 잠든 계집 자식 눈 속에 청강수를 몰래 찍어 넣은 것이라 했다. 그런 얘기는 여자가 일찍이 읍내 대가댁 심부름꾼 시절서부터 이미 어른들에게 들어 알고 있던 사실이었는데, 그렇게 하면 눈으로 뻗칠 사람의 정기가 귀와 목청 쪽으로 옮겨가 눈빛 대신 목청 소리를 비상하게 한다는 것이었다.

(중략)

"그래 여자는 그럼 자기의 눈을 멀게 한 비정스런 아비를 어떻게 말하던가?"

몇 잔째 거푸 술잔을 비우고 난 사내가 이윽고 다시 조용한 목소리로 여자에게 물었다.

"그 여잔 그런 말을 한 적이 없었답니다."

사내 앞에선 이제 더 이상 숨길 일이 없다는 듯 여인의 말투가 한결

고분고분해지고 있었다.

"여자가 말한 일이 없더라도 평소에 아비를 대하는 거동 같은 것을 보아 그 여자가 제 아비를 용서하고 있는지 못하고 있는지는 맘속으로 짐작해볼 수 있었을 것 아닌가 말이네."

빈틈없이 파고드는 사내의 추궁에 여자는 거의 억지 짐작을 꾸며대고 있는 식이었다.

"행동거지로만 본다면야 말도 없고 원망도 없었으니 용서를 한 것 같아 보였지요. 더구나 소리를 좀 안다 하는 사람들까지도 그걸 외려 당연하고 장한 일처럼 여기고들 있었으니까요."

"그 목청을 다스리기 위해 눈을 멀게 했을 거라는 얘기 말인가?"

"목청도 목청이지만, 좋은 소리를 가꾸자면 소리를 지니는 사람 가슴에다 말 못할 한을 심어줘야 한다던가요?"

"그래서 그 한을 심어주려고 아비가 자식 눈을 빼앗았단 말인가?"

"사람들 얘기들이 그랬었다오."

"아니지……. 아닐 걸세."

사내가 다시 천천히 고개를 가로저었다.

"사람의 한이라는 것이 그렇게 심어주려 해서 심어줄 수 있는 것은 아닌 걸세. 사람의 한이라는 건 그런 식으로 누구한테 받아 지닐 수 있는 것이 아니라, 인생살이 한평생을 살아가면서 긴긴 세월 동안 먼지처럼 쌓여 생기는 것이라네. 어떤 사람들한텐 사는 것이 한을 쌓는 일이고 한을 쌓는 것이 사는 것이 되듯이 말이네……. 그보다도 고인한테 좀 미안한 말이지만, 노인은 아마 그 여자의 소리보다 자식년이 당신 곁을 떠나지 못하게 해두고 싶은 생각이 앞섰을지도 모르는 일일 거네."

여자는 드디어 입을 다물어버리고 말았다. 사내는 이제 그 여자가 알아듣거나 말거나 아직도 한참이나 깊은 상념 속을 헤매듯이 아득하고 몽롱한 목소리로 혼잣말처럼 중얼거리고 있었다.

"하지만 어쨌거나 그 여인이 제 아비를 용서한 것은 다행한 일이었을지 모르는 노릇이지. 아비를 위해서도 그렇고 그 여자 자신을 위해서도 그렇고……. 여자가 제 아비를 용서하지 못했다면 그건 바로 원한이지 소리를 위한 한은 될 수가 없었을 거 아닌가. 아비를 용서했길래 그 여자에겐 비로소 한이 더욱 깊었을 것이고……."

—「서편제」 중에서

(나) 트루먼은 아내와 함께 평온한 삶을 살아가는 30대의 평범한 보험회사 직원이다. 그런데 평소와 다름없이 하루를 시작하던 어느 날, 출근하던 트루먼의 눈앞으로 하늘에서 난데없이 조명이 떨어지고, 라디오에서는 비행기 사고에 관한 내용이 흘러나온다. 트루먼은 뭔가가 이상하게 돌아간다는 사실을 어렴풋하게 느끼며 다시 일상으로 돌아간다. 그러던 어느 날 익사한 것으로 알던 아버지를 길에서 만나고, 알 수 없는 사람에 의해 아버지가 끌려가는 것을 보면서 자신의 생활이 뭔가 평범치 못하다는 것을 깨닫는다. 그는 하루 24시간 생방송 되는 트루먼 쇼의 주인공이었으며, 전 세계의 시청자들이 그의 탄생부터 서른이 가까운 지금까지 일거수일투족을 TV를 통해 보고 있었던 것이다. 그의 주변 인물은 모두 배우이고 사는 곳 또한 스튜디오지만 그는 그 사실을 전혀 몰랐던 것이다. 학창 시절을 회상하던 그는 대학 시절 우연히 만나(대본과는 무관하게) 사랑하게 되었지만 헤어지게 된 실비

아를 만나기 위해 피지 섬에 가려는 계획을 세운다. 그러나 그는 어린 시절 아버지의 죽음으로 인해 극심한 물 공포증을 가지고 있었다. 그럼에도 불구하고 자신의 일거수일투족이 누군가에 의해 끊임없이 감시당하고 있다는 사실을 알게 된 트루먼은 용기를 내어 자신의 꿈을 실현에 옮기려고 한다. 그러나 주변 사람들은 온갖 수단과 방법을 동원하여 그를 방해하고, 일상으로 돌아온 것처럼 행동하던 트루먼은 어느 날 방송사 제작진들과 연기자들 몰래 바다로 가서 배를 타고 항해를 시작한다. 쇼 제작진은 그를 막기 위해 비바람과 거센 파도를 작동시키지만, 트루먼은 두려움과 힘든 상황을 극복하고 험난한 파도를 헤치며 앞으로 나아간다. 결국 세트장의 끝에 정박하게 된 트루먼은 자신을 둘러싼 모든 것이 허구였으며 자신은 모든 사생활이 공개된 쇼의 주인공이었음을 알게 되고, 제작진과 시청자들에게 마지막 인사를 남긴 채 세트장 밖으로 사라진다.

—영화 〈트루먼 쇼〉 줄거리

(다) 형은 나머지 원고 뭉치를 마저 불집에 집어넣고 나서 힐끗 나를 보았다.

"이 참새 가슴 같은 것, 뭘 듣고 있어. 썩 네 굴로 꺼져!"

소리를 꽥 지르는 통에 나는 방으로 쫓겨 들어오고 말았다.

비로소 몸 전체가 까지는 듯한 아픔이 전해왔다. 그것은 아마 형의 아픔이었을 것이다. 형은 그 아픔 속에서 이를 물고 살아왔다. 그는 그 아픔이 오는 곳을 알고 있는 것이다. 그리하여 그것은 견딜 수 있었고, 그것을 견디는 힘은 오히려 형을 살아 있게 했고 자기를 주장할 수 있게 했다. 그러던 형의 내부는 검고 무거운 것에 부딪혀 지금 산산조각이 나고 있었다.

그렇다고 해도 이제 형은 곧 일을 시작하게 될 것이다. 형은 자기를 솔직하게 시인할 용기를 가지고, 마지막에는 관모의 출현이 착각이든 아니든, 사실로서 오는 것에 보다 순종하여, 관념을 파괴해버릴 수 있는 힘이 있었다. 무엇보다도 형은 그 아픈 곳을 알고 있었으니까. 어쨌든 형을 지금까지 지켜온 그 아픈 관념의 성은 무너지고 말았지만, 그만한 용기는 계속해서 형에게 메스를 휘두르게 할 것이다. 그것은 무서운 창조력일 수도 있었다.

그러나—.

나는 멍하니 드러누워 생각을 모으려고 애를 썼다.

나의 아픔은 어디서 온 것일까. 혜인의 말처럼 형은 6·25의 전상자이지만, 아픔만이 있고 그 아픔이 오는 곳이 없는 나의 환부는 어디인가. 혜인은 아픔이 오는 곳이 없으면 아픔도 없어야 할 것처럼 말했지만, 그렇다면 지금 나는 엄살을 부리고 있다는 것인가.

나의 일은, 그 나의 화폭은 깨어진 거울처럼 산산조각이 나 있었다. 그것을 다시 시작하기 위하여 나는 지금까지보다 더 많은 시간을 망설이며 허비해야 할는지 모른다.

어쩌면 그것은 나의 힘으로는 영영 찾아내지 못하고 말 얼굴일지도 몰랐다. 나의 아픔 가운데에는 형에게서처럼 명료한 얼굴이 없었다.

—「병신과 머저리」 중에서

3. 논술의 길잡이

(1) 주제 설명

자유 의지론, 결정론 그리고 양립론

아주 오랜 옛날에는 우리 주변에서 일어나는 일들이 왜, 어떻게 일어나는지를 모르는 경우가 많았습니다. 그러나 근대에 들어와서 과학이 발달하게 되자, 많은 현상과 사건들의 원인이 밝혀지게 되었습니다. 즉 과학적 방법을 동원하게 되면, 우리가 몰랐던 어떤 사건의 원인이 사실 필연적인 자연법칙의 산물이라는 것을 알게 된 것이지요. 예를 들어, 옛날 사람들은 밝은 대낮에 해가 갑자기 어두워지는 일식 현상에 대해 매우 신비스러워하거나 두려워했습니다. 그러나 오늘날 우리들은 그것이 해, 달, 지구가 비슷한 평면 위를 공전하고 있다는 사실에서 생기는 현상임을 알고 있고, 과학자들은 그 운동 법칙을 계산함으로써 일식을 얼마든지 예언할 수 있게 된 것입니다.

이러한 과학적 설명을 인간의 행동에 적용한다면, 인간의 행동도 물리적 대상들의 운동과 같이 필연적 법칙의 지배를 받는다고 볼 수 있을 것입니다. 따라서 나의 의지라는 것도 선천적으로 물려받은 유전인자와 내가 자라온 환경에 의해 형성된 것이고, 나의 유전 인자와 환경은 자연법칙과 선행 조건들에 의해 인과적으로 결정되어 있는 것이므로, 나의 성격과 의지 또한 이미 결정되어 있는 것으로 보게 되는 것이지요. 이렇게 인간의 행동이 물리적 세계에서 일어나는 모든 다른 사건들과 마찬가지로 어떤 원인들에 의해 필연적으로 결정되어 있다고 보는 것이 결정론적 입장입니다. 그러나 한편으로는 그렇지 않다고 주장하는 사람들도 있습니다. 즉 인간이 어떤 행동을 할 때 그것은 필연적으로 이루어지는 것이 아니라 인간의 자유로운 의지로 선택되는 것이라는 주장이지요. 즉 인간의 행위에 영향을 미치는 많은 외적 요인들이 있는 것은 사실이지만, 그렇다고 하여 필연적으로 결정되어 있지는 않다는 입장입니다. 이러한 태도를 자유 의지론이라고 합니다.

자유 의지론자들이 이와 같이 주장하는 첫 번째 논거는 "우리는 우리의 의지가 자유롭다는 것을 직관적으로 안다"는 것입니다. 예컨대 나는 지금 내 앞에 놓여 있는 국어책과 영어책 중 내 마음대로 하나를 선택하여 공부할 수 있습니다. 또는 내가 마음먹기만 한다면 나는 어느 책도 선택하지 않고 그냥 놀 수도 있지요. 또, 우리가 선거권을 행사하는 경우 등을 생각해본다면 우리에게 의지의 자유가 있다는 것은 누구나 어렵지 않게 경험하는 사실입니다. 그러나 얼핏 보기에 당연해 보이는 이러한 논거에 대해서 결정론자는 이의를 제기합니다. 만약 내가 국어책 대신 영어책을 선택했다면, 그러한 결정을 내리게 된 여러 가지 원인이 있을 수 있다는 것입니다. 예를 들어, 내일까지 해 가야 할 영어 숙제가 많다거나, 요즘 영어 성적이 좋지 않아서 무의식적으로 늘 영어를 더 공부해야 한다는 생각을 가지고 있다거나 하는 사실이 내 마음을 결정하는 데 크게 작용했으리라는 것입니다.

자유 의지론자들이 지지하는 두 번째 논거는 보다 주목할 만한 것인데, 그것은 도덕이 존재하고 있다는 것 자체가 우리에게 자유 의지가 있음을 전제하고 있다는 논증이라는 것입니다. 우리가 어떤 행위를 해야 한다거나 그것을 해야 할 의무가 있다는 말은 우리가 그것을 할 수도 있고 하지 않을 수도 있다는 것, 즉 선택의 자유를 이미 전제하고 있다는 것이지요. 누군가에게 "너는 마땅히 어떤 일을 해야 한다"고 말하는 것은, 만일 그런 행위를 할 수 있는 가능성이 그에게 주어져 있지 않거나 또는 그가 필연적으로 그것을 하게 되어 있다고 한다면 단지 무의미한 말에 불과할 것입니다. 또 우리는 이른바 부도덕한 행위 또는 법을 위반한 행위에 대하여 도덕적 책임을 묻고 때로는 처벌을 함으로써 그것을 징계하기도 합니다. 그러나 만약 모든 행위가 필연적이라면, 비록 도덕 규범이나 법률에 어긋나는 행위라 할지라도 그것에 대해 책임을 묻거나 처벌하는 것은 불합리한 일이 아닐 수 없을 것입니다.

이처럼 자유 의지론이 인간의 도덕적 책임에 주목한다면, 결정론은 과학적 설명과 경험적 지혜를 더 중시한다고 볼 수 있습니다.

그렇다면 자유 의지론자들과 결정론자들의 주장은 언제나 평행선을 달릴 수밖에 없는 것일까요? 다시 말해서 절충할 점은 과연 없는 걸까요? 이 두 가지 개념은 서로 모순되는 것같이 보이지만, 사실 우리의 삶과 현실을 깊숙이 들여다보면, 문제의 해결점을 쉽게 찾을 수 있을지도 모릅니다. 삶이라고 하는 것 자체가 그렇게 이분법적으로 나눌 수 있는 성격을 지닌 것이 아니니까요. 다시 말하면 현실을 살고 있는 유한한 존재인 우리 인간은 완전한 자유 의지로써만 살고 있는 것도 아니고 그렇다고 극단적인 결정론 속에서 살고 있는 것도 아닙니다. 우리가 삶의 방향을 선택할 때는 이 두 가지 태도의 극단적인 면을 지양하고 그 두 가지를 아우를 수 있는 방법을 모색해야 할 것입니다.

이러한 바탕 위에서 본다면, 바로 '책임의 문제'가 중요한 의미를 띠게 됩니다. 만일 우리의 선택이 욕구에 의해서 결정되고, 그 욕구는 또 다른 욕구에 의해서 결정된다고 볼 경우, 자유라는 말은 이미 그 의미를 상실했다고 보아야 할 것입니다. 그러나 똑같은 상황에 처했던 사람들이 저마다 다른 선택을 함으로써 이후 자신의 인생이 확연히 달라지는 경우를 우리는 종종 경험하게 됩니다. 여기에 바로 인간의 자유와 선택이 개입하는 것입니다. 우리가 일상적으로 자유라고 말하는 것은 바로 이처럼 '인간적인 삶의 조건 속에서의 자유'를 말하는 것입니다. 우리는 주어진 상황에서 선택에 따라 행동하는 행위 주체자이고, 이러한 선택에 따라서 행동할 때 우리는 자유롭다고 말합니다. 그리고 그러한 자신의 행동에 대해 스스로 책임을 지는 것입니다. 우리가 어떤 행위에 대한 책임을 말할 때는 바로 우리가 그 행위를 자발적으로 했고, 그 행위의 결과를 충분히 알고 했을 경우입니다. 그리고 그 책임은 바로 자기 스스로 지는 것이지요. 그것이 바로 인간만이 할 수 있는 자유의 대가이기도 합니다.

(2) 작품과 연결 짓기

「서편제」에서는 소리에 한(恨)을 심어주기 위하여 딸의 눈을 멀게 한 소리꾼 아비와 그 아비를 용서하고 자신의 한을 승화시킨 의붓누이, 아버지를 용서하지 못하여 도망친 후에도 의붓아비와 동생의 뒤를 추적하는 '사내'의 이야기를 독자들에게 전달하고 있습니다. 여기서 소리꾼 아비는 자신의 소리에 대한 욕망 때문에 딸의 눈을 멀게 합니다. 딸은 자신의 선택의 여지도 전혀 없는 상태에서 평생을 장님으로 살아가야 하는 운명에 처합니다. 이 딸이 처한 상황은 언뜻 보면 우리에게 결정론적인 태도의 실마리를 보여주고 있습니다. 그러나 이 딸은 자신의 처지를 자유 의지로써 극복하고, 이를 훌륭하게 예술로 승화하는 장면을 통해 독자들로 하여금 감동을 느끼게 합니다.

반면에 「병신과 머저리」에서의 동생은 자신의 현 상황에 대한 원인도 알지 못한 채, 헤매고 있는 모습으로 그려지고 있습니다. 즉, 동생은 자신의 삶에 어떠한 자유 의지도 발휘하지 않는 상태에 놓여 있습니다. 그렇다고 해서 그가 결정론적 태도를 분명히 고수하고 있는 것도 아닙니다. 왜냐하면 자신의 이러한 고통스러운 현실을 초래한 원인을 찾으려는 모습도 보이지 않기 때문입니다. 이에 결정론적 관점에서 보더라도 동생은 현재 자신의 이러한 고통을 초래한 원인을 찾을 수가 없는 상태에 놓여 있습니다. 또한 동생은 자신의 자유 의지로 앞으로의 삶을 선택하려고도 하지 않고 있습니다.

결국 「서편제」와 「병신과 머저리」에서 우리가 느낄 수 있는 것은 자신의 처지에 대한 원인을 규명하고 그에 따른 결과를 도출(결정론)하기 위한 노력과 삶을 선택하려는 태도(자유 의지론)가 절실하게 필요하다는 것입니다. 이를 통해 삶에 대한 스스로의 책임 문제가 중요하다는 것을 알게 되고, 그러한 모든 결과는 바로 자기 인생의 주재자(主宰者)인 개인 스스로가 떠안게 된다는 것을 깨닫는 것입니다.

4. 예시 답안

사람들은 누구나 살아가다 보면 예기치 않은 시련이나 고통에 직면하게 된다. 게다가 그 시련이 자신이 저질러놓은 일이 아님에도 불구하고, 그것이 원하지 않았던 엄청난 고통을 안겨다줄 때, 인간은 자신에게 주어진 그 상황이 이미 오래전부터 운명처럼 주어진 것 아닐까 하는 결정론적 태도를 취하기도 하고, 그러한 상황을 아무렇지도 않은 듯 자신의 의지로 얼마든지 뒤바꿀 수 있다는 의지론적 태도를 취하기도 한다. 그렇다면 세상에서 나에게 일어나는 일을, 과연 운명론적으로 나를 조여오는 재앙으로 받아들여야 할까 아니면 내가 어떻게 선택하느냐에 따라 얼마든지 달라질 수 있는 선택의 순간으로 받아들여야 할까?

인간이 위 두 가지 태도 중 어떤 태도를 취하느냐에 따라 그들의 삶에 대한 수용 방식과 앞으로의 삶의 여정에 확연히 차이가 날 것임은 말할 것도 없다. 지문에 등장하고 있는 주인공들의 삶을 적용하여 보면, (가) 소설에 등장하는 소리꾼 딸과 (나)의 영화 속 주인공 트루먼은 자신이 처한 상황을 후자의 방식으로 택한 경우에 해당하고, (다) 소설 속 주인공은 전자의 방식에서 아직 벗어나지 못하는 태도를 보이고 있다.

그런데 이 두 가지 태도가 삶에 대한 상반된 태도라고 볼 수 있을까? 그렇지는 않다고 본다. 왜냐하면 (가) 소설의 소리꾼 딸 역시 (다)의 주인공과 마찬가지로 처음에는 자신에게 주어진 운명 즉 아버지가 자신의 눈을 멀게 한 그 일 때문에 심리적으로, 육체적으로 많은 고통을 감내해야 했고, 그것을 예술로 승화시키기 전까지는(혹은 그 이후에도)

자신의 삶을 옥죄어 오는 운명으로 괴로워했을 것임을 쉽게 짐작할 수 있기 때문이다. 그러나 그녀가 만일 자신에게 주어진 시련을 그저 운명으로 받아들이고 아버지를 원망하는 데 그쳤더라면, 그녀의 소리는 더 이상 한을 담아내기는 어려웠을 것이다. 결국 그녀는 자신에게 주어진 삶을, 모진 고통과 어려움을 극복하면서 선택한 것이다. (나)의 트루먼 역시 태어날 때부터 일거수일투족 모두를 스튜디오의 각본대로 행해야 하는 운명을 타고난 사람이다. 그러나 자신의 삶이 어딘가 이상하다고 느낀 그 순간부터 그는 끊임없이 자신의 주변 상황을 탐색하고, 그 이유가 무엇인지를 알기 위해 모험과 도전을 계속하게 된다. 그 역시 자신에게 주어진 운명을 다른 사람들에게 맡기지 않고 스스로 개척하기 위해 일부러 어려운 길을 선택한 것이다. 이처럼 (가)와 (나)에서 상상할 수 있는 주인공의 삶의 태도와 (다)의 주인공의 태도가 사실상 겹쳐짐을 알 수가 있다. 따라서 삶을 받아들이는 방식을 대조적으로 보여주는 것이 아니라, 자신에게 주어진 삶을 극복해가는 과정에서 어디에 머무르고 있는가의 차이를 보여주는 것이라고 볼 수 있다. 그렇다면, (다)의 주인공은 앞으로 어떻게 자신의 삶을 이끌어나가야 할까?

인간은 혼자서는 살아갈 수 없기에, 많은 부분에 있어서 환경과 주변 사람들에 의지하며 살아가고 있다. 그 주변 환경과 사람들이 항상 개인에게 호의적인 상황을 제공해줄 수는 없을 것이다. 자연스럽게 원하지 않던 힘든 상황에 처하게 될 것이고, 인간은 그 시점에서 상황의 의미를 해석하고 자신의 태도를 결정해야 한다. 그것이 때로는 개인의 힘으로는 풀기 어려운 시대적 난제일 수도 있고, 짧은 시간 동안에 해결하기 어려운 복잡하게 얽혀 있는 실타래와 같은 문제일 수도 있을 것이다. 하지만 그 상황 속에서 고통의 원인과 이유도 알지 못한 채 또는 알려고도 하지 않은 채 삶을 그저 방기해서는 안 될 것이다. 소리꾼 딸이나 트루먼과 마찬가지로 자신이 처한 삶의 상황을 이해하고 해석해 나가는 과정 자체가 인간에게 주어진 엄청난 고통의 연속일 수도 있다. 그러나 (다)의 주인공은 자신의 삶의 아픔이 어디에서 오는지도 모른 채 괴로워하고 있다. 그에게는 지금 자신이 처해 있는 고통의 상황이 어디에서 비롯한 것인지를 명확하게 밝혀내고, 그러고 나서 자신의 태도를 선택할 용기가 필요하다. 그리고 그것이 힘들다면 소설 속에서 그의 상처를 돌봐주고 이해해주려고 애쓰는 혜인이나 형의 도움을 기꺼이 수용할 수도 있을 것이다.

그리스신화 중에 '시지포스 이야기'가 있다. 그는 평생을 높은 산에서 굴러 떨어지는 바위를 들어올려야 하는 운명을 가지고 살아가야 한다. 그러나 그는 그것을 알고 있으면서도 끊임없이 힘겹게 그 바위를 등에 지고 산을 오른다. 어쩌면 그는 그 상황에서 그 돌을 집어던지거나 힘겹게 들어올리는 일을 포기할 수도 있을 것이다. 그러나 그는 모든 고통을 감내하면서 끝까지 그 돌을 어깨에 걸머진다. 어쩌면 인간에게 주어진 상황 역시 시지포스의 돌과 같은 것은 아닐까. 인간은 나약하고, 자신에게 주어진 삶의 무게가 만만치 않다는 것을 알고 있다. 그러나 인간은 죽을 때까지 자신이 지고 가야 할 그 무게를 원망하거나 거부하지 않고, 그것을 감당하면서 살아가는 것이다. 삶은 결정되어 있는 듯이 보이지만, 인간은 그 결정된 삶을 스스로 해석하고 받아들이면서 그 상황

속에서 자신의 행동을 선택하게 되는 것이다. 그것이 바로 인간에게 주어진 운명이자, 선택의 자유일 것이다.

열림원 논술한국문학 04
잔인한 도시

1판 1쇄 발행 2006년 7월 27일
1판 7쇄 발행 2023년 7월 1일

지은이 이청준
책임편집·논술집필 김대경
펴낸이 정중모
펴낸곳 도서출판 열림원
출판등록 1980년 5월 19일(제406-2000-000204호)
주소 경기도 파주시 회동길 152
전화 031-955-0700
팩스 031-955-0661
홈페이지 www.yolimwon.com
이메일 editor@yolimwon.com
인스타그램 @yolimwon

* 책값은 뒤표지에 있습니다.

ISBN 978-89-7063-514-9 04810
ISBN 978-89-7063-510-1 (세트)